Britta Strauss

Der Smaragddrache

Gemmas Reise

Drachenmond Verlag

DRACHENMOND VERLAG

Drachenmond Verlag GmbH
Auf der Weide 6
50354 Hürth
http: www.drachenmond.de
E-Mail: info@drachenmond.de

Lektorat: Christina Schauberger
Korrektorat: Pia Euteneuer
Satz: Marlena Anders
Layout: Astrid Behrendt
Umschlagdesign: Alexander Kopainski, John Akhen
Bildmaterial: Shutterstock

Druck: Booksfactory

ISBN 978-3-95991-052-1

»Manchmal brauchen wir zwei Dinge im Leben:
Hoffnung und Kraft.
Die Hoffnung, dass alles irgendwann besser wird,
und die Kraft, bis dahin durchzuhalten.«

Dieses Buch widme ich allen Wegweisern, Kämpfern und Lichtbringern, die selbst dann noch standhaft bleiben, wenn alle anderen Sterne verlöschen.

Prolog

Die Burg der Grauen Küste

Eine letzte Welle aus weiß glühendem Schmerz fegte über Königin Nereida hinweg. Längst war sie zu schwach, um zu schreien. Sogar zu schwach, um Angst zu empfinden. Das Feuer im Kamin kam nicht mehr gegen den fauchenden Sturm an, der durch die Ritzen der Bleiglasfenster pfiff und in den Gängen der Burg heulte. Obwohl die Helferin der Hebamme unermüdlich dicke Holzscheite in die Flammen warf, vermochte sie es nicht, die beißende Kälte zu vertreiben. Tief biss sie sich im Fleisch fest und überzog die Fenster mit Eisblumen. Meterhoch türmte sich der Schnee vor den Mauern auf, selbst das Meer war zu mächtigen Schollen gefroren, die unter dem Funkeln der Sterne schauerlich stöhnten und knackten.

Nersha, der Gott des Frostes und der Stürme, schien höchstselbst über die Geburt des Thronerben zu wachen. Ein gutes Zeichen. Nereida seufzte, als ihr der Atem des Winters das Leben aus den Knochen saugte. Vielleicht, so hoffte sie, um es ihrem Kind zu schenken. Nersha sang sein Lied, lockte und rief, nahm sie in seine kalten Arme und flüsterte von einem ewigen Schlaf.

So gerne hätte sie ihm nachgeben.

So gerne.

Aber das Kind in ihrem Leib wollte mit aller Macht hinaus in die Freiheit. Es verließ ihren Körper, als wäre es ein Schwert, das sie mit scharfer Klinge entzwei teilte. Ein letztes Mal kam ein Stöhnen über die Lippen der Königin, dann waren ihre Kräfte endgültig versiegt. Von nun an lag alles Weitere in den Händen der Götter. Ob sie lebte oder starb. Ob der König sein eigen Fleisch und Blut annahm oder nicht.

Ein kräftiger Schrei erhob sich über das Tosen des Sturms. Den Göttern sei Dank, das Kind war gesund. Der Atem des Winters hatte sein kleines Herz nicht geschwächt und ihm nicht die Seele entrissen, kaum dass es in die Welt hinausgetragen worden war. Vielleicht war Nereidas Hoffnung mehr als nur das. Vielleicht hatte Nersha ihre Gebete erhört und flößte dem Neugeborenen die Kraft des Schnees, der eisbedeckten Berge und der wilden Stürme ein.

Erschöpft von der Geburt, nickte die Königin ein. Als sie ihre Augen wieder öffnete, hatte die Hebamme das Kind bereits gewaschen und in ein weiches Tuch geschlagen.

»War Nersha mir gnädig?«, flüsterte sie matt. »Ist es ein Junge? Habe ich Gereon endlich einen Erben geschenkt? Sybille! Rede mit mir!«

Die Hebamme wandte sich zu ihr um und sah sie an. Schweigend. Verbittert. Alle Erleichterung war mit einem Schlag dahin.

Sie hatte auch dieses Mal versagt.

Kein Junge. Kein Thronerbe.

König Gereons Enttäuschung würde maßlos sein.

Vielleicht würde er sogar … nein! Sie durfte nicht daran denken! Nicht nach allem, was sie durchgestanden hatte. Nicht nach all der Zeit, in der sie das kleine Geschöpf unter ihrem Herzen getragen hatte, und nicht nach der stundenlangen, qualvollen Geburt, in deren Verlauf sie unzählige Gebete und ebenso viele Flüche losgeworden war.

»Gib sie mir«, bettelte Nereida, doch die Hebamme schüttelte den Kopf und drückte das greinende Kind an ihre Brust.

»Ihr wisst, was getan werden muss, Herrin.« Sybille blickte bestürzt zu Boden. »Ihr wisst es genau.«

»Gib sie mir!« Nereida streckte ihre Arme nach dem Neugeborenen aus. Selbst diese kleine Bewegung brachte sie an den Rand der Ohnmacht. Nein, es durfte nicht alles umsonst gewesen sein! So grausam konnten nicht einmal die Götter sein.

»Ich flehe dich an, Sybille«, flüsterte sie mit letzter Kraft. »Lass sie mich wenigstens einmal halten. Du hast selbst Kinder geboren. Du weißt, wie es ist, Mutter zu sein.«

»Ja, das weiß ich, Herrin.« Eine Träne rann über die Wange der alten Frau. Ihre schrumpeligen, fleckigen Hände hielten das Kind so sanft und vorsichtig, als wäre es ihr eigenes. »Aber ich kann sie Euch erst geben, wenn der König seine Entscheidung getroffen hat.« Damit nahm Sibylle einen tiefen Atemzug, straffte ihre Schultern und wandte sich ihrer Helferin zu. »Geh jetzt, Mädchen. Geh und hole den König.«

Der schwarze Mantel der Erschöpfung legte sich um Nereidas Sinne. Sie war zu schwach, um ihr Kind zu beschützen. Zu schwach, um dem Schicksal auch nur das Geringste entgegenzusetzen. Hatte sie nicht alle Regeln befolgt? Hatte sie nicht jeden Tag gebetet, Opfer in den Tempel gebracht, die Segnung der Priester empfangen und alles getan, was man ihr aufgetragen hatte?

Womit hatte sie diese neuerliche Strafe verdient? Welche Schuld lastete auf ihren Schultern, wenn die Götter wieder und wieder schwarze Fäden in den Teppich ihres Schicksals webten?

Begierig darauf, seinen lang ersehnten Erben in den Armen zu halten, hatte der König unmittelbar vor der Tür im Gang gewartet. Das Mädchen war kaum aus dem Raum gehuscht, als auch schon die schweren, scheppernden Schritte eisenbeschlagener Stiefel erklangen. Und dann stand er plötzlich neben Nereidas Bett. Groß, furchteinflößend und zornig. Es waren keine Worte vonnöten, um ihm ihr Versagen vor Augen zu führen. Alles, was er wissen musste, zeichnete sich in den Gesichtern der drei Frauen ab.

»Nein«, hauchte Nereida. »Bitte nimm sie mir nicht. Ich flehe dich an. Nimm mir nicht mein Kind!«

»Schweig!« Gereon musterte sie ohne Mitleid. Seine Miene war eine harte Maske aus Enttäuschung und Frustration. Fordernd wandte er sich zu der Hebamme um und streckte die Arme nach dem Kind aus. »Gib sie her!«

Aus einem ersten Impuls heraus wollte Sybille zurückzucken. Nereida sah, wie die Alte gegen das Unvermeidliche aufbegehrte, wie sie das Neugeborene schützend an sich drückte und in einem Anfall von lebensmüdem Mut zu dem König hoch starrte. Doch dann gewann das, was man ihresgleichen seit Jahrhunderten eingetrichtert hatte.

Gehorche. Stelle nichts infrage.

Höre die Befehle deines Herrn und führe sie aus.

Die Wangen tränennass, die Lippen zu weißen Strichen zusammengepresst, überließ Sybille dem König das Mädchen. Es war so falsch, was hier geschah! So schrecklich falsch! Seit undenklicher Zeit stand das Gesetz in Stein geschrieben, hineingemeißelt von alten, missgelaunten Männern, die glaubten, über Leben und Tod entscheiden zu dürfen.

Wann nahmen die Menschen endlich Vernunft an?

Wann würde das alles endlich aufhören?

Ruppig riss der König seine Tochter an sich. Nereida erwartete, dass das Kind ob der groben Behandlung nur umso lauter schreien würde, stattdessen verstummte sein zartes Stimmchen. Vielleicht war es Grausamkeit, vielleicht auch nur purer Zufall, doch Gereon drehte sich so, dass Nereida zum ersten Mal das Gesicht ihrer Tochter sehen konnte. Eine überwältigende Liebe strömte in ihr Herz. Gewiss hatte es niemals ein schöneres Kind unter den drei Monden gegeben. Seine Haut war weiß wie Schnee, sein flaumiges, noch feuchtes Haar wie gesponnenes Silber. Am herrlichsten aber waren die Augen des Mädchens. Zwei Iriden so eisblau wie die Nordlichter, die seit zehn Nächten den Himmel erhellten und über den Eisschollen tanzten. Selbst Gereon hielt in seinem Zorn inne und starrte verblüfft auf das kleine Geschöpf hinab.

»Bitte«, flehte Nereida. »Lass ihre Füße den Boden berühren. Nimm sie als deine Tochter an.«

»Schweig, Weib!« Gereon warf ihr einen scharfen Blick zu. Einst, vor langer Zeit, hatte er sie anders angesehen. Liebevoll. Sanft. Voller Wärme und Zuneigung. Doch das war längst vorbei. Jetzt, da es zwischen ihnen nur noch Missachtung und Demütigung gab, gefror die Zeit zu dicken Klumpen aus Eis. Sie wurde ebenso scharfkantig und unbarmherzig wie das erstarrte Meer. Nereida glaubte, das Herz müsste ihr in der Brust zerspringen. Wenn Gereon das Kind an die Hebamme weitergab, war sein Tod besiegelt. Man würde es hinaus in die Kälte bringen und jenseits der Wolfsmauer in den Schnee legen, wo es den umherstreifenden Tieren als Futter dienen würde.

Welche Dämonen hatten nur solche Gesetze niedergeschrieben? Und welche Monster sie über Jahrhunderte hinweg befolgt?

Siehst du es denn nicht?, wollte Nereida schreien. *Etwas so Schönes können nur die Götter erschaffen haben. Sie wollen, dass das Kind lebt. Begreife es doch! Töte es und Nersha wird dich strafen.*

All diese Worte und noch weitaus mehr brannten auf ihrer Zunge, aber die Regeln verlangten, dass sie still zu sein hatte. Alle Entscheidungsgewalt lag bei ihrem Gatten und sie selbst, die das Kind neun Monate lang unter ihrem Herzen getragen und unter Schmerzen zur Welt gebracht hatte, musste sich seinem Willen fügen.

Lange stand Gereon da und starrte wie ein kalter Gott aus Eis auf seine Tochter hinab. Nereida sah bereits vor sich, wie einer seiner Krieger das Mädchen nahm und es hinaus in die Nacht trug, hinter die Mauer zu den heulenden Wölfen, die alles zerrissen, was man ihnen vorwarf.

Es durfte nicht sein! Niemals! Niemals!

Ein unbeschreiblicher Zorn ballte sich in ihrem Leib zusammen. Er wurde stärker, drängte alle Vernunft beiseite und ließ ihre Glieder vor Anspannung zittern. Schon öffnete Nereida den Mund und wappnete sich gegen die Strafe, die sie ereilen würde, als Gereon das Mädchen langsam gen Boden sinken ließ. Ganz sacht berührten die winzigen nackten Füße den Steinboden, dann hob er es wieder empor und hauchte einen Kuss auf seine Stirn.

»Sie soll den Namen Gemma tragen«, verkündete der König der Grauen Küste. »So wie meine Schwester, die die Götter allzu früh zu sich geholt haben.«

Als er der Hebamme das Kind zurückgab, nahm sein Gesicht einen verwirrten Ausdruck an. Ganz so, als könnte er sich nicht erklären, wie er zu dieser Entscheidung gekommen war. Ohne ein weiteres Wort wandte er Nereida den Rücken zu, marschierte mit klappernden Stiefeln aus dem Raum und warf die Tür hinter sich zu.

Im Dschungel der Aman-Kaja

Die Nacht war so friedlich, als gäbe es den Krieg nicht. Ixchal grub ihre nackten Zehen in den Schlamm des Flussufers und versuchte, ihre Angst zu bezwingen. Lebte Ikbat noch? Kämpfte der König der Aman-Kaja tapfer an der Seite seiner Krieger oder lag er längst in einer Lache seines eigenen Blutes?

Der Gedanke, ihren Mann nicht lebend wiederzusehen, raubte Ixchal die Luft zum Atmen. Sie wollte schreien, weinen und fluchen. Sie wollte sich die Haare ausreißen und ihren Schmerz in den Dschungel hinausbrüllen. Stattdessen stand sie einfach nur da und starrte auf das träge fließende Wasser. Zorn brodelte in ihren Eingeweiden. So viel Zorn, dass sie daran zu ersticken glaubte.

Gaben die Knochenmenschen denn niemals auf? Wurden sie niemals müde, die Gefahren des Flusses zu bezwingen und Dutzende von Booten zu verlieren, nur um sich einen weiteren Kampf zu liefern? Wozu brauchten sie noch mehr Land? Das gesamte östliche Ufer gehörte doch längst ihnen.

Oh, sie war es leid, Tag für Tag neue Rauchsäulen am Horizont aufsteigen zu sehen. Sie war es leid, mit Angst aufzustehen und mit Angst einzuschlafen. Aber der Lauf der Dinge war ebenso unerbittlich wie der Hunger der Knochenmenschen. Sie hatten das östliche Ufer förmlich verschlungen, den Wald niedergebrannt und die Erde aufgerissen. Und jetzt, da es dort drüben nichts mehr zu holen gab, dürsteten sie nach dem Blut und den Eingeweiden ihrer Heimat.

»Tötet sie«, flüsterte Ixchal in das Murmeln des Wassers, als könnte der Fluss ihre Worte zum Schlachtfeld tragen. »Tötet sie alle.«

Der Dschungel antwortete mit seinem ewig gleichen Lied. Nachtvögel sangen, Grillen zirpten und Fischkatzen stießen ihre trillernden Jagdlaute aus. Zahllose Stimmen vermischten sich unter dem Licht der drei Monde, schwollen wie ein Wispern auf und ab und zogen ganz allmählich das Gift aus Ixchals Herzen.

O ja, Krieg war wahrhaft eine Krankheit. Selbst wenn man ihm nur aus der Ferne beiwohnte, veränderte er einen. Ihre Gedanken waren niemals finster gewesen und schon gar nicht hatte sie Menschen den Tod gewünscht. Doch jetzt … jetzt war so viel Hass und Zorn in ihren Gedanken. Zu schwer wog das Gewicht ihrer Sorgen, zu tief steckte die Angst in ihren Knochen. Die Geschmeidigkeit ihrer Schritte verkam zu einem müden Schlurfen, als sie ihren ziellosen Weg wiederaufnahm. Ohne den Krieg hätte sie mit ihrem Mann auf weichen Decken gelegen, nackt, aneinandergeschmiegt, Haut an Haut, Atem an Atem. Sie wären ein sich liebendes Königspaar gewesen, von Mohini dazu auserkoren, das Volk der Aman-Kaja zu bewahren und zu beschützen.

Was, wenn sie heute Nacht schändlich versagten?

Verzweiflung bohrte sich wie ein scharfkantiger Stein in ihr Herz, machte es schwer und kalt und zog es in die Tiefe. Dort, wo sie nicht mehr atmen und nicht mehr leben konnte.

»Hör auf damit«, schalt sie sich selbst. »Hör auf! Hör auf, verflucht!«

Ixchal legte den Kopf in den Nacken und betrachtete die Schönheit der Nacht. Das weiche Licht der Monde glitzerte auf dem Wasser, Bäume raschelten im Wind und breiteten ihre Kronen unter den Sternen aus. Inmitten eines Labyrinths aus Luftwurzeln und Schlingpflanzen taumelten Nachtfalter, Leuchtkäfer und Feuerfliegen umher. Orchideen gruben ihre Wurzeln in die Äste sterbender Bäume und schenkten ihnen im Angesicht des Todes ein prachtvolles Gewand.

So wird der Dschungel auch Ikbats Leib verschlingen, ging es ihr durch den Kopf. *Er wird ihn mit Moos und Blüten überziehen und ihn in Erde verwandeln. Dann ist seine Seele überall.*

Ixchal lief weiter. Immer weiter. Bis etwas Dunkles im Wasser an ihr vorübertrieb. Zunächst schenkte sie dem Ding kein großes Interesse, denn es geschah oft, dass die Strömung Treibholz und Kadaver mit sich riss. Doch dann bemerkte sie, dass das Gebilde an eine Wiege erinnerte. Ja, es sah ganz nach einem jener Behältnisse aus, in die die Hirschmenschen ihre Kinder zu legen pflegten. Ixchal ging näher an das Ufer heran und versuchte, mehr zu erkennen. Falls es eine Wiege war, so musste sie vollkommen verbrannt sein. Schwarz verkohlte Blumengirlanden, Federgrasbüschel und Kränze aus Schlingpflanzen schmückten das Gebilde und erinnerten an das struppige Fell eines Wasserschweins.

Plötzlich erkannte Ixchal, dass die Wiege nicht allein den Fluss hinuntertrieb. Dutzende von Hornechsen begleiteten ihren Weg, doch keine von ihnen wagte sich näher heran. Denn ein Boto beschützte das sonderbare Treibgut. Kein Geschöpf des Dschungels, nicht einmal die gefräßigsten aller Echsen, wagten sich an die heiligen Flussdelfine. Es war altes, ungebrochenes Gesetz und so selbstverständlich und allumfassend wie der Himmel, das Leben und der Tod.

Nun vergaß Ixchal alles um sich herum. Fasziniert beobachtete sie, wie der Boto das Gebilde in Richtung Ufer bugsierte. Mal stieß er es mit seiner flaschenförmigen Schnauze an, mal drängte er sich mit seinem ganzen Körper dagegen und zwang es gegen die Strömung zu den Baumwurzeln, die wie dicke Schlangen in das Wasser tauchten und dort eine Art Netz bildeten.

Ohne den Delfin aus den Augen zu lassen, kletterte Ixchal über einen umgestürzten Stamm und kämpfte sich durch das Dickicht zum Ufer hinunter. Der Boto schien es nun umso eiliger zu haben. Er verpasste der Wiege einen energischen Stoß, sodass sie zwischen zwei Wurzeln rutschte und sich darin verkeilte. Dann, als wäre mit diesem Kraftakt alles Leben aus ihm gewichen, drehte sich das Tier auf den Rücken, öffnete seine zahnbewehrte Schnauze zu einem stummen Seufzer und wurde von der Strömung zurück auf den Fluss gezogen.

Kein Wesen des Wassers schwamm geschickter und schneller als ein Boto, aber dieses Tier vollführte keinen einzigen Flossenschlag mehr. Leblos trieb es dahin, hinein in die lauernde Horde der Echsen. Selbst jetzt wagten sie es nicht, Mohinis heiligstes Wesen anzugreifen. Unbehelligt glitt der Delfin in die Mitte des Flusses, wo eine starke Strömung ihn mit sich riss. Bestürzt blickte Ixchal dem in der Ferne verschwindenden Leichnam nach. Die Zeiten, in denen ihr Volk an böse Omen geglaubt hatte, gehörten der Vergangenheit an, und doch hatte der Anblick des toten Tieres einen Schatten auf ihre Seele geworfen. Den Schatten einer dunklen, traurigen Zeit, die sich unaufhaltsam näherte.

Verloren die Aman-Kaja den Krieg?

Würde ihr Mann, ihr treuer Gefährte, ihr über alles geliebter König auf dem Schlachtfeld sterben?

Plötzlich drang ein leises, klägliches Wimmern an Ixchals Ohren. War das nicht das Weinen eines Kindes? Kraftlos und zu Tode erschöpft? Und kam es nicht aus dem schwarzen, verbrannten Ding, das der Delfin mit letzter Kraft an das Ufer getragen hatte?

Hastig stürzte Ixchal zum Wasser, watete hinein und zerrte an dem Gebilde. Mit einem widerspenstigen Knirschen gaben die Wurzeln es frei und noch ehe die Hornechsen auf drei Schritt Entfernung herangekommen waren, hatte Ixchal die Wiege bereits auf ihre Arme gehoben und trug sie auf feste Erde.

Unmöglich, dass darin etwas überlebt hatte! Der Gestank nach Asche, Tod und Feuer stieg ihr in die Nase. Kohle schwärzte ihre Finger, als sie an dem Gestrüpp zerrte, das den Blick in das Innere des Gebildes verwehrte. Unter mehreren Decken, die lichterloh gebrannt haben mussten, bewegte sich etwas. Ungläubig fetzte Ixchal die schwarzen Stofffetzen beiseite, entfernte die Überreste von Schlingpflanzen und Blüten und erstarrte.

Ein Kind blickte ihr entgegen. Kein Säugling mehr, vielleicht drei Jahre alt, mit großen, wunderschönen Augen und dichtem schwarzem Haar. Schnell schob Ixchal auch den Rest des verkohlten Stoffes beiseite, bis der kleine nackte Körper gänzlich freigelegt war.

»Aber …«, stieß sie fassungslos hervor. »Aber das kann doch nicht … das ist unmöglich.« Vorsichtig legte sie eine Hand auf den Oberkörper des Jungen. Wie konnte er unversehrt sein, wenn seine Wiege gebrannt hatte? Wenn alles um ihn herum aus Schwärze und Asche bestand?

Dann dachte sie an den Boto und in Ixchal keimte der Gedanke auf, dass göttliche Mächte ihre Hände im Spiel hatten.

»Smaragdgrüne Male«, flüsterte sie und strich mit der Spitze ihres Zeigefingers über die Wange des Jungen. Winzige, leuchtende Sprenkel zierten dort die Haut und zogen sich bis hinauf zu seiner Schläfe. »Das Zeichen königlichen Blutes. Wo kommst du nur her?«

Das Kind verstummte und blickte zu ihr auf, als hätte es seine Furcht mit einem Mal vergessen. Ergriffen von einem tiefen, wehmütigen Glücksgefühl hob Ixchal es auf, drückte es an ihre Brust und spürte, wie kraftvoll das Herz in diesem kleinen Körper schlug. Hatte der Boto etwa sein Leben für den Jungen hingegeben? Hatte er einen toten Leib mit seiner Seele wiederbelebt, so, wie es in manchen Geschichten erzählt wurde?

Falls ja, musste dies der Beginn eines großen Schicksals sein. Denn nur in den ältesten Legenden und in den bedeutsamsten Geschichten griff Mohini in die uralten Gesetze des Lebens und des Sterbens ein.

Ixchal beugte sich vor und küsste die Stirn des Kindes. Was mochte ihm nur geschehen sein? Hatten die Hirschmenschen ihn geopfert? Hatten sie ihn in eine brennende Wiege gelegt und dem Fluss überantwortet, um ihren grausamen Gott zu befriedigen? Oder waren ihm seine Male zum Verhängnis geworden?

Ixchal streichelte den Kopf des Jungen und warf einen Blick auf das östliche Ufer. Dort, über den niedergebrannten Überresten der Wälder, die dem Hunger der Knochenmenschen zum Opfer gefallen waren, leuchtete Tarek. Der ewige Stern. Unveränderlich zog er seine Bahnen am Himmel, ging niemals unter und stand selbst am Tage als blasses Licht über dem Horizont.

»Du sollst seinen Namen tragen«, entschied Ixchal. »Den Namen eines unzerstörbaren Gestirns. Eines Wegweisers, der uns seit Anbeginn der Zeit tröstet und führt.«

Denn eines Tages, das spürte sie mit überwältigender Klarheit, würde er genau das sein. Ein Licht. Ein Wegweiser in dunklen Zeiten, der selbst dann noch standhaft blieb, wenn alle anderen Sterne verlöschten.

»Tarek«, hauchte sie seinen Namen in den Wind, blickte gen Osten und beschloss, dass sie von nun an einen Sohn hatte.

Kapitel 1

Der Ruf des Drachen

Achtzehn Jahre später

Tarek

Auf dem schwarzen Obsidian der Schwertklinge war das Blut nahezu unsichtbar. Es tropfte nicht mehr von der scharfen Spitze, zäh und glänzend wie flüssiger Rubin, sondern überzog das Vulkanglas mit einer nach Tod stinkenden Kruste. Ich war mir sicher, diesen Geruch niemals wieder loszuwerden. Meine ruhelosen Gedanken waren angefüllt mit Schmerz, verzerrten Gesichtern, aufgerissenen Augen, zerhacktem Fleisch und brechenden Knochen. Wie viele Männer hatte ich in meinem ersten Krieg getötet?

Zwei Dutzend? Drei Dutzend?

Oder viel, viel mehr?

Ich wollte nicht daran denken. Niemals wieder.

Es musste sein, ging mir die Stimme meiner Mutter Ixchal durch den Kopf. *Sie haben die letzte Grenze überschritten. Sie haben den Großen Fluss entweiht und mussten sterben. Alle miteinander. Damit wir leben können.*

Ja, es hatte sein müssen. Denn wenn niemand die Knochenmenschen aufhielt, würden sie die Welt verschlingen. Alles Leben, vom größten bis zum kleinsten Wesen, würde ihrem Hunger zum Opfer fallen. Und doch fühlte es sich falsch an, im Zorn zu töten. Es war, als würde man mit jedem Herzen, das man durchbohrte, und mit jeder Kehle, die man aufschlitzte, ein Stück von sich selbst verlieren. Als würde man innerlich erstarren, während man sein Schwert in lebendiges Fleisch stieß. Dabei hatte es mir zwischendurch sogar

Freude bereitet. Und gerade dieses fremdartige Gefühl von Macht und Rachedurst war es, das mich am meisten entsetzte.

Ich ließ das Schwert fallen, legte den Kopf in den Nacken und atmete die kühle Nachtluft ein. Es war vorbei. Vorerst. Alles Kommende lag in den Händen der Götter. Müde entledigte ich mich meines Bogens und des Köchers, zog die blutgetränkte Rüstung aus Hornechsenhaut aus und stellte mich nackt in das Licht des Marmormondes.

Früher hatte ich diese Nächte geliebt. Vierzig Tage lang würde der riesige Himmelskörper über die Welt wandern, ehe er ebenso lange wieder hinter dem Horizont verschwand. Ich wäre in seinem hellen Schein durch den Dschungel gestreift, hätte in einer Quelle ein Bad genommen und auf einem weichen, mit Moos bewachsenen Ast geschlafen. Doch jetzt würde mich der Anblick des schönsten aller Monde stets an den Krieg erinnern.

Eine Zeit lang gelang es mir dennoch, meine Gedanken vom nächtlichen Dschungel besänftigen zu lassen. Endlos erstreckte sich der Wald zu Füßen des Palastes von Itznamná über Berge und Täler, atmete Nebelfetzen aus und füllte die blaue Nacht mit unzähligen Stimmen.

Doch allzu schnell kehrte es zurück. Das Wissen, dass der errungene Sieg kein wirklicher Sieg war.

Jetzt, da die Knochenmenschen das andere Ufer des Flusses mit ihren gierigen Fingern berührt hatten, würde ihr Hunger noch größer werden – und ihr Verlangen nach Vergeltung. Bisher hatten wir uns darauf beschränkt, die Feinde auf vielerlei Arten abzuschrecken und vom Ufer fernzuhalten. Doch an diesem Tag, der mit einem blutigen Sonnenaufgang herangebrochen und in einem Berg aus Leichen geendet war, hatte jegliche Gnade ein Ende gefunden. Von nun an, das spürte ich bis tief in die Knochen hinein, würde es nur noch schlimmer werden.

Im untersten Stockwerk des Palastes lärmten die siegreichen Krieger und jene Frauen, die ihnen die Nacht versüßen würden. Draußen im Wald jedoch erhoben sich die Jubelrufe des Volkes in den sternenklaren Nachthimmel, vermischten sich mit dem Singen der Zikaden, dem Trillern der jagenden Mondkatzen und den wehmütigen Rufen eines Shyama-Büffels, der durch die nahen Sümpfe zog und vielleicht spürte, dass seine Welt dem Untergang geweiht war.

»Tarek!« Mein Freund O'bat schlug den Vorhang vor dem Eingang zurück und kam ins Zimmer getrampelt. »Das kann doch nicht dein Ernst sein.«

»Es ist mein Ernst.« Ich machte mir nicht einmal die Mühe, mich zu ihm umzudrehen. »Mir ist nicht nach Feiern zumute. Verschwinde und lass mich in Ruhe.«

O'bat grunzte verständnislos. »Ich höre wohl nicht recht! Ein Dutzend Diamanttäubchen wartet darauf, dich zu umgurren. Ich habe ihnen in den herrlichsten Worten geschildert, wie du …«

»Verschwinde!«

»Du bist ein Trottel!«

»Von mir aus.«

O'bat brummte einen Fluch, stampfte einmal mit dem Fuß auf und trat, vermutlich verbunden mit einer abwinkenden Geste, den Rückzug an. Von nun an würde ich mir ein Dutzend Mondläufe lang anhören müssen, was für ein prüder Dummkopf ich war. Bei jeder sich bietenden Gelegenheit würde er meine Männlichkeit anzweifeln, Scherze über gewisse Körperstellen reißen und mich mit einem Ausdruck mitleidiger Herablassung betrachten. Sei es drum. Ich war immer noch der Prinz dieses Palastes, in jeglicher Hinsicht mein eigener Herr und niemandem zur Rechenschaft verpflichtet.

Schon gar nicht diesem froschhirnigen Großmaul.

Ich trottete zu meinem Lager und kippte wie ein Stein hintenüber, als hätte mich der Schlag einer Keule getroffen. Von Sonnenaufgang bis Sonnenuntergang hatten wir gekämpft, gesiegt und getötet. Ohne jedes Innehalten. Das Letzte, wonach mir jetzt der Sinn stand, waren vergorene Juna-Trauben, grölende Männer und lüsterne Priesterinnen, die bissiger wurden als Mondkatzen, wenn sie ihren Willen nicht bekamen. Natürlich verstand O'bat die Welt nicht mehr. Welcher junge Mann im Höhepunkt seiner Kraft zog das Alleinsein den Berührungen einer schönen Frau vor? Dabei hätte er es besser wissen müssen. Wie oft hatte ich ihm meine Gründe erläutert? Wie oft hatte ich ihm die Konsequenzen einer lauschigen Nacht mit einer der Priesterinnen geschildert? Er hatte gut reden. Ihn würde man niemals in das königliche Grün kleiden, auf einen Thron setzen und zu einer schnellen Heirat drängen. Auf seinen Schultern würde niemals das Schicksal eines ganzen Volkes lasten. Aber selbst wenn ich so frei gewesen wäre wie mein Freund – wie könnte ich lachen und feiern, wenn meine Gedanken mit Tod ausgefüllt waren? Wenn noch immer das Blut unserer Feinde an meinem Körper klebte und die Schreie der Sterbenden in meinen Ohren gellten?

Morgen würde man die Leichen der Gefallenen verbrennen und ihre Asche in den Großen Fluss streuen. Und doch brandete Jubel durch die Nacht. Jubel über einen Sieg, der in Wahrheit das genaue Gegenteil war.

Still lag ich da und starrte an die von Sternwinden überwucherte Decke, ehe meine Gedanken endlich schwammig wurden. Einen kostbaren friedlichen Augenblick lang schwebte ich zwischen Schlaf und Wachen. Besudelt und nackt auf schwarzen Pantherfellen ausgestreckt, die Muskeln steif vom Töten, das Haar noch immer von grünen Federn und Blutklumpen durchsetzt. Aber kaum war ich ganz in den Tiefen des Schlafes versunken, zerrte mich ein Ruf wieder in die Wirklichkeit zurück.

Nein, kein Ruf.

Es war ein Schrei.

Er entstammte keines Menschen Kehle. Und es war auch kein gewöhnliches Tier, das seinen Schmerz in die Nacht hinaus brüllte.

Dieses Grollen, so tief und machtvoll wie der Herzschlag der Erde, ließ den Dschungel und den Himmel erzittern. Es vibrierte in meinem Körper, in meiner Seele und in den Bodenplatten aus grün geädertem Mondstein. Es ließ Wolken aus Vögeln und Fledermäusen aufflattern, brachte die Sterne zum Klirren und säte eine unbeschreibliche Angst in das Herz eines jeden Wesens, das ihn vernahm.

Der Smaragddrache starb.

Und ich wusste, wem sein letzter Ruf galt. Ebenso, wie ich meinen eigenen Namen und das Schicksal meiner Geburtssterne wusste.

Ungläubig lag ich da und rührte mich nicht, während der Schrei des Drachens verstummte und die Welt gefror, als würde ihr Lauf von nun an für immer enden. Kein Laut drang mehr aus dem Dschungel. Jedes Tier, selbst die sonst unaufhörlich singenden Zikaden, ruhten still.

Vielleicht hatte ich mich nur geirrt. Vielleicht war dieses Gefühl, das mich plötzlich mit solcher Heftigkeit packte und gefangen hielt, nur meiner Furcht geschuldet.

Doch je länger ich dalag und nichts tat, umso lauter wurde der Ruf des sterbenden Drachens. Denn jetzt, da er für den Rest der Welt verstummt war, kroch er direkt in meinen Kopf.

Komm, befahl er mir ohne Worte. *Komm und beende es.*

Abrupt fuhr ich hoch. Träumte ich nur? Schlief ich noch immer? Draußen im Dschungel herrschte eine unnatürliche Stille. Groß und prächtig leuchtete der Marmormond am Himmel, die Sterne funkelten so gleichgültig wie in jeder Nacht und ein lauer Wind zupfte an den Baumwipfeln.

Komm, drängte der Ruf ein zweites Mal. *Komm schnell.*

Ich blinzelte, stand auf und trat auf die Terrasse. Der Wunsch des Drachen musste erfüllt werden. Es gab keinen anderen Weg. Sein Ruf war ein unabwendbarer Befehl der Göttin, dem ich bedingungslos zu folgen hatte. Von nun an zählte mein Wille nicht mehr.

Aber warum ich? Warum ausgerechnet ich, obwohl ich mir niemals gewünscht hatte, den Ruf zu hören?

Ich fuhr herum, als plötzlich der Vorhang vor dem Eingang zurückgeworfen wurde. Ixchal stürmte herein, einen Umhang aus grünen Quetzal-Federn in den Händen, gefolgt von meinem Vater Ikbat und drei Priesterinnen der Mohini. Die Frauen, die gerade noch kichernd und schnurrend aus dem Krieg heimgekehrte Männer verwöhnt hatten, waren wieder zu ernsten, demütigen Dienerinnen der Muttergöttin geworden. Sie starrten mich an, als wäre ich auf einem Stern reitend vom Himmel herabgestiegen.

»Tarek«, flüsterte meine Mutter und da wurde mir klar, dass ich mich nicht in einem Traum befand. Ich war hellwach. Ebenso wie jeder andere Mensch in diesem Raum.

Der Beschützer des Waldes und des Himmels starb. Und er hatte nicht etwa einen der jungen Männer ausgewählt, die ihre unsterbliche Seele verkauft hätten, um den Ruf zu vernehmen.

Nein, er wollte mich.

Das musste ein Irrtum sein.

»Ich weiß«, sagte Ixchal, trat vor mich und bedeckte meinen Körper, indem sie mir den Umhang um die Schultern legte. »Aber du hast keine Wahl. Du trägst die Male des Smaragdes und damit fließt königliches Blut durch deine Adern.«

»Warum ich? Warum nicht Khalik, Damomar oder O'bat? Sie sind die geborenen Kämpfer. Nicht ich.«

»Denkst du, der Drache wählt jenen aus, der am besten töten kann?« Mein Vater lächelte traurig, legte eine Hand auf Ixchals Schulter und seufzte. »Ich habe mit eigenen Augen gesehen, wie tapfer du dich geschlagen hast. Jeder weiß, dass das Herz des Dschungels in deiner Brust schlägt und dass du nach einem gewonnenen Krieg allein in dein Zimmer gehst, anstatt dich mit Juna-Wein und Priesterinnen zu vergnügen, ist in meinen Augen keine Schwäche, sondern das Zeichen einer alten Seele.«

Beide schlossen einen Moment lang die Augen und wirkten, als kämpften sie gegen aufsteigende Tränen. Vermutlich wurde ihnen erst jetzt klar, was der Ruf des Drachen bedeutete.

»Einer Seele«, führte Ixchal den Gedanken meines Vaters leise fort, »die der Beschützer des Waldes und des Himmels als würdig empfindet.«

»Ich bin nicht würdig!«, brach es aus mir heraus, denn mehr als alles andere fühlte ich mich schmutzig, erschöpft und elend. »Ich bin vieles, aber nicht der Nachfolger des Drachen.«

Meine Eltern lächelten nur sanft.

»Ach, Tarek«, seufzte Ixchal. »Die wirklich Starken erkennen ihre eigene Stärke nicht. Sie halten sich sogar oft für schwach. O'bat kämpft wie ein wütender Büffel, aber er ist auch genauso dumm. Damomar hat das Mundwerk einer Brüllkröte und das Herz eines Grashüpfers. Und was Khalik betrifft … nun ja, wenn du ihm die Wahl zwischen einer willigen Priesterin und seiner Pflicht lässt, wird er immer die Priesterin wählen.«

Ich nahm einen tiefen Atemzug. »Ihr wisst, was es bedeutet, wenn ich den letzten Willen des Drachen erfülle.«

»O ja, das wissen wir.« Ixchal strich mit der Spitze ihres Zeigefingers über die smaragdgrün schillernden Sprenkel, die sich über meine Brust zogen und auch einen Teil des Rückens bedeckten. Sie waren das uralte Zeichen der Königsfamilie. Das Mal der Edlen und Auserwählten. »Es bedeutet, dass sich das Schicksal deiner Geburtssterne erfüllt. Seit dich deine wahren Eltern dem Fluss überantwortet haben, ist nichts aus Zufall geschehen.«

»Aber warum jetzt schon? Ich habe weder eine Frau gewählt noch die Prüfungen der Mohini bestanden. Ich bin immer noch mehr Junge als Mann.«

»Du bist schon längst kein Junge mehr.« Der Blick meines Vaters wurde streng. »Du hast bewiesen, dass in dir nicht nur das Herz eines Kämpfers steckt, sondern auch das eines wahren Freundes. Du hast es bewiesen, indem du deine Feinde ehrenvoll und nicht grausam getötet hast. Du hast es bewiesen, indem du das Leben deiner Gefährten vor dein eigenes gestellt hast. Und du hast es bewiesen, indem du dich heute zurückgezogen hast, anstatt etwas zu feiern, das keiner Feier würdig ist.«

In einer hilflosen Geste des Aufbegehrens senkte ich den Kopf. »Aber ich will das Herz des Drachens nicht.«

»Eben deshalb wirst du es bekommen.« Ixchals Hand presste sich fordernd gegen meinen Rücken und schob mich vorwärts. »Priesterinnen? Bereitet ihn auf seine Reise vor. Ich weiß, dass die Zeit drängt, aber mein Sohn soll alle Segnungen erhalten, die ihr ihm geben könnt.«

Kapitel 2

Im Tempel der Mohini

Meine Sinne hüllten sich in Nebel, als die Frauen mich leise wie Geister umflatterten und durch lange, von Lianen und Schlingpflanzen überwucherte Gänge führten. Plötzlich fühlte sich der Palast wie ein fremdartiger Ort an. Zu viele Augen starrten mich an. Zu viel Neid zeichnete sich in den Mienen jener ab, die die Bürde der Verantwortung weitaus lieber getragen hätten als ich.

Dummköpfe! Hatten sie denn niemals darüber nachgedacht, was es bedeutete, auserwählt zu werden? Waren sie so blind? So besessen von Ruhm und Ehre, dass sie die Wahrheit dahinter nicht sahen?

Je näher wir dem heiligen Teich kamen, umso drückender wurden die Düfte, die in trägen Schwaden durch die Gänge waberten. Bald verwandelten sie sich in jenen undurchdringlichen, den Atem erstickenden Nebel, der einem das Gefühl gab, im Nichts zu versinken. Es war ein Gefühl, das viele nicht ertrugen. Oft geschah es, dass die Priesterinnen ihre besinnungslosen Begleiter in das Heiligtum tragen mussten, wo sie erst nach einem tiefen, von wirren Träumen ausgefüllten Schlaf wieder zu sich kamen.

Ich aber liebte das Gefühl, das mich inmitten der Dämpfe überkam. Beim ersten Mal, als ich im heiligen Teich der Mohini meinen festen Platz in der königlichen Familie erhalten hatte, war ich im Nebel von Furcht gepackt worden. Doch schon nach wenigen Schritten war mir die Leichtigkeit und das träumerische Schweben in die Knochen gefahren. Ich wünschte mir, der Gang möge nie ein Ende nehmen. Alle Erinnerungen an den Krieg verblassten. Vergangenheit und Zukunft waren fern. Es gab nur mich und ein warmes, einschläferndes Raunen, das mir versprach, dass alles gut werden würde.

Doch auch diesmal lichtete sich der Dunst allzu schnell und mit ihm der Schleier, der sich um meine Sinne gelegt hatte. Vor mir tat sich das Rund aus schneeweißen Säulen auf, die den heiligen Teich wie stille Wächter umrahmten. Vor unfassbar langer Zeit hatten die Baumeister der Aman-Kaja den Tempel in den Berg aus Mondstein hineingeschlagen. Manche behaupteten, den Teich habe es damals schon gegeben, verborgen im Herzen des Berges. Andere glaubten zu wissen, dass Mohini selbst dem ersten König und der ersten Königin diese Quelle geschenkt hatte.

Ein grünes Licht ohne Ursprung beleuchtete das Wasser und den sanften Nebel darüber. Als die Priesterinnen mich über eine breite Treppe in den Teich führten, wurde dieser Schein unvermittelt heller, pulsierte im Rhythmus eines schlagenden Herzens und passte sich der Farbe meiner Male an.

»Mohini segnet dich«, säuselte die älteste Priesterin, zog den Umhang von meinen Schultern und reichte ihn an eine ihrer Schwestern weiter. »Die große Mutter der Schöpfung wird ihre drei Hände über dich halten. Bestehend aus Geburt, Leben und Tod.«

»Geburt, Leben und Tod«, wiederholten die jüngeren Priesterinnen wie aus einem Mund, stiegen in das Wasser und gossen aus goldenen Kannen Öl in ihre Hände. Dann umringten sie mich wie weißseidene Falter, murmelten Beschwörungen, wiegten sich mit halb geschlossenen Augen und bedeckten meinen Körper mit der Essenz der Göttin, während eine der Priesterinnen mit hingebungsvoller Miene die blutbesudelten Federn aus meinem Haar zupfte und sie im Wasser reinigte.

Doch weder die sanften Berührungen noch die einschläfernden Stimmen vermochten es, meine Gedanken zu beruhigen. Der Ruf des Drachen war verklungen, nicht jedoch das Gefühl, das er mir in den Kopf gepflanzt hatte. Es blieb keine Zeit mehr. Der Beschützer des Waldes und des Himmels lag im Sterben und wenn ich zu spät kam, war alles verloren.

»Warum hat er uns nicht eher geholfen?«, fragte ich die selig lächelnden Priesterinnen, die keinen Hehl daraus machten, wie gerne sie ihrer Aufgabe nachkamen. »Als er sich das letzte Mal unserem Volk gezeigt hat, war mein Vater noch nicht einmal geboren.«

Die älteste Priesterin verstummte und blickte zu mir auf, während ihre Schwestern weitersangen, mit den Händen das leuchtende Wasser schöpften und es mir über den Kopf gossen. »Die Geburt eines Smaragddrachen, sein Leben und sein Tod bewegen sich in so viel größeren Bahnen als das flüchtige menschliche Leben.« Sinnierend strich die Älteste mit ihren Spinnenfingern über die Sprenkel auf meiner Brust. »Unser Beschützer ist alt und schwach geworden. Vielleicht war es eine Krankheit, die ihn lähmte. Vielleicht befand er sich im Schlaf der Heilung, der letztendlich nicht stark genug war. Viele tausend Jahre lang stand er uns zur Seite. Verurteile ihn nicht für ein kurzes Menschenleben, in dem er uns nicht vor Unglück bewahren konnte.«

Ich blinzelte und schwankte. Allmählich wurden meine Augenlider doch noch schwer von all dem Murmeln, Singen und Flüstern. Benommen musterte ich die Netze der Tempelspinnen, die zwischen den Säulen aufgespannt waren: Kunstwerke aus smaragdgrüner Seide, auf eine grauenhafte Weise schön und so verwirrend wie gesponnene Fieberträume. Als wären die Tiere von meinem Blick aufgeweckt worden, begannen sie plötzlich, die komplizierte Struktur ihrer Schöpfungen zu verändern. Flink huschten sie über die Netze, gaben ein leises Sirren von sich und spannen neue Stränge, während sie andere zerrissen.

Die Priesterinnen lächelten noch zuversichtlicher, doch das musste nicht zwangsläufig etwas Gutes bedeuten. Ebenso wie die Göttin konnten auch ihre Dienerinnen im furchtbarsten aller Schicksale etwas Schönes entdecken, das einem höheren Zweck diente.

»Schon jetzt ist sein Herz aus Smaragd«, schmollte eine der Frauen, die gerade an einer äußerst empfindlichen Stelle versucht hatte, mir eine Regung zu entlocken. »Es ist ganz kalt und hart.«

»Nein«, erwiderte die Älteste. »Du bist nur nicht diejenige, der es bestimmt ist, sein Feuer anzufachen.«

Eine der anderen Priesterinnen schnaubte. »Selbst die Lenden eines Greises brennen heißer als seine. Was für eine Verschwendung bei solch einem Mann.«

»Ja«, brummte eine dritte. »Sogar der hässliche, steinalte Quetzal-Fänger hat es sich nicht nehmen lassen, sabbernd wie ein brünstiger Büffel durch unsere Lager zu kriechen. Und du, Prinz Tarek, würdigst uns keines Blickes.«

»Das ist auch gut so«, erwiderte die Älteste streng. »Jetzt hört auf zu plappern und sputet euch. Die Zeit rennt uns davon.«

Plötzlich von Eile gepackt, zerrten mich die Frauen aus dem Wasser, trockneten meinen Leib mit weichen Tüchern, schütteten noch ein paar Beschwörungen über mir aus und malten mit grüner und schwarzer Farbe magische Symbole auf meine Stirn, die Brust und die Arme.

Die Älteste brachte meine Jagdkleidung und beharrte darauf, dass ich mich nicht etwa selbst anzog, sondern es ihnen überließ. Bei jedem Kleidungsstück, das sie mir anlegten, murmelten sie weitere Gebete, wiegten sich hin und her und begannen zu zittern, als verlangte ihnen die Zwiesprache mit der Göttin mehr Kraft ab, als ihre menschlichen Körper hergeben wollten. Zarte Finger verknoteten die Schnüre des Wamses aus weich gegerbter Leguanhaut, zurrten die Beinlinge am Riemen des Schurzes fest und zogen die Schäfte der Stiefel zurecht, die mich vor Schlangenbissen schützen sollten. Zuletzt banden sie mein nasses Haar zurück und knoteten wieder jene grünen Federn hinein, die sie mir gerade erst ausgezupft hatten.

Eine Ewigkeit schien währenddessen zu verstreichen.

Als die Älteste endlich mit den Waffen und einem Proviantbeutel herbeigeeilt kam, hatte ich längst die Geduld verloren. Kurzerhand riss ich ihr den Gürtel mit den Dolchen aus der Hand und schnallte ihn mir selbst um, überprüfte das Obsidianschwert in seiner Scheide aus Jade, legte Bogen, Köcher und Beutel um meine Schultern und fuhr zu der Ältesten herum.

»Wo finde ich den Smaragddrachen?«

»Im Namenlosen Land«, antwortete sie. »Hinter dem Opalsee.«

»Was?« Überrascht riss ich die Augen auf. »Das ist unerreichbar weit entfernt. Wie stellst du dir das vor? Soll ich zu Fuß über das Säurewasser gehen?«

»Nein.« Die Priesterin schüttelte tadelnd den Kopf. »Du reitest auf dem Rücken des Manqu. Er wird dich innerhalb von zwei Tagen über den See tragen.«

Wieder blinzelte ich ungläubig. »Der Manqu? Mohinis Drache?«

»Natürlich. Schließlich war es die Göttin selbst, die dich auserwählt hat. Er wird dir gehorchen, wie er einst mir gehorcht hat.«

Ehe ich eine weitere Frage stellen konnte, wurde ich aus dem Tempel hinaus und zurück in den Nebel gedrängt. Wir gingen rasch, das Gefühl des seligen Nichts währte nur kurz. Kaum verließen wir den magischen Teil des Palastes, umringte uns eine lärmende Menschenmenge. Zu Hunderten drängten sich die Bewohner des Palastes in den Gängen, murmelten und tuschelten und begafften mich wie staunende Kinder. Niemand richtete das Wort an mich. Nicht einmal Ixchal.

In diesem Augenblick spürte ich zum ersten Mal die Last der Verantwortung auf meinen Schultern. Sie nahm mir die Luft zum Atmen und kroch in meine Muskeln, doch ich ging hoch erhobenen Kopfes, aufrecht gehalten von einem verzweifelten Stolz und dem Willen, mein Schicksal anzunehmen. Zerfressen von Neid brodelte O'bat vor sich hin. Damomar sah mit wütender Fassungslosigkeit seine Hoffnungen dahinschwinden, selbst vom Smaragddrachen auserwählt zu werden. Khalik erblickte ich nirgendwo, vermutlich hatte er sich in die hinterste Reihe zurückgezogen oder war der Verabschiedung gänzlich ferngeblieben.

Was, bei Mohinis süßem Atem, hatte den Beschützer des Waldes und des Himmels zu dieser Entscheidung veranlasst? Warum wählte er ausgerechnet den einzigen Mann weit und breit, der lieber ein gewöhnlicher Jäger als ein Auserwählter gewesen wäre? Den Mann, dem es schon zu viel war, als Prinz anerkannt zu sein, und der sich tagelang im Dschungel versteckte, um der ständigen Aufmerksamkeit zu entgehen?

Als sich auch noch der Manqu aus der Dunkelheit herab schwang und mit lautem Flügelrauschen auf dem Versammlungsplatz landete, fiel meinen Freunden gänzlich die Kinnlade herunter. Ich verneigte mich vor Ixchal und Ikbat, murmelte den Menschen einen Gruß des Abschieds zu und ging zu dem Manqu, der riesenhaft wie ein Shyama-Büffel über mir aufragte, seinen schuppigen Kopf neigte und mir den Nacken darbot.

Über die gesamte Rückenlinie des Tieres hinweg sprossen dicke Hörner aus der kupferfarbenen Haut, angefangen vom größten Horn auf seiner Stirn bis hin zu den kleinen Buckeln auf der Schweifspitze.

Ich setzte mich zwischen zwei dieser Auswüchse in Höhe des Nackens, unmittelbar vor den mächtigen Flügeln, an deren metallisch schimmernden Federn der Wind zupfte.

Ein ehrfürchtiges Murmeln, Raunen und Seufzen ging durch die Menge. Ich sah Angst und Stolz in den Mienen der Menschen, Bewunderung und Liebe, Neid und Wut. Es gab wohl keinen einzigen jungen Mann in der Menge, der nicht auf der Stelle mit mir getauscht hätte.

Die älteste Priesterin nickte.

Der Manqu gehorchte ihrem lautlosen Befehl, stieß sich vom Boden ab und tauchte mit kraftvollen Flügelschlägen so schnell in den Himmel ein, wie ein Fels in die Tiefe einer Schlucht stürzt. Mir schwanden die Sinne. Himmel und Erde verschwammen und wirbelten in einem wilden Tanz um mich herum. Mit aller Kraft klammerte ich mich am Horn fest, kniff die Augen zusammen und wartete darauf, dass der Fall ein Ende nahm.

Irgendwann wurde der Flügelschlag des Manqu sanfter. Ich blinzelte in den fauchenden Wind hinein und sah, dass wir in schwindelerregender Höhe durch die Tiefen des Sternenhimmels glitten wie Fische durch dunkles Wasser. Hastig überprüfte ich meine Waffen, fand den Köcher sicher verschlossen und das Schwert unversehrt an meiner Seite baumelnd vor.

Mit gestrecktem Hals strebte der Drache auf das Gebirge im Westen zu. Dort in der Ferne, weit hinter den scharfen, von zerzausten Bäumen bewachsenen Gipfeln, breitete sich der Große Fluss zum Opalsee aus. Und wiederum dahinter lag das Namenlose Land. Ein Ort, den wir nur aus Geschichten kannten. Es hieß, dass einst ein König den weiten Weg auf sich genommen hatte, um dem Ruf des Smaragddrachen zu folgen. Und es hieß, dass er mit großartigen Erzählungen über fremde Ufer und nie gesehene Wunder zurückgekommen war.

Nun würde ich mit eigenen Augen sehen, wie viel Wahrheit in den Legenden lag. Denn in dieser Geschichte war ich der sagenhafte König, der dem Ruf eines sterbenden Drachen folgte.

Kapitel 3

Jenseits des Opalsees

Die Wirklichkeit war fern wie ein Traum, während der Manqu lautlos durch die Nacht glitt, Dampf aus seinen Nüstern atmete und mit schimmernden Schwingen die Luft zerteilte. Unter mir sah ich den Großen Fluss im Mondschein glänzen, wie eine Anakonda aus Silber schlängelte er sich durch den Dschungel auf den Horizont zu. Nebelschwaden verfingen sich in den Wipfeln der hoch aufragenden Geisterbäume, tief in den Dschungeltälern kauerte die Finsternis wie Tiere aus undurchdringlicher Schwärze.

Als ich zum östlichen Horizont blickte, zeichnete sich in weiter Ferne ein kaum wahrnehmbarer, orangefarbener Schimmer ab: Der Widerschein jenes gewaltigen Lagers, das seit Jahren unaufhörlich wuchs. Man erzählte sich, dass seine Bewohner jeglichen Glauben verloren hatten und weder etwas von Mohini noch von den Waldgeistern wussten. Erde und Himmel fraßen sie gieriger als jeder Heuschreckenschwarm, während sie beständig Nachwuchs gebaren, so lange, bis ihre Frauen ausgemergelt und knochendünn im Kindbett starben.

Man sagte auch, dass sie getrieben waren von einer sonderbaren Wut, die keinen Grund und keine Ursache kannte, und seit ich den Knochenmenschen im Kampf begegnet war, wusste ich, dass zumindest dieses Gerücht der Wahrheit entsprach.

Bis zum östlichen Flussufer hatten sich diese Geschöpfe durch den Dschungel gefressen und alles Leben niedergebrannt. Ohne jedes

Zögern stießen sie zu, wenn der Gegner ihnen den Rücken zuwandte, und wenn ein Besiegter um sein Leben flehte, kannten sie keine Gnade. Weder sprachen sie Worte des Dankes noch solche der Vergebung.

Nicht nur, dass mein Leben seit jeher von dieser Bedrohung bestimmt war. Nicht nur, dass ich damit leben musste, dutzendfach den Tod gebracht zu haben. Nein, jetzt lag auch noch der Fortbestand der Aman-Kaja in meiner Verantwortung. Ich allein entschied darüber, ob Itznamná meinem Volk weiterhin eine Heimat sein würde, so wie es seit ungezählten Jahrtausenden der Fall war. Oder ob die Stadt mitsamt ihrer heiligen Quelle dem Fraß der Knochenmenschen zum Opfer fallen würde.

Pfeile richteten nicht viel gegen die Waffen dieser Ungeheuer aus. Feuerspuckende Geräte waren um so vieles stärker als jedes Schwert und jeder Dolch. Dass wir den Kampf am Fluss gewonnen hatten, war pures Glück gewesen, auch wenn es manch ein Krieger anders sah. Nur eine Handvoll mehr Knochenmenschen – und wir wären verloren gewesen.

Beim nächsten Kampf würden unsere Feinde schlauer sein.

Und zahlreicher.

Sehr viel zahlreicher.

Eine unbeschreibliche Wut braute sich in mir zusammen. Ich dachte darüber nach, meinen Drachen zum Umdrehen zu zwingen und den Knochenmenschen einen gehörigen Schrecken einzujagen. Doch die Waffen unserer Feinde waren stark genug, um selbst den Panzer einer ausgewachsenen Hornechse wie Glas zersplittern zu lassen. Vermutlich würden sie mich mitsamt dem Manqu vom Himmel schießen.

Stunde um Stunde flog der Drache weiter gen Westen, bis die Nacht dem Morgen zu weichen begann. Am Fuße schroffer Felsklippen legten wir eine kurze Rast ein. Während der Manqu still wie ein Felsen ruhte und beide Augen geschlossen hielt, füllte ich hastig meinen leeren Magen, trank ein paar Schlucke aus der Wasserflasche und ging dem Drängen meines Körpers nach. Als ich wieder auf den Rücken meines Reittieres stieg, war der Südstern nicht einmal einen Fingerbreit weitergewandert.

Wir ließen den weichen Teppich des Dschungels hinter uns und tauchten in das Labyrinth der schwarzen Berge ein. Felstürme schlossen sich wie Käfigstäbe um uns und schienen bis hinauf in die Sterne zu stechen. Der Manqu spielte mit den Winden, schwenkte in geschmeidigen

Bögen nach links oder rechts und streifte mit den äußersten Spitzen seiner Schwingen hin und wieder einen der Felsgrate. Manchmal, wenn ein Tal besonders tief war und an seinem Grund ein See glänzte, flog er bis zum Spiegel des Wassers hinab und durchschnitt ihn mit seinen herabhängenden Klauen. Eine unbändige Freude schien den Drachen voranzutreiben, als sähe er den Sieg über die Knochenmenschen bereits vor sich und könnte es nicht erwarten, das Ziel unserer Reise zu erreichen.

Mit jeder zurückgelegten Meile wurde die Last auf meinen Schultern größer. Wie gerne hätte ich diesen Flug ohne jeden Gedanken an das Kommende genossen, denn auf dem Rücken eines Manqu zu reiten war das Herrlichste, das ich jemals getan hatte. Hin und wieder kitzelte ein Lachen in meiner Kehle, wenn das Tier besonders übermütig in die Lüfte stieg und durch eine tief hängende Nachtwolke jagte, aber niemals konnte ich es herauslassen. Warum überwältigte mich ausgerechnet jetzt die Angst? Warum spürte ich jetzt, da alles von meiner Stärke und Entschlossenheit abhing, zum ersten Mal jene Lähmung in meinen Muskeln und in meinen Gedanken, von der so viele Geschichten sprachen? Manchmal war ich mir sogar sicher, versagen zu müssen – nur um im nächsten Augenblick wütend auf mich selbst und meine Schwäche zu sein.

Ja, ich hatte mich immer für stark gehalten.

Bis heute.

Als sich im Osten der Aufgang der ersten Sonne ankündigte, erreichten wir den Opalsee. Abrupt endete das Gebirge in einem aufklaffenden Abgrund, dahinter gab es nichts als Wasser. In einer sanft gekräuselten Fläche erstreckte sich der See bis hinter den Horizont, durchzogen von blau schimmernden Strömungen und Strudeln, die in Aufruhr gerieten, sobald der Drache sie mit seinen Flügelspitzen streifte. Schnell erkannte ich, dass das Leuchten von kleinen, fedrigen Wesen stammte, die in Schwärmen durch das Wasser zogen und einer Art Tanz zu folgen schienen. Zumindest glaubte ich nach einer Weile, eine Ordnung in den Strömungen erkennen zu können. Mal bildeten die Wesen träge Strudel, mal schwärmten sie auseinander und sprenkelten die Schwärze mit ihrem Licht wie Sterne den Nachthimmel. Dann wieder ballten sie sich zusammen und kreisten um sich selbst wie die bunten Nebel des Alls, nur um erneut auseinanderzulaufen und noch seltsamere Formationen zu bilden.

Erst, als der Drache hoch in den Himmel stieg, offenbarte sich mir die ganze Schönheit des Sees. Seine gewaltige Wasserfläche war von einem Horizont bis zum anderen von dem leuchtenden, einschläfernden Tanz der kleinen Geschöpfe durchzogen. Fast vergaß ich, weshalb wir hierhergekommen waren, lehnte meine Stirn gegen das Horn des Manqu und beobachtete das Schauspiel, bis meine Lider schwer wurden. Nach Art der Jäger lieferte ich mich dem Schlaf niemals ganz aus, sondern blieb an der Oberfläche der Dunkelheit. So ruhte ein Teil meines Geistes, während der andere noch immer die Welt wahrnahm, die ihn umgab.

Als ich das fünfte Mal nach einem kurzen Schlaf die Augen aufschlug, ging im Osten eine blasse Smaragdsonne auf. Ihr grünes Licht vermischte sich mit dem Schimmer des Marmormondes und tauchte die Welt in eine kupferfarbene Dämmerung. Diese unwirklichen Momente zwischen Tag und Nacht zogen mir gänzlich die Kraft aus den Knochen. Zu lange hatte ich keine Ruhe mehr gefunden. Zu lange meine Grenzen ausgelotet und überschritten. Mit jeder verstreichenden Stunde fiel es mir schwerer, den Schlaf des Jägers beizubehalten, doch ich musste widerstehen. Schon, um nicht vom Rücken des Drachen in die Tiefe zu stürzen.

Schläfrig beobachtete ich den Aufgang der Gelben Sonne, deren strahlendes Licht den Marmormond in einen blassen Schatten verwandelte und die grüne Scheibe der Smaragdsonne verschlang. Vor uns inmitten des goldglänzendes Wassers erkannte ich eine Insel, kaum größer als der Versammlungsplatz des Palastes.

Der Manqu hielt darauf zu und landete mit der Leichtigkeit einer Schwalbe auf den sandfarbenen Felsen. Anfangs glaubte ich, er wollte schlafen, denn er rollte seinen Leib zu einer Kugel zusammen und schloss die Augen. Doch als ich seinem Geschmack nach zu lange untätig herumstand, fletschte er die Zähne und knurrte mich böse an. Also aß und trank ich so hastig wie beim ersten Mal, streckte meine steifen Glieder und erledigte hinter einem der Felsen, was erledigt werden musste.

Zu gerne hätte ich den Anblick des im Sonnenlicht funkelnden Sees in mich aufgenommen, doch dafür blieb keine Zeit. Ich kletterte auf den Rücken des Manqu, schlang meine Arme um das Horn und hielt den Atem an, als das Tier seine Schwingen spreizte und zurück in den Himmel stürzte.

Einen Tag und eine halbe Nacht lang flogen wir ununterbrochen, ehe der Drache erneut auf einer winzigen Insel landete. Wieder erlaubte er mir nur ein kurzes Innehalten, das gerade reichte, um in aller Hast das Nötigste zu erledigen. Inzwischen schmerzten meine an Bewegung gewöhnten Muskeln unerträglich. Sämtliche Glieder waren steif wie die eines Greises und meine Gedanken von dem monotonen Vorbeiziehen des Wassers betäubt. Selbst das Zeitgefühl ging mir verloren.

Ich sah die beiden Sonnen untergehen, beobachtete das Aufglimmen der Sterne und das Schwinden der Dämmerung, bis eine weitere Nacht unter dem blauen Schein des Marmormondes hereinbrach. Schließlich segelte der Manqu zum zweiten Mal durch die kupferfarbene Morgendämmerung, bis wir endlich im hellen Licht des Tages festes Land entdeckten.

Geschmeidig landete der Drache auf einem schwarzen Kieselstrand, ließ seine Flügel hängen und gähnte so lautstark, dass kreischende Vogelschwärme aus den Bäumen aufstoben.

Als ich träge von seinem Rücken rutschte, knickten meine vom ungewohnten Sitzen eingeschlafenen Beine unter mir weg. Wie ein unbeholfenes Kleinkind sackte ich in die Knie, mir war schwindelig, mein Kopf mit Schlamm gefüllt. Selbst eine der Wasserflaschen aus dem Beutel zu ziehen, glich einem Kraftakt. Ich leerte sie mit langsamen Schlucken, stopfte sie zurück in den Beutel und versuchte, wieder Herr über meine Sinne zu werden.

»Wollen wir nicht weiterfliegen?«, fragte ich den Manqu, doch der starrte mich nur aus großen obsidianschwarzen Augen an und schnaufte nach Verwesung stinkenden Dampf aus.

»Heißt das, ich muss den Rest des Weges laufen?«

Der Drache schnaufte erneut.

»Gut.« Ich hob die Arme und ließ sie wieder fallen. »Dann hoffe ich, dass du hier auf mich wartest?«

Wieder bestand die Antwort nur aus einem müden Grollen. Offenbar war der Drache zu Tode erschöpft und nicht gewillt, auch nur einen einzigen weiteren Flügelschlag zu vollführen.

Ich stemmte mich hoch, streckte meine Glieder, rollte mit den Schultern und vollführte ein paar halbherzige Kampfübungen, bis ich glaubte, wieder halbwegs Herr über meine Muskeln und Sehnen zu sein.

Das also war das Namenlose Land? Jener Ort, von dem so viele Legenden berichteten? Seltsam. Die Wälder dieser Küste sahen aus wie jene, die ich hinter mir gelassen hatte. Die Bäume waren die gleichen, die Schlingpflanzen und Blumen ebenso. Es gab schillernde Kolibris, bunte Vögel, Eidechsen und Käfer, Orchideen und Vorhänge aus hellblau und weiß blühenden Sternwinden.

War ich erleichtert oder enttäuscht?

Gleichgültig! Ich musste den Drachen finden, und das so schnell wie möglich.

Kapitel 4

Ein Herz aus Smaragd

Kaum tat ich einen ersten Schritt in Richtung des Waldes, wurde mir klar, wohin ich mich wenden musste. Ohne weiteres Zögern tauchte ich in das flimmernde Dämmerlicht des Dschungels ein, zog mein Schwert und schlug mir einen Pfad durch das Dickicht. Der Duft der Schlingpflanzen und Orchideen wurde nach wenigen Schritten betäubend, immer wieder musste ich mir Käfer, Spinnen und Tausendfüßler vom Gesicht und den Armen wischen. Schlangen schnappten nach meinen Beinen, doch die Leguanhaut, aus der jeder Teil meiner Jagdkleidung bestand, war ebenso weich wie unzerstörbar. Vorsichtig zupfte ich die Reptilien ab, die versucht hatten, ihr Gift in mein Fleisch zu spritzen, warf sie zurück in das Dickicht und nahm meinen Weg wieder auf.

So ähnlich dieser Wald dem meiner Heimat auch war, gab es doch einen Unterschied. Niemals, nicht einmal in den abgelegensten Tälern, hatte ich eine solche Masse an Lebewesen erblickt. Die Wipfel der Bäume wimmelten vor Affen, Flughunden und bunt schillernden Vögeln, an der Borke jedes Stammes hingen Eidechsen, handtellergroße Käfer, Falter und Spinnen. Jeden Schritt musste ich mit größer Vorsicht setzen, denn wohin ich auch trat, huschten unzählige kleine Geschöpfe vor mir davon, schnappten nach mir, fauchten und zischten oder stellten sich tot. Als ich einen flachen Strom überquerte, dessen Wasser mir gerade bis zu den Knöcheln reichte, sonnten sich dicht an dicht gedrängt gewaltige Hornechsen am Ufer, länger als jedes Tier, das ich in meinem bisherigen Jägerleben erblickt hatte. Angespannt hielt ich den Atem an, schlich mich an den schuppigen Körpern vorbei und füllte meine brennende Lunge erst wieder mit Atem, als ich den Wald am anderen Ufer erreicht hatte.

Dort, unter den tief hängenden Zweigen eines Bernsteinbaumes, ruhten zwei fett gefressene Anakondas und verdauten ihr Mahl. Jede der Schlangen war doppelt so dick wie der Umfang meines Körpers. Als ich an ihnen vorüberlief, hoben die Tiere ihre ochsengroßen Köpfe und zischten mir eine Warnung zu. Eine versuchte halbherzig, nach mir zu schnappen, doch sie war derart träge und verschlafen, dass ich mir nicht einmal die Mühe machen musste, ihren Zähnen auszuweichen.

Meine nächsten Schritte setzte ich noch behutsamer. Ich durchquerte flache Täler und schäumende Flüsse, kletterte steile Hänge empor und bewegte mich, wann immer es die Beschaffenheit der Bäume zuließ, in ihrem Geäst voran. Schließlich gelangte ich zu einem Vorhang aus dornigen Lianen, deren Stränge sich wie gierige Hände nach mir ausstreckten, über meine Haut kratzten und sich in der Kleidung verhakten. Zunehmend wütend schlug ich auf das Gestrüpp ein, kämpfte mich aus der Umklammerung der Lianen frei, zerrte den letzten Strang von meinem Bein und sackte zitternd in die Knie. Dieser Dschungel war heißer als der Schlund des Zuma-Vulkans. Für gewöhnlich lief ich tagelang, ohne zu schwitzen oder außer Atem zu kommen, doch etwas an der Luft dieses Waldes saugte mir die Kraft aus den Gliedern.

Erschöpft blinzelte ich in das schillernde Licht, das sich seinen Weg durch das Laub der Bäume bahnte und den Boden mit hellen Flecken betupfte. Seiner Farbe nach musste es bereits später Nachmittag sein. War ich schon so lange unterwegs? Schläfrig lehnte ich mich gegen einen Stamm, dachte an den seltsamen Singsang der Priesterinnen und an die heiligen Spinnen in ihren grün leuchtenden Netzen. Ich dachte an das Wasser des Teiches und die mit Öl getränkten Hände, die über meinen Körper geglitten waren.

Dann gingen mir O'bats Zorn und die stolze Traurigkeit meiner Zieheltern durch den Kopf. Ihr Sohn, den Ixchal vor achtzehn Jahren aus dem Wasser des Großen Flusses gefischt hatte, war für die höchste aller Aufgaben ausgewählt worden. Er würde sie alle überdauern. Einsam und von der Göttin beschenkt. Gesegnet und verflucht.

Ein Lachen drang aus meiner Kehle. Ich lachte, bis ich zur Seite kippte und der Länge nach im Moos landete. Was war los mit mir? Hatte ich das Netz eines Cupacs berührt? War mir ein Fieber zu Kopf gestiegen? Ich blickte an mir herab, drehte meine Arme und entdeckte einen schwarzen Tausendfüßler, der sich an meinem Handgelenk festgesaugt hatte. Tief steckten sein spitzer Kopf und die nadelfeinen Beinchen in meinem Fleisch.

Bei Zumas blinden Augen, warum hatte ich den Biss nicht bemerkt? Lag es daran, dass mein Körper von dem langen Flug verweichlicht war? Oder gab es in diesem Wald irgendetwas, das meine Sinne benebelte und meine Haut betäubte? Vorsichtig entfernte ich das Tierchen, warf es zu Boden und beobachtete, wie es fauchend und Blut spuckend unter einem Haufen aus welkem Laub verschwand.

Eine Hand auf den Biss gepresst, kniete ich im Moos und wartete. Vertraut mit allerlei Bissen und Stichen, kämpfte mein Körper mit der gewohnten Schnelligkeit gegen das Gift an. Doch jeder Augenblick, den ich vergeudete, war einer zu viel. Mit wütender Entschlossenheit rappelte ich mich auf, nur um nach wenigen Schritten gegen den Stamm eines Baumes zu sinken und nach Luft zu ringen. Über mir raschelte und wisperte es. Blaurückenaffen versammelten sich auf einem tief hängenden Ast und beäugten mich misstrauisch. Ihnen folgten mannsgroße, in allen Farben des Regenbogens leuchtende Papageien, weiß gefleckte Gmuffen, Leguane und Mondkatzen. Eines der elfenbeinfarbenen Raubtiere fletschte die Zähne und spannte seine Muskeln an, doch ich hielt dem Blick seiner eisblauen Augen stand, leerte meinen Geist von jeglicher Angst und packte den Griff des Schwertes.

Greif mich an und du stirbst.

Die Katze schloss ihr Maul, drückte sich flach gegen den Ast und grollte verwirrt. Ihre gerade noch angelegten Ohren richteten sich auf, der Schweif mit der fedrigen Quaste peitschte unschlüssig hin und her.

Allmählich machte das Gift des Tausendfüßlers meine Gliedmaßen taub, doch ich durfte keine Zeit mehr verlieren. Meine sonst so sicheren Schritte verkamen zu einem plumpen Taumeln, anstatt mir mit kräftigen Hieben den Weg freizuschlagen, drückte und quetschte ich mich wie ein ungeschicktes Kind durch das Dickicht, schlug kraftlos nach Lianen und Schlingpflanzen und musste immer wieder innehalten, um nach Atem zu ringen.

Unaufhörlich tropfte das Blut aus dem Biss des Nox und weigerte sich, zu gerinnen. Dieser Wald duldete mich nicht. Ich gehörte nicht hierher und jedes seiner Geschöpfe brannte darauf, mir diese Tatsache vor Augen zu führen. Das Trillern, Zwitschern, Fauchen und Knurren wurde zorniger, der gesamte Dschungel dünstete Hass aus.

Mühsam schleppte ich mich vorwärts, hin zu einem unhörbaren Ruf, der mit jedem verstreichenden Augenblick schwächer wurde. Bald würde er ganz verstummen. Sehr bald. Und dann gab es nichts mehr, das mich vor diesem Wald beschützte.

Als mir irgendwann sogar die Kraft fehlte, mein Schwert einzusetzen, bahnte ich mir mit bloßen Händen einen Weg durch das Gestrüpp. Der Schweiß lief mir in Strömen über das Gesicht, mein Arm war inzwischen fast vollständig taub und begann, sich schwarz zu verfärben.

Ja, ich hatte mich getäuscht. Nichts an diesem Wald war so, wie ich es kannte. Kein Tausendfüßler meiner Heimat hätte mir derart schaden können, kein Geschöpf hatte mich je so mordlüstern verfolgt, wie es die Wesen dieses Dschungels taten. Zwei Mondkatzen rückten immer dichter zu mir auf, in den Bäumen wimmelte es vor zähnefletschenden Affen, giftigen Riesenspinnen und wütend kreischenden Vögeln, die ihre Krallen in die Rinde hackten. Wenn all diese Wesen zum Angriff übergingen, würden mir weder das Schwert noch mein Bogen etwas nützen.

Und doch musste ich weiter.

Noch tiefer in den Wald hinein, immer tiefer und tiefer, bis ich glaubte, im Schlund eines geifernden Ungeheuers zu versinken.

Endlich lichtete sich das Dickicht. Eine große, freie Fläche lag vor mir, in den Wald gerissen von einem umgestürzten Baumriesen. Sonnenlicht flutete über den moosbewachsenen, von blauen Himmelsaugen gesprenkelten Waldboden. Und inmitten dieses Strahlens lag ein riesenhafter Körper. Halb im Schatten des gefallenen Baumes, halb in der Sonne.

Der Smaragddrache.

Mit letzter Kraft taumelte ich auf ihn zu. Der Beschützer des Waldes und des Himmels musste seit langer Zeit hier liegen. Auf den Schuppen spross Moos, Schlingpflanzen überwucherten seine Hörner und die einstmals gewaltigen Klauen waren spröde und rissig wie die Borke einer tausendjährigen Sumpfzypresse. Vom herrlichen Leuchten der Federn, das so viele Legenden umschrieben, war nichts mehr übrig. Laub und Spinnennetze bedeckten die auf dem Boden ausgebreiteten Schwingen und aus der Flanke des Drachen ragte ein schwarzer, armdicker Pfeil. Verglichen mit der Größe des Tieres mochte er winzig sein, doch bevorzugten Jäger, die vor dem Töten heiliger Tiere nicht zurückschreckten, in Gift getränkte Waffen. Dieses Geschoss, dessen Holz längst morsch geworden war, musste in eine besonders starke Essenz getaucht worden sein.

Der unzerstörbare Panzer hatte dem Smaragddrachen diesmal nichts genützt. Genau zwischen zwei Schuppen war der Pfeil in das Fleisch eingedrungen und hatte unser beider Schicksal besiegelt.

Vorsichtig trat ich näher heran, bis ich den mächtigen Leib am Nacken berühren konnte. Falls der Drache nicht mehr am Leben war, fand auch mein Dasein sein Ende. Zu Hunderten umzingelten mich die Kreaturen des Dschungels, knurrten und geiferten, wetzten Krallen und fletschten Zähne. Bereit, mich innerhalb eines Blinzelns zu zerfetzen.

Quälende Augenblicke lang geschah nichts. Unter meinen Fingern spürte ich nur Kälte und Tod, doch dann sah ich, wie sich die Nüstern des Drachen kaum merklich weiteten. Ein müdes Schnaufen ließ den mächtigen Leib erzittern, die schuppigen Lider öffneten sich und entblößten golden funkelnde Augen. Es war, als würde ein unvorstellbar altes Feuer in ihren Tiefen brennen. Ein Feuer aus Sternen und den Nebeln des Alls, aus der lebendigen Macht der Schöpfung und dem ewig schlagenden Herzen der Zeit.

Ich durfte keinen Moment länger warten.

Vermutlich hatte der Drache jahrelang hier gelegen, ehe er in der Lage gewesen war, um Erlösung zu flehen. Laut genug, damit seine Stimme selbst über die Entfernung hinweg die Seele jedes Waldgeschöpfes erreichte.

Mühsam hob ich das Schwert empor. Da schob das Tier sein Vorderbein zur Seite und spreizte die Schuppen, sodass die verwundbare Stelle über dem Herzen entblößt wurde.

Einem Herzen aus Smaragd.

Sterbend. Aber noch immer schlagend.

Jeder Augenblick konnte der letzte sein und doch hielt ich inne, als die Spitze meines Schwertes die grün schimmernde Haut berührte. Sie wirkte so zart im Vergleich zu den steinharten Schuppen. Wie eine Schicht aus Spinnenseide.

Wenn ich jetzt zustieß, gab es kein Zurück mehr. Untergang oder Überleben. Frieden oder Krieg. Alle Entscheidungen lasteten auf meinen Schultern. Doch was blieb mir für eine Wahl? Wenn ich den Smaragddrachen nicht erlöste und sein Erbe übernahm, waren wir alle dem Untergang geweiht. Er starb ohnehin, mich würden die Mondkatzen zerreißen und auf mein Volk wartete der Hunger der Knochenmenschen.

Die sterbende Kreatur keuchte. Ihr Körper zitterte unter einem Krampf, dann sank sie mit einem letzten flehenden Seufzen in sich zusammen.

Mit aller Kraft stieß ich ihr das Schwert ins Fleisch.

Ich spürte den Widerstand des Smaragdes. Das Pulsieren des göttlichen Lebens und das unsterbliche Atmen, das die Spanne einer Ewigkeit umfasste. Die ungezügelte Macht ganzer Äonen stürzte auf mich ein und warf mich mit der Wucht eines Keulenschlags zu Boden. Der Leib des Drachens ging in Flammen auf. Es war ein herrliches goldenes Feuer, das die Bäume rings umher versengte, meine Augen blendete und den riesigen Körper innerhalb von Augenblicken zu Asche zerfallen ließ.

Nur eine einzelne Feder blieb übrig.

Leuchtend grün mit winzigen goldenen Sprenkeln.

Ich kroch zu ihr hinüber, umschloss sie mit meinen Fingern und drückte sie an meine Brust. Tat es weh, wenn sich ein menschliches Herz in einen Smaragd verwandelte? Nein. Es schmerzte nicht im Geringsten. Es war, als würde ich als Mensch einschlafen und als Gott erwachen.

Kapitel 5
Im Schein der Winterfeuer
Gemma

Im Schein der Winterfeuer hatte meine Mutter Nereida mich zur Welt gebracht. Im Schein der Winterfeuer wurde ich von meinem eigenen Vater verkauft.

Ich saß auf einem goldenen Stuhl links neben dem Thron von König Gereon und fühlte mich, als würde ich noch immer schlafen. Jede Empfindung drang wie durch Nebel zu mir durch. Die maßlose Enttäuschung und der Zorn, die Verzweiflung und die Trauer. Mehr als alles andere wollte ich aufspringen, meine Wut hinausschreien und davonlaufen. Doch etwas hinderte mich daran.

Es war nicht die Angst vor den möglichen Folgen.

Seit Langem wusste ich, dass mein Vater mich für schwach hielt. Ausgerechnet der Mann, der sämtliche Entscheidungen seinen Beratern überließ und oft genug volltrunken in sein Bett geschleppt werden musste, strafte mich mit Herablassung. Der Mann, der ohne die heimliche Unterstützung meiner Mutter nicht einmal halbwegs dazu in der Lage gewesen wäre, dieses Land zu regieren. O nein, mein Vater galt als fehlerlos. Er war ein von den Göttern auserwählter König – und was war ich? Ein nutzloses Mädchen, das er gewinnbringend verschacherte.

Höchstselbst hatte ich die Nachricht an den Prinzen des Nordens verfassen müssen, dass ich einen anderen heiraten würde. Vermutlich wurde der bedauernswerte Bote gerade in diesem Moment an das

Stadttor genagelt, wie es Überbringern von schlechten Nachrichten häufig geschah.

»Du wirst nicht Prinz Craven ehelichen«, hatte Gereon mir vor drei Tagen beim Abendessen eröffnet. Ganz beiläufig. Als würde er sagen: Ich habe einen besseren Käufer für das neue Fohlen gefunden. »Antares, der König des Südreiches, wird schon bald an unseren Hof kommen und das Brautgeld bezahlen.«

Antares. Ausgerechnet Antares. Es hieß, dass er bereits vier Ehefrauen verloren hatte. Am Dschungelfieber sei die letzte gestorben. Bei der ersten war es eine wütende Raubkatze gewesen, die in den Garten der Burg eingedrungen war. Bei der zweiten ein Treppensturz. Und die dritte war im Kindbett gestorben, gemeinsam mit ihrer neugeborenen Tochter.

Wie kannst du mir das antun?, fragte ich meinen Vater mit einem langen, fassungslosen Blick. *Bin ich dir so gleichgültig?*

Gereon sah mich nicht einmal an. Er hatte nur Augen für das, was Antares' Soldaten herbeischleppten und zu Füßen des Throns aufstapelten. Wenn da wenigstens der Anflug von Schmerz in seinen Augen gewesen wäre. Irgendein Zeichen dafür, dass er mich nicht verkaufen wollte, sondern durch irgendetwas oder irgendwen dazu gezwungen wurde.

Aber Gereon schien sein Glück kaum fassen zu können. Ausgerechnet der mächtigste aller Herrscher, der unbesiegte Herr über die Burg des Blauen Mondes, wünschte seine Tochter zu ehelichen. Die Tochter eines unbedeutenden Küstenkönigs, die so wenig dem gängigen Schönheitsideal entsprach, wie ein Spatz einem Goldadler glich.

Mit schwitzenden Fingern umklammerte ich die Lehnen meines Stuhls. Um Hilfe flehend, warf ich meiner Mutter einen Blick zu, doch Nereida war längst zu einem Gespenst geworden und ließ sich still und gehorsam von den Winden des Lebens treiben.

Wenn wenigstens meine Amme Malakat hier gewesen wäre. Oder Kafir, der alte Waldkrieger, der mir heimlich alles beigebracht hatte, was eine Frau nach gängiger Meinung nicht zu wissen brauchte. Und manchmal sogar Dinge, die meinesgleichen gar nicht wissen durfte.

Das alles musste ein Traum sein. Ein böser, abscheulicher Nachtmahr, der im ersten Sonnenstrahl verlöschen würde. Doch draußen schienen bereits beide Sonnen und hätte ich, falls dies hier im Schlaf geschah, nicht längst aufwachen müssen? Welcher Traum dauerte schon zwei Tage?

»Ich grüße dich, König der Grauen Küste.« Antares' Verbeugung war derart spöttisch, dass selbst mein Vater es bemerken musste. Gereon hätte es sein müssen, der sich verneigte, nicht der riesenhafte, von einem struppigen schwarzen Bart verunstaltete Kriegerkönig in seiner goldglänzenden Rüstung, der alle siebzehn Reiche unterworfen und unzählige Armeen besiegt hatte. Einerseits dank seiner Grausamkeit und der Tatsache, dass er zu allem entschlossen war. Andererseits aufgrund der letzten noch lebenden Hexe, die Gerüchten zufolge in seiner Burg hauste und ihrem Herrn mit schwarzer Magie unter die Arme griff.

Alles an Antares strahlte Unbarmherzigkeit und rohe Kraft aus: die schwellenden Muskelberge unter seiner sonnengegerbten Haut, die harten, von krausen Locken eingefassten Gesichtszüge und die bernsteingelben Augen, die mich an eine Viper erinnerten. Gewiss war er in den Augen vieler Frauen ein attraktiver Mann. Stark, stolz und wild wie ein Raubtier, mit stechendem Blick und dem Gebaren eines Kriegers. Doch mich erfüllte er mit Abscheu.

»Ich bringe dir die Gaben des Dschungels, König der Grauen Küste. Und ich hoffe, dass du sie als angemessenen Preis für die Hand deiner Tochter akzeptierst.«

Ein kalter Schauer rieselte über mein Rückgrat. Mit diesem Mann würde ich den Rest meines Lebens teilen. Ich würde ihn in meinem Bett willkommen heißen und ihm gehorchen müssen. Ganz gleich, was er von mir verlangte. Mein Vater kannte die archaischen Gebräuche und Denkweisen des Südreiches und gab mich dennoch weg. Einfach so. Als würde er ein Pferd aus seiner Zucht verschachern.

Natürlich zählte das Leben eines Mannes auch in unserem Reich mehr als das einer Frau, aber hier regierte nicht das Blutgesetz. Hier durfte sich meinesgleichen frei bewegen, eine eigene Meinung vertreten und ein Gewerbe ergreifen, sofern es Vater oder Gatte gestattete. Das Südreich dagegen war ein Gefängnis. Ein Ort der Hilflosigkeit und des Schreckens. Zumindest, wenn man das falsche Geschlecht besaß.

Ich spürte Antares' Blick auf mir ruhen. Offenbar fand er Gefallen an meinem flachen, mageren Körper. Aber was hatte ich erwartet?

Schließlich kam er mit einem Berg aus Schätzen hierher und hielt um meine Hand an, obwohl das Reich der Grauen Küste nichts Wertvolles bot. Es sei denn, man mochte den Geschmack von Fisch, Muscheln und Seetang. Was hatte den Kriegerkönig zu seiner Entscheidung getrieben? Warum wählte er ausgerechnet mich, obwohl ihm jeder Königshof mit Freuden eine ganze Schar vielversprechender Bräute präsentiert hätte?

Meine Kehle wurde eng. Antares hatte ein Geschenk nicht nötig. Ebenso gut könnte er Gereon unterwerfen, mich entführen und gegen seinen Willen ehelichen. Alle siebzehn Reiche waren ihm Tribute schuldig und mein Land, das nichts weiter besaß als Felsen, Muschelbänke und Fische, hatte ihm nichts Wertvolles zu bieten.

Plötzlich erschien mir selbst das schlichte, hochgeschlossene Kleid aus sturmgrauer Seide zu dünn, denn Antares' Blick verschlang mich förmlich. Was mochte er sich gerade ausmalen? Würde er seine Gier bis zur Hochzeit im Zaum halten oder mich schon während unserer Reise zur Burg des Blauen Mondes in sein Zelt schleifen, damit ich ihm zu Willen war? Bei Nershas siebter Hölle, wäre ich doch nur an Bord eines Schiffes. Weit, weit weg von hier. So weit, dass ich das Land nicht einmal mehr durch ein Fernrohr sehen konnte.

»Ich bringe dir das Horn eines Sumpfbüffels«, rief der König des Südreiches, trat zur Seite und machte vier Männern Platz, die keuchend und schwitzend eine gewaltige Trophäe herbeischafften. Das besagte Horn war so lang wie drei hochgewachsene Männer, dick wie ein Baumstamm und von der anmutigen Form einer Leier, die sich an der Spitze zu drei scharfen Enden aufspaltete. Jedes dieser Enden leuchtete schneeweiß, während der Rest des Horns in tiefem Schwarz glänzte.

»Sieh nur, Nereida!« Die Augen meines Vaters wurden tellergroß. »Kannst du dir ein Wesen vorstellen, das solch einen Kopfschmuck trägt?«

»Ein Sumpfbüffel ist wahrlich ein Anblick, den man niemals mehr vergisst.« Antares' Mund verzog sich zu einem grimmigen Kriegerlächeln, als er den Bogen von seiner Schulter nahm. Es war ein mächtiges, aus zwei geriffelten Antilopenhörnern bestehendes Ungetüm, zu dem ein Köcher voller fingerdicker, mit schwarzen Federn bestückter Pfeile gehörte. »Ich selbst habe den Büffel erlegt, um dir eines seiner Hörner zu bringen. Mehr als hundert Pfeile und ebenso viele Lanzen waren nötig, um ihn zu Fall zu bringen. Zwanzig gute Männer starben bei dieser Jagd. Es gibt ein Sprichwort in meinem Reich: Wer einen Sumpfbüffel zu töten vermag, der kann alles töten.«

Angewidert blickte ich beiseite. Was bezweckte dieser Barbar damit? Glaubte er ernsthaft, ich würde seinen blutigen Geschichten von männlichem Ruhm irgendetwas abgewinnen können?

»Als weitere Gabe überbringe ich dir zwei Truhen, gefüllt mit Smaragden und Rubinharz aus den Tiefen des Dschungels.« Antares genoss sichtlich den Eindruck, den seine Geschenke auf Gereon ausübten. »Dazu erhältst du allerlei Gold von den Wilden, die meine Armeen unterworfen haben. Auch diese Vögel sollen dir gehören, auf dass sie dein Auge mit ihrer Schönheit erfreuen, nachdem ich dich um den Anblick deiner anmutigen Tochter gebracht habe.«

Zwölf Soldaten stellten sechs goldene Käfige vor dem Thron meines Vaters ab. In jedem davon hockte ein schillerndes, gefiedertes Wesen, das vor Kurzem noch frei im Dschungel umhergeflogen sein mochte und nun so gefangen war, wie ich es bald sein würde.

Einer der Vögel, ein mannsgroßer, leuchtend bunter Papagei, war gar derart eingezwängt, dass er nicht einmal seine Flügel ausbreiten konnte.

Mein Vater strahlte vor Begeisterung. »Ganz wunderbar! Und was sind das dort für Felle? Sie schimmern wie das Innere einer Muschel.«

»Dies sind die Pelze von Nebelkatzen«, antwortete Antares. »Großen Raubtieren, die im Dunst der Täler jagen. Es gibt kein Fell, das weicher ist als dieses. Lege ein solches Prachtstück auf dein Lager und du wirst unzählige starke Söhne zeugen.«

»Soso.« Gereon warf meiner still dasitzenden Mutter ein vieldeutigen Grinsen zu. »Und der Schild dort drüben? Mit welch einem seltsamen Leder ist er bespannt?«

»Dieser Schild ist mein wertvollstes Geschenk.« Antares' Stimme wurde heiser und schleppend. Als ich einen Blick in Richtung des Kriegerkönigs wagte, raubte mir der Hunger in seinen Augen schier den Atem. Er starrte mich an, als läge ich bereits auf seinem Lager. Nackt und ausgeliefert. Nichts weiter als eine Dienerin, über die er nach Belieben verfügen konnte. »Das Leder, mit dem er bespannt ist, stammt von der Haut eines Aman-Kaja.«

»Aman-Kaja«, wiederholte mein Vater beeindruckt. »Ist das euer Name für die Dschungelmenschen, gegen die ihr seit Jahren Krieg führt?«

»Es ist der Name, mit denen die Wilden sie bezeichnen«, knurrte Antares. »Wir haben ihn übernommen, weil er am besten umschreibt, was diese Ungeheuer ausmacht.«

»Und was bedeutet er?«

»Geister des Waldes. Denn genau das sind sie. Geister. Dämonen. Mehr Kreatur als Mensch.«

Die Augen meines Vaters leuchteten wie die eines Kindes, während er den Schild betrachtete. »Ich habe gehört, dass ihre Körper mit leuchtenden Malen bedeckt sein sollen, aber ich hielt es für eine Legende.«

»Es ist keine Legende, wie du siehst.«

»Und was ist mit ihren Ohren? Ist es wahr, dass sie spitz sind? Ebenso wie ihre Reißzähne? Und dass sie Schwänze besitzen wie Katzen?«

Antares grinste. »Sie besitzen keine Schweife und keine Reißzähne und ihre Ohren sehen nicht anders aus als unsere. Aber jeder von ihnen verfügt über eine solche Musterung, wie du sie auf dem Schild siehst. Die meisten Aman-Kaja tragen goldfarbene oder silberne Male, bei einigen wenigen leuchten sie smaragdfarben. Jeder, der grüne Male trägt, ist in ihren Augen königlich. Ob er nun dem Geschlecht eines Herrschers entstammt oder in einer niedrigen Schicht geboren wurde.«

Mein Vater beugte sich vor wie ein hungriger Geier. »Und dieser Schild ist also mit der Haut eines solchen Wesens bezogen?«

»Ja, das ist er. In all den Jahren, die wir bereits gegen die Aman-Kaja kämpfen, ist es uns nur zweimal gelungen, einen Leichnam in unsere Gewalt zu bringen. Ich selbst zog ihnen die Haut ab, gerbte sie mit meinen eigenen Händen und bespannte zwei Schilde damit. Einer davon wird fortan dir gehören, König der Grauen Küste.«

»Wie überaus faszinierend.«

Antares brummte fordernd, woraufhin der Soldat den Schild an meinen Vater übergab. Mit glänzenden Augen strich Gereon über das Leder, als gäbe es nichts Verwerfliches an dem Gedanken, einem Menschen die Haut abzuziehen und sie zu gerben. Die silbrig glimmenden, unregelmäßig verteilten Sprenkel auf der bronzefarbenen Haut ähnelten vielmehr der Haut eines Leguans oder der eines Fisches aus den Abgründen des Meeres.

Es gab also Menschen, die leuchtende Haut trugen, tief im Dschungel lebten und Antares' unstillbarer Gier seit Jahren die Stirn boten. Wem mochte dieses Stück Haut wohl gehört haben? Wie mochte er ausgesehen haben und wie hatte ihn der Tod ereilt?

»Dann ist es euch niemals gelungen«, hakte mein Vater nach, »einen Aman-Kaja lebend zu fangen?«

In Antares' Augen glomm ein wilder Hass auf. »Nein. Niemals.«

»So wie du sie beschreibst, ist das überaus bedauerlich. Zweifellos gäben sie vortreffliche Kämpfer ab, sobald man sie einmal vernünftig erzogen hat.«

»Gewiss«, grollte der König des Südreiches. »Aber diese Kreaturen lassen sich nicht erziehen. Ebenso gut könnte man versuchen, die Winterstürme in einem Glas einzusperren.«

Mein Vater lächelte kalt. Womöglich versuchte er gerade, sein Gegenüber zu beeindrucken. »Jedes Geschöpf auf dem Angesicht der Erde zerbricht irgendwann. Man muss es nur geschickt anstellen. Aber sag, wie kann es sein, dass weder deine gewaltigen Armeen noch deine mächtigen Waffen stark genug sind, um dieses Volk zu überrennen? Warum unterwerft ihr sie nicht, so wie ihr es bei allen anderen Barbaren getan habt?«

Antares' Lächeln war ein Messer, das genüsslich in lebendes Fleisch schneidet. »Es ist nur eine Frage der Zeit«, antwortete er langsam. »Wir werden sie überrennen, doch jeder Sieg braucht seine Zeit. Nun beantworte mir deinerseits eine Frage, König der Grauen Küste. Genügen dir diese Schätze als Preis für die Hand deiner Tochter? Übergibst du sie mir und schenkst uns deinen Segen?«

Ich hielt den Atem an.

Dies waren die letzten Augenblicke meiner Freiheit.

So beiläufig entschied sich also mein Schicksal, und das nur, weil es der Wille eines Mannes war. Verzweifelt schloss ich die Augen und betete. Ich flehte alle Götter und Geister und Schicksalsmächte an, mir gnädig zu sein. Doch in dem Moment, in dem sich meine Lider wieder hoben, sah ich Gereons zufriedenes Nicken. Behutsam legte er den Schild auf seinem Schoß ab, strich über das Menschenleder und nahm einen tiefen, bedächtigen Atemzug. Falls er Widerwillen empfand, so verbarg er ihn gut.

Und meine Mutter?

Nun, ebenso gut hätte ihr Thron leer sein können.

»Ich gebe dir Gemma zur Frau«, rief er laut und mit unüberhörbarem Stolz. »Und ich schenke euch meinen Segen, größter aller Könige, Herr über die Burg des Blauen Mondes und Gebieter über alle siebzehn Reiche.«

Kapitel 6
Malakats Geschichten

Zum letzten Mal sah ich den Königsmond über dem Meer stehen. Nie wieder würde ich auf dem gemauerten Fenstersims sitzen und den heranrollenden Wellen zusehen, wie sie an den Klippen zerbarsten und ihren weißen Schaum in die Finsternis spuckten. Nie wieder würde ich die Fischer dabei beobachten, wie sie aus der Bucht herausfuhren, die Nacht mit dem goldenen Licht ihrer Laternen sprenkelten und schließlich in der Ferne verschwanden. Ebenso wenig wie das Meer würde ich die Burg der Grauen Küste wiedersehen, denn eine Frau, die den Ort ihrer Geburt verließ, um zu heiraten, kehrte niemals mehr zurück.

Einen Moment lang spielte ich mit dem Gedanken, mich vom Fenstersims zu stürzen. Zum ersten Mal verstand ich, was Menschen dazu bewog, allem ein Ende bereiten zu wollen. Ich sehnte mich nach dem Nichts des Todes. Ich sehnte mich danach, keine Angst mehr zu haben und keine Verzweiflung mehr zu fühlen.

Nur noch der ewige Schlaf.

Oh, ich war so müde. So unbeschreiblich müde, wenn ich an die Welt dort draußen dachte.

»Ach, Gemma«, sagte meine Amme. »Bitte setz dich zu mir.«

Zitternd vor Qual blickte ich in die Tiefe, in der die Wellen gegen die grauen Klippen schlugen. »In ein paar Stunden geht die Sonne auf. Dann werde ich dem Meer für immer den Rücken kehren.«

»Und deswegen musst du es die ganze Nacht lang anstarren?«

»Ja.« Verzweifelt kämpfte ich gegen die Tränen an, doch meine Stimme brach bereits. »Das muss ich.«

»Ach was. Du wirst das Meer wiedersehen, meine Seeschwalbe. Ich glaube fest daran.«

»Wie denn?« Ein plötzlicher Zorn rumorte in meinem Bauch. Ich fuhr zu der alten Frau herum und sah, was ich immer sah, wenn es mir schlecht ging: ein sanftes, mütterliches Lächeln auf Malakats Lippen. Seelenruhig saß sie im Sessel vor dem Kamin und hielt ihre schrumpeligen Hände im Schoß verschränkt. »Das Südreich liegt fast sechzig Tagesreisen von der Küste entfernt. Und selbst wenn es dort einen Ozean gäbe, dürfte ich ihn mir nicht ansehen. Ich werde eine Gefangene sein, Malakat. Eine Sklavin. Antares wird mich einsperren, so wie alle Ehefrauen vor mir, und wenn ich ihm nicht zu Willen bin, wird er mich auspeitschen lassen. Oder Schlimmeres. Man sagt, Frauen seien im Südreich weniger wert als ein Esel.«

»Nichts ist so furchtbar, wie die Leute behaupten«, erwiderte Malakat mit ihrer unerschütterlich ruhigen Art, die ich seit jeher an ihr bewundert hatte. »Außerdem hast du Kafir und mich.«

Mein Herz tat einen Satz. »Kafir? Wird er mit uns kommen? Bitte sag, dass er uns begleiten wird!«

»Ja, das wird er.« Die Waldfrau zwinkerte verschmitzt. »Ich konnte das harte Herz deines Vaters erweichen und habe ihm den alten Zausel abgeschwatzt. Als ich ihm schilderte, wie sehr du an ihm hängst, habe ich die Trauer in seinen Augen gesehen. Nur ganz kurz, aber sie war da.«

Mit einem Mal wurde der Zorn überwältigend. Ich schlug mit der flachen Hand gegen das Mauerwerk, stieß einen derben Fluch aus und schlug ein zweites Mal zu. Diesmal mit der Faust. Es tat weh, doch ich nahm den Schmerz und verwandelte ihn in eine Rüstung. »Wieso sollte er um mich trauern, Malakat? Er hat mich verkauft, ohne mit der Wimper zu zucken. Ihm fielen beim Anblick der Schätze ja fast die Augen aus dem Kopf.« Wie betäubt starrte ich auf meine blutigen Knöchel. »Du hättest ihn sehen sollen. Ihn und dieses Monster.«

Meine Amme blieb unverändert ruhig. Wie in aller Welt schaffte sie es nur, selbst in den dunkelsten Zeiten zuversichtlich zu sein? Woher nahm sie ihre Stärke, die so groß war, dass sie sie mit Kafir und mir teilen und immer noch genug für sich selbst übrig haben konnte? »Auch Monster haben einen weichen Kern«, erwiderte sie sanft. »Alles wird gut werden, meine Seeschwalbe. Ich weiß es.«

Ich schüttelte nur den Kopf, rutschte vom Sims und sah ein letztes Mal auf das mondglänzende Meer hinaus. Dann schloss ich die Fensterläden, zog die Vorhänge zu und trottete zum Kamin hinüber. Mit unterschlagenen Beinen setzte ich mich auf den Teppich, starrte in die prasselnden Flammen und spürte, wie mein Herz schwer wurde. So schwer, dass ich mich fragte, wie es überhaupt noch an Ort und Stelle verharren konnte.

Trübsinnig ließ ich meinen Blick durch das Zimmer wandern, um Abschied zu nehmen. Auf meinem Schreibtisch lag das alte Manuskript, dessen prächtig bemalte und beschriebene Seiten ich seit fast drei Wochen Stück für Stück kopierte. Daneben stand die dicke Walratkerze, die unzählige Nächte lang für mich gebrannt hatte. Sollte ich das Werk in meiner neuen Heimat vollenden?

Nein, das fühlte sich nicht richtig an. Was dem Norden gehörte, sollte im Norden bleiben. Es genügte, wenn man mich fortjagte wie einen ungeliebten Hund. Sollte das halb fertige Manuskript ruhig als Erinnerung für jene Menschen dienen, die mich verkauft und verraten hatten. Mein Vater hatte genug Gold für meine Werke eingenommen.

Gold, das er bevorzugt in rauschende Feste und ausschweifende Jagden gesteckt hatte, anstatt es für die wirklich notwendigen Dinge zu verwenden.

»Du hast seine Augen nicht gesehen«, flüsterte ich. »Wenn du sie gesehen hättest, dann …«

»Was meinst du, meine Seeschwalbe?«

»Antares ist böse, Malakat. Dieser Mann kennt keine Liebe und er wird sie niemals kennen.«

»Sei dir dessen nicht so sicher, Gemma. Die Sanftheit der Frauen hat schon viele Herzen aus Eis schmelzen lassen. Männer wissen viel von Krieg, Blut und Gewalt. Doch tief im Herzen sehnen sie sich nach einem Hafen. Nach einem Ort der Zärtlichkeit. Wenn du Antares einen solchen Ort gibst, wird er dich lieben. Er wird erkennen, dass nicht Ruhm und Ehre das Herz bereichern, sondern Zuneigung.«

Ich legte eine Hand auf meine Stirn, nahm ein paar tiefe Atemzüge und kämpfte gegen meine Panik an. Vergeblich. Die Furcht breitete sich in mir aus. Schleichend und tückisch wie ein lähmendes Gift. »Ich will ihn nicht, Malakat. Ich kann nicht tun, was er von mir verlangen wird.«

Meine Amme seufzte. »Ja, weil diese ebenso dummen wie schwatzhaften Zofen zu viele Schauermärchen darüber verbreiten. Sie wollen dir nur Angst einjagen. Weiter nichts.«

»Bist du dir sicher?« Es fühlte sich an, als würde ein dorniger Klumpen in meiner Kehle heranwachsen. »Sie sagen, dass es wie eine brennende Lanze ist, die einen durchbohrt. Sie sagen, dass danach das ganze Bett in Blut getränkt ist und dass man zehn Tage lang nicht laufen kann.«

»So ein Unsinn.« Malakat schnalzte abfällig mit der Zunge. »Anstatt diesen Gören zuzuhören, hättest du lieber mich fragen sollen. Der Körper einer Frau ist erschaffen worden, um zu dem eines Mannes zu passen. Ich werde dir Geheimnisse verraten, die deinen Zukünftigen in die Knie zwingen werden. Er wird alles tun, um dich glücklich zu machen. Er wird an deinen Lippen hängen und dir jeden Wunsch davon ablesen. Und falls du trotzdem nicht lernst, ihn zu lieben, hast du immer noch einen großen Trost.« Malakat lächelte, doch ich sah die verborgenen Tränen in ihren Augen. Auch ihre Ruhe war nichts weiter als eine Maske, mit dem Unterschied, dass ihre weitaus besser passte als meine.

»Welchen?«, hakte ich nach. »Was meinst du?«

»Nun, dein Ehemann wird ständig fort sein. Meistens wird er mit Kriegen und Eroberungen beschäftigt sein und während er sich in der Weltgeschichte herumtreibt, machen wir drei uns ein schönes Leben. Kafir, du und ich.«

Ein matter Sonnenstrahl fiel durch die düstere Wolkendecke meiner Gedanken. Wenigstens würden meine Amme und der alte Waldkrieger bei mir bleiben. Man zwang mich dazu, in die Ferne zu gehen und einem ungewissen Schicksal entgegenzublicken, aber ich würde nicht allein sein.

»Wolltest du nicht schon immer den Dschungel sehen?«, fragte meine Amme. »Antares' Palast thront hoch oben auf einem Berg, von dem aus du die geheimnisvollen Wälder des Südens überblicken kannst.

Du wirst Panther sehen, Papageien, Nebelkatzen, Kaimane und Antilopen. Unzählige wilde Geschöpfe, die du dir in deinen kühnsten Träumen nicht ausmalen kannst. Ich habe gehört, dass Antares seine zweite Ehefrau mit auf die Jagd genommen hat. Vielleicht erlaubt er es auch dir, wenn du ihn darum bittest.«

»Er hat sie auf die Jagd mitgenommen?«

»So erzählt man es sich.«

»Nein, das glaube ich nicht. Die Frauen des Südreiches dürfen nicht einmal allein auf die Straße. Abgesehen davon finde ich es abscheulich, aus Langeweile zu töten. Du hättest Antares' Geschenke sehen sollen. Er hat sich quer durch den Dschungel gemordet und war auch noch stolz darauf.«

Malakat wiegte bedächtig den Kopf hin und her. Wie immer, wenn sie nachdachte. »Schon gut, meine Seeschwalbe«, seufzte sie nach einer Weile. »Ich wollte dich nur mit dem Gedanken trösten, dass Antares zur Liebe fähig ist. Seine zweite Ehefrau soll er auf Händen getragen haben.«

»Wenn du meinst.«

»Vielleicht ist er ja doch besser, als du glaubst.«

Ich schloss meine Augen und konzentrierte mich auf das Rauschen der Wellen, das gedämpft durch die Vorhänge und Fensterläden drang. Wie sollte ich ohne dieses Lied in den Schlaf finden? Wie sollte ich überhaupt ohne das Meer leben? Ja, ich hatte mich danach verzehrt, einmal den Dschungel zu erblicken. Diese farbenprächtige, gefahrvolle Welt, von der so viele Legenden berichteten, mit all ihren herrlichen und angsteinflößenden Kreaturen. Doch das Meer war seit jeher mein Herzschlag. Sein Rauschen war das Erste, das ich in meinem Leben gehört hatte, und ich wollte, dass es irgendwann das Letzte war, das ich von der irdischen Welt vernahm.

»Was weißt du über die Aman-Kaja«, fragte ich, als unser Schweigen wie ein lauter Schrei in meinen Ohren schmerzte. »Hast du jemals von ihnen gehört?«

»Natürlich«, antwortete Malakat. »Mein Volk erzählte sich viele Geschichten über die Dschungelmenschen.«

»Warum hast du mir diese Geschichten nie erzählt?«

»Weil Geister nur so lange unverwundbar sind, wie man ihre Namen nicht kennt. Es gibt den Glauben in meinem Volk, dass ein Feind umso mächtiger ist, je weniger man über ihn weiß. Alle Geheimnisse des Waldes wurden an das Licht gezerrt und vernichtet, nicht jedoch die Aman-Kaja. Solange sie existieren und das westliche Ufer des Silberstromes verteidigen, leben auch die alten Götter weiter.«

»Kannst du mir die Geschichten jetzt erzählen?«

Malakat lächelte und hing ihren Gedanken nach, bis sie schließlich mit den Schultern zuckte. »Was schadet es, wenn ich dir das berichte, was mein Großvater mir berichtet hat? Sobald wir im Süden sind, wirst du ohnehin eine Menge Schauergeschichten über die Dschungelmenschen aufschnappen. Glaube nichts, was man dir als Wahrheit verkaufen will. Mach dir ein eigenes Bild und wo das unmöglich ist, höre auf dein Herz. Man sagt, dass grünes Blut in den Adern der Aman-Kaja fließt und dass die Geschöpfe des Waldes ihrem Willen gehorchen.«

»Denkst du, das ist wahr?«

»Ich weiß es nicht. Aber wenn sie seit Jahren der Armee des Südreiches widerstehen, muss ihnen die große Muttergöttin magische Kräfte geschenkt haben.«

»Schschsch!«, zischte ich erschrocken. »Bist du des Wahnsinns? Vater lässt mich Tag und Nacht bewachen, seit er mich verschachert hat. Du weißt genau, dass du über die alten Götter nicht reden darfst. Am Ende sperrt man dich noch in den Kerker und ich muss ohne dich abreisen.«

Malakat brummte ein paar Worte in der Sprache ihres Stammes. Sanft spielte der Flammenschein auf ihrer bronzefarbenen, von punktförmigen Schmucknarben übersäten Haut. »Ich habe erlebt, wie die Soldaten des Südreiches wüten«, sagte sie leise. »Auch mein Volk bestand aus tapferen Kriegern und Jägern. Es war stark und furchtlos, doch ein einziger Morgen genügte, um alles in Asche zu verwandeln.«

Wie immer, wenn Malakat über ihre Vergangenheit sprach, fühlte ich die Last einer unerträglichen Schuld. »Warum hasst du uns nicht? Wie hast du es geschafft, uns zu vergeben?«

»Ich habe dich kennengelernt, mein Kind. Du hast mir gezeigt, dass es auf beiden Seiten gute und böse Menschen gibt. Durch dich habe ich Frieden gefunden.«

Mein Herz quoll schier über vor Liebe. »Ach, Malakat, ich hoffe, dass ich eines Tages so bin wie du.«

»Das ist zu viel des Lobes, meine Seeschwalbe. Du wirst so viel besser sein als ich.«

»Nein, niemand wird je ein besserer Mensch sein als du. Selbst Könige sollten vor dir auf die Knie fallen. Erzähle mir mehr von den Aman-Kaja. Was weißt du noch über sie?«

Malakat lächelte. »Du hast einen Narren an ihnen gefressen, nicht wahr?«

»Sie weisen Antares in seine Schranken.« Betont gleichmütig zuckte ich mit den Schultern, doch innerlich brannte ich vor Neugier. »Allein dafür haben sie meinen Respekt.«

»Was soll ich dir noch sagen? Auch mein Volk kennt nur Geschichten. Es heißt, dass die Aman-Kaja in einem Palast aus Mondstein leben, den sie über viele tausend Jahre hinweg aus einem mächtigen Berg herausgeschnitzt haben. Man sagt, dass es keine schöneren und herrlicheren Kunstwerke gäbe als jene, die die Baumeister und Goldschmiede der Dschungelmenschen erschaffen. Inmitten eines wuchernden Dschungels leuchten der Palast und seine Kostbarkeiten schöner als jedes Traumgebilde und in besonders hellen Nächten, wenn der Königsmond über den Horizont steigt, blendet das Tal der Aman-Kaja jedes Geschöpf mit seiner Herrlichkeit.«

»Das klingt wunderbar«, seufzte ich.

»O ja. Aber vielleicht ist es auch nur ein Märchen, meine Seeschwalbe. Niemand, so weit unsere Erinnerung zurückreicht, hat diesen Palast mit eigenen Augen gesehen und jene, die ihn angeblich erblickt haben, sind schon lange tot.«

»Erzähle mir mehr«, bettelte ich.

Meine Amme lachte. »Hast du auf einmal keine Angst mehr, dass man mich der alten Geschichten wegen in den Kerker wirft?«

»Natürlich. Aber ich brauche diese Geschichten. Sie …« Ich schluckte, weil es selbst in meinen Ohren seltsam klang. »Sie trösten mich.«

Malakat nickte und blickte geistesabwesend in das Tanzen der Flammen. Heute trug sie ein Kleid, das noch dunkler und strenger war als die übliche schlammbraune Dienerkleidung. Ob irgendwo dort drinnen jene Frau existierte, die sorglos und frei in den Tiefen der Wälder gelebt hatte?

»Im Dschungel der Aman-Kaja«, fuhr meine Amme fort, »gibt es immer noch Drachen. Kupferfarbene Echsen mit gefiederten Schwingen, die glänzen wie poliertes Metall. Es existieren aber auch grün schillernde Drachen von der Größe eines Ochsen mit Federkronen auf den Köpfen und giftigen Dornen an den Schwänzen. Dann sind da noch die schwarzen, flugunfähigen Lindwürmer. Abscheuliche Biester, deren Geifer selbst Felsen zerfrisst. Und es gibt winzige purpurfarbene Drachen, die so klein sind, dass du sie auf deinem Arm herumtragen könntest.«

»Wirklich?«

»O ja.«

»Denkst du, könnte ich einen der Jäger bitten, mir einen purpurfarbenen Drachen zu fangen? Das wäre ...« Ich stutzte, dachte über meinen kindischen Einfall nach und schüttelte den Kopf. »Nein! Ich brächte es nicht übers Herz, ihn einzusperren. Glaubst du wirklich, dass es im Süden solche Geschöpfe gibt? Es heißt doch, sie seien schon vor Ewigkeiten ausgestorben.«

»Im Rest der Welt, ja«, antwortete Malakat. »Aber der Dschungel der Aman-Kaja ist derselbe wie vor zehntausend Jahren. Jenseits des Silberstromes hat niemals ein Mensch den Wald betreten, bis auf jene Glückspilze, die vor unermesslich langer Zeit mit ihren Geschichten zurückgekehrt sind. Wer auch immer es wagt, sein Boot in die dunklen Wasser gleiten zu lassen, stirbt einen grausamen Tod.«

»Dann siehst du die Aman-Kaja nicht als Menschen?«

»Nein«, antwortete Malakat. »Für mich sind sie Geister. Unverwundbare, unangreifbare Geister, die im Namen der alten Götter kämpfen.«

»Und Antares versucht schon seit Jahren, den Fluss zu überqueren?«

»Das tut er.« Die Augen meiner Amme glitzerten schadenfroh. »Jedes Mal scheitert er grandios, obwohl es ihm hin und wieder gelungen sein soll, das andere Ufer zu erreichen. Aber all seine Waffen sind nutzlos, denn die wahre Stärke eines Kämpfers liegt in seinem Herzen, nicht in seinem Schwert. Was das betrifft, sind die Aman-Kaja seiner Armee haushoch überlegen. Weißt du, was der Name der Dschungelmenschen bedeutet?«

»Ja. *Geister des Waldes*. Antares hat es uns verraten.«

»So ist es. Und Geister kann man nicht töten. Keinem lebenden Menschen wird es jemals vergönnt sein, sie zu besiegen.«

»Das stimmt nicht«, warf ich ein. »Man kann sie töten. Antares hat meinem Vater ein Schild geschenkt, das mit der Haut eines Aman-Kaja bespannt war.«

»Was?« Meine Amme riss die Augen auf. »Ist das die Wahrheit?«

»Ja, ich habe es selbst gesehen. Die Haut war ein wenig heller als deine und sie besaß leuchtende Sprenkel.«

Malakat nickte und senkte den Blick. Zum ersten Mal wirkte sie so alt, wie sie war. »Die Geister des Waldes tragen Licht in ihrer Haut. Es ist Antares wirklich gelungen, einen von ihnen zu töten?«

»Er hat von zwei Leichnamen gesprochen, die ihm im Laufe der Jahre in die Hände gefallen sind. Beiden hat er die Haut abgezogen und sie auf Schilde gespannt.«

Malakat seufzte. »Dann sind die Geister verwundbar geworden. Das ist traurig. Sehr traurig. Wenn auch der Dschungel der Aman-Kaja untergeht, gibt es nichts mehr, das die alten Götter am Leben erhält. Ach, ich wünschte nur, der Smaragddrache wäre mehr als nur ein Märchen.«

»Der Smaragddrache? Was ist das für ein Wesen?«

Malakat schüttelte den Kopf, hob ihre Hände und rieb sich die Schläfen. »Nein, mein Kind. Ich bin eine alte Frau und brauche meinen Schlaf.«

»Wirklich? Du schläfst nie länger als eine Stunde und viel weniger als ich. Bitte erzähle mir mehr.«

Sie hob den Blick und lächelte schmerzlich. »Ich frage mich gerade, ob du nicht doch das passende Eheweib für einen Kriegerkönig bist. Also gut, wildes Mädchen. Du sollst deinen Willen bekommen, so wie du ihn immer bekommst. Der Smaragddrache ist der König aller Drachen. Er ist ein gewaltiges Tier, zweimal so groß wie ein Sumpfbüffel, mit einer Haut, die aus den herrlichsten, grün schillernden Schuppen besteht. Er trägt keine ledernen Schwingen, wie man es von einem Drachen erwartet, sondern besitzt seidenweiche, gefiederte Schwingen, die es ihm ermöglichen, trotz seiner Größe vollkommen lautlos zu fliegen. In seinem Blut bewahrt er die uralte Macht der Schöpfung. Niemand weiß, woher er einst kam, und niemand weiß, wie alt er ist.

Manche Geschichten besagen, dass er in unsere Welt kam, als noch nicht einmal die Zeit geboren worden war. Sein Herz besteht aus einem lebendigen, schlagenden Smaragd und in seinen Augen liegt die Weisheit ungezählter Jahrtausende.«

Mir entkam ein Seufzen. »Deine Geschichten sind so viel schöner als unsere. Aber warum wünschst du dir, dass diese Kreatur tatsächlich existiert?«

»Warum? Ach, es ist ja doch nur ein Märchen. Eine Legende, um Hoffnung zu säen, wo nichts mehr wächst. Die Aman-Kaja haben eine besondere Bezeichnung für den Smaragddrachen. Sie nennen ihn *Beschützer des Waldes und des Himmels*. Ihrem Glauben nach ist der Drache nicht nur ein Tier, sondern zugleich auch ein Mensch. Zumindest erzählen das die Geschichten.«

»Wie meinst du das?«

»Nun, einst vernahm ein guter und gerechter König den Ruf des Tieres, folgte ihm und fand den Drachen sterbend vor. Ein giftiger Pfeil war genau zwischen zwei Schuppen eingedrungen und hatte sein Schicksal besiegelt. Aus Mitleid beendete der König das Leiden des Tieres, stieß ihm das Schwert in die Brust und übernahm im gleichen Augenblick die Kraft und die Unsterblichkeit des Drachen. Sein Herz verwandelte sich in einen Smaragd, sein menschlicher Leib nahm die Gestalt eines gewaltigen Tieres an. Fortan beschützte der Drachenkönig sein Volk vor allem Unglück, das ihm drohte.«

»Was ist aus ihm geworden?«

»Das weiß niemand. Seine Geschichte verliert sich im Dunkel der Zeit. Die einen sagen, er wurde von einem machtgierigen Mann getötet, der nach der Kraft seines unsterblichen Herzens gierte. Andere behaupten, der Ruf des Dschungels hätte seine Seele übermannt, sodass er den Menschen den Rücken kehrte und beschloss, für immer in den Tiefen der Wälder zu bleiben. Letztendlich ist es ein Märchen, Gemma. Nichts weiter als eine Legende. Ja, es gibt Drachen im Dschungel der Aman-Kaja. Aber es gibt keinen Drachenkönig, dessen unsterbliches Herz aus Smaragd besteht.«

»Woher willst du das wissen?«

»Weil er seinem Volk nicht zu Hilfe kommt. Weil er zulässt, dass der Tod alles verschlingt.«

»Denkst du, dass es ihn irgendwann einmal gegeben hat?«

»Wer weiß das schon.« Malakats Blick verlor sich im Tanzen der Flammen. »Möglich ist alles. Aber jetzt lass uns schlafen. In weniger als drei Stunden beginnt unsere Reise und sie ist lang.«

»Bleib bei mir«, flehte ich sie an. »Bitte. Ich kann nicht allein sein.«

Die alte Waldfrau nickte. »Gut. Ich werde hier im Sessel schlafen. Und du, mein Kind, gehst ins Bett. Achtzehn Jahre hin oder her, ich bin immer noch deine Amme.«

Kapitel 7
Aufbruch

»Das ist meine Reisekleidung?« Ungläubig musterte ich eine braune Kniebundhose aus derbem Leder, ein Paar abgewetzte Stiefel mit Schnallen und ein dunkelgrünes Hemd aus Farnleinen. »Antares will, dass ich das hier trage?«

»Ja«, antwortete Malakat, als wäre es die gewöhnlichste Sache der Welt, dass ein archaischer Kriegerkönig darauf bestand, dass seine zukünftige Ehefrau die Kleidung eines Jägers trug. »Einer seiner Diener hat es mir mit genau diesen Worten überbracht.«

»Was für Worte?«

»Überbringt Eurer Herrin bitte diese Reisekleidung. Sie ist ein Geschenk meines Herrn.«

»Warum will Antares, dass ich so etwas trage?«

»Nun, damit reitet es sich leichter.« Malakat legte den Stapel auf einen Hocker, um sich selbst anzukleiden. Sie warf einen schwarzen Reiseumhang über ihr schmutzig-braunes Dienerinnenkleid, zog Handschuhe und Schal an und band ihr graues Haar zu einem festen Knoten, den sie mit einem einfachen Stöckchen an Ort und Stelle fixierte. »Er wird praktisch gedacht haben. Vielleicht hast du ihn wirklich falsch eingeschätzt. Anscheinend hat er nichts dagegen, dass eine Frau die Kleidung eines Mannes trägt.«

Ich strich über den groben, aus Adlerfarn gewebten Stoff. Bräunliche Fleckenmuster zogen sich durch das Grün des Hemdes und sorgten üblicherweise dafür, dass ein Jäger im Wald mit seiner Umgebung verschmolz. Doch ich war eine Prinzessin und zukünftige Königin.

Ratlos tippte ich die Stiefel mit meinen Zehenspitzen an und seufzte. Ach, sei es drum. Schließlich hatte ich lang genug davon geträumt, mein Geschlecht wechseln zu können.

Nachdem ich mich fertig angekleidet hatte, stemmte Malakat die Fäuste in die Hüften, legte den Kopf schief und musterte mich zufrieden. »Und, meine Seeschwalbe? Wie fühlt sich das an?«

»Ich könnte mich daran gewöhnen, Hosen zu tragen.«

»Das glaube ich. Du siehst aus wie ein schneidiger, bildhübscher Bursche.«

Ein freudloses Lachen platzte aus mir heraus. »Danke. Das ist genau das, was ein Mädchen hören will.«

»Ich dachte immer, du wärst gerne ein Junge?«

»Ja, aber ich bin nun mal, was ich bin. Nichts und niemand kann daran etwas ändern.« In diesem Augenblick überkam mich ein seltsamer Gedanke. »Ob Antares einem Mann mehr abgewinnen kann als einem Mädchen? Denkst du, dass seine Vorlieben in eine ganz andere Richtung gehen?«

Malakat stieß ein grunzendes Lachen aus. »Hör auf, dir den Kopf zu zerbrechen. Alles wird gut, das musst du mir glauben. Ich habe viel geträumt in letzter Zeit.«

»Sei still«, flüsterte ich. »Du weißt genau, was mein Vater von solchen Dingen hält.«

»Ja. Er hält es für heidnischen Hexenzauber.« Malakat winkte ab. »So ein dummer Mann. Jetzt komm, mein Kind, es wird Zeit. Und binde dein Haar zurück, sonst müssen wir dir heute Abend die Kopfhaut abziehen, weil du es nach einem langen Ritt bei Wind und Wetter nicht mehr gekämmt bekommst.«

Ich tat einen schicksalsergebenen Seufzer, nahm ein Band aus einer Schatulle und flocht mein Haar. Als ich fertig war, reichte Malakat mir meine Tasche. So viel blieb also von meinem Leben übrig. Ein kleiner Sack aus Leder. Weiter nichts. Ich sah mich noch einmal in meinem Zimmer um, seufzte ein drittes Mal und verließ es für immer.

Die Königsfamilie mitsamt allen Dienern erwartete mich im Vestibül, doch ich scherte mich um keinen von ihnen. Ohne nach links oder rechts zu blicken, marschierte ich nach draußen, ging die breite Terrassentreppe hinunter und hielt auf Antares zu, der mit düsterer Miene auf seinem Pferd thronte und flankiert war von zweihundert Soldaten in schwarzen, mit Schuppenmustern verzierten Rüstungen. Hell und glänzend hob sich die seine dagegen ab, bestehend aus zahllosen Goldschuppen und vermutlich so teuer wie ein Stall voller edler Pferde. Während das warm schimmernde Metall nicht zu Antares passen wollte, war sein Reittier unzweifelhaft für ihn bestimmt. Es war ebenso riesenhaft und zottig wie er selbst, nachtschwarz, mit gelockten Fellsocken über den Hufen.

Die Smaragdsonne und ein verblassender Königsmond färbten den Morgenhimmel kupferfarben, doch die Gelbe Sonne kroch bereits über den Horizont und malte einen glitzernden Streifen auf das Meer. Mein Herz gefror zu einem Klumpen Eis. Ich würde dieses grenzenlose Wasser nie mehr wiedersehen. Nie mehr in meinem ganzen, traurigen Leben.

Tränen brannten in meinen Augen. Nein, ich wollte nicht weinen. Nicht vor den Augen meines zukünftigen Ehemannes, der vermutlich nur darauf wartete, dass ich Schwäche zeigte. So wie man es von einer Frau erwartete.

»Sieh nur.« Malakat knuffte mich mit ihrem Ellenbogen in die Seite. »Dein Vater hat den alten Zausel tatsächlich gehen lassen.«

Mein Herz tat einen erleichterten Satz. Ja, da stand er. Kafir, mein geliebter Waldkrieger. Wie immer hatte er sich ein bunt gestreiftes Tuch um den Kopf gewickelt, unter dem das lange graue Haar hervorquoll. Sein Lächeln war schmerzlich, aber es tröstete mich ebenso sehr wie Malakats Nähe. Wenigstens waren meine treusten Gefährten bei mir und würden mir bei allem, was geschah, zur Seite stehen.

Wie es die Etikette erforderte, vollführte ich vor Antares eine Verbeugung, legte die rechte Hand auf mein Herz und sprach den üblichen Gruß: »Möge Nershas Licht stets deine Tage erfüllen, Herr über alle siebzehn Reiche.«

»Und möge Amarus allsehendes Auge über dich wachen, Nordprinzessin«, erwiderte der König des Südens, deutete ein Lächeln an und führte eine winkende Geste aus. Ein Soldat tauchte hinter ihm auf, hielt eine prächtige weiße Stute am Zügel und verneigte sich vor mir. Ein zweites Mal an diesem Morgen glaubte ich meinen Augen nicht zu trauen, als der Mann mir eben diese Zügel in die Hand drückte.

»Sie entstammt meiner eigenen Zucht und trägt das Blut der Sternläufer in ihren Adern.« Antares' Lächeln hätte man beinahe freundlich nennen können. »Ich hoffe, sie findet dein Gefallen.«

»Ja«, flüsterte ich. »Sie ist wundervoll.«

Fassungslos strich ich über die samtweichen Nüstern des Tieres. Zutraulich schmiegte es sein Maul in meine Hand, schnaufte leise und schien mit seinem Schicksal zufrieden zu sein. Antares schenkte mir einen Sternläufer? Eines jener sagenumwobenen Pferde der westlichen Wüstenvölker, denen man nachsagte, aus Sternenlicht und Sturmwind erschaffen worden zu sein?

»Ich danke Euch, Majestät.«

Der König nickte gönnerhaft. Ein zweiter Soldat kam herbei, verbeugte sich eine Spur zu tief und nahm mir die Tasche ab, um sie zu einem der Packpferde zu schleppen. Hatte Malakat vielleicht recht? Täuschte ich mich in Antares, wenn ich ihn ein herzloses Ungeheuer schimpfte? Weshalb sollte er mir ein schnelles Pferd schenken, wenn er vorhatte, mich einzusperren?

»Unsere Reise wird sechzig Tage dauern«, verkündete er lautstark, ohne mich aus den Augen zu lassen. Offenbar gefiel ihm, was er sah. »Ihr drei werdet vor mir reiten. Gebt mir ein Zeichen, sobald du ermüdest, damit ich weiß, wann wir rasten müssen.«

Ich nickte, trat an die Seite der Stute und warf einen letzten Blick auf meine Heimatburg. Da stand er – der gesamte Hofstaat einschließlich meiner Eltern. Ich genoss das allgemeine Entsetzen, als ich die Aufstieghilfe eines herbeitretenden Soldaten ignorierte und mich stattdessen mit einem beherzten, einer Prinzessin keineswegs angemessenen Sprung in den Sattel beförderte. Mit grimmiger Zufriedenheit sah ich, wie mein Vater den Kopf schüttelte und meine Mutter beiseite blickte. Tränen schienen sie nicht zu vergießen. Würden sie mir überhaupt nachtrauern? Waren sie vielleicht gar froh, ihre unnütze Tochter gegen eine fürstliche Bezahlung losgeworden zu sein?

Behäbig setzte sich der Tross in Bewegung. Einer der Männer half Malakat in den Sattel, während Kafir sein Pferd neben mich lenkte und mir aufmunternd zunickte. *Ich bin bei dir,* vermittelte mir sein Lächeln. *Und ich werde immer bei dir sein.*

Antares' Blick prickelte in meinem Nacken. Ich widerstand dem Drang, mich zu ihm umzudrehen, stattdessen nahm ich eine stolze Haltung an, reckte das Kinn empor und versuchte, nicht in Tränen auszubrechen. Unser Weg führte mich Stück für Stück vom Meer fort. Bald schon war es zu einem schmalen blauen Streifen zusammengeschrumpft und schließlich, nachdem ich noch einen letzten Blick auf eine gischtgekrönte Welle erhascht hatte, verschwand es ganz hinter den sturmgrauen Klippen.

Nie wieder …

Nie wieder heimlich der Burg entfliehen. Nie wieder Muscheln sammeln, Bernstein suchen, auf einem Felsen sitzen und den Wellen zusehen.

Von nun an war ich kein Kind der Grauen Küste mehr.

Das Meer hatte einen Teil meines Herzens verschlungen und würde ihn für immer in seinen dunklen Tiefen einschließen.

Kapitel 8

Tareks Rückkehr

Tarek

Der Dschungel stürzte in einem Wirbel aus Schwarz und Grün auf mich zu. Baumkronen fingen meinen Leib ab, zerbarsten in einem Schauer aus Laub und Zweigen, schlugen gegen meine Knochen und bremsten meinen Fall mit einem Netz aus Lianen und Schlingpflanzen, das sich knirschend unter meinem Gewicht spannte.

Kaum war mein Sturz zum Stillstand gekommen, zerbrach etwas mit lautem Knacken. Erneut fiel ich in die Tiefe, mein Körper schrumpfte, wurde kleiner und kleiner, bis ich wie ein Insekt durch die Maschen des Lianennetzes rutschte.

In einem Regen aus Blättern und Wassertropfen raste die Erde auf mich zu. Triefend nasse Moosbärte streiften meinen Körper – dann schlug mir ein gewaltiger Aufprall die Luft aus der Lunge.

Vögel stoben auf. Affen kreischten. Ein großer Ast krachte zu Boden und landete unmittelbar neben mir im Moos.

Vergeblich versuchte ich zu atmen. Ein eisernes Band schnürte meine Brust zusammen, wurde enger und enger, bis der Druck jeden Knochen in meinem Leib zu zerquetschen schien. Meine Sinne wurden dumpf und drohten zu schwinden, doch dann, mit einem rasselnden Atemzug, zersprang die Fessel endlich.

Lange tat ich nichts anderes, als dazuliegen und zu atmen. Mit tiefen, keuchenden Zügen sog ich die Luft in mich hinein, lauschte dem Pochen des Schmerzes in meinem Leib und blinzelte in die Baumwipfel hinauf.

Wie war ich hierhergekommen? Warum war ich aus dem Himmel gefallen? Und weshalb war ich nicht tot? Der Sturz hätte mir sämtliche Knochen im Leib brechen müssen.

Ein gewaltiges Loch klaffte über mir in den Baumkronen. Mein Körper konnte kaum einen solchen Schaden angerichtet haben und doch waren die Bruchstellen der Äste frisch. Blätter rieselten auf mich herab, die Wunden der Bäume dünsteten würzigen Harzduft aus.

War ich nicht eben noch groß gewesen? Riesenhaft und stark? War ich nicht auf dem Sturm geflogen wie ein Kondor, getragen von mächtigen Schwingen?

Abrupt fuhr ich hoch. Ein rasender Schmerz drosch auf meinen Schädel ein. Warum war ich nackt? Wo waren meine Kleidung, meine Waffen und der Manqu?

Blut floss aus einem guten Dutzend Wunden, doch keine davon war gefährlich. Es hätten viel mehr sein müssen, wenn man bedachte, dass ich durch das Dach des Dschungels auf den Boden gestürzt war.

Nur mühsam durchdrang mein trüber Blick den Nebel der Dunkelheit. Bei Mohinis süßem Atem, vor mir stand der Baum mit den ineinander verdrehten Ästen und der Narbe in seinem Stamm, die einem Pantherkopf ähnelte. Das hier war der Dschungel vor den Toren Itznamnás. Der Mondsteinpalast war keine fünf Steinwürfe entfernt.

Hatte ich mich nicht gerade noch auf einer fernen Insel jenseits des Opalsees befunden? Wie war ich so schnell hierher gelangt? Ungläubig hob ich meine Hände und starrte auf die zerkratzte, blutverschmierte Haut. Hatte ich es wirklich getan? Hatte ich den Smaragddrachen mit meinem Schwert getötet? Schlug in meiner Brust ein grüner Edelstein und pumpte das unsterbliche Blut eines Gottes durch meine Adern?

Vorsichtig tastete ich über meine Brust. Alles fühlte sich so an, wie ich es kannte. Unter meinen Fingern pochte ein gewöhnliches Herz und meine Haut war noch immer die eines Menschen. Doch all das war eine Lüge. Der mächtige Körper eines Drachen hatte das Loch in die Baumwipfel gerissen. Ich hatte den weiten Weg aus eigenen Kräften zurückgelegt. Auf Flügeln, die in allen Farben des Waldes schillerten. Und wenn das hier kein Traum war, mussten ein Dutzend Tage seit jenem Ereignis verstrichen sein, denn der Marmormond war ein gutes Stück gewandert und hatte seinen Zenit längst überschritten.

Ein Lachen drückte sich meine Kehle hinauf. Das hier wäre der Moment gewesen, in dem jeder andere Mann in wildes Triumphgeheul ausgebrochen wäre und seinen Sieg gefeiert hätte. Wie ein Riesenaffe hätte er sich auf die Brust geschlagen, einen Tanz aufgeführt und seine Erwählung zum Gott zehn Nächte lang auf den weichen Lagern der Priesterinnen bejubelt.

Warum empfand ich keine Freude?

Warum war da nicht einmal der Schatten eines Triumphgefühls?

Mühsam richtete ich mich auf, zog mehrere Holzsplitter aus meiner Haut und prüfte, ob nicht doch ein Knochen zu Bruch gegangen war. Nein, alles war unversehrt. Sämtliche Muskeln meines Körpers fühlten sich an, als wären sie in Fetzen gerissen und neu zusammengefügt worden, meine Haut war übersät von Kratzern und Splittern. Angesichts der Tiefe meines Sturzes glich dieser Zustand einem Wunder. Vielleicht war die Härte des Smaragdes auch mit meinen Knochen verwachsen und machte sie unverwundbar. War ich immer noch ein Mensch? Oder ein Drache, der eine Maske aus Fleisch und Blut trug?

Eine Zeit lang lauschte ich auf das nächtliche Lied des Dschungels. Ich spürte die Nähe unserer Feinde so deutlich, wie ich den Wind spürte, der über mein Gesicht strich. Von nun an war es meine Aufgabe, den Dschungel zu beschützen. Jedes Stück Land, das die Knochenmenschen eroberten und niederbrannten, bedeutete ein Versagen meinerseits. Ich würde töten müssen. Hundertfach. Tausendfach. So lange, bis Mohini entschied, dass mein Leben als Gott zu Ende war. Und dieser Zeitpunkt konnte in unermesslich weiter Ferne liegen.

Etwas bewegte sich aus südlicher Richtung auf mich zu. Schleichend. Auf samtenen Pfoten, die so lautlos schritten wie ein Gedanke.

Instinktiv sprang ich auf und griff nach meinem Schwert, doch da war nichts, nach dem ich greifen konnte. All meine Waffen waren auf der Insel zurückgeblieben. Ebenso wie meine Kleidung und sämtliche Dinge, die ich mit mir genommen hatte.

Das Licht des Marmormondes fiel durch die zerrissenen Wipfel, brachte die umherflatternden Motten zum Leuchten und fing sich im weißen Fell einer Raubkatze. Ohne Eile kam sie auf mich zu, verließ ihre Deckung und zeigte sich mir in ihrer ganzen, tödlichen Schönheit.

Selbst wenn ich meine Waffen bei mir gehabt hätte, stünden meine Chancen im Falle eines Angriffs schlecht. Mondkatzen-Krallen zerschnitten Rüstungen aus Hornechsenleder und ihre Zähne zermalmten Schädel, als bestünden sie aus Eierschalen. Mut war die einzig wirksame Gegenwehr. Wer ihnen furchtlos entgegenblickte und nicht zurückwich, wurde mit Respekt und in den meisten Fällen mit seinem Leben belohnt. Viele Male hatte ich dieses stille Duell für mich entschieden. Auch diesmal, so hoffte ich, würde Mohini mir gnädig sein.

Mein Blick tauchte in den des Tieres ein.

Nicht zucken. Nicht blinzeln.

Nicht einmal atmen.

Ein tiefes Grollen vibrierte in der Brust der Katze. Die Grillen und Frösche verstummten, wie erstarrt schien der Wald dem Kampf zuzusehen, dessen Waffen allein aus Schweigen und Blicken bestanden. Doch diesmal war nichts so, wie es hätte sein sollen.

Die Mondkatze duckte sich nicht, sie fletschte nicht die Zähne und ließ ihren Schweif nicht über den Boden peitschen. Stattdessen kam sie aufrecht auf mich zu. Ihr Gang war entspannt, ihre Ohren gespitzt. Weder schien sie an einer Jagd noch an einem Angriff interessiert zu sein, vielmehr blitzte Neugier in ihren Augen auf. Sie öffnete die Schnauze, zog ihre Nase kraus und witterte. Dann trat sie zu mir hin, senkte den Kopf und strich mit einem wohligen Schnurren um meine Beine.

Eine Zeit lang stand ich nur da und rührte mich nicht, während das Tier sich wie eine zahme Antilope an mir rieb. Niemand kam auf die Idee, eine Mondkatze zu fangen und abzurichten. Ebenso gut hätte man versuchen können, den Dschungel oder den Himmel einzusperren. War es die Witterung des Drachen, die das Raubtier sanftmütig stimmte? Erkannte sie mich als ihren Beschützer und Bewahrer an, so wie es in manchen Geschichten erzählt wurde?

Hartnäckig strich die Katze an meinen Beinen entlang, reckte mir ihren mächtigen Schädel entgegen und bettelte um Aufmerksamkeit. All meine Instinkte schrien nach Angriff oder Flucht, doch ich gehorchte weder dem einen noch dem anderen. Stattdessen tat ich das Gegenteil von dem, was mein Verstand mir befahl. Ich beugte mich vor, legte beide Hände um den Schädel der Katze und fing ihren Blick ein. Eine seltsame Hingabe lag darin, beinahe hätte ich es Zuneigung genannt, aber noch immer stand ich vor einem der tödlichsten Geschöpfe des Dschungels. Der heiße Atem der Mondkatze roch nach Blut und rohem Fleisch, ihre Krallen waren dafür geschaffen, zuckende Körper auszuweiden. Dieses Wesen hingegen ließ sich von mir streicheln und erlaubte sogar, dass ich es umarmte.

Ich begann zu lachen, weil ich etwas tat, das kein Mensch jemals gewagt hatte. Weil es verrückt und lebensmüde war und niemand meinen Worten glauben würde, wenn ich von unserer Begegnung berichtete. Doch die Mondkatze war nicht das einzige Wesen, das mich willkommen hieß. Eulen schwebten auf lautlosen Schwingen herbei und ließen sich neben mir auf dem Waldboden nieder, Affen und Gmuffen kletterten aus den Baumkronen, scheue Antilopen schlichen mit nickenden Köpfen aus dem Gebüsch, gefolgt von Panthern, Hirschen, Leguanen und Tapiren. Unzählige Geschöpfe versammelten sich auf der Lichtung, die der stürzende Drache gerissen hatte, und warteten schnurrend, pfeifend, keckernd und hechelnd darauf, dass ich ihnen meine Aufmerksamkeit schenkte.

Die Mondkatze wand sich aus meinen Armen und trat ein paar Schritte zurück, ohne jenen Wesen Beachtung zu schenken, die sie sonst mit Vorliebe tötete und verspeiste. Ungläubig wanderte ich durch die wimmelnde Menge aus Tieren. Jedes Geschöpf sah mich an, als hätte sein Leben bis zu diesem Moment aus Warten bestanden. Einem Warten, das endlich sein Ende fand.

»Es ist also geschehen.« Eine menschliche Stimme erhob sich über den Lärm der Tiere. Seltsam, wie falsch sie klang, obwohl sie doch aus den Tönen meiner Art geformt wurde. Ich drehte mich um und entdeckte die älteste Priesterin. In der Dunkelheit des Dschungels leuchtete ihr Gewand hell wie ein Nebelstreif.

Hunderte Tiere gerieten innerhalb eines Herzschlags in Bewegung. Unter ohrenbetäubendem Getöse sprangen, krochen und flatterten sie in alle Richtungen davon. Die Mondkatze legte ihre Ohren an und fauchte mit gefletschten Zähnen, doch als die Priesterin ihren wilden Blick ungerührt erwiderte, warf sie sich herum und verschwand mit peitschendem Schweif im Schatten des Waldes.

Würdevoll kam die Alte auf mich zu. Ein Umhang aus Quetzalfedern lag zusammengefaltet über ihrem Arm. »Was ich gesehen habe, soll für alle Ewigkeit bewahrt werden«, sprach sie mit einem Lächeln. »Ich werde den besten Malern die Aufgabe erteilen, eine Wand im Tempel damit zu schmücken.«

»Was meinst du?« Es gelang mir nicht, meine Enttäuschung zu verbergen. Viel lieber wäre ich noch eine Weile mit den Geschöpfen des Dschungels allein geblieben, als von einer Priesterin mit vieldeutigen Worten und kryptischen Andeutungen überschüttet zu werden.

»Was ich meine? Den Beschützer des Waldes und des Himmels natürlich.« Die Alte seufzte, entfaltete den Umhang und legte ihn behutsam um meine Schultern. Mohini sei Dank kam sie wenigstens nicht auf die Idee, sich vor mir zu verbeugen. »Umringt von den wilden Geschöpfen des Dschungels, die seinem Willen dienen. In dir schlägt jetzt das Herz eines Gottes, Tarek. Ob du es willst oder nicht.«

Sie zwinkerte mir zu, als wüsste sie um meine respektlosen Gedanken. Entweder stimmte das Gerücht, dass die Priesterinnen in den Kopf eines Menschen hineinblicken konnten, oder es lag schlicht daran, dass die Alte mich ebenso gut kannte wie meine Ziehmutter.

»Nur deine Landung lässt noch zu wünschen übrig.« Tadelnd blickte sie in die zerfetzten Kronen der Bäume hinauf. »Hier sieht es ja aus wie nach einer Schlacht. Geht es dir gut?«

Ich zuckte mit den Schultern, woraufhin die Alte den Kopf zurückwarf und lauthals lachte.

»Wahrlich, der Drache hat eine gute Wahl getroffen. Er hat entschieden, wie auch wir stets entschieden haben.«

»Ich verstehe nicht, was du meinst.«

»Gib die Macht jenen, die sie am wenigsten wollen. Ich kenne keinen jungen Mann außer dir, der das Geschenk des Drachen mit Freuden verschmäht hätte. Das Schicksal ist launisch, nicht wahr? Ausgerechnet deine Bescheidenheit hat dazu geführt, dass du nicht nur König wirst, sondern vom heutigen Tage an auch Herr über den Dschungel und den Himmel bist.«

Ich seufzte nur.

Die Priesterin dagegen lachte noch lauter. »Genau das meine ich, Tarek. Genau das. Jetzt komm, deine Mutter wartet schon viel zu lange auf deine Rückkehr.«

Kapitel 9

Töte sie alle

Ixchals Augen waren stumpfe, leblose Spiegel. Nicht einmal die Tatsache, dass ich zurückgekehrt war, schien sie mit Freude zu erfüllen. Anstatt mir entgegenzulaufen, wie ich es erwartet hatte, blieb sie bewegungslos auf der Terrasse stehen und sah mir mit maskenhaftem Gesicht entgegen. Erst als sie die Verbände unter meinem Umhang wahrnahm, die die Älteste mir auf die Schnelle angelegt hatte, huschte ein Funken Leben durch ihre Augen.

»Du bist verletzt«, hauchte sie matt.

»Es ist nichts.« Tatsächlich nahm ich nicht mehr als ein leichtes Ziehen und Brennen wahr. »Sag mir, was geschehen ist!«

Ixchal tat nichts anderes, als mich traurig anzusehen. Alle Kraft schien meine Mutter verlassen zu haben. Als sie schließlich zu mir kam und ihre Stirn gegen meine lehnte, spürte ich, dass sie nicht mehr vollständig war. Irgendetwas hatte einen Teil ihres Herzens herausgerissen.

»Der Tod kommt über uns, Tarek.«

Ich atmete tief ein. »Was meinst du damit?«

»Die Knochenmenschen haben das andere Ufer betreten. Diesmal konnten wir sie nicht zurückschlagen.« Ixchal drehte mir den Rücken zu und sah auf den Dschungel hinab. Alles dort draußen schien unverändert, doch blickte man von dieser Seite des Palastes aus in Richtung Westen und nicht nach Osten, wo unsere Feinde wüteten.

»Sie brennen den Wald nieder«, flüsterte Ixchal. »Sie reißen die Erde auf und füllen ihre Wagen mit Edelsteinen und Holz. Im Schutz der Dunkelheit, wenn die Hornechsen träge sind und die Kondore schlafen, bringen sie die Eingeweide unseres Waldes an das andere Ufer. Zu viele Krieger und Kriegerinnen sind tot. Die wenigen, die übrig geblieben sind, wagen keinen offenen Angriff mehr. Sie bleiben wie Nachttiere im Dunkeln und holen sich die, die unvorsichtig sind.«

Unter dem Schmerz einer schrecklichen Vorahnung schloss ich die Augen und sah, wie rote Schlieren aus Wut über meine Lider tanzten. »Was ist mit Vater?«

»Gefallen«, krächzte meine Mutter. »Es war Mohinis Wille, dass ich nur noch seinen Leichnam küssen durfte.«

Ich wusste nicht, wie es mir gelang, aufrecht stehen zu bleiben. Mein Vater war den Knochenmenschen zum Opfer gefallen. Er würde niemals mehr zurückkehren, um mit mir im Morgengrauen zur Jagd aufzubrechen oder Ixchal in seine Arme zu schließen. Unser Volk starb gemeinsam mit dem Dschungel und ich trug die Last der letzten Hoffnung auf meinen Schultern.

»Ich werde sie aufhalten!« Zorn überlagerte all meine Gedanken. Ich fühlte nur noch dieses wilde, verzweifelte Brennen, das mich von innen her auffraß. »Wie kann ich den Drachen rufen?«, fuhr ich die älteste Priesterin an, die mit ihrem ewig gleichen, wissenden Lächeln hinter mir stand. »Wie kann ich mich verwandeln?«

»Du kannst ihn nicht rufen«, antwortete die Alte. »Er wird zu dir kommen, wenn die richtige Zeit gekommen ist.«

»Jetzt ist die richtige Zeit! Dort draußen stirbt unser Volk. Die Knochenmenschen haben meinen Vater getötet!«

»Und dennoch kannst du den Drachen nicht zwingen, aus dir hervorzubrechen. Es braucht Zeit, ehe er sich an dich gewöhnt hat und du dich an ihn. Nutze die anderen Geschenke, die er dir gegeben hat. Lass dich von deinen neu erwachten Sinnen führen. Rufe jene zu Hilfe, die an deiner Seite stehen.«

»Wie soll ich das tun?«

»Du wirst es wissen.«

Meine Wut entlud sich in einem tierhaften Schrei. »Hör auf, in nutzlosen Rätseln zu sprechen. Gib mir eine brauchbare Antwort.«

»Ich habe dir alles gesagt, was ich weiß.«

Die unerschütterliche Ruhe der Priesterin machte mich rasend. Doch eine Dienerin Mohinis mit Zorn zu bewerfen, war seit jeher sinnlos. »Ich brauche eine neue Rüstung und neue Waffen.«

Die Älteste nickte und klatschte in die Hände. Das Echo des Geräuschs war noch nicht einmal verklungen, als fünf ihrer weiß gekleideten Schwestern herbeihuschten. »Bringt ihm alles, was er braucht«, befahl die Priesterin. »Macht schnell. Der Morgen ist nicht mehr fern.«

Eilig liefen die Frauen davon. Erst jetzt fiel mir auf, wie still es im Palast geworden war. Es gab keine Gespräche, kein Lachen, keine Musik und keine im Wasser spielenden Kinder, deren Lärm weithin hallte. Ein Ort, der bei meinem Aufbruch noch voller Leben gewesen war, versank in Trauer.

»So viele sind tot.« Müde lehnte sich Ixchal gegen eine der Säulen und strich mit den Fingern über die weißen Blüten der Sternwinden. »Es gibt keine Familie, die nicht einen der ihren verloren hat. Viele Nächte waren so hell wie der Tag, weil unzählige Feuer den Fluss hinuntergetrieben sind.«

»Wie viele sind noch übrig?«

»Ich weiß es nicht.«

Ungeduldig schritt ich auf und ab. Wo blieben die Priesterinnen mit der Rüstung und den Waffen? Warum schwieg der Drache in meinem Inneren? Wie sollte ich die Geschöpfe des Waldes rufen, wenn alles, was ich fühlte, nur aus Chaos bestand?

Gerade ballte ich die Hände zu Fäusten und wollte meine Wut in die Nacht hinausschreien, als ein Heulen in der Ferne erklang. Etwas Glänzendes huschte wie ein fallender Stern über die Wipfel der Bäume und teilte mit mächtigen Schwingen den Wind.

Der Manqu.

»Er kehrte einige Tage vor dir zurück«, sprach Ixchal wie im Schlaf. »Manche haben befürchtet, dass du dein Ziel nicht erreicht hast. Aber ich wusste es besser.«

Lautlos und federleicht wie ein Falter landete der Drache auf der dritten Stufe des Palastes, warf seinen Kopf in den Nacken und bellte kampflustig den Himmel an.

»Er trägt dich von nun an die Schlacht«, sagte die Älteste, nahm mir den Umhang ab und reichte mir stattdessen ein Wams, einen Schurz und zwei Beinlinge aus schwarz-grünem Leguanleder. Kaum hatte ich die Kleidung angezogen, schwebten die Priesterinnen in das Zimmer, legten eine Rüstung und mehrere Waffen auf dem Boden ab und verschwanden wieder. Innerlich zerriss mich die Ungeduld, doch ich musste warten, bis die Alte ihre Beschwörungen gemurmelt, jedes einzelne Stück ausgiebig gesegnet und mir schließlich, natürlich ohne Hast und Eile, angelegt hatte.

»Lass es mich selbst machen!« Das zeitraubende Herumgenestel der Alten war zu viel für meine Beherrschung. »Dort draußen sterben Aman-Kaja.«

»Ich werde dich nicht gehen lassen, ohne dir Mohinis Segen mitzugeben.« Unbeeindruckt schnürte sie die rechte Armschiene fest. »Wenn ich mir Zeit lasse, hat das seinen Grund. Eine schlecht sitzende Rüstung ist gefährlich.«

»Bitte«, stöhnte ich. »Lass mich gehen!«

»Zügle die Ungeduld der Jugend!«, fauchte die Alte, machte sich über die linke Armschiene her und verfiel zum ungezählten Male in ihr kryptisches Summen und Murmeln.

Ich nahm einen tiefen Atemzug, legte den Kopf in den Nacken und versuchte, nicht den Verstand zu verlieren. Bei Zumas blinden Augen, dort draußen tobte ein Krieg! Der Boden des Dschungels tränkte sich mit dem Blut unseres Volkes und ich stand untätig herum, während meine Welt zersplitterte. Nur langsam dämmerte mir, dass sich die Rüstung, um die die Alte so viel Gewese veranstaltete, sonderbar anfühlte.

Ich besah sie mir ein wenig genauer und erkannte, dass es sich keineswegs um das sonst übliche Hornechsenleder handelte. Smaragdgrüne Muster zogen sich durch das schwarze, schuppige Material, das deutlich weicher war als der starre Panzer einer Flussechse. Jedes einzelne Teil dieser Rüstung verschmolz förmlich mit meinen Bewegungen.

»Sie wurde aus der Haut eines Winddrachen gefertigt«, sagte die Alte, kniete sich auf den Boden und verknotete die Schnüre der rechten Beinschiene. Zuletzt folgte der Brustpanzer, der trotz seiner Dicke federleicht auf meinem Körper lag.

»Ich trage Winddrachenleder? Ist das nicht so, als würde ein Mensch die Haut eines Menschen tragen?«

»Ach was«, brummte die Alte.

»Woher habt ihr das?«

»Wir fanden den Kadaver im Dschungel. Der Drache hat dir eine Rüstung geschenkt, die jedem Pfeil und jeder Klaue standhalten wird. Selbst Feuer und Kugeln können ihr nichts anhaben.«

Ehrfürchtig strich ich über das Leder, dessen Musterung wie Sterne im Nachthimmel leuchtete. Windböen fegten von draußen herein, aufgewühlt von den schlagenden Schwingen des Manqu. Ich spürte den Zorn des Drachen, das Brodeln seiner hitzigen Wut und die wilde Euphorie der Kampfeslust. Heute Nacht würden wir gemeinsam den Tod bringen.

»Bitte, mein Sohn!«, rief Ixchal gegen das Tosen des Windes an. »Kehre gesund zu mir zurück.«

»Das werde ich.«

Wir umarmten einander. Zum letzten Mal in dieser Nacht fühlte ich Wärme in meinem Herzen. Ich versuchte, mich an diesem Funken festzuhalten, schloss ihn tief in meinem Herzen ein und hoffte, mich am Morgen daran erinnern zu können. Dann ließ ich meine Mutter los und überließ der Kälte das Feld.

»Töte sie«, flüsterte Ixchal. »Töte sie alle! Zeige keine Gnade. Nicht für diese Ungeheuer.«

Hass breitete sich wie Gift in meinem Inneren aus. Die Knochenmenschen weideten meine Heimat aus. Sie hatten meinen Vater getötet und verschlangen alles Leben. Nein, Kreaturen wie diese verdienten keine Gnade. Ich griff nach meinem Zorn und ließ zu, dass er jedes andere Gefühl beiseite drängte. »Sie werden es bereuen, ihren Fuß jemals auf den Boden unseres Waldes gesetzt zu haben. Ihr Blut wird den Großen Fluss rot färben, das schwöre ich dir.«

Ich nahm den Bogen, den die Älteste mir reichte, schulterte den Köcher und steckte das Schwert in die Scheide. Zu guter Letzt trat die Priesterin auf mich zu, um irgendwelche magischen Symbole auf meine Stirn zu malen, doch ich schob sie unsanft beiseite. »Dafür ist keine Zeit. Du hast mir schon genug Segen für eine ganze Armee mitgegeben.«

»Störrische Jugend«, brummte die Alte, vollführte eine abwinkende Geste und sah zu, wie ich in die Tiefe sprang. Mühelos fing ich den Aufprall ab, kletterte auf den Rücken des Manqu und setzte mich zwischen zwei der mannshohen Dornen.

Mit einem markerschütternden Wutschrei ließ sich der Drache in die Tiefe fallen, zerschnitt den Wind mit seinen Schwingen und flog in einem weiten Bogen über die Baumwipfel hinweg. Mit dampfenden Nüstern strebte er gen Osten, wo das prächtige Sternbild des Feuervogels über dem Horizont leuchtete und der Malachitmond neben seinem blauen Bruder schwebte. Es war eine helle Nacht, doch die Augen der Knochenmenschen waren schlecht und ihre Froschherzen voller Angst.

Sie hatten allen Grund, sich zu fürchten.

Kapitel 10

Der Geist des Waldes

Schon bald entdeckte ich die ersten Rauchsäulen in der Ferne, geisterhafte Silhouetten vor dem Funkeln der Sterne. Selbst aus der Entfernung nahm ich den Gestank des brennenden Waldes wahr. Eine Mischung aus Feuer, Tod und Hass. Hass gegen alles Lebendige und gegen die eigene Gier, die niemals ruhte und den Verstand zerfraß.

Der Manqu flog noch schneller. Beißender Sturmwind zerrte an meinen Haaren, löste den zerzausten Zopf gänzlich auf und peitschte mir die Strähnen ins Gesicht. Nach kurzem Flug tauchte das glänzende Band des Flusses vor uns auf, gesprenkelt von schwarzen Flecken, die nicht dorthin gehörten.

Boote.

Plumpe, breite Gefährte, die so schwer waren, dass sie beinahe im Wasser versanken. Der Manqu flog tiefer, glitt über den Fluss hinweg und stieß ein solch markerschütterndes Brüllen aus, dass die Menschen unter ihm zu schreien begannen. Auf den Booten brach hektisches Wimmeln und Zappeln aus. Die Knochenmenschen waren wie Kinder, die Insekten zertrampelten. Dumm und einfältig und weit davon entfernt, erwachsen zu sein. Nur besaßen diese Kinder Waffen, die stark genug waren, um die gesamte Welt zu verschlingen.

Mein Wille zwang den Manqu tiefer, bis er so dicht über die Boote hinweg strich, dass selbst die blinden Augen der Knochenmenschen einen gewaltigen, dunklen Schatten erspähten. Prompt wurde ihr Geschrei noch lauter.

Schüsse knallten. Flammensäulen schossen in den Himmel hinauf. Der gesamte Wald jenseits des östlichen Ufers war vernichtet, überall sah ich verstreute Zeltlager, verkohlte Baumgerippe und seltsame Gerätschaften, die alle einem einzigen Zweck dienten: der Zerstörung.

Löcher klafften in der Erde. Hier und da hatte man tiefe Schluchten in die Erde geschlagen.

Ich zog einen Pfeil aus dem Köcher, legte ihn auf die Sehne und jagte ihn durch die Stirn eines Feindes, der mit wedelnden Armen am Bug seines Bootes gestanden und Befehle gebrüllt hatte. Zappelnd landete er im Wasser, das augenblicklich zu brodeln begann. Hunderte von Hornechsen waren von den Booten angelockt worden und rissen den Mann in Stücke, während seine panischen Gefährten mit ihren Feuerstöcken kopflos in das Wasser schossen.

Noch mehr Qualm stieg auf.

Der Manqu brüllte ein zweites Mal, fuhr seine Klauen aus und stürzte auf das größte Boot hinab. Menschen kreischten, Feuerstöcke spuckten Lichtblitze durch die Nacht. Mit einem gewaltigen Krachen zersplitterte das Holz unter den zupackenden Krallen des Drachen, der sich mit kraftvollen Flügelschlägen wieder in die Lüfte erhob und das Boot mit sich zerrte. Menschen und Gerätschaften fielen in das Wasser. Einer der Männer krallte sich am Rand des Bootes fest und blickte mir direkt in die Augen, als mein Pfeil seinen Kopf durchschlug.

Der Große Fluss schäumte und kochte, die Dunkelheit füllte sich mit hektischem Geflacker. Selbst die halb blinden Knochenmenschen erkannten nun, was ihnen den Tod brachte.

Entgeisterte Gesichter gafften zu mir empor. Gelähmt von Angst und Fassungslosigkeit, sahen sie ihrem Ende entgegen und rissen verblüfft die Augen auf, sobald einer meiner Pfeile sie in Stirn oder Brust traf. Es war leicht, diese Kreaturen zu töten. Ebenso leicht, als würde man am Ufer eines Tümpels träge Kröten aufspießen.

Mehrere Kugeln schlugen gegen meine Rippen, doch dank der Haut des Winddrachens fühlte ich kaum mehr als einen leichten Druck. Eine jedoch streifte meinen Hals, eine andere drang durch eine Lücke zwischen Oberarm- und Unterarmschiene in mein Fleisch ein. Ich spürte das Fließen von Blut, aber keinen Schmerz. Zu viel Hass betäubte meinen Körper. Immer verzweifelter feuerten die Männer in die Luft und boten alles auf, was ihre Kriegsgeräte hergaben.

Vergeblich.

Einer nach dem anderen stürzte in das Wasser, Boot um Boot zersplitterte unter den Klauen des Manqu, bis der Fluss einem gewaltigen Friedhof glich. Inzwischen fraß sich eine ganze Heerschar aus Hornechsen an den Männern satt, zerrte sie in die Tiefe und peitschte mit dornigen Schwänzen das Wasser auf.

Blutgestank lag im Nachtwind.

Als das letzte Boot in den Fluten versank, schwenkte der Manqu zurück zum Ufer, landete in einer Baumkrone und breitete seine Schwingen wie ein Fächer über die Äste aus.

Ich stieg vom Rücken des Tieres und kletterte an einer Liane in die Tiefe hinab. Dort, wo die mit Moos bewachsenen Äste dicht genug beieinanderstanden, bewegte ich mich mit federnden Sprüngen weiter. Manchmal nutzte ich eine Sternwinde als Seil oder hielt mich in den Rissen der Borke fest.

Noch ehe meine Füße den Waldboden berührten, wusste ich, dass Feinde in der Nähe waren. Offenbar saßen sie dem Irrglauben auf, dass ich ihre flüsternden Stimmen nicht hören konnte, und so hockten sie vor sich hin murmelnd hinter einem Stamm, stopften Kugeln in ihre Feuerstöcke und legten auf mich an.

Im Augenblick des Blitzes warf ich mich zur Seite, zückte das Schwert und stand nach fünf schnellen Sätzen vor den fassungslos glotzenden Männern. Einer versuchte, sein Messer zu ziehen, doch ehe er es einsetzen konnte, bohrte sich mein Schwert durch sein Herz. Dem zweiten schlug ich mit einem einzigen Hieb den Kopf ab und der dritte, der in einiger Entfernung hinter einem Baumstamm kauerte und schlotternd seinen Feuerstock hob, hauchte sein Leben zwischen den Kiefern einer Mondkatze aus.

Es war dieselbe, die mich nach meiner Rückkehr empfangen hatte. Ich erkannte sie an einem kleinen kahlen Fleck an ihrer Flanke, vermutlich dem Überbleibsel eines Paarungskampfes. Das Raubtier neigte den Kopf wie zu einer Begrüßung, peitschte mit dem Schweif hin und her und sprang zurück in die Dunkelheit.

Bald erklang ein weiterer Todesschrei. Aus einem wurden viele, bis der Dschungel vom Lärm sterbender Menschen erfüllt war und Panik die nach Rauch und Tod stinkende Luft tränkte.

Rechts von mir erhob sich ein hektisches Klappern und Scheppern. Ich sah einen der bleichen Männer durch das Gebüsch hetzen, schoss ihm einen Pfeil durch den Kopf, legte einen zweiten auf die Sehne und bewegte mich vorsichtig weiter. Der beißende Qualm wurde unerträglich, ließ meine Augen tränen und meinen Hals brennen. Rauch verhüllte die Baumstämme, doch allmählich schälten sich die Umrisse von weißen Zelten und schwankenden Laternen aus der Dunkelheit.

Weitere Schüsse knallten.

Ich riss eine der an den Ästen baumelnden Öllampen herunter und schleuderte sie auf das nächstgelegene Zelt. Flammen schlugen auf, mehr und mehr Knochenmenschen tauchten im wabernden Rauch auf, hantierten mit ihren Feuerstöcken herum, wuchteten schwerfällige Gerätschaften durch die Gegend oder stolperten durch das Lager, als wäre ein Angriff das Letzte gewesen, mit dem sie gerechnet hatten.

Ich verschoss die letzten drei Pfeile, nahm das Schwert und huschte zwischen den Zelten hindurch. Klingen und Kugeln prallten nutzlos an meiner Rüstung ab, wie ängstliche Kinder taumelten die Männer umher und wussten kaum, wie ihnen geschah, wenn meine Klinge ihr Fleisch zerteilte.

Mit einer hässlichen Zufriedenheit nahm ich die wachsende Panik meiner Feinde wahr und ahnte, dass mich die Erinnerung daran am nächsten Tag erschrecken würde. Jetzt aber genoss ich sie, schmeckte ihre wilde Süße auf meiner Zunge und ließ mich auf ihr treiben. Die Angst der Knochenmenschen erreichte einen neuen Höhepunkt, als ich Seite an Seite mit der Mondkatze über das Lager herfiel. Mein Schwert und die Klauen des Tieres tränkten den Boden mit Blut, rissen Körper in Stücke, verwandelten das Grün des Waldes in triefendes Rot und entfachten den ganzen Zorn des Dschungels. Affen warfen mit Steinen, Panther zerfetzten die Zelte mit ihren Krallen, Heerscharen aus Kammschweinen, Tausendfüßlern, Flughunden und Echsen überfluteten das Lager. Selbst die sonst friedfertigen Antilopen senkten ihre Köpfe und spießten Flüchtende mit scharfen Hörnern auf.

Der Tod kam schnell und ebenso schnell verschwand er wieder. Der Wald, gerade noch brodelnd vor Zorn, verfiel in Schweigen. Sämtliche Tiere zogen sich zurück, auch die Mondkatze tauchte im Gebüsch unter und ließ mich allein.

Schwankend stand ich inmitten von Blut, qualmenden Zelten und zerfetzten Körpern. Nach und nach kamen Käfer aus der Erde gekrochen, rasselten mit ihren schwarzen Flügeln und nagten am Fleisch der Gefallenen. Schon bald war jeder Leichnam von einer Schicht aus schillernden Wesen bedeckt, die den Tod bis zum Morgengrauen gänzlich vom Angesicht des Dschungels tilgen würden.

Weitaus länger würde es dauern, bis die Wunden der Flammen verheilt waren. Ich musste nicht weit gehen, um das Werk des Feuers zu erblicken. Baumgerippe ragten wie die Knochen eines Ungeheuers in den Nachthimmel hinauf. Schwarze Geister auf schwarzem Boden. Dicht am Flussufer lagerten Berge aus Stämmen, säuberlich von ihren Ästen befreit und in Stücke geschnitten. Sie zeigten keinerlei Spuren des Feuers, vermutlich stammten sie aus den unversehrten Tiefen des Dschungels und waren erst nach der Brandrodung herangeschafft worden. Ich nahm die Stämme genauer in Augenschein und erkannte, dass es sich um das goldbraun gefärbte Holz der Bernsteinbäume handelte.

Langsam schritt ich weiter, erfüllt von einem Hass, der wie Gift durch meine Gedanken kroch. Asche nährte neues Leben. Die Wüste, die die Knochenmenschen hinterlassen hatten, würde bald von Neuem erblühen.

Gerade wollte ich in den Dschungel zurückkehren, als ein leises Keuchen an meine Ohren drang. Ich folgte dem Geräusch und entdeckte einen jungen, gelbhaarigen Mann, der an einem Baum lehnte und zu beten schien. Krallenspuren zerteilten sein Gesicht. Es war keine tödliche Verletzung, aber die Wunden würden ihn bis an sein Lebensende entstellen.

Ich packte den winselnden Mann, schleifte ihn zum Ufer und stieß ihn in das Wasser. Kreischend schlug der Knochenmensch um sich, wohl in dem Glauben, jeden Augenblick von gierigen Kiefern zerfetzt zu werden.

»Kehre zu deinen Leuten zurück«, knurrte ich ihn an. »Erzähle ihnen, was geschehen ist. Sage ihnen, was geschehen wird, wenn sie zurückkehren. Dieser Wald gehört niemandem, nur sich selbst.«

Der Mann verstand kein Wort. Doch ihm schien die Bedeutung meiner Ansprache halbwegs zu dämmern. Verblüfft hielt er in seinem Strampeln inne und starrte auf das ruhige Wasser.

»Schwimm!« Ich deutete auf das gegenüber liegende Ufer. »Na los!«

Der Mann gehorchte. Unbeholfen paddelte er los, während die Hornechsen vor ihm zurückwichen und hin und wieder ihre Mäuler aufklappten, als fänden sie Spaß daran, den quiekenden Zweibeiner zu verängstigen.

Winselnd schwamm der Mann weiter. Erst in der Mitte des Flusses gewann er halbwegs die Kontrolle über seine Bewegungen und vollführte ruhige, kraftvolle Züge, anstatt wie ein Kleinkind das Wasser aufzuwühlen.

Ich wartete, bis der Knochenmensch das andere Ufer erreicht hatte und von seinen Gefährten in Empfang genommen worden war. Dann wandte ich meinen Feinden den Rücken zu, schritt über das bluttriefende Moos und kehrte in den Dschungel zurück.

Kapitel 11

Ein letztes Mal

Gemma

Das Land der Grauen Küste schien sich bis in eine unermessliche Ferne zu erstrecken und doch war es von allen Reichen das kleinste. Vermutlich erschien für jemanden, der sein gesamtes Leben in einer Burg verbracht hatte, jeder Landstrich riesig. Ich fühlte mich wie ein Vogel, der das Fliegen lernte. Zum ersten Mal verließ ich mein Nest und breitete die Flügel aus, nur um schnurstracks in den nächsten Käfig zu flattern. Dies hier war meine erste Reise und zugleich meine letzte.

Hin und wieder war ich gemeinsam mit Kafir zum Strand unterhalb der Klippen geritten, an manchen mutigen Tagen hatten wir uns sogar so weit gewagt, dass der Nebel bereits begonnen hatte, die Burg in ein Gebilde aus Schatten und verblassenden Träumen zu verwandeln. Doch jetzt, da sich das Reich meines Vaters vor mir öffnete, erahnte ich die ganze Größe der Welt. Plötzlich fühlte ich mich winzig klein. Kleiner als ein Sandkorn am Strand, das unter Millionen anderer Sandkörner verloren ging.

Noch hatten wir das Meer nicht gänzlich verlassen. Es gab salzige, sturmgraue Flüsse, die in einem verzweigten Netz das karge Land durchzogen. Es gab abgrundtiefe Seen und Wasserfälle, die von steilen Bergen herabstürzten und Regenbögen in die Luft malten. Tümpel aus morastiger Schwärze zogen an uns vorbei, an deren Ufer mit Raureif überzogenes Wollgras wuchs, und die Hufe der Pferde traten in Pfützen, in denen sich dunkle Wolkenberge spiegelten. Das Wasser erfüllte alles. Sein Duft nach Regentagen und Meereswellen war wie eine letzte traurige Umarmung.

Während ich den Anblick des rauen Landes in mich aufsog und jede verkrüppelte Kiefer, jedes silbergraue Wollgrasbüschel und jeden Berg wie einen Freund betrachtete, schienen Antares und sein Heer meiner Heimat nur mit einem Gefühl zu begegnen: Abscheu.

Die Männer schimpften darüber, wie kalt es war, wie trostlos und düster. Ständig, so sagten sie, tröpfelte es aus den Bäuchen der tiefhängenden Wolken. Ständig war die Kleidung klamm und die Stimmung trübselig. Statt süßer Früchte gab es nur Sauerampfer und schrumpelige Schwarzbeeren, statt sanfter Sonne einen peitschenden Wind, der einem durch Mark und Bein fuhr.

»Alles, was es an Bäumen gibt«, beschwerte sich einer der Soldaten, »sind ein paar krumme, mickrige Zwerge. Hier stehen ja nicht mal vernünftige Wälder. Warum lassen sich Menschen an einem solchen Ort nieder?«

»Stimmt«, knurrte ein anderer. »Das, was man hier Bäume nennt, ist genauso verwachsen wie das Vieh.« Er deutete auf eine Herde Graurinder, die auf einer Weide ohne Zäune graste. Sie besaßen zotteliges graues Fell, weiße Mäuler und anmutig geschwungene Hörner. Kurzum, sie waren auf ungezähmte Weise schön, doch deutlich kleiner als die Rinder anderer Reiche. Aus sanften pechschwarzen Augen beobachteten sie den vorbeiziehenden Tross und zermahlten mit stoischem Gleichmut das Salzmoos zwischen ihren Kiefern.

»Sie mögen nicht beeindruckend aussehen«, ergriff ich das Wort, »aber unsere Graurinder nehmen es sogar mit Timberwölfen auf.«

»Immerhin etwas.« Ein blonder Bursche mit freundlichem, fast noch kindlichem Gesicht lachte auf. »Wenn sie dazu auch köstlich schmecken …«

»Wir essen sie nicht.«

Der Soldat runzelte die Stirn. »Ihr esst Eure Kühe nicht, Herrin?«

»Herrin?«, erwiderte ich verwirrt.

Der Bursche warf einen nervösen Blick über seine Schulter. Vermutlich wollte er Antares' Stimmung abschätzen, der in all der Zeit kein einziges Wort gesprochen hatte. »Genau das seid Ihr sehr bald«, raunte er mir zu. »Ihr esst also wirklich keine Rinder?«

»Nein.« Ich musste lächeln. Zumindest diesem Mann, der fast noch ein Junge war, konnte ich einen Funken Sympathie entgegenbringen. »Wir lassen sie frei und ungehindert weiden, weil die Wölfe sie fürchten. Seit meinem Urgroßvater diese Idee gekommen ist, bleibt unsere Burg selbst in den kältesten Wintern verschont. Die Rinder halten sogar Felsenbären auf Abstand. Zum Dank für ihre Dienste verschonen wir ihr Leben.«

Jetzt lachten die Soldaten ungläubig.

»Kühe, die Timberwölfe und Felsenbären angreifen?«, staunte der blonde Bursche. »Wie kann das sein, Herrin?«

Ich sah den Gesichtern der Männer an, dass sie mir kein Wort glaubten. Doch da es mich nicht kümmerte, was die Soldaten über meine Erzählungen dachten, zuckte ich nur mit den Schultern und entschied mich für das Schweigen.

Nach einer Weile fiel mir unweit des Pfades ein vom Salzwind zerfressener Knochenhaufen auf, der unzweifelhaft von einem Felsenbären stammte. Und er war bei Weitem nicht der einzige. Jetzt, da ich darauf achtete, entdeckte ich unzählige alte Knochen, die den Mut und Kampfgeist der Graurinder unter Beweis stellten.

»Beeindruckend«, murmelte der blonde Soldat, offenbar vom Wahrheitsgehalt meiner Geschichte überzeugt. »Solche Kühe könnten wir auch gebrauchen.«

»Sie hassen Hitze«, erwiderte ich. »Der schlimmste aller Winter macht ihnen nichts aus, aber im Sommer sterben alle alten und schwachen Tiere. Sie würden im Süden keine Woche überleben.«

»Wie warm wird es bei Euch im Sommer, Herrin?«, hakte der Blonde nach. »Ich habe gehört, dass Eure Nächte zu dieser Zeit so kurz sind, dass die Abenddämmerung in die des Morgens übergeht.«

»Das stimmt. Im Sommer wird es niemals wirklich dunkel. Und wie warm es wird? Nun, es wird so warm, dass Fremdlinge aus dem Süden immer noch Pelze tragen und Schnupfen bekommen. Aber warm genug, damit unsereins im Meer schwimmt. Es heißt, wenn anderswo die Vögel erfroren von den Bäumen fallen und die Menschen sich unter Pelzen verkriechen, springen unsere Kinder in den nächstbesten See.«

Ein paar der Männer lachten. Andere wirkten bestürzt, als empfänden sie plötzlich Mitleid mit mir.

»Was ist das, Herrin?«, rief ein anderer Soldat und deutete auf ein vielfach verzweigtes knochenweißes Gebilde, das aus dem Gras aufragte und an eine versteinerte Koralle erinnerte. Es war so hoch wie zwei Männer und so breit, wie ein Fischerboot lang war. Ich betrachtete das Relikt kaum weniger erstaunt als die Soldaten, schließlich waren mir bisher nur Geschichten über dieses Mahnmal zu Ohren gekommen.

»Früher zogen Riesenhirsche über die Ebenen«, antwortete ich. »Ihre Geweihe waren so ausladend, dass sie niemals in einem Wald hätten leben können, weil sie zwischen den Bäumen hängengeblieben wären. Man sagt, sie seien gefährlicher gewesen als jeder Schneelöwe oder Felsenbär.«

»Inwiefern?«, wollte der Bursche wissen. »Es waren doch nur Hirsche.«

»Ja, aber es waren besondere Hirsche. Im Gegensatz zu ihren kleineren Artgenossen bevorzugten sie den Genuss von Fleisch. Auch von menschlichem. Noch dazu übertraf ihre Klugheit die eines Löwen oder Bären bei Weitem und so fielen ihnen unzählige Jäger zum Opfer.«

Neugier blitzte in den Augen der Soldaten auf.

»Was ist aus ihnen geworden, Herrin?«, wollte der Blonde wissen. »Gibt es heutzutage keine fleischfressenden Hirsche mehr?«

»Nein.« Ich legte den Kopf in den Nacken, rollte mit den Schultern und spürte, wie es in meinem verkrampften Nacken knirschte und knackte. Schon jetzt waren meine Schenkel und mein Hintern wund gescheuert, aber ich würde den Teufel tun, Antares das Zeichen zum Rasten zu geben. »Sämtliche Riesenhirsche wurden ausgerottet. Könige wollten ihre Throne mit den Geweihen schmücken, noch dazu ging das Gerücht um, dass das Fell der Hirsche unverwundbar macht. Mein Großvater erlegte der Legende nach mehr als einhundert dieser Geschöpfe. Unser ganzer Keller ist voll mit Trophäen. Jeden Sommer beherbergte er Herrscher und Adlige aus anderen Reichen in seiner Burg, die ihre eigenen Jagden ausrichteten. Auch die weiblichen Riesenhirsche trugen Geweihe und so lebte, als mein Vater das Jagen erlernte, kein einziges dieser Tiere mehr.«

»Schade«, seufzte einer der Soldaten. »Das wäre eine wahrhaft königliche Beute gewesen.«

Ich warf Malakat und Kafir einen vieldeutigen Blick zu, den die beiden ebenso unmissverständlich erwiderten. Niemand nahm Notiz von unserem wortlosen Gespräch, jeder einzelne Soldat hatte nur Augen für das vermodernde Geweih.

»Wenn die Trophäen so begehrt waren«, fragte der Blonde, »warum liegt diese hier unangetastet herum?«

»Mein Großvater hat bestimmt, dass sie als Mahnmal liegen bleibt. Als ihm klar wurde, dass die Riesenhirsche vor dem Aussterben standen, verhängte er unter Todesstrafe ein Jagdverbot. Genützt hat es nichts. Ein Wilderer aus dem Norden erlegte das letzte Tier, wurde erwischt und auf dem Burgplatz geköpft. Das Fleisch des Tieres verteilte mein Großvater im Dorf, aber die Knochen und das Geweih ließ er dort liegen, wo der letzte Riesenhirsch sein Ende gefunden hat. Seitdem ranken sich viele Legenden um die Knochen. Niemand hat es je gewagt, Hand an sie zu legen, und jetzt sind sie morsch geworden. Wahrscheinlich zerfallen sie zu Staub, sobald jemand versucht, sie aufzuheben. Deswegen gibt es auch keinen Wächter mehr.«

»Es gab einen Wächter?«, fragte der Blonde. »Für Hirschknochen?«

»Ja, den gab es. Zumindest ein paar Jahrzehnte lang. Mein Großvater war ein leidenschaftlicher Jäger, aber als ihm klar wurde, dass die Riesenhirsche verschwunden waren, ging er aus Buße den Weg der Pilger und beschloss, wenigstens das Andenken an diese königlichen Geschöpfe zu bewahren.«

»Und was ist mit den Borkentieren, Herrin?«, stellte der Bursche eine weitere Frage. »Gab es sie wirklich?«

Ich sah, wie mehrere Soldaten ihre Pferde ein Stück näher an mich heran lenkten, begierig darauf, Geschichten über das Land der Grauen Küste zu hören. In meinem Nacken spürte ich Antares' bohrenden Blick, doch noch schien er die Neugier seiner Männer zu dulden.

»Natürlich hat es die Borkentiere gegeben«, erwiderte ich. »Sie sind ebenso wenig eine Legende wie die Riesenhirsche.«

In diesem Moment hatten wir den Kamm eines Hügels erreicht. Ein stechender Schmerz fuhr in mein Herz. Ich blickte nicht auf das Meer, doch vor uns erstreckte sich ein silbern glänzender See bis zum Horizont, wo die Schatten blauer Berge kaum mehr als eine Ahnung waren. Eine Sturmbö überzog die Wasseroberfläche mit schäumenden Wellen und so war es, als würde ein kleiner Ozean vor mir liegen.

Meine Finger krampften sich um die Zügel zusammen. Ich durfte nicht an das denken, was ich verloren hatte. Vielleicht bezahlte ich mit Trauer und Unglück, weil in der Zukunft wunderbare Geschenke auf mich warteten, und da es mir seit jeher geholfen hatte, Geschichten zu erzählen, flüchtete ich mich erneut hinter den Schutzwall aus Worten und Erinnerungen:

»Unsere Gärtner benutzen immer noch Schaufeln, die aus den Schulterblättern der Seekühe bestehen. Im Keller der Burg liegt ein Schädel, der so groß ist wie eine Bierkutsche. Im Gegensatz zu den Riesenhirschen waren die Borkentiere friedfertig, deshalb waren sie bereits ausgestorben, als mein Vorfahre unsere Heimatburg auf die Klippen bauen ließ. Das war vor gut neunhundert Jahren.«

»Damals lebten noch Eweten an dieser Küste, nicht wahr?«, fragte der Blonde. »Ich habe ein Buch darüber gelesen.«

»Ja. Mein Volk lebte in Frieden mit den wilden Stämmen und betrieb Tauschhandel mit ihnen. Alle Geschichten besagen, dass es eine gute Zeit war, in der niemand Not zu leiden hatte.«

»Aber wie haben es primitive Wilde geschafft, solch gewaltige Tiere zu erlegen?«

Ich zuckte mit den Schultern. »Sie sind mit kleinen Booten auf das Meer hinausgefahren, haben ihre Harpunen in die dicke Haut der Borkentiere gestochen und schleppten sie mit vereinten Kräften an den Strand. Dort machten sie ihnen den Garaus. Eine Seekuh hat den Stamm monatelang ernährt. Dann kamen primitive Heerscharen aus dem Süden und dem Osten, landeten mit ihren riesigen Schiffen an und rotteten innerhalb weniger Jahre sowohl die Eweten als auch die Borkentiere aus. Meine Vorfahren führten viele Jahre lang Krieg gegen die Eindringlinge, ehe endlich Frieden in das Land einkehrte.«

»Gemma«, zischte Malakat warnend. »Pass auf, was du sagst. Hast du vergessen, dass wir uns gerade unter den Kriegern des Südens befinden?«

»Ich erzähle nur die Geschichte unseres Landes«, gab ich zurück. »Alles steht in der Chronik geschrieben und ist genau so geschehen.«

»Pass auf, was du sagst«, wiederholte Malakat. »Am besten hältst du den Mund.«

»Ich soll den Mund halten?«

»Ganz genau.«

»Also gut. Wie du willst.« Trotzig presste ich die Lippen aufeinander und warf dem blonden Soldaten einen bedauernden Blick zu. Als die Männer begriffen, dass es keine weiteren Geschichten geben würde, wandten sie sich grummelnd ab und fuhren damit fort, über das Wetter, die Kälte und den Matsch zu schimpfen.

Kapitel 12

Hinter dem Horizont

Die restlichen Stunden des Tages verliefen schweigend. Der See war so gewaltig, dass es schien, als würden wir seiner Südseite kein Stück näher kommen. Am Abend durchquerten wir einen kargen Hain aus Krüppelkiefern und rasteten, als alle drei Monde am Himmel leuchteten, am Ufer des meergroßen Gewässers.

Nur widerwillig stieg ich aus dem Sattel. Der wiegende Gang des Pferdes hatte es leicht gemacht, alle Gedanken loszulassen. Doch jetzt, da ich mit beiden Füßen wieder auf fester Erde stand, kehrten die Ängste und Sorgen zurück. Weit schlimmer als mein wund gerittener Hintern schmerzte die Erkenntnis, dass all das hier tatsächlich geschah. Mein Leben hatte einen Pfad eingeschlagen, der keine Abzweigung und kein Innehalten zuließ.

Mitfühlend tätschelte Kafir meine Schulter, Malakat schenkte mir ein sanftes Lächeln. Wie verloren wäre ich ohne diese beiden Menschen an meiner Seite! Doch meine Amme und der Waldkrieger waren alt. Der Tag, an dem ich einen von ihnen verlieren würde, war nicht mehr fern sein. Was sollte ich tun, wenn es so weit war? Wie sollte ich standhaft bleiben, wenn es niemanden mehr gab, an dem ich mich festhalten konnte? Niemanden, der meine Tränen trocknete?

Mit beeindruckender Schnelligkeit bauten die Männer ein Meer aus Zelten auf, errichteten Feuerstellen, begannen Eintöpfe zu kochen und versorgten die Pferde. Gemeinsam mit Malakat und Kafir wurde ich zum größten Feuer geführt, das allein Antares und seinen engsten Vertrauten vorbehalten war. Schulter an Schulter setzten wir uns auf die Decken, beobachteten das betriebsame Wimmeln und fühlten uns nutzlos. Niemand teilte uns eine Aufgabe zu, niemand richtete das Wort an uns.

So sehr ich auch versuchte, mich vom Anblick des Sees besänftigen zu lassen, kreisten die düsteren Gedanken wie Krähen in meinem Kopf herum. Ob mir am Rande des Dschungels dasselbe Schicksal blühte wie einer kranken Graukuh im Hochsommer? Konnte mein an Kälte gewöhnter Körper eine solche Wärme überhaupt ertragen? Wie war Antares nur auf die Idee gekommen, ausgerechnet eine bleiche Nordprinzessin, die mehr Eis als Blut in den Adern trug, in den tiefen Süden zu verschleppen?

Wenigstens bedeutete unsere Reise für Malakat und Kafir eine Verbesserung. Vermutlich würden sie aufblühen wie vertrocknete Pflanzen im ersten Regenguss. Beide kannten den Süden und seinen ebenso farbenprächtigen wie gefahrvollen Dschungel. Ich sah dem alten Waldkrieger an, wie sehr er sich auf die Wärme und das üppige Grün seiner Heimat freute und wie glücklich es ihn stimmte, dass er seinen Lebensabend in der Nähe seines Geburtsortes verbringen durfte. Hin und wieder seufzte er gar vor Sehnsucht auf, als könnte er es nicht erwarten, die Wälder seiner Kindheit und Jugend wiederzusehen. Ich nahm es ihm nicht übel. Wie bitter Heimweh schmeckte, erfuhr ich inzwischen am eigenen Leib.

»Bitte sehr, Herrin.« Der blonde Soldat, der mich ausgefragt hatte, stand mit einem Mal vor uns und reichte mir eine Schale voller Eintopf und einen Holzlöffel. »Er ist nicht so gut wie der, den wir gestern in Eurer Burg genießen durften, aber er wird Euch wärmen.«

»Danke.« Ich zwang mich zu einem Lächeln und hoffte, dass Antares nicht in der Nähe war. Wer wusste schon, was der König mit einem Soldaten anstellte, der seiner zukünftigen Ehefrau schöne Augen machte. Schön waren sie zweifellos. Hellbraun wie Honig, durchsetzt mit goldenen Funken. Ob viele Männer im Süden sich mit dieser seltsamen Farbe schmückten?

»Wie ist dein Name?«, wagte ich zu fragen.

Der Bursche schluckte, blickte sich misstrauisch um und antwortete mit flüsternder Stimme: »Baudrian.«

»Baudrian?«, wisperte ich ebenso leise zurück, als wäre mir die Angst vor Antares schon jetzt in Fleisch und Blut übergegangen. »Dann stammst du aus dem Ostreich?«

»So ist es, Herrin.«

»Bitte nenne mich nicht Herrin.«

Der Bursche schüttelte den Kopf. »Ich habe keine Wahl. Es tut mir leid.«

»Nun gut. Wenn du keine Wahl hast, nehme ich es hin.« Einen Moment lang rang ich mit mir. Wog das Für und Wider ab. Kratzte meinen kläglichen Mut zusammen. Dann stellte ich die Frage, vor deren Antwort ich mich abgrundtief fürchtete: »Ist Antares ein guter Mann? Muss ich mich vor ihm fürchten?«

Baudrian senkte den Blick. »Nein«, sagte er leise. »Er ist kein guter Mann. Und ja, du solltest dich vor ihm fürchten. Wir alle tun es.«

»Dann ist seine Freundlichkeit nur vorgetäuscht?«

»O nein. Es gibt Tage, an denen er freundlich ist.« Wieder sah der Bursche sich ängstlich um, als rechnete er damit, zu Boden geworfen und verhaftet zu werden. »Und dann gibt es Tage, an denen er seine andere Seite zeigt. Fühle dich nicht sicher, wenn er dir über das Haar streicht oder dir Geschenke bringt. Schon viele saßen dem Irrglauben auf, einen gerechten Feldherren und weisen König vor sich zu haben. Jetzt verrotten ihre Überreste in der Erde.«

Übelkeit stieg in mir auf. Kafir zupfte an seinem Kopftuch und nuschelte etwas, während Malakat zu zittern begann. »Ist es wahr, dass …«

»Bitte nicht, Herrin.« Abwehrend streckte Baudrian beide Arme aus, fuhr herum und stapfte von dannen. Lange saß ich schweigend da, hielt meine Schale umklammert und starrte auf den See hinaus. Allmählich wurde die Nacht tiefer und verwandelte die blasse Oberfläche des Königsmondes in ein leuchtendes Farbenspiel. Mit der Dunkelheit kamen auch die Nachtreiher, landeten weit draußen auf dem See und stießen ihre kummervollen Rufe aus, die mein verwundetes Herz gänzlich zersplittern ließen. Es gab keinen wehmütigeren Laut als diesen. Er klang wie ein Schrei und zugleich wie ein Seufzen. Es war das Wimmern eines Liebenden, der seine Seele verloren hatte, und das Klagelied vollkommener Einsamkeit.

Malakat streichelte meinen Rücken, während ich weinte. Kafir hielt fürsorglich die Suppenschale. Als meine Tränen endlich versiegten, nahm ich sie wieder entgegen und würgte ein paar Löffel Eintopf herunter.

Ich wollte das alles nicht! Ich wollte Antares nicht ehelichen. Ich wollte nicht das Bett mit ihm teilen und nicht seine Kinder gebären. Aber was blieb mir für eine Wahl? Wenn die Gerüchte stimmten, trugen die Frauen des Südreiches so lange Kinder aus, bis eine Geburt sie schlussendlich umbrachte.

Meine Verzweiflung verwandelte sich in Wut, gefolgt von Resignation, erneuter Trauer und einem noch heißer brennenden Zorn. Woher nahm mein Vater das Recht, mich zu verschachern? Weshalb war meine Mutter nicht eingeschritten? Und vor allem … hatte sie überhaupt versucht, ihn umzustimmen?

Vier Soldaten gesellten sich zu uns an das Feuer und ich war kurz davor, dem nächstbesten die Suppenschale an den Kopf zu werfen. Nur ein Gedanke hielt mich davon ab: Nicht ich würde die Strafe einstecken, sondern Kafir und Malakat. Als meine Begleiter trugen sie die Verantwortung für mein Handeln und so blieb mir nichts anderes übrig, als meinen Zorn hinunterzuschlucken und damit fortzufahren, still vor mich hin zu brüten.

Die Soldaten schienen sehr darauf bedacht zu sein, uns weder anzusprechen noch anzusehen. Lautstark schlürften sie ihre Suppe, tauschten belanglose Lagergespräche aus und furzten und rülpsten mit der Unbekümmertheit junger Männer.

Mein Elend wurde so tief, dass ich kaum mehr zu atmen vermochte. Warum musste es ausgerechnet in dieser Nacht aufklaren? Warum funkelten ausgerechnet heute die Sterne am Himmel, so schön und gleißend wie Eisdiamanten? Ich wünschte mir Wolken herbei. Regen, Wind und Sturm. Von mir aus hätte ein schreckliches Unwetter über das Lager hereinbrechen oder eine Horde gefräßiger Schlammhechte aus dem See steigen können. Alles wäre mir recht gewesen, wenn es nur diesen abscheulich schönen Sternenhimmel und die traurigen Rufe der Nachtreiher ausgelöscht oder mich wenigstens davon abgelenkt hätte.

Schluchzend lehnte ich mich an Kafirs Schulter und beobachtete das Spiel der Wellen. Sie waren klein. So viel kleiner als die des Ozeans.

Ob Antares darauf bestehen würde, mit mir in einem Zelt zu schlafen? Würde ich mein Lager zu seinen Füßen aufschlagen müssen und würde er sich an das Gebot der Tugend halten? In meinem Reich war es üblich, dass ein Mann erst nach der Hochzeit seiner Frau beiwohnte, doch wie dachte man im Südreich darüber?

Viele Male an diesem Abend glaubte ich, sterben zu müssen. Wie hatte es nur so weit kommen können? Vor wenigen Tagen hatte ich einen Brief an den Nordprinzen verfasst und mich gefragt, ob ich den Mann, dessen Sanftmut die einen für Schwäche und die anderen für einen Segen hielten, wohl würde lieben können. Nun befand ich mich auf dem Weg in das wilde Südreich, um einen Kriegerkönig zu heiraten. Einen Barbaren, der nicht nur für seine Blutrünstigkeit bekannt war, sondern auch für seinen Verschleiß an Ehefrauen.

Betrübt blinzelte Malakat in das Feuer. Vermutlich hatte Baudrians Antwort selbst ihr sonst unerschütterliches, positives Denken zerstört. Und wenn ich Kafirs verkrampfte Muskeln richtig deutete, malte er sich gerade aus, die Soldaten niederzumähen und mich auf seinen Armen davonzutragen.

Vielleicht würde sich zu den vier Grabkreuzen bald ein fünftes gesellen. Dann ein sechstes und siebtes. In den Geschichtsbüchern gab es viele Könige, die unzählige Ehefrauen verschlissen hatten. Keiner von ihnen war jemals bestraft worden. Ganz im Gegenteil. Die Grausamsten waren stets die Erfolgreichsten gewesen, gesegnet mit unermesslichem Reichtum, gewaltiger Macht und einem unverschämt langen Leben. Vermutlich würde Antares noch viele Frauen überleben, denn die Götter liebten Männer wie ihn.

Schweigend saßen wir am Feuer, hingen unseren Gedanken nach und blickten auf den See hinaus, unter dessen Oberfläche sich hin und wieder etwas regte. Auch den Soldaten blieben die Bewegungen nicht verborgen. Ein paar gebellte Befehle hallten über das Lager, kurz darauf nahmen eine Handvoll Männer mit Gewehren und Lanzen am Ufer Aufstellung und hielten Wache. Wahrscheinlich waren Schlammhechte auf uns aufmerksam geworden. Gefräßige Biester von der Größe eines Pferdes, die mit ihren breiten Mäulern einen Menschen verschlingen konnten und dies, wenn man den Erzählungen glauben wollte, auch häufig taten. Angeblich waren sie dazu in der Lage, sich mit ihren kräftigen Vorderflossen selbst über Land fortzubewegen und neigten dazu, unvorsichtige Wanderer oder Schäfer im Schlaf zu überraschen. Mehr als einmal glaubte ich, geschuppte Leiber im Wasser zu erblicken, die nah am Ufer ihre Bahnen zogen.

Was würde wohl geschehen, wenn ich mich einfach in den See stürzte? Gewiss war der Tod im Maul eines Hechtes angenehmer als das, was im Südreich auf mich wartete.

Der Gedanke wurde verlockend.

Er füllte all mein Denken aus.

Doch ich tat es nicht. Für Malakat und Kafir.

Und einer kindischen Hoffnung wegen.

Kapitel 13

Nadirs Botenvogel

»Wie geht es dir an deinem ersten Abend in Freiheit?«

Ich schreckte auf. Eine Faust krampfte sich um meinen Magen zusammen, als ich Antares vor mir stehen sah. Bei Nershas heulenden Dämonen, dieser Mann bewegte sich wie ein Schatten durch die Dunkelheit. Vermutlich, weil er sie auch in seinem Herzen trug und seine leere Seele damit ausgestopft hatte.

»Ich grüße dich, König des Südens.« Irgendwie schaffte ich es, eine straffe und aufrechte Haltung anzunehmen. »Danke, es geht mir gut.«

Freiheit? War das sein Ernst? Beinahe hätte ich laut aufgelacht. Glaubte dieser haarige Klotz wirklich, mich befreit zu haben?

»Hm«, brummte Antares, kratzte sich am Bart und schien über etwas nachzudenken. »Du hast dich wacker geschlagen. Das Reiten ist dir also nicht fremd.«

»Nein, ich saß fast jeden Tag auf dem Rücken eines Pferdes. Und die Stute ist ein ausgezeichnetes Tier. Es ist, als würde man auf dem Wind fliegen.«

Was redete ich da nur? Warum kamen mir all diese Worte über die Lippen? Dachte ich wirklich, Antares besänftigen und für mich einnehmen zu können?

»Dann solltest du sie erst einmal erleben, wenn sie wahrhaftig schnell rennt.« Antares lächelte. Es wirkte tatsächlich freundlich. »Ein

Adler könnte nicht weiter und höher fliegen als der Reiter, der das Glück hat, auf solch einem Pferd zu sitzen.«

»Ich würde es gerne einmal erleben.«

»Das wirst du, sobald wir die Zeit dafür finden. Wenn ich dich jetzt bitten dürfte, mich in mein Zelt zu begleiten? Ich möchte, dass du heute Nacht bei mir bleibst. Fürchte nicht um deine Unschuld. Das Gebot der ersten Nacht gilt in meinem Reich ebenso wie in deinem.«

Etwas in meinem Bauch verkrampfte sich. Ich würde die erste Nacht in der Fremde nicht mit Malakat und Kafir verbringen, sondern mit einem Barbarenkönig. Aber so wahr ich eine Tochter der Grauen Küste und des wilden Nordmeeres war, würde ich Antares keinerlei Schwäche zeigen. Er war ein Raubtier und wie einem Raubtier musste man ihm mit Furchtlosigkeit gegenübertreten.

»Wir sehen uns morgen früh«, sagte Malakat mit bebender Stimme und schaffte es sogar, das faltige Gesicht zu einem Lächeln zu verziehen. »Gute Nacht, meine Seeschwalbe.«

»Schlaf gut, Prinzessin«, fügte Kafir hinzu. »Möge Nersha über dich wachen.«

Ich nickte beiden zu, kämpfte meine Verzweiflung nieder und erhob mich mit aller Anmut, die ich nach einem langen Tagesritt aufbringen konnte. Überraschend fürsorglich reichte Antares mir seine haarige Pranke und als ich sie ergriff, war es, als würde ein Riese seine Faust um meine Finger schließen.

Plötzlich erschien er mir noch größer und wuchtiger. Wie ein Borkentier in Menschengestalt. Antares überragte mich um fast zwei Köpfe, sein Bart schien im Laufe des Tages gewachsen zu sein und seine Muskeln waren die eines Felsenbären. Mit Grauen dachte ich an unsere Hochzeitsnacht. Wie sollte ich mit einem solchen Ungetüm das Bett teilen, ohne zerquetscht oder in zwei Hälften zerteilt zu werden? Niemals war ich ein Kind der Furcht gewesen, doch jetzt überwältigte mich blanke Panik.

Ich musste fliehen!

Noch heute Nacht.

Aber wo sollte ich mich verstecken? Das Land der Grauen Küste bot keinen Schutz. Keine Wälder, keine Schluchten und keine Höhlen. Nein, es war besser, wenn ich wartete. Malakat und Kafir waren Waldleute, sie kannten die Wildnis wie ich meine Heimatburg. Wenn wir uns zu dritt davonstahlen, würde niemand uns aufstöbern. Nicht einmal ein Kriegerkönig und seine Armee. Irgendwo tief in den Wäldern gab es möglicherweise noch einen unentdeckten Stamm, bei dem wir Unterschlupf finden konnten. Lieber verbrachte ich den Rest meines Lebens unter einem Blätterdach und aß rohe Larven, als mich von Antares versklaven zu lassen.

Mit dieser Hoffnung wurden meine Schritte zuversichtlicher. Antares führte mich zu einem großen schneeweißen Zelt mit fast schon geschmacklos üppigen Goldverzierungen, schlug die Plane beiseite und ließ mich eintreten. Eine Öllampe aus Hirschhorn verbreitete sanftes, orangefarbenes Licht. Ich sah zwei Lager aus weichen Fellen, eines davon war auf einer Pritsche mit Grasmatratze errichtet worden, das andere befand sich auf dem blanken Boden. Wo ich schlafen würde, stand außer Frage.

»Dein Vater hat mir verraten, dass du Bücher verschlingst. Diese dort sind für dich.« Antares deutete auf einen Stapel, der neben dem Kissen des Bodenlagers aufgeschichtet war. Er enthielt ganze zehn Exemplare, allesamt so dick wie drei Finger übereinander. »Es ist zwar ungewöhnlich, dass eine Frau etwas vom Lesen versteht, geschweige denn, dass sie auch noch schreiben kann. Aber ich habe beschlossen, deine Fähigkeiten als praktische Zugabe zu sehen. Wenn du es erlaubst, würde ich dich gerne als meine persönliche Schreiberin einsetzen. Was natürlich voraussetzt, dass du verschwiegen bist. Keines unserer Geheimnisse darf jemals nach außen dringen.«

Antares sprach ruhig und sanft, doch ich nahm die unterschwellige Drohung in seinen Worten wahr.

»Und was ist, wenn ich es nicht erlaube?«

Antares lächelte dünn. »Das fände ich sehr bedauerlich. Welchem Menschen sollte ein König mehr Vertrauen entgegenbringen als seiner eigenen Ehefrau?«

»Euer Vertrauen ehrt mich«, erwiderte ich so höflich, wie es meine Stimme hergab. »Doch manchmal gelangen Geheimnisse auf verstrickten Wegen nach außen. Wenn Ihr mich als deren Hüterin ernennt, trage ich die Verantwortung für jede Lücke, jeden Lauscher und jeden Spion, der es schafft, uns beide auszutricksen.«

Antares sah mich eine Zeit lang ungläubig an. Dann klappte sein Mund auf und entließ ein dröhnendes Lachen. »Ich bin wahrlich ein von Amaru begnadeter Mann, wenn er mich mit einer solch klugen Frau beschenkt. Nur keine Sorge, Nordprinzessin. In meinem Reich landen nur jene auf dem Schafott, die es verdient haben. Außerdem werden deine Worte, sobald wir verheiratet sind, doppeltes Gewicht haben.«

Nervös wischte ich meine nassgeschwitzten Hände an der Hose ab. Alles in mir schrie danach, das Angebot auszuschlagen. Doch meine Vernunft hatte längst begriffen, dass Antares ein *Nein* nicht duldete. Ein geschickter Schachzug von ihm, mir ein solch wichtiges Amt zu übertragen. Falls er mich loswerden wollte, musste er nur behaupten, ich hätte politisch brisante Geheimnisse ausgeplaudert.

»Nimmst du die Ehre meines Angebotes an?« Diesmal schwang eine weitaus weniger subtile Drohung in der Stimme mit. »Sprich, Nordprinzessin.«

»Ja«, murmelte ich zerknirscht. »Ich nehme sie an. Doch habe ich im Gegenzug ebenfalls eine Bitte.«

»Nur zu.« Unter seinem Bart blitzten weiße Zähne auf. Er wirkte wie ein Wolf, der mit dem Lamm spielt, ehe er es zerfleischt. »Ich will dir deinen Wunsch gewähren, sofern er im Bereich des Möglichen und Vernünftigen ist.«

»Ich möchte nicht, dass die Königsfamilie der Grauen Küste zu unserer Hochzeit erscheint. Ich möchte keinen von ihnen jemals wiedersehen.«

Antares stieß eines leises, brummendes Geräusch aus. Vielleicht war es ein Lachen. Vielleicht auch ein Ausdruck hämischen Spottes. »Hast du es ihnen so übel genommen, dass sie dich mir überlassen haben?«

Ich spürte die Gefahr, als hätte sie mit kalten Frostfingern meinen Nacken berührt. »Nein. Es ist vielmehr, weil …«

»Ja?« Der Blick des Südkönigs wurde bohrend. Offenbar verlor der Wolf die Lust an harmlosen Spielereien. Jetzt stand ihm der Sinn danach, das Lamm in die Enge zu treiben. »Nur zu, Nordprinzessin. Zwischen Ehegatten sollte es keine Geheimnisse geben.«

»Mein Vater hat mich niemals geliebt«, sprach ich kurzentschlossen die Wahrheit aus. Zumindest einen Teil davon. »Stets war ich ihm nur eine Last. Meine Mutter wiederum fand nicht die Stärke, zu mir zu halten. Ich verbinde mit der Burg der Grauen Küste nicht das, was man unter einer Heimat versteht. Mir wäre es lieber, niemals wieder daran erinnert zu werden.«

Die Worte brannten wie Gift auf meiner Zunge. Wie konnten Wahrheit und Lüge so nahe beieinander liegen? Ja, ich wollte meinen Eltern niemals wieder gegenübertreten. Und ja, die Mauern der Burg beherbergten dunkle Erinnerungen und schier endlose Stunden der Verzweiflung. Doch der Gedanke, ohne das Meer leben zu müssen, ohne die Stürme und die Gischt, die Schreie der Möwen und das wogende Wintergras, riss mein Herz entzwei.

»Ich verstehe deinen Wunsch«, sagte Antares und kraulte sich den Bart. »Seine Familie kann sich niemand aussuchen. Manchmal finden wir an einem Ort, der uns Schutz bieten sollte, nur Abweisung und Kälte. Das Reich der Grauen Küste wird keine Einladung bekommen, sowohl für die anstehende Feier als auch für alle zukünftigen. So lange, bis du eine andere Entscheidung triffst. Außerdem verspreche ich dir als Dank für deine Dienste, dass du stets unter meinem Schutz stehst und Zugang zu allen Räumen meiner Bibliothek erhältst.« Antares griff nach mir und streichelte kurz und flüchtig über meine Schulter. Beinahe wäre ich vor Abscheu zurückgeschreckt, doch ich biss mir auf die Zunge und hielt still. Nersha sei Dank, hielt sich mein zukünftiger Gatte an das Gebot der Ersten Nacht und beließ es bei dieser winzigen Berührung.

»Man hat mir zugetragen«, fuhr er fort, »dass du ein außergewöhnliches Talent für das Kopieren alter Manuskripte vorzuweisen hast.«

Ich nickte beklommen. »Die Winterabende im Norden sind lang. Jeder beschäftigt sich, so gut er kann.«

Antares warf den Kopf zurück und lachte. Es war, als würde ein Berg in Bewegung geraten. Wie gelähmt starrte ich auf seine gewaltigen Armmuskeln und die seildicken Adern, die unter seiner Haut verliefen.

»Ich schätze Frauen, die bescheiden sind.« Er gluckste in seinen Bart. »Lass dir gesagt sein, dass es dir auch an Schreibzeug nicht mangeln wird. Was dir in deiner alten Heimat Freude bereitet hat, sollst du in der neuen nicht vermissen müssen.«

»Danke«, brachte ich hervor. »Ist es mir denn erlaubt, auf dem Sternentänzer zu reiten?«

»Natürlich. Dafür habe ich dir die Stute geschenkt.«

»Darf ich auch allein ausreiten?«

Ein kalter Glanz trat in seine Augen. Da war er wieder: der Wolf, der das Lamm umkreiste. »Das wird nicht möglich sein, fürchte ich. Um deiner eigenen Sicherheit willen wirst du niemals ohne Begleitung meinen Palast verlassen. Der Dschungel ist gefährlich. Zweifellos kennst du die Geschichten über diese abscheuliche Welt. Aber die Wahrheit ist noch weitaus grausamer.« Mit einem erschöpften Schnaufen ließ sich Antares auf die Kante seiner Pritsche sinken. Das bedauernswerte Konstrukt knackte und knirschte, doch zu meinem Bedauern brach es nicht unter ihm zusammen. Behäbig öffnete der Südkönig die Schnüre seines goldgeschuppten Brustpanzers und warf ihn auf den Boden. Darunter trug er ein ärmelloses schwarzes Untergewand, dessen Stoff sich über den riesigen Brustmuskeln spannte. Mühsam streifte er es sich über den Kopf und bewies den größten Nachteil seiner Statur: Er mochte stark wie ein Borkentier sein, aber auch ebenso ungelenk und steif. Sein einziger Vorteil bestand in seiner Kraft. Einen Kampf gegen einen schnellen, geschmeidigen Gegner würde er kaum bestehen, was mich vermuten ließ, dass seine Soldaten den Großteil der Kriegsarbeit erledigten.

»Dank deines Vaters weiß ich sehr wohl, dass in deiner Brust ein wildes Herz schlägt.« Mit nacktem Oberkörper sah Antares zu mir auf, als wollte er abschätzen, wie sein Anblick auf mich wirkte. In Gedanken verzog ich angewidert das Gesicht, doch nach außen hin tat ich das, was mein angehender Ehemann höchstwahrscheinlich von mir erwartete: Ich blickte beschämt an ihm vorbei. »Meine zweite Frau war dir sehr ähnlich, Nordprinzessin. Sie liebte es, mit mir gemeinsam zu jagen. Wir verbrachten viele Tage im Wald und als sie starb, verlor auch ich mein Leben.« Seine sonst so harte Miene wurde weich und verlieh ihm einen Hauch Verletzlichkeit. Unwillkürlich verspürte ich Mitleid. Vielleicht hatte er tatsächlich einmal geliebt. Vielleicht würde er sogar in der Lage sein, sein Herz noch einmal zu verlieren. Doch eines wusste ich mit Sicherheit: Mein eigenes Herz würde diese Gefühle niemals erwidern.

»Ach, genug der Erinnerungen.« Antares vollführte eine abwinkende Geste. »Ich habe in eurer zugigen Burg kein Auge zugetan, daher verzeih mir, wenn ich mich vor meiner üblichen Zeit schlafen lege. Lies, so lange du möchtest, aber vergiss nicht, die Lampe zu löschen. Es wäre nicht das erste Zelt auf dieser Reise, das in Flammen aufgeht.«

Ich nickte, setzte mich auf mein Lager und nahm gerade das erste Buch in die Hand, als vor dem Zelt ein lauter Ruf erklang. »König des Südens! Ich habe Nachricht von Nadir.«

Antares, der sich soeben auf seiner Pritsche ausgestreckt hatte, sprang auf wie ein erschrockenes Pferd.

»Herein!«, bellte er ungeduldig. »Worauf wartest du?«

Die Plane wurde beiseite geworfen. Ein junger Soldat trat herein, salutierte und straffte seine Haltung. In der rechten Hand hielt er eine Pergamentrolle, auf dem linken, mit dickem Leder umwickelten Arm thronte ein herrlicher Adler. Es war ein Vogel, wie ich ihn noch nie zuvor erblickt hatte. Die Federn des Tieres glänzten metallisch schwarz, selbst sein gebogener Schnabel und die Augen bestanden aus purer Dunkelheit. Auf seiner Brust schillerte ein etwa handtellergroßer Fleck aus irisierenden Farben. Bei jeder Bewegung, die der Vogel vollführte, explodierte dieser Fleck in einem Regen aus bunten Reflexen.

»Was bringst du für Nachrichten? Her damit!« Antares riss dem überrumpelten Soldaten die Pergamentrolle aus der Hand. Ich jedoch hatte nur Augen für den Vogel und entdeckte, dass er einen schwarzen Behälter am Fuß trug, der genau die richtige Größe besaß, um eine solche Rolle aufzunehmen. Demzufolge benutzten die Südländer Adler als Botenvögel. Wie überaus erstaunlich! Warum hatte ich niemals etwas davon gelesen?

Eine Zeit lang blieb es still im Zelt, während Antares die Botschaft las. Nur das hektische Atmen des Soldaten war zu hören und hin und wieder ein amüsiertes Grunzen, das der König von sich gab.

Schließlich schüttelte Antares den Kopf, drehte sich um und ging zu einer Truhe. Aus ihr holte er ein Tintenfass, eine Schreibfeder und ein Säckchen mit Streusand, legte alles auf ein niedriges Tischchen und wandte sich an mich.

»Schreibe meine Antwort auf das Pergament.«

Zu verblüfft, um zu reagieren, stand ich nur da und blinzelte ihn an. Da stieß Antares ein wütendes Schnaufen aus. »Worauf wartest du? Na los!«

Seine Stimme knallte wie eine Peitsche. Ich nickte erschrocken, setzte mich mit unterschlagenen Beinen vor das Tischchen und tauchte die Feder in das Tintenfass. Doch der König, der es gerade noch so eilig gehabt hatte, reichte mir die Rolle nicht. Stattdessen ging er in seinem Zelt auf und ab, grunzte und lachte, schüttelte den Kopf und nuschelte unverständliche Dinge vor sich hin.

»Hinaus mit dir!«, blaffte er schließlich den Soldaten an. »Mach dich nützlich und gehe mir aus den Augen.«

Der Bursche salutierte und stürmte mit unübersehbarer Erleichterung aus dem Zelt. Antares zischte einen Fluch, den ich nicht verstand, setzte sich neben mich und legte die Pergamentrolle auf den Tisch. »Nur zu. Du darfst es lesen. Und vergib mir meine ungehobelten Worte. Ich hätte dich nicht so anfahren dürfen.«

Misstrauisch beäugte ich ihn aus dem Augenwinkel. Das, was gerade geschehen war, passte zu Baudrians Warnung. Im Südkönig vereinten sich zwei Wesen, wie sie unterschiedlicher nicht sein könnten. Er war der freundliche Herrscher und das unberechenbare Monster. Das laue Lüftchen und der tödliche Sturm. Antares hatte mich in der Hand. Für ihn war ich nicht mehr als ein Hund, den er heute streichelte und morgen erschlug.

»Bist du nicht neugierig?«, fragte er verdutzt. »Jetzt mach schon. Lies es!«

Ich räusperte mich, beugte mich über die Rolle und tat, was er von mir verlangte.

An meinen verehrten Bruder,
Herrscher des Südens
und Sohn des höchsten Gottes Amaru.

Tag 42 im 289. Jahr n. d. V.

Vor fünf Tagen gelang uns die Eroberung des westlichen Ufers. Dank der neuen Waffen reduzierten wir die Anzahl der feindlichen Krieger so weit, dass keine offenen Angriffe mehr erfolgten und die Überlebenden zum Rückzug gezwungen wurden. Unsere Verluste waren nichtsdestotrotz hoch, doch verloren die Aman-Kaja für jeden gefallenen Mann auf unserer Seite fünf der ihren. So war es Amarus Wille, dass die Schlacht ihnen den Rücken brach. Noch in der gleichen Nacht überquerten wir den Fluss, errichteten ein provisorisches Lager und begannen mit den ersten Rodungen. Was wir vorfanden, übertraf unsere Erwartungen bei Weitem. In der Erde des westlichen Dschungels wimmelt es nur so vor Edelsteinen. Selbst die seltenen Mondaugen sind hier so zahlreich wie anderswo Kieselsteine. Im Gegensatz zu den gewöhnlichen Wäldern, deren fruchtbare Erde kaum eine Handbreit in die Tiefe reicht, ist die Erde des neu eroberten Gebietes satt und schwarz. Wir fanden ein Land vor, das dem sagenhaften Paradies der Götter gleicht, aber unser Sieg war nicht von Dauer. In der gestrigen Nacht griff uns ein Drache an. Ja, Bruder, du hast richtig gelesen. Es war ohne jeden Zweifel ein Drache und er war weitaus größer und angriffslustiger als alle, von denen wir jemals erfahren haben. Einige Männer glaubten im ersten Augenblick, sie hätten zu tief in die Schnapskrüge geschaut. Bald wurde uns klar, dass dieses Tier tatsächlich über uns kam und begann, unsere Boote zu zerstören. Sein Angriff überraschte uns, als wir gerade eine Ladung Edelsteine und Hölzer auf die andere Seite des Flusses schafften. Es fällt mir schwer zu berichten, dass kein Mann, der sich auf dem Wasser befand, den Angriff überlebt hat. Beim ersten Schlag verloren wir ganze dreiundneunzig Soldaten. Der zweite Angriff erfolgte auf eine Weise, die noch unglaubwürdiger klingt als meine vorhergehenden Worte. Doch ich schwöre dir, meinem geliebten Bruder, bei meinem Blut und bei Amarus allsehendem Auge, dass mein Bericht der Wahrheit entspricht und alles genau so geschehen ist.

Der Drache kam nicht allein. Auf seinem Rücken saß ein Aman-Kaja, der in der Lage war, das teuflische Wesen zu lenken. Er ritt auf ihm wie unsereins auf einem Pferd und säte den Tod, ganz und gar unempfindlich gegen Feuer und Kugeln. Als alle Boote zerstört waren, griff dieser menschliche Dämon das Lager auf der westlichen Seite an und mit ihm kamen alle nur erdenklichen Tiere des Waldes und löschten mehr als einhundert Männer aus. Vieles konnte ich mit eigenen Augen und einem Fernrohr vom anderen Ufer aus beobachten. Anderes berichtete mir der einzige Überlebende dieses Krieges, der verschont worden war, um die Geschichte zu erzählen. Tarkoth, so lautet sein Name, hat bereits alle Gräuel des Krieges miterlebt. Ich kannte ihn als unerschütterlichen Mann, doch das, was er in jener Nacht erlebt hat, übertraf selbst die Gemetzel der Zehnjährigen

Schlacht an der Schwarzen Furt. Tarkoths Haar ist innerhalb einer Nacht ergraut. Am Mittag des nächsten Tages erlag er seinen Verletzungen. Ich spreche im Namen aller Überlebenden und auch im Namen der Seherin Yleria, wenn ich dir sage, dass ein Dämon über uns gekommen ist. Er ist der fleischgewordene Geist des Waldes. Ein Teufel in Menschengestalt, der seine Untertanen um sich schart und sie gegen uns hetzt. Ja, auch ich glaubte an eine Legende. An ein Hirngespinst alter Wildfrauen. Aber ich habe ihn erblickt. Ich habe gesehen, wozu er in der Lage ist, und Yleria hat bezeugt, dass dies die Wahrheit ist. Von all meinen Männern sind gerade einmal zweiunddreißig übrig geblieben und jene, deren Herz noch schlägt, leben nur aus einem Grund: Sie befanden sich nicht auf der westlichen Seite des Flusses.

Mit all meiner Demut und in Verehrung deines Namens bitte ich dich, meinen Worten zu glauben. Der Krieg, in dem wir uns bereits als Sieger gesehen haben, ist verloren.

N.

Ich hatte vergessen, zu atmen. Erst als ich von der Rolle aufblickte, spürte ich das Brennen meiner Lunge und das Klopfen meines Herzens. Antares' berühmte Armee war zurückgeschlagen worden. Von einem einzelnen Mann, dem Drachen ebenso gehorchten wie die Tiere des Dschungels. Hunderte hatten er und seine Geschöpfe getötet. Hunderte Männer, denen Krieg und Eroberung im Blut lag und die sich so sicher gewesen waren, auch das westliche Ufer des Flusses plündern zu können. Fast hätte ich laut aufgelacht.

Konnte das alles wahr sein? War es wirklich so geschehen oder saßen wir einem Hirngespinst auf? Drachen unterwarfen sich keinem menschlichen Wesen. Ebenso wenig wie die wilden Dschungeltiere. Und doch lag in den Worten des Briefes eine unleugbare Wahrheit.

»Schreib!«, knurrte Antares. »Auf die Rückseite des Pergaments.«

Ich gehorchte mit zitternden Fingern.

Wie kannst du es wagen, mich anzugreinen wie ein blödsinniges Kind? Willst du mir allen Ernstes weismachen, dass meine Armee von einem einzelnen Mann fast ausgelöscht wurde? Sobald ich den Bund eingegangen bin, werde ich dich als Erstes auf das Schafott bringen und deinen Schädel den Geiern überlassen. Es sei denn, du machst mir ein besonderes Geschenk. Schaff mir den Geist heran, damit ich ihm zur Feier meiner Hochzeit eigenhändig die Kehle durchschneiden kann. Misslingt dir das, bist du des Todes. A.

Fassungslos starrte ich auf das, was ich gerade niedergeschrieben hatte. Antares trachtete danach, seinen eigenen Bruder hinzurichten. Sein eigen Fleisch und Blut, auf unserer Hochzeit! Hatte er nicht höchstselbst vor meinem Vater behauptet, dass es niemals gelungen war, einen Aman-Kaja lebend zu fangen? Wenn es so war, kam dieser Brief einem Todesurteil gleich.

»Ich weiß, was du denkst«, grollte er mit einem abscheulich boshaften Lächeln. »Ihr weichherzigen Nordmenschen feiert mit Blumen und Tänzen. Aber auf unseren Hochzeiten fließt Blut. Deshalb nennen wir sie *die Roten Nächte.*«

»Die Roten Nächte?« Ein stumpfes Entsetzen wühlte sich durch meinen Bauch. Es war, als stünde ich taumelnd am Rand eines Abgrunds. »Bedeutet das, dass ihr Opfer bringt?«

»Unser höchster Gott Amaru ist ein Gott des Blutes.« Antares' Blick war der eines wilden Tieres. »In der Nacht, in der wir beide den Bund eingehen, wird er darin baden.«

Kapitel 14

Die Augen des Drachen

Tarek

Erst als mich der Frieden des Dschungels umgab, klärten sich meine Gedanken. Hass und Zorn fielen von mir ab wie getrockneter Schlamm und ließen eine bleierne Erschöpfung zurück. Blut tropfte aus meinen Haaren, von meinen Händen, tränkte die Klinge meines Schwertes und besudelte das Drachenleder. Ich wollte zu Boden sinken, die Augen schließen und aus der Wirklichkeit flüchten, stattdessen lief ich weiter. Immer weiter. Bahnte mir einen Weg durch Lianen, triefende Blätter und Sternwinden, die bereits begannen, ihre Blütenkelche zusammenzufalten. Eine weitere Nacht endete. Ein weiterer Morgen dämmerte herauf.

Erst jetzt standen mir ihre Gesichter vor Augen. Erst jetzt verstand ich die Angst in ihren Blicken. Einige waren von der Gier hierher getrieben worden, andere hatten nur Befehlen gehorcht. Im Rausch meiner Wut war mir alles gleich gewesen, doch nun, in der friedlichen Stille des heraufdämmernden Morgens, wurde die Last meiner Schuld mit jedem Schritt erdrückender.

Einige Knochenmenschen hatten gerade erst das Kindesalter hinter sich gelassen. Sie waren keine Männer gewesen, sondern ängstliche Jungen. Zu klein für die Uniform, die man ihnen angezogen, und zu schwach für die Waffen, die man ihnen in die Hände gezwungen hatte. Unsere Feinde waren ein Volk des Krieges und der Eroberung. Vermutlich steckten sie jeden in die Kluft eines Kriegers, der halbwegs in der Lage war, einen Feuerstock zu halten.

Es gab keinen Fleck an mir, der nicht mit Blut besudelt war. An diesem Tag würde der Große Fluss rot im Morgenlicht schimmern. Hunderte Hornechsen würden vollgefressen auf ihren Sandbänken liegen und die Sonnen würden angespülte Gebeine bleichen. Deshalb mussten die Frauen der Knochenmenschen also unaufhörlich Kinder gebären. Der Hunger ihrer Götter nach Seelen war unstillbar und wurde mit jedem Krieg größer.

Ich wusste nicht, wohin ich lief. Ziellos setzte ich meine Schritte und wartete auf einen Schmerz, der nicht kam. Weder spürte ich den Streifschuss an meinem Hals noch die Kugel, die in meinen Arm eingedrungen war. Als ich nach den Verletzungen tastete, fand ich nur unversehrte Haut. Blutverkrustet, aber makellos glatt.

Also war auch dieser Teil der Legenden wahr. Ich hatte hundertfach den Tod gesät und blieb selbst davon verschont. Kein Pfeil und keine Klinge konnten mich umbringen, es sei denn, die Waffe war in eines jener seltenen Gifte getränkt, die einen Gott auszulöschen vermochten.

Ein erster grüner Lichtschimmer fiel durch die Baumwipfel. Nachttiere krochen schlaftrunken in ihre Höhlen und Nester, das Glimmen der Falter und Motten verblasste. Anfangs glaubte ich, dass sich nichts am Lauf der Dinge geändert hatte, doch als das Morgenlicht heller wurde, erkannte ich, dass dem nicht so war. Die Affen und Gmuffen brüllten nicht lautstark ihre Rufe in den Morgenhimmel, sondern hockten schweigend im Geäst der Bäume. Das Lied der Vögel verkam zu einem Flüstern, die Schmetterlinge erhoben sich nicht in schillernden Schwärmen von den Baumstämmen und die Frösche in den Tümpeln blieben stumm. Jedes Geschöpf im Dschungel verharrte ängstlich im Schatten, anstatt das zu tun, was seinesgleichen seit Anbeginn der Zeit getan hatte.

Der Dschungel fühlte sich plötzlich fremd an. Eine Welt, die niemals still war, versank in Schweigen, denn Furcht legte sich wie ein Schatten über alles Lebendige. Unsere Feinde mochten verschwunden sein, doch sie hatten etwas zurückgelassen, das weder bekämpft noch besiegt werden konnte.

Erschöpft setzte ich mich auf einen umgestürzten Stamm und stach das blutige Schwert in den Boden. Eine blau geschuppte Fischkatze kam unter einer Wurzel hervorgekrochen, schnupperte an der Klinge und starrte mich aus großen, türkishellen Augen an, als wollte sie mich fragen, ob ich die Schuld an der seltsamen Stille trug. Ein Beben lief durch ihren Leib, rasselnd sträubten sich die Schuppen. Dann wandte sie sich von mir ab und kroch zurück in ihre Höhle, um auf die Nacht zu warten.

Müde ließ ich die Schultern hängen, während das Smaragdherz in meiner Brust erkaltete. Sein wildes Feuer erlosch, seine kraftvollen Schläge wurden träge. Ich wischte mir die blutigen Haare aus dem Gesicht, legte den Kopf in den Nacken und schloss die Augen. So sehr ich auch versuchte, nicht an den Krieg zu denken, war er in jedem Gedanken und in jedem Gefühl allgegenwärtig. Ich sah, wie meine Pfeile die Köpfe der Knochenmenschen durchschlugen. Wie die Klauen des Drachen ihr tödliches Werk verrichteten und mein Schwert weiche Leiber durchbohrte.

Alles war so schnell gegangen. Plötzlich saß ich hier, von Kopf bis Fuß in Blut getränkt. Besudelt von dem, was ich aus tiefstem Herzen verabscheute. Ich musste zu einem Bach. Einem Teich. Einer Pfütze. Irgendetwas. Hauptsache, ich wurde diesen Gestank los.

Gerade spannte ich meine schmerzenden Muskeln an, um aufzustehen, als ein Rascheln mich herumfahren ließ. Instinktiv griff ich nach meinem Schwert, doch da trugen mir die scharfen Sinne des Drachen einen vertrauten Geruch zu. Es war kein Feind, der auf mich zukam. Kein wildes Tier.

Mehrere Gestalten traten aus dem Dickicht, bedeckt von Blutkrusten, zerschlagenen Rüstungen und hässlichen Wunden. O'bat erkannte ich nur an seinem Schmuck aus roten Tukanknochen und schwarzen Federn, denn seine sonst schalkhaften, stets zu einem Grinsen verzogenen Gesichtszüge hatten sich in die Fratze eines Totenwesens verwandelt. Es waren kaum zwei Dutzend Männer, die auf mich zukamen. Leise und müde wie verblasste Geister.

»Tarek!« O'bat riss die Augen auf, als sähe er die goldenen Tore von Xibalba vor sich. »Bei Zumas gescheckten Eiern, du bist es wirklich!«

Ich stand auf und brachte kein Wort hervor, während die Krieger mich umringten, meine Drachenleder-Rüstung berührten, über mein Haar strichen und auf mich einredeten.

»Bist du es wirklich?«

»Hast du sie besiegt? Sie alle getötet?«

»Was ist geschehen? Trägst du jetzt ein Herz aus Smaragd?«

»Hat er dir seine Kraft geschenkt?«

Ich brachte nur ein Nicken zustande und die Männer, die ich niemals hatte weinen sehen, vergossen Tränen der Freude und der Erleichterung. Khalik und O'bat fielen mir in die Arme, andere sanken auf die Knie und beteten, manche gingen aus purer Erschöpfung zu Boden und begannen zu zittern, als würde ihnen erst jetzt bewusst werden, was geschehen war.

»Deine Augen sind die des Drachen«, flüsterte O'bat voller Staunen. »Bei Zumas haarigem Arsch, ich kann seine Macht in dir sehen. Er hat dich zu einem Gott gemacht. Zu *unserem* Gott.« Wimmernd drückte er seine Stirn gegen meine. Der Mann, der mit bloßen Händen auf einen Shyama-Büffel losgegangen wäre und im Wettstreit selbst von den besten Kriegern gefürchtet wurde, verwandelte sich in ein hilflos zitterndes Kind. »Damomar ist gefallen, Tarek. Aber er hat eine ganze Schar von diesen blassen Maden mit sich in den Tod gerissen. Gewiss schmoren sie schon in Zumas Bratpfanne und erfreuen den Gott des Todes mit ihrem Gekreische.«

»Es ist vorbei.« Auch Khalik sprach so matt, als wäre ihm all seine Lebenskraft gestohlen worden. »Endlich ist es vorbei.«

»Nein. Das ist es nicht.« O'bat trat von mir zurück und sah mir in die Augen, als schöpfte er Hoffnung aus dem, was er darin sah. »Sie werden zurückkehren. Vielleicht nicht morgen, vielleicht nicht innerhalb eines Mondlaufes. Aber sie werden kommen. Und sie werden noch hungriger sein. Noch wütender. Jedes Mal bringen sie neue Waffen mit. Bessere und noch tödlichere Waffen. Aber keine ihrer Waffen ist so mächtig wie der Zorn eines Gottes.« In O'bats Blick funkelte ein wilder, an Wahnsinn grenzender Hass. Blut verkrustete eine klaffende Stirnwunde und als er den Kopf zu Khalik umwandte, sah ich blutigen Schädelknochen. Offenbar hatte ihm ein Schwertstreich ein ganzes Stück Kopfhaut abgetrennt.

»Es ist egal, welche Ideen den Knochenmenschen als Nächstes kommen. Tarek wird sie vernichten.« O'bat schlug sich mit der Faust auf die Brust. »Er wird ihre Kadaver den Hornechsen vorwerfen und sie vom Angesicht der Welt tilgen. Ihr werdet schon sehen! Zuma wird so trefflich speisen, dass sämtliche Dämonen auf seinem fetten Wanst tanzen können.«

»Ja, das wird er.« Khalik drängte seinen Freund beiseite und trat vor mich hin. »Unser Freund ist nun der Smaragddrache.« Mit der linken Hand packte er seinen schlaffen rechten Arm und hielt ihn mir entgegen. Das Leder der Rüstung war zerschlagen, Knochensplitter ragten aus dem blutigen, dick angeschwollenen Fleisch. »Und die Kraft eines Gottes vermag selbst solche Wunden zu kurieren.«

Hilflos schüttelte ich den Kopf. »Wie soll ich das tun?«

»Du kennst die Geschichten.« Khaliks Blick war dunkel vor Verzweiflung. Er wusste ebenso gut wie ich, dass nicht einmal die Priesterinnen eine solche Wunde zu heilen vermochten. Falls er diese Verletzung überlebte, würde sein Arm nutzlos bleiben. »Bitte versuche es.«

»Ich weiß nicht, wie.«

»Der Drache wird es dir sagen.« Ruppig packte er meine Hand und legte sie auf die Wunde. Angewidert spürte ich die scharfen Bruchkanten des Knochens und das heiße, offene Fleisch.

»Khalik.« Ich schloss die Augen. »Bitte.«

»Tu es!«, fauchte er mich an. »Tu es für mich, deinen besten Freund. Wenn du versagst, sind meine Tage als Krieger gezählt. Ich werde wie ein alter Greis im Palast hocken und mit meinem Schicksal hadern.«

»Ich will dir ja helfen, aber ich weiß nicht, wie.«

»Dann rufe den Drachen!«

»Wie denn? Er gehorcht mir nicht. Noch nicht.«

Khalik stieß einen tierhaften Schrei aus. »Verflucht, Tarek! Ich weiß, dass du es kannst. Also streng dich gefälligst an!«

»Hör auf, herumzubrüllen. Ich versuche es, aber du musst still sein.«

Khalik nickte mit zusammengepressten Lippen. Verzweifelt presste ich die Augen zusammen und lauschte in mich hinein, doch der Drache schwieg. Ruhig und gleichmäßig pochte das Smaragdherz in meiner Brust. Kalt wie ein mit Frost überzogener Stein.

Hilf mir, flehte ich ihn an. *Bitte zeig mir, was ich tun muss. Sprich mit mir.*

Etwas regte sich auf der Innenseite meiner Lider. Eine Gestalt schimmerte in der Dunkelheit, blass und unwirklich wie ein Traumwesen. Es war ein Mädchen, klein und zierlich, mit wildem Haar und seltsamer Kleidung, die ganz und gar aus gelben Vogelfedern zu bestehen schien. Goldene Ringe bedeckten ihre Hand- und Fußgelenke, um ihren Kopf wand sich ein mit schwarzen Paradiesvogelfedern geschmücktes Band aus Echsenleder.

»Tarek?« Khalik rüttelte an meiner Schulter, doch ich hielt die Augen geschlossen. »Was ist los? Rede mit mir.«

»Nicht jetzt«, fuhr ich ihn an. »Lass mir einen Moment Zeit.«

Mein Freund knurrte, aber er gehorchte. Zögernd kam das Mädchen auf mich zu, tippte sich mit dem Zeigefinger gegen die Stirn und lächelte. Grüne und goldene Funken tanzten in ihren Augen, schön wie die Sterne des Nachthimmels und geheimnisvoll wie die Schwärze dazwischen. Ich kannte dieses Licht. Nur einmal hatte ich es erblickt. In den Augen des sterbenden Drachen.

»Sieh hin.« Eine vogelzarte Hand legte sich auf meine Brust. »Sieh genau hin, Prinz Tarek.«

Ein Zucken ging durch meinen Körper. Ich riss die Augen auf, sah Khaliks entgeisterte Miene, die erschöpften Krieger und ein Dickicht aus himmelhohen Bäumen. Doch ich sah auch noch etwas anderes. Ein hauchfeines Geflecht aus Licht zog sich durch den Dschungel, zitternd wie Sonnenglanz auf klarem Wasser und zarter als das Haar eines Kindes. Leuchtende Fäden strömten aus der Rinde der Bäume, aus dem Moos des Bodens und den Kelchen der Blumen. Schwerelos tanzten sie über Blätter und Farne, wanden sich aus der Haut der Männer und spannen selbst die umhertaumelnden Insekten in einen Glanz ein, der wie ein träger Herzschlag pulsierte.

Es gab hell gleißende, munter umherspringende Fäden, die aus frisch gesprossenen Pflanzen und Blüten sickerten. Und es gab tief goldene, still ruhende Netze, die sich um uralte Bäume wickelten. Ein umgestürzter Stamm, der sein Leben noch nicht gänzlich ausgehaucht hatte, umgab sich mit einem dünnen, kaum mehr sichtbaren Netz, während Totholz und verwelkte Blüten keinerlei Leuchten mehr verströmten.

Auch aus meiner Haut sickerte das Licht, doch im Gegensatz zu dem weißen und gelblichen Schimmer der Krieger leuchtete meine Lebenskraft smaragdgrün wie das Herz des Drachen.

»Was ist los?« Khaliks Fäden flackerten in schmutzigem Gelb, als hätte das Grauen des Krieges die Reinheit ihres Lichtes eingetrübt. »Spricht der Drache mit dir?«

»Warte!« Erneut schloss ich meine Augen und sah das Mädchen vor mir stehen. Ihr Lächeln war das einer müden Greisin und ich begriff, dass sie unter ihrer Jugend eine unendliche Zeitspanne aus Erinnerungen verbarg.

»Was du siehst, ist die Lebenskraft der Schöpfung.« Ihre Stimme klang wie kalte Asche, die vom leisesten Windhauch fortgeweht wurde. »Nutze sie, um deinem Freund zu helfen.«

»Wer bist du?«

»Nicht jetzt, Prinz Tarek. Aber bald.«

»Woher weißt du meinen Namen? Bist du eine Göttin?«

»Ich weiß alles über dich. Und nein, ich bin keine Göttin. Nicht mehr.« Das Mädchen vollführte eine auffordernde Geste. Ehe ich eine weitere Frage stellen konnte, warf mich ein heftiger Ruck in die Wirklichkeit zurück. Khalik war vor mir zurückgewichen und glotzte entgeistert, während das Blut aus seinem zerstörten Arm tropfte. O'bat und der Rest der Krieger waren in Ehrfurcht erstarrt. Erst jetzt nahm ich wahr, dass der Wald vor Tieren nur so wimmelte. Vom schillernden Netz ihrer Lebenskraft umgeben, beobachteten uns die Geschöpfe des Dschungels. Antilopen standen neben Raubkatzen, Falter ließen sich auf Leguanen nieder, Vögel jeder erdenklichen Art hockten einträchtig nebeneinander.

»Hat er dir gesagt, was du tun musst?« Khaliks Blick ruhte auf einem mächtigen Panther, der keine drei Schritte von ihm entfernt unter einem Taubenbaum kauerte und die rote Zunge aus seinem Maul hängen ließ. »Kannst du mich heilen?«

»Vielleicht.«

»Vielleicht?«, knurrte Khalik. »Bei Zumas tauben Ohren, kannst du es nun oder nicht?«

»Hör auf, so mit mir zu reden.« Ein wilder Zorn kochte in mir hoch. Das Smaragdherz begann schneller zu schlagen, heizte mein Blut auf und brannte in meinen Augen. Ich sah ein helles Leuchten in den Pupillen meines Freundes und wusste, dass es eine Spiegelung war. Ein Widerschein jenes Feuers, das meinen Blick wie Glut flackern ließ. Khalik und O'bat zuckten vor mir zurück. Der Rest der Männer fiel auf die Knie und stammelte Gebete.

»Was soll das? Hört auf damit!«

Ängstlich starrten die Krieger zu mir hoch. Einige verstummten, andere fuhren mit ihrem Gemurmel fort, als wäre ich ein zorniger Gott, der besänftigt werden musste. Nur langsam wurde mir bewusst, dass ich von nun an genau das war. Ein Wesen, das gefürchtet und verehrt wurde. Kein Mensch und kein Freund mehr. Sondern eine unantastbare Macht, vor der man auf die Knie ging.

»Hilf mir«, wimmerte Khalik. »Bitte, Tarek. Sie werden ihn mir abschneiden. Sie werden meinen Arm in den Fluss werfen.«

Ratlos sah ich mich um. Das Mädchen hatte mir geraten, die Lebenskraft zu nutzen. Also musste die Kraft des Heilens etwas mit den Lichtnetzen zu tun haben. Rätselhaft und schön wie die Gesänge der Unterwelt tanzten sie um mich herum, hüllten jedes lebende Wesen in ihren Glanz und mäanderten scheinbar ziellos durch die Luft. Doch sämtliche Fäden gehorchten einem mächtigen, alles umfassenden Herzschlag und bargen in sich jene Kraft, aus der die Schöpfung entsprang.

Kurzentschlossen legte ich meine Hand auf Khaliks Arm und sah, wie sich mein grünes Licht mit seinem gelben vermischte. Harmonisch tänzelten die Fäden umeinander herum, manche verflochten sich gar und schienen zu einem einzigen Glanz zu verschmelzen. Unmittelbar neben uns ragte ein alter Schwalbenbaum in den Himmel hinauf, überzogen von einem Gespinst aus dunkelgoldener Energie. Ich streckte meine freie Hand danach aus, berührte das Licht und wickelte einen der Fäden um meine Finger.

Da ging ein Keuchen durch die Menge der Krieger. Vermutlich wurde in dem Moment, in dem sich meine Kraft mit der des Baumes vermischte, das Leuchten auch für ihre Augen sichtbar. Jahrtausende alte Energie züngelte um meinen Arm, knisterte und flackerte und drang in meine Haut ein, so mühelos, als bestünde mein Fleisch aus Luft. Und kaum gab ich der Kraft des Baumes ein Ziel, beugte sie sich widerstandslos meinem Willen. Heiß floss die Energie in die Spitzen meiner Finger, tropfte von dort aus in Khaliks Fleisch und sickerte in seine Wunden. Der Krieger zuckte mit einem Schmerzenslaut zurück, aber ich verstärkte meinen Griff und hielt ihn an Ort und Stelle. Seit jeher war Khalik der Größere und Stärkere gewesen, doch jetzt musste er erkennen, dass all seine Kraft ihm nichts nützte. Mühelos hielt ich seinen Arm umklammert, ganz gleich, wie verzweifelt er sich gegen mich wehrte. Schließlich gab er auf, presste die Lippen aufeinander und bezwang den Schmerz, während er mit fassungslosem Blick das Wirken des Lichtes beobachtete.

Fließendes Blut versiegte. Knochen bewegten sich knirschend und knackend in ihre ursprüngliche Form zurück. Haut bedeckte neu entstandenes Fleisch.

Als ich zurückwich, erinnerte nichts mehr an die klaffende Wunde. Das Licht des Schwalbenbaumes floss zu seinem Ursprungsort, doch es war blass und schwach geworden. Welkes Laub rieselte auf den Waldboden, ein Ächzen ging durch den turmdicken Stamm. Wie viele Lebensjahre mochte ich dem Baum gestohlen haben?

Mit offenen Mündern starrten mich die Krieger an. Zwei Dutzend von gut vierhundert. Mehr waren nicht von uns übrig geblieben. Ich kümmerte mich jeden Einzelnen, fing die Fäden fremder Lebenskraft ein und heilte die Wunden der Männer. Diesmal ging ich behutsamer vor und nahm von jedem Baum nur ein paar Tropfen Kraft. Anfangs musste ich die Fäden auswählen und um meine Finger wickeln, doch bald glitten sie mir von selbst in die Hand, drangen in mein Smaragdherz ein und flossen von dort aus weiter in meine Fingerspitzen. Der Dschungel verbündete sich mit mir. Er entschied, welcher Baum mir wie viel Kraft schenkte, und ich gehorchte seinem Willen. Als die letzte Wunde verschwunden war, spürte ich unvorstellbar alte Erinnerungen in mir nachklingen. Jeder Baum, der mir einen Teil von sich selbst geschenkt hatte, besaß eine Stimme. Und jede Stimme sprach zu mir.

Weit entfernt von menschlichen Worten.

Jahrhunderte umspannend.

Jahrtausende.

Äonen.

Uralte Bäume wuchsen auf den Ruinen noch älterer Giganten und diese wiederum waren aus Samen gesprossen, die aus einer Zeit jenseits aller Vorstellungskraft stammten. Ich begriff, dass es diesen Wald schon immer gegeben hatte. Er war ebenso unsterblich wie die Götter und die Sterne am Himmel.

»Tarek!« O'bat griff nach meiner Schulter, doch ich stieß seine Hand beiseite. So gerne wollte ich den Männern eine Stütze sein, so gerne wollte ich ihnen die Hoffnung geben, die sie dringend brauchten. Stattdessen wandte ich mich um und kehrte ihnen den Rücken zu. Ich musste den Stimmen folgen. Ich musste die Verwandlung, die gerade erst begonnen hatte, zu Ende führen.

»Tarek!«, rief O'bat mir hinterher. »Was soll das?«

»Ich muss allein sein. Geht nach Hause zurück. Ich werde nachkommen.«

»Wann?«, wollten sie wissen.

Doch ich gab ihnen keine Antwort.

Kapitel 15
Im Wald der Gottesanbeterinnen
Gemma

Niemals zuvor hatte ich einen Wald erblickt. Ich hatte davon gelesen, Gemälde und Skizzen gesehen, Erzählungen gelauscht und die Wandteppiche in unserer Burg studiert. Aber unter einem lebendigen, wispernden Dach aus Blättern zu stehen, das sich wie eine Kathedrale über uns wölbte, durchstochen von flirrenden Sonnenstrahlen, übertraf selbst meine kühnsten Träume.

Es gab zierliche Bäume mit hellgrünen Blättern, die sich wie Tänzerinnen im Wind wiegten. Auf einer Lichtung wuchsen riesenhafte blaue Farne und Büsche mit dunkelgrünen, wachsglänzenden Blättern, die über und über mit violetten Blüten behangen waren. Jede einzelne war so groß wie meine Hand, doch obwohl ihre Pracht selbst eine Schneerose in den Schatten stellte, verströmten sie nicht den Hauch eines Duftes. Hin und wieder erblickte ich Bäume, die an Höhe unsere Burg und an Dicke den Südturm übertrafen. Ihre Wurzeln formten Brücken und Bögen, die so hoch waren, dass der Tross darunter hindurchreiten konnte, und ihre kegelförmigen Wipfel verschwanden in den vorbeiziehenden Wolken. Die Stämme dieser Riesen waren von silbrig-weißen Schuppen überzogen, als hätte man sie mit der Haut eines Riesenfisches bespannt, und anstatt Laub zu tragen, verzweigte sich ihr Geäst zu einem perlmuttartig schimmernden Geflecht, in dem sich auf herrliche Weise das Sonnenlicht verfing.

»Sind das etwa Korallenbäume?«, fragte ich Kafir. »Die Heimat der Gottesanbeterinnen?«

Der Waldkrieger warf mir ein Lächeln zu und deutete nach oben. Zuerst sah ich nichts als bleiches Astwerk, doch dann fiel mir auf, dass sich einige Zweige nicht so bewegten, wie sie es tun sollten. Anstatt dem Wind zu folgen, vollführten sie eigensinnige schaukelnde Bewegungen.

»Vor ihnen musst du dich in Acht nehmen«, warnte Kafir. »Ein Schlag mit den Greifarmen genügt und du hast deinen Kopf verloren.«

Jetzt, da ich das Tier entdeckt hatte, war mir unerklärlich, wie ich es zuvor hatte übersehen können. Die Gliedmaßen der Gottesanbeterin waren geradezu absurd dünn und biegsam, ihre halb ausgebreiteten Flügel ein Hauch aus flirrendem Silber und Perlmutt. Sah man einmal von dem dicken, fleischigen Hinterleib ab, war es ein wunderschönes Wesen. Seine riesenhaften Augen glänzten golden und die Greifarme streckten sich wie zum Gebet gen Himmel, jeder einzelne kräftig genug, um mein Pferd in zwei Hälften zu teilen.

»Wird sie uns angreifen?«

»Ach was.« Kafir lehnte sich entspannt im Sattel zurück. »Sie hat ausreichend Beute für einen ganzen Mondlauf geschlagen. Siehst du die Bündel oben in der Baumspitze? Ihre Vorratskammer ist gut gefüllt. Anscheinend kam letztens eine Gruppe Dayami-Nomaden vorbei.«

Wieder musste Kafir erst mit dem Finger darauf deuten, ehe ich die gut getarnten Kokons entdeckte. Anfangs dachte ich, die Gottesanbeterin hätte sie an den Ästen befestigt, dann erkannte ich, dass sie ihre Beute förmlich aufgespießt hatte. Offenbar entsprach es der Wahrheit, dass das Steppenvolk der Dayami auf Sandhirschen ritt, denn aus einigen der größten Kokons ragten mächtige Geweihe.

»Warum ist nirgendwo Blut zu sehen, Kafir?«

»Es liegt an ihrem Gift«, antwortete der Waldkrieger. »Das Zeug trocknet den Körper aus und macht ihn länger haltbar. Ehe die Gottesanbeterin ihre Opfer aufspießt, sind sie bereits zu Mumien verschrumpelt.«

Ich schluckte, umklammerte die Zügel der Stute ein wenig fester und behielt das Insekt im Auge. Hin und wieder ließ es nachdenklich seine Greifarme zucken, als würde es mit der Entscheidung darüber ringen, ob die Vorratskammer noch Platz bot oder nicht.

Dutzende Gewehrläufe deuteten auf das Tier, bereit, es im Falle eines Angriffs mit Kugeln zu durchlöchern. Doch wir durften ungehindert passieren. Bald ließen wir die Gottesanbeterin hinter uns zurück, nur um nach kurzer Wegstrecke auf den nächsten Korallenbaum zu stoßen. Er wurde von zwei besonders hochgewachsenen Artgenossen flankiert, auf jedem davon kauerten mehrere Gottesanbeterinnen.

Sämtliche Gespräche verstummten. Antares lenkte seinen Hengst neben mich, packte die Zügel der Stute und starrte in die Baumwipfel hinauf. Ich erkannte Angst in seinen Augen, obwohl er sie gut verbarg, und ich sah, wie jeder einzelne Soldat zu schwitzen begann. Nur Malakat und Kafir blieben ruhig. Als Waldleute spürten sie Gefahren, lange bevor gewöhnliche Menschen sie wahrnahmen, und so wusste ich, dass wir nichts zu befürchten hatten. Es musste eine große Gruppe Dayami gewesen sein, die in diesem Wald ihr Ende gefunden hatte, denn auch diese Korallenbäume hingen voller Kokons.

Ein paar der Soldaten begannen mit den Zähnen zu klappern, selbst Antares kratzte sich unaufhörlich am Bart. Unwillkürlich empfand ich eine grimmige Freude. All die starken, wilden Krieger schlotterten und bibberten, während wir drei – die Prinzessin, die Amme und der alte Waldkrieger – so entspannt auf unseren Pferden saßen, als befänden wir uns auf einem Sonntagsausflug.

Ein hörbares Ausatmen ging durch den Tross, als der Wald sich endlich lichtete und der letzte Korallenbaum hinter uns lag. Antares ließ die Zügel meiner Stute los, knurrte etwas Unverständliches und nahm wieder seinen Platz hinter mir ein. Meine Furchtlosigkeit erzürnte ihn offenbar. Natürlich. Der große König des Südens fühlte sich von seiner zukünftigen Frau gedemütigt, weil sie einer Gefahr mutiger ins Auge geblickt hatte als er.

Malakat waren anscheinend die gleichen Gedanken gekommen. »Nächstes Mal tust du wenigstens so, als würdest du dich fürchten. Hast du verstanden?«

»Ihr hattet doch auch keine Angst«, flüsterte ich zurück.

»Ja«, knurrte die Alte. »Aber wir haben dabei nicht triumphierend in uns hinein gegrinst. Du musst eine bessere Lügnerin werden, meine Seeschwalbe. Eine sehr viel bessere. Wenn du Antares besänftigen willst, dann sei das, was er in dir sieht.«

»Und was sieht er in mir?«

»Ein Mädchen, das sich im Wald fürchten sollte. Ein Mädchen, das er beschützen kann.«

Ich seufzte, ließ meinen Blick durch das von Sonnenlicht durchflutete Dickicht schweifen und dachte über die Worte meiner Amme nach. Ich sollte also Furcht vortäuschen? Antares wollte ein schreckhaftes, verängstigtes Ding, das sich an seine starke Brust warf und um Schutz bettelte? Nein, das war unwahrscheinlich. Schließlich hatte er mir die Kleidung eines Jägers geschickt. Er wollte, dass ich wie ein junger Bursche aussah, was bedeutete, dass er mit einem gewöhnlichen Mädchen nichts anfangen konnte. Malakat musste falsch liegen. Ich kannte Antares nicht. Noch nicht. Aber einer Sache war ich mir sicher: Er interessierte sich nicht für ein buckelndes Mäuschen, das ihm den Bart kraulte und unterwürfig seine Füße küsste. Hätte er nach einer solchen Braut gesucht, würde ich nicht in der Kleidung eines Jägers auf einem Sterntänzer sitzen.

»Du hast den Soldaten gehört«, fügte Malakat hinzu. »Sei vorsichtig, Gemma. Hast du gehört? Antares ist ein wildes Tier, das dich angreift, sobald du auch nur einmal strauchelst.«

»Ich weiß.«

»Dann benimm dich so.«

»Ich gebe mein Bestes!«, fauchte ich zurück. »Mehr kann ich nicht tun.«

Malakat schnaufte, gab sich aber geschlagen. Ich wusste, dass sie nur Angst um mich hatte. So viel Angst, dass sie vermutlich verrückt darüber wurde. Doch ich konnte nichts an meiner Wut ändern. Sie kam über mich wie ein Gewitter, verharrte eine Weile grollend und finster über meinem Kopf und zog weiter.

Allmählich wurde der Wald wieder dichter, ohne dass wir noch einmal einen Korallenbaum erblickten. Anscheinend gab es irgendwo in der Nähe ein Moor, denn eine Vielzahl dampfender Bäche und Tümpel verschleierte die Luft mit feinem Dunst.

Immer wieder tauchte auf Kafirs und Malakats Lippen ein sehnsüchtiges Lächeln auf. Seit Jahrzehnten hatten sie keinen Wald mehr gesehen und jetzt, da sie endlich die vertrauten Düfte einatmeten und durch tiefes Grün wanderten, schienen sie trotz aller Sorgen von Glück erfüllt zu sein.

Ganz im Gegensatz zu mir.

Schritt für Schritt kamen wir unserem Ziel näher. Schritt für Schritt bewegten wir uns auf das Ende meiner Freiheit zu. Falls ich jemals frei gewesen war.

Plötzlich sehnte ich mich nach der kalten, zugigen Burg meines Vaters. Das Gemäuer, das mich vor Kurzem noch gelangweilt hatte, erschien mir nun wie der schönste Ort auf Erden. Ich vermisste den grauen Himmel, den Regen und das Labyrinth aus geheimen Gängen, durch die ich mich zum Strand unterhalb der Klippen geschlichen hatte. Wann immer mir die Gefangenschaft in meinem goldenen Käfig zu Kopf gestiegen war, hatte ich mich dank dieser Wege in die Freiheit flüchten können. Doch wohin sollte ich gehen, wenn ich mein Dasein in Antares' Palast nicht mehr ertrug? Gab es dort riesige Kamine, die Tag und Nacht brannten, mit weichen Fellen davor, auf denen man herrlich schlafen und träumen konnte? Wohl kaum, denn tief im Süden herrschte das ganze Jahr über Hitze.

Seit jenem Abend am Hechtsee hatte ich mich dagegen gewehrt, noch einmal zu weinen. Jetzt aber stiegen mir die Tränen in die Augen. Ich betete dafür, dass die Tage und Nächte nicht so schnell vorüberziehen würden, doch die dahinströmende Zeit kannte keine Gnade. Meine Frist lief ab, immer schneller und schneller, je näher wir unserem Ziel kamen. Antares befahl mich kein zweites Mal in sein Zelt, sondern ließ mich gänzlich in Ruhe. Am Abend, wenn wir die Feuer entfachten und das Abendessen zu uns nahmen, betrachtete er mich aus der Ferne und schien mit jedem verstreichenden Tag hungriger zu werden. War das der Grund, weshalb er meine Nähe mied? Fürchtete er seine eigene Gier?

Malakat und Kafir versuchten, mir Mut zuzusprechen. Doch je weiter wir nach Süden gelangten, umso größer wurde meine Verzweiflung. Ich achtete nicht mehr auf die Landschaft, die an uns vorbeizog. Die Wälder waren mir ebenso gleichgültig wie die himmelhohen Berge, die endlos weiten Ebenen und die tiefen Schluchten. Schweigend saß ich auf meiner Stute, ließ die Tage an mir vorbeiströmen und ignorierte die Schönheit der Welt, durch die wir zogen.

Zweimal kam der Tross an einem Dorf vorbei, zweimal wurden sämtliche Bewohner auf dem Marktplatz zusammengetrieben. Die eine Hälfte der Soldaten hielt die Menschen in Schach, die andere lud bergeweise Getreidesäcke, Kisten voller Kartoffeln, Obst, Rüben und Pökelfleisch auf Packpferde und Karren. Dazu stahlen die Soldaten in jedem Dorf mehrere Rinder, Schweine, Pferde und Hühner. Viele Familien verdammten sie damit zu einem Winter in Hunger und Not, manch armen Bauern brachte man vermutlich um den einzigen Zugochsen oder die einzige, wertvolle Milchkuh. Ich sah den Zorn in den Augen der Menschen, aber noch größer war ihre Angst. Niemand wagte es, gegen den Diebstahl zu protestieren. Zweifellos, weil jede Gegenwehr mit dem Tod bestraft worden wäre.

So funktionierte diese Welt. Der Stärkere nahm sich, wonach es ihn gelüstete, der Schwache sah hilflos dabei zu. Manch junger Bursche umklammerte wutentbrannt seinen Rechen oder seine Hacke, doch selbst dem Einfältigsten und dem Zornigsten war klar, dass er nichts gegen eine solche Übermacht ausrichten konnte. Die Bauern blieben sogar dann noch tatenlos, wenn Antares' Offiziere die hübschesten Mädchen aus der Menge zogen und mit ihnen in der nächsten Scheune verschwanden. Es dauerte eine gefühlte Ewigkeit, bis die Männer wieder zum Vorschein kamen, gefolgt von ihrer jämmerlich schluchzenden Beute, die verzweifelt versuchte, sich mit den übrig gebliebenen Stofffetzen wenigstens halbwegs zu bedecken.

Mein Hass auf das Südvolk wuchs mit jedem Tag. Doch jedes Mal, wenn ich Malakat oder Kafir betrachtete, musste ich mir eingestehen, dass auch mein Volk Grausames getan hatte. Zwar hatten wir nicht die Heimat meiner Amme und des Waldkriegers zerstört, aber mein Vater war es gewesen, der die beiden gekauft und mit seinem Brandzeichen versehen hatte. Damit trug er seinen Anteil am Lauf der Dinge bei. Er hatte das Elend mit seinem Gold unterstützt und tat es nach wie vor.

Das Recht des Stärkeren galt überall.

In jedem Land, in jeder Himmelsrichtung.

Und so gab es Tage, an denen ich trotz meiner Leere die ganze Welt verabscheute, weil sie so war, wie sie war. Hin und wieder, wenn wir an einem See oder an einem Fluss lagerten und in der Dunkelheit die Schreie der Nachtreiher erklangen, konnte ich sogar um sie weinen. Aber selbst diese Tränen versiegten, denn ich erlaubte der Benommenheit, mich vollkommen auszufüllen. Manchmal, wenn er sich unbeobachtet fühlte, kam Baudrian zu mir. Doch auch der Soldat gab seine Bemühungen bald auf, mir ein Lächeln zu entlocken.

Ich wollte wütend sein. Zornig. Stolz und widerspenstig. Stattdessen floss ein schleichendes Gift durch meine Adern. Kafir erzählte mir eines Abends am Feuer, dass es ihm nach seiner Gefangennahme ebenso ergangen war. Eines Morgens, als er gefesselt wie ein Tier in einem Käfig aufgewacht war, war ihm klar geworden, dass seine Freiheit für immer verloren war. Fortan hatte er viele Mondläufe lang in diesem Zustand der Leere verbracht, genauso wie Malakat, deren Schicksal dem des Waldkriegers in fast jedem Detail glich. Beide versprachen mir, dass die Betäubung vorbeigehen würde. Genau das wollte ich nicht. Ich wollte, dass sie niemals endete. Ich wollte, dass sie mir für den Rest meines Lebens als Schutzschild diente und mich von allem abschirmte.

»Gib nicht auf«, flüsterte Kafir mir viele Male zu. »Lass nicht zu, dass sie dich brechen. Du bist stark, so wie Malakat und ich stark waren.«

Kapitel 16
Das Einhorn

Acht Tage später zogen wir durch einen weiteren Wald und dieser war so seltsam, dass sein Anblick sogar meine Benommenheit durchdrang. Es gab keinen Flecken Grün in ihm. Alles, vom Gras bis zum Laub der Bäume, schimmerte in unwirklichem Silberblau, sodass es wirkte, als würde eine ewige Mondnacht über dem Wald hängen. Dichter Nebel verfing sich in den Baumwipfeln, verschluckte das Licht der Sonnen und verlieh dem Ort einen Zauber, der meine Augen nach vielen Tagen der Blindheit wieder sehen ließ. Hier trugen die Bäume keine gewöhnlichen Blätter, sondern fedriges Laub, das sich wie Seegras im sanften Wind bewegte. Silbern glänzten die Stämme, das Moos verströmte ein blaugrünes Licht und die Farne ähnelten einem kostbaren Gespinst aus Elfenbein. Bäche schlängelten sich an moosüberwucherten Felsen vorbei, ihre Ufer waren übersät von üppigen Teppichen aus weißen, sternförmigen Blüten.

»Sternwinden«, seufzte Kafir. »Sieh nur, Malakat!«

Meine Amme wischte sich verstohlen eine Träne aus dem Augenwinkel. »Ja, Kafir, das sind wirklich Sternwinden. Die Blumen des Nachthimmels. Nur wachsen sie hier bei Tag.«

»Wahrscheinlich, weil der Nebel das Sonnenlicht verschluckt.« Ergriffen legte der Waldkrieger eine Hand über sein Herz. »Niemals hätte ich gedacht, dass ich noch einmal Sternwinden sehe.«

»Wir sollten nicht hier sein«, brummte Malakat.

»Ja. Da hast du recht. Dieser Wald ist nichts für Menschen.«

»Warum?« Es war das erste Wort seit Tagen, das über meine Lippen kam. Meine Amme und der alte Krieger starrten mich verblüfft an.

»Du sprichst ja wieder«, frohlockte Malakat.

»Gewöhne dich nicht daran. Warum ist dieser Wald nichts für Menschen?«

»Wir hätten dem Pfad am Waldrand folgen sollen«, brummte Kafir ausweichend. »So wie es alle Reisenden tun.«

»Gibt es hier gefährliche Kreaturen?«

»Das kommt darauf an, was man im Herzen trägt.« Die Augen des Waldkriegers wurden schmal und heimtückisch. »Ein unschuldiger Mensch hat nichts zu befürchten, doch Eroberer aus dem Süden, die ganze Völker versklaven und den Wald niederbrennen, sehr wohl.«

»Schscht!«, zischte Malakat. »Bist du des Wahnsinns, alter Trottel?«

Kafir schnaubte ungewohnt aggressiv. »Was glaubst du, warum Antares durch den Wald reitet, anstatt drumherum? Er weiß, dass Gemma unschuldig ist. Und unschuldige Herzen tun was? Na?«

»Nein!« Malakat schüttelte energisch den Kopf. »So dumm kann er nicht sein. Unsere Götter sehen es als Frevel an und seine ebenso.«

»Antares sieht sich als Sprachrohr der Götter«, empörte Kafir. »Wenn sein Plan gelingt, wird er behaupten, dass es Amarus Wille war. Du kennst Männer wie ihn. Sie preisen ihren Glauben als den einzig wahren an und treten ihn selbst mit Füßen, indem sie sich zu Göttern ernennen.«

Malakat schüttelte noch immer den Kopf. »Nein! Das darf er nicht. Nicht einmal als König.«

»Ach? Ein König, der Amaru auf seiner Seite hat, darf alles. Er steht über dem Gesetz. Aber wir werden sehen. Ich hoffe sehr, dass du recht behältst.«

»Wovon redet ihr?«, mischte ich mich ein. »Was ist ein Frevel?«

»Es ist besser, wenn du es nicht weißt«, erwiderte Kafir. »Denn wenn du es wüsstest, würdest du es dadurch nur anlocken.«

»Was anlocken?«

»Dieser Wald ist ein besonderer Ort«, antwortete der alte Krieger ausweichend. »Bis vor Kurzem war er selbst Antares' Volk heilig. Niemand hat es Jahrtausende lang gewagt, ihn zu plündern. Aber jetzt bricht eine Zeit heran, in der nichts mehr heilig ist.«

»Jetzt sagt mir endlich, worüber ihr euch Sorgen macht!«

»Wir sagen es dir, wenn wir den Wald durchquert haben«, gab Malakat stur zurück. »Es ist besser so. Bitte vertraue uns, Gemma.«

Frustriert blickte ich in das blaue Dämmerlicht hinaus, beobachtete das sanfte Schwingen des Federlaubs, das Wabern der Nebelfinger und das Rascheln der Elfenbeinfarne. Blaue Funken tanzten über das Gras, Schwärme von Glühwürmchen, die wie trunken auf und ab schwebten, umeinander kreiselten und wie winzige Herzen pulsierten. Kein Vogel sang, keine Grille zirpte. Das Schweigen dieses Waldes fühlte sich an, als wäre es vor Jahrtausenden gesponnen und niemals zerstört worden. Es streckte seine Finger nach meinen Gedanken aus, legte einen Schleier über alle Sinne und ließ mich vergessen, wovor ich mich fürchtete. Ich glaubte, ein stimmloses Wispern zu hören, ein Locken und Raunen, das mein Herz mit Freude füllte. Wie gerne wäre ich vom Pferd gestiegen und in dieses wunderschöne Dickicht eingetaucht. Ich wollte laufen, tief in den Wald hinein, mich auf weiches Moos legen und den Gedanken der Bäume lauschen. Jeder vorbeitaumelnde Falter erfüllte mein Herz mit Freude, jedes Funkeln eines Tautropfens ließ die Dunkelheit in meiner Seele ein wenig mehr verblassen, bis ich sogar vergaß, dass ich mich irgendwann einmal gefürchtet hatte.

An diesem Abend starrte ich zufrieden in das Feuer, lehnte meinen Kopf an Malakats Schulter und wusste, dass alles gut werden würde. Meine Furcht verschwand im Nichts, die Käfigtür verwandelte sich in ein Tor, das mich in die Freiheit führen würde. Selbst Antares, der in einiger Entfernung am Feuer hockte und an einem Stück Trockenfleisch kaute, warf ich ein Lächeln zu. Der König des Südens runzelte die Stirn, hustete in seine geballte Faust und wandte eine Spur zu hastig den Blick ab. In diesem Moment wurde mir bewusst, wie sehr er mich begehrte. Wie sehr mein Anblick ihn quälte und wie sehnlichst er die Nacht nach unserer Hochzeit herbeisehnte. Und doch hielt er sich fern von mir. Vielleicht … ja, vielleicht würde ich ihn irgendwann lieben können.

Die Dunkelheit der Nacht legte sich über den Wald, eine selige Müdigkeit begann mich einzuspinnen. Das Licht des Blauen Mondes brachte den Nebel zum Glühen, Myriaden von Nachtfaltern und Leuchtkäfern taumelten über das Gras. Es konnte keinen schöneren Fleck auf Erden geben. Nirgendwo. Selbst das Meer versank in Bedeutungslosigkeit.

Malakat und Kafir schienen erleichtert, dass ich mein Lächeln wiedergefunden hatte. Und so währte es nicht lange, bis sie, die Mägen mit würzigem Eintopf gefüllt, unter ihren Decken schnarchten.

Trotz meiner Erschöpfung war an Schlaf nicht zu denken. Unersättlich sog ich den Anblick des Waldes in mich auf, überwältigt von so viel Schönheit, die immer größer wurde, je weiter die Nacht fortschritt. Magisches Glimmen strömte aus jedem Halm und jedem Blatt, Grillen begannen ein zartes Lied zu zirpen, laue Böen fächelten über mein Gesicht. Keiner der Männer hielt dem einlullenden Frieden des Waldes lange stand. Jeder von ihnen, selbst die Wachen, fielen nach kurzer Zeit in einen tiefen Schlaf und lagen stumm wie Tote da, anstatt ihr übliches Schnarchen von sich zu geben.

Nur ich blieb wach.

Hatte ich nicht gerade noch über eine Flucht nachgedacht? Aber warum? Weshalb sollte ich in das Gefängnis aus Mauern und Stein zurückkehren, wenn so viele Wunder auf mich warteten? Etwas in mir lehnte sich gegen die Zufriedenheit auf, die mich von Kopf bis Fuß erfüllte, doch ich hörte dieser fernen Stimme nicht zu. Eine nie empfundene Lebendigkeit strömte durch meine Adern und ließ mich unentwegt lächeln. Ich wollte nicht länger tatenlos herumsitzen. Ich musste mich bewegen, ich musste das Gras unter meinen Füßen spüren, das fedrige Laub berühren und durch Nachtfalter-Schwärme tanzen.

Leise stand ich auf, zog meine Stiefel aus und bohrte die nackten Zehen in das Moos. Herrliche Düfte stiegen in meine Nase. Aromen nach nasser Walderde, Baumharz, klarem Quellwasser und taunassen Kräutern. Sorglos schlich ich an den still daliegenden Männern vorbei, strich mit den Fingerspitzen über einen der Elfenbeinfarne und spürte bei jedem Schritt, wie die Energie dieses seltsamen Waldes unter meinen Füßen vibrierte. Vielleicht war es auch ein Atem. Das langsame Auf und Ab eines unvorstellbar großen Wesens, das seit Ewigkeiten schlief und nicht bemerkte, dass auf seinem Rücken ein Wald wuchs.

Unbändige Freude ergriff von mir Besitz. Ich lief weiter, immer weiter, ließ das Lager hinter mir und schmiegte mich, kaum dass die Feuer vom Nebel verschluckt worden waren, an den silbernen Stamm eines Baumes. Die Rinde war nicht hart, sondern warm und weich wie die Haut eines lebendigen Wesens. Sogar einen Herzschlag glaubte ich zu spüren. Einen unendlich langsamen Rhythmus, so alt wie das erste Geschöpf, dem die Götter Leben eingehaucht hatten.

Und während ich gedankenverloren den Baum streichelte, schwoll das Zirpen der Grillen zu einem Chor aus tausend Stimmen an. Jede dieser Stimmen hallte in der Kathedrale der Bäume wider, bis ich mir sicher war, dass das Lied selbst in den fernsten Winkeln des Universums erklang. Ich wurde zu dem Lied, bestand nur noch aus Freude und Klang, drehte mich im Kreis und lachte, als leuchtende Falter sich auf meine Finger setzten. Staub rieselte von ihren mondblauen Flügeln und benetzte wie ein schimmernder Schleier den Stoff meines Hemdes. Es wurden mehr Falter, immer mehr, bis mich eine Wolke aus irisierendem Glanz einhüllte und der Flügelstaub mich von Kopf bis Fuß bedeckte. Er duftete süß. Wie eine warme, glückliche Erinnerung.

Doch mit einem Mal, so plötzlich wie ein Zwinkern, stoben die Falter auf und flatterten in den Nebel hinaus. Vor mir stand ein Geschöpf, wie ich es noch nie zuvor erblickt hatte. Nicht einmal in den Büchern unserer Bibliothek. Es war kleiner als ein Pferd, aber ähnlich gebaut, stieß Dampf aus seinen Nüstern aus und starrte mich mit kohlschwarzen Augen an. Sein Fell trug die Farben des Waldes und des Nachthimmels, leuchtende Sprenkel auf Blau und Schwarz, als hätte sich das Brennen der Sterne ebenso in dem seidigen Haar verfangen wie das Glimmen des Laubes und des Mooses. Sein Schweif glich dem eines Löwen, es besaß gespaltene Hufe und schwarze, zerbrechlich dünne Beine. Eine pfauenblaue Mähne hing vom gebogenen Schwanenhals herab, herrlich glänzend wie aus Metallfäden gesponnen, doch das Schönste an diesem Wesen war sein silberblaues Horn. Es saß mitten auf der Stirn, war so lang wie mein Arm und in sich gedreht wie die Windungen einer Schnecke.

Zu Stein erstarrt stand ich da. Gebannt von der schwerelosen Anmut des Wesens, den Tiefen seiner Augen und der Unschuld, die von ihm ausstrahlte wie ein unsichtbares, die Seele wärmendes Licht.

Zaghaft trat das Einhorn näher. Es nickte mit dem Kopf wie ein scheues Reh, blähte seine Nüstern und stieß ein hohes, ängstliches Schnauben aus.

Langsam streckte ich meine Hand nach ihm aus. Mondlicht fiel durch eine Lücke im Nebel, verfing sich glitzernd in den Windungen des Horns und brachte das Nachthimmelfell des Tieres zum Glühen. Bei jeder Bewegung des Einhorns verloschen manche Lichter, während andere aufglommen, und so wirkte es, als trüge es auf seinem Leib ein lebendiges, sich stetig veränderndes Universum.

Da streckte das Wesen den Hals und trat noch näher an mich heran. Ganz sacht berührten die Spitzen meiner Finger seine Schnauze. Sie war warm und samtweich wie die eines Pferdes, doch war das Geschöpf um vieles zarter, als es ein Pferd jemals sein könnte. Sein Gazellenkopf war nahezu gänzlich schwarz, betupft von winzigen Leuchtpunkten. Zutraulich schmiegte es sein Maul in meine Hand und schauderte wohlig, als ich die Finger meiner freien Hand in seine Mähne grub und sanft hindurchkämmte.

Überwältigt von nie empfundenem Glück schlang ich meine Arme um das Tier, streichelte seinen zitternden Leib und presste meine Stirn gegen das Fell. Nichts Fremdes war mehr zwischen uns. Kein Misstrauen, keine Furcht. Wir kannten einander, als wären wir seit jeher dazu bestimmt gewesen, hier und jetzt aufeinanderzutreffen.

Das Lied des Waldes verstummte. Erneut breitete sich sein Schweigen aus, wurde tiefer und tiefer, bis sogar unser Herzschlag und unser Atem in der Stille verklang. Einen Wimpernschlag lang fühlte ich die Ewigkeit.

Und dann war es, als hätte mich jemand ohne Vorwarnung in einen Abgrund gestoßen. Ich fiel, fiel immer schneller – und als ich unter einem Gefühl grenzenlosen Entsetzens die Augen aufschlug, war es Antares' Lachen, das mich in der Wirklichkeit willkommen hieß.

Das Einhorn war noch immer bei mir. Sein zarter Körper war von einem Netz umwickelt, drei Soldaten drückten es mit brutaler Kraft in das Moos, während ein vierter zwei Seile um seinen Hals schlang. Erst als diese Seile fest verknotet waren, befreiten die Männer das Tier vom Netz.

Mit einem wilden Satz sprang es in die Höhe und versuchte zu fliehen, doch die Schlingen zogen sich um seine Kehle zusammen und warfen es zurück zu Boden. Mit zuckenden Beinen lag es da, das Maul weit geöffnet, die Augen in Panik geweitet.

Antares trat zu mir hin, legte seine Pranke auf meine Schulter und lächelte. »Eine wahrhaft königliche Opfergabe für unsere Rote Nacht«, brummte er zufrieden. »Die Götter sind uns wohlgesonnen, Nordprinzessin.«

Innerhalb eines Wimpernschlags fiel der Zauber des Waldes von mir ab. Plötzlich begriff ich, was geschehen war. Irgendetwas an der Magie dieses Ortes hatte meine Sinne umnebelt, mir Glückseligkeit vorgegaukelt und meinen Verstand betäubt. Wie ein phantasierendes Kind war ich umhergetanzt und hatte die Männer, die sich nur schlafend gestellt hatten, in meiner einfältigen Sorglosigkeit zu dem Einhorn geführt.

Ich war ihre Falle gewesen.

»Es ist nicht deine Schuld, mein Kind.« Antares lächelte hämisch. »Der Zauber des Einhornwaldes betört jede unschuldige Seele. Deine Freude und dein Lachen waren die Köder und sie haben wunderbar funktioniert.«

»Das dürft ihr nicht tun!« Ich wollte zu den Männern stürzen, die das panische Einhorn umringten und an seinen Fesseln zerrten, doch Antares packte grob meinen Arm. »Hört auf damit!«

»Amaru hat entschieden, es mir zu schenken.« Der König drückte mich an sich, schloss beide Arme um meinen Körper und ließ mich spüren, wonach es ihn verlangte. Hart und riesig presste sich sein Geschlecht gegen meinen Bauch. »Er billigt unsere Hochzeit nicht nur, er schenkt uns sogar seinen Segen. Bald werden wir vereint sein, du und dich, und dann gehörst du mir. Mit Haut und Haar. Hast du verstanden, Nordprinzessin? Ich werde all deine Vorzüge kosten, so oft ich will, und mit Amarus Segen wirst du mir ein Dutzend starker Söhne schenken.«

Vergeblich wehrte ich mich gegen seinen Griff. Ebenso gut hätte ich versuchen können, eine tausendjährige Eiche mit bloßen Händen auszureißen. Antares genoss mein Gezappel, schnaufte und keuchte in mein Haar und drückte seine Erregung noch härter gegen meinen Bauch.

»Ich gehöre niemandem!«, japste ich gegen seine steinharte Brust. »Niemandem! Am allerwenigsten Euch!«

Antares stieß mich so abrupt von sich, als hätte ich ihn mit einem Messer gestochen. Mit einer Hand hielt er meinen Arm fest, mit der anderen holte er aus – und ehe ich einen klaren Gedanken fassen konnte, explodierte ein greller Schmerz in meinem Gesicht. Die Wucht des Schlages warf mich herum und hätte mich zu Boden geschleudert, aber der Griff des Königs hielt mich aufrecht. Im ersten Augenblick betäubte mein Entsetzen den schlimmsten Schmerz. Dann, als mein Bewusstsein begriffen hatte, was geschehen war, fraß sich das Feuer durch meine Knochen. Selbst die kleinste Bewegung meines Kiefers trieb mir die Tränen in die Augen.

»Du solltest besser lernen, dich wie das Eheweib eines Herrschers zu benehmen.« Antares schloss mich erneut in seine Arme und drückte mir einen Kuss auf den Scheitel. »Das hier war nur ein Klaps, Nordprinzessin. Eine harmlose Bestrafung, weil du aus einem Reich kommst, das von unseren Sitten und Gebräuchen nichts weiß. Solange du tust, was ich sage, wird dir nichts geschehen. Aber solltest du es noch einmal wagen, dich über meinen Willen hinwegzusetzen, dann zeige ich dir, wie man in meinem Reich mit widerspenstigen Frauen verfährt. Und falls dir dein eigenes Schicksal gleichgültig ist, bedenke, dass die Diener in unserem Reich das Schicksal ihrer Herren teilen. Hast du das verstanden?«

»Ja«, presste ich hervor. »Ja, ich habe verstanden.«

»Dann wird alles gut werden.« Er ließ mich frei, nahm meine Hand und lächelte. »Vier Frauen habe ich schon verloren. Ich möchte nicht, dass noch eine fünfte dazukommt.«

Kapitel 17

Der Geist des Drachenmädchens

Tarek

Kaum war ich allein, strömten die Lichtfäden auf mich ein und umwickelten mich mit ihrem Gespinst. Tropfen für Tropfen schenkten sie mir ihre Kraft, eine Energie, die aus dem tiefsten Herz des Waldes stammte. Sie war uralt und jung zugleich, denn sie verblasste niemals und blieb auf ewig so, wie sie bei ihrer Geburt gewesen war. Irgendeine innere Wunde in meinem Körper verheilte, vielleicht ein gebrochener Knochen, vielleicht ein verletztes Organ. Die letzten Spuren von Schmerz verflogen, selbst die alte Narbe auf meinem Handrücken, die ich mir in meiner Kindheit zugezogen hatte, verschwand spurlos.

Warum floh ich vor meinen eigenen Freunden? Warum ließ ich sie im Stich? Der Gedanke daran, zum Palast zurückzukehren, erfüllte mich mit einem nie zuvor empfundenen Widerwillen. Der Ort, an dem ich mich all die Zeit sicher und behütet gefühlt hatte, würde von nun an ein Käfig sein. Man würde mich so schnell wie möglich zum König krönen, daran führte kein Weg vorbei. Seit Ikbat – möge das Paradies Xibalba ihn willkommen heißen – mich vor unserem versammelten Volk zu seinem rechtmäßigen Sohn und Erben berufen hatte, lief der Pfad meines Schicksals unweigerlich auf den Thron zu. Und jetzt, da ich das Herz des Drachen trug, war diese Bestimmung noch unausweichlicher geworden. Ixchal würde wütend sein, weil ich mein Volk warten ließ. Und das aus gutem Grund. Vermutlich würde sie mich zu den Priesterinnen schleifen lassen, sobald ich die Schwelle zum Palast übertrat, und die garstigen Frauen leckten sich gewiss schon die Finger danach, das Krönungsritual zu vollziehen.

Meine Verantwortung drängte mich dazu, nach Hause zurückzukehren. Und doch wanderte ich weiter, vorwärtsgezogen von einer unwiderstehlichen Macht. Ich kletterte über moosbewachsene Stämme, sprang von Ast zu Ast, schlich unter turmhohen Wurzeln hindurch und spürte, wie das Leben des Waldes auf mich einströmte. Mit jedem Schritt wurde es stärker und machtvoller, bis ich mich so alt fühlte wie die Baumriesen selbst. Erinnerungen wirbelten in meinem Kopf umher. Es waren eintönige, traumgleiche Bilder. Die Empfindungen von Wesen, die ganze Äonen lang an einem Ort verbrachten und an denen Menschenleben wie Augenblicke vorüber flossen.

Ixchal würde sterben. Jeder Mann und jede Frau meines Volkes würde sterben. Früher oder später. Was würde in zwei- oder dreihundert Jahren noch von uns übrig sein?

Nichts, falls ich versagte.

Vor mir tauchte das leuchtende Auge eines Waldsees auf. Es war eines jener bodenlos tiefen Gewässer, die vor hunderten von Jahren entstanden waren, als der Zorn der Götter die Erde zerrissen und das Dach mancher Höhle hatte einstürzen lassen. Sein Wasser leuchtete in hellem Grün und Türkis, als würde sich das Licht der Sonnen in seinem Abgrund verfangen.

Am Ufer legte ich meine Waffen ab, zog mir die Rüstung und die Kleidung vom Leib und glitt in das erfrischend kalte Nass. Endlich löste sich das Blut von meiner Haut und vermischte sich in dunklen Schlieren mit dem Wasser. Sein Gestank verschwand aus meiner Wahrnehmung, doch die Erinnerungen blieben. Das also würde fortan meine Bestimmung sein. Töten. Immer wieder töten. Denn die Knochenmenschen würden niemals aufgeben und ihre Zahl war grenzenlos.

Ich schloss die Augen und ließ mich treiben, während ich unter mir die gähnende Tiefe des Sees und über mir den weiten Himmel spürte. Windböen rauschten in den Baumwipfeln, kräuselten das Wasser und brachten den Geruch nach Regen mit sich. Schon verdunkelten erste Wolken die Smaragdsonne. Bald würde der Große Fluss sein altes Grün zurückerlangen und dann würden nur noch die Knochen daran erinnern, was in der letzten Nacht geschehen war.

Komm zurück! Fast konnte ich Ixchals wütende Stimme hören. *Dein Volk braucht dich! Wo bleibst du?*

Widerwillig öffnete ich die Augen. Inzwischen war der Himmel gänzlich von schwarzblauen Regenwolken bedeckt und je dunkler der Tag wurde, umso heller leuchtete das Wasser des Sees.

Was half es, das Unvermeidliche hinauszuzögern? Besser, ich brachte das Ritual schnell hinter mich. Schweren Herzens schwamm ich zum Ufer zurück, stieg bis zu den Hüften aus dem Wasser und wandte mich noch einmal um. Der Drache in mir blieb stumm. Ich spürte nichts von ihm. Gar nichts. Allmählich verblasste auch das Lichtnetz, das den Dschungel erfüllte, bis es schließlich ganz verschwand und der Wald so aussah, wie er immer ausgesehen hatte.

»Am Anfang ist es schwierig«, erklang eine hohe, sanfte Stimme. »Aber du wirst dich daran gewöhnen.«

Überrascht fuhr ich herum. Niemandem gelang es, sich an mich heranzuschleichen, doch da stand es: das seltsame Mädchen, das mir geholfen hatte, meine Freunde zu heilen. Obwohl der Wind auffrischte und an den Wipfeln der Bäume zerrte, hing das Haar des Geschöpfes bis zu seinen Hüften herab, ohne von den Böen zerzaust zu werden. Selbst die zarten Federn seines Kleides rührten sich nicht. Ein verschmitztes Lächeln umspielte die Lippen des Mädchens, während es mich anstarrte.

»Komm ruhig aus dem Wasser heraus.« Sie setzte sich neben meine abgelegte Kleidung und vollführte eine aufmunternde Geste. »Ich bin nur ein Geist, keine Frau aus Fleisch und Blut.«

»Ein Geist?« Statt ihrer Aufforderung Folge zu leisten, ging ich noch einen Schritt tiefer in das Wasser hinein. Das Mädchen seufzte enttäuscht. Erst jetzt nahm ich wahr, dass sein Körper durchscheinend war. Schemenhaft konnte ich durch den Leib hindurch die Blätter und die gelben Blüten der Lianen sehen.

»Ja«, sagte das Wesen. »Ich existiere nur für dich. Niemand sonst kann mich sehen. Und alles, was du siehst, ist Erinnerung. So sah ich an jenem Tag aus, an dem mein Menschenleben endete.«

»Wer bist du?« Als das Mädchen den Hals reckte, faltete ich instinktiv die Hände vor meinem Schoß zusammen. Dieses verdammte Wasser war klar wie Glas. Ebenso gut hätte ich nackt vor ihr stehen können. »Was meinst du damit, dass dein *Menschenleben* endete?«

»Ich heiße Skyla.« Das Lächeln des Mädchens wurde breiter. Ein Kontrast zu der Müdigkeit des Alters, die seine Augen erfüllte. »Vor kurzem noch trug ich die Last, die der Drache nun dir aufgebürdet hat. Und er hat die Wahl getroffen, auf die ich gehofft habe. Ich kenne dich, Prinz Tarek. Ich kannte dich bereits im Augenblick deiner Geburt.«

Überrumpelt starrte ich sie an. Wovon redete sie da? Wollte dieses Kind mir ernsthaft weismachen, dass es das Herz des Smaragddrachens in sich getragen hatte?

Skyla warf den Kopf zurück und lachte. »Wie herrlich! Genau so haben die Männer meines Volkes geschaut, als ihnen klar wurde, wer vom Drachen auserwählt worden war. Kein Krieger. Kein haariger Muskelberg. Sondern ein dürres Mädchen, das gerade erst zur Frau geworden war.«

»Du meinst das ernst?«

»O ja.« Skyla leckte sich die Lippen, legte den Kopf schief und musterte mich mit unverhohlener Neugier. »Nun komm schon aus dem Wasser raus. Ich sehe ohnehin alles.«

»Nein.«

»Warum nicht?«

»Ich … das ist …«

Sie lachte erneut, als ich vergeblich nach Worten suchte. Ein Strahlen trat in ihre Greisenaugen. »Du bist so anders als die Männer meines Stammes. Sie waren allesamt grob und plump. Die ganze Zeit grunzten sie vor sich hin, kratzten sich die Bauchhaare und wollten auch noch dafür bewundert werden. Sie stanken und schimpften und sahen aus wie Warzenschweine. Ich war froh, als der Drache mich auserwählte. Denn anderenfalls hätte ich eine dieser ekelerregenden Kreaturen heiraten müssen.« Skyla zog die Beine an, schlang ihre Arme darum und stützte das Kinn auf ihrem Knie ab. »Du weißt nicht einmal, wie viele Herzen du schon gebrochen hast. Dir fehlt jede Eitelkeit und genau das macht den Unterschied aus.«

»Du warst der Smaragddrache?«, hakte ich noch einmal nach. »Und ich bin dein Nachfolger?«

Skyla nickte und klopfte neben sich auf den Boden. »Jetzt sei nicht albern. Komm endlich raus, dann erzähle ich dir alles. Und zwar nur dann!«

Ich warf ihr einen finsteren Blick zu und stieg aus dem Wasser. Während das Mädchen mich ungeniert musterte, legte ich die Kleidung an, wrang mein Haar aus und setzte mich neben sie.

»Ich wünschte, ich besäße meinen Körper noch.« Aus leuchtenden Augen starrte Skyla zu mir auf. »Niemals habe ich bei einem Mann gelegen. Ich würde so gerne wissen, wie du dich anfühlst. Wie deine Küsse schmecken. Wie es ist«, ihr Blick wanderte zu meiner Körpermitte, »dich in mir zu …«

»Schon gut«, fuhr ich ihr über den Mund. »Ich denke nicht, dass wir über so etwas reden sollten.«

Wieder stieß Skyla ihr melodisches Lachen aus. »Deine Scheu macht dich noch anziehender, weißt du das? Die meisten Männer glauben, wir lieben jene, die am wildesten kämpfen und am lautesten brüllen. Aber in Wahrheit ziehen uns die Stillen an. Die Leisen und Nachdenklichen. Die, die stark sind, ohne damit herumzuprahlen. Die, die verlegen werden, wenn sie erkennen, dass man sie begehrt. Denn Menschen werden erst dann wirklich schön, wenn sie sich ihrer eigenen Schönheit nicht bewusst sind.«

Darauf wusste ich nichts zu entgegnen. Skylas Lachen verstummte, eine dunkle Traurigkeit huschte durch ihren Blick. »Ja, es stimmt. Ich habe noch niemals einen Mann gespürt. Ich verwandelte mich, bevor man mich verheiraten konnte. Und danach … war ich die meiste Zeit ein Drache.«

»Ich war es bisher nur einmal.« Gebannt beobachtete ich das Funkeln und Glimmen ihrer Augen. Sie waren nur oberflächlich menschlich, denn unter ihrer Schwärze brannte noch immer das wilde, ungezügelte Feuer des Drachen. »Seitdem schweigt er.«

»Er wird zurückkehren.« Skyla legte ihre winzige Hand auf meine Brust. Ich spürte ihre Berührung, aber es lag kein Leben darin. Ebenso gut hätten mich die Finger einer Statue berühren können. »Darum musst du dir keine Gedanken machen. Selbst als Mensch kämpfst du wie ein Drache. Ich habe gesehen, wie du sie ausgelöscht hast. Wie ein Wintersturm bist du über sie gekommen. Wie der fleischgewordene Gott, der du jetzt bist. Und wenn ich noch einen Körper hätte, würde ich dich erwählen. Dich und keinen anderen. So lange warst du in meinen Träumen. So lange habe ich meinen Schmerz betäubt, indem ich dich angesehen habe.«

»Der Pfeil«, flüsterte ich. »Wer hat ihn abgeschossen?«

»Das weiß ich nicht. Als mein Volk unterging, suchte ich mir einen neuen Stamm, weit hinter den Ländern, die mir vertraut waren. Er nahm mich freundlich auf und nannte mich eine Göttin, aber nicht alle Menschen dieses fernen Waldes waren mir wohlgesonnen. Eines Tages, als ich mich an einem Fluss sonnte und an nichts Böses dachte, kamen grünhäutige Krieger aus dem Wald und stießen mir den vergifteten Pfeil in die Seite. Für gewöhnlich ist der Drache dank seiner Schuppen unverwundbar, doch an jenem Tag war mir warm und ich fühlte mich sicher. Also habe ich die Schuppen abgespreizt, um ein wenig Sonne an meine Haut zu lassen.«

»Wie lange ist das her?«, fragte ich.

»Ich weiß es nicht. Jahre vielleicht. Oder auch Jahrzehnte? Mein Geist war verschwommen, die Tage und Nächte strömten wie Träume an mir vorbei. Aber ich spürte, dass der Drache nach einem Nachfolger suchte, und so suchte ich mit ihm.«

»Weshalb ist dein Volk untergegangen?«, nahm ich eine neue Frage auf. »Was ist mit euch geschehen?«

Skyla seufzte. Offenbar tat die Erinnerung daran noch immer weh. »In einem geheimen Tal unserer Insel wuchsen flammend rote Bäume mit wundersam leuchtendem Harz. Sobald dieses Harz mit Luft in Berührung kam, versteinerte es zu den schönsten Rubinen, die du dir ausmalen kannst. Niemandem war es erlaubt, einen dieser Steine fortzuschaffen. Keinem Fremden haben wir jemals die Bäume gezeigt, doch irgendwann hat ein Händler sie entdeckt und stahl einen der Rubine. So sprach sich das Geheimnis unserer Insel in der Welt herum und die Zeit, in der wir in Frieden leben konnten, endete mit einem Schlag. Zuerst überfielen uns die Svanna, ein kriegerisches Volk aus einem Inselreich im Westen. Sie kamen mit schwarz bemalten Schiffen und töteten viele von uns, doch der Drache schlug sie letztendlich zurück. Später fielen die Armeen des Nordens über uns her, danach die des Südens. Auch sie wurden von meinem Feueratem verbrannt, von meinen Klauen zerfetzt und von meinen Zähnen zerrissen. Jedes Mal ließ ich eine kleine Handvoll Männer leben, damit sie die grauenvolle Geschichte ihres Schicksals in die Welt hinaustragen und Nachahmer abschrecken konnten. Aber immer wieder tauchten neue Schiffe am Horizont auf.«

»Warte«, unterbrach ich Skyla. »Wie ist das möglich? Das Wasser des Opalsees zersetzt alles, womit es in Berührung kommt. Nur die leuchtenden Wesen können ihm widerstehen.«

»Das ist heute so, aber damals war sein Wasser klar und süß.«

»Was ist mit dem See geschehen?«

»Ich weiß es nicht.«

»Und wer waren die Svanna? Ich habe niemals von einem Volk mit diesem Namen gehört.«

Skyla lächelte wissend. »Weil sie von Inseln stammen, die jenseits der euch bekannten Welt liegen. Hinter den Wäldern, in denen du mich gefunden hast, gibt es ein gewaltiges Meer. Und dahinter wiederum Küsten, Inseln und fremdartige Länder. Die Welt ist so viel größer und älter, als du es dir ausmalen kannst.«

Ihre Worte überforderten meinen Verstand. Das Land hinter dem Opalsee war die Grenze der uns bekannten Welt. Weiter reichten nicht einmal unsere Geschichten.

»Wie auch immer, am Ende waren es nicht die Kriege, die uns ausrotteten.« Skyla zog ihre Hand zurück und betrachtete die regenschweren Wolken. »Es war der Regen.«

»Der Regen?«

»Ja. Er kam immer häufiger und dauerte immer länger. Nach und nach wurde meine Heimat vom Wasser verschlungen. Ich habe so oft darauf gedrängt, die Insel zu verlassen, aber die meisten hörten mir nicht zu. Dann kam eines Tages die Flut. Sie überraschte uns im Schlaf und als der nächste Morgen graute, lebten nur noch drei Frauen, fünf Männer und ein Kind. Mehr konnte ich nicht in Sicherheit bringen. Doch auch sie sind gestorben. Es war, als hätte allein die Insel ihnen Leben eingehaucht. Kaum berührten ihre Füße den Boden eines fremden Landes, wurden sie krank und starben nach wenigen Tagen. Ich habe es nicht geschafft, mein Volk und meine Heimat zu retten. Aber manchmal, wenn eine besonders lange Trockenzeit herrscht, gibt der See meine Insel für wenige Tage frei. Es ist lange her, dass ich das letzte Mal durch die Ruinen von Ramanui gewandert bin.«

»Ramanui«, wiederholte ich. »Ein schöner Name.«

»Ja.« Skyla wischte eine Geisterträne von ihrer Wange und seufzte erneut. »Weißt du, wie es sich anfühlt, über Pfade zu wandern, die jahrhundertelang unter Wasser gelegen haben? Wie es ist, nach all der Zeit die Ruinen jenes Dorfes wiederzusehen, in dem man siebzehn Jahre lang glücklich gewesen war? Nur viermal hat der See meine Heimat freigegeben. Viermal in fast dreitausend Jahren.«

»Dreitausend Jahre? Das ist unmöglich!«

»O nein«, antwortete Skyla. »Nichts ist unmöglich. Das wirst du bald begreifen.«

Sie rückte näher an mich heran, zitternd wie ein ängstlicher Vogel, und dann berührte ihre durchscheinende Hand meine Schulter. Wie ein kühler Windhauch strichen ihre Finger darüber, glitten höher und gruben sich in mein nasses Haar.

»Versuche nicht, mich zu küssen.« Ihre Stimme war heiser vor Sehnsucht. »Es ist nur eine Erinnerung, die mich am Leben hält.«

»Ich hatte nicht vor, dich zu küssen.«

»Das ist schade. Aber du würdest ohnehin nichts fühlen. Ich bin nur der letzte Hauch meiner Seele. Ein sterbendes Echo, das bald für immer verklingen wird. Ich werde dir helfen, Prinz Tarek, doch meine Hilfe wird nicht von Dauer sein. Ich bin müde. So müde, wie du es dir nicht vorstellen kannst.«

In diesem Augenblick warfen die schweren Wolken ihre Last ab. Ein Wasserfall aus salzigen Regentropfen prasselte auf das Blätterdach des Dschungels ein, ließ Blasen auf der Oberfläche des Sees tanzen und durchnässte alles innerhalb kürzester Zeit. Wasser tropfte aus meinen Haaren, rann über mein Gesicht, verschluckte mit seinem Rauschen alle Geräusche und machte unsere Ohren taub.

Als ich mir mit der Zunge über die Lippen fuhr und dem Geschmack des Regens nachforschte, wurde Skylas Traurigkeit noch tiefer.

»Es wird Zeit, Prinz Tarek.« Irgendwie gelang es ihrer zarten Stimme, den Lärm des Wolkenbruchs zu durchdringen. »Du musst zurückkehren. Du musst die Krone entgegennehmen, die dir gehört.«

»Ich weiß.«

»Worauf wartest du dann noch? Auch ein König wird Zeit finden, allein durch den Wald zu streifen und seinen Gedanken nachzuhängen.«

Skyla stand auf, hielt mir ihre Hand entgegen und betrachtete mich mit einem Blick, in dem die ganze unermessliche Spanne ihres Alters lag. »Dein Volk braucht dich. Du trägst jetzt das Herz aus Smaragd und das bedeutet, dass dein Leben nicht länger dir gehört.«

»Ich habe nie darum gebeten.«

»Natürlich nicht.« Skyla lächelte, als ich ihre Geisterhand nahm und sie vorsichtig umschloss. Mit überraschender Kraft zog sie mich empor. »Deshalb hat der Drache dich ausgewählt. Man sollte nur jenen Menschen Macht anvertrauen, die nicht nach ihr streben. Mein Volk hat das nicht begriffen. Darum ist es untergegangen.«

Kapitel 18
Gemmas Verzweiflung
Gemma

Seit dem Vorfall mit dem Einhorn ließen uns die Wachen nicht aus den Augen, als ahnte Antares, dass ich unaufhörlich an eine Flucht dachte. Malakat, Kafir und ich sprachen kein Wort mehr miteinander, selbst Blicke tauschten wir nur noch selten aus. Die Hoffnung, in Antares könnte ein Funken Güte und Mitgefühl stecken – ein winziger Samen, den man zum Keimen und Wachsen bringen könnte –, war in der letzten Nacht zerschlagen worden. Die Mienen meiner beiden Gefährten waren starr vor Hass, selbst meine sonst so sanfte Amme warf dem König Blicke zu, die unmissverständlich klar machten, dass sie ihn für seinen Frevel aus tiefstem Herzen verabscheute.

Einhörner existierten also. Und ich hatte eines von ihnen zum Tod verdammt. Hätten doch nur die Bücher recht behalten, in denen es hieß, dass diese Wesen dem Reich der Legenden entsprungen waren. Oder jene Schriften, die behaupteten, dass sie vor langer Zeit ausgestorben waren. Nun würde das Geschöpf, das mir vertraut hatte, am Tag meiner Hochzeit sein Leben verlieren.

Antares war ein schlechter Mensch. Dessen waren wir uns nun gewiss. Es gab keine Worte des Trostes mehr und auch keine mehr, mit denen Malakat und Kafir mir Mut hätten zusprechen können.

Im Laufe des Tages schwoll mein Kiefer immer weiter an und schmerzte bald unerträglich, selbst Malakats Salbe brachte keine Linderung. Nur mit Mühe konnte ich am Abend ein wenig Suppe schlürfen und wälzte mich in der Nacht schlaflos auf meinem Lager, während ich Fluchtpläne schmiedete und wieder verwarf. Antares sorgte dafür, dass wir uns bei jeder Rast mitten im Lager befanden, umringt von zweihundert Soldaten. Mindestens vier wurden zu unserer Bewachung abgestellt, der Rest verfügte über einen leichten Schlaf. Es gab keine unbeobachteten Momente mehr. Das Einzige, was uns jetzt noch retten konnte, war ein Überfall, der den Tross ins Chaos stürzte.

Doch die Tage strichen ereignislos dahin, meine Verletzungen heilten und mein Zorn wuchs. Jeder Schritt brachte mich näher zum Schafott. Zu Gesicht bekam ich das gefangene Einhorn nicht ein einziges Mal. Vermutlich lief es am Ende des Trosses und wurde, sobald wir unser Lager aufschlugen, irgendwo untergebracht. Ob Antares mir zutraute, es zu befreien? Wie gerne hätte ich es getan, obwohl eine solche Tat meinen Tod nach sich gezogen hätte. Aber was immer ich anstellte, würde auf Malakat und Kafir zurückfallen und so wie meine Gefährten und ich unter ständiger Bewachung standen, waren mit Sicherheit auch Wachen für Antares' kostbares Opfer abgestellt worden.

»Ich kann das nicht«, flüsterte ich eines Nachts, als ich zwischen Malakat und Kafir in unserem Zelt lag und spürte, wie die unerträgliche Last des Kommenden mein Herz zusammenpresste. »Ich kann es nicht!«

Beide sagten kein Wort. Aber jeder nahm eine meiner Hände und drückte sie sanft, während wir schweigend die Bewegungen der Zeltplane beobachteten. Ein ungewöhnlich warmer Wind zupfte daran, vermutlich der erste Vorbote des südlichen Klimas.

Wäre es nur um mich gegangen, hätte ich hier und jetzt die Flucht ergriffen. Selbst in dem Wissen, dass es aussichtslos und selbstmörderisch war. Doch da Antares' Wut nicht nur mich, sondern auch die beiden Waldleute treffen würde, blieb mir nur das Ausharren. Malakat und Kafir standen mir näher als meine eigenen Eltern, deshalb wussten sie auch, weshalb ich mich in mein Schicksal fügte. Und so versanken wir gemeinsam immer tiefer und tiefer in unserer Ausweglosigkeit.

Irgendwann, als ich bereits glaubte, meine Gefährten wären eingeschlafen, ergriff Malakat das Wort: »Ich werde dir etwas geben, das deine Erinnerung verschleiert. Du wirst deine erste Nacht mit Antares wie im Traum erleben. Kein Schmerz und kein Leid wird zu dir durchdringen.«

»Ich kann das nicht«, wiederholte ich nur, starrte zum Rauchfang hinauf und beobachtete das Glitzern der Sterne in dem kreisrunden Loch.

»Aber du musst«, beschwor mich die Alte. »Es führt kein Weg daran vorbei, so gerne ich dich auch davor bewahren würde.«

»Malakat, ich ...«

»Schschsch ...« Meine Amme lächelte schmerzlich. »Es wird schnell vorbei sein. Du musst dich nicht fürchten. Antares' Harem zählt Hunderte von Frauen, er wird dich die meiste Zeit in Ruhe lassen. Männer wie er sind wie der Wind. Es hält sie niemals lange an einem Ort. Ich wette, dass er schon am Tag nach der Hochzeit zu seiner nächsten Schlacht aufbricht und mindestens fünf Mondläufe lang fortbleiben wird.«

Ja. Vermutlich hatte Malakat recht. Der kriegslüsterne König des Südens würde mitsamt seiner Armee in den Dschungel ziehen, gegen die Aman-Kaja kämpfen und versuchen, einen Geist zu töten. Er würde plündern, morden, brandschatzen und vergewaltigen und nach seinem Krieg grunzend und blutbesudelt in mein Bett kriechen, um sich das zu holen, was ihm zustand.

Plötzlich überwältigte mich ein solcher Hass, dass sich meine Hände verkrampften.

»He!« Kafir stöhnte schmerzerfüllt. »Wie soll ich dich beschützen, wenn du meine Finger brichst?«

»Tut mir leid.« Ich löste meinen Griff und wischte eine Träne von meiner Wange. Aus irgendeinem Grund musste ich an Antares' Bruder denken. Wie es ihm wohl erging? Stürzte er sich gerade in Verzweiflungstaten, um seiner Hinrichtung zu entgehen? Niemandem war es je gelungen, einen Aman-Kaja zu fangen, aber was, wenn ausgerechnet Nadir das Unmögliche schaffte? Was, wenn an meiner Hochzeit nicht nur ein Einhorn, sondern auch ein Geist sterben würde?

»Ich kann seine Berührungen nicht ertragen.« Mein ganzer Körper war ein einziger Schmerz. Es war, als würde ich bei lebendigem Leib versteinern. »Ich kann es einfach nicht! Allein der Gedanke ...«

»Vertraue mir, Kind.« Malakat strich mir über das Haar, als wäre ich noch immer ein kleines Mädchen. »Ich weiß, wie es ist. Ich weiß, wie du dich fühlst. Das, was du jetzt erlebst, habe auch ich erlebt. Und ich habe Wege gefunden, um es erträglich zu machen.«

»Willst du mir einen deiner Tränke mischen?«

»Ja, das werde ich.«

»Dann koche mir einen, der mich von dieser Welt befreit.« Kaum hatte ich die Worte ausgesprochen, wurde mir klar, wie töricht sie waren. Wenn ich mich meinem Schicksal entzog, würde Antares meine Amme und den Waldkrieger hinrichten lassen. Ihnen oblagen meine Sicherheit und mein Wohlergehen. Und doch sehnte ich mich in diesem schwachen Augenblick so sehr nach Erlösung, dass ich das Gift, wenn man es mir hier und jetzt reichen würde, wohl getrunken hätte.

»Mein Leben ist vorbei«, murmelte ich in die Stille der Nacht. »Wenn ich nicht im Kindbett sterbe, wird Antares nachhelfen. Entweder weil ich ihm nicht gehorcht habe, weil ich ihm keine Söhne gebäre oder weil er meiner einfach überdrüssig geworden ist.«

»Gemma«, seufzte Kafir. »So darfst du nicht reden. Jetzt mag dir alles ausweglos erscheinen, aber das wird sich ändern. Bitte glaube mir. Auch ich wollte viele Male aufgeben. Ich wollte nichts mehr fühlen und nichts mehr von dieser verfluchten Welt sehen. Aber ich habe weitergekämpft. Ich habe nach vorn geblickt und jetzt bin ich hier. Mit dir, mein Kind. Und mit Malakat. Ich bin hier, um die beiden Menschen zu beschützen, die ich mehr als alles andere liebe.«

Meine Amme räusperte sich und errötete. Erst da begriff ich, wie viel die Waldleute wirklich füreinander empfanden. War ich all die Jahre blind gewesen? Einen Moment lang blieb Malakat noch standhaft, schluckte ein paarmal und presste die Hand um meine Finger zusammen. Doch dann brachen die Tränen aus ihr heraus und plötzlich weinten wir zu dritt. Wie verzweifelte Kinder lagen wir uns in den Armen und gaben uns gegenseitig Halt, während die Welt jenseits des Zeltes ihren unaufhaltsamen Lauf nahm. Die Nacht verstrich, der Morgen dämmerte.

Und unsere Reise ging weiter.

Kapitel 19

Südwinde

Mit jedem Tag wurde es wärmer. Während die Soldaten spürbar aufatmeten, ihre Uniformen aufknöpften und die brennende Sonne begrüßten, wurde es für mich bald unerträglich. Anfangs boten noch die Nächte und die Schatten der Bäume Kühlung, doch als die Wälder immer lichter wurden und wir schließlich in eine weite Grassteppe zogen, gab es kein Entrinnen mehr. Tagsüber schwitzte ich mir die Seele aus dem Leib, nachts war es kaum besser. Zum ersten Mal in meinem Leben schlief ich ohne das vertraute Geräusch eines flackernden Feuers und ohne den Tanz von Flammen auf meinem Gesicht.

Sandflöhe und Steinwanzen zerbissen mich, während meine Kleidung am Ende eines langen Tagesrittes zum Himmel stank und ich die Männer abgöttisch beneidete, weil sie sich kurzerhand auszogen und mit Wasser übergossen. Nicht einmal unsere Notdurft durften wir verrichten, ohne dass mindestens zwei Wächter auf uns achtgaben. Geschweige denn dass man uns erlaubte, unbeobachtet in einen der spärlich gesäten Teiche oder Bäche zu springen. Ich hätte es vorgezogen, wie ein Schweinehüter zu stinken, anstatt mich vor den Augen meiner Aufpasser zu entblößen, doch Malakat war nicht bereit, die Umstände zu akzeptieren. Sie bat Antares um ein separates Zelt, in dem meine Amme und ich uns waschen und umkleiden konnten, was der König ohne Widerworte bewilligte. Zudem forderte sie ein Stück schadhaftes Leinen, damit sie mir einen weiten Rock nähen konnte. Der bot zumindest einen Hauch von Schutz, wenn ich mich unter den Blicken meiner Wächter erleichtern musste.

Nach zwei besonders heißen Nächten beschlossen wir in einem Anfall von Widerborstigkeit, unser Lager vor dem Zelt aufzuschlagen, wo ein kühlender Wind fächelte. Niemand störte sich daran, abgesehen davon, dass sich ein paar Soldaten über Nordleute und ihre Vorliebe für Kälte lustig machten.

Stundenlang lag ich da, lauschte den Geräuschen des Lagers und starrte in einen mondlosen Himmel hinauf, der sich in unermesslicher Weite über das flache Land wölbte. Niemals hatte ich Sterne von solcher Zahl erblickt. Das Firmament glich einer über und über mit Diamanten bestickten Samtdecke, die sich von Horizont zu Horizont spannte, so überwältigend schön, dass ich fast jede Nacht in Tränen ausbrach. Bald würden die Monde aufgehen und das Strahlen verblassen lassen, bis dahin hatten wir unser Ziel vermutlich längst erreicht. Und wenn das nächste Mal der Königsmond aufging, um seine vierzigtägige Wanderung über das Firmament aufzunehmen, waren Antares und ich bereits verheiratet.

In meiner Verzweiflung begann ich die Hoffnung zu hegen, dass wilde Tiere über uns herfielen. Dank der Bücher wusste ich, dass zahlreiche Wolfsrudel durch die Steppe zogen und riesige Adler über ihr kreisten. Die Erde war von den Höhlen giftiger Schlangen durchzogen und Grimme trieben ihr Unwesen, furchterregende Mischungen aus Wildschwein und Bär, deren Kiefer selbst Steine zermalmten. Doch keine dieser Kreaturen wagte sich an den schwer bewaffneten Tross heran. Hin und wieder sah ich sie in der Ferne auftauchen, dunkle Silhouetten in flimmernd heißer Luft, und manchmal wurde die Stille der Nacht von ihrem Geheul zerrissen.

Unbehelligt zog Antares' Armee weiter, Tag für Tag, Nacht für Nacht, bis die Eintönigkeit der Steppe wieder von Bäumen durchsetzt wurde. Anstelle von Kronen trugen diese Gewächse eigenartige Wedel, die an Fächer erinnerten, und ihre Stämme reckten sich glatt und dünn wie Schlangen in den wolkenlosen Himmel.

»Palmen«, seufzte Malakat. Es war das erste Wort seit zwei Tagen, das über ihre Lippen kam. Seit jener Nacht, in der wir uns weinend in den Armen gelegen hatten, war keiner von uns gesprächig gewesen.

»Bald erreichen wir unser Ziel.« Kafir warf mir einen mitfühlenden Blick zu. »Es ist nicht mehr weit.«

Ich schluckte nur mühsam. Für Zorn oder Angst war ich längst zu erschöpft.

»Du wirst schon sehen, Gemma.« In einem jämmerlichen Versuch der Aufmunterung schenkte mir der alte Waldkrieger ein Lächeln. »Es wird nicht lange dauern, bis du die lauen Nächte und die Düfte des Südens ebenso sehr liebst wie wir. Am Anfang ist es schwer, die Hitze zu ertragen. Aber du gewöhnst dich daran. Du wirst dich an alles gewöhnen und wir helfen dir dabei.«

Ich sparte mir eine Antwort, wischte mit dem Ärmel über meine schweißnasse Stirn und wünschte mir wieder einmal, tot vom Pferd zu fallen. Jeder ungeschützte Zoll meiner Haut war von der Sonne verbrannt, der Rest von juckenden Flohbissen übersät. Heute Morgen hatte Antares mir eine stinkende Salbe überreicht, die die Plagegeister in die Flucht geschlagen hatte, und zudem vier Soldaten dazu verdonnert, mithilfe mehrerer Stangen eine Art Plane über unsere Köpfe zu halten. Doch der dünne Stoff vermochte die sengende Sonne nur halbwegs zu mildern und die Salbe vertrieb zwar die Flöhe, hinderte die bisherigen Bisse aber nicht daran, mich weiter in den Wahnsinn zu treiben.

Benommen von Hitze, Erschöpfung und unaufhörlichem Gekratze starrte ich in das flimmernde Land hinaus. Die vereinzelt wachsenden Palmen ähnelten fremdartigen Traumgebilden und rasselten wie Schlangen, wenn sich ihre trockenen Wedel aneinander rieben. Irgendwo zirpten Grillen. Manchmal hörte ich den Schrei eines Falken, der in einer gewaltigen Leere widerzuhallen schien, doch sonst war es geisterhaft still. Selbst der Lärm, den zweihundert Pferde und ebenso viele Menschen verursachten, wurde von der Hitze zu dem Flüstern eines Traumes gedämpft.

Meine Gedanken zerschmolzen zu einem wirren Chaos, mein Schädel pochte und die Zunge klebte mir am Gaumen, ganz gleich, wie viele Wasserflaschen ich leer trank. Wenn es im Süden noch heißer war, würde ich meine Gefangenschaft ohnehin nicht lange überleben. Oh, wie sehr vermisste ich den Winter. Den glitzernden Schnee und die Frostblumen am Glas meines Fensters. Die Eiszapfen, die wie funkelnde Vorhänge von jedem Vorsprung herabhingen, und die silbergraue Farbe des Meeres an besonders kalten Tagen, wenn jeder Atemzug klirrte und der Schaum der Wellen am Strand gefror. Wie gerne wäre ich jetzt am Saum der Brandung entlanggeschlendert, vorbei an frostüberzogenem Strandhafer und schneebestäubten Felsen, während es unter meinen Schritten knirschte. Ich stellte mir vor, wie ich Muscheln sammelte, auf das stürmische Meer hinausblickte und die Kälte des Winters in meine Lunge sog. Unter einer dicken Felldecke schlief es sich so wunderbar, und wenn draußen der eisige Wind um die Burg pfiff und das Feuer im Kamin knisterte, war ich glücklich. Hier aber, in diesem schrecklichen Land, war alles eine Qual. Das Reiten, das Atmen und die vergebliche Suche nach Schlaf. Die Nächte waren heiß und die Tage noch heißer. Ich schmorte in meinem eigenen Saft, während die Soldaten vergnügt die Gesichter in die Sonne hielten und froh darüber waren, dem unwirtlichen Norden entkommen zu sein.

Was hatte sich das Schicksal nur bei all dem gedacht?

Kapitel 20
Antares' Hexe
Yleria

Ihre leeren Augenhöhlen sahen nichts mehr von der Welt, doch Yleria spürte, dass Antares' Armee noch fern war. Der Wind, der hin und wieder durch die Ritzen der Tür pfiff, roch nicht nach Staub, aufgewirbelt von zweihundert Pferden. Keine Waffen klirrten in der Ferne. Auch gab es keine Dunkelheit, die wie schwarze Fäden aus Antares' Herz strömte und ebenso kalt war wie das ferne Land, aus dem er seine Braut geholt hatte. Obwohl der Spiegel ein glasklares Bild des Mädchens in ihrem Geist hatte entstehen lassen, raubten die Zweifel Yleria seit Wochen den Schlaf. Wenn sie sich geirrt und dem König einen falschen Rat erteilt hatte, würde ihr Kopf im besten Fall in einem blutigen Weidenkorb landen. Im schlimmsten Fall wählte Antares einen seiner Folterknechte aus und sah bei einem Becher Wein dabei zu, wie der sie zu Tode quälte. Unwahrscheinlich war dieser Ausgang keineswegs. Die Götter waren launisch, ihre Wege manchmal verwirrend. Doch das Bild war glasklar gewesen und die Botschaft unmissverständlich.

Oder etwa nicht?

Yleria stöhnte auf. Diese verdammte Ungewissheit machte sie rasend. Wo blieb Nadir? Warum trödelte dieser Sturkopf ständig herum? Erst rannte er ihr tagtäglich die Tür ein und trieb sie zu schnellerem Arbeiten an und jetzt, wo sie ihr Werk endlich vollendet hatte, ließ er sie schmoren. Dieser dreifach verfluchte Dummkopf! Manchmal stellte er ihre Zuneigung wahrhaft auf eine harte Probe. Wie eine eingesperrte Nebelkatze lief Yleria auf und ab, raufte sich das weiße Haar, seufzte und setzte sich auf die Bettkante, nur um nach wenigen Augenblicken wieder aufzustehen und erneut ihre Kreise zu drehen.

Hin und her.

Immerzu hin und her.

Dann – endlich! – ging die Tür auf. Nadir trat herein, schwitzte Erschöpfung und Todesangst aus und füllte den Raum mit seinem Lebenslicht. Einst war es von hellem, klarem Gold gewesen, jetzt besaßen die in der Dunkelheit flackernden Fäden das schlammige Braun eines verdreckten Flusses.

»Warum hat das so lange gedauert?«, fauchte Yleria aufgebracht. »Bedeutet dir dein Leben so wenig?«

»Ich habe meine Verpflichtungen«, grollte der Hauptmann. »Glaubst du, ich kann alles stehen und liegen lassen, sobald du mit den Fingern schnippst?«

»Ja, sofern es um unser beider Leben geht.« Sie atmete tief durch, nahm den bauchigen Krug vom Tisch und reichte ihn an Nadir weiter. Auch wenn sie den Mann vor sich nicht mehr sehen konnte, erinnerte sie sich viel zu gut an seine honigfarbenen Augen. Sie sahen denen seiner Mutter so schmerzhaft ähnlich, dass ihr sein Anblick jedes Mal das Herz zerrissen hatte.

»Ist dir der Zauber gelungen?«, knurrte der Hauptmann.

»Natürlich.« Mit aller Kraft versuchte Yleria, ihr Inneres nicht nach außen zu kehren. Doch nach all den Jahren, in denen ihr das Schauspiel fast schon leicht gefallen war, begann die Ungeduld nun, ihre Beherrschung zu zermürben. »Ich habe zehn Nächte lang nicht mehr geschlafen.«

»Was hat daran so lange gedauert?«

Jetzt entkam ihr doch ein Stöhnen. Oh, dieser Dummkopf! Wie konnte ein Mann nur so viel Talent und so viel Unfähigkeit in sich vereinen?

»Ich bin eine alte Frau, du Esel. Meine Kräfte schwinden. Hast du auch nur die leiseste Ahnung, wie anstrengend ein solcher Zauber ist? Nein, hast du nicht. Aber ich kann dir versprechen, dass es funktionieren wird. Vorausgesetzt, du hältst dich an das, was ich dir rate.«

»Und was rätst du mir, stinkende Hexe?«

Yleria biss sich auf die Unterlippe, um nicht eine unflätige Erwiderung zurückzuwerfen. Nadir hatte nicht nur die Augen seiner Mutter geerbt, sondern auch ihren Starrsinn und ihren Hang zu Respektlosigkeiten. Kein Wunder, dass sie kurz nach Antares' Geburt auf dem Schafott gelandet war.

»Höre mir genau zu«, sagte sie ruhig. »Öffne den Krug erst, wenn du dir sicher bist, dass dein Geist am anderen Ufer des Flusses wartet. Der Schneezahn ist der letzte seiner Art, trotz meines Zaubers wird ihn die Hitze im Dschungel innerhalb kurzer Zeit töten. Sein Ziel muss also so nahe wie möglich sein. Schlagt eure Zelte am östlichen Ufer auf, entfacht die Feuer und bereitet einen Angriff vor. Aber wagt Euch auf keinen Fall selbst über den Fluss. Ihr könnt nicht gewinnen, Hauptmann. Dies ist ein Kampf, in dem euch selbst die besten Waffen nichts nützen.«

»Wir sollen den Geist anlocken?«

»Ja. Sobald er bemerkt, dass ihr euch versammelt, wird er euch beobachten.«

»Und was ist, wenn er uns angreift? Die meisten meiner Kämpfer sind tot. Ein Großteil der Armee besteht aus Jungen, die es kaum schaffen, ihr Schwert hochzuheben. Und aus Bauern, die allenfalls gut im Kühe melken und Felder umpflügen sind.«

Um ein Haar hätte Yleria gelächelt. Wie schnell eine größenwahnsinnige Armee zerschlagen werden konnte und wie heftig die Knie dieses einst furchtlosen Hauptmanns schlotterten, wenn er einmal auf einen würdigen Gegner traf.

»Er wird nicht angreifen, solange ihr am östlichen Ufer bleibt. Der Fluss ist die Grenze, hinter der ihr in Sicherheit seid. So war es doch immer, oder nicht?«

»Hm«, brummte Nadir.

»Die Aman-Kaja interessieren sich nicht für Eroberung und Angriff«, fuhr Yleria fort. »Solches Denken ist ihnen fremd. Wenn sie kämpfen, dann nur um ihren Dschungel zu verteidigen. Deshalb habt ihr nichts zu befürchten, solange ihr ihm nicht zu nahe kommt.«

»Das klingt, als würdest du diese Wilden bewundern.«

»Auf gewisse Weise tue ich das.«

Nadir schnaufte leise. »Wenn ich Antares davon berichte, wird er dir das Fell über die Ohren ziehen, alte Hexe. Aber was machen wir, wenn die Aman-Kaja das tun, was jede andere Armee tun würde?«

»Euch auslöschen, weil die Gelegenheit günstig ist?« Yleria schnaubte. »Wie ich schon sagte: Solch ein Denken ist ihnen fremd. Bleibt auf eurer Seite des Flusses und niemandem wird etwas geschehen.«

»Kannst du uns nicht noch einen anderen Zauber mitgeben?«, drängte der Hauptmann. »Einen, der abschreckend wirkt?«

»Was denkst du, was das hier ist? Eine Magieschmiede, in der ich einen Zauber nach dem anderen wirke und in Flaschen abfülle? Ich bin nur eine alte Hexe, wie du richtig erkannt hast. Eine Seherin, die die Gnade des Spiegels errungen hat. Für jeden Zauber opfere ich kostbare Lebensjahre, sofern er über ein wenig Zukunftsseherei hinausgeht, also spare ich meine Kraft für ganz besondere Gelegenheiten auf. Der Schneezahn bietet uns eine solche Gelegenheit. Vergewissere dich, dass dein Geist in der Nähe ist, ehe du den Krug öffnest. Misslingt unser Plan, ist dein Leben verwirkt. Antares spricht keine leeren Drohungen aus. Er wird dich hinrichten, wenn du ihm nicht bringst, was er will.«

»Wir beide werden sterben!«, fauchte Nadir. »Du ebenso wie ich.«

»Das bezweifle ich. Seherinnen sind selten und heiß begehrt. Aber genug der Worte! Mach dich auf den Weg und rette dein Leben. In wenigen Tagen wird Antares mitsamt seiner neuen Braut eintreffen.«

Der Hauptmann knurrte einen unverständlichen Fluch, warf sich herum und stapfte davon. Natürlich ohne ein Wort des Dankes.

Kapitel 21
In der Wüste
Gemma

Als wir in eine Sandwüste ritten und die Hitze weiter zunahm, beschloss Antares, tagsüber zu rasten und nachts zu reisen. Er tat es allein mir zuliebe, doch seine Rücksichtnahme auf mein Befinden machte mich nur noch wütender. Glaubte er wirklich, dass er mich für sich einnehmen konnte? Hoffte dieser Dummkopf allen Ernstes, ich würde ihm nicht nur seine groben Worte und seinen Schlag verzeihen, sondern auch seine Lügen? Je näher wir unserem Ziel kamen, umso häufiger suchte er meine Nähe. Beim morgendlichen Lagerfeuer saß er neben mir, schnitt für mich die besten Fleischstücke vom Braten und reichte sie mir mit einem versöhnlichen Lächeln. Er ließ mir süßen Wein kredenzen und wies unsere Wächter an, auch Malakat und Kafir mit allerlei Köstlichkeiten zu verwöhnen. Als wären wir engste Vertraute, plauderte er gut gelaunt von den Vorzügen seines Landes, von den Speisen, die er zu unserer Hochzeit auftischen lassen würde, und natürlich von seinen Erfolgen als Krieger. Antares' Worte flossen wie das monotone Geplätscher eines Baches an mir vorüber, während ich mir ausmalte, einen der brennenden Holzscheite über seinen Schädel zu ziehen.

Allein der Anblick der nächtlichen Wüste verschaffte mir Linderung. Wenn die beiden kleinen Monde aufgingen und ihr Licht über die sanften Wellen der Dünen strömen ließen, vergaß ich alle dunklen Gedanken und staunte wie ein Kind, das zum ersten Mal ein Nordlicht erblickte.

Die ganze Welt bestand aus Sand. Puderfeinem, seidenweichen Sand, der zwischen meinen Zähnen knirschte und in den Augen brannte. Man gab uns bunt gestreifte Tücher, die wir uns um die Köpfe wickelten, doch der Sand war so fein, dass er an jede Stelle des Körpers gelangte.

Unaufhörlich fegte der Wind über die Kämme der Dünen, verwehte den Sand und veränderte stetig das Bild der Landschaft. Nach drückend heißen Stunden, die wir dösend oder schlafend unter unserer aufgespannten Plane verbrachten, war so manches Zelt und Lagerfeuer unter der goldenen Flut begraben. Immer wieder mussten wir unseren Windschutz neu ausrichten und das beständige Knirschen zwischen meinen Zähnen wurde bald so alltäglich, dass ich nicht einmal mehr darüber fluchte.

Eine seltsame Ruhe begann mich einzuhüllen, gesponnen aus der majestätischen Einsamkeit der Wüste, den hitzeflirrenden, verschlafenen Tagen und den sternenerfüllten Nächten. Glich die Wandlung der Dünen nicht auch meinem Leben? Nichts blieb ewig, alles ging und kehrte wieder, und was am Morgen noch vertraut gewesen war, hatte sich am Abend ins Gegenteil verkehrt. Täler wurden zu Hügeln, Hügel zu Tälern. Uralte Knochen wurden freigelegt, erblickten für wenige Stunden das Licht der Sonnen und verschwanden wieder unter dem Sand.

Selbst Antares' Kriegerseele schien zur Ruhe zu kommen, was nichts daran änderte, dass ich ihn aus tiefstem Herzen verabscheute. Manchmal vernahm ich von irgendwoher das verängstigte Wiehern des Einhorns. Hin und wieder stieß es solch herzzerreißende Rufe aus, dass alles in mir danach schrie, mir ein Messer zu schnappen, das Tier zu suchen und es zu befreien. Ungeachtet aller Konsequenzen, die über mich und meine Gefährten hereinbrechen würden.

Antares wusste, dass ich ihn hasste. Aber es schien ihn in keiner Weise zu stören. In mir keimte sogar die Befürchtung auf, dass meine Abscheu ihn reizte. Immer wieder glomm der Hunger in seinen Augen auf, wenn er mir mein Abendessen reichte und unsere Finger sich flüchtig berührten. Nachts spürte ich seine Blicke auf mir ruhen, tagsüber schlug er sein Lager in unserer Nähe auf und starrte mich derart verlangend an, dass mir schlecht vor Ekel wurde. Ich würde Malakat bitten, den Trank besonders stark zu brauen. So stark, dass ich bestenfalls gar nichts mitbekam. Antares würde auf unserer Hochzeit vermutlich so viel Wein in sich hineinkippen, dass man ihm ebenso gut einen Getreidesack ins Bett legen konnte. Mit ein wenig Glück soff er sich sogar in die Bewusstlosigkeit. Tagtäglich redeten die Soldaten über den Krieg, der im Süden auf sie wartete, und wenn ich ihre Gespräche richtig interpretierte, würde Antares unmittelbar nach der Hochzeit alle verfügbaren Männer und Waffen zusammenraffen und in den Dschungel ziehen.

Falls ich ihn also dazu bringen konnte, sich am Abend unserer Vermählung um den Verstand zu saufen, würde ich seinem Bett für geraume Zeit entkommen. Möglicherweise schafften es die Aman-Kaja sogar, ihn umzubringen. In dem Fall …

Moment! Hoffte ich ernsthaft darauf, dass ein Mensch getötet wurde? Hatte ich gerade sämtliche alten und neuen Götter darum angefleht?

Ja, verflucht!

Ja, ich hasste Antares. Ich gönnte ihm alles Schlechte. Selbst den Tod. Und ich würde meine liebe Not damit haben, die trauernde Witwe zu mimen, sollte der König des Südens tatsächlich im Dschungel fallen.

»Ja, genau«, zischte mir Kafir mit einem Grinsen zu. »Sei wütend! Das ist besser als zu verzweifeln. Aber vergiss nicht, dein Spiel zu spielen. Schon am Tag nach eurer Hochzeit bist du ihn wieder los. Vermutlich für eine ganze Weile.«

»Ich weiß.« Ein Hauch von Hoffnung keimte in mir auf. Mein Leben hatte sich in eine vollkommen unerwartete Richtung gedreht. Warum sollte es das nicht auch ein zweites Mal tun? »Und ich werde dafür sorgen, dass Antares nicht in der Lage sein wird, die Ehe zu vollziehen.«

Kafir runzelte alarmiert die Stirn. »Was hast du vor?«

»Ihn mit süßer Stimme dazu verlocken, dem Wein reichlich zuzusprechen.«

»Damit wirst du deine liebe Not haben«, brummte der Waldkrieger. »Die Südländer trinken selbst westalische Fischer unter den Tisch und die haben das Saufen praktisch erfunden.«

»Auch der König des Südens ist nur ein Mensch«, erwiderte ich. »Wenn ich ihm gebe, was er will … oder zumindest so tue, wird er vor lauter Geilheit ein ganzes Fass aussaufen.«

Kafirs Augen weiteten sich. »Gemma! Was nimmst du denn für Wörter in den Mund?«

»Sei vorsichtig«, mischte sich auch Malakat ein. »Antares ist groß und stark wie ein Büffel, aber längst nicht so dumm.«

»Ich weiß«, besänftigte ich sie. »Für einen haarigen Muskelprotz ist er recht klug. Aber längst nicht so klug wie wir.«

Am nächsten Tag erreichten wir eine Oase, die von einer aus dem Sand sprudelnden Quelle gespeist wurde. Diese Quelle bildete einen von Papyrus und Palmen gesäumten türkisblauen Teich, der verlockend in der Sonne glitzerte. Inzwischen war mir so heiß, dass es mir gleich war, ob irgendjemand mich anstarrte. Wild entschlossen stapfte ich zum Teich und zog an meinem Hemd, doch ehe ich es mir über meinen Kopf streifen konnte, packte mich einer der Wächter am Arm.

»Bitte tut das nicht, Herrin!«

»Lass mich!« Wütend schüttelte ich den Griff des Soldaten ab. »Ich hatte seit Wochen kein Bad. Im Gegensatz zu euch.«

»Seht Ihr die Beduinen, Herrin?« Er deutete auf den raschelnden Papyrus. »Und seht Ihr ihre Lanzen?«

Tatsächlich. Versteckt zwischen mannshohen Stauden standen zwei Wüstenkrieger. Sie trugen weite, grüne Gewänder, die sie inmitten des Papyrus nahezu unsichtbar werden ließen, und waren bis auf die Augen, die finster in unsere Richtung blickten, gänzlich verhüllt.

»Sobald auch nur ein Zeh das Wasser berührt, werden sie Euch mit diesen Lanzen töten«, flüsterte der Soldat. »Mit einem Sack Gold erkaufen wir uns die Erlaubnis, unsere Vorräte aufzufüllen, aber es ist auf Todesstrafe verboten, in dem Teich zu baden. Nichts ist in der Wüste kostbarer als Trinkwasser. Deshalb achtet man sehr darauf, dass es rein bleibt.«

»Hm«, machte ich nur, riss mich ein zweites Mal los und stapfte zu meinen Gefährten zurück. Auch Malakat und Kafir betrachteten sehnsuchtsvoll den Teich, seufzten betrübt und kauerten sich in den Schatten ihrer Pferde.

»Tja«, brummte der Waldkrieger. »Ich versteh's zwar, aber schade ist es trotzdem.«

»Allerdings«, schnaufte Malakat, schloss die Augen und hielt ihr Gesicht in den sanft fächelnden Wind. Kurzerhand setzte ich mich neben sie und sah den Soldaten dabei zu, wie sie mit den Beduinen feilschten, sich nach kurzer Diskussion mit einem Handschlag einig wurden und zu den Packpferden stapften. In Windeseile füllte man die Ledersäcke auf, stets beobachtet von den wachsamen Wüstenkriegern, zurrte die vollen Behälter auf den Tieren fest und revanchierte sich mit einem klimpernden Sack voller Gold. Die Beduinen verneigten sich, nahmen wieder ihren Platz inmitten des Papyrus ein und hoben zum Abschied eine Hand, während unser Tross zurück in die Wüste ritt.

Kapitel 22

Die Burg des Blauen Mondes

Nach drei Tagen gingen die Sanddünen erneut in eine Steppe über, nach fünf Tagen erblickten wir Palmenhaine, Felder und Wassergräben. Stechende Insekten schwirrten zu Tausenden über den stinkenden Rinnsalen, die die Äcker bewässerten, und stürzten sich auf jeden unbedeckten Zoll Haut. Bald fluchte ich unaufhörlich, was nicht nur die Soldaten amüsierte, sondern auch Antares das eine oder andere Grinsen entlockte. Mir war es gleich. Ich pfiff auf jede Vorsicht, schimpfte hemmungslos vor mich hin und entkleidete mich sogar ungeschützt vor den Augen meiner Wächter, um mir einen Krug Wasser über den Kopf zu schütten oder meine nassgeschwitzte Kleidung zu wechseln. Seltsamerweise ließ Antares mich gewähren. Jeder tat so, als wäre ich nur einer der Soldaten – oder versuchte zumindest, so zu tun. Hilfreich war, dass ich stets die Gewänder eines Mannes trug und mir dank meiner dürren Vogelfigur weibliche Kurven nahezu vollständig fehlten.

Wie ein Eisenband legte sich die stickig-feuchte Luft um meine Brust und raubte mir zusammen mit den unaufhörlich summenden Stechmücken jede vernünftige Zurückhaltung. Brummend und fluchend hockte ich auf meinem Pferd, während der Tross an verkümmerten Maisfeldern vorbeizog.

Bauern hackten mit verhärmten Mienen auf die Erde ein und verneigten sich unterwürfig. Kinder versteckten sich hinter ihren Müttern und ein paar Männer waren mutig genug, uns zornige Blicke nachzuwerfen. Ihre Armut war unübersehbar. Der verdorrte Mais reichte ihnen kaum bis zu den Knien und die Siedlungen bestanden aus windschiefen Hütten, die aussahen, als könnte man sie mit einem einzigen Tritt zum Einsturz bringen. Manche Felder lagen gar gänzlich brach. Ich erblickte ein Gatter mit ausgemergelten, kastanienbraunen Kühen, die seltsame Buckel auf ihrem Nacken und absurd dicke Hörner auf den Köpfen trugen. Ein halbwüchsiger Junge trieb eine Herde gänsegroßer, schwarzweiß gesprenkelter Vögel über ein abgeerntetes Feld, ein anderer hütete eine Herde Ziegen und kauerte sich bei unserem Anblick wie ein geprügelter Hund zusammen.

»Hier gab es früher Dschungel, nicht wahr?« Ich deutete auf einen von Schlingpflanzen bewachsenen Baum, der wie ein einsamer Wächter inmitten eines Maisfelds stand.

»Ja«, brummte Malakat. »Auf dieser Erde wuchsen einst die Wälder, in denen Kafir und ich aufgewachsen sind. Siehst du die verkümmerten Pflanzen? Der fruchtbare Boden ist gerade einmal eine Handbreit dick. Sobald die Bäume verschwunden sind, wäscht der Regen die gute Erde fort und lässt nichts als Dreck zurück. Am Ende wächst nur noch Mais und nicht einmal der bringt gute Erträge.«

»Seht sie euch nur an.« Kafir betrachtete eine Gruppe dunkelhäutiger, abgemagerter Bauern, die ein brachliegendes Feld mit ihren Hacken bearbeiteten. »Das waren einmal stolze Jäger und Krieger. Jetzt kratzen sie nach jedem Maiskorn und fürchten die Peitschen ihrer Herren.«

Angesichts der schockierten Mienen meiner Gefährten fiel mir nichts zu entgegnen ein. Traurig musterte ich einen turmdicken Stumpf, der aus der Erde eines abgeernteten Feldes ragte. Man konnte nur noch erahnen, wie majestätisch einst der dazugehörige Baum ausgesehen haben musste, und je weiter wir dem Pfad folgten, umso dichter drängten sich die erbärmlichen Hütten aneinander. Angst lag in der Luft. Zahllose furchtsame Augenpaare blickten zu uns auf.

Wie ein Albtraumgespinst zog das Dorf an uns vorüber, bis wir erneut in eine Landschaft aus Maisfeldern, rotbraunen Äckern und schlammigen Bewässerungsgräben hinauszogen. Das Elend der Bewohner war allgegenwärtig, doch von Tag zu Tag wirkten die Dörfer weniger verfallen und die Pflanzen wurden üppiger, bis sich rechts und links vom Pfad satte Felder voller Bohnen, Kürbisse, Melonen, Kartoffeln und Rüben erstreckten. Es gab sogar große Nussbäume und Büsche mit unbekannten sonnengelben Früchten, die man bei der Abholzung des Dschungels verschont hatte.

»Vor wenigen Mondläufen stand hier noch Wald.« Malakat deutete auf verkohlte Baumruinen, die hier und da emporragten, als wäre es den Bauern zu mühselig geworden, sie auszugraben. »Inzwischen haben sie sich bis zum Großen Fluss vorgearbeitet und jetzt kommen sie nicht weiter.«

»Das muss die hohen Herrschaften schier wahnsinnig machen«, knurrte Kafir. »Die Erde jenseits des Großen Flusses ist nämlich viel fruchtbarer als diese hier. Man sagt, der Dschungel der Aman-Kaja ist so alt wie die Zeit. Älter als jeder andere Wald auf dieser Welt. Seine Erde ist schwarz wie Onyx. Sie steckt nicht nur voller Mondaugen, sondern lässt Pflanzen aller Art wachsen wie dereinst im Paradies der Götter.«

»Dumm nur«, erwiderte ich, »dass die Aman-Kaja verflucht gut darin sind, ihren Dschungel zu verteidigen. Antares wird sich die faulen Zähne an ihnen ausbeißen.«

»Ja. Aber wie lange noch?«, gab meine Amme zu bedenken. »Die Menschen, die nach neuem Land gieren, werden immer zahlreicher. Ein paar gewonnene Schlachten bedeuten nicht, dass man den Krieg für sich entscheidet. Die Aman-Kaja sind zahlenmäßig weit unterlegen. Bis jetzt konnten sie sich erfolgreich wehren, aber der Druck wird mit jedem Tag größer. In spätestens zwei Jahren sind die letzten Felder östlich des Großen Flusses ausgelaugt. Dann treibt nicht nur die Gier die Armeen an das westliche Ufer, sondern auch die Verzweiflung. Kafirs Volk hat lange gekämpft, ebenso wie meines. Wir konnten dem Ansturm eine Weile standhalten, aber wenn der Fluss immer weiter wächst, bricht irgendwann selbst der stärkste Staudamm.«

Ich rollte meine schmerzenden Schultern und lehnte mich im Sattel zurück. »Hast du mich nicht gelehrt, zuversichtlich zu denken? In letzter Zeit sind deine Gedanken düsterer als meine.«

»Weil ich sehe, was aus meinem Land gemacht wurde.« Malakats Augen blitzten vor Zorn. »Die hohen Herren wissen, dass diese Erde nicht dazu taugt, auf ihr Felder anzulegen. Aber sie lernen nichts aus ihren Fehlern. Sie versklaven meinesgleichen, zwingen sie dazu, das verbrannte Land umzupflügen, und sammeln die Früchte ein, die der Boden hervorbringt. Dann ziehen sie weiter wie Heuschrecken, die einen Wald kahlgefressen haben und zum nächsten weiterfliegen.«

Mir fiel keine Antwort ein, also nickte ich nur. Denn Malakat hatte recht. Das üppig grünende Land täuschte nicht über das hinweg, was hier geschehen war. In der Ferne sah ich zwei verkohlte Urwaldriesen aufragen, gewaltige Bäume mit ausladenden Kronen, die das Feuer zwar nicht überlebt, aber ihm die Stirn geboten hatten. An manchen Stellen stieg noch immer Rauch auf. Vermutlich waren es nur verdorrte Pflanzenüberreste, die die Bauern verbrannten, doch die bleichen Qualmsäulen gemahnten an den Tod, der hier gesät worden war.

Am Abend wurde das zuvor flache Land hügelig, am Nachmittag des nächsten Tages erklommen wir die Flanke eines Berges. Und dann, im letzten Licht der Dämmerung, erreichten wir seinen Kamm. Ungläubig blickte ich auf sanfte Höhenzüge hinab, die gefleckt waren von Feldern, kläglichen Urwaldüberresten und verstreuten Siedlungen. Sie erstreckten sich bis zum Horizont und wurden in weiter Ferne von einem glitzernden Band begrenzt.

»Der Silberstrom«, hauchte Malakat ergriffen. »Ist er nicht wunderschön?«

»O ja«, seufzte ich ebenso leise zurück, doch was mein Herz schneller schlagen ließ, war nicht der Anblick des Flusses, der selbst aus solch großer Ferne Ehrfurcht einflößte, sondern die Ahnung eines grünen Streifens, der sich an seinem westlichen Ufer abzeichnete.

»Das ist er.« Kafir hatte meine Gedanken wie so oft erahnt. »Der uralte Dschungel der Aman-Kaja. Du kannst ihn von Antares' Burg aus sehen. Vielleicht blickst du sogar von deinem Zimmer aus darauf.«

Er deutete auf einen Berg in nordwestlicher Richtung, der sich hoch über alle anderen erhob. Ein Rest Dschungel bedeckte seine Flanken und auf der Spitze, majestätisch und hell im Abendlicht schimmernd, thronte die Burg des Blauen Mondes. Ihre Gebäude waren verspielter, als ich es erwartet hatte. Sie hatten nichts mit der wuchtigen Trutzburg meines Vaters gemein, in der alles stark und uneinnehmbar, aber nicht schön zu sein hatte. Spitze Türme und Zinnen stachen in den glühenden Himmel, es gab Balustraden mit schlanken Säulen, großzügige Balkone und riesige Fenster.

»Es ist schön«, stellte ich verblüfft fest. »Sogar wunderschön.«

»Na bitte.« Malakat versuchte, fröhlich zu klingen, und wenn ich sie nicht so gut gekannt hätte, wäre ich vermutlich darauf hineingefallen. »Erwarte das Schlimmste und du wirst angenehm überrascht.«

»Das heißt aber noch lange nicht, dass ich hier mein Glück finde.«

»Nein«, gab sie mir recht. »Das heißt es nicht.«

Eine breite Straße wand sich den Berg hinauf und führte in anmutigen Windungen auf das Burgtor zu. Bald sah ich, dass unser Schlammpfad nach und nach in jene Straße überging. Zuerst wich der Matsch einem felsigen Untergrund, dann säuberlich verlegten Pflastersteinen. Ohrenbetäubend hallte das Hufklappern von zweihundert Pferden durch die Stille des Abends.

So nah vor dem Ziel entschied Antares, die Nachtruhe ausfallen zu lassen. Im Schein der beiden Monde zogen wir auf die Burg zu, erklommen drei Berge und durchquerten ebenso viele Täler, bis wir die Überreste des Dschungels erreichten. Überwältigt blickte ich in die mächtigen Kronen hinauf, von denen armdicke Lianen und blühende Schlingpflanzen herabhingen. Jenseits der Straße erhob sich undurchdringliches Dickicht, betupft mit sanft leuchtenden Nachtorchideen in Blau und Violett. Malakat und Kafir weinten vor Rührung. Immer wieder streckten sie die Arme aus und berührten das nass glänzende Laub, die betäubend duftenden Blüten und die Vorhänge aus Schlingpflanzen, während sie wie kleine Kinder schluchzten. Über einen schuppigen Stamm huschten Eidechsen und in den Ästen über uns drängten sich große Vögel aneinander. Vermutlich Papageien.

Viel zu schnell lichtete sich der Wald und gab den Blick auf die Burg frei. Sie war weit größer, als es aus der Entfernung den Anschein erweckt hatte. Die Türme und Zinnen, die anfangs so zierlich und verspielt gewirkt hatten, übertrafen an Dicke selbst unseren Südturm und schienen mit ihren goldenen Spitzen das Gewölbe des Nachthimmels zu berühren. Knarrend klappte das Falltor auf, gehalten von baumstammdicken Eisenketten, und überspannte einen etwa zehn Schritt breiten, mit Wasser gefüllten Graben, der in der Dunkelheit erst sichtbar wurde, wenn man schon beinahe hineingefallen war.

Schuppige Körper bewegten sich in der Tiefe. Es waren weder Schlammhechte noch Krokodile, sondern schlangenhafte Fische mit absurd großen Mäulern. Gierig schnappten sie nach uns, zappelten in einem wilden Knäuel über- und untereinander und griffen sich in ihrer Raserei sogar gegenseitig an.

Schaudernd wandte ich den Blick ab. Die Brücke, die das herabgelassene Falltor bildete, war gerade breit genug, um zwei Pferde nebeneinander passieren zu lassen. Antares lenkte seinen Hengst neben mich, während Malakat und Kafir hinter uns ritten.

»Es gibt kein gefräßigeres Geschöpf auf Erden als diese Fische«, klärte mich der König auf. »Jeden Tag werfen wir zehn Rinder in den Graben, aber wie du siehst, stillt das ihren Appetit noch lange nicht. Genau so soll es auch sein. Es gibt viele Dumme, Verzweifelte und Wagemutige, die unerlaubt in die Burg hinein- oder hinausgelangen wollen. Sie alle fallen den Bogenschützen oder den Fischen zum Opfer. Nicht zu vergessen die Bullenhunde, die frei im Dschungel herumlaufen. Du siehst sie nicht, aber sie sind immer da. Tag und Nacht.«

Mir war klar, was Antares damit verdeutlichen wollte. Noch dazu schien er sich nicht im Geringsten dafür zu schämen, tagtäglich zehn Rinder für seine Wachfische zu opfern, während die Hälfte seines Reiches in bitterer Armut versank. So fügsam wie möglich antwortete ich: »Von nun an gehöre ich an Eure Seite, mein König. Ich werde nicht fliehen, falls Ihr das befürchtest.«

Antares lächelte gönnerhaft. »Das höre ich gerne, Nordprinzessin. Sei die Frau, die ich mir wünsche, und es wird dir an nichts mangeln.«

Es gelang mir, die Mundwinkel zu einem Lächeln zu heben. Antares' Reaktion ließ Übelkeit in mir aufsteigen, doch ich hielt seinem lüsternen Blick stand und zuckte nicht einmal dann zurück, als er seine Pranke auf meine Schulter legte.

»Bald bist du mein«, grollte er heiser. »Ich werde dir beweisen, dass ich nicht nur im Kampf unübertroffen bin.«

Mein Lächeln gefror. Ich biss mir auf die Unterlippe, bis seine abscheulich warme Hand von meiner Schulter verschwand. Vier hünenhafte Männer waren nötig – zwei an jeder Seite des Tores –, um die Flaschenzüge zu betätigen. Selbst zu dritt würden wir es nicht schaffen, diese monströsen Dinger zu bewegen. Die Mauern boten keinerlei Vorsprünge, an denen man emporklettern konnte, und der Graben mit den menschenfressenden Fischen war zu breit, um ihn zu überspringen.

Rumms!

Mein Käfig schnappte zu. Von nun an gab es kein Zurück mehr. Ich war endgültig Antares' Gefangene.

Kapitel 23

Das Ei des Basilisken

»Ich weiß, wie du dich fühlst.« Antares hielt mir ein sonderbares Ei von der Größe meiner Faust entgegen. Es schimmerte blauschwarz wie die Flügel einer Schwalbe. »Deshalb schenke ich dir das hier. Es wird dich trösten, wenn du dich allein fühlst.«

»Was ist das?« Überrumpelt drehte ich das Ding in meinen Fingern hin und her. Es fühlte sich glatt wie Seide an und glänzte wunderbar im Schein der Flammen.

»Das Ei eines Basilisken«, antwortete Antares mit jener freundlichen Stimme, die ich mehr verabscheute als sein Knurren und Grollen. »Du musst es ins Feuer legen und darin belassen, bis die Flammen aufgezehrt sind. Dann nimmst du es in deine Hände und wartest auf das Schlüpfen. Es ist sehr wichtig, dass der Basilisk dich als Erstes erblickt.«

»Also wie bei den Gänsen?« Fasziniert strich ich mit den Fingerspitzen über das Ei und fragte mich, ob das Wesen bereits fertig ausgebildet darin schlief. Weckte das Feuer es nur auf oder wurde es durch die Flammen erst erschaffen? »Er sieht mich als seine Mutter an, weil ich das Erste bin, was er sieht?«

Antares lächelte und strich über seinen Bart. Unentwegt wanderte sein Blick an meinem Körper auf und ab. »Ja, es ist genauso wie bei den Gänsen. Nur wirst du mit dem Basilisken einen Gefährten an deiner Seite haben, der dich weitaus besser zu schützen vermag als eine Gans.

Übrigens wird es ein Weibchen. Man erkennt es an der Form des Eis. Die der Weibchen sind oval, die der Männchen rund.«

Auch vor dir?, ging es mir durch den Kopf, aber natürlich würde mir der König niemals etwas in die Hand geben, das ihm schaden konnte.

»Danke«, würgte ich hervor, zwang meine Mundwinkel nach oben und schauderte, als Antares' Blick noch gieriger wurde. Offenbar war er bester Laune und gänzlich von dem Ding zwischen seinen Beinen gesteuert. Vielleicht war das die perfekte Gelegenheit, an sein Gewissen zu rühren. Oder zumindest an sein flüchtiges Bedürfnis, mir zu gefallen.

»Mein König«, begann ich unterwürfig, auch wenn sich sämtliche Härchen meines Körpers vor Abscheu sträubten, »darf ich einen Wunsch äußern?«

»Natürlich.« Neugierig hob Antares die Augenbrauen. »Womit kann ich dir eine Freude machen?«

»Ich möchte nicht, dass das Einhorn stirbt. Ich möchte nicht, dass überhaupt ein Tropfen Blut auf meiner Hochzeit fließt. In meiner Heimat feiern wir das Leben, nicht den Tod. Ich wäre Euch dankbar, wenn Ihr mir erlauben würdet, unsere Vermählung gemäß den Sitten meines Volkes zu feiern. Und diese Dankbarkeit würde ich Euch zeigen.«

Antares sog scharf die Luft ein. Ob aus Empörung oder vor Erregung vermochte ich nicht zu sagen. In vielen Ländern war es üblich, dass man die Vermählung nach den Sitten der Brautfamilie feierte. So wurde den Mädchen, die oftmals alles Vertraute hinter sich ließen und manchmal auch eine Brücke zwischen unterschiedlichen Kulturen spannten, ein Stück weit Heimat geboten. Zudem wurde den Familien, die ihre Töchter hergaben und sie häufig niemals wiedersahen, ein stattliches Brautgeld hinterlassen.

Letzteres hatte auch Antares getan. Doch als ich die aufflackernde Empörung in seinen Augen sah, wurde mir klar, dass er meinen Wunsch auszuschlagen gedachte.

»Amaru ist unser höchster Gott«, antwortete er mühsam beherrscht. »Und er ist ein Gott des Blutes. Mein Volk würde mich nicht länger als seinen König akzeptieren, wenn ich es versäume, ihm das rechtmäßige Opfer zu bringen. Daher lautet meine Antwort nein. Ich verstehe deinen Wunsch, aber ich kann ihn nicht erfüllen.«

»Bitte«, wagte ich einen letzten Versuch, doch Antares hob seine Pranke und streckte mir den Zeigefinger entgegen.

»Nein!«, grollte er mit Nachdruck. »Das Einhorn ist ein Geschenk Amarus. Es ist meine heilige Pflicht, unsere Hochzeit mit seinem Blut zu besiegeln.«

»Aber …«

»Sei still!« Mit einem grausamen Lächeln drückte er seinen Zeigefinger auf meine Lippen. »Erinnere dich an das, was ich dir gesagt habe. Ich werde dich ehren und lieben, solange du deinen Platz kennst und dich wie das benimmst, was du bist: mein Eheweib.«

Viel zu lange verharrte sein Finger auf meinem Mund und als er ihn wegzog, zitterte Antares' Brust unter einem erstickten Knurren. Einen Moment lang schloss er die Augen, atmete tief durch und wandte sich zum Gehen.

»Ruhe dich aus«, warf er mir über die Schulter zu. »Lass deinen Basilisken schlüpfen. Und wenn du dich erholt hast, gehe in den Turm hinauf. Yleria wartet auf dich.«

»Wer ist Yleria?«

»Meine Seherin. Sie brennt darauf, dich kennenzulernen. Ihr Turm befindet sich in diesem Gebäude, du musst nur dem Flur zu deiner Linken folgen. Er führt direkt zu einer Treppe, an deren Ende Ylerias Gemach liegt.«

»Wo sind Malakat und Kafir?«

Antares griff nach dem Türknauf und drehte ihn herum. »Im Gesindehaus natürlich. Es liegt gegenüber diesem Gebäude. Du siehst es, wenn du aus dem Fenster blickst. Gehe zu ihnen, wenn du willst. Noch bist du keine Königin und kannst dich frei bewegen.«

»Und wenn ich die Königin bin?«

»Dann solltest du es aus eigenem Interesse vermeiden, dich im Gesindehaus sehen zu lassen. Malakat und Kafir bekommen nach unserer Hochzeit ein Zimmer im Königsflügel, du wirst nicht auf die beiden verzichten müssen. Ich selbst werde sie im Rahmen unserer Vermählung zu deinen Leibdienern ernennen, was bedeutet, dass ihnen ein Verdienst und ein eigenes Zimmer zusteht. Sie werden an der Tafel zu deiner Linken speisen und dir jederzeit zur Seite stehen.«

»Dann kann ich ihnen auch die Freiheit schenken?«

»Nein, kluges Köpfchen.« Antares grinste. »Das kann nur der König.«

Damit schloss er die Tür hinter sich, marschierte mit schweren Schritten davon und ließ mich allein zurück. Lange stand ich mitten im Raum, lauschte dem schnellen Klopfen meines Herzens und versuchte zu begreifen, dass meine Reise zu Ende war. Ich war im Reich des Südens. Ich war in Antares' Burg. Der Wind, der durch das geöffnete Bogenfenster wehte, war sanft und warm. Ein süßer Duft nach Nachtorchideen lag darin, vermischt mit dem würzigen Geruch nach verrottendem Laub.

Kurz nach meiner Ankunft in diesem Zimmer hatte eine Handvoll Diener all meine Sachen neben dem prächtigen, aus schwarzem Holz gezimmerten Bett abgestellt. Es war gänzlich von einem Baldachin aus feinster Seide überdacht, vermutlich um die Stechmücken fernzuhalten. Überrumpelt betrachtete ich die mit dunkelgrünem Samt bezogenen Sessel, den zierlichen Tisch und den kostbaren Sekretär. Es gab sogar ein üppig befülltes Bücherregal, weiche Teppiche mit opulenten Blumenmustern und einen goldenen Käfig mit zwei kleinen, rosaköpfigen Papageien, die sich schweigend aneinander kuschelten. Der Name der Gattung fiel mir nicht ein, doch ich erinnerte mich, dass sie ausschließlich im Dschungel vorkamen. Kurzentschlossen legte ich das Ei auf dem Tisch ab, öffnete die Tür des Käfigs und wedelte mit den Händen.

»Na los, raus mit euch. Ihr seid frei.«

Eines der Tiere ließ sich nicht lange bitten, flatterte aus seinem Gefängnis, drehte zwei Runden im Zimmer und verschwand durch das offene Fenster. Das zweite blinzelte seinem Gefährten eine Weile ängstlich hinterher, ehe es sich ein Herz fasste und auf Nimmerwiedersehen im Dunkel der Nacht untertauchte.

Die Last auf meinen Schultern wurde ein klein wenig leichter. Ich ging zur Tür, schob den Riegel vor und starrte zuerst auf das Ei, dann auf die prasselnden Flammen im Kamin. Dank Malakat wusste ich, weshalb überall in der Burg trotz der Wärme Feuer brannten. Man streute getrocknete Myrte hinein, damit der duftende Rauch die Stechinsekten fernhielt. Auch neben meinem Kamin hingen zwei Dutzend verschnürte Bündel und verströmten ihren würzigen Duft.

Erschöpft zerrte ich mir die nassgeschwitzten Kleider vom Leib, warf sie in den bereitgestellten Weidenkorb und goss aus einer Kanne mit Rosenblüten versetztes Wasser in das Waschbecken. Fast wäre ich im Stehen eingeschlafen, während ich mich von Kopf bis Fuß wusch, meinen Leib mit einem der samtweichen weißen Tücher abtrocknete, die in Stapeln auf einem Regal lagen, und das nasse Haar zu einem Zopf flocht. Schließlich schlüpfte ich in das, was einer der Diener auf dem Bett hinterlassen hatte.

Die mit kostbaren Silberstickereien verzierte Tunika glitt leicht wie Seide über meinen Körper, reichte mir bis zur Hüfte und verfügte über weite, fließende Ärmel. Die Hose wiederum glich einem Rock – oder war es ein Rock, der einer Hose glich? Sie besaß zwei Beine, zugleich waren mehrere Lagen aus durchsichtigem, windzartem Stoff an den Bund genäht, die mich bei jedem Schritt umwehten. In irgendeinem Buch hatte ich solche Kleidung schon einmal gesehen, aber ich erinnerte mich nicht mehr an den Namen dieser südländischen Tracht. Sowohl der Hosenrock als auch die Tunika waren in einem herrlichen Blau gefärbt. Es war rauchig und blass, wie der Winterhimmel nach einem Sturm. Auf diesem Untergrund wirkten die Silberstickereien an den Säumen wie Tautropfen.

Müde kroch ich unter den Baldachin und streckte mich auf dem Bett aus, doch der Schlaf wollte nicht über mich kommen. Nach einer Weile stand ich auf, blickte aus dem Fenster und betrachtete die aus Sandstein erbauten Mauern, Türme und Zinnen. Darüber spannte sich ein sternenklarer Himmel. Der Grüne Mond war fast untergegangen und schwebte blass über einer der goldenen Turmspitzen, sein blauer Gefährte war bereits hinter den Horizont gesunken. In diesem geheimnisvollen Schimmer wirkten die Baumwipfel des Dschungels unfassbar fremdartig und riesenhaft. Ich sah Fledermäuse aus dem Laub aufsteigen und leuchtende Falter über den Blättern tanzen. Ein paar von ihnen ließen sich vom Schein der Kerzen anlocken, flatterten an meinem Kopf vorbei und begannen, die Flämmchen zu umkreisen. Hin und wieder hallten sonderbare Rufe durch die Dunkelheit. Manche erinnerten an den Gesang einer Nachtigall, andere glichen dem melancholischen Lied einer Flöte. Vertraut war mir nur das Zirpen der Grillen.

Ja, dieser Ort war schön.

Auch wenn ich ihn hasste.

Kapitel 24

Der Spiegel des Schicksals

Nachdem ich eine Weile in die exotische Nacht hinaus gestarrt hatte, wandte ich mich wieder dem Ei zu. Sollte ich es zuerst in die Flammen legen und dann Yleria aufsuchen? Oder umgekehrt? Ich brannte darauf, einen der sagenhaften Basilisken beim Schlüpfen zuzusehen, doch ebenso sehr zog es mich zu jener Frau, bei der es sich zweifellos um Antares' berühmte Hexe handelte. Würde ich in ihr eine Verbündete finden? Weshalb lag ihr so viel daran, mich kennenzulernen? Und konnte sie tatsächlich in die Zukunft sehen?

Falls ja, war es besonders wichtig, ihre Zuneigung zu gewinnen. Falls nicht, würde ich dennoch gut daran tun, sie für mich einzunehmen.

Mit jedem verstreichenden Augenblick wurde ich unruhiger. Bisher war es mir irgendwie gelungen, meine Gedanken unter Kontrolle zu halten, aber sie begannen mir zu entgleiten. Also nahm ich das Ei, hielt es eine Weile mit beiden Händen umfangen und legte es schließlich mit Hilfe des Schürhakens in die Flammen.

Nichts geschah.

Unbeeindruckt umspielte das Feuer die blauschwarze Schale, knisterte vor sich hin und ließ ab und zu einen Harztropfen platzen. Ich saß zwar nicht auf einem Fell und hörte nicht das wütende Heulen eines Sturmes, der vom offenen Meer her kam, aber das Starren in die Flammen fühlte sich dennoch vertraut an. Tränen rannen über meine

Wangen. Hier saß ich, meiner Heimat so fern, gekleidet wie eine Südprinzessin und umgeben von der Wärme einer Dschungelnacht. Ich würde das Land der Grauen Küste niemals wiedersehen. Es war besser, mich so schnell wie möglich damit abzufinden.

Krampfhaft hielt ich meinen Blick auf das Ei geheftet und versuchte, nicht nachzudenken. Schon gar nicht über Antares oder über das, was kommen würde. Aber je länger die friedliche Stille der Nacht, das Knistern des Feuers und das Zirpen der Grillen auf mich einwirkten, umso erdrückender wurde die Last der Angst.

Ich musste hier weg!

Irgendwohin. Zu Malakat und Kafir. Oder zu Yleria.

Knack!

Ein erster Riss zog sich durch die Eierschale.

Knack!

Ein zweiter sprengte die Spitze des Eis und ließ blaue Haut hervorschimmern. Die Flammen verblassten innerhalb eines Zwinkerns, schrumpften in sich zusammen und erstarben mit einem letzten müden Knistern. Kurz darauf erlosch auch die Glut, bis das Ei inmitten verkohlter Holzüberreste lag und zaghaft zu wackeln begann. Schnell fischte ich es aus dem Kamin und umfing es mit meinen Händen. Etwas fiepte kläglich. Zwei weitere Risse platzten auf, ein großes Stück Schale brach ab.

Da bohrte sich ein Flügel durch die Eihaut, flatterte ein paarmal auf und ab und sprengte den Rest des Gefängnisses.

Plötzlich hockte ein taubengroßer Basilisk in meinen gewölbten Händen. Er glich den alten Aufzeichnungen, die ich in der Bibliothek meines Vaters gefunden hatte, in jedem Detail. Mit dem Unterschied, dass er weitaus farbenprächtiger war als die blassen Aquarell- und Buntstiftskizzen. Der schlangenhafte Leib des Tieres war von schwarzblau schillernden Schuppen überzogen, deren Spitzen pfauengrün und golden glänzten. Azurblau waren seine verklebten Flügel, lackschwarz sein greifvogelartiger Kopf mit dem gebogenen Schnabel und den goldenen Knopfaugen. Winzige Krallen bohrten sich in meine Haut, drei an jedem der vier Füßchen.

»Hallo, meine Kleine.«

Das Wesen zwitscherte, als ich es sanft am Köpfchen streichelte. Mit wohligem Gurren drückte es sich gegen meine Finger und wickelte seinen langen, gefiederten Schweif um mein Handgelenk.

Nach und nach trockneten die Flügelfedern des Tieres, sodass sie noch schöner glänzten und schimmerten. Zufrieden breitete es seine Schwingen aus und schien nicht genug von meinen Streicheleinheiten zu bekommen. Als ich meine Hand nach einer ganzen Weile zurückzog, öffnete sich der Falkenschnabel zu einem protestierenden Kreischen.

»Wie soll ich dich nennen?« Kaum fuhr ich mit dem Kraulen fort, verstummte meine neue Freundin und ließ glückselig ihre Flügel hängen. »Du wurdest aus Flammen geboren. Tashma ist das Wort für *Feuer* in der Sprache der Waldleute. Was sagst du dazu?«

Der Basilisk gab ein wohliges Gurren von sich. Also flüsterte ich dreimal *Tashma* vor mich hin, wie Malakat es zu tun pflegte, wenn sie irgendetwas einen Namen gab. Dann beugte ich mich hinab und hauchte einen Kuss auf den Schnabel des Tieres. Da begann es zu flattern, stieß ein schrilles Kreischen aus und sprang auf meine Schulter, wo es sich wie ein lebendiger Schal um meinen Hals schmiegte.

Plötzlich wurde mir eng ums Herz. Dieses Wesen liebte mich, wie ein Kind seine Mutter liebte. Es vertraute mir aus ganzem Herzen. Antares hatte mir etwas Wunderbares geschenkt, doch mein Hass auf ihn wurde dadurch nur noch tiefer. Dieses Monster würde Tashma töten, wenn es ihm in den Sinn kam. Ebenso wie er mich beseitigen würde, ohne Reue zu empfinden.

Wie groß wurde ein Basilisk? Würde er irgendwann in der Lage sein, Antares den Kopf abzubeißen und mich von hier fortzutragen? Nein, gewiss nicht. Sobald das Tier oder ich eine Gefahr darstellten, war unser Schicksal besiegelt. Vielleicht wäre es besser gewesen, das Ei niemals ins Feuer zu legen. Jetzt musste ich nicht nur um Malakat und Kafir fürchten, sondern auch um Tashma.

In diesem Augenblick fiel mir Yleria ein.

Wenn ich eines von Malakat und Kafir gelernt hatte, dann war es die Tatsache, dass man seinem Instinkt folgen sollte. Und der zog mich zur Seherin. Möglicherweise konnte sie mir auf irgendeine Weise helfen oder mir zumindest Ratschläge erteilen. Wer immer Yleria war, sie kannte diesen Palast und vermutlich auch jeden einzelnen Bewohner.

Mit meinem Basilisken auf den Schultern schob ich den Riegel beiseite und trat leise auf den Flur hinaus. Ein heller, freundlicher Bogengang zog sich etwa zwanzig Schritt zu meiner Linken dahin, ehe er vor einer Sandsteintreppe endete, die sich schneckenartig in die nächsten Stockwerke emporschraubte. Zwei alte Bäume standen im Innenhof, so seltsam geformt und ineinander verdreht, als hätte sie ein Künstler im Fiebertraum erschaffen. Es gab sogar einen kleinen Teich mit blühenden Büschen, raschelndem Schilf und einer gemütlichen Sitzecke, in der es sich ganz bestimmt wunderbar lesen und träumen ließ. Sternwinden umrankten einige Säulen des Bogenganges, doch war deutlich zu sehen, dass man sie abschlug und zurechtstutzte, sobald sie eine gewisse Höhe erklommen hatten.

Auf leisen Sohlen folgte ich dem Gang, erreichte die Treppe und stieg sie empor. In regelmäßigen Abständen erhellten Fackeln den Sandstein, nirgendwo waren Dreck oder Spinnweben zu entdecken. Hin und wieder zuckte Tashmas Schweif, der über meine linke Schulter bis zu meinem Bauch hinunter baumelte, doch sonst hielt sie still und gab keinen Laut von sich. Ich spürte ihren Herzschlag und das gelegentliche Zittern ihrer Schwingen, während ich höher und höher hinaufstieg. Schier endlos schien sich der Gang den Turm hinaufzuschrauben. Schon spielte ich mit dem Gedanken, in mein Zimmer zurückzukehren, als ich völlig unverhofft vor einer steinalten, mit Bronzenägeln gespickten Holztür stand. Zwei schwarz gekleidete Wachen mit goldenen Lanzen versperrten den Zugang, doch als sie mein Gesicht erkannten, wichen sie mit einer tiefen Verbeugung zurück, öffneten die Tür und zogen sie wieder zu, nachdem ich eingetreten war.

Plötzlich war ich allein in einem fremden Raum.

Einem überaus merkwürdigen Raum.

Zuerst fiel mir der riesige Silberspiegel ins Auge, der mitten in dem kreisrunden Zimmer stand. Als Zweites nahm ich das Chaos wahr, das jeden Winkel des Gemaches erfüllte. Überall stapelten sich Bücher, Pergamentrollen, seltsame Gerätschaften, Gläser, Kisten, Truhen und Kohlebecken, Kräuterbündel, Schädel und Geweihe, zerschlissene Sessel, eine mit zerknüllten Decken übersäte Pritsche und getrocknete Blumen, die von Spinnennetzen überzogen waren. Kerzen und flackernde Windlichter erhellten dieses sonderbare Refugium, aber es gab kein Fenster. Nicht einmal eine winzige Öffnung, durch die Sonnen- oder Mondlicht hineinfallen konnte.

»Ist hier jemand?«, rief ich zaghaft in den Raum hinein.

Niemand antwortete. Die Kerzen flackerten, ein lauer Wind brachte die von der Decke baumelnden Blumen zum Rascheln.

Langsam ging ich auf den Spiegel zu. Im Gegensatz zu jedem anderen Gegenstand in diesem Gemach glänzte und strahlte er in makelloser Sauberkeit. Sein Glas war von reinstem Silber und so vollkommen glatt, wie ich es niemals zuvor erblickt hatte. Die Herstellung von Spiegeln war überaus mühselig und teuer und solch ein perfektes Exemplar brachten nicht einmal die besten Spiegelbauer meiner Heimat zustande.

Doch so meisterhaft er auch war, glich mein Ebenbild darin einer verschwommenen Traumgestalt. Schemenhaft erkannte ich den Raum hinter mir, Tashmas schimmernden Leib und das fließende Blau meiner Kleidung, die aussah, als würde ich ein Gewand aus Wasser und Nebel tragen.

Neugierig trat ich näher.

Irgendetwas stimmte nicht mit diesem Spiegel.

Es war, als wäre unter meinem Bild ein weiteres. Wie ein Schatten unter der Oberfläche eines klaren Gewässers. Je konzentrierter ich nach dieser seltsamen Erscheinung suchte, umso deutlicher trat sie hervor. Hinter dem verstaubten, chaotischen Gemach schälte sich ein prachtvoller Saal heraus, immer farbenfroher und lebendiger, bis mein Spiegelbild gänzlich verschwunden war. Statt meiner nebelhaften Gestalt erblickte ich sonderbar gekleidete Menschen, geschmückt mit Federn und kostbarem Schmuck aus Jade, Gold und Malachit. Ihre Haut war vom Ton heller Bronze, ihre Haare lang und glänzend schwarz. Manche hatten sie aufwendig geflochten und mit bunten Federn verziert, andere trugen sie offen.

Es waren anmutige Menschen mit stolzer Haltung und ebenmäßigen Gesichtern, von denen jedes auf seine Weise schön war. Selbst die Männer, die allesamt bartlos waren, schmückten ihr langes Haar mit Federn und blitzenden Goldplättchen. Der Saal, in dem sich all diese Menschen befanden, war für weitaus mehr Besucher ausgelegt. Er war aus fast weißem, kostbar schimmernden Stein erbaut worden und von Schlingpflanzen überwuchert, die sich wie blühende Wasserfälle durch sämtliche Öffnungen ergossen, Säulen umrankten und über die gewölbte Decke flossen. Da waren Papageien, Falter und Kolibris, um eine der Säulen wand sich gar eine Schlange. Es war, als bestünde dieser Saal halb aus Stein und halb aus Dschungel. Dort wo die Pflanzen das Werk der Menschen unversehrt ließen, erkannte ich, dass jede Säule und jede Wand mit kostbaren Schnitzereien verziert war. Wo Sonnenstrahlen darauf trafen, fing dieser Schmuck auf beinahe magische Art das Licht ein und tauchte den Saal in einen unwirklichen Schimmer, der sich fächerförmig über die Köpfe der Menschen ergoss.

Ein Palast aus Mondstein.

Ein Palast tief im Dschungel.

Kaum war mir dieser Gedanke gekommen, bemerkte ich die leuchtenden Muster in der Haut der Menschen. Sie trugen nur wenig Kleidung am Leib, die meisten hatten sich auf einen Schurz und eine Art Kragen aus Gold und Federn beschränkt, sodass bei jedem die Male zu erkennen waren. Meist waren es blaue oder silbrige Sprenkel auf Schultern, Brust und Rücken. Andere besaßen kupferne oder gar goldene Flecken, die mal deutlicher, mal schwächer ausgeprägt waren.

Ein Raunen ging durch die Menge und als der Spiegel den Blicken der Menschen folgte, entkam mir ein ungläubiges Keuchen. Ein kupferfarbener Drache mit gewaltigen Schwingen lag zusammengerollt hinter einem Thron aus Gold und Juwelen, der von zwei wunderschönen Frauen mit smaragdgrünen Malen flankiert wurde. Beide trugen lange Kleider aus grün-goldenem Stoff, die wie Nebel ihre Körper umschmeichelten. Das Haar fiel ihnen in weichen Wellen bis zu den Hüften herab. Fächerförmige Kronen aus steif aufragenden Federn schmückten ihre Köpfe, während Hand- und Fußgelenke mit üppigen Gold-, Malachit- und Smaragdreifen behangen waren.

Die Schönheit dieser Frauen schien nicht von dieser Welt zu sein. Sie ging weit über alles Menschliche hinaus und ihre schwarzen Blicke waren von tiefer Weisheit und Ruhe erfüllt.

Vielleicht waren es Göttinnen.

Vielleicht waren die Menschen gekommen, um in ihrem Glanz zu baden.

Doch als beide Frauen zur Seite blickten und ehrfurchtsvoll die Köpfe neigten, wusste ich, dass die Versammlung einen anderen Grund hatte. Unvermittelt verstummte das Raunen. Eine unwirkliche Stille legte sich über den Saal, als ein Mann hinter einem Vorhang aus Schlingpflanzen hervortrat, langsam und würdevoll zum Thron schritt und sich in einer anmutigen Bewegung darauf niederließ.

Wie die Frauen trug er eine Krone aus grünen Federn, doch war seine weitaus üppiger und prächtiger. Gleich einem schillernden Heiligenschein ragte sie von seinem Hinterkopf auf, gehalten von einem goldenen Reif, der in der Mitte der Stirn mit einem Drachenkopf geschmückt worden war.

Er musste ein König sein. Ohne jeden Zweifel.

Das offene Haar fiel ihm bis über die Brust und war an den Spitzen mit Goldplättchen verziert. Ein Kragen aus Smaragdsteinen, Malachit und Onyx bedeckte seine Schultern, daran war wiederum ein bodenlanger Umhang aus grünen Federn befestigt. Um seine Hüften schlang sich ein goldener, juwelenbesetzter Gürtel und hielt einen kunstvoll gewickelten Rock aus tiefgrünem Stoff, der bis zu seinen nackten Füßen fiel. Mein Vater war alt und grau. Auch Antares hatte seine besten Jahre bereits hinter sich gelassen. Die Könige, die ich kannte, waren Männer auf dem Weg ins Greisenalter, doch dieser Herrscher war jung. Kaum älter als ich. Und wenn die Frauen an seiner Seite fremdartige Göttinnen waren, so sah er aus, als hätte sich eines der zeitlosen Sternenwesen eine Menschengestalt erschaffen, um aus ewig alten Augen die Welt zu betrachten.

Gebannt von diesem wunderbaren Bild, trat ich noch einen Schritt näher an den Spiegel heran. Da öffnete der Drache, der bisher hinter dem Thron geschlafen hatte, seine goldgesprenkelten Augen. Ein Seufzen ging durch die Menge, mehrere Menschen brachen in Tränen aus. Mit einer unwirklich fließenden Bewegung erhob sich der König, streckte seine Arme aus und sprach zu den Menschen. Seine Stimme war ebenso schön wie seine Erscheinung, ruhig und klar, unüberhörbar getragen von der Liebe zu seinem Volk. Er sprach lange, und ich stand einfach nur da und starrte ihn an, unfähig, mich von seinem Anblick loszureißen.

Bei jeder Geste schillerten die Federn, die ihn schmückten. Unter dem Juwelenkragen war seine Brust nackt und vollkommen glatt. Ich sah winzige Sprenkel darauf leuchten, smaragdgrün wie die Male der beiden Göttinnen. Gelenkt von einem unwiderstehlichen Willen streckte ich meinen Arm aus und berührte den Spiegel dort, wo er die Gestalt des Königs zeigte. Langsam glitt das Bild näher, hin zum Gesicht des Herrschers, bis ich ihm so nahe war, dass ich die Schatten seiner langen Wimpern und die grünen Funken in seinen Augen sehen konnte. Seine Züge waren fein gezeichnet und weit entfernt von Antares' holzschnittartiger Grobheit – oder der der meisten Männer, die ich kannte. Sie gehörten zu jener Art, die man unaufhörlich ansehen wollte, um sich jede schön geschwungene Linie und jedes harmonische Detail einzuprägen.

Verwirrt lauschte ich seinen fremdartigen Worten und ließ mich von ihnen einspinnen, bis ich vergaß, wo ich mich befand. Da zuckte ein sengender Schmerz durch die Spitze meines Zeigefingers. Blut befleckte die silberne Glätte des Spiegels. Ich sprang erschrocken zurück – und der König fuhr herum, als hätte er meine Berührung gespürt.

Seine Augen blickten mich an.

Er sah mich!

Und ich sah ihn.

Einen Moment lang waren wir beide zu Salzsäulen erstarrt, vereint in unserer Überraschung. Ein Tropfen meines Blutes rann über das Spiegelglas und lief wie ein böses Omen über das Gesicht des Königs. Da trat ein fragender Ausdruck in seine Augen. Er runzelte die Stirn und sagte etwas zu mir, dann zog sich ein dichter Nebel über seine Gestalt. Ich sah noch, wie er mir ungläubig nachblickte, doch schon beim nächsten Blinzeln zeigte mir der Spiegel wieder das, was er seiner Natur gemäß zeigen sollte: mich und Tashma, die unbeeindruckt auf meiner Schulter schlief.

»Ihr seid es«, krächzte eine raue Stimme. »Den Göttern sei Dank! Ihr habt ihn im Spiegel des Schicksals erblickt.«

Ich fuhr herum – und schrie vor Entsetzen auf. Eine steinalte Frau stand hinter mir, gekleidet in Lumpen, mit wirrem Haar und leichengrauem, verschrumpeltem Gesicht. Das Furchtbarste aber waren die klaffenden, mit rotem Narbengewebe gefüllten Augenhöhlen.

»Jetzt hat unser Geist also ein Gesicht.« Die Alte lächelte und wollte nach mir greifen, doch ich entzog mich ihren Klauen mit einem schnellen Schritt zurück. Da wurde ihr Lächeln nur noch breiter. »Wie überaus erstaunlich, dass es der König der Aman-Kaja höchstpersönlich ist.«

»Was?« Ungläubig blinzelte ich die Greisin an. »Was meinst du damit?«

»Er ist der Schlüssel zu unserem Ziel. Und Ihr seid der Schlüssel zu ihm.«

»Ich verstehe nicht.«

»Das müsst Ihr auch nicht«, keckerte die augenlose Alte. »Ihr müsst nur Eurem Schicksal folgen. Es ist ganz nahe, sonst hätte der Spiegel es Euch nicht zeigen können.«

»Erkläre mir das!« Entschlossen straffte ich meine Schultern und sprach, wie die Gemahlin des Südkönigs sprechen würde. »Ich verlange, dass du meine Fragen beantwortest! Was soll das Ganze? Was habe ich da gesehen? Und was meinst du damit, dass ich ein Schlüssel bin?«

Die Alte starrte mich mit ihren abscheulichen Augenhöhlen an, dann huschte sie flink wie eine Maus auf mich zu, packte meinen Arm und zerrte mich zur Tür. »Es ist nicht Eure Aufgabe, das zu wissen, Prinzessin. Der Spiegel hat mir bewiesen, dass ich Antares einen guten Rat erteilt habe. Jetzt kann ich endlich beruhigt schlafen. Und das solltet Ihr auch tun. In drei Tagen findet Eure Hochzeit statt. Ich empfehle Euch, bei Kräften zu sein. Antares ist nicht nur im Krieg unersättlich, müsst Ihr wissen.«

Damit schubste sie mich in die Arme der Wachmänner und knallte die Tür vor meiner Nase zu. Ich hörte sie kichern, husten und murmeln, während sie wie eine Irrsinnige in ihrem Zimmer umherschlurfte. Da schmiegte Tashma ihren Kopf gegen meine Wange und zwitscherte leise. Falls sie mich trösten wollte, bewirkte es das genaue Gegenteil.

»Ist alles in Ordnung, meine Königin?« Einer der Wächter nahm mich bei den Schultern und musterte mich mit schief gelegtem Kopf. »Können wir etwas für Euch tun?«

Ich brachte kein Wort hervor. *Meine Königin*. Das klang alles so fremd und falsch. So abscheulich falsch! Weinend stieß ich den Mann beiseite, rannte die Treppe hinunter und stürmte durch den Bogengang zu meinem Zimmer.

Erst als die Tür krachend ins Schloss flog und der Riegel mich von allem abschirmte, konnte ich nach Atem ringen. Antares hatte mich nicht aus meiner geliebten Heimat entführt, weil er in mich vernarrt war. Oder weil er eine blasse Nordprinzessin mit einem wilden Herzen reizvoll fand. Er war nur einem Rat gefolgt und ich hatte mein Leben verloren, weil ich einen Nutzen als Spielfigur besaß. Ob mein Vater sich dessen bewusst gewesen war? Was würde geschehen, wenn ich meine Aufgabe erfüllt hatte? Würde Antares mich in den Wassergraben werfen? Die Treppe hinunterstoßen? Mich aus irgendeinem an den Haaren herbeigezogenen Grund hinrichten lassen?

Schluchzend stapelte ich frische Holzscheite auf, stopfte ein Bündel Kräuter dazwischen und entfachte das erloschene Feuer neu. Dann setzte ich Tashma auf dem Teppich ab, rollte mich im Schein der Flammen zusammen und weinte meinen Schmerz hinaus. Sobald ich die Augen schloss, sah ich den jungen König vor mir. Mit gerunzelter Stirn blickte er mich an, zuerst erschrocken, dann verwirrt. Ich glaubte zu sehen, dass auch hinter seinen Augen die erdrückende Last der Traurigkeit lag. Ein Blinzeln lang waren wir uns nah und fremd zugleich. Ich sah seine Verzweiflung und er die meine, doch woher rührte sein Schmerz? Lag es am Krieg, der sein Volk zu überrennen drohte? Waren deshalb nur so wenige Menschen im Saal gewesen? Falls ja, hätte er mich mit Hass betrachten müssen, schließlich gehörte ich zu den Feinden, die ihre Finger wieder und wieder nach seinem Dschungel ausstreckten.

Aber er hatte mich nicht gehasst. Dabei hätte er gut daran getan. Denn wenn ich Ylerias Worte richtig verstand, würde ich erneut zu Antares' Falle werden.

Nun hat unser Geist also ein Gesicht.

Hatte Antares' Bruder nicht den Mann, der seiner Armee zum Verhängnis geworden war, als *Geist* bezeichnet? Jenen Mann, der auf Drachen ritt – und hinter dem Thron des Königs hatte ein solches Wesen geruht.

Aber sein Blick war gütig gewesen. So fern von der Härte und Kälte, die Herrscheraugen allzu oft erfüllten. Zwar hatte ich die Bedeutung der Ansprache nicht verstanden, doch es war deutlich zu spüren gewesen, dass ihre Worte Trost und Kraft gespendet hatten. Die Menschen zu Füßen des Königs hatten ihn nicht gefürchtet, sondern geliebt.

Konnte solch ein Mann ein hundertfacher Mörder sein?

Konnte er tun, was der Geist getan hatte?

Nein, Yleria musste etwas anderes gemeint haben. Fest stand nur, dass er der König der Aman Kaja war. Ein guter, von seinem Volk geliebter Herrscher. Und ich sollte ihm auf irgendeine Weise zum Verhängnis werden.

»Werde groß«, flüsterte ich Tashma zu, die aus goldenen Augen zu mir aufblickte, als verstünde sie jedes Wort. »Werde schnell groß und bring mich von hier fort.«

Kapitel 25

Tarakai

Tarek

Behäbig schob sich der Malachitmond über die nebelverhangenen Wipfel. Sein Schein war nicht stark genug, um die Schatten der Nacht zu durchdringen. Doch dort, wo er den Dunst des Dschungels zum Glimmen brachte und sich in den Tropfen des vergangenen Regens fing, sah ich riesige Fledermausschwärme aus den Bäumen aufsteigen. Sie liebten jene Nächte, in denen es weder zu dunkel noch zu hell war, denn dann stiegen Motten und Falter in unermesslicher Zahl aus dem Blattwerk auf und torkelten wie betrunken durch die Nacht.

Heute Abend hatte es heftiger als sonst geregnet. Wie Steinschläge waren die Wolkenbrüche auf den dampfenden Wald eingeprasselt, der Fluss war binnen kurzer Zeit angeschwollen und die Wasserfälle rauschten mit nie gesehener Gewalt über die Felshänge. Natürlich hatten die Priesterinnen es als Zeichen gedeutet. Geradezu perfekt fügten sich die Dinge ineinander, sodass selbst der größte Zweifler davon überzeugt sein musste, dass der Drache die richtige Wahl getroffen hatte. Es hatte nicht viele Könige gegeben, bei deren Krönung ausnahmslos jeder in die Knie gegangen war und damit sein Einverständnis demonstriert hatte. Würde ich einer von ihnen sein? Wenn sich alle ihrer Sache so sicher waren, warum war ich es nicht?

Nein, ich hatte genug darüber nachgegrübelt. Meiner eigenen Gedanken überdrüssig, verließ ich den Palast und wanderte zu den südlichen Wasserfällen. Die sonst sanft plätschernden Rinnsale waren zu stattlichen Kaskaden herangewachsen, prasselten donnernd in die Steinbecken und verwandelten die gesamte Felswand in einen rauschenden, schäumenden Vorhang. Nirgendwo gab es mehr einen trockenen Stein, also legte ich mein Tuch auf den Steg, der zum Becken führte, und ließ mich in das Wasser gleiten. Kaum hatte ich meine Arme auf dessen Rand abgelegt und ließ meine ruhelosen Gedanken los, tauchte Skyla neben mir auf. Sie hockte sich auf einen moosbewachsenen Stein, tunkte ihre Geisterfüße in das Wasser und plätscherte vergnügt darin herum.

»Du hast eine Neigung dazu, in den unpassendsten Momenten aufzutauchen.« Diesmal versuchte ich gar nicht erst, ihren Blicken zu entgehen. Stattdessen lehnte ich meinen Kopf an den Beckenrand und beschloss, ihr Starren zu ignorieren.

»Für mich sind es ausgesprochen passende Momente.« Ein kindliches Lachen drang durch das Rauschen und Tosen. »Wie ich schon sagte, du denkst zu viel nach. Es gibt nichts, wovor du dich fürchten musst.«

»Ich fürchte mich nicht!«

»Natürlich«, schnappte sie spöttisch zurück. »Du bist schließlich ein Mann. Deinesgleichen fürchtet sich vor nichts. Und ihr werdet nicht müde, das zu betonen.«

Ich seufzte und grub meine Finger in das weiche, tropfnasse Moos. Tauchte dieses Geistermädchen zukünftig immer auf, wenn ich irgendwo nackt herumlag?

»Eigentlich bin ich hierhergekommen, um allein zu sein. Und um …«

»… zu entspannen«, kam Skyla mir zuvor. »Sicher doch. Vielleicht kann ich dir dabei helfen.«

Im nächsten Augenblick verpuffte sie zu einer Rauchwolke, nur um im übernächsten neben mir im Wasser aufzutauchen. Eine kleine, eiskalte Hand legte sich auf meine Schulter. Ich zuckte zusammen und Skyla riss erstaunt die Augen auf.

»Du hast mich gespürt?«

»Ja, allerdings.«

Argwöhnisch runzelte sie die Stirn. »Das ist seltsam. Vielleicht liegt es daran, dass wir uns ein Stück Seele miteinander teilen. Ich habe versucht, andere Menschen zu berühren, aber sie spürten nichts. Gar nichts.«

»Nun, ich kann dich spüren, also wenn du … he, was soll das?«

Ungeniert legte Skyla ihre Geisterhand auf meinen Bauch. Wieder riss sie die Augen auf, kicherte ungläubig und ließ ihre Finger ein gutes Stück tiefer wandern. Ein enttäuschtes Brummen kam aus ihrer Kehle, als ich ihre Hand einfing.

»Ich spüre dich, du spürst mich.« Mit erstaunlicher Kraft rüttelte sie an meinem Griff. »Lass mich frei. Ich will doch nur …«

»Nein!«

»Aber ich habe noch nie …«

»Nein!«, wiederholte ich. »Nicht jetzt. Nicht hier. Bitte, lass mich einfach allein.«

Skylas Augen leuchteten auf. »Nicht jetzt. Nicht hier. Also später? An einem anderen Ort?«

»Du bist ein Geist.«

»Für dich bin ich Wirklichkeit.«

»Skyla!« Ich wusste nicht, was ich sagen sollte. In dem Blick des Mädchens flackerte eine verzweifelte Sehnsucht, die ihre fröhliche Maske Lügen strafte. Ein Hungern nach Lebendigkeit und verlorenen Gefühlen. Ich wollte sie nicht fortstoßen, aber jede ihrer Berührungen fühlte sich falsch an. Es war, als würde der Tod aus ihren Fingern sickern.

»Ich weiß.« Wie ein neugieriges Kind legte sie den Kopf schief und musterte das, was unter dem Wasser verborgen lag. »Wahrscheinlich ist es besser so. Schade. Wirklich schade.«

Sie seufzte erneut, dann löste sich ihre Gestalt in Luft auf. Skyla war verschwunden, doch noch immer hing ihre Traurigkeit wie ein kalter Nebel in der Luft. Mit jedem Atemzug nahm ich mehr davon auf, bis sich mein Gewissen regte, weil ich das Geistermädchen zurückgestoßen hatte. Andererseits war ich ihr nichts schuldig. Schon gar keine lustvolle Erfahrung.

Unerbittlich stieg der Malachitmond höher. Sobald er eine Handbreit über dem höchsten Wipfel stand, musste ich mich in das Unvermeidliche fügen. Ich drehte den Kopf zum Steg hin und musterte das königsgrüne Tuch, das ich achtlos auf die Planken hatte fallen lassen. Von nun an war dies meine Farbe. Es war das tiefste und satteste Grün, das der Wald hervorbrachte, gewonnen aus dem Rindensaft des Drachenbaumes. Allein der ältesten Priesterin war es erlaubt, dieses heilige Elixier zapfen, und das auch nur in ausgewählten Nächten und unter bestimmten Voraussetzungen.

Ein letztes Mal tauchte ich im Wasser unter und versuchte, das zu bewahren, was unbarmherzig durch meine Finger glitt. Als ich wieder auftauchte, sah ich den Manqu auf einem der hoch aufragenden Bernsteinbäume sitzen. Grünes Mondlicht schimmerte auf seinen weit ausgebreiteten Schwingen. Er drehte den Kopf zu mir hin, reckte seinen Hals und stieß ein schauerliches Heulen aus.

»Ja«, murmelte ich. »Schon gut. Sag ihnen, dass ich komme.«

Ich stieg aus dem Becken, kletterte zum Steg und hob das Tuch auf. Unzählige Male hatte mir Ixchal gezeigt, wie ich es auf jene komplizierte Art um meine Hüften wickelte, die sich irgendwann eine geistig umnachtete Priesterin für die königliche Kleidung ausgedacht und als notwendig befunden hatte. Damals hatte sich mein Verstand geweigert, dieses einfältige Ritual zu erlernen. Die Jagd war mir leichtgefallen, ebenso der Kampf und das Fährtenlesen. Doch dieses verdammte Stück Tuch auf die korrekte Art zu wickeln, war schier unmöglich gewesen. Es machte Sinn, gut zu treffen. Es war hilfreich, den Schwert- und Messerkampf zu beherrschen und selbst im strömenden Regen die Fährte eines geflohenen Tieres zu erkennen. Aber welchen Zweck erfüllte ein kompliziert gewickeltes Tuch?

Zweimal musste ich die gefalteten Lagen neu drapieren, beim dritten Mal überkam mich ein trotziger Widerwillen. Kurzerhand wickelte ich alles wieder auf und knotete das Ding lose um meine Hüften zusammen.

Schon besser.

Kein Laut war zu hören, als ich über die südliche Hängebrücke in den Palast zurückkehrte. Vermutlich bereiteten die Priesterinnen ihre Prüfung vor und versuchten zu entscheiden, wie sie mir am besten zu Leibe rücken konnten. Nicht selten waren kraftstrotzende junge Aman-Kaja als zitternde Wracks aus diesem Ritual hervorgegangen. Niemand wusste, woraus die einzelnen Aufgaben bestanden. Niemand verlor jemals ein Wort darüber. Einige glaubten zu wissen, dass keine Prüfung der anderen glich, andere behaupteten, dass das Ritual seit Jahrtausenden unverändert ablief. Wie auch immer die Wahrheit aussah, heute Nacht würde ich sie am eigenen Leib erfahren.

Eine Priesterin in einem hauchdünnen, lang herabfallenden Kleid stand mitten in meinem Zimmer, als ich den Vorhang beiseiteschob. Ungewohnt schüchtern drehte sie sich zu mir um, atmete schwer und kaute auf ihrer Unterlippe herum.

Es war Tarakai. Natürlich. Ausgerechnet die Jüngste hatte man ausgewählt, um mich an die Erfüllung meiner Pflicht zu erinnern. Der Ältesten entging nichts, vermutlich hatte ich das arme Mädchen zu oft mit heimlichen Blicken bedacht.

Tarakai schien sich zu fürchten, nervös verschlang sie ihre Finger miteinander und starrte mich an wie eine ängstliche Gazelle. Die hauchzarte Seide des Kleides umfloss ihren sanft gerundeten Körper wie Nebel, Goldreifen klimperten an Hand- und Fußgelenken. Sie hielt meinem Blick eine Zeit lang stand, dann griff sie in ihr hochgestecktes Haar, zog die Smaragdnadeln heraus und schüttelte ihren Kopf. Wie eine schwarzblaue Flut ergossen sich die Haare über ihren Rücken und verströmten den süßen Duft von Orchideenöl.

Tarakai war atemberaubend schön. Wie jede der Priesterinnen. Und doch dachte ich darüber nach, den Manqu zu rufen und in die Nacht hinaus zu flüchten.

Das Mädchen schien meine Gedanken zu erahnen. »Sie wird es wissen«, ermahnte es mich. »Die Älteste weiß alles. Du kannst sie nicht betrügen. Wahrscheinlich ist sie vor lauter Wut schon jetzt aufgebläht wie ein Stachelfrosch, weil du wieder mal deine rebellische Ader zeigst.« Tarakai musterte mein nachlässig gewickeltes Tuch. Ein Glimmen huschte durch ihre Augen, als fände sie Gefallen an meinem offen gezeigten Protest. »Und wenn du mich davonjagst, kommt sie am Ende selbst, um dich auf das Bett zu werfen.«

Ich schnaubte amüsiert. »Soll sie es nur versuchen.«

»Pass auf, was du sagst«, warnte Tarakai. »Die Älteste weiß, wie sie einen aufmüpfigen Geist gefügig macht. Sie tut es nicht gerne, aber wo keine Vernunft mehr weiterhilft, greift sie zu anderen Methoden.«

Jetzt entkam mir ein Lachen. »Du meinst, sie würde notfalls Nox-Gift in mein Essen mischen und warten, bis ich wie ein überfressenes Faultier in meinem Bett liege?«

Tarakais Miene sprach Bände – und mir blieb das Lachen in der Kehle stecken. Da erklang ein leises, streichendes Geräusch: der glänzende Leib einer Goldnatter, die sich über den Mondsteinboden der Terrasse schlängelte und unter meinem Bett verschwand. Die Priesterin seufzte, ihr Atem wurde noch ein wenig schwerer.

»Lass mich raten. Das ist natürlich ein Zeichen.«

»Ja«, krächzte Tarakai.

»Wofür?«

Statt einer Antwort färbten sich ihre Wangen dunkelrot. Mit den Sinnen des Drachen hörte ich den dröhnenden Rhythmus ihres Herzens, der schneller und schneller schlug, als würde er vor sich selbst fliehen wollen. Ich witterte den süßen Moschusduft ängstlicher Erregung und schmeckte Begehren auf meiner Zunge.

»Seit drei Jahren schon gehst du uns aus dem Weg.« Tarakai lächelte unsicher, während sie mit einer Hand über den durchscheinenden Stoff ihres Kleides fuhr. »Wir fragen uns, warum du das tust. Jeder Junge aus der königlichen Familie kann es kaum erwarten, zum Mann zu werden und einer Tochter der Mohini beizuwohnen.«

Ich starrte sie nur an. Ihr Haar, ihre weichen braunen Gliedmaßen, den sanften Schwung ihrer Hüften. Ja, ich war den Priesterinnen aus dem Weg gegangen. Ich hatte das verschmäht, wonach sich jeder meiner Freunde in rasender Ungeduld verzehrt hatte. Aber O'bat, Damomar und Khalik waren ohne die Last aufgewachsen, eine Rolle ausfüllen zu müssen.

»Wie kann es sein«, fuhr Tarakai fort, »dass ein Mann lieber tagelang im Wald verschwindet und die Einsamkeit vorzieht, anstatt mit uns sein Lager zu teilen?«

»Kannst du es dir nicht denken?«, gab ich zurück.

»Du hast mit einer uralten Tradition gebrochen«, sagte Tarakai zusammenhanglos. »Warum?«

»Ich habe nicht mit ihr gebrochen. Ich habe sie nur hinausgeschoben. Abgesehen davon stört mich der Umstand, dass ich mit einer von euch schlafen *muss*.«

Tarakai lachte. Es klang trotz ihrer tadelnden Worte sanft und freundlich. »Jeder Junge der Königsfamilie sehnt seine erste Nacht im Tempel herbei. Sie können es kaum erwarten, eine von uns zu erwählen. Nur du scheinst dich nicht im Geringsten nach unseren Armen zu sehnen.«

»Weil ich frei sein will, Tarakai. Ich habe nie darum gebeten, als Thronfolger ausgewählt zu werden. Ich wäre zufrieden damit gewesen, der Sohn eines gewöhnlichen Fischers oder eines Jägers zu sein.«

»Ich weiß«, murmelte sie. »Mohini hatte nun einmal andere Pläne mit dir. Soweit unsere Erinnerungen zurückreichen, ist es niemals vorgekommen, dass ein Findelkind zu einem Prinzen und zum Nachfolger des Königs auserkoren wurde. Du trägst smaragdgrüne Male, aber das tun alle Kinder der königlichen Familie. Und dann wirst du auch noch vom Drachen ausgewählt. Die große Göttin muss wahrhaft Bedeutsames mit dir vorhaben.«

Ich wollte nicht reden. Ich wollte nicht hier sein. In Gedanken tat ich das, was ich früher unzählige Male getan hatte: hinaus in den Dschungel laufen, um die Nacht allein im Wipfel irgendeines Baumes oder am Rand eines Waldteiches zu verbringen. »Du weißt wirklich nicht, warum ich euch aus dem Weg gegangen bin?«, fragte ich die Priesterin. »Die Antwort ist einfach. Sobald ich eine von euch erwählt und meine Pflicht erfüllt hätte, wäre mein Leben in Freiheit vorbei gewesen.«

»Natürlich.« Tarakai nickte. »Sie hätten von dir verlangt, eine Frau zu nehmen. Ikbat hätte seine Krone an dich weitergegeben und Ixchal die ihre an deine Auserwählte. Aber seinem Schicksal entkommt man nicht. Damals hat Mohini entschieden, dich auszuwählen. Jetzt ist es deine Aufgabe, dich zu fügen und auf ihre Liebe zu vertrauen.«

Die Priesterin atmete einmal tief ein, als müsste sie allen Mut zusammennehmen. Dann griff sie nach den spinnwebzarten Schnüren ihres Kleides und löste eine nach der anderen. Lautlos floss die Seide von ihrem Körper und ergoss sich wie eine Pfütze aus Nebel auf den Boden.

»Findest du mich schön?«, fragte sie leise.

Meine Kehle wurde eng. Ich starrte auf ihre vollen, runden Brüste, deren dunkelbraune Spitzen sich unter meinem Blick aufrichteten. Der schwarze Flaum zwischen ihren Beinen schimmerte weich wie Daunenfedern. Tarakai war vollkommen. So wie jedes Mädchen, das die Muttergöttin zu sich rief.

»Ja«, flüsterte ich heiser. »Aber ich will nicht, dass du das tust.«

Langsam trat die Priesterin näher. Ihr Gang war aufrecht und würdevoll, bei jedem Schritt wippten ihre Hüften anmutig hin und her. »Was willst du nicht?«

»Dass du dich mir hingibst, weil man es dir befiehlt.«

Tarakai lachte perlend. Und dann war sie bei mir, streckte ihre Hände aus und legte sie flach auf meine Brust. »Du glaubst allen Ernstes, dass ich hierzu gezwungen werde? Ach, Tarek, du bist so anders als jeder Mann, den ich kenne. Die Wahrheit ist, dass jede von uns darauf gehofft hat, deine Auserwählte zu sein. Und nebenbei bemerkt werden wir nicht dazu gezwungen. Wir haben das Recht, uns zu verweigern. Selbst dich als den angehenden König dürfte ich ablehnen. Meine Schwestern wären hocherfreut, das kannst du mir glauben. Wie balzende Frösche würden sie sich darum prügeln, an meine Stelle zu treten.«

Tarakais Worte kamen aus weiter Ferne. Ich schloss meine Augen und konzentrierte mich auf das Streicheln ihrer Finger, die so zaghaft und sanft über meine Haut glitten, über Schultern, Arme und Rippen. Es war angenehm. Sehr angenehm sogar. Aber ich fühlte nicht das, was O'bat nicht müde wurde, in den buntesten Farben zu beschreiben. Lediglich ein Kribbeln rieselte über meine Haut, ganz so, als würde ich in einem Teich voller Wasserflöhe baden.

Erst als Tarakai begann, das Tuch von meinen Hüften zu wickeln, wurde das Kitzeln heftiger. Allmählich verwandelte es sich in den süßen Schmerz eines Nachtfalterbisses, der unangenehm ziepte und gleichzeitig auf seltsame Weise angenehm war.

Und dann pressten sich unsere nackten Körper aneinander. Instinktiv schlang ich meine Arme um Tarakais Körper, genoss die Hitze ihrer glatten, seidenweichen Haut und das Zittern, das sie von Kopf bis Fuß durchlief. Mit einer Hand kämmte sie durch mein nasses Haar, mit der anderen strich sie zart wie eine Feder über mein Rückgrat. Unwillkürlich entkam mir ein wohliges Seufzen.

»Siehst du?«, raunte sie an meinem Hals. »Es ist ganz einfach. Lass dich fallen. Heute Nacht ist es meine Aufgabe, dir Mohinis Liebe zu beweisen.«

Ich nahm einen tiefen Atemzug und spürte, wie Tarakais Zittern auf mich überging. Ihre Hände waren wie eine warme Brise, wie das

Kitzeln von Gras und das Fließen einer heißen Quelle. Sie schienen überall zu sein.

Steh nicht herum wie ein Baum!, brummte es neben mir. *Gib ihr etwas zurück.*

Skyla! Ausgerechnet jetzt! Mit gerunzelter Stirn stand das Geistermädchen vor dem Bett, verschränkte seine Arme und musterte uns kritisch.

Schau mich nicht so böse an, hörte ich es murren. *Es ist ja wohl mehr als offensichtlich, dass du meine Ratschläge brauchst.*

Ein Grinsen hob Skylas Lippen. Als wäre es das Selbstverständlichste der Welt, kam sie noch näher heran und begann, uns zu umkreisen. Tarakai bemerkte von all dem nichts. Leise Seufzer ausstoßend, ließ sie ihre Hände über meinen Körper wandern und hauchte Küsse auf meine Schulter.

»O nein!«, brummte ich.

Die Priesterin hielt in ihren Küssen inne. »Gefällt dir nicht, was ich tue?«

»Doch. Es gefällt mir. Bitte … mach weiter.«

Sie lächelte zufrieden, senkte ihren Kopf und glitt mit der Zungenspitze über meinen Hals. Das Ziehen und Kitzeln wurde heftiger, sammelte sich in meinen Lenden und verwandelte sich in einen pochenden Schmerz. Tarakai gurrte irgendetwas Unverständliches. Sie presste sich noch fester gegen mich und begann, sich an mir zu reiben. Unwillkürlich krallten sich meine Finger in ihren Rücken, mein Atem wurde zu einem heiseren Krächzen. Das also war es, was O'bat wieder und wieder in die Arme dieser Frauen getrieben hatte. Dieses mit Worten nicht zu umschreibende Gefühl, das irgendwo zwischen Qual und Erlösung lag und mit seinem herrlichen Schmerz alles andere beiseite drängte.

Schon besser!, kommentierte Skyla. *Jetzt nimm deine linke Hand und berühre ihre Brust. Die andere legst du zwischen ihre Beine.*

Ich warf dem Drachenmädchen einen finsteren Blick zu, doch es lachte nur darüber.

Jetzt tu schon, was ich sage. Du wirst es nicht bereuen. Und falls du dich jetzt fragst, woher ich meine Erfahrungen nehme: Nun, ich bin eine gute Beobachterin. Als Geist steht es mir frei, in jede Hütte und in jedes

Zelt zu schlüpfen. Daher weiß ich, was Frauen zum Weinen bringt. Also, jetzt tu endlich, was ich dir sage. Eine Hand auf ihre Brust, die andere zwischen ihre Beine.

Ich seufzte und gehorchte. Tarakai stöhnte auf, zuckte zusammen und warf wie eine getroffene Antilope den Kopf zurück. Wie gut sich die geheime Stelle in ihrem Schoß anfühlte. Warm, nass und weich. Wie der heiße Schlamm einer Vulkanquelle.

Bist du noch ganz bei Trost?, schnaubte Skyla. *Wie kannst du sie allen Ernstes mit Schlamm vergleichen?*

Ich knurrte irgendetwas in mich hinein, drückte fester zu und glitt ein wenig weiter vor. Tarakai schnappte nach Luft. Ihr Zittern wurde heftiger, sie presste ihre Stirn gegen mein Kinn und schlang ein Bein um meine Hüfte, sodass ich noch weiter vordringen konnte. Zart wie die Blätter einer Orchideenblüte teilte sich das Fleisch unter meiner Berührung.

Na bitte, lobte Skyla. *Das machst du sehr gut. Aber vergiss ihre Brüste nicht. Streichle sie. Küsse sie. Zeige ihr, dass du sie begehrst. Ja, genau so! Perfekt. Wenn du so weitermachst, fällt das arme Ding noch in Ohnmacht.*

Tarakai schluchzte, als mein Daumen um ihre Brustspitze kreiste. Sie rieb sich an mir, seufzte und stöhnte, stieß ihr Becken gegen meines und schrie heiser auf, als meine Finger in sie eindrangen. Der Druck in meinen Lenden wurde unerträglich. Es war, als würde ein Teil meines Körpers versteinern und mit jedem Atemzug härter und härter werden, bis ich glaubte, zerspringen zu müssen. Immer fester packten meine Hände zu, immer wilder wurde das Zucken ihres Körpers. Etwas in mir bäumte sich auf. Ein überwältigender, wütender Hunger, der mich wie eine Flut mit sich riss. Meine Finger drangen noch tiefer ein. Tarakai knurrte. Mit erstaunlicher Kraft packte sie mich bei den Schultern, drängte mich zum Bett und stieß mich darauf nieder. Dann setzte sie sich auf mich, griff ungeniert zu und dirigierte unsere Körper zueinander.

Nichts hätte ich mich auf dieses Gefühl vorbereiten können. Es war ein Fiebertraum. Ein Rausch aus Seufzen, Keuchen und Schwitzen, aus dem Stoßen und Reiben schweißnasser Körper und atemlosen Küssen. Tarakai murmelte unverständliche Dinge, während sie sich bog wie ein Schilfhalm und mich mit ihren Schenkeln umschloss.

Hoch mit dir!, befahl Skyla.

»Was?« Ich hatte vollkommen vergessen, dass sie bei mir war. Inzwischen war es mir ohnehin egal.

Ich sagte: Hoch mit dir. Willst du die ganze Zeit auf dem Rücken liegen wie ein umgeworfener Käfer?

Ich schüttelte den Kopf, krallte meine Finger in Tarakais Hüften und stieß mit aller Kraft zu. Ein spitzer Schrei erklang.

Also gut, schmollte Skyla. *Wie es aussieht, kommst du allein zurecht. Sie kreischt ja jetzt schon wie ein angestochener Affe. Aber denke daran, dass du deine Kraft sparen solltest. Die Prüfungen werden dir mehr abverlangen, als du denkst.*

Damit verschwand Skylas Anwesenheit aus meiner Nähe. Es fühlte sich an, als würde sich ein Nebelstreif in meinem Kopf auflösen und einen Hauch von Traurigkeit zurücklassen. Einen Moment lang lachte ich über ihren unverschämten Vergleich, dann wurden meine Gedanken wieder von dem Gefühl heißen, engen Fleisches und schwitzender Haut erfüllt. Tarakai bog ihren Rücken durch, hechelte wie ein überhitzter Rotwolf und bewegte ihr Becken in langsamen Kreisen. Da fiel mir Skylas Ratschlag ein. Ich stemmte mich hoch und umschlang den Körper der Priesterin mit beiden Armen, sodass wir uns fest aneinandergepresst wiegten, zuerst sanft, dann zuckend und wütend wie kämpfende Tiere, bis wir mit einem heiseren Schrei in uns zusammensanken und zur Seite kippten.

Tarakais Kopf ruhte auf meiner Brust, meine Arme hielten sie umfangen. Müde blinzelte ich an die Decke und beobachtete einen Streifen Mondlicht, der die Schnitzereien zum Leuchten brachte und das Zimmer mit seinem grünen Schimmer füllte. Ja, es war ein Rausch gewesen. Ein Zustand wilder, lustvoller Gier, der mich alles hatte vergessen lassen. Aber ihm folgte eine seltsame Leere. Ich wusste nicht, woher sie kam oder woraus sie bestand, doch sie hinterließ das Gefühl, dass etwas fehlte.

Nach einer Weile erhob sich Tarakai, stützte sich auf einen Ellbogen ab und hauchte zarte Küsse auf meine nassgeschwitzte Brust. Es war schön, dieses Mädchen im Arm zu halten. Dennoch wollte das nagende Gefühl einfach nicht weichen.

»Danke«, flüsterte sie. »Mohini hat dich wahrhaft in ihr Herz geschlossen.« Ein erschöpftes Lächeln auf den wundgeküssten Lippen malte sie mit der Spitze ihres Zeigefingers die heiligen Symbole auf meine Haut. Keinen Zoll meines Körpers ließ sie aus und während sie mit sanfter Stimme ihre Beschwörungen murmelte, driftete ich den Schlaf hinüber.

Kapitel 26

Die Prüfung der Mohini

»Es wird Zeit.«

Ich erwachte von einem sanften Kuss. Tarakais Lippen strichen ganz sacht über meine Stirn, dann wich sie zurück und schob das Laken beiseite, mit dem wir uns erst vor einem gefühlten Augenblick zugedeckt hatten. Mir blieb keine Gelegenheit, wach zu werden. Alle elf Priesterinnen standen um das Bett herum und betrachteten mich mit ernsten, würdevollen Mienen. Manche verzogen ein wenig die Lippen, als könnten sie ein Lächeln nicht zurückhalten, und in den Augen der Ältesten blitzte Empörung auf. Vermutlich hatten sich mindestens drei der zwölf Götter wegen meines nachlässig gewickelten Tuches bei ihr beschwert.

»Wollen sie dort stehenbleiben?«, flüsterte ich Tarakai zu.

»Ja«, antwortete sie knapp.

»Euch ist jeder Anstand fremd, oder?«

Tarakai grinste, als ich aufstand und mit einem Seufzen das verhasste Stück Stoff vom Boden aufhob. Mein schlaftrunkener Geist scheiterte wieder einmal daran, die richtigen Griffe zu vollziehen. Dreimal wickelte ich das störrische Ding falsch, dreimal musste ich es neu entfalten und von vorne beginnen. Die Älteste bebte vor Entrüstung, während sich ihre Schwestern amüsierte Blicke zuwarfen.

»Tarek«, seufzte Tarakai. »Ist das dein Ernst? Du kannst es immer noch nicht?«

Meine Finger verkrampften sich vor Wut. »Wer von euch hat sich diesen Unsinn ausgedacht?«

»Schsch!« Ihre flinken Finger griffen nach dem Tuch und wickelten es mühelos um meine Hüften. Zweimal musste sie nachzupfen, dann saß jede Lage perfekt. »Hast du dir gemerkt, wie es geht?«

»Nein.«

»Ach, Tarek.«

»Ja, ich weiß. Vielleicht solltet ihr euch lieber einen anderen König suchen.«

»Du bist der Richtige.« Ihr zarter Kuss schmeckte nach Wärme und Vergessen. Wie sehr wünschte ich mir jene unwirklichen, fiebrigen Momente zurück, in denen alle Gedanken so wohltuend fern gewesen waren. »Wenn heute die Sonne aufgeht, wirst du es auch wissen. Jetzt komm, es wird Zeit.«

Sie nahm meine Hand, lächelte voller Zuversicht und führte mich aus dem Zimmer. Zehn weiß gewandete Priesterinnen folgten uns mit lautlos gleitenden Schritten, während ich hörte, wie die Älteste ein paar abfällige Bemerkungen über mein Benehmen in sich hinein murmelte.

Einsam und still lag der nächtliche Palast vor uns. Meine Mutter trat hinter einer Säule hervor, gesellte sich zu mir und schenkte mir ein trauriges Lächeln. So gingen wir schweigend durch eine drückende, vom Zirpen der Grillen erfüllte Stille, bis wir zu jener Abzweigung kamen, hinter der sich die betäubenden Schwaden des Nebels wie riesige, aus Rauch erschaffene Anakondas wanden.

»Sei stark!«, flüsterte Ixchal, hauchte einen Kuss auf meine Stirn und wandte sich verschämt ab, als Tränen über ihre Wangen liefen. Sie tauschte ein paar leise Worte mit der Ältesten, dann verschwand sie wie ein Schatten in der Dunkelheit des Palastes, ohne sich noch einmal zu mir umzudrehen. Vermutlich hatte sich inzwischen jeder Mann, jede Frau und jedes Kind im Krönungssaal versammelt, wo sie ausharren würden, bis die Priesterinnen einen neuen Herrscher oder eine neue Wahl verkündeten. Allein die Prüfung entschied darüber, ob ich würdig war, den Thron zu besteigen. Falls ich scheiterte, würde ein anderer an meine Stelle treten und ich blieb, was ich war. Ixchals und Ikbats Sohn. Von königlichem Blut und Auserwählter des Drachen, aber kein Herrscher.

Ein Teil von mir sehnte sich mein Versagen herbei. Der andere wusste, dass Tarakai die Wahrheit gesprochen hatte. Mit Hilfe des Drachen konnte ich meinem Volk Hoffnung geben und unsere Feinde zerschlagen. Die unzerstörbaren Schuppen eines Gottes waren mächtiger als das beste Schild, seine Klauen und Zähne tödlicher als das schärfste Schwert. Wenn die Menschen dort draußen an mich glaubten, musste ich auch an mich selbst glauben.

Eine seltsame Ruhe breitete sich in mir aus, während ich gemeinsam mit den Priesterinnen in den Nebel schritt. Doch darunter nagte Angst an meiner Seele. Wie viel war von mir übrig? Wie viel würde in hundert Jahren von mir übrig sein? Wie ein schläfriger Panther reckte und streckte sich die fremde Macht in meinem Inneren, fuhr ihre Krallen aus und gähnte mit gefletschten Zähnen. Noch nicht gänzlich wach, aber jederzeit bereit, ihre tödliche Kraft zu entfalten.

Die Spinnen saßen regungslos in ihren Netzen, als wüssten sie keine Geschichte, die es zu erzählen galt, und keinen Traum, der gewebt werden wollte.

Mit feierlicher Miene trat die Älteste auf mich zu, legte all ihre Empörung ab und schenkte mir stattdessen ein fast wehmütiges Lächeln. In ihren Händen hielt sie einen Stein, dessen Form an ein Herz erinnerte.

»Du hast es schon einmal berührt«, sagte sie leise. »Kannst du dich daran erinnern?«

»Nein. Sollte ich das?«

»Wohl eher nicht. Als Ikbat und Ixchal mich zu dir brachten, hattest du gerade einmal drei Regenzeiten erlebt. Weißt du, was ich hier in den Händen halte?«

»Nein.«

Die Älteste lächelte. »Dann berühre es und du wirst es wissen.«

Meine Hand bewegte sich, noch ehe die Worte zu Ende gesprochen waren. Sie schmiegte sich um die glatte, gewölbte Oberfläche des Steins, als wollte sie mit ihm verschmelzen, und ich spürte, dass ich keineswegs ein totes Stück Fels vor mir hatte. Wärme sickerte durch die Kälte, verwandelte sich in ein pulsendes grünes Licht und erfüllte den Stein mit Leben. Es war ein Herz, das in den Händen der Priesterin lag. Ein Herz aus Smaragd, so alt wie die Welt und beseelt vom Anfang aller Dinge.

»Ja«, flüsterte die Älteste. »Das ist alles, was von Mohinis Körper übrig geblieben ist. Einst erschuf sie mit ihrem Tod das Leben und hauchte den Dingen Atem ein, ehe sie zu Asche zerfiel und nur ihr Herz übrig ließ. Einzig und allein ein wahrer König erweckt das Licht, das so alt ist wie die Erinnerung selbst. Damals als ich dich zum ersten Mal gesehen habe, wusste ich, dass du ein solcher König sein würdest.«

Mit diesen Worten trat sie zurück und entzog mir den Smaragd. Kaum glitten meine Finger von ihm ab, erlosch das Licht in seinem Inneren, als würde das Herz, das vor undenklicher Zeit aufgehört hatte zu schlagen, noch einmal sterben.

»Komm.« Tarakai leistete mir wieder Gesellschaft, nahm meine Hand und geleitete mich zum Teich. Als wir an seinem Rand zum Stehen kamen, griff sie nach dem Tuch, das sie gerade erst so umständlich drapiert hatte, löste den Knoten und ließ es zu Boden gleiten. »Wir lassen dich jetzt allein. Alles, was nun geschieht, gehört Mohini und dir. Gehe in das Wasser.«

»Was muss ich tun?«

»Nichts. Nur in das Wasser gehen.«

Damit wandte sich Tarakai von mir ab und kehrte zu ihren Schwestern zurück. Ohne einen Blick zurückzuwerfen, verließen die Priesterinnen den Tempel, tauchten im Nebel unter und überließen mich einer uralten, flüsternden Stille.

Nie zuvor war ich allein im Tempel gewesen. Im ersten Moment schien er zu wachsen und sich auszudehnen, bis er sich wie die grenzenlose Kuppel des Universums über mich wölbte. Dann plötzlich war es, als würde er sich wie eine Raubschlinge um mich zusammenziehen. Stickig und heiß, murmelnd und flüsternd, ein Ort ohne Anfang und Ende. Die Spinnen in ihren leuchtenden Netzen verharrten noch immer regungslos, als würden sie auf etwas warten. Nur ihre haarigen Beine zitterten, brachten die Seidenfäden zum Vibrieren und füllten die Stille des Tempels mit einem feinen, sirrenden Lied.

Kaum berührte mein Fuß das Wasser, schien es wie ein lebendiges Wesen an mir emporzukriechen. Hitze sickerte durch meine Haut, legte einen Schleier über meine Gedanken und flößte mir eine fast schon gleichgültige Ruhe ein. Alle Furcht versiegte. Bis zur Hüfte ging ich in das dampfende, glühende Wasser, dann blieb ich stehen und wartete.

Die Spinnen setzten sich in Bewegung. Als hätten sie voller Ungeduld auf diesen Augenblick gewartet, huschten sie in ihren Netzen umher, lösten alte Fäden auf und spannen neue, erschufen ein Flechtwerk aus unlesbaren Geschichten und geheimnisvollen Prophezeiungen, die kein gewöhnliches Auge zu entziffern vermochte. Als die erste fertig war, kroch sie zum Rand ihres Netzes und seilte sich auf den Boden ab. Zwei weitere folgten sogleich, dann eine vierte und fünfte, bis schließlich alle sechs Spinnen über den Marmorboden krabbelten und in das Wasser sprangen.

Kaum berührten sie die Oberfläche, erstarrten ihre plumpen Körper mit ausgestreckten Gliedmaßen und trieben wie tot auf der Oberfläche. Doch schon nach wenigen Augenblicken warfen sie ihre Lähmung ab, strampelten mit allen acht Beinen und bewegten sich erstaunlich schnell auf mich zu. Die erste erklomm meinen Rücken, gab ein hohes Sirren von sich und krabbelte im Zickzack auf meinen Nacken zu. Auch die anderen fünf erreichten mich, krochen über Arme und Bauch, über Haare, Schultern und Hals, wobei sie ihre leuchtenden Fäden hinter sich herzogen und über meine Haut verteilten. Die Spinnenseide brannte wie Feuer, doch ich bewegte mich nicht. Auch dann nicht, als das fetteste Tier über mein Gesicht kroch und einen dicken Faden quer darüber zog.

Inzwischen war die Hitze des Wassers schier unerträglich. Oder waren es die Fäden der Spinnen, die sich in meine Haut brannten? Der Drang, die borstigen Kreaturen abzuschütteln und ihr Netz von meiner Haut zu wischen, wurde überwältigend. Doch ich wusste, dass ich standhalten musste. Ganz gleich, was geschehen würde. Also blieb ich still, schloss die Augen und versuchte, mich von den Empfindungen meines Fleisches zu lösen.

Unablässig krabbelten die Spinnen hin und her, auf und ab, webten mich in ihr Netz aus Feuer ein und sirrten ihr betäubendes Lied. Plötzlich gab der Boden unter mir nach. Ich sank in das Wasser, immer tiefer und tiefer, bis alles Licht verschwand und nur noch Dunkelheit übrig blieb. Das Brennen verging. Die Hitze wich einer feuchten, angenehmen Kühle.

Es gab keine Spinnenbeine mehr, die über meine Haut kratzten. Stattdessen drückte sich mit Moos überzogenes Holz gegen meinen Rücken.

Kapitel 27
Im Reich der Geister

Ein Ast.

Vogelgezwitscher. Affenkreischen.

Und über mir der Wipfel eines Baumes.

Meine Erinnerung, gerade noch klar, verschwamm in dem Augenblick, in dem ich mich aufsetzte. Ich befand mich hoch über dem Boden in einer Astgabel, vor mir lagen mein Bogen und der Köcher, gefüllt mit zwei Dutzend Pfeilen. In schrägen Strahlen fiel das letzte goldene Licht der Großen Sonne durch die Baumwipfel und brachte die umher schwirrenden Insektenschwärme zum Leuchten. Eine Schar Affen hüpfte durch das Blattwerk über meinem Kopf. Mit wildem Gekreische nahmen sie die Verfolgung einer Schleichkatze auf, die im Maul einen winzigen pelzigen Körper davon schleppte.

Wie war ich hierhergekommen?

Offensichtlich war ich auf der Jagd, denn mein Körper war bis auf den Schurz aus Tapirleder nackt und von Kopf bis Fuß in den Farben des Waldes bemalt. Wann war ich aufgebrochen? Warum erinnerte ich mich an nichts? Und wie konnte es sein, dass ich mitten während einer Jagd eingeschlafen war?

»Du da!« Eine scharfe Stimme bellte durch den Wald. »Was treibst du da oben?«

Ich warf einen Blick in die Tiefe. O'bat, Khalik und Damomar kamen herbeigestapft, legten ihre Beute am Fuß des Baumes ab und blickten fassungslos zu mir hoch.

»Er hat geschlafen!«, grunzte Damomar. »Seht euch das an! Bei Zumas geschwollener Kriegslanze, Tarek lag da oben wie ein altes Faultier und hat geschnarcht, während wir uns die Füße wundgelaufen haben.«

»Vielleicht hat er gar nicht geschlafen«, gackerte O'bat mit einem gehässigen Grinsen. »Wahrscheinlich sind seine toten Lenden endlich aufgewacht und er musste sich dort oben Erleichterung verschaffen.«

Wut kochte in mir hoch. »Halt dein Schandmaul, O'bat! Sonst komme ich runter und stopfe es dir.«

»Bist du in ein Nox-Nest getreten?«, stichelte er weiter, während Damomar und Khalik sich vor Lachen auf die Schenkel schlugen. »Kriecht dir eine Krankheit in den Knochen herum? Oder hast du dich wirklich an einem Astloch vergangen?«

Ich schnaufte, stemmte mich hoch und bemerkte, dass meine Beine wie die eines Greises zitterten. Was war geschehen? Warum hockte ich benommen auf einem Ast, anstatt mit meinen Freunden zu jagen? Was bei Mohinis süßem Atem hatte ich hier oben getrieben?

»Er blinzelt wie eine betrunkene Eule«, rief Damomar vergnügt. »Wahrscheinlich hast du recht, O'bat. Er wurde von seiner Fleischeslust übermannt und hat endlich gemerkt, wozu das Ding zwischen seinen Beinen gut ist.«

»Wenn wir zurück sind«, japste O'bat zwischen zwei Lachanfällen, »schnappst du dir eine der Priesterinnen und jagst sie eine Nacht lang durch dein Bett. Dann kommst du schon wieder auf die Beine.«

»Auf alle drei Beine«, grölte Khalik.

»Falls sie dich überhaupt an sich ranlassen«, warf Damomar ein. »Ein Jäger, der seit Tagen mit leeren Händen zurückkommt, wird ihnen gar nicht schmecken.«

Demonstrativ tätschelte er seinem erlegten Pekari die fetten Hinterbacken. Khalik wiederum war stolzer Besitzer eines ausgewachsenen Fleckentapirs und O'bat hatte es sogar geschafft, eine Yupanki mit prächtigen Hörnern zu töten.

»Wenn du auch heute ohne Beute zurückkehrst«, erklang wieder O'bats Stimme, »wird man nicht mehr von einer Pechsträhne reden. Wie willst du erklären, dass du neuerdings nichts mehr triffst, das kleiner als ein Bernsteinbaum ist?«

Ich tat, als würde ich seine Worte nicht hören, hob meinen Bogen und betrachtete ihn. Er sah stark und makellos aus, die Sehne war ohne jeden Fehler, das Holz frisch geölt. Warum erinnerte ich mich nicht einmal mehr an meine erfolglosen Jagden? Kroch tatsächlich eine Krankheit durch meine Knochen und raubte mir den Verstand?

»Was hockst du da herum und starrst ins Leere?«, schrie Damomar mir zu. »Bei Zumas tauben Ohren, komm runter und hilf uns wenigstens, die Tiere zu zerlegen.«

»Nein«, antwortete ich. »Zerlegt sie selbst. Ich hole mir meine eigene Beute.«

»Du willst im Dunkeln jagen?«, schnaubte O'bat. »Was soll das bringen, außer dass du gefressen, zerrissen, erwürgt oder vergiftet wirst?«

Wortlos reckte und streckte ich meine steifen Glieder, schulterte den Köcher und sprang auf den nächstgelegenen Ast. Jede Bewegung fühlte sich an, als kämpfte ich mich durch einen zähen Sumpf, doch ich versuchte, mir nichts anmerken zu lassen. Vergeblich. Schon beim zweiten Sprung geriet ich ins Straucheln und musste mit ausgestreckten Armen mein Gleichgewicht halten.

»Er ist wirklich krank«, hörte ich O'bat sagen. »Vielleicht ist er dem Sumpf zu nahe gekommen und hat sich ein Fieber eingehandelt.«

»Hm«, grübelte Khalik. »Oder ihm ist die Larve einer Schlupfwespe ins Ohr gekrochen und frisst sich durch seinen Kopf.«

»Unsinn«, rief Damomar. »Ein Mann muss regelmäßig den Druck in seinen Lenden loswerden. Tarek hat noch nie eine Frau in sein Bett gelassen. Kein Wunder, dass er den Verstand verliert. All die Säfte, die er aufgestaut hat, sind wahrscheinlich schlecht geworden und vergiften jetzt sein Blut.«

Khalik stieß einen entsetzten Laut aus.

»Dummes Gerede«, schnaufte O'bat. »So etwas ist unmöglich.«

»Schau ihn dir doch an«, erwiderte Damomar. »Er torkelt herum wie ein Affe, dem ich ein paar Giftpfeile verpasst habe. Wir dagegen, die wir regelmäßig den Körper einer Frau genießen, sind bei bester Gesundheit. Die Göttin hat uns mit Lust und Begehren gesegnet. Was Tarek treibt oder vielmehr nicht treibt, ist wider die Natur.«

»Fresst Tapirscheiße!«, rief ich den plappernden Dummköpfen zu, nahm einen tiefen Atemzug und setzte zum nächsten Ast über.

Diesmal gelang mir der Sprung besser, beim dritten und vierten wich die Steifheit allmählich aus meinen Gliedern und beim fünften hatte ich das Gefühl, zu meiner alten Form zurückzufinden. Das Geschwätz meiner Freunde ging im Zirpen, Zwitschern und Summen des Dschungels unter, endlich spürte ich nicht mehr ihre spöttischen Blicke auf mir ruhen.

Die Nacht war nahe, doch noch erhellte smaragdfarbenes Dämmerlicht den Wald. Diesmal würde ich nicht mit leeren Händen zurückkehren. Zu viele Augen ruhten auf mir, zu viele Erwartungen lasteten auf meinen Schultern. Wenn ich als Jäger scheiterte, würde ich bei Mohinis Prüfung erst recht versagen.

Verzweiflung kochte in mir hoch. Jetzt war nicht die Zeit, über das Kommende nachzudenken, doch wieder und wieder drifteten meine Gedanken zu dem ab, was auf mich wartete. Jederzeit hätte ich mit O'bat, Khalik oder Damomar getauscht. Nicht nur, dass sie dem ermüdenden Geschwätz der königlichen Lehrer entgingen, es stand ihnen auch noch frei, tagein und tagaus zu tun, was sie wollten.

Meine Sprünge wurden schneller, neue Kraft strömte durch meine Glieder und wurde von einem Zorn angeheizt, der tief aus meinem Inneren kam. Ich sah mich plötzlich auf dem Thron sitzen, flankiert von einer schönen, aber lustlosen Königin, und ich sah die Priesterinnen vor uns stehen, wie sie endlose Reden über alte Herrscher und noch ältere Geschichten herunter leierten, während ich versuchte, nicht einzuschlafen. Verstaubte Lederrollen voller langweiliger Texte stapelten sich in meinem königlichen Gemach. Männer und Frauen standen Schlange vor meinem Thron und trugen mir ihre Dispute vor, von denen sie erwarteten, dass ich sie mit einer gerechten und weisen Entscheidung aus der Welt schaffte. Dabei waren das noch die angenehmen Bestandteile eines Herrscherlebens. Ich wusste, was mir bevorstand, sobald ich die Krone entgegennahm. Ich wusste, dass alles in einem Krieg enden würde.

Dem einen Krieg.

Und für alle Zeit würde diese Schlacht mit meinem Namen und meiner Geschichte verbunden sein.

Allmählich erlosch die Dämmerung, während ich über moosbewachsene Äste und Wurzeln rannte. Jeden Schatten machte ich mir zunutze, um mit der aufsteigenden Dunkelheit zu verschmelzen. Bald wurde die Luft heiß und dick wie Schlamm, mein Schweiß vermischte sich mit der bröckelnden Farbe.

In diesem Teil des Dschungels waren die Bäume so alt wie die Sterne des Himmels. Ihr Geäst war mit schwarzen, schleimigen Flechten behangen, formte turmdicke Bögen und Brücken und war von tiefen Rissen durchzogen, in denen wimmelnde Fledermausschwärme hausten. Noch ruhten sie pfeifend und raschelnd in ihren Verstecken, doch sobald die Nachtfalter im Schutz der Dunkelheit aufstiegen, würden sie mir zu Tausenden um die Ohren flattern.

Besser, ich fand bis dahin, was ich suchte.

Als hätte Mohini meinen Gedanken wahrgenommen, zerriss ein tiefes Grunzen das gedämpfte Lied aus Grillenzirpen und Fledermauspfeifen. Lauschend hielt ich inne. Dem Grunzen folgte ein gurgelndes Knurren und Geifern, gefolgt vom Krachen splitternden Holzes. Was dort im Unterholz tobte, waren weder Tapire noch Pekaris, sondern Kammschweine. Den Geräuschen nach zu urteilen zwei ausgewachsene Keiler, die auf Leben und Tod kämpften.

Eine bessere Gelegenheit hätte Mohini mir nicht schenken können.

Ich zog einen Pfeil aus dem Köcher, legte ihn auf die Sehne und lief geduckt weiter. Während ich von Schatten zu Schatten schlich, polterten die Tiere geifernd und quiekend durch das Dickicht und prallten plötzlich so heftig gegen den Baum, durch dessen Wipfel ich gerade kletterte, dass der Stamm unter der Wucht des Aufpralls ächzte.

Schnell suchte ich hinter einem Ast Deckung, richtete meinen Pfeil aus und blickte in die Tiefe. Zwei riesige Keiler mit gebogenen, weit aus dem Maul ragenden Hauern standen sich gegenüber. Die Flanke des kleineren Tieres war förmlich zerfleischt worden, doch das Schwein schien keinerlei Schmerz zu spüren. Blutiger Schaum troff aus seinem aufgerissenen Maul, als es seine Rückenborsten zu einem Kamm aufstellte und rasend vor Zorn auf seinen Widersacher losging. Jedes dieser Schweine war eines Königs würdig. Ihre Borsten waren schwarz wie die Nacht, ihre rot gefärbten Hauer so scharf und lang wie zwei gebogene Schwerter.

Das kleinere Schwein schaffte es, seinem Gegner die rechte Halsseite aufzuschlitzen. Blut tränkte den Waldboden und spritzte gegen die umstehenden Stämme, doch das Tier schwankte nicht einmal. Ungeachtet ihrer Verletzungen kreisten die Keiler erneut umeinander, grunzten und grollten, schüttelten ihre Borstenkämme und gingen mit gesenkten Köpfen aufeinander los. Wieder und wieder, bis es keinen Fleck im Umkreis gab, der nicht von ihrem Blut besudelt war. Als beide Keiler schnaufend innehielten und nach Atem rangen, zielte ich auf das Herz des großen Tieres. Gerade hielt ich den Atem an, um einen sauberen Schuss zu setzen, als ein Schrei durch den Wald hallte.

Die Keiler zuckten zusammen. Mein Pfeil flog davon, im gleichen Augenblick vollführte das Tier einen Schritt zur Seite. Das Geschoss traf nicht die weiche Stelle hinter dem linken Vorderlauf, unter der das Herz saß, sondern prallte an einer Rippe ab und fiel nutzlos zu Boden. Der Keiler quiekte, warf sich herum und polterte mit steif in die Luft gerecktem Schweif in die Dunkelheit hinaus. Das kleinere Schwein stob in die entgegengesetzte Richtung davon, mein hinterhergeschickter Pfeil streifte es nicht einmal.

Verflucht!

Frustriert hieb ich mit der flachen Hand gegen den Ast. Was hatte ich getan, um ein Unglück nach dem anderen anzuziehen?

»Bitte, Mohini!«, knurrte ich heiser vor Wut. »Sag mir, womit ich dich erzürnt habe. Sag mir, wie ich meinen Frevel wiedergutmachen kann. Bitte lass mich nicht noch einmal mit leeren Händen zurückkehren.«

Als wäre er eine Antwort auf mein Gebet, hallte erneut der klagende Schrei durch die Dunkelheit. Mehrmals schwoll er auf und ab, ehe er in einem kreischenden Laut endete, der so hoch war, dass er in meinen Ohren schmerzte. So klang nur ein Hirsch, der um sein Leben kämpfte.

Eine Raubkatze konnte nicht der Jäger sein, denn sie überraschte ihr Opfer aus dem Hinterhalt und erlegte es mit einem gezielten Biss in die Kehle. Vermutlich waren es Rotwölfe, die dem Tier den Garaus machten. Sie töteten langsam, rissen ihrem Opfer den Bauch auf und zogen ihm bei lebendigem Leib die Eingeweide heraus. Wenn ich rechtzeitig kam, konnte ich dem Tier das Schlimmste ersparen. Und vielleicht, falls Mohini mein Gebet erhört hatte, würden die Wölfe fliehen und mir ihre Beute überlassen.

Zu dritten Mal erklang der Schrei. Ich folgte ihm leise, inzwischen gänzlich von der Dunkelheit geschützt, die sich tief und sternengesprenkelt über den Bäumen wölbte. Fledermäuse zischten pfeifend durch die Wipfel, ein Schwarm Nachtfalter taumelte an mir vorbei. Einer wagte es sogar, sich auf meine Schulter zu setzen und mit dem Rüssel nach einer günstigen Stelle zum Stechen zu tasten. Unsanft fegte ich ihn beiseite, wich einer vom Ast baumelnden Natter aus und wand mich durch einen Vorhang aus schleimig-schwarzen Luftwurzeln.

Ein vierter Klageschrei ertönte.

Und plötzlich sah ich ihn.

Bis zur Brust steckte er in einem Moorloch, kämpfte gegen den Sog des schwarzen Schlamms und warf sein Geweih hin und her. Zuletzt hatte ich als Junge einen Takahr gesehen, doch damals war es nur ein junges Tier gewesen, zart und zerbrechlich wie ein Zweig und mit zwei fingerlangen Stangen als Kopfschmuck. Aber das, was sich dort unten im Moor verfangen hatte, war ein ausgewachsener Hirsch mit üppiger Halsmähne, schwarz-blauem Fell und einem Geweih, wie ich es nie zuvor erblickt hatte. Ich sah die prachtvolle Trophäe schon über dem Thron hängen und ich hörte die Geschichten, die man sich noch in hundert mal hundert Jahren darüber erzählen würde. Das Herz hämmerte gegen meine Brust. Ich spannte die Sehne, hörte das Blut durch meinen Adern rauschen, spürte jeden Augenblick wie eine Ewigkeit an mir vorbeiziehen. Dieses herrliche Fell war groß genug, um mein Bett zu bedecken. Wie schön es glänzte! Gewiss war es weich wie Grasseide.

Ich nahm einen letzten tiefen Atemzug.

Spannte die Sehne fester. Zielte auf das Herz des Takahrs. Es war so einfach.

Viel zu einfach.

Der Hirsch stöhnte. Verzweifelt bäumte er sich auf, zog die Vorderläufe aus dem Schlick und schaffte es mit einer gewaltigen Kraftanstrengung, sich ein Stück näher an das rettende Ufer zu kämpfen. Schaum flockte aus seinem Maul, die Flanken bebten vor Erschöpfung.

In diesen zäh fließenden Momenten dachte ich an vieles. Ich malte mir O'bats, Khaliks und Damomars Gesichter aus, die mich empfangen würden, wenn ich mit solch einer Beute zum Feuer zurückkehrte. So weit unsere Geschichten zurückreichten, gab es nur eine Handvoll Jäger, denen es gelungen war, einen ausgewachsenen Takahr zu erlegen. Sie waren die heimlichsten Geschöpfe des Dschungels, ihre Spuren fand nur jemand, der das Unsichtbare ebenso wahrnahm wie das Sichtbare. Aber worauf sollte ich stolz sein, wenn ich den Hirsch erlegte?

Darauf, für eine Lüge bejubelt zu werden?

Darauf, seine Hilflosigkeit ausgenutzt zu haben?

Das Tier erkämpfte sich einen weiteren Sprung. Fast berührten seine Hufe das feste Ufer. Schlamm tropfte aus seiner Halsmähne, Schlingpflanzen hatten sich um seine Geweihstangen gewickelt und hingen wie triefend schwarze Schleier herab.

Warum zögerte ich? Niemand würde erfahren, dass ich den Hirsch weder meinen scharfen Sinnen noch meinem Geschick verdankte. Ich hatte die Wahl zwischen Bewunderung und Enttäuschung. Zwischen reicher Beute und leeren Händen.

Meine Finger krampften sich um den Bogen zusammen. Ich hatte so oft getötet. So oft die Klinge eines Messers in warmes Fleisch gestoßen. Doch jetzt sah ich tatenlos zu, wie meine Beute entkam. Noch zwei Sprünge, dann bohrten sich die Hufe des Hirsches in den rettenden Boden. Mit einem letzten verzweifelten Schnaufen stemmte er sich aus dem Sumpf, schüttelte die Schlingpflanzen aus seinem Geweih und stand eine Zeit lang mit bebenden Flanken da, ohne sich zu rühren. Sein Kopf war gesenkt, sein Maul berührte fast den Waldboden.

Ich wusste, dass er mich spürte. Er hatte seinen Jäger erkannt und blieb dennoch reglos, als wollte er mir Gelegenheit geben, ihn zu töten.

Und dann hob er seinen herrlichen Kopf, wandte sich um und sah mir in die Augen. Einen Herzschlag lang verharrten wir beide. Die Welt hielt inne, atmete ein und atmete aus. Dampfwolken quollen aus den Nüstern des Hirsches. Schließlich senkte er ein letztes Mal sein Haupt, warf sich herum und sprang in den Dschungel hinaus.

Zu spät.

Ich würde ein weiteres Mal mit leeren Händen zurückkehren.

Langsam ließ ich den Bogen sinken, ging in die Hocke und lehnte mich gegen den Baumstamm. Ein dichter Nebel legte sich um jeden meiner Sinne. Ich fühlte mich heiß und elend, meine Finger waren kaum kräftig genug, um den Bogen zu halten. Krank war ich niemals gewesen, in jeder Regenzeit hatte mich das Fieber verschont. War mein Glück nun zu Ende? Hatte ich Mohini so sehr erzürnt? Aber womit?

Ein Knirschen und Seufzen erhob sich, leise zuerst, doch bald klang es wie das ferne Grollen eines Felssturzes. Es schien von überall und nirgends herzukommen, der Ast unter mir knackte, ein heißer Wind fuhr durch die Bäume.

Obwohl ich weder Rauch noch Flammen sah, wallte eine sengende Hitze durch den Dschungel, ließ das Laub dampfen und das Holz knistern. Vögel stoben auf, Fledermäuse suchten das Weite. Der gesamte Waldboden und die Baumstämme schienen in Bewegung zu geraten, als alles Getier, das in der Lage dazu war, panisch die Flucht ergriff.

Aber wovor?

Ich kletterte auf einen höher gelegenen Ast und suchte nach der Gefahr, doch nirgendwo fanden meine Augen etwas Seltsames. Der Himmel war klar, die Sterne funkelten, es gab weder Feuer noch Sturm. Da neigte sich ein Baum ganz in meiner Nähe zur Seite und fiel mit klagendem Stöhnen in sich zusammen. Er knickte nicht einfach um, wie es manchmal bei einem Unwetter geschah. Er zerbrach nicht und wurde nicht von einem Erdloch verschlungen. Vielmehr schien sich sein Holz innerhalb weniger Augenblicke in Asche zu verwandeln. Blasse Staubwolken quollen auf, dort, wo eben noch ein großer Baum gestanden hatte, und ehe ich begreifen konnte, was vor sich ging, wiederholte sich das Unmögliche. Uralte Bäume stürzten in sich zusammen, verwandelten sich in aufwirbelnde Asche, verschwanden einfach ins Nichts und ließen eine Schicht aus bleichem, staubigem Tod zurück.

Fäulnis tränkte die heiße, flimmernde Luft. Eine Herde Antilopen sprang durch das Gebüsch, lief in eine der Aschewolken hinein und verbrannte mitten im Sprung. Ich sah, wie ihre Körper zerfielen und zu Boden rieselten, so schnell, dass kein einziger Schrei erklang.

Näher und näher kroch der Tod. Seine Staubfinger schlängelten sich an dem Baum empor, auf dem ich stand, fraßen sich tief in sein Holz hinein und saugten ihm das Leben aus. Der Ast unter mir zerbröselte. Es gab nichts, nach dem ich greifen konnte. Alles, wonach ich meine Finger ausstreckte, verwandelte sich in Staub.

Haltlos stürzte ich in die plötzlich aufklaffende Tiefe, drehte mich instinktiv und landete mit den Füßen voran in einer Schicht aus stinkender Asche. Ein Stechen fuhr in meinen Rücken, als ich mich abrollte, der Köcher rutschte von meiner Schulter und versank in einer Wolke aus grauen Flocken.

Einen Moment lang kauerte ich da, lauschte auf meinen Körper und wartete auf die Schmerzen gebrochener Knochen. Doch sie kamen nicht. Durch irgendein Wunder hatte ich den Sturz unversehrt überstanden, aber anstatt Erleichterung zu fühlen, überkam mich lähmendes Entsetzen.

Es gab keinen Dschungel mehr.

Die Welt versank in stumpfem Grau, dampfte fauligen Gestank aus und erstickte unter einer Schicht aus öliger Asche. Nicht einmal Baumgerippe waren übrig geblieben. Selbst der Himmel war wolkenlos und eintönig grau, als hätte man ihm und der Erde jegliche Farbe geraubt.

Ein feiner Schmerz zog sich über meine Arme. Dort, wo die Asche meine Haut bestäubte, öffneten sich hauchfeine Risse. Blut sickerte daraus hervor, tropfte auf den Boden und verwandelte sich in funkelnde Steine. Glatt und hart, mit winzigen Facetten, spiegelten sie das Licht eines toten Himmels wider. Auch die Erde wurde zu Stein. Knackend und knisternd kristallisierte die Asche zu schwarzem Obsidian, bildete nadelfeine Stacheln und scharfe Kanten und formte die Ebene zu einem Meer aus Klingen.

Der Wald war verschwunden.

Und mit ihm alles Lebendige.

Kein Falter war übrig geblieben. Nicht einmal ein Käfer.

Ein heißer Wind fauchte über die Nadeln und Klingen. Es klang, als würde er den Tod der Welt beklagen.

Warum lebte ich noch?

War dies ein Traum, mit dem Mohini mich bestrafen wollte? Aber wenn es nur ein Traum war, warum fühlte ich Schmerzen? Warum war all das hier so ... wirklich? Würden die Götter zulassen, dass so etwas geschah? Würden sie all ihre Schöpfung in Asche verwandeln – und mich übrig lassen?

Plötzlich entdeckte ich in der Ferne etwas Helles. Es besaß die Gestalt eines Menschen, war ganz in Weiß gekleidet und stand reglos inmitten schwarz glitzernder Klingen. Vielleicht eine der Priesterinnen?

Ich hob den Bogen auf, ging hinüber zum Köcher und legte ihn mir über die Schulter, als gäbe es noch irgendetwas, für das er nütze war. Nadeln stachen in meine Haut, als ich zu laufen begann. Messer aus Obsidian rissen meine Füße auf. Der Schmerz war zu scharf und zu klar für einen Traum und da begriff ich, dass die Welt tatsächlich gestorben war. Ich würde nicht aufwachen. Niemals wieder. Der Dschungel war tot und mit ihm alle Menschen, die ich liebte.

Meine Schritte wurden schneller. Ich lief vor meiner eigenen Verzweiflung davon und während sich das fließende Blut mit hellem Knistern in Rubine verwandelte, erkannte ich, dass die einsame Gestalt keine unserer Priesterinnen war. Ihr Haar war nicht schwarz, sondern hell wie das Fell einer Mondkatze. Sie trug es in einem nachlässig geflochtenen Zopf, der ihr bis zu den Oberschenkeln fiel und sich im heißen Wind bewegte.

Ich ging näher an die Fremde heran, ohne dass sie mich wahrnahm. Schließlich war ich bei ihr, umrundete sie und sah, dass ihre Augen geschlossen waren. Die makellose Haut war blass wie Mondstein und so hell wie das einfache Kleid, das sich um ihre dünne Gestalt schmiegte. Nie hatte ich solch ein zartes Gesicht gesehen. Es war wie ein Windhauch, so klein und zerbrechlich und fast noch kindlich. Jede feste Berührung, dessen war ich mir sicher, würde dieses Wesen zersplittern lassen.

Dunkle Ränder lagen unter ihren Augen, eine Träne lief über ihre Wange. Ich fühlte den Schmerz des Mädchens, als säße er in meiner eigenen Brust, und ich wusste, dass sie wie ich alles verloren hatte.

Ein Knochenmensch!, begehrte mein Verstand auf. *Sie ist dein Feind! Unser aller Feind!*

Aber wie konnte solch ein Wesen uns schaden? Wie könnte es mir schaden? Wir hatten uns am Ende aller Dinge gefunden. Jeder von uns war ebenso einsam wie der andere.

Und dann, gerade als ich eine Hand nach ihr ausstrecken wollte, schlug das Mädchen die Augen auf. Sie waren hellblau. Wie ein blasser Mittagshimmel. Erschrocken vollführte die Fremde einen Schritt zurück, hob ihre Hände in einer Geste der Abwehr und ließ sie einen Augenblick später wieder sinken. An die Stelle ihrer Angst trat Neugier. Und Erkennen.

Kapitel 28

Gemma und Tarek

Gemma

Ein weiterer Morgen in meinem Gefängnis brach an. Nur noch drei Sonnenaufgänge trennten mich von der Hochzeit und jenem Moment, in dem die Falle gänzlich zuschnappen würde.

Je mehr ich darüber nachdachte, umso lähmender wurde meine Angst. Und je mehr ich mich fürchtete, umso auswegloser kam mir mein Leben vor. Die Mauern der Burg erschienen mir mit jedem Augenblick dicker, erstickender und düsterer. Es war eine warme Nacht, so wie jede Nacht bisher warm gewesen war, doch alles an diesem Ort atmete Kälte aus.

Schlaflos lag ich auf meinem Bett, die Fenster weit geöffnet, und ließ mir den lauen Wind über den Körper fächeln. Das Zirpen der Grillen und das Zwitschern einer Nachtigall konnten mich nicht darüber hinwegtrösten, dass das Wellenrauschen fehlte. Alles hätte ich gegeben, um noch einmal das Lied des Meeres zu hören. Ich stellte mir vor, zu meiner Truhe zu gehen, die alte Winterkleidung herauszuholen und in den Pferdestall zu rennen. Wie lange würde es dauern, auf dem Rücken meiner Stute in den Norden zu reiten?

Sechzig Tage, wenn ich schnell war und wenig rastete.

Sechzig endlos lange Tage. Vielleicht ein wenig kürzer, vielleicht ein wenig länger.

Ob meine abgelegte Kleidung noch immer nach dem Norden duftete? Oder nur nach der muffigen Truhe, in der sie vermutlich für den

Rest meines Daseins verbleiben würden, weil ich sie hier, in diesem abscheulich warmen Land, niemals wieder gebrauchen konnte?

Ich schloss meine Augen und stellte mir den Ozean vor. Sein silbriges Graublau am Morgen. Die Boote der Fischer. Möwenschreie. Salzige Gischt.

Konnte man an Heimweh sterben? Das Gewicht auf meinem Herzen wurde schwerer und schwerer, bis ich glaubte, an meiner Sehnsucht zu ersticken. Wenigstens war Tashma ein sorgloser Schlaf vergönnt. Eingerollt lag die Basiliskendame neben mir auf der Decke, zuckte mit dem Schweif und stieß kleine Rauchwölkchen aus. Innerhalb der letzten beiden Tage war sie deutlich größer geworden. Scharfe Zähne bestückten inzwischen ihren Schnabel, die Schuppen waren hart wie Stahl geworden und aus ihrer Stirn schoben sich zwei blaue, glänzende Hörner.

»Kannst du mich irgendwann wegtragen?«, flüsterte ich ihr zu. »Bitte sag, dass du noch größer wirst. Ich will, dass du sie alle das Fürchten lehrst, hörst du? Ich will auf deinem Rücken nach Hause fliegen. Und bevor wir verschwinden, grillst du Antares mit deinem Feueratem, bis er schwarz wird und ihm das Fleisch von den Knochen fällt.«

Behutsam streichelte ich über die seidigen Federn ihrer halb ausgebreiteten Flügel und blickte zum Fenster hinüber. War die Nacht wirklich schon vorbei? Der Himmel war nicht mehr schwarz, sondern von einem wunderschönen Azurblau. An klaren Sommertagen, wenn das Licht tief in den Ozean drang, leuchtete das Meer an manchen Stellen in genau derselben Farbe.

Tränen schossen mir in die Augen. Ich stand auf, zupfte mein Nachtkleid zurecht und ging barfuß zum Fenster hinüber. Eine Windböe erfasste meine Haare, aber sie war nicht kalt und salzig, sondern sommerlich warm und vom Duft fremdartiger Blüten erfüllt. Was für ein Morgen dämmerte wohl gerade in meiner Heimat herauf? War er eisig und stürmisch? Drückten die Winde schäumende Wellen an die Klippen oder wogte das Meer unter einer sanften Brise? Die Dämmerung über der Grauen Küste war längst nicht so prächtig wie die des Südens. Sie glich einem bleichen Schleier aus Silber und Grün, während der Himmel, der sich hier vor mir erstreckte, förmlich in Farben ertrank.

Roch es nicht ein wenig nach Salz und Tang? Konnte ich nicht in der Ferne das Kreischen einer Möwe hören? Oder die rauchigen Stimmen der Fischer, die stets ein zotiges Lied oder einen Fluch auf den Lippen trugen?

Nein, ich hielt es nicht länger aus! Ich würde an diesem Ort niemals glücklich werden. Schon gar nicht an der Seite von Antares. Aber was sollte ich tun?

Wie konnte ich gemeinsam mit Malakat und Kafir von hier entkommen?

Verzweifelt schloss ich die Augen, atmete tief ein, spürte das Kitzeln einer Träne auf meiner Wange und wünschte mich fort. Weit, weit fort.

Da stieg ein seltsamer Geruch in meine Nase. Zuerst war er nur ein Hauch, als würde der Wind den Qualm eines fernen Feuers herantragen. Doch dann wurde er deutlicher. Es roch, als würde ich inmitten eines verkohlten Waldes stehen, in dem nicht nur die Bäume, sondern auch alles Lebendige verbrannt war. Der Gestank nach Tod biss in meine Nase. Etwas Scharfes schnitt in meine nackten Fußsohlen.

Ich öffnete die Augen und sprang erschrocken zurück.

Ein Mann stand vor mir.

Nein, ein Ungeheuer!

Geformt aus Holz, Schlamm und Blättern, mit glühenden Augen und wild herabfallendem Haar. Offenbar hatte die Kreatur nach mir greifen wollen, denn ihre Hand war schon halb nach mir ausgestreckt und erstarrte mitten in der Bewegung. Irritierend menschlich stutzte das Wesen, musterte mich von oben bis unten und ließ seinen Arm wieder sinken.

Da erkannte ich, dass das Monster keines war. Was ich für einen Leib aus Schlamm und Borke gehalten hatte, war nur Farbe, die wie eine Schicht aus trockener Rinde von der bronzefarbenen Haut abblätterte.

Wo war ich? Was war geschehen?

Es gab keine Burg mehr, stattdessen stand ich inmitten einer schwarzen, kristallenen Ebene, die nach Asche und Tod stank und im fahlen Licht eines grauen Himmels glitzerte.

Das hier musste ein Traum sein! Nur ein Gespinst meiner Fantasie!

Der Mann vor mir runzelte die Stirn, wobei noch mehr getrocknete Farbe von seinem Gesicht abbröckelte. Auf den ersten Blick hatte seine seltsame Tarnung darüber hinweggetäuscht, dass er nichts weiter am Leib trug außer einem Schurz aus weichem Leder, an dessen Riemen zwei Messer mit schwarzen Klingen baumelten, und jener Farbe, die ihn von Kopf bis Fuß bedeckte. Vermutlich war er ein Jäger, denn auf seinem Rücken lag ein mit fremdartigen Symbolen bemalter Lederköcher, gefüllt mit grün gefiederten Pfeilen. Zudem hielt er in seiner rechten Hand einen Bogen, der vollkommen anders aussah als die Waffen, die ich kannte. Er war ein gutes Stück kürzer als die Langbögen, die im Norden nach wie vor benutzt wurden, und seine mit Leder umwickelten Enden waren nicht gerade, sondern anmutig gebogen.

Verwirrt starrten wir einander an. *Was ist das für ein Ort?*, wollte ich ihn fragen. *Wo sind wir hier?*

Doch kein Laut kam über meine Lippen. Denn plötzlich wusste ich, wer vor mir stand. Es war der junge König, den ich im Spiegel erblickt hatte. Nur dass er diesmal kein majestätischer Herrscher war. Keine Gestalt im Glanz von Gold und Edelsteinen, sondern ein wilder, dreckverkrusteter Jäger. Von Kopf bis Fuß in ein Geschöpf verwandelt, das mit dem Wald verschmolzen wäre – wenn es einen Wald gegeben hätte.

Durch den Spiegel hindurch war er mir wie ein Geist erschienen, doch jetzt, inmitten dieser schwarzen Leere, gab es nur uns. Wir waren allein. Er musste nur den Arm ausstrecken, um mich zu berühren.

Verzweiflung lag in seinem Blick. Er sah aus wie jemand, der alles verloren hatte, und mir wurde klar, dass wir dasselbe Schicksal miteinander teilten. Wir waren allein. So allein, wie ein lebendes Wesen es nur sein konnte.

Ich streckte meine Hand aus. Er tat es mir gleich. Wir sahen einander an, als würden wir uns kennen. Als wäre innerhalb eines Wimpernschlags alles Fremde zwischen uns gleichgültig geworden. Seine Augen, die mir zuvor noch wild und finster erschienen waren, musterten mich nun mit einer warmen, vertrauten Sanftheit. Sie waren dunkelbraun. Beinahe schwarz. Ohne jeden Zweifel waren es die schönsten Augen, in die ich jemals geblickt hatte.

Seine Hand legte sich über mein Herz. Ich berührte ihn an der gleichen Stelle. So standen wir da, spürten das Schlagen in der Brust des anderen und vergaßen die tote Welt, die uns umgab. Erleichterung überwältigte mich. Endlich war ich nicht mehr allein. Endlich hatte ich ihn gefunden! Ihn, einen Menschen aus einer Welt, die so anders war als alles, was ich kannte. Ich wollte mehr von ihm spüren. Ich wollte mich an ihm festhalten wie ein Ertrinkender am rettenden Felsen. Doch als ich die Augen nur einen winzigen Moment lang schloss und sie wieder öffnete, war mein Traum verschwunden.

Der Jäger war fort.

Und mit ihm die seltsame, tote Welt.

Als wäre nichts geschehen, stand ich am Fenster der Burg, blickte auf das weite Land des Südens hinab und sah, wie ein erster Streifen Sonnenlicht über die Berge kroch. Was war gerade geschehen?

War ich im Stehen eingeschlafen und hatte geträumt? Aber konnte ein Traum sich so anfühlen? Meine Finger spürten noch immer die Hitze seiner Haut. Ich roch den erdigen Duft der Farbe, die ihn bedeckt hatte, und da war noch immer dieses Brennen an meinen Fußsohlen. Als hätte ich mich an scharfen Steinen aufgekratzt.

Hastig hob ich meinen rechten Fuß. Nichts. Keine Schrammen, keine Schnitte. Also doch nur ein Traum?

Mein Herz zog sich vor Sehnsucht zusammen. Nur war es diesmal nicht meine Heimat, nach der ich hungerte. Was bedeutete das alles? Was verband mich mit diesem Mann? Warum war er mir so fremd wie die Sterne am Himmel und zugleich sehnte ich mich nach seiner Nähe, als wüsste mein Herz, das ich ihm bedingungslos vertrauen konnte?

Niemals würde Antares mich so ansehen, wie mich dieser Fremde angesehen hatte. Verwirrt. Staunend. Liebevoll. Als hätte er mich vor allem und jedem beschützt, obwohl wir nicht einmal unsere Namen kannten.

Ich kniff meine Augen zusammen und betete dafür, ihn erneut zu sehen. Aber als sich meine Lider hoben, bot sich mir nur das Bild, das ich jeden Morgen sah.

»Wer bist du?«, flüsterte ich. »Warum sehe ich dich?«

Hatte Ylerias Spiegel mir nicht bereits die Antwort auf meine Fragen gegeben? Er war der Herrscher der Aman-Kaja. Der Mann, der die Sprache der Drachen beherrschte und dessen Hass auf uns so groß war wie die Liebe zu seinem Volk. Aber mich hatte er nicht gehasst.

Die Hexe!, schoss es mir plötzlich durch den Kopf. Sie musste irgendeine Verbindung zwischen uns hergestellt haben, als ich in den

Spiegel geblickt hatte. Ich war ihr Köder und einen solchen warf man aus. Wieder und wieder, bis die Falle zuschnappte.

Eine unbändige Wut übermannte mich. Ich ließ mich von ihr fortreißen, sank auf die Knie und weinte, bis mich alle Kraft verließ. Tashma kam herbeigeschlichen, keckerte und zwitscherte und kletterte auf meinen Schoß, um ihren Kopf an meinem Arm zu reiben.

»Womit muss ich dich füttern, damit du groß wirst?« Ich strich über die schillernden Flügel des Basilisken und versuchte, nicht den Verstand zu verlieren. »Was frisst du überhaupt?«

Tashma blickte aus klugen goldenen Augen zu mir auf, als verstünde sie jedes Wort. Dann erhob sie sich, schüttelte sich, dass die Schuppen rasselten, und trottete zum Feuer. Es war nahezu heruntergebrannt und bestand nur noch aus knisternder Glut. Tashma stapfte mitten hinein, drehte sich ein paarmal um die eigene Achse wie eine Katze, die die richtige Position zum Schlafen sucht, und schnappte nach einem glimmenden Holzbrocken. Gurrend und schmatzend schlang sie ihn hinunter, nahm sich das nächste Glutstück vor und verspeiste es mit sichtlichem Genuss.

»Du verstehst, was ich sage?« Eine Funken Hoffnung keimte in mir auf. »Du verstehst mich wirklich?«

Tashma reagierte nicht. Zufrieden drehte sie sich im Kreis, fraß die Glutklumpen auf und schmatzte vor sich hin.

»Du verstehst mich also«, schlussfolgerte ich. »Zumindest halbwegs, wie es aussieht. Aber deswegen kannst du noch lange nicht mit mir reden. Oder sollte ich sagen: noch nicht?«

Bis in die Knochen erschöpft stemmte ich mich hoch, ging zum Bett und ließ mich darauf fallen, entschlossen, niemals wieder aufzustehen. »Ich hoffe, das wird sich bald ändern.«

Nachdem Tashma die Glut restlos verspeist hatte, kletterte sie zurück auf das Bett und rollte sich mit einem zufriedenen Schnurren neben mir zusammen. Ungeheure Wärme strahlte von ihrem Leib ab. Ich zog die Basiliskendame an mich, obwohl ihre Schuppen schmerzhaft heiß waren, presste meine Stirn gegen ihren Flügel und wünschte mir ein Wunder herbei.

Nur noch drei Tage. Drei letzte, freie Tage, ehe ich Antares auf Gedeih und Verderb ausgeliefert war.

Kapitel 29

Am Anfang aller Dinge

Tarek

Das blasse Mädchen verschwand. Meine Finger glitten durch sie hindurch, ihre Gestalt verwehte wie Asche. Dann gab es plötzlich nichts mehr, das an sie erinnerte. Nur noch eine Ahnung von Wärme auf meinen Fingern.

Wer war dieses Mädchen?

Woher war es gekommen und wohin gegangen?

Alles an diesem Ort fühlte sich falsch an. Tot und leer. Aber dieses Wesen hatte mich mein Schicksal vergessen lassen. Für einen flüchtigen Moment war ich glücklich gewesen. Nur weil sie mich berührt hatte. War es das, wovon Ixchal so gerne erzählte? Das tiefgehende Wissen darüber, dass man einen ganz besonderen Menschen gefunden hatte? Den einen, der aus einem Schatten etwas wahrhaft Lebendiges machte?

Warum war das Mädchen verschwunden? Warum führte mich Mohini zu ihr, nur um sie mir wieder wegzunehmen?

»Sieh dich um«, flüsterte eine ferne Stimme im Wind, die weder männlich noch weiblich klang. »Jedes Ende ist auch ein Anfang.«

Ich warf einen Blick in die Richtung, aus der ich gekommen war. Frische grüne Pflanzen krochen aus dem schwarzen Boden, sprengten ihn mit ihren zarten Trieben und wuchsen rasend schnell in die Höhe. Zuerst verwirrte mich der gerade Streifen, den sie bildeten. Doch dann begriff ich, was dem toten Boden neues Leben eingehaucht hatte: Die Pflanzen wuchsen auf der Blutspur, die meine Füße hinterlassen hatte.

»So war es auch, als ich eure Welt erschuf«, raunte die Stimme. »Mein Blut nährte den Dschungel. Meine Gebeine wurden zu Gebirgen. Meine Liebe zur herrlichen Vielfalt der Schöpfung. Jetzt bist du der erste Gott. In dir liegt dieselbe Macht, die einst mir geschenkt wurde. Wäre es nicht so, würden diese Pflanzen dort nicht wachsen.«

»Mohini«, flüsterte ich.

»Ja.« Ein sanfter, kühler Hauch strich über meine Lider. »Das ist mein Name. Einer von unendlich vielen.«

Wunderbare Müdigkeit umnebelte meinen Geist. Es gab keine Angst und keine Traurigkeit mehr. Als ich mich auf den Boden legte und in den grauen Himmel blickte, fühlte ich mich so glücklich und furchtlos wie nie zuvor in meinem Leben. Eine blasse Sonnenscheibe kämpfte sich durch den Dunst, sandte einen Lichtstrahl in die tote Welt und wärmte meine Haut. Es war das Licht eines neuen Anfangs.

Ich konnte das Alte nicht zurückholen, aber ich konnte etwas Neues erschaffen. Neue Legenden und neue Götter.

Die Schwärze des ewigen Schlafes zerrte an meinem Bewusstsein. Ich nahm eine der aus dem Boden sprießenden Klingen, betrachtete einen Moment lang ihre makellose Schärfe und stieß sie mir zwischen zwei Rippen hindurch in das Herz. Mohinis Atem wehte über meine Lippen und löschte allen Schmerz aus. Ein Seufzen ging durch die tote Erde. Es knackte und knisterte um mich herum. Wurzeln krochen an meinen Gliedern empor, Ranken strichen über meine Haut, Blätter und Blüten entfalteten sich hinter dem Schleier meines schwindenden Bewusstseins. Und mit meinem letzten klaren Gedanken erahnte ich, wie herrlich die Schöpfung sein würde, die aus meinem Tod entstand. Ich würde für immer ein Teil dieses Dschungels sein. Ich würde in der Erde sein, im Wasser der Flüsse und der Teiche, in den Bäumen, im Wind und im Regen. Jedes Geschöpf würde mit seinem Herzschlag und seinem Atem ein kleines Stück meiner selbst weiterleben lassen. Alles war gut.

Tok!

Träge erwachten meine Sinne aus dem Schlaf.

Tok! Tok!

Etwas summte und brummte in der hitzeflirrenden Stille des Mittags und prallte dreimal hintereinander gegen etwas Hartes. Blinzelnd öffnete ich die Augen. Direkt vor mir flog eine Drussel orientierungslos im Kreis herum, drehte unvermittelt nach links und kollidiert unsanft mit einem Baumstamm.

Tok!

Benommen stürzte das Tier zu Boden, verharrte einen Moment lang mit zitternden Flügeln und erhob sich schließlich unter lautem Gebrumme zurück in die Luft – nur um nach kurzem Flug erneut gegen einen Baumstamm zu stoßen. Diesmal stürzte es nicht ab, sondern trudelte wie O'bat in den Nächten der Großen Mondfeier in Zickzacklinien umher, wobei sein absurd großer Hintern wie ein schlaffer Sack hinter ihm her schlackerte. Eine Weile saß ich im Gras und dachte darüber nach, weshalb Mohini ein solches Wesen erschaffen hatte. Es war unsagbar dumm, stockblind und gänzlich nutzlos. Selbst die Mistkäfer verschmähten die Kadaver dieser Kreaturen. Drusseln bestäubten keine Blüten, dienten keinem Tier als Futter und nützten dem Wald und seinen Geschöpfen auch sonst in keiner Weise, abgesehen davon, dass Kinder gerne ihren Schabernack mit ihnen trieben.

Womöglich litt selbst eine Göttin manchmal unter seltsamen Launen. Oder sie hatte schlichtweg vergessen, den Drusseln irgendeinen Sinn mitzugeben.

Müde blickte ich der davon trudelnden Kreatur hinterher, ehe mir aufging, dass ich tot sein müsste. Dieser Dschungel war aus meinem Blut gewachsen. Ich war gestorben, um das Ende in einen neuen Anfang zu verwandeln. Warum war ich nicht unter Erde und Wurzeln begraben?

»Weil dies hier deine Prüfung ist«, hauchte Mohinis Stimme in mein Ohr. »Jetzt geh und folge dem Weg, den du spürst.«

Ohne auch nur einen Augenblick lang über ihre Worte nachzudenken, stand ich auf und ging in den Wald hinaus. Je weiter ich lief, umso tiefer wurde die Gewissheit, dass alles seinem vorherbestimmten Gang folgte. Jeder Schritt, den ich tat. Jede Pflanze, die meine Arme streifte. Jeder Atemzug und jeder Herzschlag, der in der gespenstischen Stille des Waldes widerhallte.

Nirgendwo sah ich Tiere. Keine Vögel, keine Insekten und keine Affen. Die Wipfel der Bäume waren ebenso verwaist wie das Dickicht, nur das ferne Brummen der Drussel zeugte davon, dass der Wald nicht gänzlich leblos war.

Nach kurzem Weg öffneten sich die Bäume zu einer kreisrunden Lichtung. Auf dem Boden wuchs nichts weiter als samtiges, hellgrünes Gras. Es gab keine Farne, keine Büsche und kein Moos, nicht einmal eine Blume wagte es, auf diesem Grund zu gedeihen. Etwas Mächtiges hielt die Natur im Zaum. Ich spürte sein unermessliches Alter, seine dunklen Gedanken und seine Ungeduld, die mich unwiderstehlich in die Mitte der Lichtung zog.

Ein schwarzer Brunnen aus Obsidian ragte aus dem Gras auf, ebenso kreisrund wie der Ort selbst und aus so meisterhaft gearbeiteten Steinen gebaut, dass kein Haar zwischen die Fugen gepasst hätte. Als ich näher trat, erschien aus dem Nichts ein goldener Becher auf dem Rand des Brunnens, besetzt mit funkelnden Smaragdsplittern.

»Trink das Wasser«, flüsterte Mohini. »Es ist deine letzte Prüfung.«

»Was geschieht, wenn ich es tue?«

»Du wirst das Ende deines Lebens sehen. Und du wirst erfahren, was du in dieser Welt zurücklässt.«

Ein Hauch von Furcht wuchs in meinem Herzen. Ich griff nach dem Becher und fühlte eine unnatürliche Kälte, die in dem Gold gefangen war. Einen Augenblick lang wusste ich, wie es war, in den unendlichen Tiefen des Himmels zu treiben. Allein in der Schwärze, in dem grenzenlosen Nichts zwischen den Sternen, gequält von einer Erinnerung, die wie ein Abgrund in der Seele klaffte. So tief, dass längst vergessen worden war, ob er einen Boden besaß oder unendlich war.

»Nimm das Wasser aus dem Brunnen.« Mohinis Stimme wurde fordernder. »Trink davon, dann ist deine Prüfung beendet.«

Ich tauchte den Becher in die spiegelglatte Oberfläche, schöpfte ihn voll und nahm einen Schluck. Das Wasser schmeckte frisch und süß, als käme es direkt aus der Quelle des Mondsteinberges. Vorsichtig nahm ich einen zweiten Schluck. Dann einen dritten. Nichts geschah. Ich stellte das Gefäß zurück, drehte mich im Kreis, betrachtete meine Hände und fühlte – nichts.

»Was jetzt?«, fragte ich in die Stille hinein.

»Setz dich in das Gras«, antwortete Mohini. »Und warte.«

Ich tat, was sie von mir verlangte, schlang die Arme um meine angezogenen Knie und blickte in einen tiefblauen Himmel hinauf, der von fedrig weißen Wolken gesprenkelt war.

Es ist seltsam zu sterben, wenn die Sonne scheint.

Kaum war der Gedanke durch meinen Kopf geweht, zerriss ein grelles Licht die Welt. Es stach wie tausend Lanzen in meinen Körper, verwandelte mein Fleisch in Stein und erstickte den Schrei in meiner Kehle. Niemals hatte ich etwas Vergleichbares empfunden. Ein weiß glühender Schmerz drang tiefer und tiefer, riss etwas mit brachialer Gewalt aus mir heraus und warf mich als leere Hülle in die Wirklichkeit zurück. Jemand schrie. Ich wusste, dass diese Stimme schön hätte klingen sollen. Sanft und liebevoll. Stattdessen war sie schrill vor Panik.

Das Leben strömte aus mir heraus. So schnell, dass die Schwärze mich forttrug wie ein reißender Fluss. Es gab kein letztes Wort und keine letzte Berührung. Nur ein Bild. Flüchtig und ewig zugleich, denn ich wusste, dass es sich in meine Seele einbrennen würde. Ein schönes Mädchen mit blassem Gesicht und langem weißblondem Haar ging neben mir zu Boden. Sie war das zarteste und verletzlichste Wesen, das ich jemals erblickt hatte, und doch brannte in ihr ein Feuer, das so wild war wie das eines Kriegers. Unter Tränen rief sie meinen Namen. Wieder und wieder. Ich hörte ihren verzweifelten Ruf selbst dann noch, als meine Seele in den Himmel floh. Dorthin, wo sich die goldenen Tore von Xibalba für mich öffnen würden.

Mein Leben lang hatte ich geglaubt, irgendwann einmal aufrecht und zufrieden in die Welt der Toten zu gehen. Stattdessen fühlte ich nichts als Wut. Es durfte nicht sein! Ich konnte sie nicht allein lassen!

»Lasst mich gehen!«, schrie ich die Geister an, die nach meiner Seele griffen. »Ich muss zurück!«

Aber die Nebelgestalten schüttelten nur traurig den Kopf. Manche von ihnen waren so alt, dass sie keine Gesichter mehr besaßen. Ihre kalten Finger berührten meine Lippen, sodass ich nicht mehr sprechen konnte. Sie berührten meine Augen, sodass ich nichts mehr sah. Und als sie meine Arme packten und mich in die Kälte zerrten, wusste ich, dass ich verloren hatte.

Wut erfüllte mich.

So viel Wut.

Aber auch Liebe. Größer als alles, was ich jemals empfunden hatte. Größer als meine Angst und mein Zorn. Sie war es, die überdauerte, als alles andere im endlosen Raum zwischen den Sternen verblasste.

Kapitel 30
Der König der Aman-Kaja

»Tarek!«

Ich riss die Augen auf. Eine hohe weiße Decke wölbte sich über mir, gerahmt von vier lächelnden Gesichtern. Die älteste Priesterin, Tarakai und zwei ihrer Schwestern. Was war geschehen? Was tat ich hier? Wo war …

Die Prüfung der Mohini!, fiel es mir wieder ein. *Das versteinerte Herz. Der heilige Teich und die brennenden Spinnenfäden.*

Hinter meinen Augen pochte es. Wie lange war ich fort gewesen? Augenblicke? Jahrtausende? War das hier die Wirklichkeit oder nur ein Traum? Wo endete das eine und wo fing das andere an?

»Dein Volk wartet auf dich«, sagte Tarakai. »Die erste Sonne ist bereits aufgegangen.«

»Was ist …« Ich blinzelte den Schleier von meinen Augen. »Was ist passiert?«

»Du hast es geschafft.« Tarakais Hand strich über mein Haar. »Alles ist gut. Jetzt gilt es nur noch das Urteil deines Volkes abzuwarten. Aber darum musst du dir keine Sorgen machen. Komm, steh auf. Es wird Zeit.«

Erstaunlicherweise gehorchte mir mein Körper tadellos. Kaum stand ich aufrecht, fiel die Erschöpfung von mir ab, nach ein paar tiefen Atemzügen durchströmte mich eine wunderbare Kraft. Ich fühlte mich stark, zuversichtlich und sogar ein wenig stolz. Denn als ich den Blick der Ältesten auffing, wusste ich, dass sie das Ergebnis meiner Prüfung mehr als zufriedenstellte.

Eine Priesterin kam herbei und trug die goldene, mit den Schwanzfedern eines Quetzals geschmückte Krone meines Vaters. Zwei weitere Frauen brachten den prachtvollen, mit Smaragden besetzten Kragen, an dem der königliche Umhang aus schillernden grünen Federn befestigt war. Ich erinnerte mich daran, wie sehr mein Vater während der nicht enden wollenden Feierlichkeiten des Großen Mondfestes unter dem Gewicht dieses Dings gelitten hatte.

»Was ist passiert?«, fragte ich die Älteste. »Warum erinnere ich mich an nichts?«

»Du hast die Prüfung bestanden«, antwortete die Priesterin mit einem geheimnisvollen Lächeln. »Mohini ist sehr zufrieden mit dir. Mehr musst du nicht wissen.«

»Aber ich möchte mehr wissen.«

»Nicht jetzt. Wie Tarakai schon sagte, dein Volk erwartet dich.«

Ich neigte den Kopf, damit die Älteste mir die Krone aufsetzen konnte. Schwer drückte sie sich in mein Haar, während die mit einem Drachenkopf geschmückte, goldene Platte kühl auf meiner Stirn lag. Da stieg mir ein überwältigend süßer Duft in die Nase. Offenbar hatte es den Priesterinnen nicht gereicht, meine Haut mit Goldpuder zu bestäuben, sie hatten mich auch noch förmlich in Orchideenöl ertränkt. Vermutlich damit das Puder besser hielt. Oder sie wollten, dass das Volk derart von meinem Duft berauscht wurde, dass es von ganz allein in die Knie ging.

An meinen golden schimmernden Armen und Füßen glänzten mit Smaragden, Malachit und Opalen besetzte Reifen, um meine Hüften wand sich das Tuch aus königsgrünem Stoff und wurde auch noch von einem üppig verzierten, goldenen Gürtel gehalten. Bei Mohinis süßem Atem, ich sah aus wie ein balzender Paradiesvogel!

Zu guter Letzt übernahmen die Älteste und Tarakai den Kragen samt Umhang und legten ihn mir um die Schultern. Eine kindliche Freude leuchtete in ihren Augen, während sie das Ungetüm drapierten, hier und da ein paar Federn zurechtzupften und schließlich mit zufriedenem Lächeln zurücktraten.

»Sie werden dich lieben«, seufzte Tarakai hingerissen. »Jeder, der dich sieht, muss dich lieben. Mohinis Prüfung ist für niemanden einfach, aber wir wussten, dass sie für dich als angehenden König ganz besonders schwer werden würde. Wir alle wären glücklich gewesen, wenn du es einfach nur unbeschadet überstehst. Stattdessen hast du …«

Tarakai verstummte abrupt, als die Älteste sie mit einem strafenden Blick durchbohrte.

»Was stattdessen?«, hakte ich nach. »Jetzt sag schon!«

Tarakai wollte antworten, doch die Älteste kam ihr zuvor. »Niemand erinnert sich an die Aufgaben«, belehrte sie mich. »Sie verschwinden im Augenblick des Aufwachens und lassen nur einen Schatten zurück. Nur an eine Sache wirst du dich erinnern.«

»An welche?«

»An das Bild deines Schicksals. An das, was dein Leben beherrschen und lenken wird. Mohini hat es dir gezeigt. Zum rechten Zeitpunkt wird dein Wissen zurückkehren.«

Damit schritt sie voraus, vollführte eine herrische Geste und verschwand im Nebel. Die Spinnen in ihren Netzen waren wieder in Reglosigkeit verfallen, das Wasser des Teiches schimmerte in sanftem Grün. Aus weiter Ferne hörte ich den Lärm der versammelten Menschen, die ungeduldig auf den Auftritt ihres neuen Königs warteten.

Welche Worte hatte mein Vater am Tag seiner Krönung gesprochen? Nur einmal hatte er mir davon erzählt und damals war ich noch ein Kind gewesen. Aber ich wusste, dass er vom Krieg gesprochen hatte. Seine Rede war von Zorn getragen worden, er hatte nach Rache gedürstet und war bereit gewesen, jedes nur erdenkliche Opfer zu bringen. Mehrere hundert Krieger und Kriegerinnen waren nach der Krönung ausgerückt, um mit drei Dutzend großen Kanus über den Fluss zu setzen. Drei Schlachten hatte die Armee meines Vaters für sich entschieden. Doch unsere Feinde lernten schnell. Beim dritten Mal wussten sie, wie wir Krieg führten. Sie kannten unsere Waffen und unsere Strategien, sie kannten alle Stärken und Schwächen. Vielleicht hätten mein Vater und seine Krieger dennoch den Sieg davongetragen, wenn die Knochenmenschen nicht über einen schier unerschöpflichen Nachschub an Soldaten verfügt hätten. Jeder tote Krieger aus unseren Reihen war ein schwerer Verlust gewesen. Doch starben einhundert Männer aus den Reihen unserer Feinde, waren sie innerhalb kurzer Zeit durch doppelt so viele ersetzt worden.

Jeder im Volk wusste, dass wir in den letzten Jahren die Grenze des Flusses nur mit Mühe und Not verteidigt hatten. Zu viele Totenfeuer hatten wir entfachen müssen, zu drückend war die Stille geworden, die sich über Itznamná gelegt hatte. Wir waren nicht mehr stark genug für einen herkömmlichen Kampf. Also musste ich ihnen auf andere Weise Hoffnung geben und was war dafür besser geeignet als eine Geschichte?

Ich versuchte, das Gewicht des Goldes und der funkelnden Edelsteine nicht mehr als Last zu sehen. Die Spinnen im Tempel hatten meine Geschichte in dem Moment neu gewebt, als nicht die Knochenechsen meine Wiege aus Schilf gefunden hatten, sondern ein Flussdelfin. Es war eine bedeutsame Geschichte, die im Gedächtnis der Menschen weiterleben würde. Allein deshalb musste sie ein gutes Ende nehmen.

Die Älteste und Tarakai trugen ihre Federkronen und flankierten meine Mutter. Strahlend schön wie der Sonnenaufgang stand Ixchal vor ihrem Volk, sprach ihm Mut zu und gab auf ihre unnachahmliche Weise jedem Einzelnen das Gefühl, geliebt zu werden. Würde ich irgendwann so sein wie sie? War diese Frau nicht weitaus königlicher, als ich es jemals sein könnte? Doch der Herrscher an ihrer Seite war tot und damit musste auch sie ihren Platz hergeben. An irgendeine Frau aus der Menge, die ich in spätestens drei Mondläufen auswählen musste. Wäre Tarakai keine Priesterin gewesen, hätte ich ihr diese Ehre zuteilwerden lassen. Doch wer einmal von Mohini aufgenommen worden war, kehrte niemals wieder zu den gewöhnlichen Menschen zurück. Ich konnte förmlich die hoffnungsvollen Blicke der unverheirateten Mädchen und Frauen vor mir sehen. Jede von ihnen malte sich in diesem Moment aus, den Bund mit mir einzugehen und zur Königin aufzusteigen.

Beständig schien sich das Gewicht der Krone und des Kragens zu verdoppeln. Hin und wieder warf mir der Manqu, der sich wie ein gewaltiger Schoßhund um den Thron zusammengerollt hatte, einen Blick aus flammend hellen Augen zu. Ich spürte, dass er mir Mut zusprach – und mir das Versprechen gab, bis zum Ende seines Lebens an meiner Seite zu stehen.

»Sei einfach du selbst«, flüsterte mir eine der Priesterinnen zu, die mit mir gemeinsam hinter der Säule Aufstellung genommen hatten, unsichtbar für die gebannt lauschende Menge.

»Sag bloß«, brummte ich nervös, schloss die Augen und grübelte darüber nach, wie ich meine Geschichte erzählen sollte. Wo musste ich anfangen? Wo enden? Was sollte ich besser auslassen und was vertrug ein wenig Ausschmückung? In meinen Händen kribbelte es, meine Knie wurden weich. Plötzlich übermannte mich das Bedürfnis, Hals über Kopf die Flucht zu ergreifen.

»Es ist so weit!« Eine Hand legte sich auf meinen Arm. Überrascht öffnete ich die Augen und sah, dass meine Mutter ihre Rede beendet hatte. In einer unmissverständlichen Geste der Aufforderung drehte sie sich zu mir um.

Ich wünschte mich fort. Weit fort.

Sehr weit fort!

Selbst ein Blinder würde meine Unsicherheit spüren. Ich sah vor mir, wie sie tuschelten und lachten, mit dem Finger auf mich zeigten und sich schlussendlich weigerten, mich zu akzeptieren. Zweimal war es laut der Geschichtsschreibung dazu gekommen, dass ein König trotz bestandener Prüfung vom Volk abgelehnt worden war. Zweimal in ungezählten Jahrtausenden. Würde ich der dritte Herrscher in dieser Liste werden? Fürchtete ich mich vor dieser Ablehnung? Oder hoffte ich darauf?

Bei Zumas stinkenden Warzen!

Skyla tauchte in einer Rauchwolke neben mir auf, holte aus und verpasste mir einen derben Schlag gegen die Rippen. Die Priesterinnen rissen überrascht die Augen auf, als ich scheinbar die Luft anknurrte.

Geh jetzt da raus!, knurrte das Drachenmädchen in meinen Gedanken. *Oder ich schlüpfe in dich hinein und stelle Dinge mit dir an, die du dir in deinen kühnsten Träumen nicht ausmalen kannst.*

Ich warf ihr einen finsteren Blick zu. Dann hob ich meinen Kopf, straffte meinen Körper und setzte mich in Bewegung. Wie ein Tier, das in die Enge getrieben wurde, erkannte ich den Weg nach vorn als einzigen Ausweg. Ein Seufzen und Raunen ging durch die Menge, als ich aus dem Schatten trat. Anscheinend war nichts dem Zufall überlassen worden. Ein goldener Sonnenstrahl fiel zwischen zwei Säulen hindurch und hüllte den Thron in einen Schleier aus Licht. Ich spürte, wie diese blendende Helligkeit auf mich überging, wie sie über mich floss und sich in all dem Gold verfing, das ich am Leibe trug.

Bewunderung zeichnete sich in den Gesichtern der Menschen ab. Sie sahen mich an, wie man einen Gott ansehen würde, der seine Gestalt aus dem Nichts erscheinen lässt. Ihr Lächeln war entrückt, selbst die Kinder auf den Armen ihrer Mütter verstummten und starrten mit offenen Mündern zu mir hoch.

All diese Schicksale lagen in meinen Händen.

Der kalte Smaragd in meiner Brust wurde warm, als würde er die Liebe und die Hoffnung in sich aufsaugen, die mein Anblick in den Menschen auslöste. Als ich schließlich meine Arme hob, ging erneut ein Seufzen durch die Menge. Begierig wartete jeder dort unten auf meine Worte und als ich begann, meine Geschichte zu erzählen, wurde der träumerische Ausdruck in ihren Gesichtern noch entrückter. Ich berichtete ihnen, was ich auf meiner Reise an das andere Ende der Welt erlebt hatte. Ich schilderte meine Reise über den Opalsee und meine Wanderung durch den Wald im Unbekannten Land. Ich ließ sie teilhaben an meinen Hoffnungen, Ängsten und Zweifeln, selbst den Biss des Nox ließ ich nicht aus, auch wenn mir klar war, dass ich damit den einen oder anderen Spott auf mich ziehen würde. Gelächter brandete hier und da auf, aber es klang in keiner Weise abfällig. Und plötzlich fühlte sich die Rede nicht mehr wie eine Rede an, sondern wie ein Gespräch unter Freunden.

Ergriffenes Säuseln ging durch die Menge, als ich den sterbenden Drachen beschrieb, über manches Gesicht liefen Tränen. Es war, als würde ich das Schwert noch einmal in die Brust des Tieres stoßen. Als würde sich mein menschliches Herz ein zweites Mal in einen Smaragd verwandeln, zeitlos und kalt, und als würde sich erneut die Dunkelheit um mich zusammenziehen, die erst gewichen war, als ich durch das Dach des Waldes gestürzt war.

Schließlich war meine Geschichte zu Ende.

Stille legte sich über den Krönungssaal.

Ich fühlte mich leicht und euphorisch, berauscht von all den Gefühlen, die mir entgegenströmten. In einem Anfall unendlicher Erleichterung schloss ich meine Augen und atmete tief durch, doch als ich sie nach einem kurzen Moment wieder öffnete, war der Palast verschwunden. Es gab keine Menge mehr, die ergriffen zu mir aufblickte, keine weiß schimmernden Säulen und keinen sonnendurchfluteten Dschungel.

Ich stand in einem düsteren, mit fremdartigen Gerätschaften vollgestellten Turmzimmer, das kein einziges Fenster besaß. Licht verströmten nur die flackernden Kerzen und ein kümmerliches Feuer in einem Kohlebecken.

Vor mir stand ein blasses Mädchen.

Ungläubig öffnete es seinen Mund und stieß einen Laut aus, der wie das Seufzen eines Vogels klang. Sein helles, fast weißes Haar war zu einem lockeren Zopf geflochten, der bis zu seinen Oberschenkeln hinabfiel, sein Gesicht war das eines erschrockenen Kindes. Ein blassblaues Gewand betonte die Farblosigkeit der Haut und die Verletzlichkeit der zarten, dünnen Gestalt. Zuerst glaubte ich, meine Augen würden mich täuschen, doch um den Hals der Fremden lag tatsächlich ein Flammenzehrer. Er war klein, kaum größer als eine Fischkatze, was bedeutete, dass er nicht älter als ein oder zwei Tage sein konnte.

»Wer bist du?«, fragte ich das Mädchen. »Was ist das für ein Zauber?«

Ihr Mund öffnete sich noch ein Stück weiter. Der Flammenzehrer schnaufte eine Rauchwolke aus, dann verblasste das eigenartige Bild so schnell, wie es gekommen war. Innerhalb eines Blinzelns kehrte ich in den Palast zurück, blickte auf lächelnde, verzückte Gesichter hinab und spürte, wie die Welt einen Ruck vollführte.

Plötzlich veränderte sich alles. Der Schleier über meinen vergessenen Träumen lichtete sich einen Spaltbreit und zeigte mir eine schwarze, tote Einöde, die den Gestank tausender Kadaver ausdünstete. Inmitten der furchtbaren Finsternis leuchtete das Mädchen wie ein verirrter Sonnenstrahl.

Sie sah mich an.

Ich sah sie an.

Ein weißes Kleid umhüllte viel zu groß ihren zierlichen Körper und während wir uns ansahen, überflutete mich ein Gefühl unendlicher Liebe. Es wurde größer und größer, bis es sich in Schmerz verwandelte, und plötzlich streckten wir im gleichen Moment unsere Hände aus, traten aufeinander zu und legten unsere Finger auf das Herz des jeweils anderen.

Da war warme Haut unter kühlem Stoff. Ein gleichmäßiges, schneller werdendes Schlagen drängte sich gegen meine Fingerspitzen, während das Mädchen mich ansah, als würden wir eine ebenso schöne wie traurige Erinnerung miteinander teilen. Sie hatte geweint. Zu viel Schmerz verdunkelte ihre schönen hellblauen Augen.

Und dann verschwand sie erneut.

Es war, als würde sich ein Stück meiner selbst auflösen. Erschöpft sank ich auf den Thron, unfähig, auch nur einen Moment länger aufrecht zu stehen.

»Was ist mit dir?« Meine Mutter behielt ihr Lächeln bei, doch ihre Augen verdunkelten sich vor Sorge. »Du zitterst ja am ganzen Leib.«

Verwirrt hob ich eine Hand. Tatsächlich. Sie schlotterte wie die eines Greises.

»Es ist nichts«, log ich sie an. »Mir geht es gut.«

Sie glaubte mir nicht. Natürlich nicht. Meiner Mutter war noch nie eine Lüge entgangen. Dennoch gab sie sich geschlagen, nickte mir zu und widmete ihre Aufmerksamkeit wieder der Menge, die irritierte Blicke austauschte.

»Nehmt ihr meinen Sohn als euren König an?«, fragte sie die Menschen mit lauter, klarer Stimme. »Werdet ihr ihn ehren und lieben und ihm im Leben wie im Tod Unsterblichkeit schenken?«

Mein Herz krampfte sich zusammen, als jeder Mann, jede Frau und selbst jedes Kind in die Knie ging und schweigend seinen Kopf neigte. Sie alle nahmen mich als ihren König an. Ausnahmslos.

Weshalb sandte Mohini mir ausgerechnet heute dieses Mädchen? Es war ein Knochenmensch, somit gab es nur einen Ort, an dem ich es finden konnte. Ebenso gut hätte die Göttin verlangen können, dass ich mich in mein eigenes Schwert stürzte.

Genau so wird es sein, raunte Skylas Stimme neben mir. Aus dem Augenwinkel sah ich, dass sie mit baumelnden Beinen auf der Lehne des Thrones saß. Respektlos wie immer. *Du gehst in die Welt der Knochenmenschen. Und du findest dieses Mädchen.*

»Woher …« Im letzten Moment fiel mir ein, dass es besser war, nicht laut zu sprechen. *Woher willst du das wissen?*

Ich weiß es, antwortete Skyla, *weil ich zwischen dem Diesseits und dem Jenseits lebe. Ich kann die Zukunft nicht sehen, aber ich weiß, wohin bestimmte Wege führen. Deiner führt in die Welt der Knochenmenschen.*

Beinahe hätte ich den Kopf geschüttelt. *Das ist unmöglich!*

Und doch wird es so sein.

Wie?

Das weiß ich nicht. Skyla senkte den Kopf und vermied es, mich anzusehen. *Aber es wird bald geschehen. Schöpfe Kraft, Tarek, denn du wirst sie brauchen. Eure Feinde werden nicht lange auf sich warten lassen.*

Kapitel 31

Das Geschenk des Flussdelfins

Mein Raum hatte sich nicht verändert. Nur das Holzgestell an der hinteren Wand, auf dem die Rüstung aus Drachenleder und all meine Waffen drapiert waren, machte mir die Tatsache bewusst, dass sich mein Leben von Grund auf verändert hatte. Und dass ich kein König des Friedens war. Für gewöhnlich behielten die Priesterinnen die Aufsicht über das Kriegswaffenlager, kein Kämpfer kam an ein Schwert, eine Rüstung oder einen Klingenspeer, ohne sich ihren Segen hierfür geben zu lassen. Doch nun lag das Überleben der Aman-Kaja in meinen Händen. Vermutlich hatte die Älteste aus diesem Grund beschlossen, mir freie Verfügungsgewalt über alles zu geben, was ich zum Töten brauchte.

Seltsam, dass ich noch immer auf menschliche Waffen angewiesen war. Befreite sich der Drache nur dann, wenn ihm keine andere Wahl blieb? Benötigte er Zeit, um sich an seine neue Hülle zu gewöhnen? Zu gerne hätte ich Skyla diese Fragen gestellt, aber natürlich ließ sie sich jetzt, da ich mir ihre Nähe herbeiwünschte, nicht blicken.

Als hätte ich mit dem Betreten meines Zimmers einen Mantel abgeworfen, fiel der Rausch der Feier von mir ab. Ich war immer noch Tarek. Weder fühlte ich mich wie ein König, noch wie ein Gott. Mein Schädel schmerzte von mehreren Bechern Juna-Wein und dem ungewohnten Gewicht der Krone. Ich legte das sperrige Ding, den Kragen und den Umhang auf mein Bett, streckte die steifen Glieder und rollte mit den Schultern. Bis eine Schar empörter Priesterinnen hereinrauschte und den ganzen Tand zusammenraffte, würde es nicht lange dauern. Wahrscheinlich war bereits aufgefallen, dass der alles überragende Fächer aus Quetzalfedern mitsamt seinem Träger verschwunden war. Die letzten stillen Momente auskostend, lehnte ich mich an eine Säule und blickte in die friedvolle Nacht hinaus. Eine Weile geschah nichts. Der Gang zu meinem Zimmer blieb verwaist, keine Stimmen und Schritte erklangen. Vielleicht hatten die Priesterinnen entschieden, mir ein wenig Ruhe zu gönnen. Oder sie waren den vergorenen Trauben zum Opfer gefallen.

Schlaftrunken wickelte ich das Tuch von meinen Hüften, faltete es halbwegs ordentlich zusammen und legte es zu dem anderen Flitterkram auf das Bett. Ob ich es wohl wagen könnte, zu den Wasserfällen zu gehen, um all das Goldpuder und das Öl loszuwerden? Der Gedanke war verlockend, andererseits lief ich Gefahr, unterwegs abgefangen zu werden. Jeder Moment des Alleinseins erschien mir zu kostbar, um darauf zu verzichten. Also goss ich Wasser in die Waschschale und zerdrückte darin eine Kaurinuss. Es dauerte lange, bis ich nicht mehr schimmerte und duftete wie Glanzpfau. Schließlich, als ich mich wieder halbwegs menschlich fühlte, knotete ich einen einfachen Jagdschurz aus Leguanleder um meine Hüften, setzte mich auf den Rand der Terrasse und beobachtete die feiernden Menschen.

Zum ersten Mal seit vielen Mondläufen war das Volk von Freude erfüllt. Prasselnde Festfeuer erhellten den Versammlungsplatz und warfen ihren flackernden Schein auf die Kronen der Bäume, Gelächter erhob sich in die warme Nacht, weckte Erinnerungen an bessere Zeiten. Der dunkle Rhythmus der Trommeln vermischte sich mit fröhlichem Flötenspiel und bildete eine seltsame Mischung aus Leichtigkeit und Wehmut. Nichts konnte darüber hinwegtäuschen, dass noch immer Trauer über Itznamná lag. All die Lichter, die dampfenden Kessel, die hoch aufschlagenden Flammen und die feiernden Menschen mit ihrer farbenfrohen Kleidung, den wippenden Federn und dem glänzenden Schmuck boten ein wunderschönes Bild, doch jeder dort unten war in Trauer. Die Asche zu vieler Leichname war in den Fluss gesunken. Jeder hatte einen Verwandten oder Freund verloren und blickte auf einen Platz, der leer war.

Ich erinnerte mich an den Lärm der früheren Feste, an das weithin hallende Lachen und die überschäumende Freude am Leben, in die sich jeder Mann, jede Frau und jedes Kind hatte fallen lassen. In jenen Nächten waren wir im Rausch gewesen, trunken vor Glück und zufrieden mit allem, was wir waren, und mit allem, was uns umgab. Nur noch selten geschah es, dass ich jemanden lauthals lachen hörte. Selbst die Geschichtenerzähler hatten ihre Lust am Fabulieren verloren und kehrten kaum mehr in die Pavillons ein. Heute jedoch waren alle drei gut gefüllt. Kinder und Erwachsene umringten die alten Frauen und lauschten mit großen Augen ihren Worten, während bunte Laternen von den Dächern der Pavillons baumelten und die Geschichten mit leisem Quietschen untermalten. Vermutlich wurde von den Heldentaten berühmter Könige erzählt. Eine der tausendfach erzählten Legenden, die niemals ihre Faszination verloren. Vielleicht webten die Alten aber auch neue Geschichten. Legenden, die in dieser Nacht zum ersten Mal erzählt wurden und ihre Reise durch die Jahrhunderte begannen, um mit jeder Erzählung fantastischer und farbenfroher zu werden.

Niemals wieder würden die Knochenmenschen einen von uns töten. Von jetzt an standen ihnen keine gewöhnlichen Krieger gegenüber, sondern der Dschungel selbst. Mit all seinen tödlichen, hungrigen Kreaturen. Sie alle sprachen zu mir, als mein Blick in die Schatten eintauchte.

Ihr Knurren, Winseln, Jaulen und Zischen kroch aus den Wipfeln und aus dem Nebel empor. Scharfe Zähne. Klauen. Stacheln, Dornen und Gift. In dieser Nacht, in der der Schein der Festfeuer nach langer Zeit zum ersten Mal wieder den Dschungel erhellte und die alten Lieder das Schweigen der Aman-Kaja brachen, erwachte der Wald aus seinem uralten Schlaf. Unter dem sternenübersäten Himmel sandte er einen unhörbaren Ruf in alle Himmelsrichtungen und flößte jedem Geschöpf etwas von seinem Zorn ein.

Grün schimmerte der Nebel in den Tälern. Grün wie der aufgehende Malachitmond und wie das Gift der schwarzen Nattern, die in gewaltiger Zahl aus dem Boden krochen und zum Fluss strömten, gemeinsam mit Panthern und Mondkatzen, Jaguaren und Affen, Anakondas, Kammschweinen, Hirschen und Pekaris. Selbst die Drachen und Flammenzehrer kamen aus ihren Höhlen und schlossen sich der

Armee an, die auf Pfoten, Schwingen, Hufen und Schuppen zum Großen Fluss wanderte.

Die feiernden Menschen ahnten nichts davon. Während hinter der nahen Wand aus schwarzen Bäumen unzählige Kreaturen vorbeizogen, tranken sie ihren Juna-Wein, genossen die Illusion einer guten Zeit und aßen, bis sie hintenüber kippten.

Eine bitter schmeckende Vorfreude brannte in meinem Blut. War ich es, der dem Kampf entgegenfieberte? Oder war es der Drache? Weshalb fiel es mir schwerer, die richtigen Worte für ein hoffnungsloses Volk zu finden, als mein Schwert und meinen Bogen zu nehmen und auszuziehen, um Feinde zu töten?

Jetzt da ich all die zornigen Wesen dort draußen spürte und wusste, dass sie meinem Willen gehorchten, fühlte ich mich unbesiegbar. Eine wilde Erregung vibrierte in meinen Gliedern und so stand ich auf, ging zum Tisch und tauchte die Finger in einen der bereitstehenden Farbtiegel. Der kalte Stein in meiner Brust heizte sich auf, wurde groß und größer, bis ich den Drachen fühlen konnte, der sich unter meinen Rippen wand. Ich bedeckte meine Haut mit dem Grün des Laubes, dem Braun des Holzes und dem Schwarz der Schatten und während ich das tat, durchströmte mich eine berauschende Macht. Wie fand ein solch gewaltiges Wesen Platz in einem menschlichen Leib? Auf welch seltsame Weise waren wir eins geworden? Ich fühlte, wie er sich in mir ausbreitete. Wie er in meine Muskeln kroch und seine Schwingen gegen meine Rippen drückte. Ich fühlte sogar den Flammenatem in meiner Kehle und die glatten, harten Schuppen unter meiner Haut.

»Du solltest dort unten sein.« Ixchals Stimme schien von weit her zu kommen. »Sie warten auf ihren König.«

Ohne mich zu ihr umzudrehen, tauchte ich meine Finger in den Tiegel mit der schwarzen Farbe und zog vier Streifen über meine grün bemalte Schulter. »Sag ihnen, dass ich dort bin, wo man mich braucht.«

Meine Mutter trat an mich heran. So viel vorsichtiger als sonst, als hätte sie Angst vor dem, was ich geworden war. »Du bereitest dich auf den Kampf vor? Du willst gehen? Allein?«

»Ja.« Meine Stimme gehörte nicht mehr mir selbst. Sie war tief und weich und schwärzer als die dunkelste Nacht. »Die Knochenmenschen kommen zurück. Ich werde auf sie warten.«

»Du kannst nicht allein gehen, Tarek! Es braucht seine Zeit, bis der Drache mit dir vereint ist. Noch bist du ein Mensch und kannst bluten wie ein Mensch.«

»Ich weiß. Aber meine Wunden heilen schneller, als du dich einmal im Kreis drehen kannst.«

»Und was ist, wenn du tödlich getroffen wirst?« Ixchal zwang ihre Angst nieder und klang nun wieder wie die stolze, unnachgiebige Frau, die ich kannte und liebte. »Du bist nicht unverwundbar, mein Sohn. Der Drache mag in dir sein, aber ihr braucht Zeit und Ruhe.«

»Beides habe ich nicht.«

Ixchal legte eine Hand auf meine Schulter, ungeachtet der Farbe, die längst noch nicht trocken war. »Bist du denn verrückt, dass du dich allein einer Armee aus Knochenmenschen entgegenstellen willst? Hat das Drachenfeuer dein Gehirn gekocht?«

Ich schloss die Augen und lauschte. Nach wie vor bewegte sich eine ungeheure Masse aus Tieren durch die Dunkelheit. Sie alle warteten auf mich.

»Nimm wenigstens die Krieger mit!«, flehte Ixchal. »Ich werde …«

»Nein!«, fuhr ich ihr über den Mund. »Es sind schon zu viele gestorben. Niemand wird sich mehr für diesen Krieg opfern.«

»Abgesehen von dir?«, flüsterte meine Mutter.

»Ich gehe nicht allein.« Kaum waren diese Worte ausgesprochen, erhob sich aus dem Nichts ein ohrenbetäubender Lärm, so gewaltig, dass das Laub von den Bäumen regnete und der Mondstein unter unseren Füßen zitterte. Selbst die Sterne schienen unter dem Knurren, Heulen, Jaulen und Kreischen aus Tausend mal Tausend Kehlen zu klirren.

Als das Wutgeschrei des Dschungels so abrupt endete, wie es begonnen hatte, kehrte Stille ein. Keine Musik erklang. Keine Stimmen waren zu hören. Nichts regte sich.

Ixchal legte eine Hand auf ihr Herz und starrte mich an, das Gesicht bleich wie das einer Toten. »Was war das, Tarek?«

»Meine Armee«, antwortete ich nur, bedeckte die letzte nackte Stelle auf meinem Oberarm mit dem blassen Grün zerriebener Jade und schenkte meiner Mutter ein Lächeln. »Du musst dich nicht fürchten, denn ich bin nicht allein. Ich bin alles andere als das.«

»Dann ist es also wahr?«, hauchte Ixchal. »All diese Wesen sind gekommen, um an deiner Seite zu kämpfen?«

»Sie sind gekommen, um an der Seite des Drachen zu kämpfen.«

Ixchal nickte, wischte sich eine Träne aus dem Augenwinkel und versuchte, standhaft zu bleiben. Aber die Sinne des Drachen verrieten mir, wie es wirklich um sie stand. Meine Mutter verging vor Angst. Ihre Stärke war von Furcht und Sorgen zerfressen, die sie zittern ließen wie ein verwundetes Tier.

»Ich kann ihn sehen, Tarek«, flüsterte sie heiser. »Er ist ganz dicht unter deiner Haut. Er ist überall. Sag, wie fühlt es sich an?«

»Als wäre er zu groß für meinen Körper.«

»Es wird besser werden.« Ixchal nickte ein paarmal, als müsste sie sich selbst von ihren Worten überzeugen. »Die Priesterinnen sagen, dass es eine Zeit lang dauert, bis sich zwei so verschiedene Körper und Seelen miteinander arrangiert haben. Mit jedem Tag wirst du stärker werden. Warte noch ein wenig, mein Sohn. Warte, bis du und der Drache wirklich vereint seid. Dann können die Knochenmenschen dir nichts mehr anhaben.«

Sie seufzte, legte eine Hand auf meine grün bemalte Wange und lächelte so wehmütig und stolz, wie nur eine Mutter es vermochte. »Könntest du dich nur mit meinen Augen sehen, Tarek. Könntest du nur sehen, was alle sehen, nur du selbst nicht. Wäre dein Geist so klein und einfältig wie der deines Freundes O'bat, würdest du tagein, tagaus nur herumstolzieren und in dich selbst verliebt sein.«

Ich lachte freudlos. »Du kannst ihn immer noch nicht leiden.«

»Nein. Er ist ein dummer Bratfrosch. Ist dir nie aufgefallen, wie er dich ansieht?«

»Wie denn?«

»Als würde er dir am liebsten die Haut abziehen, um selbst hineinzuschlüpfen.«

Wieder brachte meine Mutter mich zum Lachen. »Ja, er ist neidisch. Aber das war schon immer so. O'bat würde alles für mich tun.«

Ixchal strafte mich mit einem harten Blick. »Sei dir dessen nicht so sicher. Seit der Geschichte mit dem Drachen sehe ich etwas in seinen Augen, das mir nicht gefällt. Neid und Hass liegen nah beieinander. Und jetzt, wo du auch noch König bist, mag beides Überhand gewinnen.«

»Nein!« Ich versuchte mich an der autoritären Miene eines solchen, aber Ixchal verschränkte nur die Arme vor der Brust und stierte noch herrischer als zuvor zu mir hoch. »O'bat ist mein ältester und treuester Freund. Ich will nicht, dass du so über ihn sprichst.«

»Ach?«, schnaubte meine Mutter. »Dann hoffe ich für dich, dass ich mich irre. Versprich mir eines, Tarek. Vertraue ihm niemals dein Leben an. Ein Mann, der jahrelang von Neid zerfressen wird, vergisst irgendwann seine Freundschaft.«

»Ich kenne O'bat, seit wir gemeinsam laufen gelernt haben. Mehr habe ich nicht dazu zu sagen.«

»Ich weiß.« Ixchal seufzte. »Und ich werde dir auch keinen Rat mehr erteilen, denn nun bist du unser König und weißt selbst, was gut für dich und für dein Volk ist. Aber es gibt noch eine Sache, über die wir reden sollten.« Sie nahm einen tiefen Atemzug und blickte hinaus auf den Dschungel. »Während du dich der Prüfung unterzogen hast, ist der Ältesten die Göttin erschienen. Mohini hat ihr verraten, was damals geschehen ist.«

»Damals?«

»Als wir dich aus dem Fluss gezogen haben.«

»Und das wäre?« Ich ging zum Holzgestell hinüber, strich über die Rüstung aus Drachenleder und suchte nach einem letzten Rest Lebendigkeit. Aber alles, was ich spürte, war tote Haut. Aus irgendeinem Grund wollte ich nicht hören, was meine Mutter mir zu sagen hatte. Die Vergangenheit erschien mir fern und belanglos, viel wichtiger war es, sich Gedanken um die Zukunft zu machen.

Ixchal kam zu mir herüber und nahm den Brustpanzer vom Gestell. Schnell und geschickt half sie mir beim Anlegen der Rüstung, zurrte die Lederschnüre fest und rüttelte an jedem einzelnen Stück, um zu sehen, ob es richtig saß. Sobald meine Körperwärme auf das Drachenleder überging, schmiegte es sich so weich und geschmeidig an meine Haut, als wäre es ein Teil meiner selbst.

»Nein«, sagte ich, als Ixchal nach den Armschienen griff. »Ich schleppe schon genug mit mir herum.«

»Sollen deine Arme etwa ungeschützt bleiben?«

»Ja, das sollen sie. Ich möchte nicht …«

»Was möchtest du nicht?«, unterbrach mich Ixchal. »In einem Stück zu uns zurückkehren?«

»Herumlaufen wie ein Gürteltier. Wenn es nach mir ginge, würde ich nackt in den Dschungel gehen und nichts weiter am Leib tragen als diese Farbe. Aber wie ich die Priesterinnen kenne, sind sie beleidigt, wenn ich ihre kostbare Rüstung verschmähe.«

Ixchal schnaubte entrüstet. »Tarek! Wie kannst du so etwas sagen? Der Winddrache, dessen Haut du trägst, gab sein Leben für diese Rüstung.«

»Unsinn. Die Altersschwäche hat ihn vom Himmel geholt und die Priesterinnen sind rein zufällig über seinen Kadaver gestolpert.«

»Woher willst du das wissen?«

»Weil es so ist.«

Ixchal seufzte, trat hinter mich und teilte mein Haar in vier Stränge. Während sie es zu einem festen Zopf flocht, besänftigte das Kitzeln ihrer Finger mein hitziges Gemüt und betäubte meine Gedanken.

»Es ist nicht zu überhören«, knurrte sie vor sich hin. »Der Smaragddrache spricht aus dir. Er macht dich noch freiheitsliebender, als du es ohnehin schon bist. Wohin soll das nur führen?« Sie seufzte erneut, nahm von irgendwoher ein Lederband und wickelte es um den fertig geflochtenen Zopf. Dann trat sie wieder vor mich, blickte aus feuchten Augen zu mir hoch und seufzte ein drittes Mal.

»Mutter«, drängelte ich. »Was willst du mir sagen? Ich habe nicht ewig Zeit.«

»Ja, natürlich.« Ixchal schüttelte den Kopf, als wollte sie einen seltsamen Traum verscheuchen. »Es gibt eine Sache, die wir dir niemals erzählt haben. Als ich dich fand, war …« Sie schluckte mühsam. »Deine Wiege hatte in Flammen gestanden. Das Schilf war verkohlt, deine Decke versengt. Du selbst warst wie durch ein Wunder unverletzt. Ich wollte nicht glauben, dass jemand einen Säugling in eine brennende Wiege legen und dem Fluss überantworten könnte, aber es gab nur diese eine Erklärung. Ikbat vermutete ein grausames Ritual der Hirschmenschen, die in den Nächten des Marmormondes gerne den einen oder anderen Gefangenen lebendig rösten und verspeisen. Ich dagegen war der Meinung, dass es an deinen Malen lag.«

»Ich verstehe nicht.«

»Das, was bei uns ein Zeichen königlicher Abstammung ist, gilt bei einigen Stämmen als böses Omen.«

»Ich dachte, nur unser Volk verfügt über die leuchtenden Male.«

Ixchal schüttelte den Kopf. »Nein. Sehr selten kommt auch bei anderen Stämmen ein Kind zur Welt, das diese Zeichen trägt. Sie sind meist blasser als unsere und leuchten nur schwach, aber das Erbe ist unübersehbar. Vor langer Zeit, als es den Mondsteinpalast noch nicht gab und hundert verschiedene Stämme in den Wäldern lebten, vermischten sie sich hin und wieder miteinander. Ich weiß sogar von einer Aman-Kaja-Prinzessin, die sich in einen Hirschmenschen verliebte.«

»In einen Hirschmenschen?«

Ixchal lächelte. »O ja. In einen Hirschmenschen. Nicht immer waren sie so grausam, wie sie es heute sind. Während wir das Erbe unserer dunklen Zeit abwarfen und den Weg des Friedens gingen, durchliefen sie eine gegenteilige Entwicklung.«

»Du meinst, damals war es genau umgekehrt? Wir waren wie die Hirschmenschen und sie waren wie wir?«

»So ist es.«

»Warum gibt es darüber keine Geschichten?«

»Weil wir nicht gerne an unsere Vergangenheit erinnert werden und die Geschichte der Hirschmenschen zu erzählen, ist, als würde man unsere eigene erzählen. Nur in entgegengesetzte Richtung. Es hat seinen Grund, weshalb die Priesterinnen darauf bestehen, dass niemand freien Zugang zu den Waffen hat. Damals als wir noch voller Wut und Hass gewesen waren, haben die heiligen Frauen dieses Gesetz beschlossen. Und es hat sich ausgezahlt. Genauso wie manch andere Veränderung.«

»Voller Wut und Hass«, wiederholte ich Ixchals Worte. »Dann ist es heute so wie damals.«

»Nein! Das ist es nicht. Wir sind wütend und wir hassen, aber wir werden niemals zu unserer Vergangenheit zurückkehren. Niemals! Ich habe als Kind einen der alten Tempel gesehen, Tarek. Ich habe die Bilder gesehen, die …«

»Ich weiß, Mutter. Du hast mir diese Geschichte schon oft erzählt.«

»Ich habe die Bilder gesehen«, wiederholte sie unbeirrt, »die vor tausenden von Jahren an seine Wände gemalt worden sind. Von berauschenden Dämpfen benebelte Priester, die Gefangenen bei lebendigem Leib das Herz herausschneiden und es dem Volk zum Fraß vorwerfen. Abgeschlagene Köpfe. Berge von Leichen. Geopferte Kinder. Sklaven, die vor fett gemästeten, geisteskranken Adligen kriechen. Bosheit und Niedertracht wurden mit Macht belohnt, aber diese Vergangenheit ist tot und sie wird für immer tot bleiben. Mohini sei Dank haben wir den richtigen Weg gefunden, ehe es zu spät war.«

Ixchals Worte hallten ohrenbetäubend laut in meinem Kopf wider. Sie hatte mir von dem Tempel erzählt, viele Male sogar. Doch niemals davon, was auf den Bildern, die sie damals so verstört hatten, zu sehen gewesen war. Ich dachte an all die Männer, die ich getötet hatte. Manche fast noch Kinder. Ich hatte sie durchbohrt, ihnen die Köpfe abgeschlagen, ihre Kehlen durchtrennt, sie in ihrem eigenen Blut sterben lassen. Und flüchtige Momente lang, berauscht vom hässlichen Gift des Kampfes, hatte es mir sogar Freude bereitet.

»Es ist falsch, so wenig Geschichten über unsere dunkle Zeit zu erzählen«, murmelte Ixchal gedankenversunken. »Es ist falsch, darüber zu schweigen. Ich sehe zu oft das Feuer in den Augen der jungen Männer und die Gier im Blick der Dummköpfe. Überlasse einem von ihnen die Krone und die Geschichte wird sich binnen kurzer Zeit wiederholen.«

»Das werden die Priesterinnen zu verhindern wissen«, antwortete ich nur, obwohl mir eine ganz andere Frage auf der Zunge lag: *Glaubst du wirklich, dass ich besser bin als sie?*

Mühsam verbannte ich die Bilder von Krieg und Tod und versuchte zu vergessen, dass ich bald schon frisches Blut schmecken würde. »Hat Mohini der Ältesten verraten, wer mich damals töten wollte?«

»Niemand wollte dich töten«, antwortete Ixchal. »Dein Vater lag mit seiner Vermutung falsch und ich ebenso. Denn du warst bereits tot, als man dich in die Wiege legte. Du wurdest weder ausgesetzt oder geopfert, du wurdest bestattet.«

»Was? Ich verstehe nicht.«

Wieder strich Ixchal über meine Wange, die Augen feucht von Tränen. »Mohini war nicht bei dir, als das Fieber dich tötete. Aber sie erkannte den falschen Weg, den das Schicksal eingeschlagen hatte, gerade noch rechtzeitig. Der Flussdelfin hat dich nicht nur sicher an das Ufer gebracht, er opferte auch sein Leben, um deines zu retten. Als ich dich zum ersten Mal in meine Arme nahm, sah ich, wie dein Retter von der Strömung fortgetragen wurde. Ich wunderte mich darüber, denn ein Boto bewegt sich im Wasser so flink wie eine Schwalbe in der Luft. Jetzt weiß ich, dass er im Sterben lag. Mohini hat das älteste aller Gesetze außer Kraft gesetzt, um dich zu retten. Sie besiegte für dich den Tod. Aber wo etwas geboren wird, muss auch etwas sterben.«

Ich starrte meine Mutter an und wusste, dass ich mehr hätte fühlen sollen. Dass ich *irgendetwas* hätte fühlen sollen. Doch alles, was sie sagte, klang wie eine Geschichte. Wie etwas, das die weißhaarigen Männer und Frauen im Pavillon erzählten.

»Wie sah die Göttin aus?«

»Sie hat keine Gestalt«, antwortete Ixchal. »Mohini ist in der Erde, im Wasser der Flüsse und Teiche, in den Bäumen, im Wind und im Regen. Jedes Geschöpf hält sie mit seinem Herzschlag und seinem Atem lebendig, obwohl sie vor unendlich langer Zeit ihr Leben hingegeben hat.«

Ein seltsames Gefühl wurde in mir wach. Ich kannte diese Worte, aber das war unmöglich. Es war das erste Mal, dass meine Mutter versuchte, das Wesen der Großen Göttin zu umschreiben. Niemand tat das gerne, denn Mohini war zu unbegreiflich und allumfassend, um sie mit der menschlichen Sprache zu erfassen.

»Ich muss gehen.« Viel zu hastig umfing ich das Gesicht meiner Mutter und drückte einen Kuss auf ihre Stirn. »Sorge dich nicht. Mir wird nichts geschehen.«

»Wie lange wird es dauern?«

»Das weiß ich nicht.«

Ixchal nickte gefasst, berührte noch einmal meine Schulter und wich zurück. »Ich werde Angst um dich haben, weil eine Mutter sich um ihre Kinder sorgt, solange ihr Herz schlägt. Aber ich vertraue der Großen Göttin und ich vertraue der Liebe, die sie für dich empfindet. Ihr Herz muss übervoll davon sein. Genauso wie meines.«

Ich lächelte ihr zu, weil meine Zunge keine Worte mehr hervorbrachte. Dann trat ich auf die Terrasse und suchte nach dem Manqu. In der Ferne fand ich ihn nicht, doch als ich nach unten blickte, sah ich ihn mit halb ausgebreiteten Schwingen auf der dritten Stufe des

Palastes kauern, bereit, mich in den Kampf zu tragen. Ixchal stieß einen Schreckenslaut aus, als ich mich kurzerhand in die Tiefe fallen ließ. Dann gab es nur noch das Brausen des Nachtwindes und das Schlagen mächtiger, kupferfarbener Schwingen, die uns in die Dunkelheit trugen.

Kapitel 32
Dschungelflüstern

Dem langen Regen folgte eine dampfende, erstickende Hitze. Es wurde still im Dschungel, alles Getier verbarg sich in Höhlen und an schattigen Plätzen. Nur die unermüdlichen Grillen zirpten und füllten die heiße Luft mit ihrem einschläfernden Lied. Längst trug ich nur noch die Farbe am Leib, denn jedes Stück Kleidung war unerträglich in diesen Tagen. Im Schatten eines Schwalbenbaumes zerrieb ich Samen, Blüten und Nüsse, vermischte sie mit Wasser und erneuerte meine Tarnung, die der Regen zum großen Teil abgewaschen hatte. Zwei Affen lungerten über meinem Kopf auf einem Ast herum und beobachteten, wie ich mich von Kopf bis Fuß bemalte. Zunächst ignorierte ich die Tiere, doch als sie beständig näher rückten und mit ihren Pfoten nach mir angelten, hielt ich ihnen eine Handvoll dunkelgrüner Farbe aus den Blüten des Tokapibusches entgegen. Kurzerhand tunkte einer der Affen seine Finger hinein und zog sie sich quer über das weiß befellte Gesicht.

Wie ein hochnäsiger Mensch, der bewundert werden wollte, setzte sich das Tier aufrecht hin, reckte den Kopf empor und ließ die nun folgende Untersuchung seines Gefährten mit stoischer Miene über sich ergehen.

Eine Weile hielt ich in meiner Arbeit inne, blickte in die Kronen der Bäume hinauf und sah ein feines Netz aus Licht zwischen den Zweigen tanzen. Seit ich mich in den Wald zurückgezogen hatte, sah ich diese

Erscheinung immer häufiger. Meist wurde sie nur sichtbar, wenn ich mich darauf konzentrierte, doch in Momenten wie diesen, wenn der Dschungel vor Nässe dampfte und eine seltsame Stille über allem lag, war das Licht allgegenwärtig. Manchmal kam es zu mir und umhüllte mich wie ein Kokon und wenn das geschah, fühlte ich mich ebenso alt und stark wie die Bäume, die mich umgaben.

Ein lautes Krächzen riss mich aus meinen Gedanken. Blau und grün schillernde Aras kamen herbeigeflogen, kreisten dreimal über meinem Kopf und ließen sich im Geäst des Schwalbenbaumes nieder. Nun gab es kaum mehr einen freien Zweig. Überall ruhten gut getarnte Baumschlangen und Gmuffen, Spinnen, Tausendfüßler, Raubschrecken und Falter. Auf moosüberzogenen Ästen dösten Raubkatzen, ohne sich um die Pekaris, Hirsche und Antilopen zu scheren, die in Sprungweite auf dem moosigen Boden schliefen, so unbekümmert, als wäre die alte Feindschaft zwischen Beute und Jäger außer Kraft gesetzt.

Umringt vom wispernden Grün des Dschungels und seinen wilden Kreaturen fühlte ich mich so wohl und geborgen, dass ich manchmal sogar vergaß, weshalb ich hierhergekommen war. Unser schweigendes Miteinander aus Blicken und Gesten besänftigte meine ruhelosen Gedanken. Wenn mir heiß war, sprang ich in einen der zahllosen Teiche, wurde mir kühl in der Nacht, kamen Mondkatzen und Jaguare herbei und legten sich neben mich. Seit Tagen hatte ich kein einziges Wort mehr gesprochen und es gab Momente, in denen mich die Tatsache erschreckte, dass ich rein gar nichts vermisste. Es machte das Leben so wunderbar einfach, wenn man niemals darüber nachdenken musste, was falsch und was richtig war. Die meiste Zeit saß ich auf dem höchsten Baum und beobachtete das östliche Ufer. Manchmal schlief ich, manchmal aß ich. Hin und wieder wanderte ich ohne Ziel umher, schärfte meine Sinne und hörte, was der Dschungel mir zu sagen hatte.

So hätte es ewig weitergehen können.

Aber die Feinde kamen näher. Tag für Tag. Nacht für Nacht.

Mit halb geschlossenen Augen lehnte ich mich an den Stamm des Baumes und ließ die Farbe trocknen. Es dauerte nicht lange, bis ein Jaguar aus dem Gebüsch getrottet kam und sich an meiner Seite ausstreckte. Eingetrocknetes Blut klebte an seinen Krallen und besudelte die Schnurrhaare. Offenbar galt das unausgesprochene Gesetz des

Friedens nur in meiner Nähe, nicht aber im Rest des Dschungels. Die Katze grollte tief in der Brust, legte ihren Kopf auf mein Knie, öffnete das Maul und begann zu hecheln. Unerbittlich stieg die Große Sonne höher, verbrannte mit ihrem sengenden Feuer die Wipfel der höchsten Bäume und verdampfte alle Feuchtigkeit. Ein Knistern und Knacken erwachte im Dschungel, die ersten Rinnsale und Pfützen trockneten aus. Moos schälte sich von den Stämmen, ausgedörrtes Laub raschelte im glutheißen Wind. Selbst mein Körper, der an Wärme gewöhnt war, wollte mir in der brütenden Hitze nicht mehr recht gehorchen und wurde matt und schwer. Es gab unzählige Wächter, die mich warnen würden, sobald sich am östlichen Ufer etwas regte. Also lag ich dösend im Schatten des Schwalbenbaumes, blinzelte müde in das grüne Flimmern der Blätter hinauf und nickte immer wieder ein.

Gerade als mein Schlaf tiefer werden wollte, legte sich der Jaguar mit einem zufriedenen Seufzen quer über meine Beine und streckte seine Tatzen in die Luft. Schlaftrunken griff ich nach einer der samtigen Pfoten. Da schnappte das Tier nach meiner Hand und schloss seine mächtigen Zähne darum, sanft für seine Begriffe, aber für dünne Menschenknochen grob genug, um sie knacken zu lassen. Die Katze knurrte, ich knurrte zurück und im nächsten Moment wälzten wir uns auf dem Boden herum, umklammerten einander, grollten und fauchten und bleckten im spielerischen Kampf die Zähne. Mal gelang es dem Jaguar, mich zu Boden zu drücken und mir seinen nach Blut stinkenden Atem ins Gesicht zu hecheln. Dann wieder war er unter mir, fletschte empört die Zähne und versuchte, sich freizustrampeln.

Lange hielten unsere Kräfte der sengenden Hitze nicht stand. Schon bald kippten wir zur Seite, lagen japsend nebeneinander und rangen nach Atem. Der Himmel über uns war grau und milchig geworden, irgendwo in der Ferne grollte Donner. In Erwartung des nahenden Regens zitterten die ausgedörrten Blätter und erfüllten den Wald mit sehnsüchtigem Raunen und Rascheln. Ein letztes Mal bäumte sich die Hitze auf, brachte die Luft zum Flimmern und legte sich wie eine erstickende Last auf alles Lebendige. Obwohl jeder Atemzug in meiner Kehle brannte, stemmte ich mich hoch und begann zu laufen. Langsam zuerst, dann nach und nach schneller, bis mein müder Körper zu neuem Leben erwachte. Ausgetrocknetes Moos knisterte unter meinen Schritten, neben mir im Dickicht bewegten sich schläfrige Geschöpfe und begleiteten meinen Weg.

Als ich meinen Aussichtsplatz am Ufer des Flusses erreichte – einen uralten Ameisenbaum, der hoch über das Dach des Dschungels hinausragte –, bauschten sich die Regenwolken zu schwarz-blauen Gebirgen auf. Wie eine Flutwelle walzten sie über das gerodete Land im Osten, tauchten den Fluss in Finsternis und zogen über meinen Kopf hinweg. Blitze in brennendem Violett und flammendem Gelb zuckten über den Himmel, Sturmböen fauchten über das Wasser und türmten es zu schäumenden Wellen auf.

Während der Wind an mir zerrte, kletterte ich auf einen der flechtenbehangenen Äste und blickte in die Dunkelheit hinaus. Schwärme weißer Reiher suchten Zuflucht in den Wipfeln, Hornechsen strebten auf das Ufer zu und sammelten sich in den Buchten, wo das Wurzeldickicht der Bäume sie vor dem Sturm schützen würde.

Nirgendwo im Osten stieg der Rauch ausgelöschter Feuer auf. Es gab keine seltsamen Bewegungen, kein Waffenklirren und keine fernen Stimmen, die der Wind heranwehte. Trotzdem fühlte ich, wie die Knochenmenschen näher rückten. Vielleicht würde ich heute Nacht die ersten Fackeln entdecken, vielleicht morgen Nacht. Sicher war nur eines: Der Krieg stand unmittelbar bevor.

Im tiefen Dickicht des Waldes, wo es nur die wilden Kreaturen und das smaragdgrüne Licht gab, das Flüstern der Blätter und das Strömen des Flusses, war ich dem Drachen näher als je zuvor. Ich fühlte mich stark. Hungrig. Zornig. Ich wollte der Armee der Knochenmenschen entgegentreten und das, was sich so wütend und kampflüstern von innen gegen meinen Körper drückte, endlich befreien.

Im flackernden Licht der Blitze malte ich mir aus, wie all die Geschöpfe des Dschungels über die Armee unserer Feinde herfallen würden. Eine Flut aus Fell, Zähnen, Schuppen und Klauen, unaufhaltsam und gnadenlos. Da kämpfte sich am westlichen Horizont die Smaragdsonne zwischen schwarzen Wolkengipfeln hervor, ließ ihr strahlendes Licht über den Wald fließen, brachte die Wipfel der Bäume zum Glühen und wurde nach einem flüchtigen Augenblick der Helligkeit wieder vom brodelnden Meer des Himmels verschluckt.

Die ersten Tropfen trafen meine Haut. Von Osten her wehte ein grauer Vorhang aus Regen heran, verschlang zuerst das Ufer, dann den Fluss. Schließlich, als er den Ameisenbaum erreichte, prasselte sein Wasser mit der Wucht von Schlägen auf mich ein. Wäre ich noch ein Mensch gewesen, hätte ich die Flucht ergriffen. So aber legte ich den Kopf in den Nacken, breitete meine Arme aus und schmeckte das Salz des Regens auf meiner Zunge. Unzählige Blüten tränkten die Luft mit ihren Düften, Pflanzen wuchsen und streckten sich, Farne entrollten ihre Blattspitzen, Vögel senkten die Köpfe und ließen das Wasser über ihr Gefieder perlen. In dunklen Rinnsalen strömte die Farbe, die ich zuvor so umständlich gewonnen und aufgetragen hatte, über meine Haut.

Wie schon oft in den letzten Tagen schienen meine Sinne förmlich zu explodieren. Es war, als wäre ein winziger Teil meiner selbst in jedem Geschöpf, in jeder Pflanze und in jedem Tropfen, der den Fluss und die unzähligen Tümpel speiste. So musste es sich anfühlen, überall und nirgends zu sein. Es gab zahllose Geschichten und Lieder über Mohinis Opfer, doch erst hier, im Regen auf dem Ast des Ameisenbaumes, wurde mir die Bedeutung ihrer Schöpfung, ihres Lebens und ihres Todes wirklich bewusst.

Lange verharrte ich auf meinem Aussichtsplatz, bis das Unwetter davongezogen war und die Nacht hereinbrach. Erst dann kehrte ich zu jenem Platz zurück, an dem ich meine Waffen und die Rüstung in einer Baumhöhle versteckt hatte. Ich kniete mich zwischen die Brettwurzeln eines Kakaobaumes, rieb meine Haut mit Schlamm ein und ging ein paar Schritte, bis sich das Dickicht vor dem Fluss öffnete. Ein umgestürzter Baum ragte weit über das Wasser hinaus. Dort nahm ich meinen Platz für die Nacht ein, lehnte mich mit dem Rücken gegen einen Ast und wartete auf das, was unweigerlich kommen würde. Am Himmel flirrte ein Meer aus Sternen, die ersten Nachtvögel zwitschern. Obwohl ich den Tag über weder gegessen noch getrunken hatte, empfand ich keinerlei Bedürfnis nach Nahrung. Offenbar logen die Geschichtenerzähler, wenn sie behaupteten, der Smaragddrache sei ein gewaltiger Jäger, immerfort hungrig und lechzend nach Fleisch. Vielmehr begann ich an jene Erzählungen zu glauben, die berichteten, dass der Gott aller Drachen niemals fraß oder trank, sondern sich vom

Licht des Waldes ernährte. Wenn ich in den letzten Tagen etwas zu mir genommen hatte, war es aus reiner Gewohnheit geschehen. Noch immer fand ich Gefallen an reifen Früchten, Nüssen oder gerösteten Heuschrecken, aber ich konnte mich nicht mehr daran erinnern, wann ich das letzte Mal hungrig oder durstig gewesen war. Ernährte sich mein Körper also, ohne dass ich es bemerkte, vom allgegenwärtigen Netz der Lebenskraft? Würde ich zukünftig auf jegliche gewöhnliche Nahrung verzichten können und demzufolge auch auf alle Folgen, die Essen und Trinken mit sich brachten?

Auch in dieser Nacht blieb ich nicht lange allein. Ein Panther gesellte sich auf leisen Pfoten zu mir, ließ seinen Schweif vom Stamm herabbaumeln und starrte aus jadegrünen Augen in die Dunkelheit hinaus. Zwei Mondkatzen trillerten ihren Jagdruf, irgendwo in der Ferne heulten Rotwölfe.

Alles schien friedlich, doch nach und nach veränderte sich etwas im Gefüge des Dschungels. Menschen schlichen durch den Wald.

Vier an der Zahl. Allesamt Männer.

Obwohl sich meine Freunde mit dem Geschick erfahrener Jäger bewegten, nahm ich sie schon von Weitem wahr. Was trieben diese Dummköpfe hier draußen? Dachten sie ernsthaft, ich würde mich nach Gesellschaft sehnen?

Unwillkürlich überkam mich das Bedürfnis, sie mit ein paar fauchenden Mondkatzen in die Flucht zu schlagen. Zu lange hatte mein Schweigen angedauert, zu gut hatte es sich angefühlt, nur ich selbst zu sein. Vielleicht hatte der Flussdelfin mir nicht nur seine Lebenskraft, sondern auch seine Seele gegeben. Botos verbrachten ihr Leben allein. Nur einmal in einem großen Mondlauf fanden sie sich zu Schwärmen zusammen, um nach zwei Nächten erneut auseinanderzugehen und in die Einsamkeit zurückzukehren.

Damals war ich gestorben. In mir steckte mehr Boto als Mensch und jetzt, da ich das Herz des Drachen in mir trug, war vielleicht nichts mehr von dem übrig, was ursprünglich in diesem Körper gesteckt hatte.

»Verschwindet«, flüsterte ich das erste Wort seit vielen Tagen.

Aber die Menschen gehorchten mir nicht.

Kapitel 33
Blutrotes Wasser

Der heisere Ruf eines Hoatzins erklang. Ein wenig zu schief, ein wenig zu krächzend. Eindeutig O'bats untalentierte Zunge. Mürrisch starrte ich in die Richtung, aus der mir die menschlichen Gerüche entgegenwehten. Seit jeher war die Überzeugungskraft meines besten Freundes größer als seine Klugheit. Vermutlich war ihm die dämliche Idee gekommen, mir zu folgen, und seine Begleiter hatten sich nur zu gerne davon anstecken lassen.

Wieder krächzte der Hoatzin. Ich antwortete ihm mit dem trillernden Ruf eines Regenpfeifers, drehte mich zum Waldrand um und wartete darauf, dass meine Freunde mich fanden. In diesem Augenblick wehte der Wind ein fernes, kaum wahrnehmbares Geräusch aus dem Osten heran.

Die Armee der Knochenmenschen!

Hunderte nach Angst stinkender Leiber mit dröhnenden Herzen und klappernden Rüstungen, rumpelnden Wägen und schnaubenden Zugtieren. Noch waren sie fern, aber bald würde sich ein Meer aus brennenden Fackeln am Horizont abzeichnen. O'bat und seine Gefährten hätten sich keinen schlechteren Zeitpunkt aussuchen können, um ihre Abenteuerlust zu stillen.

Ich lief zur Baumhöhle, knotete mir in aller Hast den Schurz um die Hüften, schulterte Köcher und Bogen und kletterte auf den höchsten Ast eines abgestorbenen Kaurinussbaumes. Am Himmel kreisten bereits mehrere Manqus, von Westen her näherte sich ein Schwarm Kondore. Flammenzehrer und Purpurdrachen erhoben sich aus den Wipfeln, Raubkatzen erklommen die Bäume, eine gewaltige Anakonda schlängelte sich durch das trübe Wasser des Flusses und rollte sich am Ufer zusammen, bereit, sich auf meinen Befehl hin auf unsere Feinde zu stürzen.

»Bei Zumas Arsch!«, hörte ich O'bat fluchen. »Was ist das für eine Tapirscheiße?«

Gedämpfte Schreckenslaute erklangen. Vermutlich war den Männern gerade klar geworden, dass sie sich zwischen unzähligen Raubtieren bewegten. Als O'bat ein weiteres Mal nach mir rief, klang sein Hoatzin-Schrei wie das Gejammer einer Kreischeule.

»Nicht schießen«, rief ich ihnen zu. »Ich bin bei dem toten Kaurinussbaum.«

»Hier sind überall Mondkatzen und Jaguare«, brüllte O'bat.

»Ich weiß. Geht einfach an ihnen vorbei.«

»Und zwölf Streifennattern, jede so groß wie Zumas Schwanz!«

»Sie werden euch nichts tun.« Das ungewohnte Sprechen ließ meine Kehle brennen. Es fühlte sich an, als hätte ich ein Menschenleben lang geschwiegen. »Außer ich befehle es ihnen.«

»Ist das dein Ernst, Tarek? Natürlich ist es dein Ernst. Ich hatte vergessen, dass du keinen Humor hast.«

Polternd walzten die Männer durch das Dickicht, stanken wie ein verfaulter Titanwurz und schnauften mit der Lautstärke von Büffeln. Weit im Osten begannen Lichter am Horizont zu tanzen. Brennende Fackeln. Blitzendes Metall.

»Tarek? Bist du das?«

Ich blickte in die Tiefe und sah O'bats schreckensbleiches Gesicht. Khalik stand der Mund so weit offen, dass ein Kondor hätte hineinfliegen können, während Tza-Nami und Muyal, zwei junge Jäger mit mehr Mut als Erfahrung, ein Gebet vor sich hin murmelten.

»Was bei allen stinkenden Faulaffen sucht ihr hier?«, knurrte ich die Männer an. »Das hier ist nicht euer Kampf.«

»O doch!«, blökte O'bat. »Wir stehen an deiner Seite, Freund. Ob es dir gefällt oder nicht.«

»Wozu? Es gibt keinen Kampf.«

»Hä?«, grunzte er verständnislos.

»Ich sagte, es gibt keinen Kampf.«

O'bat kniff die Augen zusammen. »Das verstehe ich nicht.«

»Keiner der Knochenmenschen wird diese Seite des Flusses betreten. Noch ehe sie die Mitte des Flusses erreichen, sind sie tot. Und falls es doch ein Kanu schafft, freuen sich die Katzen auf ein saftiges Nachtmahl.«

»Gut.« O'bat grinste, nickte seinen Gefährten zu und begann, den Baum zu erklimmen. »Das heißt dann wohl, dass du jeden Bogen und jeden Pfeil gebrauchen kannst. Abgesehen davon will ich mir das Spektakel nicht entgehen lassen.«

»Was soll das werden?« Ungläubig sah ich zu, wie alle vier Männer auf meinen Ast kletterten. Tza-Nami und Muyal drängelten sich an mir vorbei und nahmen zu meiner Rechten Platz, während O'bat und Khalik links von mir blieben. Ein Blick in ihre sturen Gesichter machte klar, dass keiner von ihnen weichen würde.

»Du hast es erfasst.« O'bats Grinsen wurde noch breiter. »Jeder Protest ist zwecklos. Wir bleiben hier.«

Der Gedanke, die Männer mithilfe einer Anakonda vom Baum zu befördern, wurde zusehends verlockender. Aber O'bat würde früh genug bereuen, mir gefolgt zu sein. »Also gut. Nur tut mir einen Gefallen und haltet Abstand. Ihr stinkt wie brünstige Büffel.«

»Und du siehst aus wie ein Sumpfdämon.« Mein Freund versuchte, abfällig zu klingen, doch das misslang ihm gründlich. Er fürchtete sich vor mir und seltsamerweise gefiel mir dieser Gedanke. »Was ist mit dir passiert? Haben ein paar Tage ausgereicht, um dich von einem Menschen in ein Tier zu verwandeln? Und warum trägst du keine Rüstung?«

»Weil ich keine brauche.«

»Bei Zumas behaarten Eiern, du bist noch einsilbiger als früher. Demnächst wirst du auch sprechen wie ein Tier. Nämlich gar nicht.«

»Lerne du erst mal, wie man den Ruf eines Hoatzins nachahmt.«

O'bat riss in einer spielerischen Drohgebärde die Augen auf. »Was stimmt mit meinem Ruf nicht?«

»Alles. Du klingst wie eine Kreischeule, der ein Gewölle im Hals stecken geblieben ist.« Niemals hätte ich es offen zugegeben, aber unser kleiner Streit besaß etwas Tröstliches. Es war ein Blick in eine

Vergangenheit, die in jenem Augenblick, in dem ich das Herz des Drachens durchbohrt hatte, für immer gestorben war.

»Dieser Trottel hat sich schon den einfachsten Vogelruf ausgesucht«, flüsterte Khalik mir zu. »Nicht einmal den bekommt er hin.«

»Vielleicht sollte er es mit einem Brüllaffen versuchen«, raunte ich zurück. »Das würde ihm am besten zu Gesicht stehen.«

»O ja«, grunzte Khalik. »Unser Freund könnte ganz er selbst sein.«

»Noch ein Wort!«, grollte O'bat, »und meine ersten beiden Pfeile landen in euren arroganten Ärschen, so wahr ich euch beide in Standhaftigkeit und Größe bei Weitem übertreffe.«

»Da hat Tarakai aber was ganz anderes erzählt«, erwiderte Khalik. »Anscheinend hat Tarek sie in ihrer gemeinsamen Nacht nachhaltig beeindruckt. Stimmt es eigentlich, dass du …«

»Haltet den Mund! Jetzt ist nicht die Zeit für Scherze.« Ich nickte zum östlichen Ufer hinüber, wo inzwischen zahllose Lichter in der Dämmerung flackerten. Allmählich verstreuten sie sich entlang des Flusses und malten zitternde Streifen auf das Wasser.

»Seht euch das nur an«, flüsterte Khalik fassungslos. »Das sind doch sicher fünf- oder sechshundert Krieger.«

»Wie kann das sein, Tarek?«, ergriff nun auch Tza-Nami das Wort. »Ich dachte, du hättest die meisten von ihnen getötet?«

»Ja«, erwiderte ich. »Weißt du noch, was Ikbat nach seinem ersten Krieg erzählt hat? Jeder tote Krieger aus unseren Reihen war ein schwerer Verlust, aber für jeden, der auf der Seite unserer Feinde starb, kamen zehn neue hinzu.«

»Wie groß kann ihr Volk denn sein?«, wisperte Tza-Nami. »Wie können sie dreihundert tote Männer innerhalb so kurzer Zeit durch doppelt so viele ersetzen?«

»Die meisten von ihnen sind keine Krieger.« Ich ignorierte Tza-Namis Frage, weil ich nicht über die Antwort nachdenken wollte. »Ich kann ihre Angst riechen. Sie sind unerfahren und verwirrt. Die meisten von ihnen wissen nicht einmal, warum man sie in eine Rüstung gesteckt hat.«

»Woher weißt du das?«, knurrte O'bat. »Sagt dir das der Drache?«

»Ja.«

»Dann gaukeln sie uns ihre Kampfkraft also nur vor?«

»Ja und nein. Ihre Kämpfer sind zum großen Teil keine Krieger, aber sie besitzen immer noch gute Waffen. Jede einzelne davon ist gefährlicher, als es ein Bogen oder ein Schwert jemals …«

»Vorsicht!«, kreischte Tza-Nami, warf sich bäuchlings auf den Ast und schützte seinen Kopf mit beiden Händen. Ein Manqu strich dicht über unsere Köpfe hinweg, riss das Maul auf und schrie mit einem ohrenbetäubenden Kreischen seine Wut hinaus. Angesteckt vom Gebrüll ihres Gefährten, brachen auch die anderen Drachen in infernalisches Geschrei aus, spien blaues Feuer und schlugen so wild mit den Flügeln, dass ein brausender Wind den Fluss aufwühlte. In ihr Lärmen mischte sich das Krächzen der Kondore und das Keckern der Flammenzehrer, das Brüllen der Raubkatzen und das Bellen der Hornechsen und Rotwölfe.

»Bei Zumas fettem Arsch!«, flüsterte O'bat und erstarrte in Ehrfurcht.

Mehrere Lichter glitten am anderen Ufer auf das Wasser hinaus. Paddel klatschten in das Wasser, der Gestank nach Panik wurde vom Wind herangetragen. Jemand hatte die Männer gezwungen, in die Kanus zu steigen und auf den Strom hinauszurudern. Jemand, der wusste, dass sie sterben würden.

Kehrt um, beschwor ich sie in Gedanken. *Kehrt um oder ihr findet den Tod.*

Tatsächlich drehten zwei der Kanus ab. Zornige Schreie bellten, Schüsse krachten. Hastig rissen die Männer ihre Steuerruder herum und lenkten die Kanus wieder auf das westliche Ufer zu. Hinein in ihr Verderben.

»Du solltest sie alle töten«, fauchte O'bat. »Nicht nur die, die sich auf den Fluss hinauswagen. Einem giftigen Geschwür sollte man nicht die Gelegenheit geben, noch weiter zu wachsen.«

»Und was«, warf Khalik ein, »wenn in ein paar Tagen doppelt so viele am anderen Ufer stehen? Die Knochenmenschen scheinen zahlreicher zu sein als die Stechmücken in der Regenzeit.«

»Unsinn«, knurrte O'bat. »So groß kann kein Volk auf Mohinis Erde sein. Hast du nicht gehört, was Tarek gesagt hat? Ihnen sind die Krieger ausgegangen. Deswegen haben sie Maisbauern und Töpfer in ihre Rüstungen gesteckt.«

»Ich will keine Maisbauern und Töpfer töten«, knurrte ich zurück. »Sie sind nicht grausam, sondern nur dumm. So dumm, dass sie sich von einer Handvoll Männer in den Tod schicken lassen.«

»Aber sie greifen uns an!«, bellte O'bat. »Nur das zählt.«

»Sei still!«

»Wenn sich eine günstige Gelegenheit bietet, sollte man sie nutzen.«

»Ich sagte, du sollst still sein!« Das erste Kanu erreichte die Mitte des Flusses. Sein Steuermann war alt. Zu alt für den Krieg. Weißes Haar quoll unter seinem schwarzen Helm hervor. »Ihr alle haltet jetzt den Mund.«

Die Männer im Boot ruderten um ihr Leben. Immer hektischer und ungeordneter klatschten ihre Paddel in das Wasser, begleitet von keuchenden Atemzügen und ängstlichem Gewimmer. Niemand in diesem Kanu wusste etwas vom Krieg. Wahrscheinlich hatte man die Unglückseligen vom Feld oder aus ihrer Werkstatt gezerrt, um sie in aller Hast in die Rüstung eines Kämpfers zu stecken.

O'bats Ellenbogen bohrte sich in meine Rippen. »Jetzt schieß doch endlich, verdammt!«

»Es ist zu dunkel zum Schießen«, zischte Tza-Nami. »Er sieht ja gar nichts.«

»Natürlich sieht er was. Er hat jetzt die Augen des Drachen.«

Draußen auf dem Fluss brach wildes Geschrei aus. Über dem Kanu wuchs ein Schatten empor, wurde größer und größer, kippte zur Seite und stürzte auf das Boot zu, das plötzlich winzig wie eine Nussschale wirkte. Den Männern blieb keine Zeit zur Gegenwehr. Mit offenen Mündern und aufgerissenen Augen starrten sie ihrem Tod entgegen, als eine baumstammdicke Anakonda ihr Boot zerschmetterte. Hornechsen peitschten mit schlagenden Schwänzen durch das Wasser, ließen ihre Mäuler um die zappelnden Körper zusammenschnappen und zerfetzten sie mit fürchterlichem Krachen und Schmatzen. Glänzend im Sternenlicht, bewegte sich die Anakonda in trägen Windungen auf das nächste Kanu zu. Dessen Besatzung legte sich mit aller Kraft in die Riemen, doch weit kamen sie nicht. Hornechsen verbissen sich in die Paddel und rissen sie den panischen Männern aus den Händen. Körper klatschten in das Wasser. Ein schillernder Schlangenleib wand sich um das Kanu und zerquetschte es wie eine reife Beere. Da stießen die Manqus aus dem Nachthimmel herab, packten mit ihren Klauen alle, die den Hornechsen entkommen waren, und verschlangen sie mit einem einzigen Bissen.

Sechzehn Kanus trieben noch auf dem Fluss, sieben von ihnen verschwanden unter einer wimmelnden Masse aus Hornechsen. Vier weitere zersplitterten unter den Klauen und Mäulern der Manqus, während die restlichen Boote von einem gleißenden weißblauen Feuer verschlungen wurden. Das Kreischen der verbrennenden Männer währte nur kurz, zu heiß und zu tödlich war der Atem der Flammenzehrer. Innerhalb eines Blinzelns zerfielen die noch immer aufrecht stehenden Leiber zu glühenden Klumpen, die wie zur Erde gestürzte Sterne im schwarzen Wasser versanken.

»Mohini sei mir gnädig, alter Freund«, flüsterte O'bat. »Ich bete dafür, dass ich dich niemals zum Feind haben werde.«

Kapitel 34

Der Schneezahn

Yleria

Auf dem Fluss brach ein Massaker von nie gesehener Grausamkeit aus. Starr vor Entsetzen sah Yleria mit den Augen des Hauptmanns, wie eine Anakonda einem lebendigen Berg gleich aus dem Wasser emporwuchs und eines der Boote zerschmetterte. Kaimane zerrissen die in den Fluss stürzenden Männer, Drachen stürzten aus dem Himmel herab, ein Schwarm Basilisken steckte mehrere der Kanus in Brand und verwandelte sie mitsamt ihrer Besatzung in bläulich glimmende Ascheflocken. Ungläubig starrte Yleria auf das schreckliche Schauspiel. Die Magie des Spiegels zehrte an ihrer Lebenskraft, zu sehr sträubte er sich dagegen, nicht in die Zukunft, sondern in die Gegenwart zu blicken. Noch dazu forderte ihre Verbindung zu Nadir und dem Schneezahn ihren Tribut. Lange würde sie nicht mehr mit den Augen des Hauptmanns sehen können und dieser Idiot zweifelte noch immer daran, dass sein Feind am anderen Ufer des Flusses Stellung bezogen hatte. Worauf wartete er? Etwa darauf, dass ihm ein gefiederter Pfeil vor die Füße fiel, der eindeutig aus dem Köcher eines Aman-Kaja stammte?

»Er ist längst da, du Spatzenhirn.« Yleria ballte die Hände zu Fäusten. »Jetzt mach schon! Lass ihn frei!«

Aber Nadir stand da wie versteinert. Mit Hilfe seines Nachtkristall-Fernrohrs sah er das Sterben seiner Männer, als wäre es helllichter Tag. Unter wildem Gebrüll scheuchten die Generale weitere Bauern auf den Fluss hinaus und jagten jedem, der sich ihren Befehlen verweigerte, eine Kugel durch den Kopf. Dunkle Schlieren zogen sich durch den Fluss, das Wasser schäumte und brodelte im Gewühl zahlloser schuppiger, dorniger und glitschiger Leiber.

Zu den Kaimanen gesellten sich Arapaimas, jeder Fisch so lang wie ein großer Pferdekarren. Sie verschlangen die Fetzen, die die hungrigen Reptilien übrig ließen, drei von ihnen warfen sich gar an das Ufer und schnappten nach jenen Männern, der gerade darin begriffen waren, ihre Boote zu Wasser zu lassen. Kugeln und Schwerter durchbohrten die Leiber der Fische, doch einem Arapaima gelang es, seine kreischende Beute in die Fluten zu zerren.

Panik griff um sich. Dutzende Bauern ergriffen Hals über Kopf die Flucht, aber nur die wenigsten schafften es, in der Dunkelheit unterzutauchen. Der Boden des östlichen Ufers tränkte sich ebenso mit Blut wie der Fluss.

Gewehre und Kanonen krachten, gellende Schreie zerrissen die Dunkelheit. Yleria sah einen riesigen schwarzen Vogel aus dem Himmel herabstürzen. Er schlug seine Klauen in einen der wenigen übrig gebliebenen Soldaten, der gerade dabei war, eine Kanone neu zu bestücken. Ehe eine Salve Kugeln das Tier durchsiebte, hatte es mit seinem scharfen Schnabel den Leib des Mannes aufgerissen und ihm die Eingeweide aus dem Bauch gezerrt.

»Beende das«, fauchte Yleria. »Verdammt noch mal! Was glaubst du denn, wer all diese verfluchten Kreaturen herbeigerufen hat?«

Nadir zuckte zusammen. Vielleicht hatte er ihren Zorn gespürt, vielleicht sogar ihre Worte in seinem beschränkten Geist gehört. Er ließ das Fernrohr sinken, hob den Krug mit dem Schneezahn auf und legte eine Hand flach auf den Verschluss.

Yleria stöhnte. »Jetzt mach schon, du Trottel.«

Nadir atmete schwer. Er mochte unzählige Kriege erlebt haben, doch was hier geschah, erfüllte selbst ihn mit abgrundtiefem Entsetzen. Während seine behelfsmäßige Armee in Stücke gerissen wurde, entkorkte er mit zitternden Fingern den Krug, murmelte ein Gebet und drehte das Gefäß um.

Mit einem leisen *Platsch* landete die Schlange im Matsch.

Yleria spürte den Schmerz des Schneezahns, als er aus der wohltuenden Kälte des verzauberten Krugs in die schwüle Hitze einer Dschungelnacht hinausgeworfen wurde. Seine glatten Schuppen, in denen sich sonst die Umgebung spiegelte und ihm Unsichtbarkeit verlieh, sträubten sich wie die Nackenfedern eines Kampfhahns und wurden schneeweiß.

»Mein armer, alter Freund«, seufzte Yleria. »Komm, ich helfe dir.«

Sie beendete ihre Verbindung zu Nadir, um den Rest ihrer Kraft ganz auf den Schneezahn zu konzentrieren. So lange hatte sie ihn behütet und gepflegt. Ihn, den letzten seiner Art. Denn keine Kreatur, und sei sie auch noch so magisch, widerstand seinem Gift.

»So ist es gut«, lobte sie das Tier, als es seine Schuppen wieder glatt an den Körper presste. Augenblicklich verwandelte sich das glitzernde Weiß in eine spiegelnde Oberfläche, die den Schneezahn vollkommen mit seiner Umgebung verschmelzen ließ. »Jetzt hast du es bald überstanden.«

Belebt von neuer Kraft, schlängelte sich das Tier über den aufgewühlten Schlamm und glitt in das Wasser. Mühsam schlüpfte Yleria in seine Wahrnehmung, schwamm mit dem Schneezahn durch kochende, nach Blut stinkende Fluten, huschte an herumwirbelnden Reptilien und Raubfischen vorbei, streifte zerfetzte Körperteile und sah, wie abgenagte Knochen in die Tiefe sanken. Der Fluss erschien ihr endlos breit, der Lärm infernalisch. Noch immer gelang es den Generälen, ihre Lämmer zur Schlachtbank zu treiben. Der Schneezahn schien dem Gewühl so schnell wie möglich entkommen zu wollen, klappte etwas entlang seines Körpers aus und jagte plötzlich so hastig voran, dass das Gemetzel zu einem gnädigen Schatten verkam. Aber es war nicht nur die Furcht, die die Schlange zur Eile antrieb.

Magie war ihre Nahrung, eine im Aussterben begriffene Macht, die einst die gesamte Welt durchdrungen hatte und nun einzutrocknen drohte wie ein Tümpel in der Wüste. Jahrelang hatte Yleria den Schneezahn mit ihrer Energie ernährt, mehr schlecht als recht, denn ihre Magie war gering und taugte meist nur zu Küchenzauberei und anspruchslosem Hokuspokus. Immerhin reichte es, um Antares bei der Stange zu halten. Aber sie wusste, dass so viel mehr möglich war. Der Dschungel der Aman-Kaja war voller magischer Kreaturen, sie musste sich nur an einer von ihnen bedienen.

»Nein!« Yleria spürte, wie der Schneezahn an Kraft verlor. »Du musst durchhalten. Du musst! Sonst war alles umsonst.«

Die Bewegungen der Schlange wurden mühsamer. Sie brauchte Eis und Schnee und fauchende Winde, keine Hitze und kein schlammiges Wasser, das von warmen Quellen gespeist wurde.

»Weiter«, flehte Yleria. »Ja, genau so. Du hast es fast geschafft.«

Endlich erreichte der Schneezahn das rettende Ufer. Er hielt sich nicht damit auf, Atem zu schöpfen, sondern strebte mit einem letzten Aufbäumen seiner Kraft in das Dickicht hinaus. Offenbar hatte er eine verlockende Fährte entdeckt.

»Finde ihn«, flüsterte Yleria. Immer wieder und wieder, als wären die beiden Worte ein Gebet. »Finde ihn, finde ihn, finde ihn!«

Zielstrebig kroch der Schneezahn über moosüberzogene Wurzeln, knotige Lianenschlingen und dicke Teppiche aus Blüten. Lichter glommen in der Dunkelheit, leuchtende Pflanzen und Tiere in unermesslicher Zahl. Yleria sah den lautlosen Schatten eines Jaguars und die schweigenden Silhouetten von Affen und Vögeln, die in unnatürlicher Stille die Kronen der gewaltigen Bäume bevölkerten. Keines der Tiere regte sich. Sie alle starrten auf den Fluss hinaus, als zöge sie das Massaker wie der Blick einer Abgottschlange in den Bann.

Nach und nach forderte die Hitze ihren Tribut. Ein rasender Schmerz begann die Muskeln des Schneezahns zu lähmen, seine glatten Schuppen wurden rissig. Verzweifelt kroch das Tier vorwärts, hin zu einem knorrigen, abgestorbenen Baum, der dicht am Ufer stand. Mit letzter Kraft glitt der Schneezahn an seinem Stamm empor, inzwischen halb wahnsinnig vor Schmerz. Doch Yleria zwang ihn zur Langsamkeit. Wenn er jetzt entdeckt wurde, war alles aus. Noch spiegelten seine Schuppen die Umgebung wider, aber hier und da zogen sich bereits Risse durch das Tarnkleid. Die Schlange war nicht länger unsichtbar.

Eine heiße Welle der Erregung durchlief Ylerias Körper, als sie fünf menschliche Silhouetten auf einem Ast kauern sah. Es waren Männer der Aman-Kaja, prächtig anzusehen mit ihren archaischen Rüstungen aus Hornechsenleder und den kunstvoll geflochtenen, mit Federn geschmückten Haaren, bewaffnet mit Bögen, Schwertern und Dolchen. Kostbare Gold- und Jadereifen schlangen sich um ihre Handgelenke und ließen den Reichtum erahnen, der tief im Dschungel auf seine Entdeckung wartete.

Nur einer von ihnen trug keinerlei Schmuck, ja, noch nicht einmal eine Rüstung. Er kauerte in der Mitte der Gruppe, jeweils flankiert von zwei Kriegern, und bot trotz seiner Schlichtheit die eindrucksvollste Erscheinung. Abbröckelnde Farbe zog sich über seinen schlanken, aber muskulösen Körper und bedeckte zu einem großen Teil auch sein Gesicht. Aus einem halb aufgelösten Zopf hingen zerzauste, schlammverkrustete Strähnen und seine Augen glühten in magischem Gold.

Er war es.

Niemals war sich Yleria einer Sache so sicher gewesen.

In den Adern dieses Mannes floss das Blut eines Drachen, in seiner Brust schlug ein Herz aus Smaragd. Sie schmeckte förmlich die Magie auf ihrer Zunge. Eine herrliche, wilde Magie von solcher Größe, wie es sie selbst in den alten Zeiten nur selten gegeben hatte.

Nicht auszudenken, was sie damit alles bewirken konnte!

Aber wie sollte der Schneezahn ungesehen an zwei Männern vorbeikommen? Die Schlange war groß, die weißen Risse in ihrem Schuppenkleid inzwischen zu zahlreich, um übersehen zu werden.

»Warte«, befahl sie dem Tier, als es von Hunger getrieben immer weiter vorankroch. »Ich sagte, warte!«

Die Schlange zischelte wütend, doch sie gehorchte. Lange würde das arme Tier nicht mehr durchhalten, also wie konnte sie dafür sorgen, dass ihre Beute sich absonderte?

Einer der Männer begann, auf den Drachenkrieger einzureden. Der antwortete mit stoischem Schweigen. Ein zweiter mischte sich in das Gespräch ein, bald darauf ein dritter. Auch wenn Yleria kein Wort der fremdartigen Sprache verstand, wusste sie doch, dass es sich um ein Streitgespräch handelte. Die Stimmen wurden lauter, die Wut größer. Schon nach kurzer Zeit knurrten die Männer wie tollwütige Hunde, fuchtelten mit den Armen und schlugen auf das Holz ein, bis es dem Drachenkrieger zu viel wurde. Yleria konnte ihr Glück kaum fassen, als er sich mit einem Kopfschütteln erhob, an den Männern vorbei balancierte und sich mit der Anmut einer Raubkatze auf einen höheren Ast zog. Dort kauerte er sich nieder und blickte auf den Fluss hinaus, während die Männer unter ihm weiter stritten. So vertieft waren die Aman-Kaja in ihren Disput, dass keiner von ihnen die Schlange bemerkte, die sich am Baumstamm emporwand. Yleria hielt den Atem an. Noch zwei Armlängen, noch eine. Der Schneezahn rollte sich zusammen, streckte den Kopf aus und bewegte ihn quälend langsam vorwärts, bis seine spitze Schnauze fast den Fuß des Drachenkriegers berührte. Yleria spürte die Hitze ungezügelter Magie. Jahrzehnte war es her, dass sie zum letzten Mal eine Gänsehaut am ganzen Körper verspürt hatte. Heute Nacht war es wieder so weit. Sie zitterte und schauderte, der Erfüllung ihrer größten Sehnsucht so nahe. Eine uralte Macht steckte in diesem jungen Körper. Ein Wesen jenseits aller Vorstellungskraft, geboren am Anfang der Zeit und erschaffen, um den Mächtigen zu dienen.

Bald würde sie an der Reihe sein.

Und zu einer Legende werden.

Der Schneezahn öffnete sein Maul und grub seine Zähne fast zärtlich in das Fleisch des Drachenkriegers. Der zuckte nicht einmal, drehte sich um und zupfte das Tier von seinem Bein, als wäre es eine lästige Mücke. Yleria erwartete, dass er der Schlange umgehend das Genick brechen würde, stattdessen nahm er sie neugierig in Augenschein. Dem Tier nützte diese Gnade nichts. Es zappelte noch ein paarmal, stieß ein letztes Zischen aus und erschlaffte.

»Verzeih mir«, flüsterte Yleria, doch weitaus größer als ihre Trauer war der Triumph. Nichts hatte je so süß geschmeckt.

Jetzt musste alles schnell gehen.

Sie wartete einen Augenblick, bis das Gift zu wirken begann. Als das Blinzeln des Mannes träge und schläfrig wurde, raffte sie die verbliebene Magie zusammen und vollendete den Plan, auf den sie sich jahrzehntelang vorbereitet hatte.

Kapitel 35

Ylerias Falle

Tarek

»Hast du gehört, was ich gesagt habe?« O'bats Gesicht verzerrte sich zu einer hässlichen Fratze. »Beende das! Ein für alle Mal!«

»Er ist unser König!«, schnauzte Khalik. »Wie kannst du es wagen, ihm Befehle zu erteilen, du hirnloser Frosch?«

»Unser alter Herrscher hat bestimmt, dass der Fluss die Grenze ist.« Tza-Nami war alle Farbe aus dem Gesicht gewichen. Fassungslos starrte er auf das nicht enden wollende Gemetzel und sah aus, als würde er jeden Augenblick den Verstand verlieren. Wieder und wieder trieben die brüllenden Männer ihre Sklaven in die Kanus, wieder und wieder zwangen sie sie mit Waffengewalt dazu, in ihren Tod zu rudern. Weshalb taten diese Ungeheuer das? Warum schickten sie hunderte von Männern in einen sinnlosen Tod? War das Leben im Reich der Knochenmenschen so wenig wert? Oder wurden die Unglückseligen nur derart leichtfertig geopfert, weil sie keine Krieger, sondern nur verkleidete Bauern waren, die vor Angst kaum ihre Paddel zu halten vermochten?

»Bei Zumas Arschbacken, all diese Kreaturen gehorchen deinem Willen.« O'bat war außer sich vor Wut. »Warum hetzt du sie nicht auch noch auf den Rest dieser Monster? Sieh dir an, was sie ihresgleichen antun! Beende das, Tarek! Worauf wartest du?«

»Es ist seine Entscheidung«, erboste sich Khalik. »Hör auf, mit ihm zu reden, als wäre er ein Dummkopf.«

»Er ist ja auch einer!«, brüllte O'bat. »Seht euch das östliche Ufer an! Dort wuchs einmal ein herrlicher Wald. Und jetzt? Jetzt sieht man nur noch Gerippe und Rauch. Genau das steht uns auch bevor, wenn wir ihnen nicht ein für alle Mal beweisen, dass wir unbezwingbar sind.«

Wortlos stand ich auf, kletterte an O'bat und Khalik vorbei und zog mich auf den nächsthöheren Ast. Unter mir ging die Streiterei in gesteigerter Lautstärke weiter. Meine Freunde schaukelten sich gegenseitig hoch, bis sie keiften wie Brüllaffen. Tza-Nami und Muyal kauerten schreckensbleich nebeneinander.

Hatte O'bat recht? Musste ich die Gelegenheit ergreifen? Auf dem Fluss starben die Falschen, keiner von den bedauernswerten, vor Angst wahnsinnigen Männern war freiwillig hierhergekommen. Ich sah einen der brüllenden Anführer direkt am Ufer stehen, wo er den Lauf seiner Waffe gegen die Schläfe eines Abtrünnigen hielt. Kaum malte ich mir aus, wie er seine gerechte Strafe erhielt, schoss ein Manqu aus dem Himmel herab, packte den kreischenden Knochenmenschen und warf ihn spielerisch in die Luft, wie eine Fischkatze, die mit ihrer Beute spielt. Als sich der zappelnde Körper drehte und zurück gen Boden stürzte, landete er direkt im geöffneten Maul des Drachen.

Zwei Kanonen wurden abgefeuert. Qualm und Feuer stieg in dicken Säulen auf. Eine Kugel ging fehl, die zweite traf den Manqu in die Seite. Das Tier heulte vor Schmerz, doch seine Schuppen waren hart genug, um die Kugel ohne größeren Schaden abprallen zu lassen.

Ich musste eine Entscheidung treffen. Jetzt.

Wie zahlreich war das Volk der Knochenmenschen? War es möglich, dass die gesamte Armee heute Nacht starb und im nächsten Marmormond eine neue am Ufer stand? Wie viel Schuld konnte ich auf mich laden? Wie viel Blut konnte an meinen Händen kleben, ehe ich den Verstand verlor?

Eine unsägliche Wut stieg in mir hoch.

Wut darüber, dass ich über all diese Seelen entscheiden musste.

Wut darüber, dass dieser Krieg kein Ende nehmen wollte.

Gerade schloss ich die Augen und versuchte, eine Wahl zu treffen, als ein heißer Schmerz in meine Wade fuhr. Er fühlte sich an wie der Stich eines zweischwänzigen Skorpions, aber als ich mich umdrehte, hing eine Schlange an meinem Bein. Es war keine Rotviper, also packte ich das Tier hinter dem Kopf, zupfte es ab und musterte seine seltsame Erscheinung. Nie zuvor hatte ich ein solches Wesen erblickt. Es besaß glatte, spiegelnde Schuppen, die an manchen Stellen aufzubrechen schienen, ganz so, als wollte es sich häuten. Entlang des Körpers spreizten sich kleine, mit dünnen Häutchen verbundene Dornen vom Leib ab und auf der Schnauze wuchsen drei winzige Hörnchen. Es war weder eine Viper noch eine Natter, überhaupt ähnelte dieses Tier keiner Schlange, die ich kannte. Seine blauen, silbergesprenkelten Augen erinnerten an jene seltenen kalten Nächte, in denen der Frost von den Bergen herunterkroch und die Spitzen der Bäume mit Reif bedeckte.

Da bäumte sich die Schlange in meinen Händen auf, zuckte noch ein paarmal, zischte und starb. Ihre Schuppen wurden spröde und überzogen sich mit glitzerndem Weiß. Beißende Kälte drang durch meine Haut. Wie ein Blitz fuhr sie in mein Herz, stach in meine Kehle und nahm mir für einen Augenblick die Besinnung. Alles, was ich fühlte, war Kälte. Schneidende, nie empfundene Kälte, die das Blut in meinen Adern gefrieren ließ und meinen Körper erstarren ließ. Einen Moment lang war ich mir sicher, sterben zu müssen. Aber dann, ganz so, als hätte ich nur geträumt, verschwand das seltsame Gefühl. Die Schlange zerfiel zu glitzerndem Staub und mit ihr verging die Kälte. Es war vollkommen still, über den Himmel floss bereits das Licht der ersten Dämmerung. Die Sterne verblassten, der Fluss strömte ruhig und grau an mir vorüber.

Irgendetwas stimmte nicht.

Und dann, als ich zum östlichen Ufer blickte, erkannte ich den Grund für die seltsame Ruhe. Es gab keine Armee mehr. Keinen Feuerrauch. Keine gebrüllten Befehle. Nichts. Nur eine endlose Fläche aus zertretenem Matsch, zerbrochenen Gerätschaften und zerfetzten Zeltplanen.

Eine einzelne helle Gestalt bewegte sich inmitten der toten Einöde: ein Mädchen, das weinend neben einem zersplitterten Pferdekarren zusammenbrach. Ich kannte diese zarte Stimme. Den zierlichen Körper. Das weißgoldene Haar, das ihr bis zu den Oberschenkeln reichte.

Wie kam sie hierher?

Was tat sie auf einem verlassenen Schlachtfeld?

Das Mädchen stemmte sich wieder hoch, lief ein paar Schritte, stolperte und fiel auf die Knie. Dank der scharfen Augen des Drachen sah ich die klaffende Wunde, die sich über ihre Schläfe zog, das Blut auf ihrem zerrissenen Gewand und die zahllosen dunklen Flecke, die ihre weiße Haut bedeckten.

Was war ihr nur geschehen?

Ich rief dem Manqu, der hoch über meinem Kopf in der Morgendämmerung kreiste, einen stummen Befehl zu. Das Tier gehorchte, landete in einer nahen Baumkrone und verharrte mit ausgebreiteten Flügeln, bis ich auf seinen Rücken geklettert war. Von irgendwoher erklangen Rufe. Jemand packte mich bei den Schultern, aber ich stieß ihn weg. Alles, was zählte, war das Mädchen.

Ich musste ihm helfen.

Ich musste es von diesem furchtbaren Ort fortschaffen.

Der Manqu flog. Kraftvoll teilten seine Schwingen den aufsteigenden Morgennebel, doch etwas war falsch. Ich spürte es, wie man den Atem eines Albtraumes spürt, der einen trügerisch friedvollen Anblick durchdringt und ihn jederzeit in etwas Grauenhaftes verwandeln kann. Aber das Mädchen dort drüben brauchte meine Hilfe. Blutend und weinend kauerte es im Schlamm, zum Sterben zurückgelassen.

Als ich den Manqu zwang, auf das andere Ufer zuzuhalten, wehrte er sich zum ersten Mal gegen meinen Willen. Seine Nackenschuppen sträubten sich, er schüttelte den mächtigen Kopf und brüllte empört. Doch letztlich folgte er meinem Befehl. Ein Feuerstrahl schoss aus seinem Maul, ehe er die Klauen in den Matsch des östlichen Ufers grub. Als gäbe es einen unsichtbaren Feind, der ihn umzingelte, schlug er mit seinen Klauen aus und schwang seinen dornenbewehrten Schwanz wie eine Keule.

Hastig glitt ich vom Rücken des Drachen, lief zu der Fremden und griff nach ihren Schultern, nur um mitten in der Bewegung innezuhalten. Unendliches Leid hatte ihre Augen in blinde Spiegel und ihren Leib in eine leere Hülle verwandelt. Haltlos verlor sich der stumpfe Blick in unerreichbarer Ferne, als gäbe es nichts mehr, das das Mädchen in dieser Welt hielt.

»Ich werde dir nicht wehtun«, sprach ich leise auf die Fremde ein. »Ich bin hier, um dich fortzubringen.«

Sie blinzelte müde, schluchzte und wischte sich eine Haarsträhne aus dem Gesicht. An ihrem Hals erkannte ich den Abdruck einer Hand. Einer großen, zweifellos männlichen Hand. Unbändige Wut kochte in mir hoch.

»Komm mit mir.« Mühsam versuchte ich mich an einem Lächeln. »Ich bringe dich weg von hier.«

Langsam streckte ich meine Hand nach ihr aus, doch in dem Moment, in dem ich ihre Schulter berührte, löste sich die Gestalt des Mädchens in Nebel auf. Befehle wurden gebellt. Schüsse krachten. Ein ohrenbetäubender Knall zerfetzte mir förmlich die Ohren, gefolgt von einem Laut, der mir das Blut in den Adern gefrieren ließ.

Es war der Todesschrei eines Drachen.

Jemand stieß gegen meine Schulter, Hände griffen nach mir, alles wurde schwarz. Wieder ertönte ein Knall, so laut, dass es meinen Schädel zu zerreißen schien.

Und plötzlich war alles … anders.

Wo gerade noch ein verwaistes Schlachtfeld gewesen war, wimmelte es vor Kämpfern in schwarzen Rüstungen. Pferde wieherten, Schwerter klirrten, Schmerzensschreie gellten. Nur ein paar Schritte von mir entfernt lag der Manqu auf der Seite, das bluttriefende Maul weit geöffnet, die Klauen steif in die Luft gereckt. Ein großes Loch klaffte in seiner Brust, genau über dem Herzen. In unmittelbarer Nähe stand eine Kanone, aus deren Lauf noch immer stinkender Rauch aufstieg.

Die Schuppen eines Drachen waren stark. Aber nicht stark genug, um eine Kugel dieser Größe aufzuhalten, wenn sie direkt vor ihm abgeschossen wurde.

»Tarek!« Eine Stimme brüllte in mein Ohr. Ich fuhr herum und sah O'bats rußverschmiertes Gesicht. »Wach auf, verdammt! Wach auf!«

Hastig drückte er mir ein Schwert in die Hand, holte mit seinem eigenen aus und zog die Klinge über den Hals eines gelbhaarigen Mannes. Mit durchtrennter Kehle sackte der Knochenmensch zu Boden, doch hinter ihm warteten bereits drei weitere, die mit erhobenen Klingen auf meinen Freund losgingen.

Mir blieb keine Zeit, das Geschehen zu begreifen. Von allen Seiten drängten die Feinde auf uns ein. Ich parierte einen Hieb, duckte mich unter einem zweiten weg, trat irgendjemandem die Beine weg und bohrte meine Klinge in eine schwarzgeschuppte Rüstung. Auf dem Rücken trug ich noch immer den Köcher, aber der Bogen und mein eigenes Schwert waren verschwunden.

Mit der Verzweiflung eines Todgeweihten hieb Khalik auf seine Angreifer ein, O'bat brüllte aus Leibeskräften. Zu dritt stachen und schlugen wir auf die Knochenmenschen ein, mal Rücken an Rücken, mal getrennt voneinander. Viele schickten wir hinter die Tore von Xibalba, doch jeder von uns wusste, dass wir niemals siegen würden. Zu dritt standen wir auf einem Schlachtfeld, auf dem es vor Knochenmenschen nur so wimmelte.

Warum erschossen sie uns nicht einfach? Es wäre so leicht, uns zu töten. Bei einer solchen Entfernung bot nicht einmal die beste Rüstung Schutz vor Kugeln.

»Warum?«, schrie O'bat, als wir wieder einmal Rücken an Rücken standen. »Was ist in dich gefahren, Tarek?«

»Ich erinnere mich nicht.« Wieder stach ich zu. Zweimal, dreimal, viermal. Heißes Blut spritzte in mein Gesicht. Eine Schwertklinge streifte meinen Arm. Gleichgültig. Wir würden das hier niemals überleben.

»Wie meinst du das?«, keuchte O'bat.

»Ich kann mich an nichts erinnern! Was ist passiert?«

»Was passiert ist? Du hast dich wie ein tollwütiger Rotwolf benommen.« Mit einem gewaltigen Hieb spaltete er einem Angreifer den Schädel. »Wir haben versucht, dich aufzuhalten, aber du warst wie von Sinnen. Im letzten Moment haben wir es geschafft, hinter dir auf den Manqu zu klettern. Khalik wäre fast im Fluss gelandet.«

»Die Schlange!« Den nächsten Hieb parierte ich nur noch mühsam. Zu viele Schläge prasselten auf uns ein, pausenlos, von allen Seiten. »Es muss die Schlange gewesen sein.«

»Was für eine Schlange?«

»Keine Ahnung. Eine weiße. Ich erinnere mich an … da war dieses Mädchen.«

»Was?«, brüllte O'bat. »Du bist einem Mädchen hinterhergerannt? Bist du noch zu retten? Wir werden sterben, Tarek! Wir werden auf diesem verdammten Schlachtfeld zerhackt werden. Und warum?« O'bats wütende Schläge spalteten Helme und Rüstungen, Schädel und Knochen. »Weil du einem Mädchen nachgelaufen bist?«

»Warum seid ihr mir gefolgt?«

»Warum?« O'bat warf den Kopf in den Nacken und lachte wie ein Wahnsinniger. »Weil wir deine Freunde sind, stinkende Büffelscheiße! Weil wir vor langer Zeit geschworen haben, gemeinsam zu leben und gemeinsam zu sterben. Wo ist der verdammte Drache, Tarek? Wenn er auf den richtigen Zeitpunkt gewartet hat, dann bitte! Hier ist er!«

Der Drache.

Er, der Einzige, der uns noch retten konnte, schwieg.

So wie immer.

Für jeden Knochenmenschen, den wir töteten, gingen drei neue auf uns los. Es wurden mehr Angreifer, immer mehr, bis es mir kaum noch gelang, ihre Schläge abzuwehren.

Wo war Khalik? Hatten sie ihn getötet?

Fratzen tanzten über mir. Mein Arm erlahmte. Zwei Schläge. Drei Schläge. Vier Schläge. Der fünfte riss mir das Schwert aus der Hand.

Ein scharfer Befehl wurde gebellt. Anstatt uns zu durchbohren, hielten die Klingen an unseren Kehlen inne. Rücken an Rücken gingen O'bat und ich in die Knie, um das Unvermeidliche anzunehmen.

»Ich verzeihe dir, Tarek«, hörte ich meinen Freund flüstern. »Stirb stolz, Bruder.«

»Stirb stolz«, flüsterte ich zurück. »Wir sehen uns hinter den Toren von Xibalba.«

»O ja.« O'bat lachte röchelnd. »Bei Zumas Arsch, spätestens dort werde ich dich windelweich prügeln.«

Ein großer, dunkelhaariger Mann mit wucherndem Gesichtshaar trat vor mich hin. Seine Rüstung war nicht schwarz, sondern bestand aus glänzenden, grob bearbeiteten Goldschuppen. In den bernsteinfarbenen Augen des Kriegers leuchtete kein Triumph, vielmehr sprachen sie von Erschöpfung und unendlicher Erleichterung. Er sagte etwas zu mir, das wie ein freundschaftlicher Tadel klang. Dann hob er seinen Feuerstock, drehte ihn herum und hieb mir das stumpfe Ende gegen die Schläfe.

Kapitel 36
Mogoa
Gemma

Fernes Lachen erklang. Ein Geräusch, das nicht in diese Gemäuer passen wollte.

Zusammengerollt wie eine Katze lag Tashma vor dem Kamin, blinzelte müde in die Flammen und schnaufte Rauchwölkchen aus. Mit unterschlagenen Beinen saß ich neben ihr auf dem blanken Steinboden. Draußen im Innenhof spielte derweil jemand schief und krumm auf einer Leier. Vermutlich einer der aufgebrezelten Gockel, die zu Dutzenden durch die Burg streiften und versuchten, die edlen Hofdamen zu beeindrucken. Um mich machten sie glücklicherweise einen großen Bogen. Niemand, abgesehen von Malakat und Kafir, richtete überhaupt das Wort an mich. Wann immer ich bei meinen Spaziergängen auf Burgbewohner traf, begafften sie mich mit einer Mischung aus Neugier und Mitleid, grüßten kurz angebunden und huschten von dannen, als hätten sie Angst, mein Missfallen zu erregen. Mir war es recht. Bis auf meine Amme und den Waldkrieger gab es niemand innerhalb dieser Mauern, mit dem ich sprechen wollte.

Tashma grummelte, zog die Schnauze kraus und stieß einen gewaltigen Nieser aus. Blaue Stichflammen zischten aus ihren Nüstern. Sie verpufften zu schwarzen Rauchwolken, verströmten einen beißenden Gestank nach Schwefel und ließen zarte Ascheflöckchen auf den Boden rieseln. Auf dieselbe Weise hatte der Basilisk im Laufe der letzten Stunden den Teppich und zwei seidene Wandbehänge in Brand gesteckt. Inzwischen fühlte sich mein kahles Gemach nicht mehr nur wie eine Gefängniszelle an, es sah auch so aus. Sogar die kostbaren, alten Ölgemälde hatten ein paar Brandflecken abbekommen, von meiner Bettdecke und meinem Nachtkleid ganz zu schweigen. Ob Antares wütend sein würde, wenn er die Bescherung bemerkte? Ich kraulte Tashmas schuppigen Kopf und zuckte mit den Schultern. Was scherte es mich? Er höchstpersönlich hatte mir schließlich das Tier geschenkt und musste sich im Klaren darüber gewesen sein, dass es nichts mit einem harmlosen Schoßhund gemein hatte.

Müde starrte ich in den Tanz der knisternden Flammen und malte mir aus, wie Tashma meinen zukünftigen Ehemann in Brand steckte. Ein Schluckauf würde genügen. Es bräuchte nur eine glühende Kohle, die ihr quer in der Kehle hing. Oder einen bösen Traum. Angesichts ihrer Zerstörungskraft wäre es nur vernünftig gewesen, sie aus dem Bett zu verbannen, aber in den langen schlaflosen Stunden war es mein einziger Trost, mich an Tashmas geschmeidigen, sanft schnurrenden Leib zu schmiegen und ihre über mich gebreiteten Flügel zu streicheln.

Vielleicht sollte ich sie in Antares' Schlafzimmer scheuchen, wenn er nach einer durchzechten Nacht besonders tief und fest schlief. Ja, das war ein verlockender Gedanke. Noch dazu würde ich der Welt einen großen Gefallen tun. Andererseits warteten im Schatten mächtiger Männer stets ehrgeizige Nachfolger, die nur darauf lauerten, selbst zum Zug zu kommen. Wer würde an Antares' Stelle treten, wenn er starb? Vermutlich Nadir, Hauptmann der Armee und Bruder meines zukünftigen Gatten. War er wirklich die bessere Wahl?

Seufzend streckte ich meine Beine aus und hielt die nackten Füße gegen die Flammen. Natürlich war der Abend viel zu warm für einen angefachten Kamin, aber ich brachte es nicht über mich, das Feuer zu löschen. Wenn ich hier saß und die Hitze auf meiner Haut spürte, war es fast, als wäre ich wieder zu Hause. Ich musste nur die Augen schließen, um in bessere Zeiten zu reisen.

»Ach, Tashma«, murmelte ich vor mich hin. »Ist das nicht verrückt? In jedem Königreich gibt es haufenweise Mädchen, die gerne an meine Stelle treten würden. Und wen sucht sich dieses haarige Ungetüm aus? Mich! Ausgerechnet mich! Hast du gesehen, was alles in seinem Bart hängt? Ich glaube, das sind sämtliche Essensreste der vergangenen zwölf Monde. Für eine gute Partie nimmt eine Frau vieles in Kauf, hat meine Mutter mal gesagt. Ich sehe schon vor mir, wie sie mich morgen anstarren und sich wünschen, mit mir tauschen zu können. Ach, Tashma, ich würde sofort einwilligen. Von mir aus können sie alles haben. Antares, die Krone, diese verdammte Burg. Alles! Ich würde es ihnen mit Freuden vor die Füße werfen.«

Tashma tat einen tiefen Seufzer und rasselte mit den Schuppen, als wollte sie sagen: *Das tut mir alles so furchtbar leid. Ich wünschte, ich könnte dir helfen.* Aber das konnte sie nicht. Nicht einmal dann, wenn sie dreimal so groß gewesen wäre. In ein paar Stunden würde eine der Mägde zu mir kommen und mir in das blütenweiße, vor Diamanten nur so strotzende Kleid helfen. Sie würde mein Haar flechten, mir das königliche Diadem aufsetzen und meine ohnehin blasse Haut noch weißer pudern, weil Antares es so mochte. Dazu gab es silberweiße, mit Perlen bestickte Sandalen und filigranen Schmuck aus Bergkristall. Alles war von ausgesuchter Zartheit und Kostbarkeit.

So wie du es bist, hatte der König mir gestern zugeflüstert, als wir uns im Innenhof über den Weg gelaufen waren. Den Göttern sei Dank war er in Eile gewesen und hatte nur ein paar Worte mit mir gewechselt, ehe er mit unübersehbarer Vorfreude im Blick weitergehastet war. Bald schon würden diese gnädig kurzen Begegnungen vorbei sein.

Ich seufzte noch einmal, zwirbelte Tashmas Schweif um mein Handgelenk und versuchte, mich mit dem Gedanken zu trösten, dass ich nicht allein war. Malakat und Kafir waren bei mir und ich hatte einen Basilisken an meiner Seite, dessen Gattung bekannt dafür war, ein stattliches Alter zu erreichen. Wenigstens von Tashma würde ich mich nicht verabschieden müssen, es sei denn, Antares ließ sie aus dem Weg schaffen.

Sanft strich ich über die schillernden Federn ihrer Flügel und betete dafür, dass das niemals geschehen würde. Vor kaum einer Stunde hatte sie mein frisch entfachtes Feuer aufgefressen und doch fühlte sich ihr Leib so kalt an, als wäre sie durch einen Wintersturm geflogen.

»Ich habe dumme Träume geträumt«, brummte ich vor mich hin. »Ich dachte, der Tag meiner Hochzeit würde der schönste Tag meines Lebens werden. Ich dachte, ich würde den Menschen an meiner Seite lieben, und ich dachte, dass alles gut werden würde. Aber nichts wird einfach gut. Wenn eine Geschichte ein glückliches Ende hat, dann nur, weil der Erzähler sie zu früh abbricht.«

Erneut griff die Angst nach mir. Ich hielt still und atmete, wartete darauf, dass das unerträgliche Gewicht leichter wurde. Doch das tat es nicht. Ruhelos stand ich auf, ging zum Fenster und setzte mich auf das Sims. Viel zu warmer Wind fächelte über mein Gesicht, getränkt von den süßen Aromen einer tropischen Nacht. So gerne hätte ich mich in Malakats und Kafirs Arme geworfen, aber wie alle Mägde und Knechte waren sie aufgrund der bevorstehenden Hochzeit pausenlos auf den Beinen. Unaufhörlich rumpelten Wagen, schlugen Hämmer und stöhnten Männer unter schweren Lasten. Hühner, Enten und Gänse wurden geschlachtet, dazu Dutzende Schweine und mehrere Ochsen. Daunen flogen wie Schnee umher, Blut floss über das Pflaster des großen Burghofs. Der Duft von Brot, Gewürzen und Kuchen vermischte sich mit dem Gestank angesengter Borsten und Federn.

Am laufenden Band reisten Gäste in prächtigen Kutschen an. Oft gefolgt von einer Karawane aus Knechten, Mägden, Zofen und Spielleuten. In der aufziehenden Dunkelheit glommen hunderte Lagerfeuer und Fackeln, allmählich verschwanden die Berghänge förmlich unter bunten Zelten. Ein wunderschöner Anblick vor dem klaren, von zwei Mondsicheln geschmückten Abendhimmel. Und doch verabscheute ich das friedvolle Bild.

Grimmig betrachtete ich die Wachsoldaten, die ringsum auf der Burgmauer patrouillierten und sämtliche Tore bewachten. Selbst den winzigen Durchgang, durch den der Gänsehirt allmorgendlich seine Herde trieb. Seinen Gästen zuliebe hatte Antares die Bullenhunde und die gefräßigen Fische im Burggraben wegsperren lassen. Im Grunde eine gute Gelegenheit zur Flucht, hätte es nicht jene schwer bewaffneten Männer gegeben, die mit Argusaugen über das Geschehen wachten. Niemand kam ungesehen hinein oder hinaus. Schon gar nicht eine angehende Königin.

Je dunkler es wurde, umso lauter wurde der Lärm, den der Wind vom Festlager herantrug. Antares' Gäste wärmten sich für die bevorstehende Feier auf, brieten ganze Hammel am Spieß, ergötzten sich an halbnackten Tanzmädchen und grölten weinselige Lieder. Musiker spielten auf Lauten, Schalmeien und Harfen, eine Gruppe Artisten führte gar einen Seiltanz mit umherspringenden Äffchen auf.

»Herrin?« Leise klopfte es an der Tür. »Darf ich hereinkommen?«

»Natürlich.« Ich erhob mich vom Sims, wischte eine Träne von meiner Wangen und versuchte, halbwegs den Eindruck von Stärke zu vermitteln. Es misslang mir gründlich. Kaum trat das Mädchen in mein Gemach und richtete seinen scheuen Blick auf mich, brach ich in Tränen aus. Oh, verflucht, was war nur aus mir geworden?

»Nein, nein, nein! Nicht weinen, Herrin.« Bestürzt eilte die Magd auf mich zu, griff nach meinen Händen und lächelte derart mitfühlend, dass ich mich gleich doppelt so elend fühlte. »Kein Essen wird so heiß gegessen, wie es gekocht wird.«

Ich schluckte mühsam. Vor mir stand ein dunkelhäutiges, kaum fünfzehn Jahre altes Mädchen in einem ärmellosen Leinenkleid. Wie bei Malakat und Kafir war ihre Haut mit Schmucknarben verziert. Die aufgewölbten, schwarz verfärbten Male bildeten zierliche Spiralen und Wellenmuster und schlangen sich von der Schulter bis zum Handgelenk um ihre Arme. Auch die Stirn des Mädchens war mit drei filigranen Spiralen verziert worden. Beide Handrücken schmückte ein kompliziertes Muster aus winzigen, umeinander tanzenden Punkten. Alles an diesem Geschöpf wirkte wild und frei, bis auf die sittsam geflochtenen Zöpfe, die zu einem schimmernden Kranz aufgesteckt worden waren. Ungebeugter Stolz glomm in den dunkelbraunen Augen. Die samtigen Tiefen ihrer Iriden erinnerten mich so sehr an einen fernen, schönen Traum, dass sich mein Herz vor Sehnsucht zusammenzog.

Wahrscheinlich stammte das arme Ding von einem der Waldvölker, die Antares unterjocht hatte. Durch wie viele Hände war das Mädchen wohl schon gegangen? Hatte es in Freiheit aufwachsen dürfen – oder kannte es nur das Leben als rechtlose Leibeigene? Was von beidem war schlimmer? Mit der Erinnerung an ein schönes, aber verlorenes Leben zu existieren oder niemals etwas anderes als Gefangenschaft gekannt zu haben?

»Ein merkwürdiger Spruch«, brachte ich hervor.

Das Mädchen kicherte. Es wirkte weder gebrochen noch gequält, vielleicht war das Schicksal gnädig zu ihm gewesen. »Er bedeutet, dass die Dinge, vor denen wir uns fürchten, niemals so schlimm sind, wie wir es uns ausmalen.«

»Hm«, brummte ich. »Oder sie sind schlimmer, als wir es uns vorstellen können. Wie ist dein Name?«

»Mogoa«, antwortete sie mit einem Knicks, der vielmehr spielerisch als höflich wirkte. »Das ist der Name für einen kleinen karmesinroten Vogel, der den ganzen Tag nur schwätzt.«

Unfreiwillig entkam mir ein Lachen. »So schwatzhaft kommst du mir nicht vor.«

»Weil ich Euch noch nicht kenne, Herrin.« Mogoas Augen wurden groß, als sie Tashma bemerkte. Prompt hob der Basilisk den Kopf und schnaufte eine beeindruckende Rauchwolke aus. Doch das Mädchen ließ sich nicht einschüchtern. Neugierig musterte sie das Tier, ehe sie sich wieder mir zuwandte. »Man muss vorsichtig sein, wisst Ihr? Viele edle Damen mögen es nicht, wenn ihre Zofe allzu gesprächig ist. Aber ich habe gehört, dass Ihr überaus freundlich seid. Selbst zu den Küchenjungen und die beziehen sogar von uns Mägden Prügel. Außerdem habt Ihr das Herz eines Basilisken gewonnen. Auch das spricht für Euch, denn diese Wesen können die Seele eines Menschen wittern. Ist sie zu dunkel, nehmen sie Reißaus.«

»Augenblick mal.« Ich blinzelte überrascht. »Was meinst du mit Zofe?«

»Ab heute bin ich für Euer Wohlergehen zuständig.« Mogoa faltete die Hände vor ihrem Schoß und lächelte verlegen. »Ich bin Eure Zofe, Herrin. Verzeiht meinen liederlichen Aufzug. Wir haben wegen der bevorstehenden Hochzeit viel zu tun. Ein feiner Stoff würde nur allzu schnell schmutzig werden.«

»Du bist meine Zofe? Aber ich dachte, Malakat würde diese Aufgabe zustehen?«

»Sorgt Euch deshalb nicht, Herrin. Malakat ist Eure rechte Hand, ich übernehme lediglich die weniger ehrenvolle Aufgabe einer Zofe. Es war übrigens Eure Freundin, die mich geschickt hat. Sie lässt fragen, ob Ihr … nun ja, ob Ihr …«

»Ob ich was?«

»… in der Küche aushelfen möchtet.«

Mogoa schluckte und trat von einem Bein auf das andere. Ihr war anzusehen, wie überaus sonderbar sie dieses Angebot fand.

»Ich würde sehr gerne mit euch in die Küche kommen«, antwortete ich. »Aber bist du … bei den Göttern, was ist das denn?«

Erst jetzt bemerkte ich die furchtbare Narbe, die sich quer über die rechte Halsseite des Mädchens zog. Schon einmal hatte ich eine solche Wunde gesehen. Bei einem Häftling, dem man im Gefängnis der Grauen Burg mit einer zerbrochenen Flasche fast die Kehle durchgeschnitten hatte.

»Ach das?« Mogoa vollführte eine abwinkende Geste. »Das ist lange her. Damals habe ich versucht, meinem ersten Herrn zu entkommen. Er hat mir einen seiner Halsabschneider hinterhergeschickt, der seinem Namen, wie Ihr sehen könnt, alle Ehre gemacht hat. Ich hätte sterben müssen, aber ein fahrender Bader hat mich aufgesammelt, gesund gepflegt und an den nächstbesten Sklavenhändler verschachert. Auf diese Weise bin ich hier gelandet. In der Burg des Südkönigs. Es hätte mich schlimmer treffen können. Viel schlimmer. Hier muss ich wenigstens nur ab und zu das Bett eines betrunkenen Fürsten wärmen.«

»Was?« Ich glaubte, mich verhört zu haben. »Du musst in die Betten fremder Männer steigen? Aber …«

»Was aber?«

»Du bist noch so jung.«

»Ja«, antwortete Mogoa mit einem Schulterzucken. »Ich bin jung und ich bin eine Magd. Bedienen sich die Könige und Fürsten des Nordens nicht an ihren Mägden?«

»Ich … weiß nicht.«

»Nun, ganz gewiss tun sie das. Männer sind überall gleich. Selbst die steinalte Gudrun, die schon drei Dutzend Besitzer hatte, kennt es nicht anders.« Das Mädchen sprach sanft und ohne jeden Vorwurf, als wäre die Grausamkeit ihrer Welt so banal wie das Atmen. »Wobei es mich noch gut getroffen hat. Den meisten Männern bin ich zu dünn und zu flach, sie bevorzugen eher die dralleren Frauen. Deswegen hat Antares mich ausgesucht. Er meint, ich wäre zart und flink wie eine Schwalbe, genau wie Ihr.«

Sprachlos starrte ich Mogoa an. Sie konnte nicht älter als fünfzehn sein und doch sprach sie so gefühllos und gleichgültig von jenen Dingen, die mir gänzlich unbekannt waren. Wie alt sie wohl gewesen war, als man das erste Mal Hand an sie gelegt hatte? Ich wagte nicht danach zu fragen.

»Hast du den Wald noch kennengelernt?«, wechselte ich das Thema.

»O ja.« Mogoa schloss die Augen und lächelte schmerzlich. »Acht Jahre lang hatte ich ein schönes Leben. Ich habe geschlafen, wenn ich müde war. Ich stand auf, wenn ich genug vom Ausruhen hatte. Ich tat, was ich wollte und wann immer ich es wollte. Dort, wo jetzt Mais und Bohnen wachsen, standen früher einmal gewaltige Bäume, überwuchert mit blühenden Schlingpflanzen und weichem Moos. Es gab Falter und Geckos, Affen und Papageien, Schlangen und Kolibris. Es gab tausend Farben und Düfte. Aber sie haben nichts davon übrig gelassen.«

»Das tut mir leid.«

»Es ist nicht Eure Schuld, Herrin.« Mogoa nahm meine Hand, lächelte mich treuherzig an und deutete in Richtung Tür. »Kommt mit, ich bringe Euch zur Küche. Malakat und Kafir fragen sich bestimmt schon, wo wir bleiben.«

Die Erwähnung der beiden Namen flößte mir neue Hoffnung ein. Nach der Hochzeit würden wir endlich nebeneinander wohnen. Tür an Tür. Wann immer mich die Sehnsucht oder die Einsamkeit packen würde, konnte ich zu ihnen gehen.

»Werdet ihr keinen Ärger bekommen?« Mit gerafftem Kleid folgte ich der vorauseilenden Mogoa, während Tashma hinter mir her watschelte und mürrisch schnaufte. »Was ist, wenn Antares davon erfährt?«

»Antares ist fort«, antwortete das Mädchen. »Er wird erst zurückkehren, wenn der Grüne Mond untergeht. Gerade noch rechtzeitig, um herausgeputzt zu werden. So war es bei Euren Vorgängerinnen und so wird es auch diesmal sein.«

Mit flinken Schritten huschten wir durch zahllose Flure und Bogengänge, bis eine eng gewundene Wendeltreppe vor uns auftauchte. So schnell, dass die Welt sich zu drehen begann, hüpften wir die Stufen hinunter. Einen flüchtigen Moment lang genoss ich das Schwindelgefühl, ehe die Sorgen wieder auf mich einprasselten.

»Was ist mit ihnen geschehen?«, sprach ich eine meiner quälendsten Fragen aus. »Hat er sie wirklich aus dem Weg geschafft?«

Mogoa legte einen Zeigefinger auf ihre Lippen und zischte mir ein leises »Wartet!« zu. Denn just in diesem Moment ging die Treppe in jenen breiten, von Fackeln erhellten Säulengang über, der rund um den Innenhof führte. Noch immer hockte der Geck auf seiner

Bank und klimperte herum, während eine Dame in einem himmelblauen Seidenkleid gelangweilt mit ihrem Fächer wedelte. Die Blicke der beiden verfolgten uns, bis wir in die Dunkelheit eines weiteren Ganges eintauchten und wieder unbeobachtet waren.

»Viel weiß ich nicht darüber«, raunte Mogoa mir zu. »Es kursieren unzählige Gerüchte in der Burg, die meisten davon streut Antares sogar selbst. Mal heißt es, er habe seine abgelegten Ehefrauen auf einen einsamen Landsitz geschickt, wo sie in trauter Gemeinsamkeit ein feudales Leben führen. Dann wieder tuschelt man über Unfälle und geplanten Mord. Welche Geschichten wahr sind, kann ich Euch nicht sagen. Ihr seid die erste Königin, der ich diene.«

»Du dienst mir«, murmelte ich irritiert. »Das klingt, als ob …«

»Als ob ich Euch gehöre?«, antwortete Mogoa. »Ja, genau so ist es. Ab morgen seid Ihr die Königin dieser Burg und wir sind Eure Diener. Hattet Ihr denn in Eurer Heimat keine Zofe?«

»Nein.«

»Dann habt Ihr alles selbst erledigt?«

»Ja. Das habe ich. Natürlich gibt es auch Bedienstete auf unserer Burg, aber alles, was wir selbst erledigen können, erledigen wir auch selbst. Ich käme mir dumm vor, wenn ich sogar beim Anziehen Hilfe bräuchte.«

»Nun, dann herrschen im Norden offenbar andere Sitten. Wenn ich Euch einen Ratschlag geben dürfte, Herrin: Bitte hört auf, uns wie Freunde zu behandeln. Antares mag es nicht, wenn …«

»Wenn was?«, fuhr ich dazwischen. »Wenn ich freundlich zu euch bin? Wenn ich mich bedanke? Wenn ich höflich bin?«

»Ja«, antwortete Mogoa. »In seinen Augen zeigt Ihr damit Schwäche und das macht ihn wütend. Bitte macht ihn niemals wütend, Herrin. Er hat seine guten Tage, aber wenn man ihn auf dem falschen Fuß erwischt, muss man um sein Leben fürchten. Bitte nehmt meine Worte ernst. Ihr seid eine Herrin, wie ich sie mir immer gewünscht habe.«

Ein Klumpen aus Zorn und Verzweiflung schwoll in meiner Kehle an. Wie heiß konnte Hass brennen, ehe man zu Asche zerfiel?

Seite an Seite traten wir durch ein offenstehendes Tor auf den Burghof. Im Schein Dutzender Fackeln und Feuerkörbe wurde genäht, gekocht, gebraten und gerupft, geschleppt, gezimmert und repariert.

Ein solch emsiges Treiben herrschte auf dem Platz, dass kaum jemand Notiz von uns nahm. Mit gesenktem Blick schritt ich neben Mogoa her, bis wir vor einem Haus mit sandfarbenem Mauerwerk und dunklen Fensterläden standen. Herrliche Düfte nach frisch gebackenem Brot, süßen Früchten und geschmolzenem Zucker wehten uns entgegen, aber ich fühlte keinen Hunger. Schon seit Tagen nicht mehr.

»Das Leben hier ist nicht so schlimm, wie Ihr denkt.« Mogoa zog mich durch eine offen stehende Tür. Nach drei Schritten durch einen engen Flur befanden wir uns plötzlich in einer Backstube, die gut und gerne dreimal so groß war wie die der Grauen Burg. »Es kann sogar sehr angenehm sein, weil wir füreinander da sind und uns gegenseitig helfen.«

Staunend blickte ich mich um. Es gab vier Kochstellen und drei gewaltige Öfen. In einen davon schob eine Köchin gerade ein Blech mit halbierten Pflaumen und in Scheiben geschnittenen Äpfeln. Dutzende Körbe und Kisten waren mit dem herrlichsten Obst gefüllt, allein zehn der anwesenden Frauen waren damit beschäftigt, es zu entsteinen und zu halbieren. Ihre Finger klebten vom honigsüßen Saft, hin und wieder steckten sie sich sogar eine Frucht in den Mund und kauten genüsslich darauf herum.

Auf einem der beiden wuchtigen, mit Mehl bestäubten Holztische wurden Kekse ausgestochen, auf dem anderen nahm gerade ein riesiger Stollen unter der Hand einer Bäckerin Form an. Neben mir an der Wand türmten sich auf einem massiven Holzregal unzählige fertig gebackene Kuchen, Schüsseln voller Kleingebäck, vor Honig triefendes Konfekt und mit Rosinen gespickte Stollen.

Neben mir stieß Tashma ein freudiges Gurren aus. Mehrere Frauen keuchten erschrocken auf, als die Basiliskendame auf eine der Kochstellen zuhielt, mitten in die Glut hineinkroch und sich dort, nachdem sie sich mehrmals wie eine Katze im Kreis gedreht hatte, zufrieden niederließ.

»Bei allem Respekt, Herrin«, rief eine alte, beleibte Bäckerin mit erhobenem Quirl. »Ich möchte nicht, dass dieses Tier unser Feuerchen auffrisst. Es brennt seit meiner Lehrzeit ununterbrochen, und es wäre doch sehr bedauerlich, wenn es heute damit zu Ende geht.«

»Sie hat gerade erst gefressen«, besänftigte ich die Frau. »Mehr als ein Feuer pro Tag schafft sie nicht.«

»Gut. Dann kann es sich Euer Haustier gerne bei uns gemütlich machen.« Die alte Bäckerin neigte den Kopf zum Gruß. Eine Spur Misstrauen lag in den Blicken der Frauen, aber auch aufrichtiges Mitgefühl. Offenbar hatte Mogoa recht. Unter den Bediensteten herrschte kein Gegeneinander, sondern ein Miteinander.

»Gemma! Setz dich zu mir.« Malakat winkte mir zu. Sie saß inmitten der Frauen, die Pflaumen entsteinten, klopfte auf den freien Stuhl neben sich und wirkte, als wäre die Müdigkeit des Alters von ihr abgefallen. Noch immer hatte ich mich nicht daran gewöhnt, meine Amme in leichten, luftigen Kleidern aus sandfarbenem Leinen zu sehen. Oben im Norden hatten sie und Kafir sich selbst im Sommer unter dicken Lagen aus Leder und Pelz versteckt, weil ihnen ständig kalt gewesen war. So wie ich die Hitze des Südens nur schlecht vertrug, hatten sie unter der Kälte und dem unaufhörlich pfeifenden Wind gelitten. Jetzt war der Spieß vom Schicksal umgedreht worden. Malakat und Kafir waren zu Hause, ich war fremd.

Ganz hinten im Raum, wo sich eine zweite Tür befand, entdeckte ich den alten Waldkrieger. Schwitzend und schnaufend, den nackten Oberkörper mit Schweiß bedeckt, hievte er gemeinsam mit zwei jungen Burschen Säcke voller Mehl, Zucker und Buchweizen von einer Schubkarre und stapelte sie neben einem der Öfen auf.

Als ich mich neben Malakat setzte, fiel zumindest ein Teil der Last von meinen Schultern. Die prasselnden Flammen, das emsige Treiben und die herrlichen Düfte erinnerten mich an jene dunklen Winterabende voller Geschichten und Träume, in denen es meine liebste Beschäftigung gewesen war, in der Küche auszuhelfen. Nicht weil ich es musste, sondern weil ich das Schwatzen und Singen der Frauen liebte. Für mich hatte es nichts Schöneres gegeben, als an einem kalten, von fauchenden Schneestürmen erfüllten Winterabend in der Küche zu sitzen, vom Teig zu naschen und Kekse auszustechen, während irgendeine der alten Bäckerinnen Märchen aus fernen Ländern erzählte.

»Wie geht es dir?« Malakat reichte mir ein irdenes Gefäß und ein Messer, dann schob sie einen der mit Pflaumen gefüllten Weidenkörbe vor meine Füße.

»Ganz gut«, log ich sie an, nahm eine Frucht aus dem Korb und drückte die Klinge in das saftige Fleisch. Hoch im Norden waren Pflaumen teuer. Es gab sie nur zu besonderen Anlässen und niemals hätte man es erlaubt, dass eine Bäckerin davon naschte. Hier aber schien sich niemand darum zu scheren, dass die Hälfte der Früchte nicht in den Stollen oder Kuchen landete, sondern in den Bäuchen der Frauen. Auch Malakat steckte sich eine aufgeschnittene Pflaume in den Mund und vollführte eine aufmunternde Geste. Kurzerhand tat ich es ihr gleich und seufzte auf, als das Fruchtfleisch honigsüß auf meiner Zunge zerging.

»Ich wusste nicht«, murmelte ich mit vollem Mund, »dass man hier im Süden Stollen isst.«

»Normalerweise tut man das auch nicht«, antwortete Malakat. »Aber Antares fand Gefallen an der Küche des Nordens.«

Ich zuckte mit den Schultern und begann, reichlich ungeschickt die Pflaumen zu entsteinen. Niemand wies mich zurecht oder schimpfte, man ließ mir alle Zeit der Welt, meinen eigenen Rhythmus zu finden. Bei der achten Frucht fühlte ich, wie meine Gedanken sich beruhigten, bei der zwanzigsten überkam mich etwas, das man beinahe Zufriedenheit hätte nennen können. Eine junge Bäckerin mit Pausbacken und schwarzen Locken zermahlte Zimt in einem Mörser, eine andere rieb Muskatnüsse. Wäre der warme Wind nicht gewesen, der durch die offenen Fenster und Türen hereinwehte, hätte ich fast glauben können, wieder zu Hause zu sein.

»Du kannst hierherkommen, wann immer du willst«, sagte Malakat in jenem sanften, weichen Singsang, den sie stets dann anschlug, wenn sie mich trösten wollte. »Ich denke, solche Arbeit gefällt dir besser als dieses alberne Sticken und Häkeln, mit dem sich die edlen Damen die Zeit vertreiben.«

»O ja«, antwortete ich. »Aber bekommen wir nicht Ärger, wenn ich mich mit euch herumtreibe?«

Malakat lächelte. Ich fragte mich, wie sie ausgesehen hatte, bevor man sie in die Kleider und in die Kultur meines Volkes gezwungen hatte. War sie kämpferisch und stolz gewesen, geschmückt mit bunten Federn und klimpernden Perlen aus Knochen und Jade? Hatte sie ausgesehen wie die Frauen der Aman-Kaja in Ylerias Spiegel? Wunderschön und wild?

»Mach dir da mal keine Sorgen«, erwiderte meine Amme. »Antares hat mir erlaubt, dass ich jederzeit deine Unterstützung in Anspruch nehmen darf. Auf der Südseite der Burg gibt es übrigens einen wunderbaren Kräutergarten. Ich würde gerne ein paar Tinkturen und Salben herstellen, aber dafür brauche ich deine Hilfe. Hättest du Lust, mir in den nächsten Tagen zur Hand zu gehen?«

»Natürlich.« Das war wahrhaft eine tröstende Aussicht. »Sehr gerne sogar.«

»Gut. Ich gebe dir Bescheid, sobald ich dich brauche.«

Ich schenkte Malakat ein dankbares Lächeln, nahm eine weitere Pflaume aus dem Korb und versuchte zu vergessen, was in ein paar Stunden geschehen würde. Vergeblich. Morgen um diese Zeit würde ich mit Antares das Bett teilen. Er würde meinen Körper mit seinen Pranken betatschen, schnaufen und grunzen und mir seinen stinkenden Atem ins Gesicht hecheln. Bei den Göttern, war ich nicht viel zu klein für diesen wandelnden Felsklotz?

Während meine Gedanken kreisten und kreisten, begann Malakat, ein leises Lied zu singen. Nach und nach schlossen sich die Frauen, die bisher schweigend gearbeitet hatten, ihrer Melodie an. Es war ein einfacher Reim aus dem Norden, der sich Strophe für Strophe mit leichten Abwandlungen wiederholte und die schönen Seiten des Winters besang. Das lautlose Fallen des Schnees, blaues Mondlicht auf glitzernden Hängen, prasselnde Kaminfeuer und der Duft kostbarer Gewürze. Anscheinend hatte Malakat die letzten Tage nicht nur mit Arbeit, sondern auch mit Gesangsunterricht verbracht. Und so kam es, dass man tief im Süden ein altes Lied des Nordens sang.

Ich schloss die Augen und summte leise mit, gab mich der Illusion hin, dass sich nichts verändert hatte und nur der Ort ein anderer war. Als alle Körbe leer waren, wurden die Bleche mit den fertig getrockneten Pflaumen aus dem Ofen geholt und auf einen der Tische gewuchtet. Gemeinsam mit Malakat, Mogoa und zwei weiteren Bäckerinnen hackte ich die Früchte klein und warf sie in die bereitstehenden Holzschüsseln.

Alles wird gut, beschwor ich mich selbst. *Ja, alles wird gut. Nichts wird so heiß gegessen, wie es gekocht wird.*

Während ich die zähen Früchte zerkleinerte, dachte ich an das, was den Mägden am morgigen Tag bevorstand. Wie brachten sie es fertig, trotz allem zu scherzen, zu singen und zu lachen, obwohl sie wussten, was auf sie zukam? Hatten sie sich daran gewöhnt, fremden Männern zu Willen zu sein? Nahmen sie es hin, weil es alltäglich geworden war?

»Mogoa?« Ich räusperte mich verstohlen. »Darf ich dich etwas fragen?«

»Natürlich, Herrin.«

»Fürchtest du dich vor morgen?«

Das Mädchen wusste sofort, was ich meinte. Sie lächelte unbekümmert und schüttelte den Kopf. »Nein, nicht mehr. Ich habe meine Wege gefunden, es nicht an mich heranzulassen.«

»Was sind das für Wege?«

»Nun, manchmal hilft es schon, wenn man sich vorstellt, der Bettgefährte wäre jung und hübsch. Meistens sind sie das natürlich nicht. Aber in der Nacht sind alle Katzen grau. Also sorge ich dafür, dass es dunkel ist. Den Rest erledigt meine Vorstellungskraft.«

»Und wenn das allein nicht hilft?«

»Dann sorge ich dafür, dass es so schnell wie möglich vorbeigeht.«

»Wie?«, flüsterte ich.

Mogoa zuckte mit den Schultern und warf eine Handvoll kleingehackter Pflaumen in die Holzschüssel. »Ganz einfach. Ich gebe ihnen, was sie wollen. Ich gaukele den schnaufenden Ochsenfröschen vor, dass mir ihr plumpes Getatsche gefällt. Das erhitzt sie derart, dass sie brodeln wie Krebse im Kochtopf und schneller von dir herunterfallen, als du eine Fliege totschlägst. In den allermeisten Fällen ist der Akt nicht schlimmer als Wasserlassen. Und er dauert auch nicht viel länger.«

»Wirklich?«, flüsterte ich hoffnungsvoll.

»O ja.« Mogoa kicherte. »Menschenmänner sind genauso hektisch wie Karnickel. Sie grunzen dir dummes Zeug ins Ohr, zucken ein paarmal und kippen zur Seite wie vollgesogene Zecken. Anschließend schlafen sie ein. Das ist der Moment, in dem ich mich davonschleiche, einen Tee aus Germonienbeeren trinke und zu Bett gehe.«

»Germonienbeeren?«

»Ja. Das Zeug schmeckt wie vergorene Pferdepisse mit Sägemehl, aber es verhindert, dass man ein bleibendes Andenken von seinem Karnickel behält.« Vieldeutig legte Mogoa eine Hand auf ihren Bauch. Dann tat sie einen verträumten Seufzer, ließ das Messer zwischen ihren Fingern tanzen und lächelte. »Irgendwann werde ich den richtigen

Mann für mich finden. Einen, der jung und hübsch und klug ist. Wenn es soweit ist, werde ich nie wieder diesen Tee trinken, sondern mit Freuden hinnehmen, was die Muttergöttin mir schenkt.«

»Schschscht!«, zischte eine der Bäckerinnen, die neben uns stand. »Willst du uns alle auf den Richtplatz bringen? Hör auf, von alten Göttern zu sprechen.«

»Jaja.« Mogoa schnaufte. »Wie auch immer, solange ich mit stinkenden Soldaten und schmierigen Fürsten vorliebnehmen muss, werde ich nicht erlauben, dass ein Kind in mir heranwächst.«

»Kannst du mir auch so einen …«

»Nein!« Mogoa riss die Augen auf, als hätte ich ihr einen Schlag verpasst. »So etwas darfst du niemals sagen! Wenn Antares erfährt, dass du Germonientee trinkst, wird er dich einen großen Mondlauf lang in den Kerker sperren und uns auf den Richtplatz schleifen lassen, weil ihm klar sein wird, woher der Ratschlag kam. Du musst wissen, dass keine deiner Vorgängerinnen ihm einen Thronerben geschenkt hat. Alle Kinder, die ihr drittes Jahr überlebt haben, sind Mädchen. Antares setzt große Hoffnung in dich. Du bist schmal und flach wie ein Junge. Deswegen glaubt er, dass du ihm Söhne gebären wirst.«

»Was?« Neue Übelkeit stieg in mir auf. Dann war seine Wahl also deshalb auf mich gefallen? Weil ich etwas Jungenhaftes an mir hatte? Weil er sich dadurch erhoffte, endlich den ersehnten Sohn geschenkt zu bekommen? Ich wollte nicht mit Antares das Bett teilen. Ich wollte nicht seine Kinder austragen und nicht tagtäglich mit der Angst leben, jederzeit die Treppe hinuntergestoßen zu werden, weil ich seine Erwartungen nicht erfüllte.

Gerade legte Mogoa tröstend ihre Hand auf meine Schulter, als jemand mit lautem Gejapse in die Backstube gestolpert kam. Eine junge Magd stand vor uns, fächelte sich mit einer Hand Luft zu und hielt sich mit der anderen die schmerzende Seite. Auch sie besaß die samtige, bronzefarbene Haut der Waldvölker, trug ihr Haar zu kleinen, taillenlangen Zöpfen geflochten und war in ein moosgrünes Kleid gehüllt. Es war ein Mädchen von seltener Schönheit. Zweifellos würden sich die Männer bei der morgigen Hochzeit um sie reißen.

»Lostris!«, rief eine der älteren Frauen. »Was ist los? Warum platzt du hier herein wie ein wild gewordenes Rindvieh?«

»Ich habe ein Gespräch belauscht«, japste die Magd. »Zwischen dem Schatzmeister und einer edlen Dame. Wenn sie sich nicht gerade gegenseitig die Zungen in den Hals gesteckt haben, unterhielten sie sich über den wahren Grund von Antares' plötzlichem Aufbruch.«

Ein paar der Frauen lachten. Gebannt wartete jeder von uns auf weitere Ausführungen.

»Ja und?«, knurrte Mogoa, als Lostris keine Anstalten machte, fortzufahren. »Spann uns nicht unnötig auf die Folter.«

»Er ist gar nicht jagen gegangen.« Das Mädchen hatte sichtlich Freude daran, die Neugier der anderen anzustacheln. Vielstimmiges Stöhnen erklang.

»Sondern?«, hakte Mogoa mürrisch nach.

»Man sagt …«, Lostris vollführte eine theatralische Geste, »… dass Hauptmann Nadir drei Aman-Kaja gefangen genommen hätte.«

Malakat und ich starrten uns an. Der Rest der Frauen riss sensationslüstern die Augen auf. »Unmöglich«, rief eine von ihnen. »Noch nie wurde ein Aman-Kaja erwischt und jetzt wollen sie gleich drei davon gefangen haben? Das ist Unsinn. Irgendjemand will sich mal wieder wichtigtun und du fällst darauf herein.«

»Es ist so!«, fauchte Lostris entrüstet. »Heute Morgen hat Antares einen Botenvogel von Nadir erhalten. Darin stand, dass sie auf dem Weg hierher sind und dass es ihnen gelungen sei, drei Gefangene zu nehmen. Es heißt, Yleria habe schon seit Ewigkeiten an einem starken Zauber gearbeitet, mit dessen Hilfe ihnen das Unmögliche gelang.«

»Was für ein Zauber?«, wisperte jemand.

»Keine Ahnung. Nadir soll von der alten Hexe einen Tonkrug erhalten haben, aber was sich darin befand, weiß niemand. Wie auch immer, bei einem der drei Gefangenen handelt es sich angeblich um den Geist.«

Während mein Blut zu Eis gefror, erhob sich ein vielstimmiges Raunen und Tuscheln.

»Ja, ihr habt richtig gehört«, rief Lostris in den anwachsenden Lärm hinein. »Nadir hat den Drachenreiter besiegt. Den Mann, der Antares' Armee im Alleingang fast ausgelöscht hat. Unser König war so aus dem Häuschen, dass er ihnen entgegengeritten ist und sogar auf seine traditionelle Hochzeitsjagd verzichtet hat.«

Lähmendes Entsetzen breitete sich in mir aus. Es presste sich wie eine kalte Faust um mein Herz zusammen und schnürte mir die Luft zum Atmen ab. Malakat schüttelte kaum merklich den Kopf. Uns beiden war klar, was diese Nachricht bedeutete. Wenn das Gerücht der Wahrheit entsprach – und wir beide spürten, dass es so war –, dann würde der König der Aman-Kaja auf meiner Hochzeit sterben. Antares höchstpersönlich würde ihm vor meinen Augen die Kehle durchschneiden und damit das Ende seines letzten Feindes besiegeln.

Binnen eines Wimpernschlags verwandelte sich das verhaltene Tuscheln in wildes Geplapper.

»Denkt ihr, es ist wahr?«

»Natürlich ist es wahr.«

»Was glaubt ihr, wann sie hier sein werden?«

»Wie mag der Geist wohl aussehen? Ich habe gehört, er besäße Reißzähne, einen behaarten Körper und lederne Flügel. Wenn er atmet, kommt Feuer aus seinem Mund und seine Augen bestehen aus glühenden Flammen.«

»Blödsinn! Es ist ein Mensch.«

»Ach was, du redest Blödsinn! Wie könnte ein Mensch auf dem schrecklichsten Raubtier des Dschungels reiten? Er muss ein Zauberer sein. Oder ein Dämon. Wahrscheinlich sogar beides.«

»Wir werden schon sehen.«

»Denkst du ernsthaft, wir könnten einen Blick auf ihn werfen?«

»Mit Sicherheit nicht. Glaubt ihr wirklich, dass man euch in den Kerker lässt? Die feinen Damen und Edelmänner werden den Zauberer zu sehen bekommen, gegen eine stattliche Summe selbstverständlich. Alle anderen sehen ihn erst, wenn er auf dem Hinrichtungsplatz landet. Und wenn es so weit ist, wird man sowieso nicht mehr erkennen können, wie er vorher mal ausgesehen hat.«

»Ach, wie schade.«

»Stimmt es, dass sie spitze Ohren und leuchtende Haut haben?«

»Ja, aber ansonsten sind sie hässlich wie Sumpfstachler. Bedeckt von Borsten und Grind und mit einem abscheulichen Buckel auf dem Rücken.«

»Woher habt ihr bloß diesen Unsinn? In allen Geschichten, die sich mein Volk von ihnen erzählt hat, sind sie wunderschön anzusehen.«

»Falls es so ist, finde ich es ausgesprochen schade, dass wir sie erst zu Gesicht bekommen, wenn die Kerkermeister mit ihnen fertig sind.«

Nein! Ich hatte genug gehört! Entrüstet schmetterte ich mein Messer auf den Tisch, sprang auf und rannte aus der Backstube. Pflaumen kugelten über den Boden, Tashma hüpfte aus dem Feuer und kam schnaufend hinter mir her gerannt. Ich hörte noch, wie Malakat und Mogoa mir etwas zuriefen, aber es war mir gleich. Plötzlich fühlte ich mich ausgehöhlt und tot wie ein abgestorbener Baum. Blind vor Tränen hastete ich durch die Flure, während Tashma funkensprühend und qualmend an mir vorbeilief.

Es durfte nicht sein! Es durfte einfach nicht sein!

Als ich die Tür meines Gemachs hinter uns schloss und den Riegel vorschob, drohten die Beine unter mir nachzugeben. Taumelnd ging ich zum Fenstersims, setzte mich auf den Stein und starrte in die Nacht hinaus. Fern am Horizont sah ich das Glimmen brennender Fackeln. Dort, wo der Fluss und der Dschungel lagen.

Langsam rückten die Lichter näher.

Nadirs Armee.

Und drei Gefangene.

Trug ich die Schuld an all dem? Hatte ich auf irgendeine Weise dafür gesorgt, dass der Drachenreiter besiegt worden war? Hatte Yleria uns beide verhext und ein Netz aus Träumen und Visionen gesponnen, in dem wir uns gemeinsam verfangen hatten?

Während die Karawane langsam näher rückte, versank der Grüne Mond hinter den Hügeln, als würden mich selbst die Gestirne alleinlassen. Nebel lag wie Seen aus bleichem Wasser in den Tälern, ein auffrischender Wind strich über die schwarzen Kronen der Bäume hinweg und zupfte raschelnd an den Blättern.

Möglicherweise würde den Gefangenen die Flucht gelingen. Hatte Malakat nicht erwähnt, dass die Fähigkeiten der Aman-Kaja weit über das Menschenmögliche hinausgingen? Ohne Ylerias heimtückischen Hexenzauber, dessen war ich mir sicher, wären sie niemals in Nadirs Hände gefallen.

»Bitte«, flüsterte ich in die Nacht hinaus. »Bitte lasst ihn mit leeren Händen zurückkehren!«

Kaum hatte ich die Worte ausgesprochen, wurde mir klar, dass ich damit einem Menschen den Tod wünschte. Ganz gleich, wie diese Nacht endete – meine Hochzeit würde mit Blut besiegelt werden.

Entweder starb Nadir unter Antares' Dolch oder der Mann, der mir während eines flüchtigen Augenblicks näher gewesen war als jemals ein Mensch zuvor.

Welle um Welle strömte die Angst in mein Herz, bis es gegen meinen Brustkorb hämmerte und so schnell schlug wie das eines Kolibris. Irgendwann gesellte sich Tashma zu mir, legte ihren schuppigen Vogelkopf auf mein Knie und beobachtete mit mir gemeinsam, wie sich der Schwarm aus Lichtern auf uns zubewegte. Immer wieder schloss ich die Augen und hoffte, den Drachenreiter vor mir zu sehen, doch hinter meinen Lidern blieb alles schwarz. Ich sah ihn nicht und ich spürte ihn nicht. Wahrscheinlich war es allein Ylerias Zauber gewesen, der uns zusammengebracht hatte, und nun, da sie ihr Ziel erreicht hatte, würde ich ihn nur noch einmal sehen: im Moment seines Todes.

Schon hörte ich das Klappern von Pferdehufen, Waffenklirren und rumpelnde Wagen. Immer näher rückte die Armee, bis ich das Glänzen der Schwerter und Gewehre, die geschuppten Rüstungen und die flatternden Wimpel erkennen konnte, auf denen das Symbol des Südreiches prangte: zwei gekreuzte Schwerter über einer Krone. Ein Dutzend hässlicher schwarzer Kanonen thronte auf eigens dafür gefertigten Karren, die so schwer waren, dass sechs Pferde sie ziehen mussten. Für gewöhnlich bewegte sich eine Armee im Gleichschritt und folgte einer strengen, in langer Ausbildung einstudierten Ordnung, doch diese Männer bildeten etwas, das man nur als heilloses Chaos bezeichnen konnte. Einige liefen schnell, andere langsam, manche plauschten gar miteinander oder schlurften mit hängenden Schultern dahin, fern von jeder militärischen Disziplin. Vermutlich hatte Nadir alles zusammengerafft, was zu beschaffen gewesen war. Bauern, Töpfer, Händler, Köche und was immer ein Schwert zu halten vermochte.

Ein einziger Mann hatte die große Armee des Südreiches nahezu ausgelöscht und Antares bis aufs Blut gedemütigt. Was der König mit einem solchen Gegner anstellen würde, wagte ich mir nicht auszumalen.

Dank ihrer goldenen Rüstungen unübersehbar, ritten mein zukünftiger Ehemann und sein Bruder an der Spitze des Trosses und platzten vermutlich vor Stolz.

Träge kroch die Armee den Berghang empor, walzte durch das Tor und ergoss sich in den Burghof. Einige Männer sanken an Ort und Stelle zu Boden und dankten den Göttern, andere schälten sich zuerst umständlich aus ihren Rüstungen und warfen sie beiseite, als würden sie Ekel davor empfinden. Unversehrte Kämpfer stützten ihre verwundeten Kameraden, nicht wenige Heimkehrer lagen blutüberströmt auf behelfsmäßigen Tragen. Nadirs zusammengewürfelte Armee hatte unübersehbar gelitten. Doch den Hauptmann scherte all das nicht. Flankiert von seinem königlichen Bruder, ritt er mit stolz erhobenem Kopf und selbstgefälligem Grinsen vor einem Wagen her, der an den erschöpften Männern vorbei in Richtung des Innenhofes rollte. Zehn weitere Reiter begleiteten das mit einer Plane verhüllte Gefährt, jeweils fünf zur rechten und zur linken Seite. Der Zug passierte das Tor, rumpelte an meinem Fenster vorbei und schwenkte nach rechts, um vor dem Eingang des Südturms zum Stehen zu kommen. Tief unter diesem Gemäuer, hineingegraben in den Fels des Berges, lag Antares' gut gefüllter Kerker.

Dutzende Fackeln erhellten den Innenhof und warfen ihr flackerndes Licht auf die Männer, die nun von ihren Pferden stiegen und an der Plane zerrten. Stück für Stück zogen sie sie herunter, bis ein etwa vier Meter langer Käfig zum Vorschein kam. Drei Gestalten kauerten darin, bewegungslos und mit stolzer, aufrechter Haltung. Sie rührten sich auch dann nicht, als Antares wie ein eitler Gockel um den Käfig herum ritt, mit der Spitze seines Schwertes durch die Gitterstäbe stach und Beleidigungen knurrte. Ich verstand nicht, was er sagte, doch der Tonfall seiner Stimme troff vor Spott und Häme. Als die Gefangenen unverändert still und regungslos blieben und ihm nicht das gaben, worauf er hoffte, verwandelte sich sein Knurren in ein Brüllen: »Ihr werdet eure dreckigen Mäuler schon aufbekommen!« Wütend schlug er mit der flachen Seite des Schwertes gegen die Käfigstäbe. »Dort unten habe ich sämtliche nützlichen Zungenlöser, die der menschliche Verstand jemals ersonnen hat. Jeden einzelnen davon werde ich an euch ausprobieren.«

Hass schnürte meine Kehle zu, bis ich glaubte, daran zu ersticken. Vorhin hatte ich noch gehofft, mein Schicksal annehmen zu können. Vielleicht, ja, vielleicht hätte ich lernen können, an Antares' Seite zu leben und mich mit meinem Dasein als seine Ehefrau zu arrangieren. Doch jetzt wurde mir klar, dass ich diesen Mann niemals würde ertragen können. Nicht wenn er vor meinen Augen tötete. Nicht wenn er in diesen Kerker ging und seine Gefangenen folterte. Stunde um Stunde, bis sie ihm gaben, wonach es ihn verlangte. Antares war ein Monster. Er besaß keinen guten Funken. Nicht einmal am tiefsten Grund seiner Seele.

Verzweifelt zog ich Tashma auf meinen Schoß und hielt mich an ihr fest, während ich zusah, wie drei bullige, riesenhaft große Männer aus der Kerkertür traten, in den Käfigwagen stiegen und die Gefangenen mit brutaler Gewalt ins Freie zerrten. Dicke Ketten fesselten ihre Hände und Füße, sodass sie nur kurze Schritte vollführen konnten, und um ihre Hälse lagen merkwürdige Eisenringe, die ein schwaches bläuliches Licht ausstrahlten.

Ohne sein Gesicht zu sehen, erkannte ich den Drachenreiter.

Im Gegensatz zu den beiden Kriegern, die sein Schicksal teilten, trug er weder Rüstung noch Schmuck, sondern lediglich einen Schurz und Farbe am Leib. Genau wie in jenem Traum, in dem wir uns inmitten der toten Einöde begegnet waren. Sein Halsring leuchtete am hellsten, womöglich hatte Yleria einen besonders starken Zauber darauf gelegt. Diese verfluchte alte Hexe! Sie hatte all das eingefädelt. Sie hatte mich benutzt, um Antares' letzten Feind aus dem Weg zu räumen.

Nun würde er ihretwegen und meinetwegen einen langsamen Tod sterben, dessen Grauen ich mir kaum auszumalen wagte. Mein zukünftiger Ehemann würde sich Zeit lassen. Ich sah die Gier nach Schmerz und den Hunger nach Erniedrigung in seinem hässlichen Grinsen. Womöglich würde er sich nicht einmal das Blut abwaschen, ehe er mich vor den Priester zerrte. Wozu auch? Schließlich würde unser Bund mit durchschnittenen Kehlen besiegelt werden.

»Es tut mir leid«, flüsterte ich den Gefangenen zu und in diesem Moment trafen sich unsere Blicke. Fackelschein fiel auf ein von Farbe verkrustetes Gesicht und funkelte in dunklen, fast schwarzen Augen. Trotz der Entfernung war es, als würden wir uns gegenüberstehen. So nah, dass wir den Atem des anderen auf unserer Haut spürten und die Erinnerung in mein Herz stach. Es war ein flüchtiger Augenblick, warm und verwirrend vertraut, in dem wir unser beider Schicksal vergessen konnten. Doch die Realität zerriss ihn innerhalb eines Blinzelns.

Kälte blitzte in den Augen des Drachenreiters auf. Ungezügelte Wut und Enttäuschung. Die Erkenntnis traf mich wie der Hieb eines Schwertes: Er gab mir die Schuld an allem, was geschehen war.

Ich spürte, wie etwas in mir unter diesem Blick zerbrach.

Nein!, wollte ich wider aller Vernunft rufen. *Ich war es nicht! Ich habe nichts damit zu tun!*

Doch da klinkte der bullige Mann, der den Drachenreiter aus dem Wagen gezerrt hatte, eine Kette in dessen Halsring ein und zerrte ihn vorwärts. Hinein in die Schwärze des Kerkers.

Kapitel 37

Im Kerker

Tarek

Nach langer Dunkelheit stach plötzlich Licht in meine Augen. Stück für Stück wurde der Stoff von den Gitterstäben gerissen und entblößte … Steine. Gewaltige Mauern aus sandfarbenen Steinen, die den Himmel zu berühren schienen. Fackeln warfen ihren flackernden Schein auf eine Welt, in der es keine Bäume, keine Büsche und noch nicht einmal Moos gab. Selbst der Boden bestand aus kaltem, glattem Stein.

»Hier leben sie?«, flüsterte O'bat bestürzt. »Kein Wunder, dass sie den Verstand eines Ringelwurms besitzen. Wer das den ganzen Tag um sich hat, kann nur verrückt werden.«

Khalik blinzelte müde, sah mich an und schüttelte kaum merklich den Kopf. Zu viel Blut war aus seiner Wunde geströmt, gerissen von einer metallenen Kugel, die noch immer in seiner Brust steckte. Seine Haut war zu bleich, der Atem zu schleppend. Ich musste nicht den Schlag seines Herzens fühlen, um zu wissen, dass er bereits die Lieder unserer Ahnen hörte.

»Hilf ihm!«, knurrte O'bat. »Du hast ihn schon einmal geheilt.«

»Was glaubst du, was ich die ganze Zeit versuche?« Wieder lehnte ich mich gegen den Zauber auf, der uns wirkungsvoller bannte als alle Ketten. Wieder war es vergeblich. Das kalte Metall des Halsreifs fraß sich in meine Haut, zischte und fauchte und ließ Eissplitter durch mein Blut wirbeln. »Der Zauber ist zu stark. Ich schaffe es nicht.«

»Also sind die Knochenmenschen mächtiger als der Gott aller Drachen?« O'bat schnaubte. »Dann sollten wir unser Ende hinnehmen, denn das Schwache muss stets dem Starken weichen.«

Ich wollte Zorn empfinden, doch die beißende Kälte betäubte alle Gefühle und Gedanken. Es bräuchte nur eine Berührung und Khalik wäre geheilt. Nur eine einzige heilende Berührung. Aber die Fesseln, die uns die verzauberten Halsreifen auferlegten, schienen unzerstörbar.

Das Tuch glitt vom Wagen, wurde zusammengerafft und fortgeschafft. Zwei Männer in goldenen Rüstungen saßen auf schwarzen Reittieren und musterten uns mit steinkalten Blicken. Einer von ihnen war der Krieger, der mich besiegt hatte, der andere war ihm so ähnlich wie ein Bruder, um einen ganzen Kopf größer und deutlich älter.

Khalik gab ein Stöhnen von sich. Vermutlich hielt ihn nur noch der Zauber des Halsreifs aufrecht.

»Ich bin bei dir, Freund«, raunte ich ihm zu. »Ich werde immer bei dir sein.«

»Stirb stolz«, hörte ich seine leise Antwort und da wusste ich, dass er mir vergeben hatte. »Bald sitzen wir gemeinsam an den Feuern unserer Ahnen.«

Das Klappern von Hufen erklang. Der ältere Krieger begann, im Kreis um den Käfig herumzureiten und Beleidigungen zu knurren. Offenbar hatte er sich dazu herabgelassen, ein paar Sprachfetzen von allen Völkern zu lernen, die er unterjocht hatte. Manchmal glaubte ich, ein Wort zu erkennen, oder ahnte zumindest, was es bedeutete.

Als wir keine Reaktion zeigten, brüllte der Krieger vor Wut. Er schlug die Klinge seines Schwertes gegen die Gitterstäbe, warf mir einen hasserfüllten Blick zu und knurrte etwas, das nach einem langen und schmerzhaften Tod klang. Wenn er dachte, die Wahrheit mit Klingen und Schlägen aus uns herausholen zu können, würde er bitter enttäuscht werden. Keiner von uns gab ihm die Angst, die er sich erhoffte. O'bat grinste gar gehässig, als könnte er es kaum erwarten, seinem Gegner die Stirn zu bieten.

Drei Männer von der Statur eines Büffels stiegen in den Käfig, jeweils einer zerrte O'bat, Khalik und mich auf die Beine und stieß uns aus dem Wagen. Alle Kraft war aus meinen Beinen gewichen, doch unter dem Blick des großen Kriegers gefror mein Körper zu Eis, anstatt zusammenzubrechen. Zischend fraß sich der Zauber des Halsreifs in mein Fleisch. Ich konnte keinen Finger rühren, ohne dass er es wollte. Keinen Schritt tun, ohne dass er es mir erlaubte. Die Genugtuung darüber glitzerte im Blick des Mannes, als er milde lächelte und mir ohne Worte zu verstehen gab, dass er sich alle Zeit der Welt lassen würde.

Sollte er doch.

Kein Aman-Kaja war jemals vor einem Feind in die Knie gegangen. Und das würde so bleiben, bis wir vom Angesicht der Erde verschwanden.

Khalik bot den letzten Rest seiner schwindenden Kraft auf, hob stolz den Kopf und legte alle Geringschätzigkeit in seine Miene, die er für die Knochenmenschen und ihre Welt aus Stein und Tod empfand. Ich hatte gerade den ersten Schritt getan, vorwärtsgezwungen vom Willen des großen Kriegers, als ich ein seltsames Gefühl im Nacken spürte. Ohne zu wissen weshalb, wandte ich den Kopf und blickte an einer der toten Steinmauern empor.

Ein bleiches Mädchen saß auf einem Fenstersims, gekleidet in nebelzarte Lagen aus blassblauem Stoff, und starrte mit seinem sternhellen Blick zu mir hinab. Auf seinem Schoß lag ein Flammenzehrer, schmiegte seinen Kopf zutraulich an den Arm seiner Herrin und schien zu schlafen. Es war das Mädchen aus meinen Träumen. Das Mädchen, das seine Schönheit und Verletzlichkeit wie einen Köder ausgelegt hatte, um mich in die Falle zu locken. Genoss sie es, uns in Ketten sehen? Ließ sie sich den Triumph auf der Zunge zergehen? Vielleicht lechzte sie danach, uns höchstpersönlich die Hälse aufzuschneiden, um unser Blut einem ihrer nimmersatten Götter zu opfern.

»Warum musstet ihr mir hinterherlaufen?«, zischte ich O'bat zu, der schnaufend an meiner Seite schritt. »Warum seid ihr nicht im Palast geblieben? Ihr müsstet nicht hier sein. Sie wollten nur mich.«

»Wir gehen die Wege, die wir gehen müssen«, brummte er zurück. »Was nützt es, über verschüttetes Wasser zu klagen?«

Meine Zähne schlugen klappernd aufeinander. War mir jemals so kalt gewesen? So viele Worte lagen auf meiner Zunge, brennend vor Zorn, aber keines davon würde etwas ändern. Diese Falle war nur für mich bestimmt gewesen. O'bat und Khalik hätten niemals hineintappen dürfen. Warum hatte ich sie nicht aufgehalten? Warum war der Hexenzauber der Knochenmenschen so viel stärker als der Drache? Oder war es nicht seine Schwäche, sondern meine? Hätte ich niemals mein Schwert gegen unseren ältesten und mächtigsten Gott erheben dürfen? War ich der Falsche? Nichts weiter als ein Irrtum, der nun einem ganzen Volk das Leben kosten würde?

Vor uns öffnete sich ein Tor, tief und gähnend wie das Maul eines Sumpfdrachen, und wie ein Maul verschluckte es uns. Die drei bulligen Männer zerrten uns vorwärts, der große Krieger schritt voraus. Finsterer, eiskalter Stein schloss sich um uns zusammen, immer enger und enger, bis es sich anfühlte, als würde sein Gewicht meinen Brustkorb zerdrücken.

Unerbittlich zwang uns unser Feind in die Eingeweide der Erde hinein. Spinnweben bedeckten die feucht glänzenden Wände, Rinnsale tröpfelten über uralten Stein. Je weiter wir gingen, umso beißender wurde der Gestank, der uns entgegenschlug.

Schmerz, Tod und Blut.

Qualen von unvorstellbarem Ausmaß.

Selbst O'bat verlor ein Stück seiner Beherrschung und warf mir einen Blick zu, in dem versteckte Angst lag. So musste es in den Tempeln gerochen haben, von denen Ixchal mir erzählt hatte. Herzen, aus lebendigen Körpern gerissen, die auf Kohlefeuern verbrannten. Abgeschlagene Köpfe, gehäutete Leiber, zu Girlanden aufgefädelte Zungen und Ohren. Fäulnis. Verwesung. Überall Schreie. Lautlose und ohrenbetäubende.

Links und rechts des Ganges taten sich nun Käfigzellen auf. In jeder davon vegetierten erbarmungswürdige Gestalten in ihren eigenen Ausscheidungen vor sich hin. Nicht wenige waren dem Tode nahe, andere durchbohrten uns mit Blicken, in denen die Blindheit unsäglicher Qualen lag. Manche sahen aus, als würden sie bereits seit Jahrzehnten in ihren Zellen hocken. Die Körper dieser Kreaturen – denn als Menschen konnte man sie kaum mehr bezeichnen – schienen mit dem Grauen dieses Ortes eins geworden zu sein. Ihre Glieder, oft mehrfach gebrochen, waren zu krummen Wurzeln zusammengewachsen, ihre Haut hatte sich in eine Kruste aus Schorf, Dreck und Geschwüren verwandelt. Verzerrte Gesichter blitzten unter einem Vorhang aus dreckstarrenden Haaren hervor, zu Klauen verwachsene Fingernägel gruben sich in zitterndes Fleisch.

»Mohini sei mir gnädig«, keuchte O'bat. »Das sind keine Menschen. Das sind Ungeheuer, die aus Zumas Dämonenarsch gekrochen sind.«

Schreie hallten durch die Eingeweide der Erde. Vermischt mit gedämpftem Stöhnen, Würgen, Röcheln und Wimmern. Ketten klirrten, jemand zerschlug etwas Weiches, das mit feuchtem Reißen aufplatzte. Wir kamen an einem Gewölbe vorbei, in dem Menschen kopfüber wie erlegte Tiere aufgehängt waren und unter den Händen ihrer Peiniger zappelten. Eine schwankende Hängebrücke führte über einen Kanal, dessen rot schäumendes Wasser unerträglich nach Verwesung stank. Als wir darüber hinwegschritten, sah ich Knochen, Gedärme und Körperteile in den Fluten treiben. Offenbar war dies der Weg, auf den die Knochenmenschen ihren Unrat entsorgten. Würden wir denselben Weg nehmen? Zerhackt und zerstückelt, nur noch Treibgut in einem stinkenden Kanal?

Dieser Ort war ein Verbrechen gegen alles, was heilig war. Weshalb ließ Mohini so etwas zu? Warum wuchs und gedieh das Volk der Knochenmenschen, obwohl ihre Grundfesten aus Frevel und Verrat bestanden?

Bis zu diesem Tag war mein Glauben an die große Göttin unerschütterlich gewesen. Doch jetzt, umgeben von einer Grausamkeit, die alle Vorstellungen überstieg, wusste ich nicht mehr, ob Gerechtigkeit überhaupt existierte.

Dies hier war kein Krieg. Keine Schlacht, in der Feind gegen Feind kämpfte und in der jede Seite ihr Gewissen verlor. Es war ein Ort, der allein einem Zweck diente: Menschen zu brechen und zu töten.

Am gegenüber liegenden Ufer des Kanals öffnete der große Krieger eine Tür, die aussah, als wäre sie in grauer Vorzeit gezimmert und in Fels eingefügt worden. Dahinter lag ein kreisrunder Raum, dessen Boden zur Mitte hin leicht abschüssig verlief und in einem vergitterten Loch endete. Der Zweck dieses Abflusses war offensichtlich. Blut verklebte den Steinboden, von der niedrigen Decke baumelten Ketten mit Haken. O'bat stieß ein Keuchen aus, als er die Waffen auf dem großen, mit dunklen Krusten bedeckten Holztisch sah.

Es waren keine Waffen, wie man sie im Krieg einsetzte. Dafür waren die Klingen zu kurz und zu filigran. Manche Gegenstände ähnelten

Zangen, andere sahen wie silberne Kämme aus, versehen mit scharfen, dünnen Zähnen.

O'bat warf mir einen ungläubigen Blick zu. Ich konnte zusehen, wie die Farbe aus seinem Gesicht wich, während alles, wofür er keine Worte fand, in seinen Augen geschrieben stand. Khalik war kaum mehr bei Bewusstsein. Schwankend harrte er zwischen uns aus und blickte in eine Ferne, die nur jene sahen, die auf der Schwelle des Todes standen.

Da trat der große Krieger vor uns hin, schickte seine Männer mit einer barschen Geste fort und legte, als sie verschwunden waren, eine Hand flach auf seine Brust.

»Antares«, brummte er gedehnt, neigte den Kopf zu einem höhnischen Gruß und lächelte. Sein Atem stank nach saurem Wein und Fäulnis.

»Schätze, das ist der Name dieser hässlichen Kröte.« O'bat hatte seine Stimme wiedergewonnen und zog eine abfällige Grimasse. »Wie freundlich von diesem sprechenden Stück Scheiße, das zufällig in Menschenform aus dem Arsch eines Büffels gepresst wurde, dass es sich an die Regeln der Höflichkeit hält.«

Antares' schlangenhafter Blick wanderte von Khalik zu O'bat und wieder zurück zu mir. Er nuschelte etwas Selbstzufriedenes in seinen Bart, dann winkte er einen Mann heran, der bisher unsichtbar im Schatten einer Nische gestanden hatte. Es war ein dürrer, gelbhaariger Kerl mit der Haut einer Leiche und wässrigen Augen, der sich den Sabber aus dem Mundwinkel wischte und nach einer Apparatur an der Wand griff. Nachdem er ein paarmal an einem Rad gedreht hatte, senkten sich die Ketten mit den Haken langsam herab. Antares lächelte immer noch. Er stand so nah vor uns, dass es ein Leichtes gewesen wäre, ihm die Kehle herauszureißen, doch der Zauber der Halsreifen war stark. O'bat schäumte vor Zorn. Eine Ader an seinem Hals trat pochend hervor, Schweißtropfen perlten über seine Schläfen.

»Du jämmerlicher, froschfickender Feigling!«, knirschte er mit gebleckten Zähnen. »Ohne deinen Hexenzauber würde ich dir die Leber herausschneiden und sie über einem guten Feuer braten.«

Antares packte O'bats gefesselte Hände, riss sie nach oben und befestigte sie an einem der Haken. Währenddessen führte der dürre Mann Khalik in eine der Zellen, die ringsum in den Wänden eingelassen waren. Ohne Rücksicht auf seine Wunde stieß er ihn in das Dunkel, verriegelte die Gittertür und trat wieder neben seinen Herrn.

»Ihr seid hässlich wie die Warzen am Arschloch eines Kammschweins!« Brüllend warf sich O'bat in die Fesseln. Staub und Steinsplitter rieselten von der gewölbten Decke. »Ich werde euch töten! Ich werde euch die verfaulten Därme aus den Wänsten reißen und sie euch um den Hals wickeln, bis ihr verreckt.«

Antares schnaufte amüsiert, riss meine Arme hoch und klinkte die Ketten in einen der Haken ein. Das dürre Männchen kehrte zur Apparatur zurück, warf uns ein hungriges Lächeln zu und drehte das Rad in die entgegengesetzte Richtung. Stück für Stück wurden die Ketten hochgezogen, bis nur noch unsere Zehenspitzen den Boden berührten. Kaltes Metall schnitt in meine Handgelenke. Antares umrundete uns zweimal, nickte zufrieden und blieb schließlich vor dem Holztisch stehen. Nachdenklich nahm er eine Waffe nach der anderen in die Hand, musterte sie ausgiebig und schien zu überlegen, welche davon die größten Schmerzen verursachte. Nach einer Weile entschied er sich für ein Messer mit langer, gezahnter Klinge, tippte mit dem Zeigefinger auf dessen nadelfeine Spitze und kehrte zu uns zurück. Eine Weile tat er nichts anderes, als mich lauernd anzugaffen. Hoffte er auf Angst? Auf Betteln und Winseln?

Ja, das tat er.

Nun, dann konnte er warten, bis ihm die Ratten das Haar vom Kopf fraßen.

Antares' Hungerhaken wurde langsam ungeduldig, grummelte vor sich hin und trat von einem Bein auf das andere. Makellos und scharf glänzte die Messerklinge im Fackelschein.

Komm raus, beschwor ich den Drachen. *Worauf wartest du, verdammt? Was brauchst du denn noch, um endlich aufzuwachen?*

Sein Schweigen schmeckte nach Hohn. Wollte er etwa, dass wir starben? Hatte er erkannt, dass ich die falsche Hülle war, und ließ den Dingen ihren Lauf?

»Tarek!«, zischte O'bat. »Er wird uns töten! Bei Zumas schrundiger Glatze, sei verdammt noch mal das, was wir in dir sehen!«

In ohnmächtiger Wut schloss ich die Augen. Wo war das Gefühl der Macht, das mich im Dschungel bis in die kleinste Faser meines Körpers durchströmt hatte? Wo das Gefühl mächtiger Schwingen, unverwundbarer Schuppen und zügelloser Wut? Ich war leer. Ausgehöhlt. Nur ein Mensch in Ketten, der unfähig war, sein Schicksal zu ändern.

O'bat begann, leise Gebete zu murmeln. Aber ich wusste, dass sie unerhört bleiben würden. Dieser Ort lag jenseits von Mohinis Macht. Nichts Göttliches oder Heiliges konnte eine solche Finsternis durchdringen.

In Antares' starrem Blick glänzte eine tiefe, widerwärtige Vorfreude, während er abwechselnd mit dem Messer auf mich und O'bat deutete. Dabei murmelte er unschlüssig vor sich hin, wie ein Kind, das sich nicht zwischen zwei Geschenken entscheiden konnte.

»Gib ihm nicht, was er will«, raunte ich O'bat zu.

»Du kennst mich doch!« Grinsend bleckte er die Zähne und atmete scharf ein, als Antares die Klinge an seiner Rüstung ansetzte und mit geschickten Schnitten die Lederschnüre durchtrennte. Zuerst fiel der Brustpanzer, dann die Armschienen. Als Letztes riss ihm der Knochenmensch die Beinschienen vom Leib, schleuderte sie beiseite und betrachtete genüsslich die entblößte, verwundbare Haut.

O'bat sah mich an. »Niemals«, formten seine Lippen, ehe sich ein Schleier über seinen Blick legte und mir verriet, dass der Geist meines Freundes nicht länger eins mit dem Körper war. Und so blieb er reglos und stumm, als das Messer die Haut über seinen Rippen zerteilte.

Kapitel 38

Der Geist und die Hexe

Yleria

Sie sah Antares' blutbesudelte Gestalt im magischen Oval des Spiegels. Schnaufend stierte er sie an, in der rechten Hand ein gezahntes Messer, von dessen Klingenspitze Blut tropfte.

Oh, dieser unverbesserliche Dummkopf!

»Mein König …«, es kostete sie alle Kraft, ihre Stimme ruhig klingen zu lassen, »… bitte sagt mir nicht, dass Ihr alles ruiniert habt, worauf ich fast zwanzig Jahre lang hingearbeitet habe.«

»Ruiniert?« Antares geiferte wie ein tollwütiger Köter. Sein Gesicht war mit Blut besudelt. Menschlichem und magischem. Es klebte überall. In seinen Haaren, in seinem Bart, auf jedem Zoll seines Körpers. Offenbar hatte ihn das Foltern derart angestrengt, dass er seine Rüstung mitsamt Hemd ausgezogen hatte und nun mit nacktem Oberkörper vor ihr stand. Obwohl die Krusten auf seiner Haut fast getrocknet und die Magie nahezu erloschen war, spürte Yleria noch immer ihren Nachhall. Wild, unvorstellbar alt und so mächtig, dass allein dieses hauchdünne Echo ihren Körper mit einer Gänsehaut überzog.

Schaudernd wandte sie sich vom Spiegel ab, um den Anblick nicht länger ertragen zu müssen. Manchmal war sie dankbar für ihre Blindheit, auch wenn sie sie in den meisten Augenblicken ihres Lebens verfluchte.

»Nur keine Sorge«, blaffte Antares. »Dieser Missgeburt geht es gut. Viel zu gut. Er hängt dort unten und grinst, als würde ich ihn mit einer Feder kitzeln.«

Mit drei polternden Schritten war er bei ihr, hielt ihr das nach Blut stinkende Messer an den Hals und grollte tief in der Brust. »Was ist das da unten für eine Kreatur? Jede Wunde, die ich ihm zufüge, schließt sich in kürzester Zeit und lässt nicht einmal eine Narbe zurück. Raus mit der Sprache, Hexe! Was weißt du über ihn? Und wage es nicht, mich anzulügen!«

Yleria ballte ihre Hände zu Fäusten, so groß war der Drang, Antares zu schlagen. Am besten mitten in das hässliche, arrogante Gesicht. »Ich habe Euch niemals angelogen. Der Mann, mit dem Ihr Euch entgegen meinen Anweisungen schon seit Stunden amüsiert, kann uns den Weg zum Smaragddrachen zeigen. Es sei denn, Ihr habt mit Eurer voreiligen Tat alles ruiniert.«

Antares bleckte die Zähne und drückte sein Messer gegen ihre Kehle. »Halte deine Zunge im Zaum, sonst teilt sie das Schicksal deiner Augen. Diese verdammten Wilden schweigen wie ein Grab. Ganz gleich, was ich ihnen antue. Sie schreien nicht, sie winseln nicht, sie nehmen es einfach hin. Stecken in ihren Leibern Dämonen? Sind das da unten überhaupt Menschen?«

»Ich habe Euch gesagt, dass Ihr mich rufen lassen sollt, sobald sich die Gefangenen im Kerker befinden.« Ein unbändiger Zorn kochte in ihr hoch. Mit jedem Wort fiel es ihr schwerer, ihn zu beherrschen. »Stattdessen foltert Ihr sie die halbe Nacht lang und bringt all unsere Pläne in Gefahr.«

»Schweig, Hexe!« Antares zog sein Messer zurück und nahm einen tiefen Atemzug. Unter seiner Wut brodelte Verzweiflung. Offenbar saß die Demütigung, die er gerade erfahren hatte, tief in seinem Fleisch. »Sag mir lieber, was ich tun soll.«

Yleria seufzte. »Das hättet Ihr mich schon vor ein paar Stunden fragen sollen. Jetzt wird alles schwieriger. Sehr viel schwieriger.«

»Warum?«

»Das will ich Euch zeigen.« Sie tastete nach seiner großen, blutverschmierten Pranke, zog ihn zum Spiegel und blickte mit blinden Augen in das fließende Silber. Waberndes Nichts wurde zu festen Konturen, totes Grau zu lebendigen Farben. Was sie sah, erblickte auch Antares – und Yleria genoss seine Verblüffung zutiefst.

»Was?«, stieß er fassungslos hervor.

»Der Spiegel kennt keine Lügen. Er sagt immer die Wahrheit.«

»Aber …«

»Ihr müsst ihm vertrauen. So, wie es bereits Dutzende Könige vor Euch getan haben. Nur ist Euer Schicksal sehr viel größer als das Eurer Vorgänger.«

Ein wenig Bauchpinseln konnte nicht schaden, auch wenn ihr vor Abscheu die Galle hochkam.

»Du willst mir also sagen … dass … dass dieser …« Antares stammelte wie ein geistig beschränkter Idiot. »Du sagst, dass er …«

»Ja«, half sie ihm auf die Sprünge, »der Mann im Kerker kennt nicht den Weg zum Drachen. Er weiß nicht, wie er ihn herbeirufen kann. Denn er selbst ist der Drache.«

»Du bindest mir einen Bären auf.«

»Nein. Ihr habt es gerade im Spiegel gesehen. Er hat sein Schwert in den Leib des sterbenden Drachen gestoßen und seine Kraft in sich aufgenommen. In ihm schlägt nun ein Herz aus Smaragd und bald wird es Euch gehören. Aber solange der Drache in einem menschlichen Körper steckt, wird er Euch nichts nützen.«

Antares lachte. Sie hörte, wie er sich mit den Fingern durch das Haar fuhr, ein paarmal im Kreis herum stapfte und schließlich noch einmal lachte. »Warum, beim ausladenden Hintern meiner Mutter, verrätst du mir das erst jetzt?«

»Weil es so sein musste«, seufzte Yleria. »Ich habe den Spiegel befragt und er hat mir befohlen, das Geheimnis erst mit Euch zu teilen, sobald der Drache uns gehört. Auch Nadir wusste nichts davon. Eurem Bruder fiel es ohnehin schon schwer, die Fassung zu wahren. Um ein Haar wäre er gescheitert, aber Ihr dürft ihn deswegen nicht bestrafen. Die Macht des Drachen ist gewaltig. Niemand kann ihm auf Dauer die Stirn bieten, auch mein Zauber wird bald nachlassen.«

»Dann verstärke den Bann des Halsreifs.«

»Das kann ich nicht. Oder besser gesagt, vermag ich es nur in geringem Ausmaß. Kaia selbst hat ihn erschaffen. Mit ihm starb der letzte wahrhaft mächtige Magier. Ich kann nur beeinflussen, wem der Zauber gehorcht, aber ich kann ihn nicht wieder auffüllen. Allenfalls lässt er sich ein wenig füttern, doch das ist kaum mehr als ein Tropfen auf einem heißen Stein.«

»Und wie sollen wir ihn kontrollieren?« Antares drehte Kreise wie eine eingesperrte Wildkatze. »Du sagst, ich darf ihn in menschlicher Gestalt nicht töten, gleichzeitig prophezeist du mir, dass Kaias Halsreif ihn nicht mehr lange bezwingen wird.«

»Ein paar Wochen wird der Zauber schon halten. Es wird reichen, um unseren Plan zu verwirklichen. Euch ist, was den Zeitpunkt betrifft, ein perfekter Fang gelungen. Unser Gast hat gerade erst begonnen, die Macht des Drachen zu entdecken. Noch hat er keine Ahnung, wie er sie nutzen und kontrollieren kann, und das wird uns zugutekommen.«

Antares grollte unverständliche Dinge vor sich hin. »Gut«, schnaufte er schließlich. »Er muss also die Gestalt des Drachen annehmen, ehe ich an seine Kraft komme?«

»Ja. Ihr müsst den Gott töten, nicht den Menschen.«

Der König knurrte. Eine seiner abfälligen Bemerkungen lag ihm auf der Zunge, doch seltsamerweise behielt er sie für sich. »Und wie bringe ich ihn dazu, den Drachen zu befreien?«, fragte er stattdessen.

»Nun, auf keinen Fall durch Folter. Die Aman-Kaja verfügen über so manche besondere Fähigkeiten. Eine davon ist es, Schmerz zu ertragen. Selbst Euer bester Kerkermeister wird kein Sterbenswörtchen aus ihnen herausbringen.«

»Jeder hat seine Grenze«, brauste Antares auf. »Lass mir nur genug Zeit und ich …«

»Nein!«, fuhr Yleria ihm über den Mund. »Ihr habt mir all die Jahre lang Euer Vertrauen geschenkt, deshalb vertraut mir auch jetzt. Die Art, auf die Ihr sonst an Euer Ziel gelangt, wird Euch bei ihm nichts nützen. Ihr müsst auf andere Weise vorgehen.« Mit einem tiefen Atemzug wappnete sie sich gegen das, was nun unweigerlich folgen würde. »Auf eine Weise, die Euch nicht gefallen wird.«

Antares antwortete nicht sofort. Den Geräuschen nach zu urteilen, kämpfte er gerade gegen einen Wutanfall. Sei es drum. So beschränkt sein Geist auch war, wusste er dennoch, dass er ohne sie nichts war.

»Wie meinst du das, Hexe?« Seine Stimme war bemerkenswert ruhig. »Was hast du nun wieder ausgeheckt?«

»Ich habe gar nichts ausgeheckt. Der Spiegel hat zu mir gesprochen. Es gibt nur einen Weg, um zu Eurem Ziel zu gelangen. Nur einen einzigen.«

»Zeig ihn mir!«

»Wie Ihr wünscht, Majestät.«

Yleria sammelte Mut, bereitete sich auf Antares' Tobsuchtsanfall vor und ließ ein zweites Mal ihren Zauber in das Silber fließen. Der König trat näher, glotzte in den Spiegel und erstarrte mit einem ungläubigen Keuchen zu Stein. Immerhin – er ertrug die Bilder stumm. Er fluchte nicht, er brüllte nicht und er prügelte auch nicht auf sie ein. Das Ganze lief besser als erwartet.

»Nein!«, knurrte er nur, als das letzte Bild im Spiegel erlosch. »Nein! Auf gar keinen Fall.«

»Es ist der einzige Weg«, beharrte Yleria. »Nur so werdet Ihr bekommen, wonach Ihr Euch sehnt. Nur so und auf keine andere Weise.«

»Nein!« Eine Pranke schloss sich um ihre Kehle. Antares' heißer, stinkender Atem hechelte über ihr Gesicht. »Es muss einen anderen Weg geben! Finde ihn!«

»Es gibt keinen«, presste Yleria hervor. »Ich habe den Spiegel zahllose Male befragt. Jedes Mal hat er mir dasselbe gezeigt.«

»Du lügst!«

»O nein, mein König. Es ist die Wahrheit. Denkt an Euer Ziel. Denkt an das, was Ihr gewinnen werdet, und dann fragt Euch, ob es dieses Opfer nicht zehnfach wert ist. Ach was, hundertfach.«

Antares geiferte und knurrte. Die Hand um ihre Kehle verschwand, stattdessen stampften wütende Schritte durch das Zimmer.

»Wollt Ihr die Macht des Drachen erlangen?«, fragte Yleria.

»Ja!«, fauchte er zurück.

»Wollt Ihr ein Gott werden?«

»Ja!«, brüllte Antares.

»Wollt Ihr Unsterblichkeit?«

»Ja, verdammt!«

Yleria nickte. »Dann tut, was der Spiegel Euch sagt.«

Wieder schloss sich eine riesige, schwielige Hand um ihre Kehle. Eine Hand, die tausendfach gemordet und gefoltert hatte. Aber diesmal drückte sie lediglich sanft zu. »Ich werde dich töten, wenn dein Plan misslingt. Ich werde dir die Haut in Streifen abziehen, Hexe. Ich werde dich in den bronzenen Stier werfen und zu Tode kochen lassen.«

»Ja, mein König«, erwiderte sie demütig. »Wenn Ihr nicht bekommt, was ich Euch verspreche, habt Ihr alles Recht dazu. Jetzt bringt mich in den Kerker. Ich muss den Drachen sehen.«

Antares lachte spöttisch. »Was soll das? Du weißt genau, dass du das Turmzimmer nicht verlassen darfst.«

»Ja, aber die Zeiten haben sich geändert. Ihr braucht mich, Majestät. Ihr braucht mich an Eurer Seite, um die Kraft des Drachen zu erlangen. Was kann denn schon passieren? Kaias Meisterstück von einer Sklavenkette bindet mich an Euch. Die ganze Burg ist mein Gefängnis, nicht nur dieses Zimmer. Bringt mich in den Kerker, wenn Ihr eine Legende werden wollt. Ein König, der über die Ewigkeit herrscht und den Lauf aller Dinge ändern wird.«

Antares brummte und murrte eine Weile vor sich hin. »Wenn du irgendetwas im Schilde führt, Hexe …«

»Das tue ich nicht. Ich will nur den Drachen sehen. Lasst mich einen Blick auf ihn werfen, damit ich weiß, womit wir es zu tun haben.«

»Ich dachte, das wüsstest du längst.«

»Das tue ich auch. Aber es ist eine Sache, ihn durch einen Spiegel zu sehen, eine ganz andere jedoch, die Magie berühren zu können. Vertraut mir, Majestät. Ich will nichts anderes, als Euch zu Eurem wahren Schicksal zu führen.«

»Also gut«, brummte Antares. »Was muss ich tun?«

»Nichts.« Yleria ergriff seine Hand, zog sie von ihrer Kehle und umfing sie sanft. »Geht einfach vor und lasst mich durch die Tür treten.«

Antares empfand spürbaren Widerwillen gegen ihre Berührung, doch er entzog sich ihr nicht. »Kannst du nicht mithilfe eines Zaubers sehen?«, nörgelte er. »Ich hasse es, deine verschrumpelte Klaue zu halten.«

Yleria kämpfte den allzu vertrauten Schmerz nieder. Ja, sie war alt und hässlich geworden. Und der Mann, der über sie spottete, trug die Hauptschuld daran. »Das könnte ich«, erwiderte sie mit einem dünnen Lächeln. »Aber ich bin schwach. Deinen Drachen aufzustöbern und einzufangen, hat meine Kräfte aufgezehrt.«

»Also gut«, schnaufte er resigniert. »Komm mit.«

Grummelnd zog er sie hinter sich her. Yleria entkam ein Seufzer, als sie die Tür ihres Gefängnisses durchschritt und jene Treppe unter sich spürte, die sie vor mehr als dreißig Jahren zuletzt berührt hatte. In diesem Moment fühlte sie sich so alt wie die grauen Felsen des Gebirges. So lange war es her, dass Antares ihr das Augenlicht gestohlen hatte, weil irgendein Scharlatan ihm zugesteckt hatte, dass Blindheit die Macht einer Hexe stärken würde. Wie sah die Burg aus? Welche Farben trugen die Mauern? Wie war es, in die Sterne zu blicken und den Sonnenaufgang zu beobachten? Allzu kurz war sie in Nadirs Geist und in den des Schneezahns geschlüpft, denn für mehr hatte ihre Kraft nicht gereicht. Auch jetzt war es gefährlich, doch sie vermochte ihre Neugier nicht im Zaum zu halten. Mit einem lautlosen Zauber lieh sie sich Antares' Augenlicht, obwohl der Spruch ihre ohnehin geschwächte Magie noch weiter auszehrte und sie an den Rand des Erträglichen brachte.

Aber das Opfer war es wert.

O ja.

Herrliche Bäume wiegten sich unter einem unbeschreiblich schönen Sternenhimmel. Diamantensplitter auf schwarzblauem Samt, grenzenlose Freiheit versprechend. Eines nicht mehr fernen Tages würde sie alles zurückerlangen, was sie verloren hatte. Und noch weitaus mehr. Dann würde jeder bekommen, was er verdiente.

Erschöpft von der Last des Alters schlurfte Yleria neben Antares her und staunte wie ein Kind über die Schönheit der Nacht. Überraschenderweise nahm er Rücksicht auf ihre Schwäche, stützte sie mit einem Arm und verlangsamte seine Schritte. Mehrmals grummelte er unverständliche Dinge in seinen Bart, vermutlich weil er sich den Kopf über die Botschaft des Spiegels zerbrach. Antares' Stolz würde in nächster Zeit schwer zu leiden haben. Wie herrlich! Er würde nicht nur lernen müssen, mit Demütigungen umzugehen. Nein, seine Gier nach Macht würde ihn auch dazu zwingen, Beherrschung zu üben. Ganz gleich, wie laut alles in ihm danach schrie, seinem Gegenüber den Schädel einzuschlagen. Yleria grinste, während sie über den Innenhof liefen, das Tor zum Kerker durchschritten und in die Dunkelheit hinabstiegen. Gestank biss in ihre Nase, die Luft war getränkt vom Schmerz unzähliger Seelen. Schon wenige Momente an diesem grauenhaften Ort ließen Übelkeit in ihr aufsteigen, wie musste es da erst den armen Geschöpfen ergehen, die Jahre oder gar Jahrzehnte hier verbracht hatten? Dahinsiechend auf verfaultem

Stroh, angenagt von Ratten und gequält von Antares' handverlesenen Kerkermeistern.

Je tiefer sie in den Kerker hinabstiegen, umso beißender wurde der Gestank nach Blut und Tod. Ketten klirrten, Menschen stöhnten. Bald führte Antares sie an den ersten Verliesen vorbei. In einem ersten Impuls wollte Yleria sich in die Blindheit flüchten, um wenigstens dem Anblick all dieses Elends zu entgehen, doch dann zwang sie sich dazu, dem Grauen standzuhalten. Alles, was Antares den Schwachen und Unglücklichen antat, würde zu ihm zurückkommen. O ja, er würde bezahlen. Auf eine Weise, die er sich in seinen finstersten Träumen nicht vorstellen konnte.

Der König führte sie über einen Kanal, in dem die Überreste zerstückelter Kadaver schwammen. Ein feines Lächeln umspielte seine Lippen, als sie sich eine Hand auf den Mund presste, dann öffnete er eine schwere, von Alter geschwärzte Holztür. Dahinter lag ein kreisrundes Gewölbe.

»Allmächtige Götter«, flüsterte Yleria. »Was habt Ihr getan?«

Zwei Männer hingen an dicken, rostigen Ketten, Blut verklebte den Boden und sickerte in ein vergittertes Loch. Scharf und bitter wie der Odem eines Giftes lag der Geruch ihres Schmerzes in der modrigen Luft. Beide waren noch bei Bewusstsein, doch während der Körper des einen von tiefen Schnitten und Stichwunden übersät war, erkannte Yleria unter der blutverschmierten Haut des zweiten einen gänzlich unversehrten Körper. Magie entströmte diesem Fleisch. Heiß und ungezügelt strömte die Kraft auf sie ein, immer intensiver, je näher sie dem Drachen kam.

»Lasst mich zu ihm!« Ungeduldig schüttelte Yleria Antares' Griff ab und trat vor den Mann, in dessen Brust das Herz eines Gottes schlug. Goldene Funken glommen in den dunkelbraunen Tiefen seiner Augen. Ein unerschütterlicher Wille inmitten eines göttlichen Feuers.

»Es tut mir leid«, flüsterte sie und meinte es aus tiefstem Herzen ehrlich. Zorn bebte unter ihren Fingern, als sie eine Hand auf seine Wange legte und augenblicklich spürte, wie eine Welle berauschender Magie über sie hinweg brandete. Hunger drängte jeden klaren Gedanken beiseite. Er war so überwältigend, so unwiderstehlich, dass Yleria davor fliehen wollte.

Nur ein Tropfen, beschwor sie sich. *Nur ein einziger Tropfen.*

Vorsichtig atmete sie einen winzigen Schluck Magie ein und spürte, wie ihre Sinne schwanden. Diese Kraft war zu stark. Zu alt. Ein Stück wahrer Unendlichkeit aus einer Ära, in der noch nicht einmal die Zeit existiert hatte. Benommen taumelte sie zurück, zerriss das Band zwischen ihr und dem Drachen und blickte in unvorstellbar alte Augen. Haltlos stürzte Yleria in die Abgründe des Universums. Ohne Anfang und ohne Ende. Alles wurde bedeutungslos. Ihre Existenz war winzig und zugleich allumfassend. Klein wie ein Funken, der vom Feuer aufstob und nach einem kurzen Tanz verglühte, aber zugleich so unsterblich wie der Atem der Schöpfung, der jedem Tod neues Leben einhauchte.

Ylerias Furcht kämpfte mit dem Verlangen, den Drachen noch einmal zu berühren. Einen Wimpernschlag lang hatte sie sich bedeutungsvoll gefühlt. Als würden die Fesseln aus Vergänglichkeit und Nichtigkeit von ihr abfallen. Zitternd streckte sie eine Hand aus und strich vorsichtig, ohne die Haut des Drachen auch nur zu streifen, eine lange Haarsträhne aus seinem Gesicht. Sie war nass von Blut.

»Ihr hättet das nicht tun dürfen.«

»Was?« Antares stand mitten im Gewölbe, hielt noch immer das Messer umklammert und beäugte sie abfällig. »Sag mir nicht, dass dich das Mitleid packt. Du weißt, was diese Missgeburt meinen Männern angetan hat.«

Und was hast du uns angetan?, wollte sie zurückschreien. *Mir, ihm, unzähligen Männern, Frauen und Kindern?*

»Ihr hättet das nicht tun dürfen«, wiederholte sie stattdessen, trat zurück und musterte die beiden zerschundenen Männer. Mit ihren herausfordernden Blicken und ihrem Schweigen verhöhnten sie Antares mit jedem Atemzug.

»Soll ich dich mit ihnen allein lassen?«, spottete der König. »Ich habe gehört, dass selbst alte Hündinnen ab und an von Läufigkeit geplagt werden.«

»Ihr wisst, was Ihr zu tun habt.« Yleria begrub ihre Gefühle. Den Schmerz ebenso wie den Hass. »Macht sie los, gebt ihnen zu essen und zu trinken. Versorgt ihre Wunden. Was ist mit dem dritten Aman-Kaja?«

Antares grunzte und nickte zu einem der Verliese hinüber. »Der Affe hat zu viele Prügel eingesteckt. Er wird es wohl nicht schaffen. Zu schade. Ich hätte gerne alle drei anlässlich meiner Vermählung geopfert. Ein königlicher Tribut für eine königliche Hochzeit.«

»Das werdet Ihr nicht.« Yleria beendete den Zauber, der sie mit Antares' Augenlicht verband, und flüchtete sich in das wohltuende Grau ihrer Blindheit. Ja, so war es schon viel leichter, die Welt zu ertragen. »Versucht, auch ihn zu retten. Bringt die Aman-Kaja in eines der Verliese im oberen Stockwerk, dort, wo Ihr die gut betuchten Sünder hineinsteckt, um ihnen einen Denkzettel zu erteilen. Und dann …« sie empfand eine diebische Freude bei dem Gedanken, »… tut Ihr genau das, was der Spiegel Euch gezeigt hat.«

Antares knurrte einen Fluch in seinen Bart. Stolz kämpfte gegen Machtgier. Eitelkeit gegen Vernunft. Besitzdenken gegen den alles beherrschenden Willen, sein Ziel zu erreichen.

»Übertreibe es nicht, Hexe«, brummte er schließlich. »Ich werde das Leben der drei Affen schonen und ich werde tun, was du für richtig hältst. Aber sie bleiben hier unten.«

»Wie Ihr meint, mein König.« Yleria nahm noch einmal das Gefühl uralter, wilder Drachenmagie in sich auf. Ihr Geschmack war berauschend. Schöner und geheimnisvoller als alles, was sie jemals empfunden oder erblickt hatte. »Dann sorgt dafür, dass es ihnen an nichts mangelt. Gebt ihnen richtiges Essen und keinen madenverseuchten Schleim. Legt Eure Folterknechte an die kurze Leine. Der Weg, den ich Euch gezeigt habe, ist der einzige Pfad zum Ziel. Verliert ihn und alles ist verloren.«

Antares' Wangenmuskeln zuckten. »Sei gewarnt, Hexe. Solltest du mich an der Nase herumführen, bist du des Todes.«

»Der Spiegel lügt niemals«, flüsterte Yleria, nahm die Hand des Königs und spürte, wie sich der winzige Tropfen Drachenmagie in ihr bewegte. Eine vage Hoffnung keimte in ihr auf. Konnte sie vielleicht danach greifen? Ihn formen und lenken, bis er sich in das Netz ihrer eigenen Kraft einfügte? Falls ja, lag ihr Ziel näher, als sie es zu hoffen gewagt hatte.

Ach, gäbe es doch nur einen anderen Weg zur Erlösung. Einen, der es nicht erforderte, ein lebendiges Herz zu durchbohren.

»Wir finden Wege, um meine Unantastbarkeit zu wahren«, grollte Antares. »Niemand soll denken, dass ich ein Schwächling bin, der sich von Weibern und Affen auf der Nase herumtanzen lässt.«

»Natürlich«, erwiderte Yleria. »Ihr trefft die Entscheidungen, mein König. Oder besser gesagt, werden wir es so aussehen lassen, als wären es Eure. Würdet Ihr mich nun bitte zurück in mein Turmzimmer führen, Majestät? Ich bin eine alte Frau und brauche meinen Schlaf.«

Kapitel 39

Das Ende der Freiheit

Gemma

Mogoa kam im ersten Morgengrauen zu mir. Sie erwähnte meine überstürzte Flucht mit keinem Wort, stattdessen seufzte sie mitfühlend, schob einen der Stühle in die Mitte meines Gemachs und bedeutete mir mit einem Nicken, dass es Zeit wurde. Auf den Armen trug das Mädchen einen Stapel Kleidung, den sie nun behutsam auf einen der Hocker drapierte. Während ich wie betäubt auf dem Stuhl Platz nahm und versuchte, nichts zu fühlen, zog Mogoa eine Bürste und ein Kästchen unter ihrer Schürze hervor, legte beides auf den Boden und warf Tashma, die zusammengerollt auf meinem Bett döste, ein Stück Trockenfleisch zu. Der Basilisk beschnupperte die ungewohnte Nahrung, brutzelte sie ein wenig mit seinem Feueratem an und verschlang das Häppchen mit zufriedenem Schmatzen.

»Sie fressen nicht nur Feuer«, sagte Mogoa. »Hin und wieder sollte man ihnen auch normale Nahrung geben. Am besten rohes Fleisch, aber ich konnte leider nichts ergattern.«

»Kennst du dich mit Basilisken aus?« Ich legte meinen Kopf in den Nacken und stellte mir vor, alles wäre nur ein Traum. Bald würde ich aufwachen, den Schnee vor meinem Fenster tanzen sehen und den Duft des Meeres riechen.

»Ein wenig«, antwortete Mogoa. »Mein Volk nennt sie Flammenzehrer. Manchmal haben wir sie als Haustiere gehalten, damit sie uns vor Feinden warnen. Basilisken haben sehr scharfe Augen und eine hervorragende Nase.«

»Gegen meinesgleichen konnten sie euch leider nicht schützen.«

»Nein.« Mogoa lächelte. »Aber das ist nicht Eure Schuld.«

»Nein, aber die des Mannes, mit dem ich bald das Bett teilen muss.«

»Ach, Herrin. Ich wünschte, ich könnte mehr für Euch tun. Konntet Ihr denn wenigstens etwas schlafen?«

Ich schüttelte nur den Kopf. Tatsächlich hatte ich die ganze Nacht lang kein Auge zugetan. Einerseits, weil mir das Elend die Brust zugeschnürt hatte, andererseits, weil ohne Unterlass Stimmen durch die Burg gehallt waren. Mal wütend und laut, mal leise und verschlagen. Beratschlagte man über das Schicksal der drei Gefangenen? Plante man den letzten vernichtenden Schlag gegen die Aman-Kaja, die nun ohne König dastanden?

»Habt keine Angst, Herrin.« Mogoa löste meinen Zopf auf, nahm ihre Bürste und begann, die verfilzten Strähnen zu bändigen. »Malakat wird heute Abend bei Euch sein. Sie wird Euch etwas geben, das die Nacht in einen fernen Traum verwandeln wird, und wenn alles überstanden ist, werden wir in Eurem Gemach auf Euch warten.«

»Mein Gemach?« Ich stutzte. »Werde ich nicht bei Antares leben, sobald ich seine Königin bin?«

»O nein. Es gibt die Gemächer des Königs und es gibt das Zimmer der Königin. Euer Gemahl blickt nach Norden, ihr nach Süden.«

»Auf den Dschungel«, flüsterte ich.

»Ja, so ist es. Zwei dicke Wände und ein Flur werden euch voneinander trennen. Glaubt mir, Herrin, Ihr werdet Antares kaum zu Gesicht bekommen. Die meiste Zeit vergnügt er sich auf der Jagd, besucht die Höfe von Fürsten und Königen, zieht in irgendwelche Kämpfe oder schließt Geschäfte ab. Oft erstrecken sich seine Reisen über mehrere Monate. Einmal haben wir ihn zwei Jahre lang nicht gesehen.«

»Gut«, murmelte ich vor mich hin. »Das ist gut.«

So jämmerlich ich mich auch fühlte, ließ das sanfte Streichen der Bürste eine Gänsehaut über meinen Körper rieseln. Würde die Sonne doch niemals aufgehen. Könnte ich doch nur ewig hier sitzen und aus dem Fenster in die Dämmerung starren.

»Ihr habt so wunderschöne Haare, Herrin«, sagte Mogoa. »Sie sind wie weißes Gold. Haben alle Frauen im Norden solche Haare?«

»Nein.« Nur mühsam hielt ich meine Gedanken im Hier und Jetzt. In den letzten Stunden hatte ich mir wieder und wieder ausgemalt, was gerade im Kerker geschehen mochte. Wahrscheinlich hatte Antares die Nacht ebenso schlaflos wie ich verbracht und das getan, was er am besten konnte: Schmerzen zufügen. Ob seine Gefangenen noch am Leben waren? Hatte er ihren Willen gebrochen, als Strafe für den Frevel, sich ihm widersetzt zu haben?

»Mogoa!« Plötzlich schaffte ich es nicht mehr, meine Verzweiflung zurückzuhalten. »Er wird ihn töten!«

»Wen, Herrin?«

»Den Geist, Mogoa. Er ist nicht nur irgendein Krieger, er ist der König der Aman-Kaja. Antares will ihn heute anlässlich meiner Hochzeit hinrichten lassen. Falls er überhaupt noch lebt.«

»Was?« Die Bürste in meinen Haaren rührte sich nicht mehr. »Woher wisst Ihr das?«

»Ich bin nicht nur seine zukünftige Ehefrau, sondern auch seine Schreiberin. In den letzten Tagen hat er mich nur mit ein paar belanglosen Briefen beschäftigt, aber auf dem Weg hierher habe ich ein Schriftstück an Nadir verfasst. Er hat seinem eigenen Bruder mit der Hinrichtung gedroht, falls es ihm nicht gelingt, den Geist zu fangen.«

»Den Geist«, flüsterte Mogoa voller Ehrfurcht. »Ja, es gibt viele Geschichten über ihn, seit er Nadirs Armee zurückgeschlagen hat. Inzwischen schon mehr als über Antares selbst. Und Ihr glaubt wirklich, dass der König ihn auf Eurer Hochzeit hinrichten lassen will?«

Ich nickte und kämpfte gegen die Tränen an, die mir erneut in die Augen steigen wollten. Nein, nicht diesmal. Ich hatte schon genug geweint. »Warum erstaunt dich das so? Antares hat mir erzählt, dass ihr Hochzeiten als *Rote Nächte* bezeichnet, weil ihr den Bund zwischen zwei Menschen mit Blut besiegelt.«

»Ja«, antwortete Mogoa, während sie damit fortfuhr, die Bürste durch mein Haar zu ziehen. »Aber es ist stets das Blut von Tieren. Meistens opfern sie zehn schneeweiße Ochsen. Manchmal, wenn die Jäger Glück hatten, auch eine der wilden Kreaturen des Dschungels.

Aber niemals Menschen. Wenn Antares Euch das erzählt hat, wollte er Euch nur Angst einjagen.«

»Ich will kein Opfer. Das ist abscheulich!«

»Ja, das ist es. Es ehrt Euch, Herrin, dass Ihr so darüber denkt.«

»Mogoa, ich ertrage das nicht! Was, wenn er dem Geist auf meiner Hochzeit tatsächlich die Kehle durchschneidet? Ich habe schon das Einhorn in die Falle gelockt und nun auch noch ihn. Es ist alles meine Schuld.«

»Ein Einhorn?«, staunte das Mädchen. »Ihr habt ein Einhorn in die Falle gelockt?«

»Ja.« Eine Träne stahl sich über meine Wange. Wütend wischte ich sie fort. »Auf dem Weg hierher kamen wir durch einen silbernen Wald. Ich wollte nur … ich dachte, es wäre … ach, verflucht, ich habe eines der Einhörner angelockt und wusste nicht, dass Antares nur darauf gewartet hat.«

»Das ist unmöglich«, murmelte Mogoa. »Es gibt keine Einhörner mehr.«

»Ja.« Ein bitteres Lachen stieg in meiner Kehle auf. »Sie sind genauso unmöglich wie ein Mann, der auf einem Drachen reitet.«

»Da habt Ihr recht, Herrin. Aber wisst Ihr was? Ich glaube nicht, dass der Geist heute sterben wird.«

»Was macht dich da so sicher?«

»Nun, heute Nacht fanden viele Gespräche statt. Vor ungefähr einer Stunde hat Antares sämtliche Berater in die Galerie der Hirsche rufen lassen und tauscht sich noch immer mit ihnen aus. Diese Burg hat viele scharfe Ohren, deshalb weiß ich, dass von einem Friedensabkommen mit den Aman-Kaja die Rede ist.«

»Ein Friedensabkommen?« Unwillkürlich schüttelte ich den Kopf. »Nein, das glaube ich nicht. Antares schließt keine Friedensabkommen.«

»Das dachte ich auch zuerst. Aber man munkelt, dass er gute Gründe für seine Entscheidung hat. Es heißt außerdem, dass er den ausdrücklichen Befehl gegeben hat, die Gefangenen gut zu behandeln.«

Ein Hauch von Hoffnung keimte in mir auf. »Das klingt nicht nach Antares, Mogoa. Der Mann, den ich gleich heiraten werde, hat für den Frieden nichts übrig.«

»Da mögt Ihr recht haben. Es war auch nicht seine Idee, sondern die seiner Zauberin. Anscheinend hegen die beiden größere Pläne als eine publikumswirksame Hinrichtung und diese Pläne sind so gewinnversprechend, dass Antares gegen seine Natur handelt.«

»Yleria«, flüsterte ich. »Aber welchen Nutzen können sie aus einem Friedensabkommen ziehen?«

»Das weiß ich nicht, Herrin. Die Mächtigen stricken verworrene Pläne und beschreiten Wege, die im Dunkeln enden. Manche behaupten, Yleria sei der letzte Halt, der Antares davor bewahrt, gänzlich seinen Dämonen zum Opfer zu fallen. Andere sagen, sie sei eine gerissene Hexe, die ihre beschränkte Macht nur vortäuscht und längst eigene Pläne verfolgt. Es heißt doch, dass der Geist mit Drachen spricht und die Geschöpfe des Waldes befehligt, nicht wahr?«

»Das ist es zumindest, was Nadir behauptet hat.«

»Nun, dann ist es kein Wunder, dass Yleria ihn in Schutz nimmt. Wenn die Geschichten wahr sind, verfügt der Geist über eine starke Magie und Antares' schwach begabte Hexe hat wahrscheinlich großes Interesse daran, an ihr teilzuhaben.«

»Du glaubst, sie ist ihm gar nicht wohlgesonnen?«

»Vermutlich. Weder Yleria noch Antares sind für ihre Freundlichkeit berühmt. Es sind zwei Giftschlangen, die einander verdient haben.«

»Ich muss mit ihm reden, Mogoa.«

»Was? Mit wem?«

»Mit dem Geist natürlich.«

»Weshalb wollt Ihr mit einem Wilden sprechen, Herrin? Er wird Euch ohnehin nicht verstehen.«

»Er ist kein Wilder«, knurrte ich. »Er ist alles andere als das. Warum kommt das ausgerechnet aus deinem Mund? Es gibt viele Menschen, die auch dein Volk als *Wilde* bezeichnen.«

Das Mädchen zog eine Grimasse, während seine Bürstenstriche ruppiger wurden. »Wir sind nicht wie die Aman-Kaja, Herrin. Wir haben niemals die Herzen unserer Gefangenen herausgeschnitten. Wir opfern keine Kinder und spielen keine Spiele, bei denen die gesamte unterlegene Mannschaft geköpft wird.«

Spontan entkam mir ein Lachen. »Das ist doch völliger Unsinn. Die Aman-Kaja sind keine Ungeheuer.«

»Woher wollt Ihr das wissen?«

»Weil es so ist.«

»Aber woher …« Mogoa stutzte mit erhobener Bürste, zog die Stirn kraus und zerbrach sich über irgendetwas den Kopf. Schließlich schien ihr eine Erkenntnis zu kommen. »Habt Ihr in den Spiegel der Seherin geblickt?«

»Ja.«

»Und habt Ihr dort den König gesehen? Den Geist, von dem ihr so gerne redet?«

»Ja«, flüsterte ich.

»Euch ist bewusst, was der Spiegel zeigt?«

Ich schluckte schwer. Angst, Zorn und Sehnsucht schlugen über mir zusammen, krallten sich wie felsenschwere Gewichte in meinem Herzen fest und drohten, es zu zerquetschen. »Ich bin mir nicht sicher.«

»Er zeigt das Schicksal, Herrin«, raunte Mogoa ehrfurchtsvoll. »Wenn Ihr den König im Spiegel gesehen habt, dann bedeutet das, dass er Euer Schicksal ist. Ich habe das Glänzen in Euren Augen gesehen, als Ihr von ihm gesprochen habt. Es war hell genug, um selbst in der Dunkelheit zu leuchten. Was Ihr gesehen habt, muss Euer Herz berührt haben.«

»Das hat es«, flüsterte ich kaum hörbar.

»Und was genau habt Ihr gesehen?« Mogoa legte die Bürste wieder auf dem Boden ab, teilte mein Haar in drei Stränge auf und begann, es zu einem Zopf zu flechten. »Natürlich steht es mir nicht zu, neugierig zu sein. Aber vielleicht wollt Ihr ja trotzdem darüber sprechen.«

»Ich habe den Palast gesehen«, sagte ich leise, in Gedanken weit fort. »Ich habe gesehen, wie die Aman-Kaja ihren neuen König gekrönt haben. Er liebt sein Volk und das Volk liebt ihn. Er ist so, wie ein König sein sollte. Es gibt nichts Dunkles dort, Mogoa. Alles war wunderschön und voller Licht. Es scheint mir, als läge dort hinter dem Großen Fluss der schönste Ort auf Erden.«

»Schöner als Eure Heimat, Herrin?«

»Auf andere Weise schön. Meine Heimat wird immer meine Heimat bleiben. Kein Platz auf dieser Welt wird jemals an sie heranreichen. Aber das, was ich im Spiegel gesehen habe … es war …« Ich verstummte, weil ich keine Worte für meine Gefühle fand.

»Sehnt Ihr Euch nach dem Ort«, fragte Mogoa, »oder nach ihm?«

Schweigend starrte ich aus dem Fenster. Die Farben der Dämmerung entflammten den Himmel und brachten ferne Bergspitzen zum Glühen.

»Wie kann ich mich nach jemandem sehnen, den ich nicht kenne?« Etwas Spitzes und Scharfes kratzte über meinen Kopf. Offenbar steckte Mogoa die feinen Elfenbeinnadeln mit den eingelassenen Diamanten in mein Haar. »Ich weiß nicht einmal seinen Namen. Und doch …«

»Und doch fühlt Ihr Sehnsucht, wenn Ihr an ihn denkt?«

»Ja.« Wieder musste ich eine Träne von meiner Wange wischen. »Ja, das tue ich. Auch wenn ich es nicht verstehe.«

Mogoa steckte eine letzte störrische Haarsträhne fest, dann seufzte sie melancholisch und betrachtete mich mit feuchten Augen. »Ihr habt Euer Schicksal gesehen, Herrin. Ihr kennt nun den tiefsten Wunsch, der einen Menschen antreiben kann.«

»Welchen Wunsch?«

»Die Sehnsucht danach, sich vollständig zu fühlen. Die meisten von uns treiben durch ihr Leben und spüren immerfort, dass ihnen etwas fehlt. Sie suchen und suchen, ohne zu wissen wonach.«

»Nein!« Plötzlich loderte ein heller Zorn in mir auf. Ich wollte schreien, schlagen und toben. Ich wollte etwas zerstören, Antares meinen Hass entgegenschleudern und diese verfluchte Burg ein für alle Mal verlassen. »Ich werde heute heiraten, Mogoa! Ich gehöre fortan dem König des Südens und er darf mit mir tun, was immer ihm beliebt. Ich habe kein eigenes Schicksal mehr. Es ist gleichgültig, was der Spiegel mir zeigt. Es ist gleichgültig, was ich will und was ich fühle.«

»Das ist es nicht«, beharrte Mogoa sanft. »Und jetzt steht bitte auf, Herrin. Ich werde Euch beim Ankleiden helfen.«

Ohnmächtige Wut umwölkte meine Gedanken mit einem träge wabernden Nebel. Mogoa entkleidete mich, rieb meinen Leib mit nassen, nach Blumenöl duftenden Tüchern ab, streifte ein Unterkleid über meinen Kopf und zupfte alles glatt. Ihre Augen bekamen ein seltsames Glitzern, als sie das eisblaue, an den Säumen mit unzähligen Diamantensplittern besetzte Seidenkleid herbeitrug. Vor zwei Tagen hatten mir zwei dicke, unaufhörlich plappernde Frauen das Ding auf den Leib geschneidert, nicht ohne in jedem Satz zu betonen, wie wunderschön ich darin aussehen würde. Ja, es war ein prachtvolles Kleid. Geschaffen für einen Tag voller Freude und Glück. Es hätte die Geschichte zweier Menschen krönen sollen, die in Liebe füreinander entbrannt waren und einen Bund der Zuneigung schlossen.

Stattdessen trug ich es am furchtbarsten Tag meines Lebens.

Unerbittlich stieg die Sonne über abgeerntete, im Morgenlicht ockerfarben und golden schimmernde Hügel. Der Wald, der dieses Land einst bedeckt hatte, lebte nur noch in traurigen Erinnerungen. Während Mogoa am Stoff zupfte, den silbernen Gürtel um meine Taille wand und die Schnüre der kostbaren, kristallbesetzten Sandalen um meine Unterschenkel wickelte, versuchte ich, mir auszumalen, wie dieser Ort einst ausgesehen hatte.

Uralte Bäume, die den grünen Samt des Dschungels überragten und nur den Wind und den Regen spürten. Nebel in den Wipfeln. Ein Chor aus singenden, zwitschernden, quakenden und flötenden Stimmen.

All das war gestorben, so wie ich gestorben war.

An einem Tag, der dazu auserkoren worden war, die Welt zu verändern.

»Mogoa?«, fragte ich leise.

»Ja, Herrin?«

»Denkst du, Antares wird mir erlauben, mit den Aman-Kaja zu sprechen?«

»Hm«, machte sie, legte eine zierliche Kristallkette um meinen Hals und schien nach Worten zu suchen. »Schon bald werdet Ihr eine Königin sein. Damit gehören Euch dieser Ort und alle Menschen, die in ihm leben. Ebenso wie sie Antares gehören. Aber er ist unberechenbar. Heute ist er selbst zum geringsten seiner Knechte freundlich, morgen lässt er einen Schneider hinrichten, weil der ihn versehentlich mit der Nadel gepikt hat. Es gibt keine gute Antwort auf Eure Frage. Alles ist möglich.«

»Gut, dann stelle ich sie anders. Wie kann man ihn besänftigen?«

»Tut, was er sagt«, erwiderte Mogoa. »Sprecht mit leiser Stimme. Werdet niemals laut. Ich weiß, dass Ihr ihn hasst, aber gebt ihm zumindest das Gefühl, Zuneigung zu empfinden. Alles Sanfte und Zarte beruhigt sein Gemüt. Miranda, seine zweite Ehefrau, war so zerbrechlich und lieblich wie eine Schwalbe. Ihre Stimme war kaum mehr als ein Flüstern, ihre Bewegungen wie ein Schweben. Antares hat sie vergöttert. Ich kann mich nicht erinnern, dass er sie jemals geschlagen oder angeschrien hätte.«

»Mich hat er bereits geschlagen«, knurrte ich. »Und angeschrien hat er mich auch.«

»Dann wart Ihr sicher aufmüpfig?«

»Aufmüpfig? Nein, ich habe nur …« Mir wurde schwindelig vor Wut. Ich griff nach der Lehne des Stuhls, nahm ein paar tiefe Atemzüge und versuchte, meine Stimme im Zaum zu halten. »Verdammt, Mogoa, ich bin nicht die Frau, die er braucht! Ich bin weder sanft noch zart und schon gar nicht bin ich dazu geboren, den Rest meines Lebens als säuselnder, demütiger Geist zu verbringen.«

»Das müsst Ihr auch nicht.« Das Mädchen seufzte, steckte mir an jede Hand zwei Silberringe und betrachtete mich mit schief gelegtem Kopf. »Die meiste Zeit des Jahres ist Antares in der Weltgeschichte unterwegs und wenn er sich doch einmal blicken lässt, stellt Euch einfach vor, Ihr wärt eine Darstellerin in einem Theaterstück. Seid liebreizend und krault ihm den Bart. Dann wird er zufrieden brummen, Euch ein paar Nächte lang belästigen und wieder seiner Wege ziehen. Sobald er fort ist, könnt Ihr innerhalb der Burg tun und lassen, was Ihr wollt.«

Die unterschwellige Botschaft in Mogoas Worten war unüberhörbar: *Ihr müsst nur ein paar Wochen im Jahr leiden. Ich leide jeden Tag und jede Nacht.*

Als Magd war sie Freiwild. Verspürte ein edler Herr Lust auf ihre Gesellschaft, hatte sie sich zu fügen. Jeder Fehltritt konnte ihr den Galgen einbringen, eine Aussicht auf Erlösung gab es nicht. Wenn sie zu alt war, um ihre Arbeit zu verrichten, würde man sie fortjagen und einem Schicksal als Bettlerin überlassen. Oder man räumte sie auf andere Weise aus dem Weg. Es gab viele gefährliche Aufgaben, die vornehmlich alte Knechte und Mägde erledigten. Viele von ihnen kamen nicht vom Torfstechen aus dem Sumpf zurück, weil sie Opfer eines Moorwolfes oder eines Schlammhechtes geworden waren. Andere starben in den Kristallminen oder beim Sammeln von Medusenpilzen, die nur in den schlangen- und skorpionverseuchten Auen wuchsen. Mogoas Schicksal war noch weitaus düsterer als das meine und doch ertrug sie es mit einem Lächeln auf den Lippen und einem stolzen Funkeln in den Augen.

»Ihr seht wunderschön aus«, sagte sie zu mir. »Antares wird gar nicht anders können, als Euch anzubeten. Vertraut mir, Herrin, alles wird gut. Ihr habt Malakat und Kafir. Ihr habt den Basilisken und mich. Ich für meinen Teil werde stets bei Euch sein, wenn Ihr mich braucht.«

»Danke, Mogoa.« Ehe ich wusste, wie mir geschah, hatte ich das Mädchen in meine Arme geschlossen. Im ersten Augenblick versteifte es sich erschrocken, offenbar nicht daran gewöhnt, dass eine Edelfrau freundlich zu ihm war. Doch dann entspannte es sich, umarmte mich seinerseits und drückte mich an seinen knochigen Leib.

»Seid stark«, flüsterte es mir zu. »Das Schicksal hat uns in einen reißenden Fluss geworfen. Nun ist es an uns, nicht unterzugehen. Kämpft. Schwimmt. Bleibt an der Oberfläche. Irgendwann wird sich Euer Schicksal erfüllen. Ich meine Euer wahres Schicksal.«

Wir weinten und lachten gemeinsam, zusammengeschweißt in Angst, verzweifeltem Trotz und Hoffnung. Ich drückte Mogoa einen Kuss auf die Wange, dann trat ich zurück, straffte die Schultern und beschloss, fortan so stark zu sein wie das Waldmädchen.

Kapitel 40
Drachenzorn
Tarek

Die Wirklichkeit kehrte in Splittern zurück. Sie bohrten sich durch die Schwärze, die ich um meinen Geist gezogen hatte, einer nach dem anderen. Zerrten mein Bewusstsein an die Oberfläche. Zeigten mir Dinge, die ich nicht verstand. Eine Mauer aus grauem Stein, gesprenkelt mit Blutspritzern. Spinnennetze. Das Klirren von Ketten. Rostige Gitterstäbe. Gestank. Kratziger Stoff schabte über meine Haut, etwas Kaltes und Scharfes lag um meine Kehle.

Blinzelnd starrte ich auf meinen Arm. Als würde er nicht zu mir gehören, lag er auf dreckigem Steinboden, überzogen von einem Netz aus Dreck und getrocknetem Blut. Da war ein ferner Schmerz, den ich nicht greifen konnte … nicht greifen wollte. Aber Splitter für Splitter kehrte die Erinnerung zurück. Ein Schlachtfeld. Der tote Drache. Eisenringe um unsere Hälse. Khaliks farbloses Gesicht. Der schwarze Krieger.

Klingen, gleitend und scharf. Die Wutschreie eines Mannes, der nicht bekam, was er wollte. Und immer wieder das Gefühl, in einem See aus Schmerz zu ertrinken. Mauern wuchsen zwischen mir und dem Leid empor, schirmten mich ab, ließen mich zu Atem kommen … und wurden erneut zerschlagen.

Um mich herum herrschte nebelige Dunkelheit. Es gab nichts als Steinmauern und Gitter, auf denen das flackernde Licht einer Fackel tanzte. Mir gegenüber befand sich eine Zelle, in der ein lebendiges

Gerippe kauerte. Blut und Unrat verklebten seine Haare und seine Kleidung, ein toter Blick irrlichterte hin und her, ohne etwas fassen zu können.

Jeder Tod, selbst der grausamste, war besser als dieses Schicksal.

»Khalik?«, krächzte ich mit der Stimme eines Fremden. »O'bat?«

Niemand antwortete. Mit tauben Fingern tastete ich nach dem Eisenring um meinen Hals, als ein weiterer Splitter in meine Erinnerung stach. Das faltige Gesicht einer alten Frau, der man die Augen ausgestochen hatte. Müdigkeit lag über ihren Zügen, in die der Schmerz eines langen, traurigen Lebens tiefe Falten gegraben hatte. Sie lächelte sanft und legte eine Hand auf meine Wange. Ihre Fingerspitzen glühten, bohrten sich in mein Fleisch hinein und saugten das Leben aus mir heraus.

Eine Hexe. Ohne jeden Zweifel. War sie es gewesen, die die Halsreifen verzaubert hatte? War diese erbärmliche Gestalt gar das wahre Gesicht des Mädchens, das mich hierher gebracht hatte?

Etwas klirrte neben mir. Kaum richtete ich mich auf, spürte ich das Gewicht einer schweren, aus rostigen Gliedern zusammengefügten Kette. Sie verband meinen Halsreif mit der Mauer und war so lang, dass ich etwa zwei Schritte gehen konnte, ehe sie mich zurückriss. Unter mir lag eine zerschlissene, nach Erbrochenem und Ausscheidungen stinkende Decke. Eine zweite hatte man achtlos neben mich geworfen.

»O'bat?« Diesmal klang meine Stimme eine Spur kräftiger. »Khalik? Wo seid ihr?«

»Ich für meinen Teil bin hier«, erklang es links von mir. O'bat sprach schwach und leise, was bedeutete, dass er sich vermutlich direkt hinter der Mauer meiner Zelle befand. »Und halbwegs noch an einem Stück.«

Ich erinnerte mich an schreckliche Wunden und Ströme von Blut. Antares hatte Dinge angestellt, für die ich keine Worte fand … und sie nicht finden wollte. Der Drache hatte meine Verletzungen geheilt, doch O'bat war dieses Glück nicht zuteilgeworden. »Wie geht es dir?«

»Prächtig!« Sein Lachen endete in einem röchelnden Husten. »Du bist von allein zusammengewachsen, auf mich haben diese Mistkerle einen tatterigen Alten losgelassen. Er hat gesabbert wie ein brünstiger Tapir, während er mich zusammengeflickt hat.«

Ich stemmte mich hoch, packte die Kette und zerrte daran. Nichts geschah. Meine Arme waren schlaff und kraftlos wie die eines Greises. Zum ersten Mal in meinem Leben war ich eingesperrt. Festgekettet. Dazu gezwungen, in einem dreckigen, stinkenden Loch fern meiner Heimat auszuharren.

»Wie sieht's bei dir aus?«, wollte O'bat wissen.

»Geht so. Wo ist Khalik?« Eiskaltes Metall schabte über meinen Hals. Ich zerrte mit beiden Händen daran und erreichte nur, dass der Zauber seine Krallen noch tiefer in mich schlug. »Hast du etwas gesehen?«

»Hab' ich«, japste O'bat. »Zuerst hat sich der alte Quacksalber um ihn gekümmert. Ich konnte nicht sehen, was genau er getan hat. Nach einer Weile kamen zwei Männer und haben Khalik fortgeschafft. Ich glaube, er hat noch geatmet. Aber ich bin mir nicht sicher.« Ein dumpfer Schlag ertönte, gefolgt von einem Stöhnen. »Verdammt, Tarek! Bring uns hier raus!«

»Was glaubst du, was ich versuche?«

»Ja und?«

Wütend riss ich an der Kette. Einmal, zweimal, dreimal. Staub rieselte von der Mauer, der eiserne Haltering knirschte. Es durfte nicht sein! Ich konnte nicht hier sitzen, im Kerker unserer Feinde, während der Krieg unseren Dschungel überrannte. Wie von Sinnen zog und zerrte ich an der Kette, bis mir schwarz vor Augen wurde und alle Kraft aus meinen Armen wich. Keuchend ging ich in die Knie und spürte, wie der Reif um meinen Hals kalt wurde. So kalt, dass es sich anfühlte, als würde er meine Haut mit Eis überziehen. Ich konnte mich nicht regen, nicht blinzeln, nicht einmal mit den Zähnen klappern. Die magischen Klauen des Metalls gruben das Eis bis tief in meine Knochen und machten deutlich, wohin alle Gegenwehr führen würde: in den Tod. Es gab keinen Ausweg. Nicht solange der Zauber um meine Kehle lag. Würden die Geschöpfe des Waldes und des Flusses ohne mich in die Schlacht ziehen? Würden sie kämpfen – oder sich im Schatten verbergen und den Weg der Flucht antreten, sobald es keine Hoffnung mehr gab?

Der Halsreif spürte meine Angst und lockerte seinen Griff. Auf eine seltsame Art schien er zu leben, wurde warm und schmiegte sich fast zärtlich gegen meine Haut. Bei Zumas Dämonen, wie mächtig waren die Zauberer der Knochenmenschen? An welchen Kräften hatten sie sich bedient, als sie diese Fessel erschaffen hatten? Erschöpft presste ich meine Stirn gegen die Mauer und atmete.

Langsam ... tief ... immer wieder ... ein und aus.

Dort, wo einst die wilde Kraft des Drachen gebrannt hatte, herrschte nichts als Leere. Konnte ein Gott sterben? Oder hatte er einfach nur entschieden, mich zu verlassen?

»Was ist los, Tarek?« O'bats Stimme klang heiser und schleppend. Er verbarg seine Schmerzen gut, aber ich spürte, dass sie längst begonnen hatten, ihm den Verstand zu zerfressen. »Befreie endlich den verdammten Drachen.«

»Ich versuche es ja. Verflucht, O'bat, er ist nicht mehr bei mir.«

»Wie meinst du das?«

»Ich spüre ihn nicht mehr.«

»Zumascheiße! Das liegt nur an den Halsreifen. Diese Froschfresser haben irgendeinen faulen Zauber hineingesteckt. Konzentriere dich gefälligst, Tarek. Der Drache ist stärker als dieser jämmerliche Hokuspokus. Die Aman-Kaja brauchen ihren König, hast du verstanden? Sie brauchen dich! Wenn du versagst, sind nicht nur wir des Todes, sondern unser gesamtes Volk.«

Ich drückte meine Stirn noch fester gegen den Stein und spürte, wie sich die winzigen Scharten und Vorsprünge in meine Haut gruben. Ja, wir alle würden sterben. O'bat, Khalik, das Volk der Aman-Kaja. Und alle, die nicht den Tod fanden, würden den Weg der Sklaven gehen. Antares wusste längst, dass ich anders war. Vielleicht wusste er sogar, welches Geheimnis den Drachen umgab. Würde er gemeinsam mit dem Hexenweib zurückkehren, ein Schwert ziehen und es mir in das Herz stoßen? War ich deshalb hier? Weil sie nach der Macht des Smaragddrachen hungerten?

»Skyla«, flüsterte ich. »Wo bist du?«

Nichts geschah. Müde blinzelte ich in die flackernde Dunkelheit.

»Skyla. Ich brauche dich.«

Meine Zelle blieb leer. Nur eine Ratte huschte über den Steinboden und verschwand in einer Lücke zwischen zwei Mauersteinen. Vielleicht hatte das Drachenmädchen mich verlassen und war durch die goldenen

Tore Xibalbas geschritten, um endlich Frieden zu finden. Nach all der Zeit konnte ich es ihr nicht einmal verübeln.

Es musste einen Weg geben.

Unser Schicksal durfte nicht enden. Nicht so. Nicht hier.

Weiteratmen. Immer weiter atmen.

Ich lauschte in mich hinein, konzentrierte mich, ging tiefer und tiefer und fand … nichts. Panik zerrte an meinen Gedanken. Ich musste hier raus! Ich musste es schaffen. Für meine Freunde. Für mein Volk.

Jemand öffnete quietschend eine Tür, Stimmen kicherten, Stiefel klapperten. Wie viele Kanus und wie viele Kämpfer mussten die Knochenmenschen noch opfern, bis sie den Dschungel erobert hatten? Hunderte waren gestorben. Doppelt so viele hatten ihren Platz eingenommen. Vielleicht war ihre Flut so stark und unaufhaltsam, dass sie niemals enden würde. Irgendwann, wenn alle Gegner ausgerottet waren, würde sich ihnen nichts mehr in den Weg stellen.

Warum war ich nur so dumm gewesen, in die Falle zu tappen? Ein paar Träume und Visionen. Mehr war nicht nötig gewesen, um mich zu besiegen.

Ich griff nach der zweiten Decke, obwohl sie vor Flöhen nur so wimmelte, legte sie mir um die Schultern und schloss die Augen. Meine Gedanken schwebten wie Nebel davon. Es gab nur noch den müden Schlag meines Herzens, beißende Kälte und kratzenden Stoff. Längst verheilte Wunden begannen wieder zu pochen. Nicht immer war es mir gelungen, die Mauer zwischen mir und der Wirklichkeit aufrecht zu erhalten. War ich trotzdem stumm geblieben? Hatten wir standgehalten? Ich wusste es nicht.

Atmen … langsam … tief … ein und aus.

Stoff raschelte über kahlen Steinboden. Ich fühlte das Gewicht der Kette, das Schaben der Glieder auf meiner Haut, das Brennen des Halsreifs.

Moos, das nach Regen duftet.

Laub im Sonnenlicht.

Wind und Wasserrauschen.

Das Singen des Dschungels.

»He!«, blaffte eine wohlbekannte Stimme. Willenlos öffnete ich die Augen und erblickte den großen Krieger. Funkelnder und glitzernder

Tand schmückte seine blaue, mit silbernen Stickereien verzierte Kleidung. Eine mit Juwelen besetzte Krone thronte auf seinem krausen Haar, an jedem Finger steckte ein fetter Ring. Um ihn herum standen drei ähnlich ausstaffierte Männern und zwei Frauen, die förmlich unter ihrem Flitterkram verschwanden.

Antares' Gäste begafften mich wie Kinder, die zum ersten Mal einem sagenhaften Tier gegenüberstanden. Prunkvolle Dolche aus Obsidian und Elfenbein hingen an den Gürteln der Männer, Antares trug sein Schwert und eine silberne, zweischneidige Axt mit aufwändigen Verzierungen in der Klinge. Die ältere der beiden Frauen fächelte sich geziert Luft zu und murmelte etwas, das ihre Freundin zum Kichern brachte. Ihre Blicke, zuerst ängstlich, wurden bald von etwas anderem durchdrungen. Wieder raunte sie ihrer Gefährtin etwas ins Ohr, die daraufhin errötete und angestrengt versuchte, mich nicht anzusehen. Ich hasste es, kein einziges Wort zu verstehen, und ich hasste es, unter Antares' Blick erstarren zu müssen wie ein Beutetier im Kiefer einer Raubkatze. Emsiges Getuschel und Geflüster erhob sich. Hin und wieder antwortete Antares mit süffisantem Grinsen auf eine Frage, ohne mich aus den Augen zu lassen. Die Neugier der edlen Gäste schien mit jedem seiner Worte größer zu werden. Sie erdolchten mich förmlich mit Blicken, deuteten auf mich, staunten und murmelten und wedelten aufgeregt mit ihren beringten Fingern. Für O'bat interessierten sie sich nicht im Geringsten. Vielleicht weil er nach Antares' Behandlung allzu abstoßend aussah.

Mit aller Kraft kämpfte ich darum, wenigstens den Blick abwenden zu können. Vergeblich. Der Halsreif wurde abrupt kälter und plötzlich erhob ich mich, ohne es entschieden zu haben. Die Decke rutschte über meine Schulter. Antares erlaubte mir nicht einmal, sie wieder hochzuziehen. Gelenkt von seinem Willen, trat ich so nahe an das Gitter heran, wie die Kette es zuließ.

Da vollführte der König eine einladende Geste. Zögernd, die Gesichter vor Aufregung gerötet, kamen die beiden Frauen auf mich zu. Die Jüngere kaute nervös auf ihrer Unterlippe herum und starrte mich an wie ein Kaninchen, die Ältere streckte eine Hand aus, schob sie durch die Gitterstäbe und berührte mich an der entblößten Schulter.

»Ich werde dich töten«, versprach ich Antares, der mit verschränkten Armen dastand und sich an meiner Lage ergötzte. »Ich schneide dir mit deinem eigenen Schwert das Herz heraus und du wirst noch leben, während ich es vor deinen Augen zerquetsche.«

Das Haargesicht fletschte die Zähne zu einem Grinsen. Er war sich seiner Sache so überaus sicher. Er fühlte sich unbesiegbar und göttlich und als ich den arroganten Spott in seinen Augen sah, stieg weiß glühender Zorn in mir auf. Er ballte sich in meinen Eingeweiden zusammen, wuchs und wuchs und entfaltete sich mit einem Aufbäumen gewaltiger Schwingen. Der Drache lebte. Er erwachte wie ein Tier nach einem langen, todesähnlichen Schlaf, warf sich gegen meine Rippen und brüllte seine Wut hinaus.

Die Männer und Frauen stolperten rückwärts. Panik weitete ihre Augen, selbst Antares vergaß, wer er war, und stieß mit dem Rücken gegen eine Mauer. Seine Gäste flohen Hals über Kopf, er jedoch stand da, starrte mich an und atmete schwer. Eine Hand ruhte auf dem Griff seines Schwertes, die andere lag über seinem Herzen. Angst sickerte aus seiner Haut, gepaart mit etwas, das ich nicht einordnen konnte.

»Komm her«, flüsterte ich ihm zu. »Komm und lass dich töten.«

Antares' Lippen bebten, ehe sie sich zu einem wölfischen Lächeln hoben. Seine Hand glitt vom Griff des Schwertes, dann nickte er mir zu und verschwand in der Dunkelheit des Kerkers.

Kapitel 41
Für immer gebunden
Gemma

Es fühlte sich an, als würde ich zum Schafott geführt werden. Nur Malakats und Kafirs Nähe hielt mich aufrecht und sorgte dafür, dass ich einen Fuß vor den anderen setzte. Ich konnte nicht denken. Nicht einmal fühlen. Alles war dumpf und leer und seltsam leicht, als würde ich mit ausgebreiteten Armen in einem Fluss treiben, dessen Strömung zu stark war, um dagegen anzukämpfen. Malakat ging zu meiner Rechten und hielt meine Hand mit festem Griff umschlossen, Kafir schritt zu meiner linken Seite und zeigte den furchteinflößendsten Blick, zu dem er fähig war. Schon in Kürze würde er zum persönlichen Leibwächter der Königin aufsteigen und mein geliebter alter Waldkrieger hatte beschlossen, diese Aufgabe besonders pflichtbewusst zu erfüllen.

Alles wird gut, vermittelten mir beide auf ihre wortlose Art. *Schließlich hast du uns. Wir lassen dich niemals im Stich.*

Zögernd wie die ersten Schneeflocken im Herbst kehrten meine Gefühle zurück. Ich wollte sie nicht, keines von ihnen, aber sie ließen sich nicht aufhalten. Meine Freiheit endete an einem wunderschönen Morgen. Einem Morgen voller Sonnenschein und Vogelgesang, Blütenduft und Lachen. Der große Burghof war voller bunt gekleideter Menschen, selbst auf den Terrassen, Balkonen und Brüstungen standen und hockten sie dicht gedrängt und jubelten mir zu. Die gesamte Burg sah aus wie ein Felsen im Meer, der über und über mit Prachttölpeln und Pagageientauchern übersät war.

»Du schaffst das«, flüsterte Kafir mir zu. »Sei stark, Gemma. Wir bleiben die ganze Zeit über in deiner Nähe.«

Ich presste die Lippen zusammen und nickte. Im Schein der Morgensonne gleißte und funkelte mein Kleid so hell, dass manche der vornehmen Damen und Edelmänner geblendet die Augen zusammenkniffen. Ja, Mogoa hatte ganze Arbeit geleistet. Ich sah aus wie ein strahlendes Himmelswesen, gefangen im Glanz knochenweißer Seide und herrlicher Kristalle, das Gesicht weiß gepudert, die Haare eine mit Perlen geschmückte Flut aus Gold.

Den Männern fielen förmlich die Augen aus dem Kopf. Mehrere Frauen seufzten theatralisch. Ihr vielstimmiges Murmeln und Flüstern erinnerte mich an das auf und ab schwellende Rauschen des Meeres.

Kalte Wellen und salzige Gischt.

Ein einsamer Strand, an dem es nur mich gab und sonst nichts. Nur mich und den wilden, eisigen Ozean. Ich malte mir aus, wie ich in meinem Hochzeitskleid über den schwarzen Sand lief, wie der Wind an der Seide zerrte und mein Haar zerwühlte, während ich aus voller Kehle lachte.

In meiner Fantasie breitete ich sehnsüchtig die Arme aus, rannte ins Wasser und stürzte mich in sein flüssiges Eis. Ein Weilchen hielt ich mich an der Oberfläche, atmete die kalte Luft und kämpfte gegen den Tod. Dann war ich nur noch eine einsame, geisterhafte Gestalt im dunklen Mahlstrom des Meeres.

Malakat drückte ein letztes Mal meine Hand und ließ mich los. Auch Kafir zog sich zurück, ein trauriges Lächeln auf den Lippen. Rauschender Lärm summte in meinen Ohren, vibrierte in meinem Körper und schenkte mir eine seltsame Gleichmütigkeit. Es gab kein Zurück mehr. Vor mir, gekleidet in einen blauen Kaftan mit silbernen Stickereien, stand meine Zukunft. Antares, der mächtige König des Südens, größter aller Herrscher, unbesiegter Kriegsherr und Freund der Götter. Die Krone auf seinem Kopf strotzte nur so vor Juwelen, er trug ein Schwert und eine Axt und geschmacklose Klunker an den Fingern.

Um ihn nicht ansehen zu müssen, betrachtete ich die Menge zu meinen Füßen. Mogoa stand keine zehn Schritte von mir entfernt, flankiert von mehreren herausgeputzten Mägden. Das moosgrüne Kleid betonte die Zierlichkeit ihres Körpers und mit den funkelnden

Goldplättchen in ihren Zöpfen wirkte sie so wild und anmutig wie eine Waldprinzessin.

Eine Waldprinzessin ohne Wald.

Lächle, formten ihre Lippen.

Und ich gehorchte.

Warum fiel es mir so leicht? Warum schwankte oder stolperte ich nicht? Meine Mundwinkel hoben sich mühelos und die Menschen ließen sich täuschen. Sie sahen eine lächelnde Frau. Eine glückliche Frau, die aus freien Stücken an die Seite ihres Königs trat.

Auch Antares wollte die Wahrheit nicht sehen. Eine abscheuliche Abart von Liebe lag in seinem Blick, als ich seine ausgestreckte Hand ergriff und mich eine vierstufige Treppe aus Marmor hinaufführen ließ. Auf seltsame Weise schien er mich zu bewundern, vielleicht sogar zu fürchten, als besäße ich plötzlich die Fähigkeit, ihn in die Knie zu zwingen.

Sprecht mit leiser Stimme, erinnerte ich mich an Mogoas Worte. *Werdet niemals laut. Alles Sanfte und Zarte beruhigt sein Gemüt.*

Antares sah mich an, als wäre ich auf dem funkelnden Schweif eines Sternes vom Himmel gefallen. Sein sonst so brutaler Griff war sanft, mit äußerster Behutsamkeit führte er mich auf das Podest, wo zwei goldene, verschwenderisch mit Edelsteinen besetzte Throne in der Morgensonne glänzten. Mindestens zwei Dutzend Sklaven mussten Blut und Wasser geschwitzt haben, um diese pompösen Dinger hierherzuschaffen.

Plötzlich stand ich über den Köpfen der Menschen. Seite an Seite mit einem Mann, der dreimal so breit war wie ich und mich um fast zwei Köpfe überragte. Hunderte von Gästen jubelten uns zu, schwenkten prunkvolle Becher und wedelten mit bunten Seidentüchern, als wäre dies der schönste Tag ihres Lebens. Manch ein Fürst oder Edelmann hielt sich nach einer durchzechten Nacht nur aufrecht, weil er von seinen Begleitern gestützt wurde, anderen war bereits der Kopf auf die Brust gesackt.

Geblendet von all den Farben, dem Juwelenglanz und dem Goldschimmer, entdeckte ich das Einhorn erst, als Antares mich an den äußersten Rand des Podestes führte. Es stand in der Mitte eines halbmondförmigen Platzes, der von zwanzig Kriegern in schwarzen Rüstungen freigehalten wurde, ließ den Kopf hängen und rührte sich nicht.

Ob es wusste, worin sein Schicksal bestand? Ein Seil war um seinen Hals geschlungen, gehalten von einem weiß gekleideten Sklaven. Ein zweiter Mann stand hinter ihm und hielt bereits ein Messer mit Elfenbeingriff in der Hand. Während das Einhorn still und ergeben seinen Tod erwartete, wehrte sich das zweite Opfer, das unsere Hochzeit mit seinem Blut besiegeln würde, umso heftiger.

Nie zuvor hatte ich eine lebende Nebelkatze gesehen. Ich kannte nur die seidenweichen, schimmernden Pelze, die mehr kosteten als zehn edle Rösser zusammen und für gewöhnlich die Betten von Herrschern und Königen zierten. Groß wie ein Nordpferd, warf sich das Tier gegen die goldenen Stäbe seines Käfigs, hieb die Krallen in die Holzplanken des Bodens und bleckte furchteinflößende Reißzähne. Sein Fell gleißte hell wie Schnee, durchzogen von nebelhaften Streifen, die nur dann auftauchten, wenn das Sonnenlicht in einem bestimmten Winkel auf den Pelz traf. Eine fedrige Quaste bildete das Ende des peitschenden Schweifes und die Ohren waren so lang und spitz wie die eines Eisfuchses.

»Fünf Männer sind bei der Jagd nach ihr umgekommen«, raunte Antares mit lustvoll bebender Stimme. »Erst nach elf Tagen konnten sie die Katze in eine Fallgrube locken. Heute Abend werde ich dich auf ihr Fell betten. Im Licht des aufgehenden Königsmondes werde ich mit dir den ersten von vielen stattlichen Söhnen zeugen, die Yleria mir versprochen hat. Denn du bist die Frau, auf die ich mein ganzes Leben lang gewartet habe.«

Ekel überwältigte mich. Er vermischte sich mit Furcht und Zorn, wuchs zu einer lähmenden Panik heran und kroch bis in den äußersten Winkel meiner Zehenspitzen. Ich konnte das hier nicht ertragen! Ich wollte es nicht ertragen, doch mein Körper löste sich von meinem Willen und funktionierte tadellos. Die Lüge fiel ihm so leicht wie einem Vogel das Fliegen, obwohl ich innerlich verdorrte und meine Kehle von unhörbaren Schreien schmerzte.

Wieder fiel mein Blick auf Mogoa. Sie lächelte mir zu, als wollte sie sagen: *Wunderbar. Du machst alles richtig.*

Aber tat ich das wirklich?

Was wollte ich mehr als alles andere? Meine Freiheit!

Wie konnte ich möglichst viel davon erlangen? Indem ich Antares' Vertrauen gewann. Doch das würde er mir nur schenken, wenn ich ihm meine Gunst vorheuchelte. Je demütiger ich mich zeigte, umso lockerer würden seine Fesseln sitzen. Er erwartete eine sanfte, treu ergebene Ehefrau. Eine Gefährtin, die seine Briefe verfasste, das Bett mit ihm teilte, loyal an seiner Seite stand und Tag für Tag bewies, dass sie seines Vertrauens würdig war. Keine meiner Vorgängerinnen war mit der Aufgabe einer Schreiberin betraut worden. Antares schien also etwas Besonderes in mir zu sehen. Etwas, das ich ausnutzen konnte – sofern es mir gelang, meinen Hass und meine Abscheu zu beherrschen.

Nein!, schrie mein Stolz. *Niemals! Niemals!*

Doch was hatte ich für eine Wahl? Ich war gefangen. Endgültig. Ich saß in einem unzerstörbaren Käfig, dessen Tür sich nur noch einmal öffnen würde: um meinen Leichnam hinauszutragen. War ich stark genug, um meine Gefühle zu leugnen und über meinen Ekel ein Lächeln zu legen? War ich stark genug, um Antares' Berührungen zu ertragen und ihm süße Worte zuzuflüstern, um irgendwann die einzige Macht zu erlangen, die mir zustand?

Einen Moment lang schloss ich meine Augen … spürte die Wärme des Sonnenlichts auf meinem weiß gepuderten Gesicht, roch den süßen Duft der Blumen und ließ mich vom Raunen der Menge tragen. Als ich die Lider wieder öffnete, begegnete Mogoa erneut meinem Blick. Ihre kleine Hand ballte sich zur Faust, und ich erkannte die Botschaft darin: *Wir sind stark. Weil wir stark sein müssen.*

Wie ein Kieselstein in einem gefrorenen Gletschersee lag meine Hand in Antares' Pranke. Ein steinalter Priester schlurfte die Treppe zum Podest empor, trat vor uns hin und begann, unverständliche Worte vor sich hin zu brabbeln. Benommen sah ich seinen Lippen dabei zu, wie sie sich öffneten und schlossen und jedes Mal Sabberfäden zogen. Während er seinen Segen murmelte, wickelte er ein silbernes Seidenband um unsere ineinander liegenden Hände und tat das derart langsam und einschläfernd, dass ich zu schwanken begann. Müde betrachtete ich das drachenkopfförmige Bronzeplättchen, das mitten auf der Glatze des Alten klebte und von irgendetwas Ekelerregendem verkrustet war.

Schließlich – der halbe Vormittag musste bereits verstrichen sein – beendete der Priester seinen Hokuspokus. Feierlich küsste er unsere mit Seide umwickelten Hände, nahm einen rasselnden Atemzug und stimmte ein Lied an. Weder war seine Melodie besonders schön, noch besaß der Alte eine angenehme Stimme, doch auf die Gesichter der Menschen legte sich eine tiefe Ehrfurcht. Wahrscheinlich trug der Priester ein Gebet vor, so wie es unsere Heiligen Männer taten, wenn sie ein Hochzeitspaar vor dem Angesicht der Götter segneten.

Ich hielt mein Lächeln aufrecht, blinzelte in das goldene Sonnenlicht und versuchte, an nichts zu denken. Es roch nach Kuchen, Sommerhitze, Honigwein, gebratenem Fleisch und teuren Gewürzen. Eine summende Ungeduld lag in der Luft, die Menschen schwitzten Gier und Erregung aus und lechzten nach der rauschenden Feier, die einen Tag und eine Nacht lang andauern würde. Ob irgendjemand einen bitteren Preis für ihr Vergnügen bezahlte, spielte keine Rolle.

Heute Nacht werde ich mit Antares das Bett teilen.

Er erwartet von mir, dass ich ihm Söhne schenke.

Was, wenn mein erstes Kind eine Tochter wird?

Was, wenn Antares mir nicht erlaubt, mit dem Geist zu reden?

Und was, wenn er es mir erlaubt? Gibt es wirklich ein Friedensabkommen? Oder ist all das nur ein Spiel? Nur eine andere Art von Rache, die mein Fast-Ehemann ersonnen hat?

Gleich wird man dem Einhorn die Kehle durchschneiden und die Nebelkatze erdolchen. Vor meinen Augen. Kann ich all das ertragen?

Das hier … und den Rest meines Lebens?

Wie lange werde ich standhaft bleiben? In was für einen Menschen werde ich mich verwandeln? Haben meine Vorgängerinnen dasselbe gefühlt, was ich jetzt fühle? Wo mögen sie jetzt sein? Tot und vergraben? Oder frei, irgendwo in weiter Ferne?

Malakat, Kafir, Mogoa und Tashma. Sie könnten sterben. Jederzeit. Alles, woran ich mich festhalte, zerbröckelt unter meinen Fingern.

Antares … der Geist … das Meer … der Tod.

Oh, ich wünschte, ich wäre fort. Weit, weit fort.

Wie wilde Vögel flatterten die Mutmaßungen, Hoffnungen und Befürchtungen in meinem Kopf umher, bis ich alles um mich herum vergaß. Den brabbelnden Priester, die gaffende Menge, die fauchende Nebelkatze und das zitternde Einhorn.

Erst als Antares mit einer Hand meinen Hinterkopf umfasste, sich über mich beugte und seine Lippen auf meine presste, schlug ich unsanft in der Wirklichkeit auf. Sein Bart kratzte über meine Haut, ich schmeckte Fäulnis, sauren Wein und ekelerregende Lust. Irgendwie schaffte ich es, mich nicht zu übergeben. Es gelang mir sogar, den widerwärtigen Akt ruhig und gefasst über mich ergehen zu lassen und am Ende, als Antares nach einer gefühlten Ewigkeit von mir abließ, auf unsere Gäste hinabzulächeln. Niemand bemerkte, dass mir schlecht vor Ekel wurde. Niemand wusste, dass ich liebend gerne an Ort und Stelle gestorben wäre. Wahrscheinlich würden die Menschen dort unten nicht einmal dann Mitleid mit mir haben, wenn ich weinte, wimmerte und bettelte.

Blütenblätter wirbelten durch die Luft, als wäre ein Sturmwind durch eine Blumenwiese gefegt. Mit beiden Händen griffen Männer, Frauen und Kinder in bereitstehende Weidenkörbe und warfen tausend Farben in den Himmel. Jubel rauschte in meinen Ohren, die Menschen lachten, winkten und tanzten. Als Antares einen Arm hob, packte der Sklave mit dem Messer den Kopf des Einhorns und riss ihn nach hinten, sodass sein Hals überdehnt wurde. Alles ging so schnell, dass ich kaum begriff, was geschah.

Ein schneller Schnitt, ein kurzer Schrei und schon lag das sagenhafte Wesen, um das die Menschheit seit Jahrtausenden Legenden spann, zappelnd auf dem Pflaster. Vielleicht war es das letzte seiner Art. Schäumendes Blut schoss aus seiner Kehle, während die dünnen Beine verzweifelt strampelten, als wollte es dem Tod davonlaufen.

Der Jubel wurde ohrenbetäubend.

Als Nächstes traten zwei Krieger an den Käfig der Nebelkatze, stießen ihre Lanzen durch die Stäbe und bohrten sie in den Körper des Tieres. Infernalisches Gebrüll erklang. Mit dem Zorn eines Wintersturms warf sich das Tier gegen sein Gefängnis, drehte und wand sich, verspritzte hellrotes Blut und schlug den Männern mit einem einzigen Hieb seiner Pranken die Lanzen aus den Händen. Holz krachte. Irgendetwas splitterte. Mehrere Soldaten eilten herbei und stachen auf die Katze ein, doch das Leben krallte sich mit aller Gewalt an ihr fest. Blutüberströmt, die Augen von wild flackerndem Hass erfüllt, sprang sie in ihrem Käfig umher, tobte und schlug und schnappte, bis einer der Stäbe nachgab. Und plötzlich, mit der Gewandtheit eines Schattens, zwängte sich das Tier aus seinem Käfig, brachte einen der Männer zu Fall und riss ihm mit einem einzigen Biss das Gesicht ab.

Die Freudenschreie verwandelten sich in entsetztes Kreischen.

Eine Lanze traf die Nebelkatze in die Seite, eine zweite grub sich tief in ihren Rücken. Mordlust flackerte in den Augen des Tieres, aber auch ein unbeugsamer Stolz, der mir das Herz zerbrach. Dieses Wesen sollte nicht hier sein. Niemals hätte man es aus dem Wald herausreißen, in einen Käfig sperren und hierher bringen dürfen.

Mit letzter Kraft schleppte sich das Tier vorwärts. Reglos stand ich da, als es sich keuchend die Treppe zu unserem Podest hinauf kämpfte und seine hellblauen Augen auf mich richtete. Pfeile prasselten auf seinen Körper ein. Lanzen und Schwerter stachen in sein Fleisch. Niemals würde ich diese Geräusche vergessen, nicht bis an mein Lebensende. Ich flehte darum, dass die Nebelkatze endlich aufgab, dass der Tod sie holte und ihr Leiden beendete, doch erst als ihre blutige Pfote meinen Fuß berührte und eine rote Spur über meine Sandale zog, zerbrach das Leben in ihren Augen.

Zähe Augenblicke lang war es still. Die Welt hielt in ihrem Lauf inne, verharrte angespannt und erwachte erst wieder zum Leben, als Antares ein irrsinnig klingendes Lachen ausstieß. Die meisten Gäste lachten mit ihm. Aus freien Stücken oder weil sie wussten, was ihnen blühte, wenn sie ihrem König nicht gebührend huldigten. Stöhnend wälzte sich der Soldat, dessen Gesicht gehäutet worden war, auf dem Pflaster hin und her. Seine Kameraden kümmerten sich um ihn, doch es war abzusehen, dass er die nächste Stunde nicht überleben würde. Was ohne jeden Zweifel das gnädigere Schicksal war.

Unbändiger Zorn kochte in mir hoch. Ich starrte in die leeren Augen der Nebelkatze, die noch immer zu mir aufblickten, und ich hasste die Menschen dafür, dass sie den Tod und den Schmerz feierten. Ich hasste sie für die Verzückung auf ihren Gesichtern, als der Priester seine rechte Hand in das Blut des Einhorns und seine linke in das der Nebelkatze tauchte. Ich hasste sie für die widerwärtige Begeisterung, die in ihren Mienen geschrieben stand, als die tatterigen Finger des Alten jeweils eine Rune auf Antares' und meine Stirn malten. Für mich war die Unschuld und Reinheit des Einhorns bestimmt, mein Gemahl erhielt die Stärke und die Wut der Nebelkatze.

Krieger packten die Kadaver und schleiften sie aus unserem Blickfeld. Der Opferplatz wurde freigegeben, Menschen drängelten sich auf dem blutigen Pflaster, gingen in die Knie und verneigten sich tief.

Es gab keine Schwüre, die wir einander leisteten. Keinen Treueid und keine Versprechungen. Ein schiefes Gebet, ein Seidenband und zwei tote Geschöpfe aus alten Legenden … mehr brauchte es nicht, um eine Kette zu schmieden, die mich für den Rest meines Lebens gefangen halten würde.

Kapitel 42
Licht und Dunkelheit
Yleria

Der Jubel war derart laut, dass er selbst durch dicke Mauern drang. Yleria hatte so tief geschlafen, dass sie zunächst nicht wusste, was anders war, als ihr Bewusstsein langsam in die Wirklichkeit zurückkehrte. Gemma und der König waren also vermählt worden, ganz so, wie der Spiegel es vorausgesagt hatte. Armes, bedauernswertes Ding. Aber dies war nun einmal der Lauf dieser Welt. Er war gnadenlos, rücksichtslos und weit entfernt von Gerechtigkeit.

Müde zog Yleria die Decke über ihre Nase und drehte sich zur Wand, in der Hoffnung, zurück in die Dunkelheit gleiten zu können. Seit einer Ewigkeit hatte sie nicht mehr in einer solch herrlichen, gedankenlosen Schwärze ausgeruht. Es musste Jahre her sein, seit sie das letzte Mal gut geschlafen hatte. Oder gar Jahrzehnte?

Yleria blinzelte.

Es war … hell?

Moment! Wie konnte das sein? Ihre Augen waren vor langer Zeit ausgebrannt worden. Sie waren nur noch Höhlen, nutzlos und blind. Und doch … da war etwas! Etwas, das dort nicht hingehörte.

Erschrocken fuhr sie hoch, tastete mit beiden Händen über ihr Gesicht und fand statt hartem Narbengewebe die zarte Haut geschlossener Lider.

Lider, unter denen sie zuckende Augäpfel spürte.

Bei allen Geistern und Ahnen! Wie war das möglich? Ein schluchzender Laut drang aus ihrer Kehle. Langsam ließ sie ihre Hände sinken und blinzelte noch einmal. Das dunkle Grau lichtete sich, wurde von scharfen Lichtstrahlen, Konturen und Mustern durchdrungen. Da waren Mauern, glänzende Gerätschaften, Glaskolben und Pergamentrollen, Zeichnungen und getrocknete Pflanzen, Federn, Tonfiguren und Kerzen, die seit vielen Jahren nur noch selten brannten, weil kein Licht ihre Blindheit durchdrang. Und dort, wo seit langer Zeit nichts als Schmerz gewesen war, brannten plötzlich Tränen.

Tränen, bei allen Göttern!

Ja, sie konnte wieder sehen! Die Welt mit all ihren Farben und ihrer Herrlichkeit war zu ihr zurückgekehrt.

Vermochte ein einzelner Tropfen Drachenmagie so etwas zu bewirken? War der Zauber vergangener Äonen wirklich so mächtig, dass er Dunkelheit und Nebel durchdrang und selbst die Zeit zurückdrehte? Yleria zitterte derart, dass ihre Zähne klapperten. Es musste geschehen sein, während sie geschlafen und geträumt hatte. Davon, etwas Verlorenes wiederzufinden und etwas Herausgerissenes an seinen ursprünglichen Platz einfügen zu können.

»Oh, allmächtige Götter!« Träne um Träne rann aus ihren neuen Augen. Wunderbare, salzige, brennende Tränen des Glücks und der Angst. »Bitte, lasst es kein Traum sein! Nehmt es mir nicht weg! Macht, dass es bei mir bleibt. Ich flehe euch an!«

Immer wieder blinzelte Yleria, schloss ihre Lider und öffnete sie zaghaft, von der Angst gepackt, zurück in den Nebel gleiten zu müssen. Aber ganz gleich, wie oft sie ihre Augen öffnete, umgaben sie stets gestochen scharfe Konturen und leuchtende Farben. Da weinte Yleria noch lauter. Sie schlotterte und wimmerte, überwältigt von einer Freude, für die sie keine Worte fand. Nicht nur dass ihr die Magie das Augenlicht zurückgegeben hatte, es war zudem so scharf und makellos wie in ihrer Jugend. Schon bevor Antares sie mit dem glühenden Eisen geblendet hatte, war es nicht gut um ihre Augen bestellt gewesen.

»Was jammerst du?«, hatte der König damals gespottet, während sie sich an seine Knie geklammert und um Gnade gefleht hatte. »Vorher warst du fast blind, jetzt bist du es ganz. Kümmere dich lieber darum, deinen Blick nach innen zu lenken. Dort, wo deine wahre Macht verborgen liegt.«

Zorn flackerte durch ihre überschäumende Freude, doch als sie in den Fackelschein blinzelte, der wie goldenes Wasser durch die offen stehende Tür flutete und die wundersamsten Formen und Farben offenbarte, schmolz der Funke so schnell dahin, wie er gekommen war. Wenigstens einmal hatte Antares sein Wort gehalten. Es gab keine Wachen, die sie aufhielten, und keinen Schlüssel, der sie einschloss. Sofern sie innerhalb der Burgmauern blieb, konnte sie gehen, wohin sie wollte.

Yleria schlug ihre Decke zurück, stand auf und trat vor den Spiegel.

»Oh, bei allen Geistern des Abgrunds«, seufzte sie. »Was für ein jämmerlicher Anblick! Alt bist du geworden. Steinalt und hässlich.«

Ihr Kleid war zerschlissen und von einem matschigen Braun, Dreck verkrustete den Saum, Spinnweben hingen in ihren Haaren. Grau war der Zopf geworden. Stumpf und leblos wie Asche. Aber ihre Augen … oh, ihre Augen waren wunderschön! Glasklar und grün wie die Quellen im Wald, umkränzt von weißen Wimpern.

Viel war von ihrer Schönheit wahrlich nicht übrig geblieben. Noch immer war der Zopf so dick wie ihr Arm und fiel bis zur Hüfte herab, aber das einstmals glänzende Schwarz war vollständig verschwunden. Ihre einstige Milchhaut ähnelte trockenem, vergilbtem Pergament und ihre Finger waren wie knorrige Zweige.

Welch eine Schande! Mit den Fingerspitzen berührte Yleria den silbernen Glanz des Spiegels und fühlte sich so benommen wie nach einer langen, frisch kurierten Krankheit. Da drang plötzlich ein Gedanke durch ihre Betäubung. Ein herrlicher, erregender Gedanke, der ihr Herz zum Pochen brachte. Vielleicht … ja, vielleicht konnte sie den Lauf der Dinge umkehren. Wenn ein einziger Tropfen genügt hatte, um ihr Augenlicht zurückzubringen, was würden dann zwei Tropfen bewirken? Oder gar drei?

Draußen vor den Mauern nahm der Jubel kein Ende. Die Hochzeit hatte gerade erst begonnen, vor morgen früh würde sie Antares kaum zu Gesicht bekommen. Hastig knüpfte Yleria einen ihrer letzten Tabakbeutel an den Gürtel, nur für den Fall, dass sie einem pflichtbewussten Soldaten auf die Sprünge helfen musste. Dann trat sie das erste Mal seit vielen Jahren allein vor die Tür.

Es war unbeschreiblich herrlich!

Früher war ihr der Gang dunkel erschienen, jetzt brannte das Licht der Fackeln in ihren Augen. Zuerst schritt sie langsam und zaghaft die

Stufen hinab, doch bald wurde sie schneller, bis sie ungestüm wie ein Mädchen die Treppe hinunterhüpfte und mit den Fingerspitzen über die Mauersteine strich. Ihre Knochen schmerzten und knackten bei jedem Schritt, aber das war ihr egal. Mit der Gier einer Verdurstenden sog sie jedes Detail ihrer Umgebung in sich auf. Die Farbe der Wände, die Risse in den Stufen, den Staub und die silbrigen Schleier der Spinnweben. Kein Zauber reichte auch nur halbwegs an das berauschende Gefühl heran, die Welt mit eigenen Augen zu sehen. Der Morgenhimmel war so blau, dass Yleria vor Überwältigung weinte, das Laub der Bäume so unfassbar grün, die zarten Blüten des Jasmins und der Sternwinden wie Explosionen aus Farben.

Schwer bewaffnete Soldaten bewachten die Gänge, aber keiner von ihnen trat ihr in den Weg. Unbehelligt durchquerte Yleria die Burg, huschte über den abgesperrten Hof und schlüpfte durch die Tür, die in den Kerker führte. Verwirrte Blicke folgten ihren Schritten, doch auch hier griff niemand nach ihrem Arm oder wagte es auch nur, das Wort an sie zu richten.

Bebend vor Ungeduld stieg Yleria in die Tiefe hinab, wappnete sich gegen den Gestank und presste eine Hand auf ihren Mund, als sie die Brücke über dem Abwasserkanal überquerte. Falls sie Antares' Gunst verlor, würde sie genau hier ihr Ende finden. Schon morgen könnte ihr Fleisch in diesem widerwärtigen, schäumenden Wasser treiben, könnte ihr Blut den Steinboden tränken und in den Abfluss sickern. Niemand hatte die Folterkammer gereinigt, seit Antares seinen Frust an den beiden Aman-Kaja ausgelassen hatte. Dunkle Blutkrusten bedeckten Ketten, Mauern und Steinfliesen. Angesichts dessen, was hier jeden Tag geschah, mussten sich selbst die Götter voller Abscheu abwenden. Kein höheres Wesen konnte dergleichen gutheißen, ganz gleich, wie sehr Könige und Herrscher davon überzeugt waren, die Gunst der Allmächtigen zu besitzen und in ihrem Namen zu handeln.

Auf zwei umgestülpten Eimern hockten der Kerkermeister und sein Gehilfe und spielten Karten. Yleria war schleierhaft, wie Menschen an einem Ort wie diesem überhaupt Zerstreuung finden konnten. Sie blieb stehen, kämpfte gegen ihre Abscheu und lächelte.

»Wisst ihr, was mit dem dritten Aman-Kaja passiert ist? Den, den ihr gestern Abend weggesperrt habt? Ist er noch am Leben?«

»Glaub' schon«, grunzte das grobschlächtige Ungetüm, das sich Kerkermeister schimpfte, und klatschte eine gelbe Karte mit Liliensymbol auf seinen Oberschenkel. »Sind verdammt zäh, diese Burschen. Wahrscheinlich könnte man ihnen den Kopf abschneiden und er würde einfach wieder nachwachsen.«

»Das wage ich zu bezweifeln.« Yleria schnupperte am Ärmel ihres Kleides, doch der vertraute, warme Duft nach Kräutern und Weihrauch vermochte es nicht, die Fäulnis des Todes zu vertreiben. »Wo befindet er sich im Moment?«

»Im Krankenlager«, nuschelte der Kerkermeister, ohne zu ihr aufzublicken. »Der königliche Heiler höchstpersönlich kümmert sich um ihn. Anscheinend will Antares, dass der Wilde überlebt. Komisch, wo er die anderen beiden gerade erst in Stücke geschnitten hat.«

Yleria zog eine Grimasse, ließ den Arm sinken und ging weiter. Misstrauische Blicke bohrten sich in ihren Nacken, doch sie scherte sich nicht darum. Mit erhobenem Kopf und gleichgültiger Miene schritt sie die Zellen ab, bis sie zu jenem Verschlag kam, in dem der erste Aman-Kaja lag. Zwei Soldaten mit Schwertern, Lanzen und dornenbewehrten Keulen wachten über ihn, drei weitere standen vor der Zelle des Drachen und blickten stur geradeaus. Wenigstens hatte Antares ihren Rat befolgt und einen kundigen Arzt mit der Heilung des Gefangenen beauftragt. So hässlich die Wunden auch aussahen, die die bronzefarbene Haut des Mannes durchzogen, waren sie gut versorgt und tadellos genäht worden. Man hatte Decken in die Zelle gelegt und den Boden halbwegs gesäubert. Es gab ein Gefäß mit Wasser und ein weiteres, in dem sich offenbar Maisbrei befunden hatte. Sogar an einen Eimer hatte man gedacht, damit der Gefangene nicht gezwungen war, sich in einer Ecke zu erleichtern. Dennoch war der Kerker kein Ort, an dem ein Kranker gesund werden konnte. Yleria betrachtete den schlafenden Aman-Kaja und beschloss, noch einmal mit Antares zu reden. Falls sie Glück hatte, gelang es seiner frisch gebackenen Ehefrau heute Nacht, ihm Zufriedenheit zu schenken. Gemma war hübsch und zart, ganz so, wie Antares es mochte. Andererseits besaß er ein großes Talent dafür, seine Bettgefährtinnen zum Weinen und sich selbst zum Fluchen zu bringen. Wenn Letzteres eintrat, würde es schwierig werden, ihm den Bauch zu pinseln. Aber gut, auf irgendeine Weise würde es ihr schon gelingen, ihm einen Gefallen abzuringen.

Mit klopfendem Herzen flüsterte sie einen Nebel über den Verstand der Wachen und ging zur Zelle des Drachen. Wie er da auf dem Steinboden saß, eingewickelt in eine Decke und die Augen geschlossen, wirkte er überaus menschlich. Doch als Yleria mit einem geflüsterten Spruch das Schloss öffnete und in die Zelle trat, hoben sich seine Lider mit einem trägen Blinzeln – und der Eindruck verflog. Wütend und unvorstellbar mächtig lauerte der Drache hinter dem Spiegel dunkelbrauner Augen.

»Guten Morgen.« Yleria lächelte und ging vor ihm in die Hocke. »Ich hoffe, du hast gut geschlafen?«

Der Drache knurrte ein paar Worte in seiner wilden, seltsamen Sprache und verfolgte jede ihrer Bewegungen. Noch bändigte der Zauber des Halsreifs seinen Willen, doch das würde sich bald ändern. Im Feuer der alten Magie schmolzen die Fesseln langsam, aber stetig. Es gab nur eine Möglichkeit, die Frist zu verlängern und das Unvermeidliche ein wenig hinauszuzögern.

»Nur keine Sorge. Es wird kein bisschen wehtun.« Yleria ließ ihre Stimme sanft klingen. Freundlich und schmeichelnd. Es nützte nichts. Kaum streckte sie ihre Hände nach dem Drachen aus, spannten sich seine Muskeln an. Vermutlich wäre er ihr ohne den Halsreif wie ein Tier an die Kehle gesprungen. Unbeirrt legte sie ihre Finger auf seine Wangen und strich mit den Spitzen über die fiebrig heiße Haut. Verwirrung mischte sich in die Wut des Aman-Kaja. Sein Körper verkrampfte sich, während er gegen den Zauber des Halsreifs kämpfte.

»Schlaf und vergiss.« Vorsichtig wob Yleria einen Faden Magie in ihre Worte. »Schlaf und vergiss, dass ich hier war.«

Der gerade noch flammende Blick wurde trüb, die harten Muskeln entspannten sich. Yleria wartete, bis die Augen des Drachen gänzlich zugefallen waren und sein Atem ruhig ging. Dann beugte sie sich über ihn, strich ein paar schwarze Haarsträhnen aus seiner Stirn und flüsterte eine Bitte um Vergebung.

Vergebung für alles, was geschehen war.

Und was noch geschehen würde.

Unter ihren Fingern glühte ein verborgener Vulkan. Der Drache glich einer bezwungenen Naturgewalt, die man für die Dauer eines Augenblicks in einem Glas einsperrte, nur um im nächsten all ihre Gewalt und Zerstörungskraft zu spüren zu bekommen. Für einen oberflächlichen Beobachter mochte er nichts weiter als ein junger Mann sein. Ein zweifellos beeindruckender Mann, der das Herz einer Frau mühelos brechen konnte, das Gesicht sanft im Schlaf, die Züge wie geschaffen dafür, um sie mit den Fingerspitzen und den Lippen nachzufahren.

»Sie wird so viel gewinnen«, murmelte Yleria, »und so viel verlieren. Soll ich sie beneiden oder bedauern? Vermutlich beides. Aber es gibt nur diesen einen Weg. Er wird von uns allen ein großes Opfer fordern.«

Ganz sacht schmiegte sie ihre Lippen an seinen Mund und trank die Magie, die mit jedem Atemzug aus ihm heraus strömte. Ein Tropfen! Nur ein Tropfen! Doch die Macht rauschte mit einer solchen Süße und Wohltat durch ihre ausgetrockneten Adern, dass Yleria einen viel zu hungrigen Schluck nahm. Im nächsten Augenblick kippte sie mit einem heiseren Ächzen zur Seite, rang nach Luft und spürte, wie etwas in ihr zerriss. Der Schmerz spottete jeder Beschreibung. Verzweifelt presste sie die Hände auf ihren Mund und erstickte den gellenden Schrei, der in ihrer Kehle brannte.

Die Magie war ein reißender Strom aus Feuer. Ein Kiefer aus scharfen, giftgetränkten Zähnen. Aber sie durfte sich nicht wehren. Nein, sie musste stillhalten und der Macht erlauben, ihren Weg zu finden. Ein jämmerliches Winseln schlüpfte durch ihre zusammengepressten Lippen. Yleria atmete und lebte weiter, kämpfte sich von einem Herzschlag zum nächsten, obwohl sie glaubte, im Inneren entzweigerissen zu werden.

Dann – ganz unvermittelt – war es vorbei. Ein Knacken und Knistern lief durch ihren Körper, als würde ein runzeliges Stück Leder glattgezogen werden. Sie spürte, wie winzige Risse verschwanden, wie bröselnde Knochen hart wurden und alte Narben schrumpften. Alles Falsche wurde aus ihrem Leib getilgt. Das Alte und Kranke, das Minderwertige und Zerstörte.

Still lag sie da und lauschte in sich hinein.

Konnte es wirklich sein? Geschah das Wunder, auf das sie hoffte?

Magie suchte sich stets die größte Angst – oder das innigste Flehen. Hatte sie verzweifelt genug an ihren Wunsch gedacht? War ihre Sehnsucht stark genug gewesen?

Zögernd hob Yleria eine Hand. Glatte, milchweiße Haut spannte sich über Sehnen und Muskeln, ihre Finger waren gerade und ohne schmerzende Knoten, ihre Nägel makellos. Ein Schluchzen drang aus ihrer Kehle, als sie nach ihrem Zopf griff und sah, dass er im Licht der Fackeln rabenschwarz glänzte. Und ihr Gesicht … oh, ihr Gesicht! … es fühlte sich herrlich an! Straff und jung. Vollkommen. Die Lippen seidenweich, die Haut wie Samt.

Yleria presste beide Hände gegen ihre Wangen. Wangen, die nicht länger eingefallen waren. Mühelos kam sie auf die Beine, streckte ihre Arme aus und drehte sich, übermütig wie ein Kind, betastete ihren neuen Körper und weinte Tränen der Freude.

Was wird Antares dazu sagen?, wehte eine Stimme durch ihre Euphorie. *Du kannst ihm wohl kaum die Wahrheit sagen. Schließlich bedienst du dich an dem, wonach er selbst giert.*

Nein, das konnte sie wahrhaftig nicht. Aber wenn sie in den letzten Jahren etwas perfektioniert hatte, dann war es das Verdrehen der Wahrheit. Antares war ebenso mächtig wie dumm, mit ein wenig Bauchstreicheln und Bartkraulen würde sie seinen Blick schon in die richtige Richtung lenken. Ihr neuer Körper würde das alte Spiel vermutlich sogar einfacher machen. Viel einfacher, wenn alles so kam, wie sie es sich erhoffte.

»Danke.« Yleria kniete sich nieder und hauchte einen Kuss auf die Stirn des Drachen. Er war in jeder Hinsicht anders als Antares. Was war sie nur für ein Ungeheuer, ihn ebenso leiden zu lassen wie den König! Doch wenn sie ihre Freiheit zurückerlangen wollte … die Freiheit und noch so viel mehr … führte kein Weg daran vorbei.

»Es tut mir leid.« Yleria stand auf und öffnete die Gittertür. »Ich wünschte, das Schicksal hätte ein anderes Spiel für uns vorgesehen. Aber am Ende, das verspreche ich euch, wird alles gut werden.«

Als sie ihm den Rücken zuwandte, krampfte sich ihr Herz zusammen. Warum war dieses elende Ding nicht längst zu Stein geworden? Warum fühlte es noch immer so viel? Nein, sie durfte nicht schwach werden. Nicht jetzt, wo endlich ein Licht am Ende der Dunkelheit zu leuchten begann. Wie anders war es doch, mit den Beinen einer jungen Frau zu laufen. Ihre Schritte waren leicht und federnd, kein Schmerz fuhr durch ihre Knochen, kein Knirschen und Knacken begleitete ihren Weg. Selbst als sie die Stufen hinaufeilte, klopfte ihr Herz kaum schneller.

»Vergiss«, flüsterte Yleria, strich im Vorbeigehen über die Stirn der Wachmänner und löschte ihr Bild aus deren Erinnerung. Es war so herrlich einfach. Der Zauber floss leicht und unbekümmert durch ihr Blut, sprudelte wie Wasser in einem Gebirgsbach aus ihr heraus und verwob sich mit geflüsterten Worten. Selbst der Kerkermeister sank mit einem seligen Lächeln zurück auf seinen Eimer und steckte die Nase wieder in die Karten, als wäre niemals eine bildschöne Frau mit rabenschwarzem Haar und milchweißer Haut an ihm vorbeispaziert.

Yleria kicherte. Mit wiegenden Hüften schritt sie durch die Gänge und genoss die glasigen Blicke der Wachen, die ihr folgten.

»Kann ich dir helfen?« Im Gang, der zum Nordturm und zur Galerie der Hirsche führte, versperrte ihr einer der Buschen den Weg. Mit frechem Grinsen richtete er seine Lanze auf ihre Brust und musterte sie von Kopf bis Fuß. »Ich habe dich hier noch nie gesehen, Magd.«

Magd? Natürlich. Ihr schmutziges, zerschlissenes Kleid ließ gar keine andere Schlussfolgerung übrig.

»Das glaube ich gern«, erwiderte Yleria unbekümmert. »Meine Heimat liegt weit im Westen hinter den Windbergen. Ich begleite meine Herrin auf die Hochzeit Eures Königs und habe den Befehl erhalten, das Bett des Schatzmeisters vorzuwärmen.«

Der Soldat zog eine Schnute. Bei den Göttern, dieser Junge in der Kleidung eines Kriegers konnte kaum älter als sechzehn sein.

»Natürlich«, brummte er. »Was auch sonst.«

Yleria lächelte. Weit und breit war Antares' Schatzmeister für seine unersättliche Gier nach jungen Frauen bekannt und so sah der Wachmann keinen Grund dafür, ihren Worten zu misstrauen.

»Geh schon.« Sehnsüchtig glitt der Blick des Burschen über ihren Körper und blieb dort hängen, wo sich jugendlich straffe Brüste unter ihrem Lumpenkleid wölbten. »Na los doch. Wenn das Bett nicht warm genug ist, bekommst du seine Fäuste zu spüren.«

Yleria gehorchte. Kaum bog sie um die Ecke und befand sich außer Sichtweite, begannen die Burschen mit Flüsterstimme zu schimpfen: »Dieser verfluchte, notgeile Bock. Immer schnappt er sich die besten

Happen weg, lässt jede dritte Münze in seiner eigenen Tasche verschwinden und kommt auch noch damit durch.«

»Da sagst du was, bei der stinkenden Scheiße der königlichen Schweine! Antares lässt sonst nichts durchgehen, aber seinem diebischen Schatzmeister tätschelt er den räudigen Kopf.«

»Meine rechte Hand würde ich opfern, wenn ich an ihrer statt solch ein Prachtweib bekäme. Und bei den Göttern, anstatt sie grün und blau zu schlagen, würde ich sie auf Händen tragen. Ich würde ihr ein sorgloses Leben verschaffen, aber das Schicksal belohnt lieber sadistische Böcke und grausame Dummköpfe.«

»Genau so ist es. Also träum weiter. Für uns Soldaten bleiben nur die billigen Huren, die mehr Läuse als Haare auf dem Kopf haben.«

»Und keine Zähne im Maul.«

»Was durchaus praktisch ist, wenn man …«

»Halt deine Klappe! Ich will's gar nicht wissen!«

Die Burschen grunzten und schnauften. Yleria lächelte still in sich hinein, bog nach rechts ab und begann, die gewundene Treppe zum Südturm hinaufzusteigen. Mühelos wie eine Gazelle erklomm sie die Stufen, doch als sich die Dunkelheit ihres Gemachs um sie schloss, spürte Yleria, dass etwas nicht stimmte. Das kraftvolle Summen und Vibrieren der Magie drückte sich von innen gegen ihren Körper, als wollte es sein Gefängnis sprengen. Aus dem Druck wurde ein Stechen, aus dem Stechen ein Reißen. Plötzlich raste wilder Schmerz in ihre Knie, kroch in jeden einzelnen Finger und in jede einzelne Zehe.

»Nein!« Ungläubig stolperte Yleria zum Spiegel. Das glänzende Schwarz ihrer Haare wurde stumpf, graue Schlieren zogen sich durch die Strähnen und breiteten sich aus wie Frost in einer klirrend kalten Nacht. »Nein! Nein! Nein!«

Ihre milchweiße Haut vergilbte, das straffe Fleisch trocknete aus. Eine solche Schwäche ergriff von ihr Besitz, dass sie hilflos zu Boden sackte und ihre Finger – krumme, schmerzende Zweige voller Knoten – in den Flor des Teppichs grub.

Bitte nicht! Bitte nicht! Nein, bitte nicht!

Beim nächsten Atemzug stülpte sich ihr Magen um. Mit letzter Kraft kroch sie vom Teppich herunter, ehe sie sich dreimal auf die Steinfliesen erbrach, zur Seite kippte und hechelnd an die Decke starrte.

Bitte lasst mir wenigstens die Augen, bettelte sie zu den Göttern. *Bitte! Schickt mich nicht zurück in die Dunkelheit.*

Zitternd lag Yleria da und spürte, wie ihr Körper verwelkte. Sie hatte zu gierig getrunken. Zu viel Magie in sich aufgenommen. So wie ein Verhungernder einen plötzlichen Überfluss an Nahrung nicht vertrug, wehrte sich ihr Fleisch gegen die ungewohnte Macht. Es würgte und hustete sie aus sich heraus und stieß sie ab wie einen Fremdkörper.

Irgendwann kämpfte sich Yleria auf die Beine und schlurfte vor den Spiegel. Ihre Jugend war verweht, ihre Schönheit verdorrt. Nur die Augen waren ihr geblieben. Kristallklar und grün wie eine sonnendurchflutete Dschungelquelle, leuchteten sie inmitten fleckiger Greisenhaut.

»Du musst es langsam angehen lassen«, sagte sie zu ihrem Ebenbild. »Vorsichtig. Tropfen für Tropfen. Nichts ist verloren, hast du gehört? Wir dürfen nur nicht zu gierig sein. Denn der Gierige wird irgendwann von seinem eigenen Hunger aufgefressen.«

Von weit her drang der Lärm des Festes an ihr Ohr. Musikanten spielten, Honigwein vernebelte Gedanken, Braten und Pudding machten fette Wänste noch fetter.

Yleria seufzte, kroch in ihr Bett und drehte sich zur Wand.

Geduldig musste sie sein. Ja, einfach nur geduldig. Aber, bei den Göttern, manchmal war nichts schwerer als das.

Kapitel 43
Die finsterste Nacht
Gemma

Die Sonnen sanken. Unerbittlich. Stück für Stück. Zuerst berührten sie die Zinnen der Burg, dann die Baumwipfel jenseits der Mauern. Schließlich wurde ihr Licht matt und schwer und tauchte den Horizont in einen sehnsuchtsvollen Dunst. Von unserem Podest aus sah ich das ferne Glänzen des Silberstromes und dahinter – mehr ein Gedanke als etwas, das die Augen tatsächlich wahrnahmen – lag der Dschungel. Ich stellte mir vor, auf den Rücken eines Drachen zu springen und zu jenem fernen Ort zu fliegen. Wer würde es wagen, mir zu folgen, wenn ich im uralten Grün des Waldes verschwand? Wenn ich tiefer und tiefer in das Dickicht hinein rannte, bis ich selbst die Erinnerung der Menschen hinter mir ließ?

Neben mir lachte Antares. Er lachte so sehr, dass ihm der Wein aus dem Mund lief, sich in seinem Bart verfing und auf den Kaftan tropfte. Seit Stunden stopfte er unaufhörlich Essen in sich hinein, ließ auf Brathähnchen Kuchen folgen, auf Kuchen Maisbrei, auf Maisbrei gekochte Rippchen und Berge von Sauerkohl. Er soff direkt aus den Weinkrügen, die er den Dienerinnen aus den Händen riss, verschlang Granatäpfel, Käse, Brot, gegrillte Schweinefüße und Zitronensorbet und grölte zwischendurch wie ein angestochenes Kamel.

Selbst wenn mir die Aussicht auf die kommende Nacht nicht den Appetit verdorben hätte, wäre mir bei diesem Anblick alles Essen wieder hochgekommen. Mit Mühe und Not würgte ich ein wenig von jenem süßen Brei herunter, der mich mit seiner Kruste aus dunklem Honig und zerhackten Nüssen schmerzhaft an die Feste in meiner Heimatburg erinnerte. Den Rest der Zeit verbrachte ich damit, gegen den Drang anzukämpfen, meinem Ehemann vor die Füße zu speien.

Irgendwann, als eine farbenprächtige Dämmerung hereinbrach, reichte mir Malakat einen Becher mit dampfendem Tee. Sie sagte nichts zu mir, doch an ihrem Blick erkannte ich, dass es sich hierbei um das betäubende Getränk handelte. Kurzerhand trank ich es bis auf den letzten Tropfen leer. Süß und sanft zerging es auf meiner Zunge, schmeckte nach Kräutern und Anis und füllte meinen Magen mit wohliger Wärme. Wenn Antares gerade nicht fraß wie ein Wildschwein, nahm er Glückwünsche von Edelmännern, Fürsten und Herzögen entgegen, verschlang die halbnackten Tänzerinnen mit Blicken, kratzte sich den fetttriefenden Bart und beschimpfte Akrobaten, Jongleure und Bärenzähmer, wenn sie es nicht schafften, ihn gebührend zu unterhalten.

Wahrlich. Mein Gatte zeigte sich von seiner schlechtesten Seite. Und mir war der ehrenvolle Platz an seiner Seite bestimmt. Vom heutigen Tag an bis zum Ende meines Daseins.

Was, wie ich hoffte, in nicht allzu langer Ferne lag.

Selbst die fröhlichste Musik konnte mein Herz nicht berühren und wenn die Künstler und Schausteller den Platz vor unserem Podest verließen, erinnerte ich mich nicht mehr daran, was sie uns vorgeführt hatten.

Irgendwann begann ich mir das Ende dieses Abends herbeizusehnen. Ich wollte, dass Antares mich bei der Hand nahm und in sein Gemach führte, um sich das zu nehmen, was ihm zustand. Ich wollte, dass es vorbei war. Dass ich das, wovor ich mich so sehr fürchtete, endlich hinter mich bringen konnte.

Aber erst als die Feier zu einem verschwommenen Traum geworden war, stand mein Ehemann auf, zerrte mich unsanft auf die Füße und schlang einen Arm um meine Taille. Sein Kuss war grob. So grob, dass er mir die Unterlippe aufbiss. Ich schmeckte Blut und spürte, wie fettige Barthaare über mein Gesicht kratzten, gespickt mit den Überresten des Gelages. Etwas drückte sich hart gegen meine Hüfte, dick und groß wie eine Knüppelwurst. Ein Schleier legte sich um meine Sinne. War es Malakats Tee? Oder die Hilflosigkeit, die mich endgültig packte und meine Muskeln erschlaffen ließ?

Ich schloss meine Augen und entschied, sie bis zum Morgengrauen nicht mehr zu öffnen. Antares tätschelte meinen Hintern, hob mich auf seine Arme und wandte sich zur grölenden Menge um.

»Entschuldigt mich und meine liebreizende Gattin«, hörte ich ihn grunzen. »Eine Zeit lang werdet ihr ohne uns feiern müssen, denn meine ehelichen Pflichten rufen.«

Pfiffe gellten, vermischt mit weinseligem Johlen und schlüpfrigen Zurufen. Ich hörte, wie jemand ganz in der Nähe mutmaßte, dass ich wohl kaum zur Feier zurückkehren würde – schließlich konnte keine Frau, die jemals mit dem Tiger des Südens das Bett geteilt hatte, anschließend aus eigener Kraft laufen. Gelächter war die Antwort auf diesen Scherz. Ja, sie lachten aus vollem Hals, fanden sich unerhört lustig und kippten noch mehr Wein in ihre nimmersatten Mäuler.

Ich kniff die Augen so fest zusammen, wie ich nur konnte, lauschte meinem Herzschlag und hoffte, dass Malakat ihren Tee gehörig stark gebraut hatte. Schnaufend stieg Antares eine Treppe hinab, marschierte über den Hof und stieß mit der Schulter eine Tür auf. Nach und nach wurde es ruhig um uns. Bald gab es nur noch die schweren Schritte meines Gemahls, sein trunkenes Keuchen und das Raunen einer menschenleeren Burg, in deren Gängen und Innenhöfen der Wind flüsterte.

Vergeblich wartete ich auf die betäubende Wirkung des Tees. Ein Schleier lag über meiner Furcht, aber sie verschwand nicht. Ich roch Antares' Gestank, spürte seine harten Muskeln und hörte sein Brabbeln und Ächzen. Wie weit mochte es sein? Wie viel Zeit blieb mir?

O Malakat, der Tee ist dir gründlich misslungen!

Wieder stiegen wir eine Treppe hinauf, folgten einem langen Gang, bogen nach links ab und …

Krachend schloss sich eine Tür hinter uns.

Es war vorbei.

Von nun an gab es keinen Ausweg mehr.

Antares stellte mich auf den Boden ab, entfernte sich und hantierte an irgendetwas herum. Etwas fiel klappernd zu Boden. Vermutlich sein Schwert und seine Axt. Blinzelnd öffnete ich die Augen und lieferte mich dem Unvermeidlichen aus. Es gab keine Gnadenfrist mehr. Wir befanden uns im Gemach des Königs und die Tür hinter mir würde sich erst wieder öffnen, wenn ich in jeder Hinsicht sein Eheweib geworden war.

Auf dem gewaltigen Bett türmten sich seidene Decken und samtene Kissen, in der Mitte lag das schneeweiße Fell der geopferten Nebelkatze. Irgendwie hatten es die Dienerinnen geschafft, es von allem Blut zu säubern und innerhalb kurzer Zeit trocknen zu lassen. Dennoch stank das Zimmer beißend nach Tod, Blut und Raubtier.

»Der Königsmond ist aufgegangen, Liebste.« Antares öffnete die hölzernen, mit herrlichen Schnitzereien verzierten Fensterläden. Nur ein schmaler Streifen des mächtigen Gestirns schimmerte über den Bergen, doch sein Licht war hell genug, um das Gemach in sanften Schimmer zu tauchen. »Die Nacht könnte nicht besser sein, um uns vor dem Angesicht der Götter zu vereinen.«

Plötzlich huschte etwas Schwarzes an mir vorbei. Eine Spinne, groß wie meine Handfläche, rannte auf Antares zu und plante offenbar, unter dem Bett zu verschwinden. Ehe der König seine Gefühle unter Kontrolle bringen konnte, sah ich Abscheu und Ekel in seiner Miene aufblitzen. Er zuckte zurück, kaum merklich, doch es genügte, um mich einen Hauch von Triumph fühlen zu lassen.

So war das also. Der große, unbesiegbare Kriegsherr fürchtete sich vor Spinnen. Kurzentschlossen huschte ich dem Tier hinter, packte es am dicken Hinterleib und betrachtete es eingehend.

»Nicht schlecht«, kommentierte ich das strampelnde Wesen. »Aber in unserer Burg habe ich größere gesehen. Sobald der Winter beginnt, können wir uns vor Spinnen kaum retten. Ist diese hier giftig?«

Antares öffnete und schloss den Mund wie eine Forelle, der man einen Knüppel über den Schädel gezogen hatte. Mein Ehemann kämpfte so offensichtlich um Beherrschung, dass ich nur mit größter Mühe ein hämisches Grinsen unterdrücken konnte.

»Ja«, knurrte er schließlich. »Aber ihr Biss ist nur schmerzhaft, nicht tödlich.«

Ich nickte und warf die Spinne in hohem Bogen aus dem Fenster. Eine Mondschwalbe huschte herbei, fing das Tier mitten im Flug und trug es in die Nacht hinaus.

Antares schwankte. Ich sah seinem Blick an, dass er mich liebend gern geschlagen hätte, um Vergeltung für seine Demütigung zu üben, doch aus irgendeinem Grund entschied er sich dagegen.

Scheinbar gelassen schritt der König zu einem Tischchen, nahm den dort stehenden Glastiegel auf und hielt ihn mir entgegen. »Da du fortan mein Weib bist«, sagte er mit einem dünnen Lächeln, »ist es deine Aufgabe, in jeder Hinsicht um mein Wohlergehen besorgt zu sein. Meine Schultern und mein Rücken schmerzen. Ich möchte, dass du sie mit dieser Salbe einreibst.«

Gehorsam nahm ich das kleine Gefäß, drehte es herum und las die Aufschrift. Armsünderfett mit Beinwell-Auszügen.

Antares Blick wurde wölfisch. Zweifellos erwartete er, dass ich eine angewiderte Miene ziehen und das Zeug im Tiegel nicht anrühren würde. Nun denn. Wenn er glaubte, mich so einfach erschrecken zu können, würde er sein blaues Wunder erleben.

»Was hat er getan?« Gemächlich schraubte ich den Tiegel auf und tunkte drei Finger in die ölig-gelbe Paste.

Antares runzelte die Stirn. »Wer?«

»Der arme Sünder, von dem dieses Fett stammt. Im Norden heißt es, dass jenes von Mördern, ausgelassen zu Vollmond, am besten wirkt.«

Der König brummte etwas Unverständliches in seinen Bart. Er musterte mich von Kopf bis Fuß, verzog seinen Mund zu einem Grinsen und begann, sich zu entkleiden. Malakats Tee tat zunehmend seine Wirkung. Ich blinzelte mehrmals, um wach zu bleiben, was mein Gatte vermutlich als Furcht interpretierte. Denn sein gerade noch mürrisches Gesicht hellte sich auf.

»Er brachte sein Weib und seine Kinder um.« Schwankend und ungeschickt zog Antares seine Hose aus, warf sie beiseite und ließ den schmutzigen Lappen folgen, den er sich um den Unterleib gewickelt hatte. »Anschließend versuchte er, sich mit einem Kälberstrick aufzuhängen. Sein Plan missglückte, weshalb mein Scharfrichter in den Genuss kam, ihm den Kopf vom Rumpf zu trennen. Zehn Axthiebe hat er dafür gebraucht. Sein Opfer lebte bis zuletzt und brüllte die ganze Burg zusammen.«

»Nun, so ist selbst ein Mörder am Ende noch zu etwas gut.« Ich versuchte, nicht auf das steife, von schwarzem Haar umrahmte Gemächt zu starren, das sich mir entgegenreckte. »Jetzt setzt Euch, mein Gemahl, damit ich Eure Schmerzen lindern kann.«

Wieder fühlte es sich an, als würde eine höhere Macht meinen Körper lenken und meine Gedanken beherrschen. Obwohl ich Antares' nackten Körper verabscheute, zögerte ich keinen Augenblick lang, ihm nahezukommen. Haare wucherten auf seinem Rücken und zogen sich bis zu seinem Hintern hinunter, wo sie zwischen den Backen verschwanden. Von Kopf bis Fuß war mein Gatte mit Narben überzogen. Hässliche, knotige Wülste und Linien, manche vom Alter gebleicht, andere von flammendem Rot. Nichts an ihm war schön oder auch nur halbwegs anziehend. Ich hasste den sauren Geruch seiner Haut und die Art, wie sie sich anfühlte. Schwammig und teigig wie ein toter Fisch. Ich hasste seinen struppigen Bart und den verfilzten Wust auf seinem Kopf. Und ich hasste das Ding zwischen seinen Beinen, über das ebenso viele Gerüchte kursierten wie über seinen Besitzer. Leider hatte keines dieser Gerüchte übertrieben, was seine Größe betraf.

Langsam massierte ich die stinkende Salbe in Antares' Schultern und seinen Rücken ein. Mehrmals glaubte ich, mich übergeben zu müssen, doch Malakats Tee schien nicht nur für eine verschwommene Wahrnehmung, sondern auch für einen robusten Magen zu sorgen.

»Genug!« Nach einer Weile fuhr mein Ehemann zu mir herum, schlug mir den Tiegel aus der Hand und packte mich bei den Schultern. »Meine Schmerzen sind verflogen. Jetzt möchte ich, dass du dich um etwas anderes kümmerst.«

Krampfhaft starrte ich sein Gesicht an. Die kalten Schlangenaugen, den öligen Bart, die krumme Nase. Doch im Augenwinkel sah ich es. Das hoch aufragende, harte Glied, das Antares' Hunger bezeugte.

»Steh auf«, knurrte er heiser.

Ich gehorchte. Einen winzigen Moment lang fühlte ich Erleichterung, seiner Nähe entkommen zu sein, doch mir war klar, dass diese Gnade nur von kurzer Dauer sein würde.

»Zieh dich aus!«, befahl er mit gierigem Blick.

»Ich kann nicht.«

»Was soll das heißen?«

»Die Knöpfe.« Ich begann zu zittern. Schicht für Schicht fiel die Beherrschung von mir ab. »Ich kann sie nicht öffnen.«

»Dann zerreiße das Kleid.«

»Aber …«

»Zerreiße es!« Mein Gatte bleckte die Zähne wie ein Tier. »Na los doch. Oder ich helfe nach.«

Genüsslich leckte er sich die Lippen. Jedes Zeichen meiner Schwäche und meiner Furcht erregte ihn, also durfte ich ihm nichts davon zeigen. Nichts! Gar nichts! Ganz gleich, wie ich mich im Inneren fühlte. Mein Äußeres musste standhaft bleiben. Stark. Unangreifbar. Stolz.

Ich lächelte, griff mit beiden Händen in den Stoff und riss daran. Mühelos gab die Seide nach, Knöpfe purzelten zu Boden, Stoff rutschte über meine Haut. Unter Antares' geiferndem Blick entledigte ich mich der funkelnden, glitzernden Hülle, zog das Unterkleid über meinen Kopf und schlüpfte zuletzt aus den Sandalen.

Kühler Wind strich über meinen nackten Körper. Das Licht des aufgehenden Mondes floss über meine Haut und ließ sie wie Marmor schimmern.

Antares hechelte. Er sah mich an, wie ein Wolf seine hilflose Beute ansehen würde. Hungrig, triumphierend, überwältigt von blinder Gier.

»Hast du Angst?«, krächzte er heiser.

Ich schüttelte den Kopf.

»Findest du mich anziehend?«

Ich schwieg einen Augenblick zu lange. Als ich zögernd nickte, hatte Antares die Wahrheit längst erkannt.

»Nun, es reicht, wenn ich dich schön finde.« Behäbig stand er auf, griff in mein Haar und zupfte die Perlennadeln heraus. Eine nach der anderen. Achtlos ließ er sie zu Boden fallen, dann fuhr er mit beiden Händen durch meine offen herabfallenden Locken und zwirbelte sie zu einem Strang zusammen. »An der Angst jedoch … nun, an der müssen wir noch arbeiten, Liebste. Es gefällt mir nämlich, wenn eine Frau es versteht, zu winseln und zu betteln.«

Bis zu diesem Augenblick hatte ein naiver Teil in mir noch gehofft, durch irgendein Wunder gerettet zu werden. Ein Wunder wie Tashma, die nach dem Genuss eines besonders großen Feuers zu einem gewaltigen Basilisken herangewachsen war. Stark genug, um Malakat, Kafir, Mogoa und mich auf ihrem Rücken in die Freiheit zu tragen. Oder ein Wunder wie ein rachedurstiger Aman-Kaja, der seine Fesseln sprengte, in das Gemach des Königs stürmte und ihm sein Schwert ins Herz stieß.

Dumme Gedanken. Kindische Hoffnungen.

Mit trügerischer Zärtlichkeit legte Antares das zusammengezwirbelte Haar über meine Schulter. Ein Lächeln zuckte über seine Mundwinkel, dann stieß er mich auf das Bett, kroch über mich und drückte mich mit dem Gewicht eines Berges in das Fell der Nebelkatze. Ich dachte an die abscheulichen Geräusche ihres Sterbens, an das Keuchen und Fauchen und das feuchte Reißen, mit dem die Klingen ihre Haut durchstochen hatten. Ich dachte an das Prasseln der Pfeile und das Brüllen des Mannes, dem das Gesicht abgerissen worden war.

Antares' Lippen glitten wie feuchte Nacktschnecken über meinen Hals. Er grub die Zähne in meine Haut, riss an meinem Haar und grunzte wie ein Wildschwein. Seine Hand tastete nach unten und dann spürte ich, wie sich das hässliche Ding zwischen seinen Beinen gegen meinen Schoß drückte.

Es tat weh. Nicht so sehr, dass ich schreien musste, doch genug, um meinen Körper verkrampfen zu lassen.

»Hör auf damit.« Antares' Hüften zuckten. »Verdammt nochmal, entspanne dich endlich.«

Es ging nicht. Unmöglich. Der Druck wuchs zu einem Reißen an und plötzlich konnte ich nicht länger still sein. Es war, als würde ein Gebirge auf mir lasten. Schnaufend und keuchend rutschte Antares auf mir herum, drückte mir die Luft ab und wurde so schwer, dass ich glaubte, er würde meine Knochen zermalmen.

»Lass mich rein, verdammt.« Mit einer Hand stützte er sich ab, mit der anderen packte er meinen Oberschenkel und verschaffte sich mit brutalem Druck mehr Platz zwischen meinen Beinen. »Wird's bald, du prüder kleiner Eiszapfen?«

Wütend zuckten seine Hüften vor, bis mein Körper seine Gegenwehr aufgab, sich dem Ansturm öffnete und entzweigespalten wurde. Ich wollte diese Nacht still ertragen. Ich wollte meine Würde und meinen Stolz bewahren, aufrecht bleiben, ungebrochen und stark. Nichts davon gelang mir. Ich schnappte nach Luft, ich weinte und schluchzte, manchmal kam sogar ein Schrei über meine Lippen.

Mogoa hatte unrecht. Es ging nicht schnell.

Antares stöhnte und sabberte in mein Haar, während er sich an mir verging. So lange, bis ich glaubte, den Schmerz keinen Augenblick länger ertragen zu können. Ich flehte darum, die Sinne zu verlieren, doch die Götter kannten keine Gnade. Schwer und erdrückend lag der König auf mir, bis mir schwarz vor Augen wurde. Jedes Mal bemerkte er es, stemmte sich hoch und ließ mich zu Atem kommen. Anschließend presste er seine widerlichen Lippen auf meinen Mund, packte mit einer Hand mein Haar und vergrub sich in mir, so wütend und rücksichtslos, als wäre ich nicht seine Ehefrau, sondern ein Feind. Ein Gegner, den er zerstören wollte. Ein für alle Mal.

Irgendwann wurde mein Körper so taub wie meine Seele. Ich starrte an die Decke und rührte mich nicht mehr, verlor jedes Gefühl für die Zeit und glaubte, in einer niemals endenden Dunkelheit zu versinken. Schließlich, nach einer endlosen Spanne sich ewig wiederholender Augenblicke, verschwand das erstickende Gewicht von meinem Körper. Antares wälzte sich mit einem zufriedenen Schnaufen von mir herunter, schubste mich auf die Seite und zog das Fell unter meinem Leib hervor. Ich hörte ihn rascheln und japsen, dann öffnete sich die Tür des Gemachs und fiel mit einem Krachen wieder ins Schloss.

Zitternd drehte ich mich um. Das Nebelkatzenfell war fort. Ich wusste, dass Antares es seinen versammelten Gästen präsentieren würde wie eine Trophäe.

Seht, mein Eheweib war rein und unschuldig.

Seht, ich war der erste Mann, der sie benutzen durfte.

Mein Schoß brannte und schmerzte. Mit klappernden Zähnen setzte ich mich auf die Bettkante, starrte auf das Blut an meinen Beinen und versuchte, mich selbst wiederzufinden. Würde Antares zurückkehren? Würde er sein Recht noch einmal einfordern? Beim nächsten Mal, dessen war ich mir sicher, würde ich sterben. Durch meinen Ehemann. Oder durch mich selbst.

Hastig zog ich mein Unterkleid über, nahm das zerrissene Hochzeitskleid und meine Sandalen und eilte aus dem Zimmer. Mogoa hatte mir gesagt, dass sich das Gemach der Königin gegenüber von dem des Königs befand. Ich musste nur ein rundes Atrium durchqueren, über das sich eine Kuppel aus bunt schimmerndem Glas spannte. In der Mitte dieses Atriums erhob sich eine mächtige Bronzestatue – die

Darstellung eines fremdartigen Geschöpfes, das ich nie zuvor erblickt hatte. Weder lebend noch in einem Buch. Alles in mir verlangte danach, zu rennen. Rennen, so schnell ich nur konnte. Doch meine Schritte blieben leise und zaghaft. Ich stahl mich davon wie ein Dieb, ohne auf die Statue zu achten.

Bis irgendwo ein Lachen ertönte.

Panisch sprintete ich zur Tür, drückte sie auf und schlüpfte in das Zimmer. Stille Momente lang presste ich meine Stirn gegen das Holz und tat nichts anderes, außer zu atmen. Irgendwann, als meine Zähne nicht mehr klappernd aufeinander schlugen, wandte ich mich um und betrachtete das Zimmer, das fortan mein Zuhause sein würde. Es glich Antares' Gemach bis ins Detail, abgesehen davon, dass es ein gutes Stück kleiner war und in Richtung des Flusses zeigte. Unterhalb des Fensters begann der große Burghof und da die Läden geöffnet waren, drang der Lärm der feiernden Gäste zu mir herauf. Fackelschein tanzte auf kostbarem Samt und leuchtend bunter Seide, vermischte sich mit dem blauen Licht des Königsmondes und verlieh dem Raum eine magische Schönheit.

Ich hasste ihn.

Ich hasste alles an diesem Ort.

Malakat und Kafir hatten Wort gehalten und saßen Schulter an Schulter auf einem samtbezogenen Sofa. Tashma lag zusammengerollt zu ihren Füßen, die schillernden Flügel eingeklappt, die Augen zwei glimmende Schlitze. Ich wünschte mir, die Amme und der Waldkrieger würden verschwinden. Tashmas Nähe war mir gleichgültig. Ein Basilisk erwartete kein Gespräch, keine Worte, keine Erklärungen. Er war einfach nur da, schweigend und still.

Mitten im Raum befand sich eine halb gefüllte Wanne, daneben lagen weiche Tücher, ein Tiegel mit Seife und ein Schwamm.

»Du willst sicher ein Bad nehmen.« Malakat stand auf und kam auf mich zu. Zum ersten Mal, seit wir einander kannten, schreckte ich vor ihrer Berührung zurück.

»Es tut mir so leid«, schluchzte meine Amme. »So furchtbar leid.«

»Dein Tee war nutzlos«, knurrte ich sie an.

»Ich habe getan, was in meiner Macht stand. Wäre die Wirkung stärker ausgefallen, hätte Antares Verdacht geschöpft. Es ist schon mehrfach vorgekommen, dass … nun ja … dass Frauen versucht haben, sich die Sinne zu nehmen. Es ist niemals gut ausgegangen. Deshalb konnte ich …«

In diesem Augenblick öffnete sich die Tür hinter mir. Erschrocken stolperte ich zurück und prallte gegen Malakat, doch es waren nur zwei Dienerinnen, die Eimer mit dampfend heißem Wasser hereinschleppten.

»Verzeihung, Herrin«, nuschelten die Mädchen, knicksten ängstlich und trippelten zur Wanne, offenbar in der Hoffnung, ich könnte schlichtweg vergessen, sie für ihre Unachtsamkeit zu bestrafen.

»Komm, mein armes Kind.« Selbst Malakats Hand, die über mein Haar strich, war zu viel. Ich schlug sie fort, atmete dreimal tief ein und … brach in Tränen aus. Meine Amme wiegte mich in ihren Armen, murmelte beruhigend auf mich ein, bedachte mich mit allen jemals ersonnenen Kosenamen und ließ zu, dass ich in ihren Kaftan schniefte.

Ich wollte sterben. Hier und jetzt.

Stattdessen führte Malakat mich zur Wanne, scheuchte Kafir und die Dienerinnen aus dem Raum und streifte mir das Unterkleid über den Kopf.

»Oh, mein armes Schwälbchen.« Entsetzt tastete sie über meine Schultern, die mit Bissen übersät waren. »Was hat dieses Ungeheuer dir nur angetan? Schnell, steige ins Wasser. Dann kannst du seinen Gestank von deiner Haut waschen.«

Ich gehorchte willenlos, sank bis zur Nase in die Wanne und versuchte, zu vergessen. Es war vorbei. Für den Moment. Doch was würde morgen Nacht geschehen? Was in der Nacht darauf? Wie oft konnte Antares mich zerstören, ehe ich zerbrach wie ein leeres Gefäß?

»Malakat?«, flüsterte ich.

»Ja, mein Schneesperling?«

»Ich muss hier weg. Bitte.«

»Ich weiß.«

»Dann lass uns einen Ausweg finden.«

Meine Amme schwieg. Während der weiche Schwamm über meine Haut glitt, die Seife ihren frischen Duft verströmte und das Wasser allen oberflächlichen Schmutz ablöste, wischte sich meine Amme viele

Tränen von der Wange. Draußen lärmten und lachten die Hochzeitsgäste, als gäbe es kein Morgen mehr. Ich wollte schreien, toben, um mich schlagen und hundert Dolche in den Mann stecken, der glaubte, mich besitzen zu können. Hätte ich ihm die verdammte Spinne doch nur mitten in seine hässliche Fratze geworfen.

»Ja«, sagte Malakat. »Sei wütend! Denn wer wütend ist, will kämpfen. Und wer kämpft, wird irgendwann siegen.«

»Oder zerstört werden«, murmelte ich, legte den Kopf auf den Wannenrand und ließ mich in die Leere fallen. Nach einer Weile – Minuten? Stunden? Tage? – half Malakat mir auf, trocknete mich ab und streifte mir ein weißes, weites Nachthemd über den Kopf. Die Ärmel reichten bis über meine Handgelenke, der Saum schleifte über den Boden. Kaum lag ich ausgestreckt auf dem Bett, erlöste mich ein tiefer, traumloser Schlaf. *Lasst mich nie wieder aufwachen*, flehte ich die Götter an. Doch sie erhörten mich nicht.

Kapitel 44

Ylerias Lüge

»Bitte!« Malakats laute Stimme weckte mich unsanft. »Gönnt Ihr etwas Ruhe, Herr. Sie ist erschöpft.«

»Weg mit dir!«

Beim Klang dieser Worte fuhr ich im Bett hoch. Panik rauschte durch mein Blut, ich presste mich gegen das Kopfende, krallte die Finger in die Decke und spürte, wie meine Muskeln verkrampften. Ich wollte fortlaufen, aus dem Fenster springen, auf irgendeine Weise von ihm fortkommen. Und wenn es bedeutete, dass ich auf dem Pflaster des Burghofs zerschellte. Neben mir hatte sich Tashma eingerollt, hob ihren Kopf und starrte aus goldenen Echsenaugen auf den Mann, den ich wie kein anderes Geschöpf auf Erden hasste und verabscheute. Ich spürte den Zorn der Basiliskendame, ihren wilden Entschluss, mich zu verteidigen. Doch statt den König anzugreifen, zuckte sie wie unter einem Schlag zusammen, winselte leise und grub ihre Klauen in die Bettdecke.

Antares' Hexe schob sich an ihrem Herrn vorbei und kam auf mich zu. Ihre weißen, zu einem dicken Zopf geflochtenen Haare waren von dunklen Strähnen durchzogen, die bei unserem letzten Aufeinandertreffen noch nicht dort gewesen waren. Das Seltsamste aber war, dass sie Augen besaß. Klare grüne Augen, so leuchtend wie die eines jungen Mädchens.

Wie war das möglich?

Hatte Yleria eine jüngere Zwillingsschwester?

»Ganz ruhig«, flüsterte die Alte. »Ich tue dir nicht weh. Ich will nur eine Hand auf deinen Bauch legen.«

»Scher dich weg!« Tränen schossen mir in die Augen. Groß und düster stand mein Ehemann im Raum, gehüllt in einen schwarzen Kaftan mit Silberstickerei. Sein Lächeln schmerzte wie der Schlag einer Peitsche.

»Gehorche ihr«, sagte er trügerisch ruhig. »Oder ich sorge dafür, dass du dich nicht mehr rühren kannst.«

Die Alte trat noch ein wenig näher und setzte eine bedauernde Miene auf. »Es geht schnell, mein Kind. Mach dir keine Sorgen. Lege dich einfach hin und halte still.«

Meine Muskeln schienen zu versteinern, als die Hexe sich über mich beugte, die Bettdecke wegschob und ihre runzeligen Hände auf meinen Bauch legte. Eine Weile geschah nichts. Hin und wieder bewegten sich ihre Lippen, manchmal glaubte ich, gehauchte Worte zu verstehen.

Schließlich, ein breites Lächeln auf den Lippen, wandte sich die Alte ihrem Herrn zu. »Euer Samen ist auf fruchtbare Erde gefallen, mein König. Ganz so, wie der Spiegel es Euch versprochen hat. Zwei Söhne wachsen in ihrem Leib heran. Dazu bestimmt, stark und ruhmreich an Eurer Seite zu stehen.«

Antares' Augen begannen zu leuchten. Während sich über Malakats Miene ein tiefer Schatten legte und der letzte Rest Hoffnung in mir zersplitterte, zeugte das Lächeln des Königs von überschwänglichem Glück.

»Sehr gut, Yleria. Nichts anderes habe ich erwartet. Nun sorge dafür, dass es meinen Söhnen an nichts fehlt. Ganz gleich, was du brauchst, es sei dir gewährt.«

Die Alte nickte ergeben. »Dann will ich Euch an dieser Stelle einen ersten Rat geben. Ich weiß, dass Eure Ehe frisch und Euer Hunger aufeinander groß ist, doch ist es für das Wohl Eurer Söhne erforderlich, dass Ihr Eurer Frau nicht mehr beiwohnt, bis die Kinder geboren sind. Tut Ihr es dennoch, wird sich dies auf ihre Leibesfrüchte auswirken. Sie könnten Schaden davontragen und schwächlich werden. Oder gar missgestaltet zur Welt kommen.«

Antares' gerade noch glückselige Miene verdüsterte sich. Er grummelte etwas in seinen Bart, straffte die Schultern und vollführte eine abwinkende Geste. »Sei es drum. Diese Nordprinzessin ist mir ohnehin zu prüde und zu zerbrechlich. Da habe ich lieber Frauen unter mir, die etwas aushalten. Ich habe, was ich wollte, jetzt mag sie sich so viel Ruhe gönnen, wie sie möchte. Fortan bist du höchstpersönlich für das Wohlergehen meiner Söhne verantwortlich, Yleria. Hast du das verstanden?«

»Natürlich.« Die Hexe neigte demütig den Kopf. »Ich habe verstanden.«

»Gut.« Damit wandte der König sich um, marschierte aus dem Raum und schloss die Tür hinter sich. Zähe Augenblicke lang dachte ich darüber nach, aus dem Fenster zu springen. Es wäre so leicht. So einfach. Doch nur für mich. Was würde aus Malakat, Kafir und Mogoa werden, wenn ich mich Antares' Herrschaft entzog? Würde er sie allesamt töten, zur Strafe dafür, dass sie mich nicht aufgehalten hatten? Mein Körper sank schwer wie ein Stein in das Polster des Bettes. Selbst wenn ich bereit gewesen wäre, die Schuld auf mich zu nehmen, hätte ich keinen Fuß vor den anderen setzen können.

»Eines frage ich mich.« Malakat trat neben die Hexe und musterte sie argwöhnisch. »Wie könnt Ihr jetzt schon wissen, dass sie Zwillinge erwartet?«

Yleria grinste verschmitzt. »Gar nicht. Antares ist ein Trottel mit dem Gehirn einer Stinkfliege. Ich könnte ihm erzählen, dass nach dem Kontakt mit Wasser wochenlang Kellerasseln aus seinem Hintern fliegen, und er würde sich für den Rest seines Lebens nicht mehr waschen.«

Meine Amme runzelte die Stirn. »Warum erzählt Ihr ihm Lügen, obwohl Ihr wisst, dass es Euch den Kopf kosten kann?«

»Um ihn von Gemma fernzuhalten.« Die Hexe berührte sanft meine Schulter und lächelte vertraulich. »Es tut mir leid, dass unser erstes Zusammentreffen so kaltherzig verlaufen ist. Es gibt Tage, an denen ich mit meinem Schicksal hadere und anderen die Schuld dafür gebe. Ihr hattet solch einen Tag erwischt. Doch kann ich Euch versichern, dass ich auf Eurer Seite bin. Ich weiß, was Ihr fühlt, und ich weiß, was Ihr durchmacht. Mir hat er dasselbe angetan.«

»Er hat euch…« Meine Stimme war nur ein Krächzen. »Er hat Euch Gewalt angetan?«

»Ja, viele Male. Aber fürchtet Euch nicht, meine Königin. Für die nächste Zeit habt Ihr Eure Ruhe vor ihm und bis es so weit ist, dass er Verdacht schöpft, lasse ich mir etwas einfallen. Natürlich ist es gut möglich, dass Ihr tatsächlich ein Kind empfangen habt, aber es ist noch viel zu früh, um das mit Sicherheit sagen zu können. Falls es so sein sollte, braue ich einen Trank für Euch, der Antares' Andenken beseitigt.«

»Aber was, wenn er …«

»Schschsch …« Yleria zwinkerte mir zu. »Ich sagte doch, dass ich mir etwas einfallen lasse. Grämt Euch nicht, junge Königin. Von nun an kämpfen wir gemeinsam.«

»Von nun an?«, hakte Malakat nach. »Was hat Euch zu diesem Schluss bewogen? Und weshalb sollten wir Euch trauen?«

»Antares ist grausam. Zu mir, zu euch, zu jedem einzelnen seiner Untertanen. Es gibt viele, die ihn hassen. Viele, die ihn tot sehen wollen. Es ist an der Zeit, den Lauf der Dinge zu ändern.«

»Wie meint Ihr das?«, fragte ich. »Habt Ihr etwa vor …«

»Schschsch!«, wiederholte Ylera. »Eines nach dem anderen. Jetzt habe ich erst einmal eine Aufgabe für Euch, meine Königin. Und für Malakat und Kafir. Antares höchstpersönlich hat mir aufgetragen, Euch damit zu betrauen. Wie ihr sicher wisst, plant er ein Friedensabkommen mit den Aman-Kaja, doch dafür ist es erforderlich, sich miteinander verständigen zu können.«

»Ich verstehe nicht«, brummte Malakat.

»Kafir und Ihr … ihr sprecht die Sprachen vieler Waldvölker. Ich habe gehört, dass ihr selbst die alten, vergessenen Worte der Nam-Ashara beherrscht. Eure Aufgabe ist es, unserem königlichen Gefangenen die Sprache der zivilisierten Welt beizubringen. Verständigt euch mit ihm. Brecht das Eis. Nur dann ist es möglich, Frieden zu schließen.«

»Ihr meint …« Ich blinzelte ein paarmal. In meinen Ohren rauschte das Blut. »Ihr meint den König der Aman-Kaja. Den Geist?«

»Ja. Er wartet bereits auf Euch.«

»Was? Wo?«

»In Malakats und Kafirs Gemach. Ihr müsst Euch nicht vor ihm fürchten. Um seinen Hals liegt ein magischer Reif, dessen Zauber nicht einmal durch den stärksten Willen gebrochen werden kann. Er gehorcht allein Antares' und meinem Willen. Es besteht nicht die geringste Gefahr, meine Königin. Natürlich werden dennoch Wachen bereitstehen, die jederzeit eingreifen können.«

»Ich fürchte mich nicht. Aber sagt mir, weshalb ich ihn in Eurem Spiegel gesehen habe. Und weshalb er mir in Visionen und Träumen erscheint.«

Ylerias Lächeln blieb freundlich und sanft. »Weil er Euer Schicksal ist. Ich treibe kein böses Spiel und ich will weder Euch noch ihn in eine Falle locken. Alles, was ich will, ist meine Freiheit. Und die Eure natürlich.«

Verwirrt blickte ich zu der Alten auf. Konnte es wirklich sein? War Yleria mir wohlgesonnen? Gab es kein hinterhältiges Spiel, das sie mit uns trieb?

Bewege dich!, verlangte mein Stolz. *Stehe auf. Kämpfe. Atme weiter.*

Nur auf diese Weise konnte ich Antares die Stirn bieten. Ich musste stark bleiben, weil er von mir erwartete, schwach zu sein. Ich musste lächeln, weil er nach meinen Tränen lechzte.

»Also gut.« Zu Malakats Verblüffung stand ich auf, ging zum Schrank und öffnete ihn. Zahllose Kleider, Kaftane und Tuniken reihten sich dicht an dicht. Ich zog eine weite, fließende Hose aus indigoblauem Leinen hervor, dazu eine passende Tunika und einen einfachen schwarzen Stoffgürtel. Nachdem ich mich angekleidet und mein zerrupftes Haar zu einem halbwegs vorzeigbaren Zopf geflochten hatte, wandte ich mich zu den beiden Frauen um.

»Wo kommen Eure Augen her?«, fragte ich die Alte mit einer Stimme, von der ich glaubte, dass sie einer Königin würdig war. »Gestern waren dort nur vernarbte Höhlen.«

»Kennt Ihr die Geschichte von den Feuervögeln?« Täuschte ich mich oder glomm in Ylerias Augen etwas wie Bewunderung auf? »Jene Wesen, die altern und sterben, um aus ihrer Asche neu zu entstehen?«

»Ja.«

»So ähnlich ist es auch bei Hexen, sofern sie über die nötige Macht verfügen. Wir erreichen eine Schwelle, hinter der unsere verblühte Jugend zu neuem Leben erwacht. Es ist der größte Vorteil, wenn man magisches Blut in seinen Adern trägt.«

»Ist das Euer Ernst? Ihr werdet wieder jung?«

»Ja. Allerdings weiß keine Hexe, wie oft sich dieser Vorgang wiederholt und wie lange er anhält.«

»Dann seid Ihr nicht unsterblich?«

Yleria seufzte. »O nein, ich bin ebenso verwundbar und sterblich wie Ihr, meine Königin. Bis vor wenigen Stunden hatte ich nicht einmal zu hoffen gewagt, dass die Verjüngung bei mir einsetzt. Doch wie Ihr seht …«

»Habe ich das richtig verstanden«, hakte ich nach. »Antares wird mich nicht mehr anrühren?«

»Nicht in der nächsten Zeit«, bestätigte die Alte.

»Und Ihr hegt Pläne, den König zu stürzen?«

Die Hexe schwieg, aber sie lächelte vielsagend.

»Wenn das so ist«, sagte ich mit fester Stimme, »habt Ihr meine volle Unterstützung. Sagt mir, was Ihr braucht, und ich tue mein Möglichstes als Königin, Euch behilflich zu sein.«

»Gemma!«, zischte Malakat warnend, doch ich gebot ihr mit einer entschlossenen Geste, zu schweigen.

»Ihr könnt mir helfen, indem Ihr dem Geist unsere Sprache beibringt«, sagte Yleria. »Wenn Ihr ihn rettet, rettet Ihr sein Volk. Und wenn Ihr das tut, zieht Ihr Antares' erbittertsten Feind auf unsere Seite. Aber denkt daran, dass unser Herr und Meister ungeduldig ist. Ihr müsst ihn mit Erfolgen bei Laune halten. Sollte er den Eindruck gewinnen, dass ein Friedensabkommen unmöglich oder nur unter Schwierigkeiten zu erreichen ist, wird der Krieg weitergehen. Wenn das geschieht, zerfällt der Dschungel der Aman-Kaja zu Asche.«

»Gut.« Ich nickte, legte eine Hand über mein pochendes Herz und fasste allen Mut zusammen, der nach meiner Hochzeitsnacht übrig geblieben war. »Dann bring uns zu ihm.«

Kapitel 45
Zwischen zwei Welten

Mit jedem Schritt wurde das zuvor leere Gefäß meines Mutes ein wenig voller. Unermüdlich wie ein Kämpfer pumpte mein Herz Starrsinn und Stolz durch meine Adern und jagte alle Furcht zum Eisteufel. Ich mochte nicht länger mir selbst gehören. Ich mochte ein Tier sein, das herumgezerrt wurde und nicht wusste, ob man es auf die Weide oder zur Schlachtbank brachte. Aber bei den alten, niemals besiegten Göttern, deren Namen verboten worden waren – ich würde keiner Seele in dieser verdammten Burg den Triumph gönnen, mich zerstört zu haben. Am wenigsten Antares.

Heute, an jenem Morgen, der auf die dunkelste Nacht meines Lebens folgte, würde ich dem Geist begegnen. Ihm, der Antares' schwarze Seele in die Verzweiflung trieb, der furchtlos seine Pläne durchkreuzte und niemals zurückgewichen war. Nicht einmal in jenem Moment, in dem man ihm das verfluchte Metall um den Hals gelegt hatte. Keinen Augenblick lang zweifelte ich daran, dass mir die Götter aus einem bestimmten Grund jene seltsamen Träume gesandt hatten. Es musste etwas bedeuten. Etwas überaus Wichtiges, dem ich Folge zu leisten hatte. Warum sollten sich die allmächtigen Wesen jenseits der Sterne solche Mühe geben, zwei grundverschiedene Menschen zueinanderzuführen, wenn nicht, um einen Plan umzusetzen? Möglicherweise fand ich in dem Geist einen Ausweg, falls es mir gelang, zwischen uns zu vermitteln.

Leichter gesagt als getan, merkte meine Vernunft an.

Zunächst musste ich eine Brücke über den Abgrund unserer Feindschaft schlagen, der aus irgendeinem Grund zwischen uns aufgeklafft war. Anschließend galt es, die Barriere der Sprache zu überwinden. Jede Aufgabe für sich allein genommen würde schwer genug werden, hinzu kam, dass mir Antares' Ungeduld im Nacken saß. Wie viel Zeit mochte uns bleiben? Wie viele Male durften wir scheitern, ehe mein Gatte entschied, dass es die Mühe nicht wert war?

»Habe ich das richtig verstanden?«, flüsterte Malakat in mein Ohr. »Die Götter haben dir Träume gesandt? Träume von diesem Gefangenen?«

»Ja«, wisperte ich zurück. »Ich habe ihn gesehen, obwohl ich wach war. So wie damals, als du Lianensaft zu dir genommen hast und in die Geisterwelt gereist bist. Jedenfalls vermute ich, dass es etwas Ähnliches war. Mit dem Unterschied, dass ich nichts Berauschendes getrunken hatte.«

Malakats Augen weiteten sich. »Gemma! Warum sagst du mir das erst jetzt? Visionäre Träume sind wichtig. Viel wichtiger, als du ahnst.«

»Oh, ich ahne es sehr wohl. Du hast es mir oft genug eingebläut. Und warum ich es dir erst jetzt sage? Nun, die letzten Tage und Nächte luden nicht gerade zu langen Gesprächen ein.«

»Ja.« Meine Amme seufzte besänftigend. »Das ist wahr.«

Ihrem Blick war anzusehen, wie abgrundtief sie Antares verabscheute und wie schwer es ihr fiel, untätig zuzusehen. Doch was hätte sie gegen ihn unternehmen sollen? Er tat nur, was ihm als Ehemann zustand, abgesehen davon führte jeder Pfad des Ungehorsams nur zu einem Ziel: dem Schafott auf dem großen Burghof.

»Halte dir immer vor Augen«, wisperte Malakat, »dass solche Dinge niemals ohne Grund geschehen. Sie sind sehr wichtige Wegweiser! Gehorche ihnen, Gemma, denn wenn du sie ignorierst, kommst du vom Weg deines Schicksals ab.«

»Ich habe nicht vor, sie zu ignorieren. Und jetzt sei still, sonst landest du noch wegen heidnischen Geschwätzs im Kerker.«

»Dann soll es so sein«, brummte Malakat mit einer Aufmüpfigkeit, die ich selten an ihr erlebte. »Es gibt eine Zeit der Stille und es gibt eine Zeit des Kampfes. Sei wie die großen Alten, Gemma. Man hat sie aus den Köpfen der Besiegten herausgerissen, aber in unseren

Herzen sind sie noch immer lebendig. Warte geduldig, mein Kind. Vertraue auf deine Stärke und drehe im richtigen Moment den Spieß um. Yleria hat recht. Es ist sehr wichtig, dass wir den Drachenreiter auf unsere Seite ziehen.«

In ihren Worten vibrierte eine kämpferische Kraft. Meine Amme, die sonst demütig den Kopf vor dem Schicksal neigte, verwandelte sich plötzlich in eine Kriegerin. War es die Nähe des Aman-Kaja? Erweckte die Anwesenheit eines Herrschers, der über das letzte freie Waldvolk regierte, Malakats verlorene Natur zu neuem Leben?

Unvermittelt endete unser Weg vor einer Tür aus schwarzem Holz. Nervös wischte ich mir die nassgeschwitzten Hände an der Tunika ab. Was würde mich in diesem Zimmer erwarten? Ein zerstörter, von Folter gezeichneter Mann, der mir all seinen Hass entgegenschleuderte? Vielleicht gar ein Wrack, das zu keinem klaren Gedanken mehr fähig war? Existierte das Band unserer Vertrautheit überhaupt noch oder hatte Antares es mit scharfen Klingen und blindem Hass zerrissen?

Yleria trat als Erste ein, vollführte eine einladende Geste und nahm, nachdem wir an ihr vorbeigegangen waren, in einem der dunkelgrünen Samtsessel Platz. Neben einem großen, nach oben hin spitz zulaufenden Fenster standen zwei Wachen, vier weitere harrten bewegungslos wie Steinfiguren rechts und links neben der Tür aus. Ihre Blicke wirkten bedrohlich und kalt, die Hände hielten sie fest um die Griffe gewaltiger Breitschwerter geschlossen, bereit, sie jederzeit einzusetzen.

Sechs Krieger, um einen einzigen Mann zu bewachen?

Mit klopfendem Herzen wandte ich mich um – und vergaß einen Moment lang das Atmen. Denn zu meiner Linken, auf einem mit grünem Brokat bezogenen Sofa, saß der Geist. Seine Präsenz glich der Hitze eines überirdischen Feuers. Sie brannte auf meiner Haut, trieb mir den Schweiß auf die Stirn und trocknete meine Kehle aus. Still und reglos saß er auf seinem Platz, hielt den Kopf gesenkt und starrte auf die eisernen Ketten, die seine Handgelenke umschlossen. Sie wirkten dünn und leicht, doch an dem rötlichen Schimmer erkannte ich, dass es sich um Amaryll-Eisen aus den Nordbergen handelte. Es hieß, dass zehn starke Ochsen vonnöten seien, um einen einzigen Handkarren zu ziehen, der mit diesem seltenen Metall beladen war. Seine Härte und Schwere übertraf die von gewöhnlichem Eisen um ein Vielfaches, zudem sonderte es ein Gift ab, das schleichend die Kraft aus dem Körper saugte. Üblicherweise wurden Amaryll-Fesseln dazu verwendet, besonders wilde und gefährliche Kreaturen zu bändigen, was bedeutete, dass Antares seinen Gefangenen fürchtete.

Er fürchtete ihn sogar derart, dass man nicht nur die Hände des Geistes gefesselt hatte, sondern auch seine Füße. Eine kaum ellenlange Kette erlaubte lediglich kurze Schritte und als wäre dies nicht schon genug der Vorsicht, schmiegte sich auch noch der verzauberte Reif um den Hals des Gefangenen. Unwillkürlich warf ich der Hexe einen abfälligen Blick zu. Da herrschte mein Gatte als unbesiegter und gefeierter Kriegsherr über das gewaltigste Reich der Menschenwelt und fürchtete im gleichen Atemzug einen einzelnen Mann so sehr, dass er ihn dreifach mit Magie, Amaryll-Ketten und sechs Wachen bändigen ließ. Etwas äußerst Vielversprechendes lag in diesem Gedanken.

Wenn man dem Geist mit solcher Vorsicht begegnete, hielt man ihn für gefährlich. Und wenn er Antares gefährlich werden konnte, machte ihn das zu einem überaus kostbaren Verbündeten.

Auf einem Tischchen stand ein Silbertablett mit Tee, Gebäck und getrockneten Früchten, daneben thronte eine funkelnde, mit Wein gefüllte Kristallkaraffe.

Malakat nahm Platz und zog eine angewiderte Grimasse, vermutlich weil sie von derart heuchlerischer Gastfreundschaft nichts hielt. Kafir dagegen war anderer Meinung. Erfreut darüber, seine Nervosität überspielen zu können, griff er in die Gebäckschale, stopfte sich den Mund voll und kaute genüsslich. Der Geist nahm von alldem keine Notiz. Als würden wir nicht existieren, rührte er keinen Finger und starrte unbeirrt auf das rot schimmernde Eisen an seinen Handgelenken.

Kaum setzte ich mich in den letzten freien Sessel, schoss ein greller Schmerzblitz durch meinen Schoß. Grimmig presste ich die Lippen aufeinander, verschluckte ein gequältes Stöhnen und versuchte, mir nichts anmerken zu lassen.

»Es ist besser, wenn ihr keine Zeit verliert.« Yleria verschränkte die Arme vor der Brust und musterte den Gefangenen mit unübersehbarer Sorge. »Antares ist in einer … nun, sagen wir, ungeduldigen Stimmung.«

In einer ungeduldigen Stimmung? Um ein Haar hätte ich laut gelacht. *Du meinst wohl, er hat so viel Angst, dass er seine Ehefrau vorschickt?*

Vorsichtig lehnte ich mich zurück und verlagerte mein Gewicht so, dass das Sitzen halbwegs erträglich war. Noch immer hielt der Geist den Blick gesenkt, aber er blieb nicht länger bewegungslos. Seine Stirn legte sich in Falten, dann schob er seine Finger langsam ineinander und drehte die wundgescheuerten Hände zur Seite, offenbar mit dem gleichen Ziel, das ich verfolgte: die Schmerzen zu lindern. Doch abgesehen von der aufgeriebenen Haut an seinen Gelenken konnte ich keinerlei Wunden entdecken. Man hatte ihm sogar frische Kleidung gegeben: Einen edlen jadegrünen Kaftan und eine gleichfarbige Hose mit silbern bestickten Säumen, dazu fein gearbeitete Sandalen und einen Stoffgürtel, der sich um seine Hüfte wand. Das Haar des Gefangenen war gekämmt und fiel ihm wie ein weicher blauschwarzer Vorhang über die Schulter, sodass sein Gesicht nahezu gänzlich im Schatten lag. Ich glaubte gar, den Duft von Balsamholz wahrzunehmen, als hätte man ihm ein Bad mit kostbaren Ölen eingelassen. Ganz so, wie man es im Süden mit edlen Gästen zu tun pflegte.

Wollte Antares ihn verhöhnen? Behandelte er seinen Feind wie einen Fürsten, um ihm Macht und Überlegenheit zu demonstrieren?

Ich wusste es nicht.

Ich wusste nur, dass all das falsch war.

Der Aman-Kaja hasste die Schuhe und den feinen Stoff. Er hasste das Metall, das seine Haut aufschabte, und alles, was diesen Ort ausmachte. Selbst ein Blinder hätte das erkannt. Zerfressen von Wut und Verzweiflung, mussten wir beide uns den Ketten beugen, die man uns aufgezwungen hatte.

»Pachacútec yupan qui«, hörte ich Malakat sagen. »Pacha kutiq inkayu panki?«

Der Geist rührte sich nicht. Seine Brust hob und senkte sich, ohne dass das leiseste Atemgeräusch zu hören war. Dann sah ich, wie der Daumen seiner linken Hand ein paarmal zuckte. Unzählige Männer waren diesem Mann zum Opfer gefallen. Er war ebenso mörderisch wie die Zähne einer Viper oder der Feueratem eines Drachen. Warum fürchtete ich mich nicht vor ihm? Was ließ mich zu der Überzeugung gelangen, dass er mir niemals wehtun würde? War es klug, auf etwas so Schattenhaftes wie einen Traum zu vertrauen?

Erinnerst du dich nicht?, wollte ich laut ausrufen. *Wir kennen uns! Zweimal haben wir uns bereits gesehen. Weißt du das denn nicht mehr?*

»Pau lu inca Túpac?«, wagte meine Amme einen zweiten Versuch. »Pawllu tu ranpa?«

Abwartend ließ ich meinen Blick zwischen den beiden hin und her wandern. Seit langem versuchten Malakat und Kafir, mir die Sprachen der Waldvölker nahezubringen, doch ich hatte es niemals so weit gebracht, auch nur eine einzige davon zu beherrschen. Zu fremdartig fühlten sich die Laute auf meiner Zunge an, zu eigenartig war ihre Melodie, die nicht dafür geschaffen war, von meinesgleichen ausgesprochen zu werden. Hier und da verstand ich ein Wort, manchmal auch einen Satzfetzen, doch je tiefer meine Amme in ihrer Erinnerung wühlte, umso weniger konnte ich das entziffern, was über ihre Lippen kam. Zumindest was Malakat anging, musste ich meinem Vater dankbar sein. Ich hätte mir keine bessere Gefährtin vorstellen können als diese sagenhaft kluge, mit unzähligen Talenten gesegnete Frau. Natürlich hatte er es nicht aus Liebe getan, dessen war ich mir sicher. Ein Mädchen, das über eine gute Bildung verfügte, war an den Höfen des Nordens und des Ostens hoch angesehen. Dumm nur, dass König Gereon mich letztlich an Antares verschachert hatte.

Irgendwann stieß Yleria ein unwirsches Brummen aus. Wie eine mürrische Krähe blinzelte sie zu uns herüber, runzelte die Stirn und klopfte mit einem ihrer langen Krallenfinger auf die Armlehne des Sessels. Unser Scheitern schien sie zu enttäuschen. Nun, damit war sie nicht allein. Malakat warf der Hexe einen unruhigen Blick zu und wirkte einen Moment lang verängstigt, als befürchtete sie, die Alte könnte aufspringen und verkünden, dass es die Mühe nicht wert war. Doch dann kehrte die altbekannte Sturheit in ihre Miene zurück. Sie nahm einen tiefen Atemzug, wandte sich dem Geist zu und redete weiter auf ihn ein, während dieser nichts anderes tat, als auf seine Hände zu starren und sich in Schweigen zu ergehen. Schließlich wusste auch meine Amme keinen Rat mehr. Entmutigt ließ sie den Kopf hängen und starrte eine Weile auf ihre Füße.

»Tut mir leid«, murmelte sie irgendwann. »Wirklich. Mehr fällt mir beim besten Willen nicht ein.«

»Du hast getan, was du konntest«, erwiderte Kafir. »Vielleicht hat er dich verstanden und spielt uns nur etwas vor.«

Malakat sank im Sessel zurück, rieb sich die Schläfen und schüttelte den Kopf. »In jeder einzelnen Sprache des Dschungels habe ich ihm deutlich gemacht, was auf dem Spiel steht. Wenn er trotz allem nicht mit uns reden will, können wir ihm nicht helfen.«

»Ich bin mir sicher, dass er mit uns sprechen würde«, ergriff ich das Wort. »Der einzige Grund für sein Schweigen ist die Tatsache, dass er kein Wort versteht.«

Malakat, Kafir und Yleria blinzelten mich nachdenklich an. Ehe einer von ihnen fragen konnte, weshalb ich mir meiner Sache so sicher war, redete ich kurzentschlossen weiter: »Stellt euch nur mal vor, wie er sich fühlen muss. Antares nimmt ihn gefangen, wirft ihn in den Kerker und lässt ihn in Amaryll-Ketten legen. Anschließend kommt er mit einem duftenden Ölbad daher, zieht ihm edle Kleidung an und schleppt den armen Kerl in ein hübsches Gemach, wo wir auf ihn einreden wie ein Bauer auf ein krankes Pferd.«

Malakat legte die Hände zu einem Spitzdach zusammen und berührte mit den Fingerspitzen ihr Kinn. »Hm«, brummte sie gedankenversunken. »Das mag schon sein, aber es ändert nichts an der Tatsache, dass wir ihn zum Reden bringen müssen. Falls das Friedensabkommen scheitert, ist der letzte Dschungel der Menschenwelt dem Untergang geweiht. Ganz gleich, wie viele Gefahren in seinen Tiefen lauern mögen und wie stark die Krieger der Aman-Kaja sind, gegen die Soldaten, die Antares losschicken wird, können sie auf Dauer nichts ausrichten. Bald schon werden seine Tributforderungen aus aller Herren Länder hier eintreffen und eine neue Armee bilden. Allein das Reich deines Vaters wird mindestens dreihundert Kämpfer zur Verfügung stellen, vom gewaltigen Land der goldenen Steppe ganz zu schweigen. Wenn all diese Männer zum Fluss ziehen, noch dazu mit den neuen Kanonen aus Canribis, gebe ich den Aman-Kaja nicht einmal mehr ein Jahr.«

»Neue Kanonen?«, hakte ich nach. »Was meinst du damit?«

»Ich habe gehört«, warf Kafir ein, »dass man in Canribis neuerdings Kanonen baut, deren Kugeln selbst eine meterdicke Burgmauer durchschlagen. Sie sind mit einem Pulver gefüllt, das beim Aufschlag ein verheerendes Feuer auslöst. Nichts hält diesen mörderischen Waffen stand. Antares hat Gerüchten zufolge gleich mehrere Dutzend von diesen Dingern geordert.«

Ich spürte, wie mir das Blut aus dem Gesicht sackte. »Stimmt das?«, fragte ich an Yleria gewandt. »Sag mir die Wahrheit!«

Die Hexe zuckte mit den Schultern. »In seine

Kriegsangelegenheiten weiht mich mein Herr und Meister nicht ein. Aber ich halte es durchaus für möglich. Seit einigen Tagen hält er sehr ungeduldig in Richtung Norden Ausschau. Wahrscheinlich wartet er auf seine Lieferung.«

Mir wurde heiß und kalt vor Schrecken. Weshalb wusste ich nichts von dieser Neuanschaffung? Hielt mich mein Gatte für so wenig vertrauenswürdig, dass er mir derartige Korrespondenz vorenthielt? Oder war er der Meinung, dass Nachrichten dieser Art nicht dazu bestimmt waren, von Frauenhänden verfasst zu werden? Verzweiflung stürmte gegen die Mauern meiner Beherrschung an und drohte, sie zum Einsturz zu bringen. Besaßen wir überhaupt eine Chance? Konnten wir uns einem König entgegenstellen, der eine zerstörte Armee innerhalb kürzester Zeit wiederaufbaute und über schier unbegrenzten Nachschub verfügte? Vierzehn der siebzehn Reiche waren ihm Tribute schuldig, die anderen drei galten als so klein und unbedeutend, dass sie weder im Krieg noch im Frieden eine Rolle spielten.

Ich warf einen Blick auf Yleria. Sie hatte die Augen geschlossen, ihr Kopf schwankte auf dem dürren Hals hin und her, als würde sie gegen eine bleierne Müdigkeit ankämpfen. Antares redete von einem Friedensabkommen und zog im gleichen Atemzug eine gewaltige Armee zusammen. Ganz zu schweigen von seinen neuen Kriegsspielzeugen, die er wohl kaum nur deshalb kaufte, um Macht und Überlegenheit zu demonstrieren. Oder etwa doch? Würde sich ein Mann wie Antares dauerhaft auf Abschreckung beschränken? Oder lechzte er nicht vielmehr danach, seine teuren Errungenschaften auch in Aktion zu erleben? Eine dunkle Ahnung rumorte in meinem Magen. Hier lief ein Spiel, das so weit von guten Absichten entfernt war wie die Sterne von der Menschenwelt. Was war der wahre Grund hinter meiner Aufgabe? Auf welche Weise nützte es meinem Gatten, wenn wir es schafften, uns mit dem König der Aman-Kaja zu verständigen? War das alles ein perfides Spiel ohne tieferen Sinn? Oder strickte Antares Pläne, die keiner von uns begriff?

Wut kochte in mir hoch. Bei den alten Göttern, wir würden diese verfluchte Burg hinter uns lassen. Wir würden fliehen und einen Sieg erringen, selbst wenn dieser nur darin bestand, Antares' Pläne für uns zu durchkreuzen.

Meine Finger krallten sich so fest in den Samt des Sessels, dass das Holz darunter knirschte. Und plötzlich – als hätte er meine Wut gespürt – hob der Geist den Blick und sah mich an. Haltlos stürzte ich in diese nachtdunklen, unergründlichen Augen. Es war, als würde ich einem geduldig wartenden Raubtier gegenübersitzen, einem Wesen so unaufhaltsam wie ein Wintersturm, das Tod und Zerstörung über uns bringen würde, sobald es erwachte. Knisternd sträubten sich meine Nackenhaare. Die Verzweiflung des Geistes brannte sich wie ein Fieber in mein Fleisch und ließ mein Herz vor Angst stolpern. Für die Dauer eines Augenblicks trafen unsere Abgründe aufeinander. Wir sahen uns als das, was wir waren: zwei Gefangene, die weder aus noch ein wussten, voller Sorge um das, was kommen würde. Da war ein warmer Funke in seinen Iriden, ein kurzes Aufblitzen der Erkenntnis und der Hoffnung. Aber schon beim nächsten Wimpernschlag wischte er beides beiseite. Finsternis legte über sein Gesicht, und doch war es noch immer so schön, dass ich es unaufhörlich ansehen wollte.

»Warum hasst du mich?«, fragte ich ihn. »Warum siehst du mich an, als wäre ich an allem schuld? Ich bin hier eingeschlossen, genauso wie du. Antares ist unser gemeinsamer Feind. Bitte sprich mit uns! Hilf uns! Ich …«

… *brauche dich*, hätte ich um ein Haar gesagt. Zu ihm, einem Fremden, den ich nur aus wirren Träumen kannte und dessen Namen ich nicht einmal wusste.

In meiner Hilflosigkeit griff ich nach der ersten Idee, die mir in den Sinn kam. Mit der rechten Hand über dem Herzen sagte ich leise meinen Namen: »Gemma.«

Dann deutete ich auf ihn.

Der Geist verstand mich. Natürlich. Jeder würde diese Geste verstehen. Aber statt einer Antwort musterte er mich nur mit feindseliger Herablassung.

»Bitte sieh mich nicht so an.« Eine abgrundtiefe Verzweiflung presste mein Herz zusammen. Es fühlte sich an, als würde das einzige noch brennende Licht in meiner Finsternis langsam ersticken. »Sag mir deinen Namen. Du musst mit uns reden. Bitte!«

Ich flehte zu allen Göttern, dass die Vertrautheit aus unserem Traum zurückkehrte. Ich bettelte die alten und die neuen Allmächtigen an, mir gnädig zu sein, denn ich brauchte die Gunst dieses Mannes.

»Bitte«, schluchzte ich noch einmal, aber der dunkle Blick seiner Augen blieb kalt. Warum gab er mir die Schuld? Was hatte ich getan, das er so sehr verabscheute?

Da erinnerte ich mich an den Moment, in dem wir uns zum ersten Mal in der Wirklichkeit begegnet waren. Drei Aman-Kaja, in Ketten gelegt und blutbesudelt, einer davon so schwer verwundet, dass er vermutlich nicht überlebt hatte. Und ich hatte auf dem Sims meines Fensters gesessen und zu ihnen hinabgeblickt. Wie die Königin, zu der ich inzwischen geworden war. Nicht nur dass ich dem Geist in seltsamen Träumen erschienen war, nein, ich stand auch noch an der Seite eines Königs, der Krieg und Verderben säte. Wie hätte er mir vertrauen können?

Erschöpfung überwältigte mich und saugte mir alle Kraft aus den Gliedern. Mühsam stemmte ich mich hoch, ging zum Fenster und legte meine Hände auf das Sims. Weshalb kleideten sich die dunkelsten Tage in höhnische Schönheit? Ein sanfter Blumenduft erfüllte die Luft, der Stein unter meinen Fingern war sonnenwarm. Makellos spannte sich die Himmelskuppel über das schimmernde Land, die Schlingpflanzen und Orchideen in den Bäumen jenseits der Burgmauer standen in voller Blüte. Noch brannte die Große Sonne nicht grell und unbarmherzig auf die Welt hinab, sondern überzog die Hügel mit einem zarten Dunst und verschleierte den Horizont, hinter dem der Fluss und der Dschungel lagen.

Ich wollte, dass es aufhörte.

Ich wollte, dass *ich* aufhörte.

Mit aller Kraft hielt ich mich an meinem Stolz fest und spürte, wie er zerbröckelte. Immer schneller, je verzweifelter ich danach griff. Ein unerträglich sanfter Wind strich über mein Haar. Pfeifend zischte eine Schwalbe am Fenster vorbei und schwang sich in den Morgenhimmel hinauf, als wollte sie mir zeigen, was ich verloren hatte und niemals wiederfinden würde.

Nein, ich würde nicht weinen! Keine Träne war es wert, für Antares geopfert zu werden. Oder für einen Fremden, der nicht begriff, dass wir gemeinsam ertranken.

Was nützte es, sich selbst zu bemitleiden?

Gar nichts. Und doch sehnte ich mich danach, in dieses tiefe, bodenlose Loch zu fallen, das sich unter meinen Füßen auftat. Ich wollte loslassen.

Einfach nur loslassen …

Da hörte ich plötzlich eine Stimme. Dunkel und weich wie ein Raunen in der Nacht. Zu leise, um irgendetwas zu verstehen. Aber ich wusste, dass der Geist mir seinen Namen verraten hatte.

Als ich mich umwandte, ruhte sein Blick auf mir. Langsam hob er die in Eisen gelegten Hände, wobei sich die Muskeln unter dem dünnen Stoff seines Kaftans anspannten. Natürlich. Vermutlich wog eine einzige Fessel so viel wie ein großer Stein. Ungläubig sah ich zu, wie der Geist meine Geste nachahmte: Mit den Fingerspitzen berührte er seine Brust über dem Herzen und sprach den Namen ein zweites Mal. Diesmal verstand ich.

»Tarek.«

Ein Lächeln hob meine Lippen. Wieder und wieder wiederholte ich die beiden Silben in meinem Kopf, als würde ein Zauber in ihnen liegen. Malakat hatte einmal gesagt, dass jeder Name ein Schicksal in sich trug und dass zwei Menschen, die einander ihre wahren Namen nannten, auf unwiderrufliche Weise miteinander verbunden wurden.

»Tarek«, sprach ich das magische Wort laut aus, um das Band, falls es denn existierte, noch fester zu knüpfen.

Der Geist sah mich prüfend an. Er schien mit einer Entscheidung zu ringen, dann sah ich, wie seine Lippen ein kaum hörbares Flüstern formten: »Gemma.«

Nach diesem sonderbaren Moment blieb es lange still. Wie in jenem weit entfernten Traum musterten wir uns, suchten nach Antworten auf unausgesprochene Fragen und versuchten, ein Urteil über den jeweils anderen zu fällen. Das Misstrauen verschwand nicht aus Tareks Blick, aber er schien Zweifel an seinem Hass zu hegen.

»Das hast du gut gemacht, Gemma.« Malakat lächelte mir zu, als ich mich wieder in den Sessel setzte. »Der erste Schritt ist getan, würde ich sagen.«

Verbissen presste ich die Lippen aufeinander, um mich gegen den Schmerz zu wappnen. Als würde mein Körper erst jetzt begreifen, was geschehen war, plagte er mich an jeder nur denkbaren Stelle und schnürte mir die Luft zum Atmen ab. Niemandem in diesem Raum blieb das verborgen. Auch nicht dem Geist. Er musterte mich auf eine Weise, die mir die Röte ins Gesicht trieb, dann wandte er sich an Malakat und stellte ihr eine Frage. Wie seltsam es war, ihn sprechen zu hören. Seinen Worten fehlte gänzlich der kehlige, harte Klang, welcher den Sprachen der Waldvölker üblicherweise anhaftete. Stattdessen wurden sie von einem weichen, melodiösen Klang getragen, der mit Tareks gesamter Erscheinung harmonierte. Es war angenehm, ihn anzusehen, und ebenso schön war es, seiner Stimme zu lauschen.

Als er schließlich verstummte, zog Malakat eine angespannte Grimasse. Es schien, als müsste sie ein paar verstreute Gedankenfetzen zusammensetzen, dann ging unvermittelt ein Ruck durch ihren Körper. »Ha!«, rief sie aus voller Kehle. »Natürlich! Dass ich daran nicht gedacht habe!«

»Woran?«, fragte Kafir.

»Erinnerst du dich an die Chilam? Das Volk des verborgenen Tales?«

»Ja«, antwortete der alte Waldkrieger. »Aber sie existieren seit dem ersten Krieg nicht mehr. Ihre Leben wurden ausgelöscht. Genauso wie ihre Sprache.«

»Das ist so nicht ganz richtig.« Malakat warf mir einen triumphierenden Blick zu. »Damals nahm mein Stamm eine kleine Gruppe Überlebender auf. Sie waren alt und schwach und lebten nur wenige Jahre bei uns, aber es reichte, um ihre Sprache zu lernen. Vor langer Zeit lebten die Chilam auf der westlichen Seite des Flusses, ehe die wilden Kreaturen die Herrschaft über den Dschungel übernahmen und es nur noch die Aman-Kaja schafften, darin zu überleben.«

Kafir hob eine Augenbraue. »Ach? Und warum bitteschön fällt dir das erst jetzt ein?«

»Vielleicht, weil es eine Ewigkeit her ist, du alter Gauner?« Malakat schnaufte entrüstet. »Das Meiste, was ich damals von meinem Vater über die Sprache der Chilam gelernt habe, ist längst aus meinem Kopf verschwunden. Es wird schwierig werden. Sehr schwierig. Aber vielleicht …« Sie lehnte sich nach vorn, stützte ihre Ellbogen auf den Knien ab und musterte Tarek, der aufmerksam zurückstarrte. Allmählich schien die Abscheu aus seinem Blick zu weichen und wurde durch Neugier ersetzt. »Es heißt doch, dass Wissen nicht verloren geht. Es taucht nur in die Tiefen des Geistes ab und harrt dort aus, bis es wieder gebraucht wird. Hoffen wir mal, dass das stimmt.«

»Was hat er zu dir gesagt?« Ärgerlich presste ich beide Hände gegen meine glühenden Wangen. Viel half es nicht. »Du hast es verstanden, oder?«

»Halbwegs«, antwortete meine Amme. »Er wollte wissen, was dir widerfahren ist.«

Ein Kloß drückte sich von innen gegen meine Kehle. Ich räusperte mich, verschränkte die Arme vor der Brust und spürte, wie ein weiterer Schwall Hitze in meine Wangen schoss. Unwillkürlich rollte ich mich zusammen wie ein Igel, schlang die Arme um meine angezogenen Knie und starrte an Tarek vorbei ins Leere. Ich wollte ihn ansehen. Ich wollte ihn so unfassbar gerne ansehen, aber ich brachte es nicht fertig.

»Sag kein Wort«, befahl ich meiner Amme. »Jedenfalls keines, das sich um den Grund für … nun, du weißt schon.«

Malakat seufzte. »Natürlich werde ich nicht darüber reden. Aber ich fürchte, dass er von ganz allein darauf gekommen ist.«

»Er kann wohl kaum alles wissen«, schnappte ich zurück. »Also redet nicht darüber. Bitte.«

Malakat nickte nur, wandte sich Tarek zu und schloss einen Moment lang die Augen, vermutlich, um in ihrem Kopf nach altem Wissen zu graben. Während der Geist meine Amme betrachtete und auf eine Antwort wartete, nutzte ich die Gelegenheit, ihn meinerseits unauffällig in Augenschein zu nehmen.

Bei unserer ersten Begegnung hatte der Glanz des Goldes, der Edelsteine und schillernden Federn alles überstrahlt, beim zweiten Mal war er über und über mit Farbe und bröckelndem Schlamm bedeckt gewesen. Jetzt sah ich ihn zum ersten Mal so, wie er wirklich war. Verletzlich. Entblößt. Und erschreckend jung.

Bei den alten Göttern, er konnte nicht viel älter sein als ich und dennoch trug er bereits eine Krone und herrschte über ein Volk, das dem mächtigsten Reich der Menschenwelt die Stirn bot. Sein Vater musste im Kampf gegen Antares gefallen sein, anders war es nicht zu erklären, dass man ihm in Zeiten wie diesen eine solche Verantwortung auf die Schultern lud. Das Schicksal so vieler Menschen lag in seinen Händen und er saß hier, in Ketten gelegt und zur Untätigkeit verdammt, während sich die Schlinge des Krieges immer enger zusammenzog.

Ich sorgte mich um eine Handvoll Menschen, doch für ihn stand alles auf dem Spiel. Sein eigenes Leben, das der Aman-Kaja, selbst der Fortbestand seiner Heimat.

Ungeduld nagte an meinen Eingeweiden. Ich wollte aufspringen und Malakat schütteln. Ich wollte die Zeit beschleunigen, den Abgrund zwischen uns mit einem Schritt überwinden und endlich von hier fliehen.

Während meine Amme mühsam ein Wort nach dem anderen formte, so vorsichtig, als würde sie zerbrechliche Gefäße aus Glas erschaffen, ließ ich meinen Blick über Tareks Körper wandern. Der Ausschnitt des Kaftans entblößte ein paar winzige, smaragdgrüne Sprenkel über seinem Schlüsselbein, ein paar weitere schimmerten wie Tröpfchen aus Licht auf der rechten Schläfe. Mir wurde übel, als ich an Antares Schild dachte, den er mit der Haut eines Aman-Kaja bespannt hatte. Ob mein Gatte seinen Gefangenen diese Trophäe gezeigt hatte? Zweifellos war er der Meinung, dass noch so manch anderer Schild einen neuen Bezug gebrauchen konnte.

Krampfhaft zwang ich meine Gedanken in eine andere Richtung. Die Art, wie Malakat mühsam Satz für Satz zusammenbastelte, trieb mich schier in den Wahnsinn. Tarek schien es ähnlich zu ergehen, wenn auch aus anderen Gründen. Seine Miene verdüsterte sich zusehends, hin und wieder presste er die Lippen aufeinander, bebte vor Zorn und schüttelte entgeistert den Kopf.

Wann immer sein Blick mich traf, beschleunigte sich der Schlag meines Herzens und pumpte feuerheißes Blut in meine Wangen.

Wir waren Fremde!

Fremde, die einander kannten, und wenn ich die Augen schloss, spürte ich wieder seine Hand über meinem Herzen und erinnerte mich daran, wie das seine gegen meine Finger gepocht hatte. Wild, stark und warm.

Damals hatte ich noch nicht geahnt, wie viel Schmerz in Berührungen liegen konnte. Mir war nicht klar gewesen, dass man ihnen jegliche Sanftheit nehmen und sie in etwas Grausames verwandeln konnte. In eine Waffe, die Menschen zerstörte.

Nach unserem Traum hatte ich so viel Sehnsucht verspürt, doch jetzt fühlte ich dort, wo sie einst gewesen war, nur Furcht. Statt Wärme empfand ich Kälte und wo einmal mein Herz gesessen hatte, übervoll mit Träumen, gähnte Leere.

Müde schloss ich die Augen und konzentrierte mich auf Tareks Stimme. Würde er doch nur ewig weiterreden. Ihm zuzuhören, war weitaus weniger schmerzhaft, als ihn anzusehen. Es war, als würde ich einem wunderbaren Lied lauschen. Wo seine Sätze wie Wasser flossen und wie Wind raunten, klangen Malakats Worte rau, kratzig und holprig. Schläfrig lehnte ich den Kopf gegen das Polster, so wie damals, als meine Amme und Kafir mir die alten Geschichten erzählt hatten, damit ich mich sicher und geborgen fühlte, eingesponnen vom Klang ihrer so grundverschiedenen Stimmen.

Immer wieder öffnete ich die Augen einen Spalt breit und beobachtete das lebhafte Mienenspiel in Tareks Gesicht. Wo Antares wie ein tückisch zugefrorener See war, versuchte dieser Mann nicht einmal, seine Gefühle zu verstecken. Die Art, wie er nicht nur seinen Zorn zeigte – was Antares ebenso gut konnte –, sondern auch Verzweiflung und Traurigkeit nicht versteckte, berührte etwas in mir. Vielleicht hatte er niemals gelernt, eine Maske aufzusetzen. Ob es den Palast aus Mondstein wirklich gab? War der Dschungel der Aman-Kaja so gefährlich und schön, wie die Geschichten erzählten?

»Gemma?«

Eine unangenehm grelle Stimme riss mich aus meinen Gedanken. Yleria stand vor mir, lächelte dünn und reichte mir ihre Hand. Wie lange saß ich schon hier? Hatte ich Tarek die ganze Zeit angestarrt?

Beschämt wollte ich seinem Blick ausweichen, doch er schien mich förmlich gefangen zu nehmen. Ein zweites Mal verlor ich den Halt, versank in samtig-braunen Tiefen und spürte das Brennen von Tränen.

Da streckte der Geist seine Hände aus, drehte die Innenflächen nach oben und nickte mir zu.

Angst rieselte kalt meinen Rücken hinunter.

Er wollte, dass ich ihn berührte?

Dass ich meine Hand in seine legte?

Weshalb?

Vertraue mir, schien er mir stumm zu bedeuten und aus irgendeinem Grund schaffte ich es nicht, ihm standzuhalten. Wild hämmerte das Herz gegen meinen Brustkorb, als sich meine Hand auf ihn zubewegte. Nur noch ein Stück … ein winziges Stück …

Alles war still. So unnatürlich still, dass sich das Schweigen zu einem Summen verdichtete und das Rauschen meines Blutes die ganze Welt ausfüllte.

Ganz sacht ergriff Tarek meine Hand, ohne sie festzuhalten. Ein Zittern durchlief mich und wurde innerhalb eines Augenblicks so heftig, dass ich die Zähne aufeinanderpressen musste, um sie am Klappern zu hindern. Alles in mir schrie nach Flucht. Ich starrte auf seine Finger, die sich federleicht um meine schlossen, dann übermannte mich ein warmer, keineswegs unangenehmer Schwindel. Einen Moment lang verlor ich den Boden unter meinen Füßen und schwebte in einem wohligen Nichts jenseits aller Gedanken. Es hielt nur für die Dauer eines Blinzelns an, ganz so, als würde ich einen Augenblick lang einschlafen und mit einem Zucken erwachen.

So sanft, wie Tarek meine Hand ergriffen hatte, ließ er sie wieder los. Kitzelnd streiften seine Fingerspitzen ein letztes Mal über meine Haut, dann endete unsere Berührung. Benommen sah ich ihn an, trunken von den schwindelerregenden Tiefen seines Blickes und einem Rätsel, für das ich keine Worte fand. Was war gerade geschehen? Warum hatte er das getan? Irgendetwas hatte sich durch seine Berührung verändert, aber was?

»Es wird Zeit, Gemma.« Yleria packte meinen Arm und zog mich auf die Füße. Ich erhaschte einen letzten Blick auf Tarek, der wieder mit gesenktem Kopf auf seine Fesseln starrte, dann schob sie mich aus dem Raum und schloss die Tür hinter uns.

»Ihr habt gute Arbeit geleistet«, sagte sie zufrieden. »Ich werde Antares von Eurem Erfolg berichten. Jetzt geht in Euer Gemach und ruht Euch aus. Mogoa wird Euch das Frühstück bringen.«

»Aber ich …«

»Nein«, unterbrach sie mich sanft. »Eure Unterrichtsstunde ist vorbei. Es gibt Arbeit für Malakat und Kafir und Ihr habt Ruhe bitter nötig.«

Damit kehrte sie in das Zimmer zurück und schlug mir die Tür vor der Nase zu. Einen Moment lang rührte ich mich nicht, starrte auf das Holz und versuchte zu verstehen, was geschehen war. Erst als ich Schritte über den Marmor tappen und Ketten klirren hörte, fuhr ich herum und schlug den Weg zu meinem Gemach ein. Aber ich tat es gemächlich und langsam genug, um zu sehen, wie Yleria und Tarek das Zimmer verließen. Fordernd legte die Hexe eine Hand auf seinen Rücken und schien ihn wie eine willenlose Hülle zu dirigieren, den Gang hinunter und fort von mir.

Ob sie ihn wohl zurück in den Kerker brachte? Oder hatte man ihm inzwischen ein anderes Quartier zugewiesen? Aber ganz gleich, wohin die Hexe ihn führte, er war und blieb ein Gefangener und teilte mein Schicksal. Mit dem einzigen Unterschied, dass seine Fesseln sichtbar, meine eigenen dagegen verborgen waren.

Und plötzlich, noch während ich dastand und den beiden nachblickte, wurde mir mit einem Schlag klar, was sich seit Tareks Berührung verändert hatte.

Ich spürte keine Schmerzen mehr.

Es war, als hätte Antares niemals Hand an mich gelegt.

Kapitel 46

Gefangen im Netz

Yleria

Yleria fluchte leise vor sich hin, während sie den Aman-Kaja durch die Gänge und Flure führte. Obwohl Antares einen großen Teil der Burgbewohner in die nach Norden und Osten gerichteten Gebäudeteile verbannt hatte, gab es immer noch genügend Schnüffler, die einen Blick auf den sagenumwobenen Gefangenen werfen wollten. Schnatternd wie Enten standen drei Edeldamen in ausladenden Gewändern auf einem Balkon und beugten sich in ihrer Sensationslüsternheit so weit über die Brüstung, dass Yleria schon ihre zerschlagenen Leiber auf dem Burghof liegen sah.

»Dumme Gänse!«, brummte sie vor sich hin, spuckte aus und schob den Drachen nach rechts in einen Bogengang, der zum königlichen Garten führte. Niemandem, abgesehen von Antares und seinem engsten Kreis an Vertrauten und Verwandten, war der Zugang zu diesem Ort gestattet. Einen besseren Ort zum Ungestörtsein gab es nicht, doch als sie durch die Marmorsäulen hindurch einen Blick in das wuchernde Grün warf, fielen ihr fünf verdächtigte Schatten auf. Verdammtes Gesindel! Waren diese Trottel so wild darauf, ihren Klatsch aufzufrischen, dass sie selbst drakonische Strafen in Kauf nahmen?

Mittels einer eindeutigen Geste bedeutete sie ihnen, dass sie entdeckt worden waren. Die Gaffer keuchten erschrocken und drängten sich wie verängstigte Schafe aneinander.

»Antares wird davon erfahren!«, rief Yleria. »Schon heute Abend dürft ihr eure hohlen Köpfe in den Pranger stecken.«

Hals über Kopf trat das Grüppchen die Flucht an. Yleria sank gegen eine der Marmorsäulen, nahm einen tiefen Atemzug und fühlte sich so leer und tot, als wäre ihr Leib ein verlassener Kokon. Amaru selbst musste dafür verantwortlich sein, dass die köstlichste Magie zugleich die flüchtigste war. Wie Sand rann der Zauber durch ihre Finger, doch Erlösung war nah.

Bei allen Dämonen der siebten Hölle, gab es denn keine Ecke in dieser verfluchten Burg, in der man seine Ruhe hatte? Gehetzt drängte Yleria den Drachen zum Weitergehen, bugsierte ihn durch eine Tür und mehrere Treppen hinauf. Schließlich, in einer Nische mit einer verstaubten Sitzbank und der Statue eines hundeköpfigen Kriegers, fand sie ein geschütztes Plätzchen. Angespannt lauschte Yleria in die Stille hinaus. Nichts war zu hören, niemand zu sehen. Sofern nicht eine Konferenz im Saal der Hirsche einberufen wurde, gab es für die Bewohner dieses Flügels keinen Grund, hier entlangzukommen.

Allmählich entglitt ihr jede Beherrschung. Tiefe Runzeln zerfurchten ihre Hände, rot glühender Schmerz zog seine Fäden durch sämtliche Gliedmaßen. Obwohl Yleria sich der Gefahr bewusst war, legte sie weitaus mehr Kraft in den Spruch, der den Bann des Halsreifs auffrischte, als vernünftig gewesen wäre. Die Macht des Drachen wuchs mit beunruhigender Schnelligkeit. Selbst jetzt, nachdem er dem Mädchen so freigiebig einen Teil seiner Kraft geschenkt hatte, fraß sich die Energie mit zerstörerischer Beharrlichkeit durch den Zauber der Fesseln und drohte, das unzerstörbare Amaryll-Eisen zu Asche zu verbrennen.

Sorgsam wob Yleria ihre Sprüche in das Netz aus längst verklungenen Worten, mit denen Kaia vor hunderten von Jahren den Reif erschaffen hatte. Der Aman-Kaja stieß ein gedämpftes Knurren aus. Sein Blick war von einer derart zügellosen Mordlust erfüllt, dass jeder andere zurückgezuckt war. Doch Yleria wusste, dass sie stärker war. Noch zumindest. Und das auch nur, weil der größte Magier aller Zeiten seine bewährtesten Bannsprüche in den Halsreif gesteckt hatte.

Im Grunde war es entwürdigend.

Aber was half es, in Stein geschriebene Tatsachen zu bedauern?

Noch einmal sah sie sich nach allen Seiten um. Als erneut niemand zu entdecken war, drückte sie den Drachen auf die Sitzbank und beugte sich vor. Verführerisch floss die Magie mit jedem seiner Atemzüge aus ihm heraus und verwehte so schnell wie ein kühler Windhauch im Sommer. Welch eine Verschwendung!

Yleria schloss die Augen, wappnete sich gegen den Schmerz und atmete vorsichtig ein paar der Lichtfäden ein. Unvermittelt rauschte das Feuer durch ihre Adern, als wäre ein Damm geborsten. Es füllte ihr welkes Fleisch mit euphorischer Jugend und ihre Leere mit Freude und Licht. Beim zweiten Schluck brannten die Flammen noch heißer, beim dritten stolperte sie zurück und krallte beide Hände um ihre Kehle, weil ein herrlicher Schmerz sie von innen heraus verbrannte.

Hunger wühlte sich durch ihren Leib. Ein Hunger so überwältigend, dass sie den Kopf in den Nacken warf und knurrte wie ein Tier. Schon wankte sie auf den Drachen zu und streckte ihre Finger nach ihm aus, als die kläglichen Überreste ihres Verstandes aufbegehrten.

Widerstehe!, schalt sie sich in Gedanken. *Hör auf! Lass es sein! Du weißt, wie es endet. Willst du auf allen vieren herumkriechen und dich übergeben wie ein seekranker Schiffsjunge?*

Grollend ließ Yleria ihre ausgestreckten Hände sinken. Die Knochen in ihren Beinen schienen sich aufzulösen, hilflos sackte sie in die Knie und presste ihre Stirn gegen das Bein des Aman-Kaja. Was war nur in sie gefahren? Wie eine Bettlerin musste sie wirken, jämmerlich und schmutzig. Und nun kauerte sie auch noch vor ihm wie eine Frau, die am Bein ihres Herrn kratzte, um eine milde Gabe zu ergattern.

Yleria kicherte. Ohne Kaias Halsreif wäre es so. Gäbe es diese machtvolle Fessel nicht, wären sie alle längst tot oder müssten kriechend um ihr Leben betteln. Möglicherweise führte der Spiegel sie an der Nase herum und trachtete danach, sie zu bestrafen. Was mochten die Götter wohl mit Menschen tun, die sich erdreisteten, einen der ihren töten zu wollen?

Einen Moment lang war ihre Angst so überwältigend, dass sie nicht einmal mehr atmen konnte. Begingen sie nicht einen unverzeihlichen Frevel? Wagten sie sich nicht über Grenzen hinaus, hinter denen es für Sterbliche nur den Tod gab?

Oh, wie arrogant war ihr Handeln! Wie dumm und einfältig. Doch wenn etwas stärker war als ihre Furcht vor göttlicher Strafe, so war es ihre Sehnsucht nach Freiheit.

Nein, sie hatte lange genug gelitten. Wenn dieser Weg in den Tod führte, würde sie ihn willkommen heißen. Alles war besser, als im Schatten eines Tyrannen dahinzusiechen.

Mühselig kämpfte Yleria sich auf die Beine, legte den Kopf in den Nacken und lockerte ihre verspannten Schultern. Begleitet von einem feinen Knistern, begann die Magie ihr wundersames Werk. Silbernes Haar verwandelte sich in rabenschwarze Locken, Runzeln wichen milchweißer Haut. In dem Augenblick, in dem die Erkenntnis in die Miene des Aman-Kaja trat, wischte Yleria sie mit einer sanften Geste beiseite. Sein Kopf sackte gegen die Wand, die angespannten Muskeln erschlafften.

Überraschenderweise blieb die Übelkeit diesmal aus. Der Schmerz war auf seltsame Weise angenehm, sie musste weder auf dem Boden kriechen noch röcheln wie ein Sünder, den man am Strang aufgeknüpfte. Lange stand Yleria da und wartete auf eine Gegenwehr ihres Körpers, doch nichts geschah. Verblüfft musterte sie die makellosen Arme, die zarten Finger mit den kristallenen Nägeln und die feinen Sehnen und Adern auf ihren Handrücken.

Ob wohl ein weiterer Schluck möglich war?

Nachdenklich betrachtete Yleria den vor sich hin dämmernden Drachen. Wie gerne wollte sie das Feuer noch einmal spüren. Wie gerne wollte sie höher fliegen als jemals zuvor. Doch wer hoch flog, stürzte tief. Einem Moment unbeschreiblichen Glücks würde unweigerlich die Erkenntnis folgen, erneut zu weit gegangen zu sein.

Nein! Entschlossen trat Yleria zurück. Sie machte Fehler, aber niemals denselben zweimal. Dass ihr Instinkt sie gerettet hatte, wurde ihr kurz darauf auf schmerzhafte Weise vor Augen geführt. Ein flammender Dolch stach ohne Vorwarnung in ihren Magen, sie erbrach sich auf die Steine und kippte würgend zur Seite. Endlose Momente lang war sie nichts weiter als ein zuckendes Bündel aus Qual und Verzweiflung, dazu verdammt, dem brutalen Strom der Magie zu folgen. Selbst wenn er sie zerstörte.

In jenen kurzen Momenten, in denen sie halbwegs klar denken konnte, betete sie dafür, unentdeckt zu bleiben. Wenigstens diesmal erhörten die Götter ihr Flehen. Niemand kam den Gang entlanggelaufen, niemand sah ihre Demütigung. Als der Schmerz endlich abflaute, wälzte sich Yleria auf den Rücken und hob einen Arm. Den Göttern sei Dank, war ihr neuer Körper unversehrt geblieben. Keine Falte störte die seidige Blässe ihrer Haut, ihre Finger waren noch immer die einer jungen Frau. Vorsichtig stand sie auf und bemerkte, dass ihr Kleid von Erbrochenem besudelt war. Schon wollte sie eine Salve Flüche loswerden, doch als Yleria an sich herabblickte und wohlgeformte Brüste entdeckte, gewann eine zaghafte Freude Überhand. Würden die Allmächtigen auch diesmal so grausam sein, ihr die neu gewonnene Jugend zu entreißen?

»Bitte«, flüsterte sie. »Bitte lasst mir dieses Geschenk. Erweist mir die Gnade und ich werde noch heute Abend in den Tempel gehen und einen schneeweißen Ochsen zu euren Ehren opfern.«

Yleria schloss die Augen und lauschte auf die Botschaften ihres Körpers. Beständig pulsierte Magie in ihrem Leib, hineingebrannt in Knochen und Fleisch. Sie fühlte sich anders an. Besser. Dauerhafter. Ja, vielleicht hatten die Götter ihr Flehen ein zweites Mal erhört.

»Komm!« Lächelnd nahm sie die Hand des Aman-Kaja und half ihm auf die Beine. Langsam kam er wieder zu sich, auch wenn er noch immer wie im Halbschlaf durch sie hindurch blickte und kaum das Gleichgewicht zu wahren vermochte. Es würde eine Weile dauern, bis er wieder zu Kräften kam. Zumindest für die nächsten Tage war die Gefahr des Drachen gebannt. Trotzdem hörte das Gefühl des Triumphs nicht auf, bitter zu schmecken. Zeit ihres Lebens hatte Yleria das Glück nur als grausam und launenhaft kennengelernt. Für jedes Geschenk verlangte das Schicksal einen meist schmerzhaften Preis. Doch bei Amarus goldenem Auge, diesmal würde sie nicht davor zurückschrecken, ihn zu bezahlen.

TAREK

»Wo bei Zumas stinkenden Fürzen warst du?«

O'bats Stimme klang dumpf und lallend, als hätte er die Nase zu tief in den Weinkrug gesteckt.

»He«, blaffte er. »Rede gefälligst mit mir! Oder haben sie dir die Ohren abgeschnitten? Nein, sieht nicht so aus. Also?«

Vergeblich suchte ich nach einem klaren Gedanken. Was war geschehen? Warum roch es so seltsam? Und weshalb waren wir nicht mehr in jenem stinkenden, abscheulichen Loch, das die Knochenmenschen Kerker schimpften?

Mühsam fischte ich nach Erinnerungsfetzen, doch die Löcher in meinem Gedächtnis waren so groß wie der Krater des Zumavulkans. Zu denken fühlte sich an, als würde ich mich mit gefesselten Armen durch einen hüfttiefen Sumpf kämpfen. Warum roch es nach dem Harz von Bernsteinbäumen? Warum spürte ich statt einer flohverseuchten, nach Fäkalien stinkenden Decke edlen Stoff unter meinen Händen, der so glatt und leicht war wie die königlichen Gewänder aus Grasseide?

»Du Sohn eines mutterlosen Schleimaals, bist du dir neuerdings zu fein, um mit mir zu reden?« O'bat schimpfte und knurrte unablässig vor sich hin. »Eitler Büschelaffe! Haben sie dir das Hirn aus dem Kopf geprügelt? Ich rede mit dir! Würdest du dich endlich dazu herablassen, mich …«

»Sei still!«, fuhr ich ihm über den Mund.

»Warum? Musst du nachdenken? Pläne schmieden? Den Drachen aufwecken, damit er uns endlich hier rausholt?«

Stöhnend blinzelte ich in das grelle Licht. Auch hier gab es Gitterstäbe und kahle Mauern, aber durch zwei runde Fenster fiel goldener Sonnenschein auf einen sauber gefegten Boden aus sandfarbenem Stein. Ich lag auf einer mit weichen Decken belegten Pritsche, es gab einen Holzeimer, eine Waschschüssel und zwei Krüge, die vermutlich mit Wasser gefüllt waren. Offenbar befanden wir uns in einem Kerker, der hochgestellten Gefangenen vorbehalten war.

Aber weshalb? Womit hatten wir uns diese Ehre verdient?

»Warum trägst du die Lumpen der Knochenmenschen?« O'bat brachte sich nachdrücklich in Erinnerung. Mit unterschlagenen Beinen saß er auf dem Boden und stierte mich aus fiebrig glänzenden Augen an. »Hast du ihnen Honig um die Mäuler geschmiert, damit sie dich verschonen?«

»Es geht dir nicht gut.« Die Wunden meines Freundes waren frisch verbunden worden, doch selbst mit meinen betäubten Sinnen nahm ich den Gestank nach Tod wahr. »Deine Wunden haben sich entzündet.«

»Was du nicht sagst!« O'bat bleckte die Zähne zu einem gehässigen Grinsen. »Dafür stinkst du bestialisch. Was haben sie mit dir angestellt? Dich in einen Bottich voller Parfüm gesteckt?«

»Ich weiß es nicht mehr.«

»Was? Du weißt es nicht mehr?«

»Nein. Aber es fällt mir schon wieder ein.«

»Dann haben sie dich abgefüllt? Dir auf den Kopf geschlagen? Dein Hirn verkokelt?«

»O'bat, lass mich erst mal wach werden.« Mein Nacken knirschte protestierend, als ich den Kopf drehte. Auch hier hatte man mich an eine Kette gelegt. Immerhin war sie lang genug, um ein paar Schritte zu vollführen. Mohini sei Dank hatte man meine Handgelenke von den abscheulichen Fesseln befreit, doch die aufgeriebene Haut schmerzte noch immer und weigerte sich zu heilen.

Vage erinnerte ich mich daran, wie zwei Wächter mir die Ketten angelegt hatten. Kaum waren sie in Kontakt mit der Haut gekommen, hatte ein Nebel meine Gedanken umwölkt und meine Glieder schwer gemacht. Verdammte Hexe! Wie sollten wir jemals aus dieser Burg entkommen, wenn an allen Ecken Magie lauerte und dieser verfluchte Drache sich weigerte, hervorzukommen?

Zweimal versuchte ich, aufzustehen. Zweimal kippte ich wie eine Schildkröte zurück auf meine Pritsche und war gezwungen, jämmerlich nach Luft zu schnappen. O'bat beobachtete mich grinsend. Beim dritten Versuch kam ich zwar auf die Beine, sackte aber schon beim ersten Schritt in mich zusammen und kniete wie ein schwerfälliges Wasserschwein auf allen vieren.

Jetzt schlug sich O'bat vor Lachen auf die Schenkel. »Verflucht nochmal«, japste er. »Hör auf, so dämlich auszusehen. Es tut weh, wenn ich lache.«

»Dann lache nicht«, blaffte ich zurück.

»Solange du schwankst wie ein Pinselohrschwein, das zu viele vergorene Früchte gefressen hat, kann ich nicht damit aufhören. Zumal ich es genieße, dich endlich mal auf allen vieren kriechen zu sehen.«

Gut, er schien dem Tode noch nicht allzu nahe zu sein. Diesmal ließ ich mir Zeit, nahm tiefe Atemzüge und wartete, bis das Zittern in meinen Beinen aufhörte. Erst dann stemmte ich mich hoch, breitete die Arme aus und suchte nach meinem verlorenen Gleichgewicht.

O'bat heulte und lachte abwechselnd. Inzwischen lief ihm der Schweiß in Strömen über das Gesicht »Bei den eiternden Pusteln an Zumas Hintern, die müssen dir schwer zugesetzt haben! Was hast du ihnen versprochen, um uns hierher zu bringen? Oder ist das eine Tradition der Knochenmenschen? Gönnen sie ihren Opfern einen Tag und eine Nacht in diesen hübschen Gemächern, ehe sie uns die Haut mit silbernen Kämmen in Streifen schneiden?«

Meine Kette klirrte, als ich an die Gitterstäbe trat. Dort, wo das rote Eisen über meine Fußgelenke schabte, begann die Haut Blasen zu werfen. O'bat vergaß, über mich zu lachen, runzelte die Stirn und starrte auf dieses offensichtliche Zeichen meiner Schwäche. Ich hasste es, von seinem Blick durchbohrt zu werden, während ich mich an den Stäben festhielt und zu Boden sinken ließ. Mein Körper und ich waren zu Feinden geworden. Ich war nicht länger Herr über mich selbst.

»Komm zu mir«, sagte ich leise. »Na los doch. Ich weiß nicht, wie lange meine Kraft noch reicht.«

O'bat schluckte. Widerstandslos kam er zu mir gekrochen, sackte gegen die Gitterstäbe und presste seine schweißnasse Stirn an das kalte Eisen. Der Gestank nach Wundbrand wurde unerträglich.

»Wie hat es nur so weit kommen können, Tarek?« In seiner Stimme lag abgrundtiefe Erschöpfung und Hoffnungslosigkeit. »Niemals wurden wir besiegt. Niemals hat man uns gedemütigt und in den Staub getreten. Jetzt sieh uns an! Wir werden fern unserer Heimat sterben. Wir werden sterben in der Gewissheit, alles verloren zu haben.«

»Ja, ich versage.« Zorn ballte sich in meinem Magen zusammen. Und ein unbändiger Hass gegen mich selbst. »In jeder nur denkbaren Hinsicht.«

»Nein«, hauchte O'bat kaum hörbar. »Die Götter haben uns verlassen. Es ist nicht deine Schuld.«

»Wessen Schuld sollte es denn sonst sein?«

Inzwischen mussten sämtliche Bewohner von Itznamná von meinem Scheitern erfahren haben. Auch wenn niemand wissen konnte, was genau geschehen war, würde man sich die Wahrheit zusammenreimen. Was Ixchal wohl gerade tat? Trauerte sie um mich? Brachte sie den Waldgeistern Opfer, damit sie uns zurückbrachten?

»Ich trage die Schuld, O'bat. Es wäre meine Aufgabe gewesen, euch zu beschützen. Es wäre meine Aufgabe gewesen, den Dschungel zu verteidigen. Nichts davon ist mir gelungen.«

»Nicht deine Schuld«, wiederholte er. »Nicht … deine Schuld. Hör auf, das zu … sagen, sonst … lernst du mich kennen.«

Sein Bewusstsein schwand. Ich griff durch die Gitterstäbe und legte eine Hand auf O'bats Schulter. Unter meinen Fingern brannte glühend heiße Haut. Was hatten diese Dummköpfe nur in seine Wunden gerieben? Aasfresser-Kot?

In blassen, kaum wahrzunehmenden Fäden kroch die Lebensenergie aus den Spitzen meiner Finger. Das Leuchten, das im Wald von ihr ausgegangen war, hatte sich in das matte Flackern einer sterbenden Flamme verwandelt, die keinen Windzug mehr überleben würde. O'bat stöhnte und seufzte, als die Schmerzen unter der Wirkung der Magie langsam abflauten. Unmissverständlich machte mir mein Körper klar, dass ich nicht stark genug für eine solche Heilung war. Dennoch ließ ich der Energie ihren Lauf und genoss die Schwäche, die sich wie ein Nebel um mich legte.

O'bats Atemzüge gewannen an Kraft, das Herz in seiner Brust schlug gleichmäßig und ruhig. Vorerst hatte der Tod von ihm abgelassen, aber das mochte innerhalb dieser Mauern nur bedeuten, dass ich meinem Freund einen kurzen Aufschub geschenkt hatte.

Ich musste uns hier rausholen.

Ich musste … musste dringend …

Abgrundtiefe Müdigkeit ließ mich zu Boden sinken. Es war, als würde ich in ihm versinken wie ein Stein im Spiegel eines Teiches.

Unmöglich, die Augen noch einmal zu öffnen.

Unmöglich, noch einen Moment länger wachzubleiben.

»Danke«, flüsterte O'bat wie ein matter Windzug am Rande meines Bewusstseins. »Bei Mohinis süßem Atem, ich wusste nicht mehr, wie es ist, keine Schmerzen zu haben. In der Ferne habe ich schon die goldenen Tore von Xibalba gesehen.«

»Hm«, brummte ich, ließ mich davontreiben und begrüßte das gnädige Nichts. Doch ehe ich gänzlich von der Schwärze verschluckt wurde, schoss eine Erinnerung durch meinen Kopf.

Gemma!

»Was hast du gesagt?« O'bat rüttelte mich an der Schulter. »Tarek, was ist los? Du bist blass wie der Hintern eines toten Pavians.«

»Es geht mir … gut.«

Hatte ich diesen Namen laut ausgesprochen? Warum? Was versteckte sich dahinter? Eine Erinnerung flatterte durch meine Gedanken, flüchtig und blass wie eine Motte in der Nacht. Ich griff danach und hielt sie fest. Einem Bild folgten weitere, sie tanzten in einem verwirrenden Strudel um mich herum und versuchten, meinen Verstand zu narren.

Die Hexe führt mich einen von Sonnenlicht durchfluteten Gang entlang. Dort, wo zuvor vernarbte Höhlen in ihrem Gesicht geklafft haben, schimmern nun jadegrüne Augen. Sie wirkt um Jahrzehnte verjüngt. Dunkle Strähnen ziehen sich durch ihr Haar, die Runzeln ihrer Greisenhaut sind nicht mehr so tief und zahlreich. Ist sie die jüngere Schwester der Hexe? Oder ist diese Zauberin mächtig genug, verlorene Jugend aufzufrischen?

Ein Torbogen aus weißem Marmor führt zu einem prächtigen Bad, das über und über mit bunten Mosaiken und wehenden Schleiern aus Seide geschmückt ist. Die Farben sind so intensiv, dass sie in meinen Augen schmerzen. Da sind stille, bleichhäutige Frauen mit gelben Haaren, deren Blicke zuerst panisch, dann neugierig auf mir ruhen. Was haben sie erwartet? Etwa ein Ungeheuer? Das Wasser duftet überwältigend nach dem Harz von Bernsteinbäumen, ebenso wie das Öl, das die Dienerinnen auf meiner Haut verteilen. Lächelnd sitzt die Hexe auf einem purpurfarbenen Sofa und beobachtet uns. Immer wenn ich versuche, den geschäftigen Händen der Frauen zu entkommen, murmelt sie einen Spruch und verstärkt den Bann des Halsreifs. Nur um ihn kurz darauf wieder zu lockern. Anscheinend amüsiert sie sich über meine Wut und meine jämmerliche Gegenwehr. Ihre Schlangenaugen funkeln, ihr Lächeln ist das einer Wölfin, die Beute geschlagen hat.

Die Bilder verblassten. Sie gönnten mir einen Augenblick summender Stille, ehe eine weitere Erinnerung aus der Dunkelheit auftauchte.

Gemma. Das blasse Mädchen. Die beste Lügnerin im Angesicht der Götter. Keine Falle hätte tückischer und verlockender sein können als ihre Unschuld und ihr Schmerz. In einem schwachen Moment hatte ich das Netz, das sie für mich ausgelegt hatte, sogar eigenhändig um meinen Leib gewickelt.

»Was ist passiert, Freund? Erinnerst du dich endlich?« Ich erkannte O'bats Stimme kaum wieder. Sie klang weich und erschöpft, zudem so ruhig wie die eines alten Mannes. Mit dem Rücken lehnte er an den Stäben und atmete so tief und genussvoll, wie es nur jemand vermochte, der dem Tod im letzten Augenblick entronnen war. »Ich dachte, sie schlagen dir den Kopf ab oder nehmen dich ein zweites Mal auseinander.«

»Wir haben geredet«, antwortete ich. »Zwei Diener der Königin sprechen die Sprache der Chilam. Wir konnten uns halbwegs verständigen. Khalik lebt, O'bat. Er ist schwer verletzt, aber man kümmert sich um ihn.«

O'bat grunzte überrascht. »Moment. Was? Du hast mit ihnen geredet? Mit diesen widerwärtigen Maden? Und was heißt, dass sie sich um Khalik kümmern? Etwa so, wie sie sich um uns kümmern?«

»Zumindest haben sie seine Wunden versorgt.«

»Mit wem hast du geredet?«

»Sie heißen Malakat, Kafir und …«, etwas Seltsames regte sich in meinen Magen, »… Gemma.«

»Was scheren mich ihre Namen? Reiß ihnen lieber das Herz aus der Brust und die Zunge aus dem Maul.«

»Malakat und Kafir gehören zum Volk der Sarasan«, fuhr ich ungerührt fort. »Es wurde von den Armeen der Knochenmenschen fast ausgelöscht.«

»Ich weiß«, knurrte O'bat. »Diese Kreaturen sind schlimmer als Heuschrecken. Sie begnügen sich nicht damit, das Land kahlzufressen, sondern ersticken alles Leben darin. Und diese rückgratlosen Feiglinge dienen ihnen auch noch? Sie buckeln vor ihren Vernichtern?«

»Ja«, antwortete ich und musterte die sandfarbenen Steine an der Kerkerdecke.

»Bei dem Gift, das in Zumas Adern fließt!« O'bat stieß ein fassungsloses Schnauben auf. »Lieber würde ich mir selbst das Herz herausreißen, als vor diesem unwürdigen Gewürm zu kriechen.«

»Sie wollten leben, O'bat. Es ist der Weg, für den sie sich entschieden haben.«

»Pah!«, grollte er. »Es ist und bleibt ein unwürdiger Weg! Und was ist mit dieser … wie hieß sie noch gleich?«

»Gemma.« Wieder kroch dieses eigenartige Gefühl durch meine Eingeweide. Ich hätte es gerne Zorn oder Abscheu genannt, doch weder das eine noch das andere traf darauf zu. »Sie ist Antares' Gemahlin und die Königin dieser Festung.«

O'bat fuhr zu mir herum. Eine Weile blinzelte er mich an wie eine Höhleneule, dann legte er eine Hand auf seine Stirn und atmete tief durch. »Gut. Jetzt mal langsam. Du hast mit der Königin gesprochen? Du hast mit der Gefährtin des Königs geredet? Mit der Frau, die das Bett dieses Ungeheuers wärmt und ihm den Bauch krault, wenn er blutbesudelt von seinen Kriegen heimkehrt?«

Ich dachte an die Bissspuren in Gemmas milchweißer Haut. An die zahllosen dunklen Flecken, die ihren zierlichen Leib verunstaltet hatten, und an die Schmerzen, die sie überaus meisterhaft eingesetzt hatte. In einem ähnlich schlimmen Zustand hatte mir dieses Mädchen schon einmal gegenübergestanden. Am Ufer des Großen Flusses, als meine Freunde und ich in die Falle getappt waren.

Nun, da wir uns leibhaftig begegnet waren, hatte ich den Geruch von Magie an ihr wahrgenommen. Er war zart gewesen, kaum mehr als ein Windhauch, der die Ahnung eines Duftes in sich trug. Doch er beinhaltete eine eindeutige Botschaft. Jedes Wort dieses Mädchens war mit Gift durchtränkt. Jeder Blick war das Netz einer Jägerin. Vielleicht hatte Antares ihr Schmerzen zugefügt. Vielleicht teilte sie das Schicksal der Hexe, die unter dem König litt – aber ebenso selbst Leiden zufügte.

»Was ist los, Tarek? Worüber denkst du nach?«

»Über das Mädchen.«

»Die Königin? Antares' Bettgefährtin? Warum? Ist sie so unfassbar schön, dass selbst dir das Blut in die Lenden schießt?«

»Hör auf damit, O'bat. Die Zunge der Königin ist ebenso gespalten wie die der Hexe. Ich habe Magie in ihrer Nähe gefühlt. Verdorbene Magie. Nur schwach, aber allemal ausreichend, um dem König nützlich zu sein.«

»Dann lass dich nicht mit ihnen ein, bei Zumas ungeputztem Arsch. Du läufst mitten in das Netz eines Cupac hinein. Hör ihnen nicht zu, wenn sie mit dir reden. Sieh sie nicht an, wenn sie vor dir stehen. Sie wollen etwas von dir und es ist nichts Gutes. Sieh dich nur mal an! Du trägst ihre Kleidung, du stinkst nach ihrem Parfüm und sitzt mitten unter ihnen, als wärst du selbst ein Knochenmensch.«

»Dessen bin ich mir durchaus bewusst, O'bat.«

Die alte Ruhelosigkeit ergriff von mir Besitz. In einem nervenzermürbenden Rhythmus donnerte das Herz gegen meinen Brustkorb und spülte die Müdigkeit aus meinen Knochen. Ich dachte an langes, fast weißes Haar und blassblaue Augen, von Schmerz überschattet. So klein und verletzlich hatte ihre Hand in der meinen gelegen. Ihre Finger waren die eines Kindes. Weich, warm und berührend zart. Ein Teil von mir wollte diesem Mädchen helfen. So sehr, dass mein Mitleid einen Moment lang größer als alle Vernunft gewesen war. Genau auf diese Art fingen Zauberinnen ihre Beute ein. Gemma war Antares' Gefährtin. Sie ging Seite an Seite mit der Hexe, deren Magie durch unsere Halsreifen floss und unseren Willen lähmte. Sie war eine Wölfin unter Wölfen, doch ihre Tränen hatten es mit beängstigender Mühelosigkeit geschafft, mich zu überlisten. Ein zweites Mal würde ich diesen Fehler nicht begehen.

»Ich höre ihnen zu, O'bat. Aber ich vertraue ihnen nicht. Diesmal können wir unseren Feind nicht mit Waffen besiegen.«

»Sondern?«, brummte er.

»Wir müssen hinter die Maske blicken. Wir müssen verstehen, wie er denkt und fühlt. Wenn sie wollen, dass ich ihre Sprache lerne und ihre Spiele spiele, werde ich das tun.«

O'bat knurrte abfällig. »Du frisst den Köder, den ein Cupac für dich auslegt? Das ist dein Plan?«

»Nein.« Eine hässliche Kälte nistete sich in meiner Brust ein. »Ich lasse den Cupac glauben, dass er mich vergiftet. Und während er triumphiert, warte ich auf den richtigen Moment. Bald schon reiße ich ihm das Herz heraus. Dann wird Feindblut an meinen Händen kleben.«

Yleria

Yleria war dabei, die letzten Schnüre am Ausschnitt ihres Kleides zu verknoten, als Antares' schwere Schritte sich näherten. So würden sie sich also hier begegnen. Nun gut, das machte es womöglich leichter. Dieser Raum, so dunkel und klein er auch war, fühlte sich vertraut an. Sie kannte jeden einzelnen Mauerstein und jedes noch so winzige Detail, denn dieses Gemach kam dem Begriff hinter dem Wort *Zuhause* am nächsten. Hier zu sein, gab ihr ein Gefühl von Sicherheit. Es mochte trügerisch sein, doch innerhalb dieser Burg galt das für jeden Ort.

Yleria betrachtete ihre neue Erscheinung im Spiegel. Welch eine atemberaubend schöne Frau ihr entgegenblickte! Das dunkelrote Kleid aus kostbarem Samt war zu schwer für dieses heiße Land, aber es schmiegte sich so verführerisch um ihren jungen Körper, dass Yleria ein paar Schweißtropfen und gelegentliche Atemnot gerne in Kauf nahm. Vor einer Ewigkeit hatte sie dieses Kleid schon einmal getragen, auf Wunsch von Antares, der den weichen, dicken Stoff und die Art, wie er die Rundungen ihres Körpers betonte, ausgesprochen reizvoll fand. Zufrieden strich Yleria über ihre hervorquellenden Brüste, konzentrierte sich auf das Summen der Magie in ihrem Fleisch und gestaltete sie ein wenig üppiger. Sehr gut. Jetzt waren sie groß genug für Antares' klobige Pranken. Sie lächelte ihrem Spiegelbild aufmunternd zu, dann drängte sie alle Gefühle beiseite, die für ihre Pläne hinderlich waren. Noch ehe der Königsmond am westlichen Horizont verschwand, dessen war sie sich sicher, würde der Sieg ihr gehören.

Nur ihr allein.

»Freiheit«, flüsterte Yleria, kämmte mit den Fingern durch ihre rabenschwarzen Locken, schürzte die blutrot geschminkten Lippen und legte eine Mauer aus Eis um ihre Seele.

Krachend flog die Tür auf. Der König polterte herein, grunzte verblüfft und blieb nach zwei Schritten wie angewurzelt stehen. Offenbar plagte ihn schon jetzt die Ungeduld. Dieser selten dumme Esel dachte doch wirklich, dass der Erfolg ihm wie ein vom Himmel geschossener Vogel in den Schoß fiel.

Zähe Augenblicke lang war sein Gesicht von Verwirrung und Zorn beherrscht, dann schien ihm eine Erkenntnis zu dämmern. Seine griesgrämigen Züge hellten sich auf, der Mund verzog sich zu einem lüsternen Grinsen.

»Dann ist es also geschehen.« Träge schlurfte Antares näher, legte seine Pranke auf ihre Schulter und verschlang sie mit Blicken. »Du bist wieder jung.«

»Ja, mein Herr.« Yleria wusste, was der König mochte. Demütig hielt sie den Blick gesenkt und atmete schwer, wobei sie darauf achtete, dass sich ihr Busen effektvoll hob und senkte. Die beiden weichen, prallen Dinger verfehlte ihre Wirkung nicht. Antares Blick klebte förmlich an ihrem Ausschnitt, während er hechelte wie ein paarungswütiger Köter.

»Doch nicht nur mein Körper ist zu neuer Kraft gelangt«, fuhr Yleria leise fort. »Auch meine Macht ist größer als je zuvor.«

Antares neigte den Kopf. Ungewohnt zart strichen seine Fingerspitzen über ihren Hals, verharrten einen Moment lang in der Vertiefung ihrer Kehle und wanderten schließlich abwärts. »Warum ausgerechnet jetzt?« Ungeschickt betatschte er die Wölbungen ihrer Brüste. Dieser Mann hatte nie gelernt, sanft und zärtlich zu sein. Seine Lust war stets brutal, nichts weiter als eine andere Art von Krieg und Demütigung. Mit offenem Mund begaffte er Ylerias Brustwarzen, die sich hart durch den Stoff drückten.

»Ich warne dich, Hexe«, grollte er mit schleppender Stimme. »Du weißt, dass Kaias Kette nicht nur dazu dient, dich an diese Burg und an mich zu binden. Ein Wort von mir genügt und sie zwingt dich in die Knie und schält dir die Haut von den Knochen.«

Yleria schluckte. Sie fürchtete sich nicht mehr vor ihm, diese Zeiten waren längst vorbei. Doch Antares mochte es, wenn Frauen vor Angst erstarrten. Also gab sie ihm, was er wollte. Zitternd duckte sie sich unter seinem Blick und schob unauffällig die Oberarme ein wenig nach vorn, sodass ihre Brüste noch üppiger wirkten. Kurz darauf begann Antares rasselnd zu atmen und wischte sich Sabber aus dem Mundwinkel.

»Hat der Drache damit zu tun?« Aus irgendeinem Grund schien ihn plötzlich ein Anflug von Klugheit zu streifen. »Bedienst du dich an seiner Macht, Hexe?«

Jetzt war Ylerias Erstarren nicht nur gespielt. Fieberhaft suchte sie nach glaubwürdigen Erklärungen. »Natürlich muss es seltsam erscheinen, dass meine Verjüngung ausgerechnet zu diesem Zeitpunkt eintritt«, sprach sie mit gesenktem Kopf. »Doch magische Wesen spüren einander. Sie messen ihre Kräfte, bewusst oder unbewusst, denn das ist ihre Natur. Mein Körper reagiert auf die Nähe des Drachen, das ist wahr. Ich spüre, dass Ihr meine Hilfe dringender denn je benötigt, und diese Gewissheit hat meine Veränderung ausgelöst. Ich werde stärker, weil ich stärker werden muss, um gegen den Drachen zu bestehen. Er ist mächtig, mein Herr. Weitaus mächtiger als ich, selbst jetzt, da ich zu neuer Kraft gelangt bin. Doch seine Unerfahrenheit und Jugend kommen uns zugute.«

Antares schnaufte. Ungeschickt nestelten seine Pranken an den Schnüren ihres Ausschnitts herum, zurrten die Schleife auf und rissen den Samt mit einem brutalen Ruck auseinander. Yleria sah, wie ihre Brüste hervorsprangen, rund und prall wie reife Melonen. Der König begaffte sie eine Weile wie gebannt, dann griff er mit beiden Händen zu und knetete das weiche Fleisch. Unbändige Lust ließ seinen Körper erschauern.

»Wie mächtig wirst du, meine Schöne?«, grollte er hungrig. »Zu mächtig vielleicht? Soll ich Kaias Schmuckstück befehlen, dich in deine Schranken zu weisen?«

»Nein, mein Herr.« Yleria rührte sich nicht. Still ließ sie Antares gewähren, obwohl er so grob zupackte, dass es schmerzte. »Ich diene allein euch. Meine Kraft gehört dem König des Südens, ebenso wie meine Seele und mein Körper.«

»Dein Körper.« Antares grinste und zupfte an ihren harten, dunklen Brustwarzen. »Heißt das, du gibst dich mir hin?«

Yleria ließ sich einen Augenblick lang Zeit mit dem Antworten. In dem Wissen, dass es Antares erregen würde, gab sie leise, wimmernde Geräusche von sich. »Ich weiß, dass Ihr Euch nehmt, was Ihr wollt«, sagte sie schließlich. »Und ich weiß, dass ich nichts weiter bin als eine Frau, die Euch zu dienen hat.«

»O ja. Genauso ist es.« Mit gierig gebleckten Zähnen drängte er sie zurück, bis sie mit dem Hintern gegen die Kante ihres Tisches stieß. »Ich nehme mir, was ich will. Und wenn du mir verbietest, mit meinem Eheweib das Bett zu teilen, wirst du mir an ihrer statt zu Verfügung stehen.«

Yleria zwang sich zu einem unterwürfigen Nicken. Erinnerungen wollten sie überwältigen, doch dank des Drachen war ihre Magie groß genug, um jedes der qualvollen Bilder zurück in den Kerker ihrer Seele zu drängen. »Ja, mein Herr. Tut mit mir, was Ihr wollt.«

Antares zuckte vor wie eine Schlange und leckte mit seiner heißen, nassen Zunge über ihre Kehle. Während er mit einer Hand ihre linke Brust knetete, raffte er mit der anderen den Rock des Kleides zusammen. Yleria zitterte. Doch nicht aus Angst. Seine groben Berührungen, sein von Lust geschwängerter Atem und die rohe Kraft, mit der er sie gegen die Tischkante drückte, brachten etwas Abscheuliches in ihr zum Klingen. Sie hasste sich für das Begehren, das plötzlich ihren Leib durchströmte. Sie verabscheute ihren Körper für sein williges Zucken, sein Seufzen und Beben. Was war mit ihr los? Hatten die Jahre unter Antares' Herrschaft ihren Verstand aufgezehrt? Wurde sie nun doch noch verrückt, wie die Unglücksraben im Kerker, die irgendwann alles taten, um eine winzige Brotkrume zu ergattern? Die Hand des Königs glitt unter den Saum ihres Rockes und schob sich an ihrem Oberschenkel empor. Ein dunkles Knurren grollte in seiner Brust, als er bemerkte, dass ihr Schoß entblößt war.

»Du kleines, heimtückisches Luder. Hast du nur darauf gewartet, dass ich zu dir komme? Hast du dir ausgemalt, wie ich dich besteige?«

Yleria schwieg. Ungläubig spürte sie, wie ihr Schoß die tastenden Fingern des Königs willkommen hieß und zu pochen begann. Ja, sie hatte geplant, was gerade geschah. Doch dass sie bei der Verwirklichung ihrer Pläne auch nur den kleinsten Anflug von Lust empfinden würde, hätte sie bis zu diesem Augenblick als vollkommen unmöglich eingestuft. Vielleicht war es die Magie, die sich ihres Fleisches bemächtigte und dem König gab, wonach er lechzte. Vielleicht ebnete eine höhere Macht den Weg, den sie sonst nur mit Widerwillen und stolpernd gegangen wäre. Für den Moment war es Yleria gleich. Stöhnend legte sie den Kopf in den Nacken und schlang ein Bein um Antares' Hüfte, hilflos der Strömung ausgesetzt, die sie unbarmherzig mit sich riss. Der König grollte etwas, das sie nicht verstand, dann stießen seine Finger vor. Ein Schrei entkam ihrer Kehle. Nicht erschrocken, nicht ängstlich. Sondern durch und durch lüstern. Ja, sie musste verrückt geworden sein. Oder die Drachenmagie bekam ihrem Verstand und ihrem Körper nicht gut.

»Sieh mal einer an«, keuchte der König. »Du kannst es gar nicht erwarten. Was für eine willkommene Abwechslung zu dem prüden Eiszapfen, den dein Spiegel mir aufs Auge gedrückt hat.«

»Ihr hättet nicht …« Eine heftige Bewegung von Antares' Hand ließ Yleria erneut aufschreien. »Ihr hättet sie nicht misshandeln dürfen, mein Herr. Es ist wichtig, dass … oh, bei allen Göttern … dass sie Vertrauen zu dem Drachen fasst. Nur dann … oh … kann … die … Prophezeiung in Erfüllung … gehen.«

Ihr stockte der Atem. Wieder und wieder stießen Antares' ruppige Bewegungen sie gegen den Tisch, dass die Glaskolben, Schalen und Gefäße nur so schepperten. Wie eine wollüstige Dirne drückte sie sich gegen die Hand des Königs und sehnte sich nach mehr. Vielleicht würde sie in der Hitze ihrer Lust zu Asche zerfallen und endlich Frieden finden. Andererseits … noch war sie stark genug, um ihm das Genick zu brechen. Ein geschickter Zauberspruch, eine schnelle Bewegung … und der König würde tot zu Boden sacken. Ein herrlicher Gedanke. Wie schnell Kaias Kette ihr wohl zur Strafe das Leben nehmen würde? So oft hatte Antares ihr eingebläut, dass das Schmuckstück jeden Angriff gegen ihn dreimal so grausam und schmerzhaft auf sie zurückwerfen würde. War es das wert? Yleria legte ihre Hände um seinen Kopf und lächelte genüsslich. Ihn sterben sehen … und selbst sterben. Alles wäre vorbei. Ein für alle Mal.

»Ach was«, brummte der König völlig ahnungslos. »Unser Eiszapfen wird schon darüber hinwegkommen. Wie lief die erste Unterrichtsstunde?«

»Ausgesprochen gut.« Yleria ließ ihre Hände wieder sinken. N*och nicht,* entschied sie. *Nicht heute, nicht morgen. Aber bald.*

»Dann macht ihr Fortschritte?«

»Ja. Sie haben … aaahh!« Antares' Daumen kreiste über ihrer empfindlichsten Stelle. Eine Berührung, so geschickt und behutsam, dass Yleria ungläubig blinzelte. Welche Überraschungen würde dieser Tag noch mit sich bringen?

»Ja?«, knurrte der König. »Was haben sie? Sprich gefälligst, Weib!«

»Sie haben es geschafft, sich … halbwegs zu verständigen. Auch Gemmas Reaktion auf den … Drachen war vielversprechend. Sein Zorn und ihre Verzweiflung werden sich … alsbald gegenseitig aufheben.«

»Bestens, meine Schöne.«

Yleria keuchte auf, als Antares sie unvermittelt packte, auf den Tisch setzte und ihre Beine auseinanderdrückte. Er kam über sie wie ein Felssturz, presste ihr die Luft aus dem Brustkorb und rammte sein Geschlecht in ihren Schoß. Der Schmerz, den sie früher dabei empfunden hatte, blieb diesmal aus. Willig und mühelos öffnete sich ihr Körper dem Ansturm, statt Angst überkam sie ein wildes, zorniges Begehren. Unter heiseren Schreien krallte sie ihre Fingernägel in die zuckenden Muskeln des Königs und hätte um ein Haar gelacht.

Schon nach wenigen Augenblicken erreichte sie so abrupt den Gipfel des Verlangens, dass es fast enttäuschend war. Zeitgleich jaulte Antares wie ein getroffener Wolf, brach über ihr zusammen und zuckte hilflos mit den Hüften. Yleria spürte die Wucht seines Höhepunkts und während sie ihr Becken unter seinem Gewicht verführerisch kreisen ließ, sandte sie ihm eine zweite und dritte Flutwelle ungebändigter Lust. Der König röchelte wie ein verendender Büffel.

»Bei Amarus sechshundert Söhnen«, presste er japsend hervor, »du melkst mich, als wäre ich eine Kuh.«

»Ich bin hungrig, größter aller Herrscher.« Süßer Triumph kribbelte in Ylerias Magen. »Mein Verlangen wurde viele Jahre lang nicht gestillt.«

»Nun, dem kann ich Abhilfe schaffen.« Schweißgebadet stemmte Antares sich hoch, drückte sie an sich und stolperte mit ihr zur nächsten Wand hinüber. Grob stieß er sie mit dem Rücken gegen die kalten Mauersteine, verschloss ihren Mund mit einem ungestümen Kuss und ließ seine Hüften zucken, immer wilder, immer gnadenloser, bis der

Schmerz die Lust überflammte und all ihre Sinne in Raserei untergingen. Sie paarten sich wie besinnungslose Tiere, schrien und winselten, stürzten zu Boden und machten auf dem Teppich weiter. Kurz darauf hievte Antares sie fluchend auf das Bett und bearbeitete sie, als wäre er der Hammer eines Schmieds und sie das Schwert, das es zu formen galt. Schließlich, als der König mit einem erschöpften Keuchen von ihr herunterfiel und wie ein zertretener Käfer auf dem Rücken liegen blieb, war ihr Verlangen noch immer nicht gestillt. Antares ächzte fassungslos, als sie sich auf ihn setzte, den Kopf in den Nacken warf und ihr Becken träge vor- und zurückbewegte. Warum nur fühlte dieses Ungeheuer sich so gut an? Warum bekam sie nicht genug von dem Gefühl, ihn in sich zu spüren? Groß und mächtig und alles erfüllend. War es die Gewissheit, ihn in der Hand zu haben? Ergötzte sie sich an dem besinnungslosen Begehren in seinen Augen, das ihn in ein zitterndes Bündel verwandelte? Bald schon würde er den Preis für seine Grausamkeiten bezahlen. Ihm stand ein langsamer und entwürdigender Tod bevor und mit seinen letzten Atemzügen würde er begreifen, welch armselige Kreatur sich hinter seiner Maske verbarg. Yleria warf ihr Haar zurück und lachte. Hier und jetzt fühlte sie sich mächtig und furchtlos, dazu auserwählt, allem ein Ende zu machen.

»Amaru sei gesegnet«, seufzte Antares, legte beide Hände auf ihre Hüften und genoss mit geschlossenen Augen ihre Bewegungen. »Er hat mir die schönste und hungrigste aller Nymphen gesandt.«

Yleria lächelte, nahm seine Hand und führte sie zu ihrem Schoß. Mit bebenden Fingern befühlte der König die Stelle, an der sein Leib mit dem ihren verschmolz. »Von nun an seid Ihr jederzeit in meinem Gemach willkommen, wenn Euch das Verlangen überwältigt.«

»Sei vorsichtig, was du dir wünschst, kleine Nymphe. Meine Gier kann unersättlich sein. Oft braucht es mindestens vier Frauen in einer Nacht, um meinen Hunger zu stillen.«

»Nun, dann seid Euch gewiss, dass mein Hunger dem Euren ebenbürtig ist.«

Antares stöhnte, als Yleria ihr Becken auf besonders laszive Weise kreisen ließ. Gleichzeitig spannte sie die Muskeln in ihrem Inneren an, sodass sie sich fest um das zuckende Glied des Königs schlossen. Antares rollte mit den Augen. Sabber tropfte aus seinem offen stehenden Mund.

»Darf ich Euch um etwas bitten, mein Herr und Gebieter?«

»Ja«, winselte er. »Du darfst.«

»Erlaubt mir, dass ich die Herrschaft über den Halsreif des Drachen mit Gemma teile.«

»Hm?«, grunzte der König, offenbar so in seinen Genuss vertieft, dass er keine Zusammenhänge mehr begriff.

»Wir kämen unserem Ziel bedeutend näher, wenn Gemma ihre Angst überwindet.«

»Angst?«, brummte Antares. »Wovor?«

»Nach ihren Erlebnissen in der Hochzeitsnacht fürchtet sie sich vor Männern. Ihre Unschuld ist zu rasch und zu schmerzhaft zerstört worden.« Sanft kraulte Yleria Antares' Brusthaar, um die Anklage in ihren Worten zu mildern. »Sie ist eines dieser Mädchen, die verletzlich sind wie Goldfalter. Selbst die kleinste Berührung lässt sie zerbrechen.«

Antares murmelte etwas Abfälliges. Blanker Zorn wallte in Yleria auf, doch wenn sie ihr Ziel erreichen wollte, musste sie ihren gewählten Weg beibehalten.

»Indem ich ihr ein Stück weit die Kontrolle über den Willen des Drachen gebe«, fuhr sie behutsam fort, »schaffe ich nur ein Hindernis aus dem Weg.«

Ein Hindernis, dachte sie im Stillen, *das du mit deiner Unbeherrschtheit erst erschaffen hast.*

»Selbstredend behaltet Ihr die Kontrolle über Kaias Halsreif«, fügte sie hastig hinzu. »Nichts geschieht ohne Eure Einwilligung, mein Herr und Gebieter. Doch um zu erreichen, was der Spiegel Euch gezeigt hat, müssen Gemma und der Drache zueinanderfinden.«

Antares lachte herzhaft. »Und du einfältiges Weibsstück glaubst, das es schneller geht, wenn ein Mädchen über den Willen eines Kriegers befiehlt? Er wird ihr den hübschen Kopf abreißen. Zumindest in Gedanken.«

»Der Spiegel hat mir gezeigt, dass dieser Pfad auf Umwegen zum Ziel führt. Vertraut mir, mein König. Hat Euch mein kostbarster Besitz jemals enttäuscht?«

»Nein«, brummte Antares. »Nein, das hat er nicht. Also tu es meinetwegen. Tu, was du willst, aber bleib den Rest des Tages dort, wo ich dich haben will.«

Offenbar hatte der König seine erschöpften Kräfte wiederaufgefüllt. Mit gebleckten Zähnen fuhr er hoch, warf Yleria herum und fiel ein weiteres Mal über sie her, schweißgebadet, geifernd wie ein Tier und der Blick flackernd vor Gier.

Kapitel 47
Nachtjasmin
Gemma

Ich hatte mich kaum auf dem Bett niedergelassen, als Mogoa auch schon mit meinem Frühstück erschien. Eine Mischung aus Mitleid und Neugier blitzte in ihren Augen, während sie das Tablett auf dem Tisch abstellte, mit Honig und Muskatnuss gewürzte Milch in einen Becher goss und sich auf einen der beiden Stühle setzte. Sie wusste, was in der vergangenen Nacht geschehen war, und ebenso war ihr offenbar zu Ohren gekommen, dass ich dem Geist begegnet war.

»Möchtet Ihr darüber reden, Herrin?«, fragte sie vorsichtig.

Ich schüttelte den Kopf und ließ sie ein Weilchen schmoren. Was sollte ich ihr sagen? Wie sollte ich es sagen? Das Waldmädchen starrte mich erwartungsvoll an, zupfte an seinem moosgrünen Kleid herum und rutschte mit zunehmender Ungeduld auf dem Stuhl hin und her.

»Du weißt, dass wir mit dem Drachenreiter gesprochen haben«, sprach ich meine Vermutung aus. »Und du willst wissen, wie er war.«

»Ja, Herrin.« Mogoas Augen wurden groß und größer. Ich schubste Tashma von meinem Schoß, glitt vom Bett und ging zu dem Mädchen hinüber. Aufgeregt kaute es auf seiner Unterlippe herum, wagte es aber nicht, mich zu drängen. In einer Schale dampfte gesalzener Maisbrei, dazu gab es klein geschnittenes Obst, zwei gekochte Wachteleier und ein Stück geräucherte, stark gewürzte Wurst.

Während Mogoa wie ein nervöses Kind vor sich hin zappelte, nahm ich einen Schluck von der Milch und versuchte, meine Gedanken zu ordnen. Ich war geheilt. Durch eine schlichte, einfache Berührung. Entsprachen die Legenden über die Zauberkräfte der Aman-Kaja also der Wirklichkeit? Es musste so sein. Eine andere Erklärung für meine schnelle Heilung kam mir nicht in den Sinn.

»Wie war er, Herrin?«, platzte es aus Mogoa heraus. »Bitte sagt es mir. Wie sah er aus? Stimmt es, was man über ihn sagt?«

Es fiel mir schwer, die richtigen Worte zu finden. Weitaus lieber hätte ich den Rest des Tages hier gesessen und meinen Gedanken nachgehangen. »Was sagt man denn über ihn?«, stellte ich schließlich eine Gegenfrage.

Mogoa zuckte mit den Schultern und spitzte die Lippen.

»Ich höre?«

»Nun ja«, druckste das Mädchen herum. »Es heißt, dass er magische Kräfte besitzt und deshalb so scharf bewacht wird wie einst Kaia, der mächtigste Zauberer der Menschenwelt.«

»Aha.« Ich schnitt ein Stück von der Wurst ab und kaute darauf herum. Sie war köstlich, schmeckte stark nach Rauch und Gewürzen und machte mir deutlich, wie sehr mein Körper nach Salz lechzte. Unbeherrscht wie ein verhungerter Kesselflicker stopfte ich den Rest der Wurst in mich hinein und grübelte darüber nach, wie viel ich Mogoa verraten durfte. Das Mädchen konnte seine Neugier kaum mehr im Zaum halten. Ihr war anzusehen, wie gerne sie mir auf die Sprünge geholfen hätte, aber als Dienerin stand es ihr nicht zu, Forderungen zu stellen.

»Sie haben Angst vor ihm«, sagte ich irgendwann. »Antares postierte sechs Wachen im Zimmer. Dazu hat er ihm Amaryll-Fesseln und einen magischen Halsreif angelegt.«

Mogoas Augen blitzten angriffslustig. Allein für diesen Blick hätte Antares dem Mädchen vermutlich die rechte Hand abgehackt, um sie daran zu erinnern, wo ihr Platz war. »Dann ist es also wahr«, triumphierte sie. »Der König weiß, dass der Drachenreiter ihm überlegen ist. Er weiß, dass er sich den Tod in die Burg geholt hat, aber noch will er es nicht einsehen.«

»Mogoa«, flüsterte ich. »Sprich so etwas nicht laut aus. Du weißt, dass die Wände manchmal Ohren haben.«

»Verzeiht, Herrin.« Demütig neigte das Mädchen den Kopf, doch ich hatte das wilde Glitzern in ihren Augen gesehen. Jenes Verlangen nach

Kampf und Befreiung, das ich zuvor bereits bei Malakat beobachtet hatte. Die Anwesenheit des Geistes schien so mancher gebrochenen Seele neuen Mut einzuflößen.

»Konntet Ihr Euch mit ihm verständigen?«, stellte Mogoa eine nächste Frage. »Worüber habt ihr gesprochen?«

Ich nahm einen Schluck von der Milch. Süß und würzig rann sie meine Kehle hinunter und glühte im Magen nach. »Malakat spricht die Sprache der Chilam. Zumindest bruchstückhaft. Sie ist der Sprache der Aman-Kaja ähnlich genug, um sich notdürftig unterhalten zu können.«

Mogoa vergaß alle Regeln, die man ihr eingebläut hatte. »Und? Was hat er gesagt? Über was habt Ihr geredet? Bitte verratet es mir, Herrin.«

»Soweit ich weiß, hat Malakat ihm begreiflich gemacht, was auf dem Spiel steht. Sie haben über Antares' Friedensabkommen geredet und darüber, was nun geschehen soll. Allzu tief reichten unsere Gespräche nicht. Yleria hat mich nach kaum einer Stunde fortgeschickt und die Unterrichtsstunde beendet.«

Mogoa schob enttäuscht die Unterlippe vor. »Warum?«

»Ich weiß es nicht.«

»Und wie sieht er aus? Hat er scharfe Zähne und gelbe Augen? Und grüne Schuppen auf der Haut?«

»Nein.« Ich schnaubte amüsiert. »Er sieht aus wie ein Mensch. Abgesehen von den leuchtenden Sprenkeln in seiner Haut und …«

»Ja?«, hauchte Mogoa.

»Es ist … schwer zu beschreiben.«

»Versucht es, Herrin.«

»Da war etwas, das ich nicht in Worte fassen kann. Äußerlich scheint er menschlich zu sein, aber wenn man ihm in die Augen sieht …«

»Ja?« Das Mädchen beugte sich vor und starrte mich aus weit aufgerissenen Augen an. »Was, Herrin?«

»Etwas an ihm ist seltsam. Die Legenden über seine Zauberkraft … ich denke … nun ja, ich glaube, sie sind wahr.«

»Wirklich?« Das Mädchen lächelte, als hätte es gerade einen lang ersehnten Sieg errungen. »Warum glaubt Ihr das, Herrin? Hat er seine Magie unter Beweis gestellt?«

Unschlüssig legte ich eine Hand auf meine Schulter. Dort, wo heute Morgen noch Bissspuren und blaue Flecken geprangt hatten, spürte ich nichts als unversehrte Haut. Ich dachte an das schwindelerregende Gefühl des Fallens, das mich im Augenblick unserer Berührung übermannt hatte. An die Wärme seiner Hände und ihren hauchzarten Griff, als wäre ihm klar gewesen, dass ich eine festere Berührung nicht ertragen hätte.

Weil er die Wahrheit kennt, flüsterte mein Instinkt. *Er weiß, was dir widerfahren ist.*

Ein überwältigendes Schamgefühl ließ meine Wangen brennen. Malakat und Kafir wussten, was geschehen war. Yleria und Mogoa wussten es und nun auch noch der Geist. Verzweifelt krallte ich meine Hände ineinander, um nicht auf den Tisch schlagen zu müssen.

»Sein Name ist Tarek«, murmelte ich. »Das wäre doch deine nächste Frage gewesen, nicht wahr?«

Mogoa legte den Kopf schief und lächelte. Mehr denn je erinnerte sie mich an einen Wildvogel, der in einem viel zu engen Käfig eingesperrt war. »Ein schöner Name. Passt er denn zu ihm?«

Ich zuckte mit den Schultern und nickte, gleichzeitig wollte ich weinen, weil alles so seltsam und verwirrend war und die Demütigung der letzten Nacht wie eine vergiftete Wunde in mir schwärte. Unter Mogoas glühendem Blick wurde das Bedürfnis, mich ihr anzuvertrauen, plötzlich überwältigend. Einen Moment lang begehrte meine Vernunft auf, doch schon beim nächsten Atemzug sprudelten die Worte aus mir heraus wie Wasser aus einer Quelle. Mit offen stehendem Mund lauschte das Mädchen meinem Bericht. Jedes Detail sog sie in sich auf, als wäre sie eine Verdurstende und meine Stimme das rettende Wasser.

Als mein Redefluss irgendwann versiegte, stieß Mogoa ein tiefes Seufzen aus. »Oh, Herrin. Das ist … das ist …«

»Ja?«

»Mehr, als ich zu hoffen gewagt hatte.«

Ich konnte mir ein Schmunzeln nicht verkneifen. »Wartet man nicht auf dich? Ich möchte nicht, dass du meinetwegen bestraft wirst.«

Das Mädchen seufzte noch einmal. Längst schienen seine Gedanken an einen anderen Ort und in eine andere Wirklichkeit geflüchtet zu sein.

»Ja, Herrin. Ihr habt Recht, ich muss mich sputen. Wahrscheinlich schimpft die alte Edith schon wie ein Säufer in einer Taverne, der das Bier ausgegangen ist. Aber … oh, Herrin, denkt Ihr, dass ich ihn einmal sehen darf?«

Ratlos hob ich die Schultern. »Yleria hat mir nicht verraten, wann unser nächster Unterricht stattfindet. Sobald ich es weiß, werde ich dir Bescheid geben. Aber tu mir einen Gefallen, Mogoa.«

»Natürlich, Herrin. Ich tue Euch jeden Gefallen, den ihr Euch wünscht.«

»Sprich mit niemandem darüber. Verrate keinem, was du weißt. Antares ist gewiss nicht damit einverstanden, dass wir so vertraulich miteinander reden.«

»Natürlich.« Mogoas Augen leuchteten, dass es eine wahre Freude war. »Ich werde kein Sterbenswörtchen darüber verlieren. Möchtet Ihr zu Eurer nächsten Unterrichtsstunde vielleicht Mokka trinken? Eines meiner besonderen Talente ist seine Zubereitung.« Nachdenklich kratzte sie sich an der Nasenspitze. »Ich frage mich allerdings, ob er so etwas überhaupt trinkt.«

»Bisher hat er nichts angerührt.«

»Das dachte ich mir. Es gehen Gerüchte um, dass er auch im Kerker nichts zu sich genommen. Gar nichts, abgesehen von ein wenig Wasser. Auch die Magier der alten Zeit mussten nichts essen. Ihnen genügte die Energie, die alles Lebendige erfüllt. Kaia zum Beispiel. Er hat ab und zu einen Baum berührt und ihm einen Teil seiner Lebenskraft ausgesaugt. Anschließend verlor der Baum die Hälfte seiner Blätter und der Magier blühte auf wie eine vertrocknete Pflanze nach dem ersten Regen. Es soll aber auch Zauberer gegeben haben, die ihren Hunger an Menschen gestillt haben. Vielleicht bedient sich der Geist unauffällig an den Dummköpfen und Missgeburten, die Antares Kerkermeister schimpft. Verdient hätten sie es. Wenn ihr mich fragt, Herrin, wird der König bald bereuen, dass er den Drachenreiter gefangen genommen hat. O ja. Er wird es bitter bereuen und sich wünschen, niemals geboren worden zu sein.«

Mogoa knickste, zwinkerte mir zu und schritt erhobenen Hauptes aus dem Zimmer. Blieb nur zu hoffen, dass sie sich meinen Rat zu Herzen nahm. Niemals würde ich mir selbst vergeben können, wenn man sie meinetwegen bestrafte – oder Schlimmeres.

Ich hatte gerade zwei Apfelspalten gegessen, als es erneut an der Tür klopfte. Ein betagter Diener mit grauem Haar kam herein, buckelte demütig und lud einen Stapel Bücher auf dem Sekretär ab. Er war noch nicht einmal zurückgetreten, als ein zweiter Mann in mein Zimmer hastete und eine längliche Holzkiste dazustellte.

Beide Diener verneigten sich lächerlich tief. Dann richtete der alte Mann sein Wort an mich, während er stur auf seine Sandalen starrte. »Euer neues Schreibzeug, meine Königin. Weiterhin lässt der großmächtige Antares Euch diese Bücher zukommen, da er weiß, wie sehr Ihr das geschriebene Wort zu schätzen wisst. Bei der Hälfte davon handelt es sich um wertvolle alte Manuskripte aus der verlorenen Bibliothek von Canribis. Die andere Hälfte ist mit unbeschriebenem, feinstem Papier ausgestattet. Ihr seid dazu angehalten, meine Herrin, diese Manuskripte zu kopieren. Der großmächtige Antares hat einige Eurer Werke begutachtet und lässt ausrichten, dass Euer Talent bemerkenswert ist und selbst das der Tempelgelehrten übertrifft.«

Ungläubig starrte ich den Alten an. Nach wie vor begaffte er seine Schuhe, als wäre ich eine schlangenköpfige Medusa und mein Blick ein Gift, das Männer in Stein verwandelte.

»Zudem soll ich Euch mitteilen, Herrin«, fuhr er mit zittriger Stimme fort, »dass Euer Gatte beim zwölften Schlag der Glocke Euer Gemach aufsuchen wird. Mehrere Briefe müssen verfasst werden. Daher bittet er Euch, zu diesem Zeitpunkt anwesend zu sein.«

Argwöhnisch runzelte ich die Stirn. »Das heißt, ich muss nicht in diesem Zimmer bleiben? Ich kann es verlassen, solange ich beim zwölften Schlag wieder hier bin?«

»Natürlich. Innerhalb der Burgmauern und der südlichen Gärten dürft Ihr Euch nach Belieben bewegen.«

»Wie komme ich zu den südlichen Gärten?«

»Ihr könnt sie nicht verfehlen, Herrin. Durchquert das Gänsetor oder das Blaue Tor und folgt der Burgmauer ein Stück in Richtung Süden. Dann werdet Ihr die Gärten sehen. Wenn Ihr es wünscht, kann Euch natürlich einer der Diener dorthin führen. Soll ich einen Knecht oder eine Magd kommen lassen?«

»Nein, danke.« Ich schluckte den Klumpen aus Abscheu herunter, der meine Kehle verstopfte, setzte ein sanftes Lächeln auf und versuchte, wie ein gehorsames Eheweib auszusehen. »Das ist nicht nötig. Sagt meinem Gatten, dass ich ihn beim zwölften Glockenschlag erwarte.«

Die Männer verneigten sich ein zweites Mal und traten mit unübersehbarer Erleichterung den Rückzug an. Offenbar hatten sie mit Antares' früheren Ehefrauen keine guten Erfahrungen gesammelt.

Kaum war ich allein, warf ich das Lächeln ab wie einen verlausten Mantel, ging zum Sekretär und begutachtete meine neuen Schätze. Staunend befühlte ich die kostbaren alten Bücher, roch an ihren ledernen Einbänden und strich über das nach Staub duftende Papier. Herrliche Bilder schmückten jede zweite Seite. Ihre Farben leuchteten nach all den Jahren noch so intensiv, als hätten die Hände der Mönche sie gerade erst aufgetragen. Wäre es nicht Antares gewesen, der mir diese Kostbarkeiten hatte zukommen lassen, so wäre ich jetzt von einer tiefen Dankbarkeit erfüllt gewesen. Jeder einzelne Buchstabe dieser Werke sprach von meisterhaftem Können und inniger Liebe zum geschriebenen Wort.

Als ich die Kiste mit dem Schreibzeug öffnete, wurde mein Staunen noch größer. Eine schneeweiße Schwanenfeder mit goldener Spitze prangte mir entgegen. Dazu fand ich drei Dutzend Tintenfässchen in den wunderbarsten Farben vor, ein Bündel Holzstäbchen, drei Spatel, zwei Fläschchen Goldstaub, mehrere unterschiedlich dicke Federspitzen zum Austauschen sowie einen Streuer mit Sand. In einer Halterung an der Innenseite des Deckels befanden sich mehrere Bögen kostbaren weißen Papiers und ein Dutzend kleiner Phiolen, deren Inhalt ich nicht identifizieren konnte. Meine Finger zitterten, als ich eine Schublade an der Seite der Kiste aufzog. Mehrere gummiartige Stäbchen und Schwämmchen lagen sich darin, vermutlich dazu bestimmt, Fehler auszuradieren.

Bei den tauben Frostbeulen! Dagegen mutete mein altes Schreibzeug wie jämmerliches Spielzeug an. Gurrend strich Tashma um meine Füße, während ich ein Tintenfässchen nach dem anderen herausholte und das Leuchten der Farben betrachtete. Sogar das unbezahlbare Purpur war dabei. Ich zog den Stopfen aus dem Fässchen, schnupperte daran und verzog angewidert die Nase.

»Echtes Purpur«, flüsterte ich ungläubig. »Tashma, allein dieses Fläschchen hat ein Vermögen gekostet. Es braucht zwölftausend Purpurschnecken, um eine Messerspitze Farbe zu gewinnen. Will man einen kleinen Ballen Wolle färben, sind mindestens zweihundert Messerspitzen nötig.«

Die Basiliskendame schienen meine Worte brennend zu interessieren. Aus großen Augen starrte sie zu mir hoch.

»Wusstest du, dass man an der Samarkandküste frisch gekrönte Herrscher mit grünen Mänteln kleidet? Das Sekret der Schnecken trägt zuerst diese Farbe. Erst durch die Sonneneinstrahlung verwandelt sich das Grün im Laufe mehrerer Mondläufe in Purpur. Die Farbveränderung steht symbolisch für den Wandel von einem jungen, unerfahrenen Herrscher in einen weisen König.«

Tashma schnaufte eine Rauchwolke aus. Ich hob sie auf meine Arme, kehrte an den Tisch zurück und verspeiste den Rest meines Frühstücks, während ich vergeblich zu ergründen versuchte, wie ich mich fühlte. Antares würde in drei Stunden zu mir kommen. Einerseits nistete sich Panik in meinem Magen ein, andererseits empfand ich das, was in Mogoas Augen geglitzert hatte: Stärke, Entschlossenheit und Stolz. Niemals wieder würde ich ihm meine Angst zu Füßen legen. Ebenso wenig meine Zuneigung und wenn er mir noch so viele kostbare Geschenke bringen ließ.

Mit einem erschrockenen Fiepen sprang Tashma von meinem Schoß und buckelte wie eine Katze, die sich übergeben musste. In der Brust der Basiliskendame glühte ein gelbes Feuer, wanderte ihre Kehle hinauf und ballte sich im Maul zu einem Ball aus gleißendem Licht zusammen.

»Oh, oh!« Schnell hob ich das Tier vom neuen Teppich herunter und setzte es vor dem Kamin ab. Kaum ragte seine Schnauze über die erloschene Asche, verpuffte das Glühen und entlud sich in einer harmlosen Qualmwolke. Mit einem jämmerlichen Winseln starrte Tashma zu mir hoch.

»Was war das denn? Geht es dir gut?«

Der Basilisk hustete, machte einen Buckel und würgte an irgendetwas.

»He, Tashma.« Bestürzt hob ich sie auf meine Arme. »Hör auf damit. Mach mir keinen Ärger, hörst du?«

Dicker Rauch quoll aus ihren Nüstern. Noch zweimal stieß sie ein besorgniserregendes Husten aus, dann schien sich das Übel wortwörtlich in Luft aufzulösen. Ihr verkrampfter Körper entspannte sich und baumelte schnurrend über meinen Armen.

»Was sollte das denn?« Ich setzte mich auf den Fenstersims und streichelte Tashmas fedrigen Schopf. Mit einem leisen Brummen steckte sie ihren Kopf unter meine Achsel. »Hör auf, mir solch einen Schrecken einzujagen.«

Die Augen der Basiliskendame schlossen sich. Warm und gleichmäßig schlug ihr Herz gegen mein Bein, im naheliegenden Tempel läuteten die Priester zur elften Stunde. Selbst für hiesige Verhältnisse schien die Sonne ungewöhnlich heiß von einem wolkenlosen, fast weißen Himmel. Schwärme pfeifender Schwalben sammelten sich über den Zinnen der Burg und während ich die letzten Stunden noch einmal Revue passieren ließ, floss die zwölfte Stunde nahezu unbemerkt an mir vorüber. Wie lange ich in das hitzeflirrende Land hinausgeblickt und meinen Gedanken nachgehangen hatte, wurde mir erst klar, als Antares in mein Zimmer trat.

Der helle Tag versank abrupt in Finsternis. Sein Kaftan war so schwarz wie seine Seele, sein Gesicht rot und verschwitzt. Den Göttern sei Dank gelang es mir, meine Maske aufrechtzuerhalten, Tashma abzusetzen und eine Verbeugung anzudeuten. Doch als ich den Blick hob und in Antares' bernsteingelbe Augen sah, drohten die Beine unter mir nachzugeben. Bilder stachen in meinen Kopf. Die sterbende Raubkatze, deren blutige Pfote meine Sandale streifte. Antares' schallendes Lachen. Sein nackter Leib, schnaufend und schwitzend. Gebleckte Zähne, zupackende Pranken. Ein Tiegel mit stinkendem Menschenfett.

»Es ist schön zu sehen, dass der Basilisk dir Freude bereitet.« Das Lächeln des Königs wirkte so falsch wie das Grinsen einer Kobra. »Wie ich sehe, seid ihr beide schon unzertrennlich.«

Ich biss mir auf die Zunge und versuchte, gleichmütig auszusehen. In Antares' Augen lag eine solch widerwärtige Zufriedenheit, dass es mir die Nackenhaare aufstellte. Welche Abscheulichkeiten mochten seine Laune wohl aufgehellt haben? Hatte er seine Gefangenen gefoltert? Einen perfiden Plan ausgeheckt? Eine Dienerin zu abscheulichen Dingen gezwungen?

»Setz dich, meine Teuerste.« Schnaufend nahm er in einem Sessel Platz und wischte sich mit dem Ärmel über die schweißfeuchte Stirn. »Ich hoffe, das Schreibzeug und die Bücher finden dein Wohlgefallen?«

Ich schluckte mühsam. »Ja. Beides ist … überaus schön und wertvoll.«

»So wie du schön und wertvoll bist.«

Unter seinem forschenden Blick versteinerte mein Körper. Der Geruch, den er ausdünstete … sein schwerer Atem … der Schweiß auf seiner Haut …

Wie eine Schlafwandlerin ging ich zu dem Stuhl, der vor dem Sekretär stand, nahm darauf Platz und öffnete die Kiste mit den Schreibutensilien.

»Verzeih meine Grobheit«, hörte ich Antares hinter mir murmeln. »Ich war betrunken und nicht mehr Herr meiner Sinne. Es tut mir leid, wenn ich dir Schmerzen zugefügt habe.«

Meine Hände zitterten derart, dass ich kaum in der Lage war, einen Bogen Papier aus der Halterung zu ziehen.

Reiß dich zusammen! Du bist stärker als deine Angst.

Reiß dich zusammen!

Reiß dich … zusammen!

Ich atmete tief und langsam, schraubte das Fässchen mit der schwarzen Tinte auf und tunkte die goldene Federspitze hinein. War es die Hitze, die die Luft zum Flirren brachte? Oder schwanden mir die Sinne?

»Ich weiß, dass ich dein Vertrauen in mich zerstört habe.« Antares' Stimme klang reuevoll. Vielleicht war es auch nur die Erschöpfung, die seinen Worten einen weichen, beinahe schmeichelnden Klang verlieh. Auf irgendeine Weise hatte er sich völlig verausgabt. »Ich hoffe, dass du mir irgendwann verzeihst.«

Schweigend starrte ich auf das matte Schimmern des Papiers. An der Spitze der Feder sammelte sich ein dicker Tropfen Tinte und drohte, es zu verunzieren.

»Ich werde dir niemals wieder ohne deine Erlaubnis zu nahe kommen.« Antares räusperte sich. Die Situation war ihm sichtlich unangenehm. Es fragte sich nur, aus welchem Grund. »Du trägst meine Söhne unter deinem Herzen, Gemma. Damit machst du mir das größte Geschenk, das eine Frau ihrem Mann zu Füßen legen kann. Fortan werde ich dich ehren, wie es einer Königin gebührt, und niemals wieder Hand an dich legen. Es sei denn, du bist damit einverstanden und lädst mich in dein Bett ein.«

Das wird niemals geschehen!, schleuderte ich ihm in Gedanken entgegen. *Niemals, solange ich lebe! Tausendmal lieber sterbe ich, als noch einmal unter dir zu liegen.*

Ich zwang meine Mundwinkel nach oben und nickte. Antares' Launen waren so unberechenbar wie der nordische Winter. Ein freundlicher und klarer Himmel konnte sich im nächsten Augenblick in einen Mahlstrom aus Zorn und Gewalt verwandeln. Seine Worte waren nichts wert. Nicht einmal den Dreck unter seinen Fußsohlen.

»Nun denn, ich werde dich nicht länger als nötig behelligen.« Antares strich sich den Bart glatt und blickte sinnierend aus dem Fenster. »Dreizehn Briefe müsstest du bitte für mich verfassen. Aber keiner ist länger als fünf Zeilen.«

Gehorsam setzte ich die Feder an und schrieb auf, was der König mir diktierte. Wie versprochen, waren die Schreiben kurz. Die meisten beinhalteten lediglich eine Handvoll Sätze und die obligatorischen Grußformeln, doch ihr Inhalt jagte mir kalte Schauer über den Rücken.

Dem Fürsten der Goldenen Steppe sprach Antares seinen Dank für achthundert Fußsoldaten und zweihundert berittene Lanzenträger aus. Der Herrscher des mächtigen Salzwüstenreiches stellte ihm eintausend Kämpfer zu Verfügung. Jeweils fünfhundert kamen von der Samarkandküste, den Inseln des Windes und vom Fürstentum des Großen Riffs. Die anderen sieben Reiche waren zu klein, um derart stattliche Tribute zu zahlen, doch auch sie sandten meinem Gatten, was immer sie entbehren konnten. Kämpfer, Pferde, Waffen und Sklaven.

Als Letztes verfasste ich ein Schreiben an den greisen König von Canribis. Darin bestätigte Antares mit überschwänglichen Worten der Freude den Erhalt von zwei Dutzend Kanonen, vier neu entwickelten Katapulten sowie einer gewaltigen Menge Säbel, Flinten und Armbrüsten. Der schrecklichste Tribut aber bestand aus zweihundert Amphoren sogenannter *Feuergalle*, einem Öl, das erst kürzlich von einem gewissen Meister Nostro ersonnen wurde. Seine überaus nützliche Eigenschaft hatte es – wie Antares mir diktierte – bereits in mehreren Versuchen bewiesen. Goss man die Feuergalle in Wasser und zündete sie an, brannte das Zeug lichterloh und mit gewaltiger Hitze, bis der letzte Tropfen und mit ihm alles Leben verdampft war.

Mit zittriger Hand schrieb ich das letzte Wort und starrte auf den Brief. Öl, das Wasser zum Brennen brachte. Was Antares damit bezweckte, stand außer Frage. Der Silberstrom würde in Flammen aufgehen. Und mit ihm alles, was darin lebte.

Mein Ehemann stand auf, nahm die geschriebenen Briefe entgegen und strich mir flüchtig über den Kopf.

»Ich danke dir, Liebste. Du bist ein wahrhaft nützliches Eheweib. Sei dir gewiss, dass ich sehr zufrieden mit dir bin.«

In meiner Vorstellung rammte ich ihm den Kiel der Schwanenfeder durch das Auge direkt in sein verdorbenes Gehirn. Täuschte ich mich oder genoss Antares die Wirkung der Botschaften? Hinter seiner Reue, die womöglich nur gespielt war, glaubte ich Triumph und Heimtücke aufblitzen zu sehen. Sobald mir eine der giftigen Baumspinnen unter die Augen kam, würde ich sie in das Bett meines Gatten stecken und hoffen, dass sie eine besonders empfindliche Körperstelle mit ihrem Biss beehrte.

»Mit den neuen Erfindungen aus Canribis wird unsere Macht ins Unermessliche wachsen.« Antares schritt zur Tür, drehte sich noch einmal zu mir um und deutete allen Ernstes eine Verbeugung an. »Du bist doch eine kluge Frau, meine Teuerste. Bestimmt weißt du, wie man Kriege ein für alle Mal verhindert?«

Schweigend starrte ich auf die Briefe in seiner Hand.

»Nicht?« Er grinste süffisant. »Nun, dann will ich es dir sagen. Man sorgt dafür, dass niemand unter den Augen der Götter mehr einen Angriff wagt. Wer unbesiegbar ist, muss seine Feinde nicht länger fürchten.«

Ich sah auf und zwang mich, dem Blick meines Ehemannes standzuhalten. »Was ist mit dem Friedensabkommen? Werdet Ihr ein solches mit den Aman-Kaja schließen?«

Antares lächelte seltsam. »Sofern ihr König meine Bedingungen erfüllt und sich an die Gesetze hält, werde ich das tun. Oh, und wo wir gerade davon sprechen. Ich möchte, dass ihr euren Unterricht heute Abend fortsetzt. Zur achten Stunde in Malakats Gemach. Sobald du glaubst, dass unser Gast ausreichend darauf vorbereitet ist, der Gesellschaft vorgestellt zu werden, gibst du mir eine Nachricht.«

Ich rang mich zu einem Nicken durch. Antares schien damit zufrieden zu sein, verschwand aus meinem Zimmer und ließ mich allein. Verwirrt starrte ich auf die Tür. Was sollte diese plötzliche Umsicht und Freundlichkeit? Was bezweckte er damit? Antares' Verhalten war so vertrauenswürdig wie eine dünne Eisschicht, unter der tiefes Wasser lag. Ein einziger unbedachter Schritt und ich würde ertrinken.

»Ach, Tashma.« Ich seufzte und wandte mich zum Fenster um. »Was sollen wir nur tun? Hast du eine Ahnung, warum ausgerechnet die größten Dummköpfe und Widerlinge die Throne dieser Welt besetzen?«

Die Basiliskendame streckte ihre Flügel aus, schnaufte und schüttelte sich.

»Nein? Ich auch nicht. Also, was sollen wir jetzt tun? Hinausgehen? Uns die Burg ansehen?«

Wieder stieß Tashma ein Schnaufen aus. Unternehmungslustig stand sie vor mir und legte den Kopf schief.

»Also gut. Wie du willst. Dann schauen wir mal, ob wir die südlichen Gärten finden.«

Wie ein treuer Hund trottete der Basilisk neben mir her, während ich die Burg verließ und als Erstes den königlichen Garten begutachtete. Er war bei Weitem schöner als jener, der den gewöhnlichen Edelmännern und Damen vorbehalten war. Goldblättriger Efeu umrankte alte Säulen, Kletterrosen in allen erdenklichen Farben erklommen die Stämme seltener Bäume und ergossen sich hier und da in leuchtenden Wasserfällen aus deren Kronen, als hätten sie sich in luftiger Höhe dazu entschieden, wieder dem Boden entgegenzustreben. Kunstvoll angelegte Teiche waren durch Bäche miteinander verbunden, darüber führten Brücken aus verschnörkeltem Eisen.

Bei jedem Schritt schien der Garten neue Düfte auszuströmen. Zu den Aromen der zahllosen Blumen gesellten sich die herben Nuancen von Baumharz, Zimt und Gewürznelken und das frische Bouquet des Grases. Eine Ecke des Gartens war über und über mit blauem Nachtjasmin bewachsen. Abenteuerlustig erklomm er die Burgmauer, wand sich um Säulen und Stämme, kroch über den Boden und eroberte unerbittlich eine Bank, die bereits zur Hälfte verschluckt worden war. Jetzt, da die Sonnen hell vom Himmel schienen, waren seine silbrig schimmernden Knospen fest verschlossen. Doch sobald die Dunkelheit heraufzog, würden sie aufspringen und ihren betäubenden Duft verströmen.

Tashma schienen die Aromen zu Kopf zu steigen. Wie eine wild gewordene Ziege hüpfte und sprang sie um mich herum, schnappte nach vorbeiflatternden Schmetterlingen und verspeiste sie mit genüsslichem Schmatzen, wobei der Flügelstaub ihre Schnauze bunt färbte.

»Wohin sollen wir gehen?«, fragte ich sie. »Einfach der Nase nach?«

Die Basiliskendame schien mich zu verstehen und sprang munter voraus. Wir durchschritten einen schattigen Gang voller blühender Malven und kamen zu einem bewachten Tor. Mogoa hatte mir erzählt, dass drei solcher Tore den südlichen und westlichen Teil der Burg, welcher ausschließlich dem engsten Kreis des Königs vorbehalten war, vom Rest der Anlage trennten.

Argwöhnisch passierte ich die Soldaten und rechnete damit, aufgehalten zu werden. Doch sie verbeugten sich nur schweigend, legten die rechte Hand auf ihre Brust und wagten es nicht einmal, mich anzusehen. Unbehelligt verließ ich den königlichen Bereich und trat auf einen Hof hinaus. Noch immer lag die Stille der Mittagsruhe über der Burg und summte hinter dem einschläfernden Zirpen der Grillen. Bis auf ein paar lustlos scharrenden Hühnern war kein Geschöpf weit und breit zu entdecken. Verlassen lagen die Gerätschaften herum. Auf mehreren flachen Steinen trockneten rohe Fladenbrote, die später im Ofen gebacken werden würden.

Leise klackerten meine Sandalen auf dem Kopfsteinpflaster, Fliegen umsummten einen Haufen Mist. Ich genoss das Brennen der Sonne und das unwirkliche Schweigen, das von der Hitze zu einem erdrückenden Gewicht zusammengepresst wurde. Ungestört schritt ich durch ein offen stehendes Tor und kam an den Pferdeställen vorbei. Eine Weile hielt ich mich bei den Tieren auf, kraulte ihnen die Köpfe, kämmte mit den Fingern durch Mähnen und Stirnhaar und sog den vertrauten Geruch in mich hinein. Jetzt, da alle Knechte und Mägde ruhten, würde es ein Leichtes sein, auf den Rücken eines schnellen Pferdes zu springen. Wo mochte wohl mein Sterntänzer sein? Hatte Antares mir nicht versprochen, dass ich jederzeit auf der Stute würde reiten dürfen? Ich suchte nach einem Schimmel, doch das hellste Tier im Stall war ein altersschwacher Falbe, der aus müden Augen in die Welt hinaus blinzelte.

Eifersüchtig strich Tashma um meine Beine, während ich dem Tier ein paar Streicheleinheiten gönnte und aus einem Kübel eine Handvoll Möhren fischte. Nachdem ich den Falben damit gefüttert hatte, nahm ich meinen ziellosen Weg wieder auf und schwenkte in südliche Richtung. Zum ersten Mal seit meiner Ankunft fühlte ich eine gewisse

Verbindung zu diesem Ort. Die Luft roch nach Blumen und Gewürzen, eine warme Brise zauste mein Haar und eine Dattelpalme, die groß und majestätisch neben einem Brunnen aufragte, bot ein derart exotisches Bild, dass ich stehen blieb und den Anblick in mich aufnahm.

Da ging mir plötzlich ein ganz anderer Gedanke durch den Kopf und löste ein nervöses Kribbeln in meinen Knien aus. Schon heute Abend würde ich Tarek wiedersehen. Zweifellos brachte er uns nicht das geringste Vertrauen entgegen und versuchte nur, sich mit seinem Schicksal zu arrangieren. Aber niemand, nicht einmal das kälteste Herz, konnte sich auf Dauer Malakats mütterlicher Sanftheit entziehen. Selbst den Eispanzer meines Vaters hatte sie geknackt. Wenn also jemand zwischen zwei grundverschiedenen Welten vermitteln konnte, dann war es Malakat. Wie lange es wohl dauern würde, bis wir zu Tarek durchdrangen? Ob irgendwann so etwas wie Freundschaft zwischen uns entstehen konnte?

Ich wünschte es mir … und fürchtete mich zugleich davor.

In meinen Eingeweiden brodelte Wut. Auf Antares, auf mich selbst und auf die Ordnung in dieser Welt, die es Männern wie meinem Gatten erlaubte, sich alles zu nehmen. Er hatte nicht nur mein Vertrauen in ihn zerstört, sondern das in jeden Mann, der mir unter die Augen kam. Allein in Kafirs Nähe fühlte ich mich sicher und das auch nur, weil er alt und mager war und seine einstige Stattlichkeit an das Alter verloren hatte. Mein Herz war niemals furchtsam gewesen, doch jetzt benahm ich mich wie ein Reh, das bei jedem Geräusch und jeder Bewegung die Flucht antrat. Ich hasste das Schaudern, das mich bei jeder tiefen Stimme durchfuhr. Ich hasste das panische Rasen meines Herzens, wenn ich die kräftigen, breitschultrigen Wachen erblickte und an ihnen vorbeilaufen musste.

Tarek vertraute uns nicht. Und ich vertraute ihm nicht.

Wie sollten wir diese Kluft jemals überwinden?

Grübelnd lief ich weiter, als könnte ich die Wirklichkeit auf Abstand halten, wenn ich nur immer weiterging. Neben einem baufälligen Schuppen standen ein paar Hochbeete. Ich pflückte mir eine Handvoll Zuckerschoten und verspeiste die süßen Erbsen, während ich weitere verlassene Höfe überquerte, an Ställen und Hundezwingern vorbeikam und eine Ansammlung kuppelförmiger Brennöfen passierte. Die Burg des Blauen Mondes war weitaus größer und weitläufiger, als ich vermutet hatte. Mit all ihren Gassen, Plätzen und verwinkelten Gebäuden glich sie einer kleinen Stadt. Hier und da traf ich auf einen einsamen Knecht, der mich zuerst verwirrt, dann erschrocken musterte, kreidebleich auf die Knie fiel und eine jener Floskeln keuchte, mit denen man dem König und seiner Gemahlin hierzulande huldigte. Stets murmelte ich ein betretenes »Danke« und wünschte einen schönen Tag, was meistens mit fassungslosem Schweigen beantwortet wurde.

Schweißtropfen rannen meinen Rücken hinab, die Haut meines Gesichts begann zu brennen. Wie aus dem Nichts erschien eine alte Frau und gab mir einen Krug mit kühlem Wasser. Gierig trank ich ihn leer, bedankte mich bei der Alten und ging weiter, bis ich auf die Burgmauer traf. Die Torwächter verneigten sich vor mir und ließen mich passieren, aber ihre Blicke bohrten sich wie Pfeile in meinem Nacken. Sehnsüchtig blickte ich in das weite Land hinaus, hinter dessen Horizont meine Heimat lag. So unendlich weit entfernt. Eine Flucht schien zum Greifen nahe, doch weit würde ich nicht kommen. Der Graben mit den gefräßigen Fischen zog sich rund um die Burg, dahinter lauerten Wächter und Bullenhunde. Selbst wenn ich all diese Hindernisse überwinden konnte, bot das gerodete Land mit seinen weiten Feldern und Wiesen kaum Möglichkeiten, sich zu verstecken. Im Handumdrehen würden Antares' Reiter mich wieder einsammeln. Was Malakat und Kafir in einem solchen Fall blühte, wollte ich mir nicht einmal ausmalen.

Allmählich wurden meine Schritte schwer. Auch Tashma sprang nicht mehr um mich herum, sondern trottete brav neben mir her. Langsam folgten wir der Burgmauer in Richtung Süden. Hitzeschwaden tanzten über den Hügeln und Feldern, ein Gemälde aus ausgebleichtem Gold, Ocker und Braun, hier und da von staubigem Rot durchzogen. Es war zu warm, um zu denken. Ein überaus angenehmer Zustand. Hin und wieder wischte ich eine Mücke von meiner Haut, strich mir die Haare aus der Stirn und genoss das Gefühl, weit weg von allem zu sein.

Bald schon zogen von Norden her dunkle Wolken auf, ein Versprechen auf Sturm und Regen. Der auffrischende Wind trug die finstere Wand schnell näher und ehe ich die Burg zur Hälfte umrundet hatte, tröpfelte Regen auf die ausgedörrte Erde nieder.

Tashma zwitscherte vor Freude, warf ihren Kopf in den Nacken und fing die Tropfen mit der Zunge auf. Tief atmete ich den Duft in mich hinein, zog meine Sandalen aus und lief barfuß über den Sand. Roch der Regen nicht nach Meer? Brachten die Wolken nicht ein Stück Heimat zu mir?

Sehnsüchtig blickte ich in den Himmel hinauf und stellte mir vor, dass die Wolken den Ozean der Grauen Küste erblickt hatten. Sie waren frei, so viel freier als ich, zogen mit dem Wind und kannten keine Grenzen. Es scherte mich nicht, dass meine Füße und Hosenbeine bald schon von Schlamm verkrustet waren. Ich lief weiter, immer weiter, bis vor mir die südlichen Gärten auftauchten: Felder und Beete in unterschiedlichen Farbtönen, die sich bis zum Rand einer steilen Klippe hinzogen. Ein mannshoher Zaun trennte den Bereich ab, bewacht von sechs Soldaten. Jener Wächter, der neben dem einzigen Tor stand, öffnete es für mich, vollführte eine Verbeugung und glotzte auf meine dreckstarrenden Füße.

Ich zuckte nur mit den Schultern und grinste, was der Mann mit einem freundlichen Kopfnicken kommentierte.

»Falls Ihr Eure Amme sucht, Herrin …«, er deutete in östliche Richtung, »… sie ist da vorn, bei den Wasserveilchen.«

»Danke.« Ich zwang mich zu einem Lächeln und marschierte an den Beeten entlang. Ich hatte gerade zwei davon passiert, als Malakat mich entdeckte. Sie richtete sich auf, hob den Arm und winkte mir zu. »Gemma! Wie schön, du kommst gerade richtig. Wir müssen uns beeilen. Die Wasserveilchen können nur geerntet werden, während es regnet.«

Neugierig ging ich zu ihr, kniete mich in den Schlamm und wartete auf Anweisungen. Tashma rollte sich derweil zusammen, bettete den Kopf auf ihre Vorderpfoten und gönnte sich ein kleines Schläfchen.

»Nimm eines der nassen Tücher.« Sie zog ein solches aus einem Korb, reichte es mir und deutete auf die Erde vor meinen Knien. »Breite es aus und lege die Blüten auf die untere Hälfte. Wenn du eine Reihe voll hast, faltest du das Tuch zusammen und legst es in den zweiten Korb. Es ist wichtig, dass die Blüten nicht austrocknen.«

Ich nickte und tat, was sie mir aufgetragen hatte. Die blassvioletten Wasserveilchen waren zart wie ein Windhauch und dufteten leicht nach Zitrone. Behutsam pflückte ich die Blüten von den dünnen Stängeln, legte sie auf das Tuch und drückte sie ein wenig an, so wie Malakat es tat.

»Wofür sind sie gut?«, fragte ich meine Amme.

»Nun, sie lindern die Gebrechen des Alters. Zu einem Tee aufgegossen, fördern sie das allgemeine Wohlbefinden und wirken schmerzlindernd. Als Salbe aufgetragen, verhindern sie Wundbrand und beschleunigen die Heilung bei Verbrennungen. Es gibt kaum eine Blüte, deren positive Wirkung breiter gefächert ist. Aber sie sind empfindlich. Sobald sie austrocknen, verlieren sie ihre Wirkung.«

Ich prägte mir Malakats Worte ein und arbeitete weiter. Im Norden leuchtete schon wieder ein Streifen klaren blauen Himmels, doch noch tröpfelte der Regen sanft auf uns nieder, tränkte die Erde und unsere Kleidung, glitzerte auf den Pflanzen und malte graue Schleier in den Himmel.

Nach einer Weile spürte ich Malakats Hand auf meiner Schulter. Vorsichtig zog sie den Stoff der Tunika zur Seite und musterte die unversehrte Haut darunter.

»Er hat das getan, nicht wahr?«

Ich pflückte eine weitere Blume, legte sie auf das Tuch und strich ihre Blütenblätter glatt.

»Ja«, antwortete ich nach einer Weile.

Malakat nickte und schwieg. Ich spürte ihre kreisenden Gedanken, all die unausgesprochenen Fragen und Vermutungen.

»Dann stimmen die Geschichten also«, murmelte sie irgendwann. »Ein König und eine Königin, so heißt es, regieren bei den Aman-Kaja niemals allein. Sie müssen stets zu zweit sein, damit das Weibliche das Männliche ausgleicht, und umgekehrt. In den meisten Legenden ist davon die Rede, dass ein Aman-Kaja nur dann den Thron besteigen darf, wenn er über besondere Fähigkeiten verfügt.«

»Magische Fähigkeiten?«

»Es sieht ganz danach aus.«

Ich starrte auf mein Tuch, das fast zur Gänze mit Blüten befüllt war. Nachdenklich pflückte ich zwei weitere, drückte sie glatt und faltete den Stoff zusammen. »Mogoa glaubt, dass Tarek Rache üben wird. Sie sagt, es ist nur eine Frage der Zeit, bis er sich befreit.«

»Nun ja.« Meine Amme warf mir einen verschwörerischen Blick zu. »Ist es nicht das, worauf wir hoffen?«

Ich schluckte mühsam. *Ja,* wollte ich antworten. *Ja, genau das ist unser Ziel.* Doch irgendetwas an dem Gedanken erschreckte mich. Irgendetwas? Nein, der Grund war klar und umklammerte wie eine kalte Hand meinen Nacken. Wenn Tarek seine Fesseln sprengte, würde er seinen Hunger nach Rache stillen und sein, was auch Antares war: ein Mann, gegen den ich nichts ausrichten konnte. Mein Schicksal würde in seinen Händen liegen. Er konnte der sanfte, sein Volk liebende König sein, den ich in meinen Träumen erblickt hatte – oder der gnadenlose Drachenreiter, der die Erde mit dem Blut seiner Feinde tränkte.

»Irre ich mich«, sagte Malakat mit einem verschmitzten Lächeln, »oder habt ihr beide Gefallen aneinander gefunden?«

»Was?« Abrupt fuhr ich herum. »Wie kommst du darauf? Warum sollte er an mir Gefallen finden? Ich bin sein Feind. Ich bin die Gemahlin des Mannes, der seine Welt mit Krieg überzieht. Hast du nicht den Hass in seinen Augen gesehen? Er verabscheut mich. Er verabscheut uns alle und ich kann es ihm nicht einmal verübeln.«

»Und was ist mit dir?«

»Mit mir?«

»Gefällt er dir?«

»Er ist nur ein Mann«, fauchte ich. »Ich werde niemals einen Mann begehren. Nicht nach dem, was …« Ich schüttelte wütend den Kopf. »Nein! Sie alle sind daran gewöhnt, sich zu nehmen, was sie wollen. Wir sind nur kleine Tiere, die sie nach Belieben zerquetschen oder streicheln.«

»Ach, Gemma«, sagte meine Amme leise. »Es gibt viele Menschen dort draußen, die glauben, dass die Götter den Männern ihre Stärke gegeben haben, damit sie uns beschützen. Sie soll dem Behüten dienen, nicht dem Zerstören. Schließe nicht von Antares auf andere. Ich hatte einen Mann, der mich geliebt hat. Kafir liebt aus tiefstem Herzen und ich habe in meinem Leben nicht wenige gesehen, die alles für ihre Frauen getan hätten.«

»Sie können uns wehtun, wenn sie wollen. Sie sind in der Lage dazu und das werde ich für den Rest meines Lebens nicht mehr vergessen.«

»Das mag sein. Aber ich sehe, wie du auf Tareks Nähe reagierst. Er beruhigt dich, nicht wahr? Du fühlst dich wohl, wenn er bei dir ist, auch wenn du nicht verstehst, warum das so ist.«

»Nein.« Entschlossen schüttelte ich den Kopf. »Es ist nur seine Stimme. Weiter nichts. Ich finde sie schön. Ihr Klang ist beruhigend. Doch das sagt nichts über den Mann aus, zu dem sie gehört.«

»Warum hat er dich geheilt, Gemma?«, fragte Malakat. »Warum hat er deine Hand in seine genommen und warum hast du es zugelassen? Nach allem, was dir widerfahren ist?«

Meine Kehle wurde eng. Ich wollte eine Antwort geben, doch aus meinem Mund drangen nur erstickte Geräusche.

»Ihr habt eure Träume geteilt, mein Kind. Natürlich hat er dich im ersten Moment als Feind gesehen, aber er weiß auch, dass die Götter euch zusammengeführt haben. Ihr seid auf eine Weise miteinander verbunden, auf die der Verstand des Menschen keinen Einfluss hat. Lass diese Verbindung wirken. Selbst durch Krieg und Hass hindurch findet sie ihren Weg. Das ist der Weg in eure Freiheit. In unsere Freiheit. Bitte lass nicht die Angst gewinnen. Ich weiß, dass deine Wunden noch frisch sind. Ich weiß, dass du Zeit brauchst, aber versprich mir, dass du nicht aufgibst. Der Schatten wird von dir abfallen, glaube mir.«

Ich schnaufte spöttisch. »Denkst du wirklich, dass es so einfach ist? Das ist es nämlich nicht. Nichts ist einfach. Gar nichts. Außer das Sterben.«

Malakat schnalzte tadelnd mit der Zunge. »Einfach, meine Seeschwalbe? Habe ich etwas von einfach gesagt? O nein, das ist es nicht. Stell dir vor, zwei Milchmottenlarven würden sich fragen, woher der Käse kommt, in dem sie ihr gesamtes Dasein verleben. Gewiss könnten sie Stunde um Stunde mit ausufernden Disputen darüber verbringen, ob der Käse nun vom Himmel gefallen oder einfach aus dem Tisch gewachsen ist, auf dem er steht. Doch niemals würden ihre umherirrenden Mottengedanken auch nur entfernt auf so etwas wie eine Kuh kommen.«

Ich runzelte die Stirn. »Was willst du mir damit sagen?«

»Ich will damit sagen, Gemma, dass die Wege der Götter unbegreiflich sind. Unsere Vorstellungskraft hat Grenzen und oftmals liegt die Wahrheit weit dahinter.« Sie stand auf, wischte ein paar Erdbrocken von ihrem Kleid und klemmte sich den Korb mit den zusammengefalteten Tüchern unter den Arm. »Genug der Rederei. Wir müssen uns beeilen. Es hat aufgehört zu regnen.«

Den Rest des Tages verbrachten wir in einem gemauerten Häuschen, das alt und windschief am Rande einer Klippe stand. Sein ehemaliger Bewohner hatte ein hoffnungsloses, aber liebenswertes Chaos hinterlassen. Wo auch immer sich eine Ablagefläche bot, stapelten sich Kisten, Schälchen, Fläschchen und Schatullen, Gläser in allen Formen und Farben und sorgfältig beschriftete Phiolen. Es gab Töpfe mit allerlei Fetten und Ölen, Destillierkolben, Spatel, Pinzetten und unzählige andere Werkzeuge, von denen ich kaum die Hälfte einordnen konnte. Von wurmstichigen Holzbalken baumelten getrocknete Pflanzen. Manche waren so alt, dass sie gänzlich von Spinnweben und Staub eingehüllt waren.

Malakat räumte notdürftig den vor dem Fenster stehenden Tisch frei und legte zwei Holzrahmen mit aufgespanntem Leintuch darauf. Dieses bestrich sie großzügig mit weißem Fett aus einer Holzschale, das einen angenehm nussigen Geruch verströmte. Gelangweilt rollte sich Tashma unter einem Stuhl zusammen und beobachtete uns aus müden Augen.

»Was ist das? Es stinkt ja gar nicht.«

»Das ist das Fett der großen Kukuinuss.« Malakat steckte den Zeigefinger in die Schale und leckte das ab, was daran kleben blieb. »Es riecht so gut, wie es schmeckt. Möchtest du mal probieren?«

»Nein, danke. Was ist eine Kukuinuss?«

»Du hast bestimmt schon welche gesehen. Sie sind braun, kugelrund und so groß wie der Kopf eines ausgewachsenen Menschen. Jene aus dem Flussdelta erreichen gar die Größe von Antares' Hintern.«

Ich prustete. »Dann müssen es wahrhaft riesige Nüsse sein.«

»O ja. Außerdem sind sie für allerlei Dinge zu gebrauchen. Ihr weißes Fleisch schmeckt köstlich, ihre Schale wird zu Werkzeugen, Schalen und Schmuck verarbeitet, das Wasser in ihrem Inneren ist süß wie Honig und das Fett wie kein anderes dazu geeignet, die Wirkung der Wasserveilchen zu bewahren. Schau her.« Vorsichtig nahm sie eins der Tücher aus dem Korb, faltete es auseinander und nahm eine Blüte auf. Diese legte sie sacht auf das glatt gestrichene Fett und drückte jedes einzelne Blütenblatt in die Masse, bis sie ganz davon bedeckt waren.

»Du musst behutsam sein«, sagte Malakat. »Liegen die Blumen erst einmal auf dem Nussfett, wird ihre Wirkung konserviert. Achte darauf, dass kein Blütenblatt herausragt. In zehn Tagen sind die Veilchen zerfallen und wir haben eine schöne, nützliche Salbe, die auch noch gut riecht und schmeckt. Denkst du, du kommst zurecht? Dann kann ich meine Tinkturen fertigstellen.«

»Sicher.« Ich setzte mich auf den knirschenden Stuhl, nahm eine Blüte und wiederholte, was Malakat getan hatte. Es war eine eigenartig befriedigende Arbeit, die Blumen in das geschmeidige Fett zu drücken und damit zu bedecken. Meine Amme sah mir eine Weile zu, dann machte sie sich, als sie sich von meinem Geschick überzeugt hatte, an die Herstellung ihrer Wässerchen.

Ein paar Stunden lang umgaben wir uns mit wohltuendem Schweigen. Tashma schnarchte leise vor sich hin, Malakat hackte wohlriechende Kräuter klein, mischte Salben an, rieb Muskatnuss und verrührte Nelkenpulver mit Distelöl. Ich drückte ein Veilchen nach dem anderen in das Fett, blickte hin und wieder aus dem Fenster und fragte mich, was der Abend bringen würde. Unaufhörlich wechselte ich zwischen Vorfreude, Furcht und Verwirrung hin und her, bis mir der Kopf von all den Gefühlen schwirrte und ich mit dem Gedanken spielte, eine Magenverstimmung vorzutäuschen. Aber was würde das bringen? Seit ich zurückdenken konnte, hatte ich mich den Dingen lieber gestellt, anstatt mich vor ihnen zu verstecken. Seien es die Prügel meines Vaters gewesen oder die Streite mit meiner Mutter, meine Heirat mit Antares oder unsere Hochzeitsnacht. Alles hatte ich überstanden. Und heute würde ich nicht damit aufhören.

Immer wieder spürte ich die Blicke meiner Amme im Nacken. Manchmal hielt sie in ihrer Arbeit inne und schien eine Frage stellen zu wollen, doch wann immer ich zu ihr aufblickte, lächelte sie nur zerstreut und fuhr mit ihrer Tätigkeit fort.

»Wie lange wird es dauern«, fragte ich irgendwann. »Ich meine, bis er unsere Sprache spricht?«

»Das kommt darauf an.« Geduldig zerpflückte Malakat dicke, fleischige Blätter und ließ die vor Saft triefenden Stückchen in eine Schale fallen. »Er scheint sehr verständig zu sein. Bis zum nächsten Königsmond werden wir recht gute Erfolge verzeichnen können, sofern er auch lernen will.«

»Aber ihr könnt euch doch schon verständigen. Warum führt Antares die Gespräche nicht gemeinsam mit dir? Schließlich versteht Tarek die Sprache der Chilam ebenso gut wie du.«

Malakat seufzte. Sie wischte sich ein paar Haarsträhnen aus dem Gesicht, stemmte die Fäuste in ihre Hüften und starrte eine Weile vor sich hin. »Es geht dem König nicht darum, dass er sich mit Tarek verständigen kann«, sagte sie schließlich. »Natürlich könnte man die Gespräche bereits jetzt führen, doch Antares will seinen Feind demütigen. Ich denke, dass er Tarek als wildes Tier sieht, dem er Menschenkleidung anzieht und Kunststückchen beibringt. Er will ihn herumzeigen und vorführen. Als Beweis dafür, dass er das letzte freie Volk in die Knie gezwungen hat.«

Beklommen drückte ich das nächste Veilchen ins Fett. »Ich fürchte, du hast recht. Antares kam vorhin zu mir und hat ein paar Briefe diktiert. Bevor er wieder ging, fragte er mich nach unseren Fortschritten im Unterricht. Ich soll ihm Bescheid geben, sobald ich der Meinung bin, dass unser Gast in die Gesellschaft eingeführt werden kann.«

Malakat rollte mit den Augen, zerpflückte das letzte Blatt und warf es mit einer ruppigen Bewegung in die Schale. »Es ist gut, dass Antares sich seiner Sache so sicher ist. Dann wird er nicht bemerken, wenn sich der Wind zu seinen Ungunsten dreht.«

»Du denkst wirklich, wir können Tarek auf unsere Seite ziehen? Malakat, Antares stellt eine gewaltige Armee zusammen. Unzählige Kämpfer sind auf dem Weg hierher. Er hat sich die neuesten Waffen aus Canribis schicken lassen und sogar zweihundert Amphoren mit Öl, das Wasser zum Brennen bringt. Tut man so etwas, wenn man auf Frieden aus ist?«

»Ich weiß es nicht, meine Seeschwalbe. Ich weiß nur, dass Tarek unsere Rettung oder unser Verderben sein kann. Ich habe die Angst in Ylerias Augen gesehen. Sie mag eine mächtige Hexe sein, zumindest für die heutigen Verhältnisse, doch eines ist ihr augenscheinlich klar.«

»Was?«

»Dass Antares und sie mit dem Feuer spielen. Kurz nach der Ankunft der Gefangenen wurde die Burgmauer förmlich mit Kanonen gespickt und die Wachen verdoppelt.«

»Drachen«, flüsterte ich. »Natürlich. Wenn sie tatsächlich Tareks Willen gehorchen, könnte er sie herbei rufen. Aber warum hat er es nicht längst getan?«

»Ich weiß es nicht. Entweder schwächt ihn die Magie des Halsreifs oder er wagt es nicht, sie zu rufen.«

»Weil er sie nicht opfern will?«

»Ich weiß es nicht. Die Aman-Kaja sind ein einziges Rätsel. Besitzen sie alle große Macht oder nur er? Wie denken sie? Wie fühlen sie? Wo liegen ihre Grenzen und wie fällen sie Entscheidungen? Das alles müssen wir erst noch herausfinden.«

Ich seufzte und starrte eine Weile aus dem Fenster. »Es könnte so einfach sein«, ging es mir durch den Kopf. »So einfach, wenn die Menschen nur endlich aufwachen würden.«

»Was meinst du?«

»Antares hat alle siebzehn Reiche um Kämpfer und Waffen erleichtert. Geht den Königen und Fürsten denn nicht auf, dass er schwach und angreifbar ist? Erkennen sie nicht, dass seine Armee am Boden liegt?«

»Nein.« Malakat schüttelte den Kopf. »Das erkennen sie nicht. Weil sie sich fürchten.«

»Aber sie fürchten sich vor etwas, das nicht existiert.«

»Ist es nicht oft so mit der Furcht?« Malakat lächelte traurig. »Zu viele Jahre lang hat Antares das Land mit Blut und Gewalt überzogen. Er hat unzählige Male bewiesen, dass er kein Gewissen kennt, dass er vor keiner Folter zurückschreckt und über eine abscheuliche Fantasie verfügt. Noch dazu steht die letzte Hexe der Menschenwelt an seiner Seite. Niemand wagt es, ihm die Stirn zu bieten. Sie alle ducken sich vor ihm und erfüllen seine Wünsche, nur um seinen Zorn nicht auf sich zu ziehen. Antares mag einfältig sein, aber er ist der perfekte Kriegsherr. Kein Gewissen steht ihm im Weg und sein Spaß an der Grausamkeit erschreckt die Menschen zutiefst.«

»Oh, wenn sie es nur wüssten.« Ich schlug mit der flachen Hand auf die Tischplatte. »Wenn ihnen nur klar wäre, dass er am Boden liegt und sich nicht wehren kann.«

Malakats Augen verengten sich. »Tu nichts Dummes, Gemma. Bitte, ich flehe dich an.«

»Natürlich nicht. Denkst du, ich weiß nicht, dass keine Nachricht ohne Antares' und Ylerias Wissen diese Burg verlässt? Wenn man mich erwischen würde, wären wir alle des Todes.« Eine gewaltige Last drückte auf meine Schultern, machte mein Herz schwer wie ein Stein und meine Gedanken müde. »Ach, Malakat. Warum ist die Welt nur so, wie sie ist?«

»Weil grausame Menschen über sie herrschen und gute Menschen leiden.«

»Denkst du, er ist gut?«

Meine Amme wusste sofort, wen ich meinte. »Was glaubst du, Gemma?«

»Ich … weiß es nicht. Ich weiß nicht, was ich glauben soll.«

»Doch. Du weißt es. Aber jetzt komm, meine Seeschwalbe. Die achte Stunde ist nicht mehr fern und mein Bauch sehnt sich nach einer schönen, warmen Suppe.«

In der Küche trafen wir auf Kafir, der gemeinsam mit ein paar Feldarbeitern auf einer Bank saß und Eintopf löffelte. Die dreckstarrenden Männer gafften ungläubig, als Malakat und ich uns zu ihnen setzten und begannen, unsere Suppe zu essen. Kafir grinste, die anderen nuschelten schreckensstarr ein paar Floskeln und verbeugten sich im Sitzen.

»Schon gut.« Ich versuchte, ruhig zu atmen, doch eine kalte Hand packte meinen Nacken und drückte langsam zu. »Der Höflichkeit ist Genüge getan. Dort, wo ich herkomme, speisen alle Bewohner in einer Halle.«

»Die Diener zusammen mit den Herren?«, fragte ein blonder Bursche, der aussah wie Baudrians jüngerer Bruder. Seine grobe Leinenhose war über und über mit Schlamm verkrustet, die Überreste von ausgerissenem Unkraut hingen in seinen zerzausten Locken. Keiner dieser Männer würde es wagen, mich anzurühren. Und doch hätte jeder von ihnen die Macht dazu, wäre ich nicht die Frau des Königs. Ihr Geruch biss in meine Nase, ihre Nähe ließ mich schwitzen. Nein, ich würde meiner Angst nicht den Sieg überlassen. Kafir und Malakat waren bei mir und ich war die Königin dieser Burg. Wenn jemand Angst haben musste, dann die Männer vor meinen Befehlen.

»Ja«, antwortete ich. »Die Diener essen zusammen mit ihren Herren. Daran ist bei uns nichts Besonderes.«

Wenig damenhaft schaufelte ich den Eintopf in mich hinein. Er schmeckte köstlich. Dicke Fettaugen schwammen auf der Brühe und das Fleisch war so zart, das es auf der Zunge zerfiel. Ein paar Männer grunzten amüsiert, aber es war mir gleich. Das Letzte, woran ich jetzt denken wollte, waren irgendwelche höfischen Benimmregeln.

»Wir sollten ihm etwas davon mitnehmen«, nuschelte ich mit vollem Mund. »Bestimmt ist er ganz ausgehungert. Was bekommt man im Kerker zu essen? Gekochte Maden?«

»Ich habe keine Ahnung. Aber das ist eine gute Idee. Freundschaft geht auch durch den Magen, nicht wahr?« Malakat winkte eine der Köchinnen herbei, eine absurd dicke Frau, deren Körper wie ein riesiger Pudding wackelte. Sie raunte ihr etwas ins Ohr, woraufhin die Köchin grinste wie ein Honigkuchenpferd, eifrig nickte und zum Schrank watschelte. Ihr ausladender Hintern schwang wie eine Glocke hin und her, während sie sich durch Töpfe und Pfannen wühlte, ein paarmal fluchte und schließlich einen bauchigen Krug aus Ton hervorzog.

»Du hast ihr gesagt, für wen der Eintopf ist, oder?«

Malakat kicherte. »Ja, das habe ich. Die ganze Dienerschaft platzt vor Neugier. Und die edlen Damen und Herren schäumen vor Wut, weil Antares sie ausquartiert hat. Manche schleichen sich sogar in die königlichen Gebäude und hoffen, einen Blick auf die Aman-Kaja zu erhaschen. Du glaubst gar nicht, was für absurde Gerüchte im Umlauf sind.«

»Spitze Zähne, Schuppen und gelb glühende Augen?«, mutmaßte ich.

»Das und noch viel mehr.« Malakat gluckste. »Jemand wusste sogar zu berichten, dass der Drachenreiter einen von Antares' Jagdhunden in zwei Hälften gebissen hätte.«

Um ein Haar hätte ich meine Suppe wieder ausgespuckt. »Was?«

»Jeder von den eitlen Gockeln und schwatzhaften Damen möchte sich vor den anderen aufspielen.« Malakat seufzte. »Und wenn man nichts zu erzählen hat, dann erfindet man eben was. Ich befürchte, Antares wird zu ungeduldig sein.«

»Du meinst, er wird Tarek zu früh der Meute vorwerfen?« Über meine Suppenschale hinweg beobachtete ich die dicke Köchin, die Kelle um Kelle in den Krug füllte und darauf achtete, auch eine ordentliche Portion Fleisch mit hineinzutun. »Das müssen wir verhindern. Notfalls behaupte ich, unsere Fortschritte würden nur schleppend voranschreiten. Ich weiß, mein Gatte ist ungeduldig, aber vielleicht haben wir Glück und erwischen einen Tag, an dem er bei Verstand ist.«

»Wir tun, was wir können.« Malakat aß den letzten Löffel Suppe, stand auf und stellte ihre Schale auf den Tisch. »Komm jetzt, Gemma. Gleich wird die Glocke zur achten Stunde schlagen. Kafir, kommst du mit?«

»Das würde ich gerne.« Mein alter Waldkrieger hob bedauernd die Schultern. »Aber man erwartet mich wieder auf den Feldern. Der Regen hat der Erde gutgetan, heute Nacht sollen der Winterhafer und die Fleckbohnen ausgesät werden. Jede Hand wird gebraucht.«

Malakat runzelte die Stirn. »Dein Eifer in allen Ehren, aber bist du nicht zu alt für solch schwere Arbeit?«

Kafirs riss empört die Augen auf. »Was redest du für ein Unsinn, Weib? Ich und zu alt? Noch in fünfzig Jahren werde ich die Hacke schwingen wie ein junger Kerl. Mach dir mal keinen Kopf. Ich werde sogar noch genug Kraft übrig haben, um anständig dein Bett und deine morschen Knochen zu wärmen.«

Die Feldarbeiter schnauften, ein paar zotige Bemerkungen fielen. Ähnliche Worte hatte man auch Antares und mir hintergeworfen, als er mich in sein Gemach getragen hatte. Schlagartig wurde mir übel. Malakat legte eine Hand auf meine Schulter, schenkte mir ein mütterliches Lächeln und nahm den Krug entgegen, den die Köchin ihr reichte.

»Du bist sehr tapfer, meine Seeschwalbe«, flüsterte sie mir zu. »Und weit stärker, als ich es damals war. Wo ist eigentlich dein Basilisk?«

Ich drehte mich um die eigene Achse und suchte nach Tashma. »Keine Ahnung. Ich dachte, sie wäre unter den Tisch gekrochen.«

»Nun, Basilisken sind eben gerne allein.« Sanft schob mich meine Amme nach draußen. Längst hatte die Hitze wieder Einkehr gehalten und lag wie eine drückende Glocke über der Burg. Das Pflaster und die Dächer dampften in der aufziehenden Abenddämmerung, die keinerlei Abkühlung mit sich brachte. »Sie wird schon wieder auftauchen.«

Malakat behielt recht. Als hätte sie gewusst, wie die Pläne für unseren Abend aussahen, erwartete uns Tashma im Gemach meiner Amme. Mit baumelndem Schweif und schlaff herabhängenden Flügeln lag die Basiliskendame auf dem Fenstersims und blinzelte uns entgegen. Ich setzte mich zu ihr, nur um nach wenigen Momenten wieder aufzustehen und herumzulaufen. Meine Nervosität machte mich rasend. Ich wollte gleichgültig sein. Gleichgültig gegenüber allem. Wie ein Felsen, der in der Brandung stand und allen Naturgewalten trotzte.

Doch das misslang mir gründlich.

Allmählich wich der Tag einer farbenprächtigen Dämmerung. Riesig und blassblau schwebte der Königsmond am Himmel und schob sich so langsam über den Horizont, dass das menschliche Auge es nicht wahrnehmen konnte. Erst jetzt wurde mir bewusst, dass meine Kleidung mit Schlamm verkrustet war. Ich sah aus wie ein Sumpftroll. Mein Zopf war halb aufgelöst, meine Haare kringelten sich wie das Fell eines Lockenschafs.

Da schlug die Tempelglocke zur achten Stunde. Meine Freude wuchs und mit ihr meine Furcht. Ob mir noch genug Zeit blieb, um mich umzuziehen? Nein, draußen erklangen bereits Schritte. Allzu schnell kamen sie näher, dann hörte ich ein leises Klopfen.

»Herein«, rief Malakat, setzte sich in einen der Sessel und schlug ein Bein über das andere. Eine junge Frau öffnete die Tür, verbeugte sich und schien darauf zu warten, dass ich etwas zu ihr sagte. Sie war atemberaubend schön, auf eine Weise, die Männern den Verstand rauben konnte. Ihre blasse Haut stand in scharfem Kontrast zu den rabenschwarzen Haaren, die offen über ihre Schultern wallten. Das tief ausgeschnittene dunkelgrüne Kleid betonte die sinnlichen Rundungen ihres Körpers und trug denselben Farbton wie ihre funkelnden, kristallenen Augen.

Diese Augen! Natürlich.

Es war keine Fremde, sondern Antares' Hexe.

»Yleria?«, flüsterte ich ungläubig.

Affektiert neigte sie den Kopf zur Seite und genoss meine Verblüffung in vollen Zügen. Dann wandte sie sich zu jemandem um, der hinter ihr stand, verborgen von der halb offen stehenden Tür.

»Nur keine Scheu. Komm schon. Komm herein.«

Meine Kehle wurde trocken, als ich Tarek plötzlich vor mir sah. Diesmal trug er einen schlichteren Kaftan, dessen ausgebleichtes Grün an einen dunstverhangenen Dschungel erinnerte. Seine Füße waren nackt, sein Haar locker im Nacken zusammengebunden. Erstaunlicherweise hatte man ihm die Ketten erspart, lediglich der Reif lag noch um seinen Hals und pulsierte träge. Einen schwindelerregenden Herzschlag lang sahen wir einander in die Augen. Ich fühlte das Band zwischen uns, spürte, wie es ganz sacht an meinem Herzen zog. Doch mit einem einzigen Blinzeln zerrissen wir es, jeder auf seine Weise, und ließen seine Überreste zu Boden fallen.

Besitzergreifend legte Yleria eine Hand auf Tareks Schulter. Gehorsam senkte er den Blick und verbarg seinen Zorn hinter schweren Atemzügen. Er sah müde aus. So müde, dass ich glaubte, er würde jeden Moment zu Boden sinken und nicht mehr aufstehen. Seine Haut, heute Morgen noch von dem wunderschönen Ton heller Bronze, wirkte blass und kränklich.

»Was ist mit ihm?«, fragte ich die Hexe. »Was habt Ihr mit ihm angestellt?«

»Nichts, meine Königin. Es geht ihm gut.«

»Das sieht mir aber nicht danach aus.«

Yleria zog eine säuerliche Grimasse. Sie währte nur kurz und wich sofort einer Maske aus Ehrfurcht und Demut, doch ich hatte genug gesehen. Sie hasste meine Fragen. Und sie war der Meinung, dass ich mich in Dinge einmischte, die mich nichts angingen.

»Macht Euch keine Sorgen, Herrin«, säuselte sie. »Die Aman-Kaja haben heute Morgen ein Gemach im Kerkerturm bezogen. Sie erhalten gutes Essen und ein Bett. Zudem kann ich Euch versichern, dass ihnen kein Haar gekrümmt wird.«

Ich suchte in ihren Augen nach der Wahrheit und fand keine Antwort. Diese Frau war nicht nur innerhalb eines Tages jung und wunderschön geworden, auch ihre Macht schien sich vervielfacht zu haben. Da war ein tückisches Feuer in ihren Augen, beseelt von Triumph und

Überlegenheit. Hatte man Tarek deshalb die Fesseln erspart? War Yleria dank ihrer Verwandlung so mächtig geworden, dass keine Gefahr mehr von ihm ausging?

»Kommt her, meine Königin«, forderte sie mich auf. »Bitte. Ich muss Euch etwas zeigen.«

Unbehaglich ging ich einen Schritt auf sie zu.

»Näher.« Sie vollführte eine ungeduldige Geste. Ihre Finger waren so lang und blass wie die einer Alabaster-Statue. »Noch näher. Ja, so ist es gut. Jetzt legt Eure Fingerspitzen auf den Halsreif.«

Wild hämmerte das Herz gegen meine Rippen. Tarek und ich waren einander so nah, dass ich die Hitze seines Körpers spürte. Der Duft nach Balsamholz war nahezu verflogen, an seine Stelle war ein Aroma getreten, das ich früher einmal als angenehm empfunden hätte. Doch jetzt, nachdem Antares einen Teil meiner selbst zerstört hatte, wollte ich davor zurückschrecken. Denn es war der natürliche, moschusartige Duft nach Mann.

»Legt Eure Finger auf den Halsreif.« Ylerias Stimme war scharf wie eine frisch geschliffene Klinge. »Bitte, meine Königin. Tut, was ich sage.«

Sie sprach von einer Bitte, doch in Wahrheit war es ein Befehl. Ich zweifelte nicht daran, dass sie mich jederzeit dazu zwingen konnte, ihren Worten zu gehorchen. Und ebenso wenig stellte ich infrage, dass Antares ihr die Erlaubnis dazu gegeben hatte. Jetzt begriff ich auch, was die Laune des Königs aufgehellt hatte. Ylerias Brüste waren so rund und prall, dass sie förmlich das Mieder sprengten. Vermutlich hatte sich mein Gemahl schon intensiv mit ihnen beschäftigt.

Zitternd hob ich meine rechte Hand, streckte sie aus und legte meine Fingerspitzen auf das blau schimmernde Eisen. Tarek blickte auf. Sein Blick war glasig vor Erschöpfung. Er schien kaum wahrzunehmen, was um ihn herum geschah. Hatte Antares seinen Willen gebrochen? Oder war es Ylerias Zauber, der ihn in einen blassen Schatten seiner selbst verwandelt hatte?

Die Hexe trat zu uns, berührte mit dem Zeigefinger den Reif und murmelte ein paar unverständliche Worte. Unsichtbare Fäden krochen aus dem Metall und wanden sich um meine Finger. Ich wollte zurückspringen, doch es war, als hätten meine Füße Wurzeln geschlagen. Ich konnte mich nicht rühren, nicht einmal meine Hand zurückziehen. Tareks Blick wurde abrupt klar, sein Leib zitterte unter den Fesseln der Magie. Unbändige Wut flammte in seinen Augen auf, dann ballte er die Hände zu Fäusten und versuchte, vor dem Zauber zurückzuweichen. Vergeblich. Er kämpfte mit solchem Zorn gegen Yleria an, dass die Adern an seinen Schläfen hervortraten und seine Muskeln sich bis zum Zerreißen spannten. Doch die Macht der Hexe war so unzerstörbar wie Amaryll-Fesseln. Sie hielt uns gefangen, bis sie entschied, dass es genug war. Eine flüchtige Bewegung ihrer Hand – und der Zauber schmolz dahin wie eine Schneeflocke in der Sonne. Ich zuckte zurück, starrte abwechselnd auf den Halsreif und auf meine Fingerspitzen. Tarek dagegen rührte sich nicht. Sein Blick durchbohrte mich wie ein scharfes Schwert.

»Was habt Ihr getan?«, flüsterte ich.

»Eine reine Vorsichtsmaßnahme«, erwiderte die Hexe. »Ich kann heute nicht bei Euch bleiben, meine Königin. Antares benötigt meine Hilfe in einer wichtigen Angelegenheit.«

Um ein Haar hätte ich laut gelacht. Ja, diese *wichtige Angelegenheit* konnte ich mir lebhaft ausmalen. Gab sie sich ihm etwa freiwillig hin? Genoss sie die Berührungen dieses Ungeheuers?

»Ich habe die Macht des Halsreifs mit Euch geteilt«, fuhr Yleria fort. »Nun gebietet auch Ihr über den Willen unseres …«, sie lächelte träge, »… hoch angesehenen Gastes. Sollte er Euch zu nahe kommen oder es gar wagen, Euch angreifen, genügt ein Gedanke, um ihn aufzuhalten.«

»Was?« Ungläubig schüttelte ich den Kopf. »Aber … nein! Ich will das nicht. Nehmt den Zauber wieder zurück.«

»Das werde nicht, meine Königin. Es ist Antares' ausdrücklicher Wunsch, dass auch Ihr über den Halsreif gebietet. Er wäre untröstlich, wenn Euch oder dem Leben unter Eurem Herzen etwas widerfährt.«

»Ich will das nicht«, wiederholte ich mit Nachdruck. »Ich will über niemanden gebieten. Hebt den Zauber auf oder …«

»Oder was?«, fiel Yleria mir ins Wort. »Ihr könnt nichts dagegen tun. Antares' Wille muss geschehen, ob uns das nun gefällt oder nicht. Wir verfolgen ein gemeinsames Ziel, meine Königin. Deshalb müsst Ihr mir vertrauen. Und jetzt entschuldigt mich bitte. Ich habe zu tun.«

Damit wandte sie mir den Rücken zu, verließ das Zimmer und schloss die Tür hinter sich. Ich hörte das Klirren von Schwertern und das Stampfen schwerer Schritte. Dem Klang nach zu urteilen, nahmen mehrere Wachen vor Malakats Gemach Aufstellung.

Die Luft zwischen Tarek und mir wurde so dick, dass man sie in Scheiben hätte schneiden können. Niemand sagte ein Wort. Ich spürte seinen Blick auf mir ruhen, bohrend und zornig, aber ich schaffte es nicht, ihm zu begegnen. Natürlich wusste er, was Yleria getan hatte. Zu allen Demütigungen, die er in den letzten Tagen und Nächten hatte erdulden müssen, kam nun auch noch die Tatsache, dass ein weiterer Feind über seinen Willen gebot. Und dieser Feind war ich.

»Malakat?« Meine Amme saß in ihrem Sessel und sah so hilflos aus, wie ich mich fühlte. »Bitte sag ihm, dass ich das nicht wollte.«

Sie seufzte, suchte nach Worten und stotterte ein paar Sätze hervor. Tarek rührte sich nicht. Er schwankte vor Erschöpfung, verengte hin und wieder die Augen und schien Mühe zu haben, Malakat zu folgen. Als meine Amme verstummte, antwortete er nichts. Stattdessen setzte er sich in Bewegung, tappte mit nackten Füßen über den Marmorboden und ließ sich der Länge nach auf das Sofa fallen.

Erst als er ausgestreckt auf dem Polster lag und die Augen schloss, richtete er sein Wort an Malakat.

Klang seine Stimme abweisend oder zornig? Vorwurfsvoll oder besänftigt? Ich wusste es nicht. Die Offenheit, die er heute Morgen gezeigt hatte, war gänzlich hinter einer undurchschaubaren Maske verborgen. Ob er seine Gefühle absichtlich vor uns versteckte oder schlichtweg zu müde war, um mit uns zu agieren, vermochte ich nicht einzuschätzen.

»Was hat er gesagt?« Ich kehrte zur Fensterbank zurück und setzte mich auf den Sims. Noch immer war die Wärme des Tages im Stein eingeschlossen. Tashma hüpfte auf meinen Schoß, drehte sich ein paarmal um die eigene Achse und begann schließlich, wie eine Katze auf meinen Bauch einzustampfen.

»Ich habe ihm erklärt, dass Yleria dir den Zauber aufgezwungen hat«, antwortete Malakat. »Und dass es nur zu deinem Schutz geschehen ist.«

Ich nickte und streichelte Tashmas Flügel. Ein kurzer Blick auf Tarek verriet mir, dass er uns beobachtete. Sein Gesicht wirkte seltsam leblos, noch immer war kein einziges Gefühl darin zu lesen. Ein

Arm lag angewinkelt auf seiner Brust, den anderen ließ er einfach vom Sofa hängen.

»Und was hat er geantwortet?«

Malakat lächelte mich an. »Dass du dergleichen nicht nötig hast. Im Gegensatz zu den Männern der Knochenmenschen würde ein Aman-Kaja es niemals wagen, seine Hand gegen eine Frau zu erheben. Wer so etwas tut, sei feige und wertlos. Was das angeht, bin ich ganz seiner Meinung.«

Ein warmes Gefühl streifte mich, unmittelbar gefolgt von Misstrauen. Schon viele Männer hatten geschworen, ihre Gemahlinnen gut zu behandeln. Doch allzu bald hatten sie ihre eigenen Worte in den Wind geschlagen.

»Knochenmenschen?«, fragte ich. »Ist das sein Wort für meinesgleichen?«

»Ja.«

»Warum? Weil wir so bleich sind wie Gebeine oder weil unsere Soldaten nichts als Knochen hinterlassen?«

Malakat übersetzte meine Frage in die Sprache der Chilam. Tarek lauschte ihren Worten mit halb geschlossenen Augen und quittierte sie mit einem flüchtigen Lächeln. Dann gab er mit schläfriger Stimme eine Antwort.

»Was hat er gesagt?«, drängelte ich.

»Dass beides richtig ist. Sie nennen euch Knochenmenschen, weil ihr so blass seid wie altes Gebein. Und weil Antares' Armee nichts als Tod hinterlässt.«

Na, das war ja ein wunderbares Fundament für eine Freundschaft. In Ermangelung einer besseren Idee zog ich Tashma an mich und hielt mich an ihr fest. Wie ein Säugling lag die Basiliskendame in meinen Armen, streckte alle viere von sich und schmiegte ihren Kopf gegen meine Schulter.

»Sag ihm, dass es mir leidtut, Malakat. Sag ihm, dass ich mir wünsche, all das wäre niemals geschehen. Von mir aus kann der Dschungel diese Burg verschlingen. Bäume und Moos sind mir tausendmal lieber als dieser hässliche Klotz. Ich wünsche mir, dass sich ein Wasserschwein auf Antares' Leichnam erleichtert und die Affen mit seinem Schädel Fangen spielen.«

Malakat sah mich einen Moment lang an, dann begann sie lauthals zu lachen. Auf seinem Sofa zog Tarek die Stirn kraus. »Na, das wird ihm gefallen.«

Mit viel Gestammel und Gestotter übersetzte sie meine Worte in die Chilam-Sprache. Jedes Mal, wenn die Mundwinkel des Aman-Kaja zuckten, schien er sich erst mit Verzögerung darauf zu besinnen, dass ich ein Feind war und mit Kälte gestraft werden musste. Doch als Malakat die letzten Worte sprach, platzte es aus ihm heraus. Es war nur ein kurzes, unfreiwilliges Prusten, aber es ließ erkennen, dass Tarek ein Mann war, der viel und gerne lachte. Zumindest wenn man ihm einen Grund dafür gab.

»Was hat er gesagt? Ach, Malakat, jetzt lass dir doch nicht alles aus der Nase ziehen.«

Meine Amme strafte mich mit einem scharfen Blick. »Werde nicht respektlos, junge Dame. Eine alte Frau ist kein Hase, der schneller rennt als sein Schatten. Ich soll dir sagen, dass er ein Wasserschwein finden wird, das deinen Wunsch erfüllt. Nur mit den Affen und dem Schädel wird es schwierig. Sie spielen mit nichts, das nach Mensch stinkt, aber sie lieben es, Zweibeiner mit ihrem Kot zu bewerfen.«

»Auch gut«, brummte ich. »Dann sollen sie meinen Gatten mit Kot bewerfen, bevor wir ihn umbringen und das Wasserschwein holen.«

Wieder übersetzte Malakat meine Worte. Tarek warf mir einen prüfenden Blick zu, lachte, murmelte etwas vor sich hin und lachte noch einmal. Einen flüchtigen Moment lang schien er zu vergessen, wo er sich befand.

»Hm«, machte Malakat. »Er sagt, du würdest dich blendend mit O'bat verstehen. Wer ist O'bat?«

»Vielleicht einer der beiden Aman-Kaja, die mit ihm hierher gebracht wurden. Wie geht es überhaupt dem Mann, der so schwer verwundet wurde?«

»Er ist auf dem Weg der Besserung. Aber es wird noch eine Zeit lang dauern, bis er wieder auf eigenen Füßen stehen kann.«

»Hat es ihn so schlimm erwischt?«

»Ja. Er hätte sterben müssen, aber die Aman-Kaja scheinen ein ausgesprochen zähes Volk zu sein.« Malakat wandte sich Tarek zu und stellte ihm eine Frage. Offenbar drehte sie sich um den Eintopf, denn sein Blick heftete sich auf den noch immer dampfenden Krug.

Anfangs schien ihn die Aussicht auf Knochenmenschen-Essen wenig zu begeistern, doch nachdem Malakat eine Weile aufmunternd auf ihn eingeredet hatte, gab er sich schließlich geschlagen. Mühsam richtete er sich auf, runzelte die Stirn und beobachtete meine Amme dabei, wie sie einen Teller mit Suppe füllte.

»Keine Maden«, murmelte sie vor sich hin. »Keine Krötenaugen und kein Büffelkot. Nur bestes Gemüse aus dem Garten und die feinsten Stücke vom Tempelochsen.«

Bevor sie ihm den Löffel reichte, stellte Malakat eine Frage. Der Aman-Kaja schnaufte nur, brummte etwas Empörtes und riss ihr das Besteck aus der Hand.

»Du hast ihn nicht etwa gefragt, ob er weiß, was ein Löffel ist. Oder?«

Meine Amme blickte bestürzt drein. »Doch. Habe ich.«

»Malakat!«

»Was denn? Ich wusste damals nicht, was ein Löffel ist. Ich kannte nicht einmal Suppen. Wir aßen Fleisch, Früchte, Wurzeln und Brei, den wir mit den Fingern zu mundgerechten Kugeln rollten.«

»Nun, er weiß anscheinend sehr genau, was ein Löffel ist.« Fasziniert beobachtete ich, wie Tarek in Windeseile die Schale leerte. Er schien sich nicht daran zu stören, dass wir neben ihm saßen und zusahen. Ein zweites Mal füllte Malakat die Schale, ein zweites Mal leerte er den Eintopf mit unübersehbarem Genuss.

»Ein Gerücht hätten wir schon mal zerstreut«, sagte ich. »Er isst sehr wohl wie ein gewöhnlicher Mensch. Wahrscheinlich bekam er im Kerker nur madiges Brot und fauliges Wasser. Wer würde da nicht enthaltsam leben?«

»Glaube mir, Gemma. Irgendwann bist du so hungrig, dass du selbst madenverseuchtes Brot mit Freuden isst.«

»Ich hoffe, keiner von uns muss diese Erfahrung machen.«

»Oder sie noch einmal machen«, korrigierte Malakat. »Denn Kafir und ich können ein Lied davon singen.«

»Ja«, murmelte ich. »Ja, tut mir leid. Bei den Göttern, vielleicht hätten wir lieber gleich den ganzen Kessel mitbringen sollen.«

Nachdem Tarek zum dritten Mal seine Schale geleert hatte, ließ er sich schwerfällig auf das Sofa zurückfallen und stieß ein Rülpsen aus.

Die Verlegenheit, mit der er anschließend eine Hand auf den Mund schlug, riss mich zu einem Lachen hin.

»Mach dir mal keine Sorgen«, beschwichtigte ich ihn. »Die Männer der Knochenmenschen machen sich einen Spaß daraus, so laut wie nur irgend möglich zu rülpsen. Und beim Rülpsen belassen sie es nicht. Nein, sie pfeifen sogar Lieder. Mit ihren Darmwinden.«

Malakat übersetzte meine Worte. Tarek schüttelte ein paar Mal den Kopf, dann murmelte er etwas, das äußerst abfällig klang.

»Er begreift nicht, wie man Spaß an unhöflichen Körpergeräuschen empfinden kann«, übertrug sie seine Antwort in meine Sprache. »Wenn ich es richtig verstanden habe, hat er die Männer deines Volkes als ungehobelte Kammschweine bezeichnet.«

»Dem stimme ich zu. Es *sind* ungehobelte Kammschweine.«

Mit leidender Miene legte Tarek eine Hand auf seinen vollen Bauch und streckte sich auf dem Sofa aus. Warum nur waren unsere Völker Feinde? Warum loderten über uns die Flammen des Krieges und des Hasses, obwohl wir uns im Grunde so ähnlich waren?

»Ahorem«, hörte ich ihn murmeln.

Malakat lächelte amüsiert, wiederholte das Wort und fügte ein zweites hinzu: »Ahemon.«

»Was bedeutet das?«

»Das, meine Seeschwalbe, ist der Beginn unseres Unterrichts. Die Chilam-Sprache ist der der Aman-Kaja sehr ähnlich, nur manche Worte unterscheiden sich voneinander. Zum Beispiel das Wort *Ahemon*. Es bedeutet so viel wie *Verzeihung*. Tareks Sprache hat es im Laufe der Jahrhunderte in *Ahorem* umgewandelt. Die Chilam bezeichnen den Himmel als *Carian*, denn sie beten die Gelbe Sonne als männlichen Gott an. Bei den Aman-Kaja steht das Gestirn für eine weibliche Kraft. Genauer gesagt verkörpert sie das lebensspendende Licht der Muttergöttin Mohini. Daher lautet das Aman-Kaja-Wort für Himmel *Cariana*.«

»Du weißt schon viel über ihn.«

»O nein. Das sind alles nur Bruchstücke. Ich bin mir nicht mal sicher, ob ich alles richtig verstehe.«

»Sie beten also eine Muttergöttin an?«

»Ja. Wobei es anbeten nicht wirklich trifft. Vielmehr ehren die Aman-Kaja sie durch alltägliche Taten. Es gibt keine Blutopfer, wie man sie hier so gerne praktiziert. Soweit ich das richtig verstanden habe, hinterlässt man hin und wieder ein Geschenk für die Waldgeister. Früchte, Brot oder Samen.«

»Dann sind die Legenden über herausgerissene Herzen und gehäutete Feinde also Unsinn?«

»Ganz bestimmt sind sie Unsinn. Aber Fragen dieser Art heben wir uns lieber für einen späteren Zeitpunkt auf.«

Ich nickte, lehnte meinen Kopf gegen den warmen Stein und blinzelte in das Licht des Königsmondes. Alle erdenklichen Blautöne flossen auf seiner Oberfläche wie Strudel ineinander, verwirbelten und trennten sich wieder, um ihren Tanz miteinander an anderer Stelle erneut aufzunehmen. Es gab unzählige Geschichten über die Herkunft dieses Gestirns. Im Norden, wo der Mond niemals ganz über den Horizont stieg, erzählte man, er bestünde aus einem vielfarbigen Meer, das nur die Schiffe der Götter zu durchqueren vermochten. Hier im Süden war der Mond Amarus Reich, eine Welt aus flammenden Feuerstrudeln, bevölkert von Dämonenscharen und Ungeheuern, die allein dem Gott des Blutes gehorchten und alle verschlangen, die sich ihm widersetzten.

Gerne hätte ich Tarek gefragt, welche Geschichte sein Volk zu erzählen hatte, doch Malakat hatte ihn bereits in ein Gespräch verwickelt. Mit unübersehbarer Mühe versuchte er, ihren Worten zu folgen, während sein Blinzeln von Minute zu Minute träger wurde. Schnurrend lag Tashma in meinem Schoß, ein einschläfernder Wind fächelte über mein Gesicht und zauste mit sanften Fingern mein Haar. Da bemerkte ich einen süßen Duft, der in Wolken zu mir heraufschwebte. Die Blüten des Nachtjasmins hatten sich dem Mondlicht geöffnet. Müde kraulte ich die Kopffedern meines Basilisken, sog das wohltuende Aroma in mich hinein und ließ mich von Malakats und Tareks Stimmen davontragen.

Eine Zeit lang tauschten sie Chilam-Worte aus, dann ging meine Amme dazu über, den Aman-Kaja einfache Begriffe aus unserer Sprache wiederholen zu lassen. Es war eigenartig, seine Stimme vertraute Silben formen zu hören. Die Ungeschicktheit, mit der er es anfangs versuchte, brachte mich zum Lächeln. Doch nach und nach entwickelte er ein Gefühl für die fremdartigen Töne, gab ihnen die richtige Gestalt und verlieh ihnen sogar eine exotische Eleganz. Es dauerte nicht lange, bis sich Malakat und Tarek die Begriffe wie Bälle zuwarfen, immer hin und her, bis das Spiel eine Art Rhythmus entwickelte. Manchmal lachten sie über eine besonders missglückte Aussprache, schüttelten die Köpfe, gestikulierten und diskutierten. Irgendwann bettete Tarek seine nackten Füße auf die Armlehne des Sofas und verschränkte seine Arme unter dem Kopf, eine Geste, die Entspannung und Wohlgefühl vermittelte.

Es musste eine Lüge sein. Vielleicht wollte er uns in Sicherheit wiegen, vielleicht war es nur ein Aspekt seiner Täuschung. Ich zog den schlafenden Basilisken ein wenig höher, stützte mein Kinn auf seinem Kopf ab und beobachtete Tarek, wie er scheinbar gelassen inmitten seiner Feinde lag, mit meiner Amme scherzte und alles wiederholte, was sie ihm vorgab. Die beiden schienen sich ausgesprochen gut zu verstehen. Ein kluger Schachzug von Antares, dem Aman-Kaja als Lehrerin eine Frau aus dem Waldvolk vorzusetzen.

»Das hier nennen wir Pfirsich.« Malakat nahm eine Frucht aus der Schale und zeigte sie dem Aman-Kaja. Längst hatte sie bemerkt, dass er besonders mit den Zischlauten unserer Sprache Schwierigkeiten hatte.

»Fir-sisch«, wiederholte er holprig.

»Fast richtig. Am Anfang steht ein ›*pfff*‹. Pfirsich. Und das Ende heißt nicht ›*sch*‹, sondern ›*ch*‹. Pfirsich.«

»Hm«, brummte Tarek.

»Versuch es noch einmal. Pfirsich.«

»Pfir-sich.«

»Ganz genau. Und das, was du anscheinend ausgesprochen gerne tun würdest, heißt *schlafen*.«

»Schlafen?«

»So ist es.« Malakat faltete die Hände zusammen und legte sie an ihre Wange, wobei sie den Kopf ein wenig zur Seite neigte. Offensichtlich eine allgemein verständliche Geste, denn Tarek murmelte etwas Bestätigendes und schloss die Augen.

Während meine Amme gemächlich den Pfirsich verzehrte, sackte der Kopf des Aman-Kaja Stück für Stück zur Seite, bis tiefe, gleichmäßige Atemzüge verrieten, dass der Unterricht beendet war.

Ich verließ den Fenstersims mit Tashma auf den Armen und setzte mich in einen Sessel. Gelangweilt hob der Basilisk ein Augenlid und schlief sofort wieder ein, als ich mich niedergelassen hatte.

»Denkst du, er hat Vertrauen zu uns gefasst?«

Malakat hob die Schultern und setzte eine ratlose Miene auf. »Ich weiß es nicht. Vielleicht. Möglicherweise ist der Basilisk der Grund dafür.«

»Tashma? Aber warum …«

Da fielen mir Mogoas Worte wieder ein, die sie bei unserer ersten Begegnung gesprochen hatte: *Außerdem habt Ihr das Herz eines Basilisken gewonnen. Auch das spricht für Euch, denn diese Wesen können die Seele eines Menschen wittern. Ist sie zu dunkel, nehmen sie Reißaus.*

Hatte Malakat recht? War das Tier in Tareks Augen ein Beweis dafür, dass ich nichts Böses im Schilde führte?

»Entweder er hat halbwegs Vertrauen zu uns gefasst«, sagte meine Amme. »Oder er war einfach zu erschöpft, um noch weiter über unsere Pläne nachzugrübeln. So oder so denke ich, dass die Dinge gut laufen. Wenn man das unter den gegebenen Umständen überhaupt so sagen kann.«

»Was tun wir, wenn er so weit ist?«

»Ganz ehrlich, Gemma? Ich weiß es nicht. Wir müssen sehen, was die Zeit bringt.«

»Dann gibt es also keinen Plan.«

»Ich weiß nicht, was Yleria ausgeheckt hat. Sie ist ein Biest, das nach seinen eigenen Regeln spielt, aber nichtsdestotrotz will sie dasselbe wie wir.«

»Sich von Antares befreien.«

Malakat nickte, tippte mit dem Zeigefinger gegen ihre Lippen und betrachtete den schlafenden Aman-Kaja. Nichts an ihm wirkte gefährlich, ganz im Gegenteil. Jetzt, da er so vertrauensselig in unserer Gegenwart ruhte, strahlte er eine ergreifende Unschuld aus. In einem anderen Leben wären wir zwei junge Menschen gewesen, arglos und lebenshungrig. Wir hätten lachend die Köpfe zusammengesteckt und wären uns Tag für Tag nähergekommen. Vielleicht hätte er mir den Dschungel gezeigt. All die seltsamen Pflanzen, die gewaltigen Bäume mit ihren Schlingpflanzen und Orchideen, die schillernden Vögel und lautlos schwebenden Falter im grünen Dämmerlicht. In einem anderen Leben hätte ich mir nichts sehnlicher gewünscht, als mit ihm gemeinsam durch den Wald zu wandern. Ich hätte mich danach gesehnt, ihn zu kennen, tief in meinem Herzen und in meiner Seele.

Doch in einem anderen Leben wären wir einander niemals begegnet. Erst der Krieg hatte uns zusammengeführt.

»Ach, Gemma«, seufzte Malakat. »Es macht mich traurig, die Angst in deinen Augen zu sehen.«

»Angst?« Ich zog meine Beine an und rückte Tashma zurecht, sodass sie halbwegs bequem zwischen meiner Brust und meinen Knien lag. »Warum?«

»Dein Herz möchte offen sein. Es möchte lieben und begehren und sich seiner Jugend erfreuen. Aber das ist unmöglich. Denn die Angst hat es in Ketten gelegt. Oh, meine Seeschwalbe, gib mir ein Messer und ich werde es Antares höchstpersönlich durch die Kehle ziehen.«

»Malakat! Wenn uns jemand hört, ist das dein Tod! Was ist eigentlich los mit euch?«

»Mit uns? Was meinst du?«

»Auch Mogoa hat vorhin im Zorn geredet. Sie hat Dinge gesagt, die sie auf das Schafott bringen könnten. Genauso wie du es tust.«

»Es ist wohl der Geschmack von Freiheit«, murmelte Malakat. »Tareks Gegenwart lässt erloschene Flammen neu auflodern.«

Ich seufzte. Natürlich verstand ich die Sehnsucht nach Befreiung. Ich verstand die zehrende Wut und das verzweifelte Aufbegehren. Ein seltsamer Zauber wehte durch die Burg, der nichts mit Yleria oder schwarzer Magie zu tun hatte. Und dieser Zauber war ein Windstoß, der kalte Asche in leidenschaftlich brennende Flammen verwandelte. »Bitte passt auf euch auf, Malakat. Ich mag jetzt eine Königin sein, aber wenn Antares euren Tod will, kann ich nichts ausrichten.«

Meine Amme nickte, doch in ihren Augen flackerte ein unbezähmbarer Wille. »Ihm bedeutet es nichts«, knurrte sie leise. »Er lacht über all das Elend, geht zu seinen Huren und genießt sein verdorbenes, abscheuliches Leben. Ich aber muss Menschen leiden sehen, die es wahrhaft verdienen, glücklich zu sein. Was ist das für eine Welt, Gemma? Wo sind die alten Götter, wenn ihre Kinder sie brauchen?«

»Malakat, bitte …«

Schritte erklangen. Schwerter klirrten. Jemand klopfte an die Tür, dann wurde die Klinke heruntergedrückt. Yleria trat herein, die Wangen glühend, die Haut verschwitzt. Ein sündhaftes Lächeln hob ihre roten Lippen.

Wusste sie, was Malakat gesagt hatte? Würde sie gleich den Tod meiner Amme besiegeln?

»Für heute habt ihr genug getan.« Ihre rechte Augenbraue wanderte in die Höhe, als sie Tarek auf dem Sofa entdeckte. Offenbar steckte die Erschöpfung tief in seinen Knochen, denn einen Jäger aus dem gefährlichsten aller Wälder weckte unter normalen Umständen gewiss selbst das kleinste Geräusch. »Das sieht mir aber nicht nach einem erfolgreichen Unterricht aus.«

»Fragt Euch, woran das liegt.« Ich reckte mein Kinn vor und versuchte, wie eine Königin zu blicken. »Er konnte vor Erschöpfung kaum geradeaus gehen und da erwartet Ihr, dass er die halbe Nacht lang Vokabeln mit uns übt?«

Ylerias Lächeln nahm etwas Verschlagenes an. Mit geschmeidig wippenden Hüften ging sie hinüber zu Tarek und rüttelte unbarmherzig an seiner Schulter. »Aufstehen. Na los doch. Es wird Zeit.«

Noch ehe sich seine Augen blinzelnd geöffnet hatten, gehorchte sein Körper bereits dem Befehl der Hexe. Schwankend kämpfte er sich auf die Beine, blickte verwirrt um sich und schien im ersten Moment nicht zu wissen, wo er sich befand.

»Nun komm schon.« Ungeduldig schob Yleria ihn in Richtung Tür. »Ich habe noch viel zu tun heute Nacht.«

»Was stellt Ihr mit ihm an?« Kampflustig ballte ich meine Hände zu Fäusten, doch die Hexe hielt es nicht für nötig, sich zu mir umzudrehen. »Habt Ihr nicht gesagt, Antares würde die Aman-Kaja fortan als seine Gäste behandeln?«

»Das tut er auch, meine Königin. Wie Gäste, von denen eine nicht zu leugnende Gefahr ausgeht. Es mangelt ihnen an nichts, dessen könnt Ihr Euch gewiss sein.«

»Warum wirkt Tarek dann wie jemand, der seit Tagen kein Auge zubekommen hat?«

»Ihr habt euch also schon einander vorgestellt.« Yleria wandte sich nun doch um und lächelte süß. »Sehr schön. Ihr seid auf dem richtigen Weg, meine Königin.«

»Warum geht es ihm schlecht? Antwortet mir!«

Die Kiefermuskeln der Hexe verkrampften sich. »Ich bin mir sicher, dass es nichts Ernstes ist. Vielleicht verbringen die Aman-Kaja ihre

Nächte damit, ihre Flucht zu planen. Oder sie beten stundenlang zu irgendwelchen Waldgeistern. Wer weiß das schon? Ich kann Euch versichern, Herrin, dass man für ihr Wohlergehen sorgt.«

Damit verneigte Yleria sich demütig, doch in ihren Augen blitzte etwas auf, das mir nicht gefiel. »Ich wünsche Euch eine gute Nacht, Herrin. Morgen zur achten Stunde werdet Ihr Euren Unterricht fortsetzen.«

Die nächsten Tage waren von einer Gleichmäßigkeit erfüllt, die uns wie eine Strömung erfasste und sanft durch die Stunden trug. Ich verschmähte sowohl die Bücher als auch das Schreibzeug – nicht weil ich keine Lust auf meine einstmals liebste Beschäftigung verspürte, sondern weil beide Geschenke von Antares stammten. Viel mehr Gefallen fand ich daran, den Vormittag mit Malakat in den südlichen Gärten zu verbringen, wo wir Heilpflanzen pflegten und ernteten, Samen ausbrachten, Unkraut jäteten und neue Beete umgruben. Was Antares davon hielt, dass seine neue Königin wie eine Magd arbeitete, blieb vorerst im Dunklen. Mitsamt seinen Getreuen war er zu einer Jagd in die Sümpfe aufgebrochen, die, wie Mogoa mir berichtete, durchaus mehrere Wochen dauern konnte. Womöglich hatten wir ja Glück und Antares landete im Maul einer Nebelkatze. Oder aufgespießt auf dem Horn eines Büffels.

Malakat und ich machten uns einen Spaß daraus, allerlei Szenarien über das Ableben meines Gatten zu kreieren. Während wir die Vormittage damit verbrachten, über möglichst unschöne Todesarten zu reden und uns schmutzig zu machen, gehörten die Nachmittage der baufälligen Hütte am Rande der Klippe. Dort mischten wir Salben, Tränke und Tees, die sich bei den Heilern der Burg zunehmender Beliebtheit erfreuten. Manchmal sprachen wir stundenlang kein Wort, ohne dass es einem von uns unangenehm wurde. Ganz im Gegenteil. Noch nie hatte ich dieses gemeinsame Schweigen, diese allumfassende Ruhe und Eintönigkeit so gebraucht wie in jenen Tagen.

Abends wurde es zu unserer Angewohnheit, in die Küche einzukehren, um wenigstens ein bisschen Zeit mit Kafir zu verbringen. Der alte Waldkrieger blühte auf wie ein junger Frühlingsbaum. Offenbar taten ihm die Hitze und die Arbeit so gut, dass seine Augen strahlten wie die eines Jungen und die Schmerzen aus seinen Knochen verschwanden. Das schlechte Gewissen nagte beständig an mir, wenn ich daran dachte, wie sehr der arme Kafir unter der ständigen Kälte im Norden gelitten haben musste.

Innerhalb kurzer Zeit gewöhnten sich die Mägde und Knechte daran, dass ihre Königin mit ihnen zu Abend aß. Schon am zweiten Tag lachten wir gemeinsam und tauschten Neuigkeiten aus, wobei man mich mit Fragen über den geheimnisvollen Aman-Kaja löcherte. Stets beharrten Malakat und ich darauf, dass wir nicht über ihn sprechen durften. Und stets gaben die Bediensteten mit enttäuschten Mienen klein bei, nur um bei der nächsten Gelegenheit erneut ihr Glück zu versuchen.

Eine gewisse Ungeduld trug mich durch den Tag und wurde stärker, je näher die achte Stunde rückte. Jedes Mal, wenn Yleria gemeinsam mit Tarek in Malakats Gemach erschien, sehnte und fürchtete sich mein Herz in gleichem Maße, klopfte wild in meiner Brust und schien immer dann einen Moment lang zu stehen zu bleiben, wenn mich ein Blick aus nachtdunklen Augen traf.

Den Göttern sei Dank blieb uns Ylerias Anwesenheit während der Unterrichtsstunden erspart, sodass wir unsere Abende zu dritt verbringen konnten. Bevor Malakat mit ihren Lektionen begann, verspeiste Tarek den Eintopf, den wir ihm mitbrachten, und bat beim zweiten Mal um einen weiteren Krug für seinen Freund O'bat. Es war ein Wunsch, den wir ihm erfüllen konnten, wohingegen ich Mogoa enttäuschen musste. Wann immer ich nach ihr verlangte, verweigerten die Wächter vor der Tür meinen Befehl. Bediensteten sei es nicht erlaubt, dem Aman-Kaja zu begegnen. Dieses Recht war allein auf Yleria, Malakat und mich beschränkt. Selbst Kafir hatten sie also außen vorgelassen.

Während meine Amme und Tarek sich allabendlich mit dem Erlernen unserer Sprache beschäftigten, setzte ich mich mit Tashma auf den Fenstersims und beobachtete, wie die Dämmerung in die Nacht überging. Dabei ging von der Stimme des Aman-Kaja etwas so Heilsames und Ruhiges aus, dass mich trotz aller Sorgen und Ängste in seiner Gegenwart etwas wie Frieden erfüllte. Wenn ich ihn reden hörte, vermischten sich seine Worte mit dem Rascheln des Windes in den Bäumen und dem

Duft nach Nachtjasmin. Es war ein so angenehmes Gefühl, dass ich trotz meiner Neugier nur selten eine Frage einwarf. Viel zu gerne lauschte ich dem dahinplätschernden Fluss der Gespräche. Ich mochte die Art, wie sich der Aman-Kaja vorsichtig an neue Begriffe herantastete, ein paar ungeschickte Sätze bildete, von Malakat korrigiert wurde und es von Mal zu Mal besser anstellte. Manchmal war es beinahe so, als wäre ich wieder zu Hause. Nur die Aussicht aus meinem Fenster war eine andere. Statt Meeresrauschen zirpten Grillen und sangen Nachtvögel, statt einer salzigen Brise umwehte mich der tropische Wind.

Immer wieder fragte Tarek nach seinem Freund Khalik, jedes Mal gab Malakat die gleiche Antwort: Es ging ihm unverändert. Der Aman-Kaja befand sich in einem seltsamen Zustand zwischen Schlaf und Wachen. Seine Wunden heilten, nicht jedoch seine Seele. Antares ließ niemanden in die Nähe des Kranken, abgesehen von dem Wundarzt, der ihn zusammengeflickt hatte, und so wurde Tarek ein ums andere Mal vertröstet.

An diesem Abend verzichtete er zum ersten Mal auf seine Frage. Es herrschte eine Stimmung, die etwas seltsam Friedvolles an sich hatte, und so ertappte ich mich bei dem Wunsch, ewig auf dem Sims sitzen bleiben zu dürfen. Tashma schlief in meinem Schoß, ebenso eingelullt wie ich, während der Königsmond in ganzer Pracht am Himmel stand.

»Ich bin …«, Tarek dachte angestrengt über seine letzte Lektion nach, »… eine Melone.«

Malakat spuckte einen Schwall Tee über ihren Becher. »Fast richtig.« Sie kicherte. »Du möchtest eine Melone.«

»Nein.« Er schüttelte mit solch ernster Miene den Kopf, dass ich nicht mehr an mich halten konnte. Das Lachen platzte aus mir heraus wie eine Springflut. Ich schlug mir auf die Schenkel und lachte noch lauter, als Tashma auf meinem Schoß hin und her geschüttelt wurde und einen selten dämlichen Gesichtsausdruck aufsetzte.

»Nicht mag«, setzte Tarek erklärend hinzu.

»Du magst keine Melonen?«, fragte Malakat.

»Nein.«

»Keine Sorge. Ich auch nicht.« Sie hustete in ihre zur Faust geballten Hand und versuchte nach Kräften, ernst zu bleiben. »Versuchen wir es mit etwas anderem. Hast du dir gemerkt, was du sagst, wenn dein Teller leer ist, du aber immer noch Hunger hast?«

Tarek dachte einen Moment lang nach. »Mehr Essen … bitte.«

»Nun ja. Vom Verständnis her mag das ausreichend sein, aber es sind die oft erwähnten Gesetze der Höflichkeit zu befolgen.«

»Bitte!« Tarek zog die Augenbrauen zusammen. »Ich habe gesagt. Nicht?«

»Ja, du hast es zwar gesagt, aber das Drumherum passte nicht ganz. Es heißt: *Ich möchte bitte einen Nachschlag.* Oder auch: *Dürfte ich um einen Nachschlag bitten?* Letzteres ist sogar noch besser. In der Welt der Knochenmenschen ist vor allem eines wichtig: der äußere Schein. Das, was du zu sein scheinst. Nicht das, was du wirklich bist.«

Tarek blinzelte verständnislos.

»Hast du meine Worte nicht verstanden?«, hakte Malakat nach. »Oder verstehst du den tieferen Sinn dahinter nicht?«

Er schüttelte kommentarlos den Kopf, nahm einen Apfel aus der Schale und biss hinein. Mit ein paar Happen verspeiste er die gesamte Frucht, murmelte etwas Unverständliches und stand auf. Mein Herz begann zu pochen, schlug so schnell wie das eines kleinen Vogels, als er neben mich trat und in die Nacht hinausblickte.

Dies war einer der wenigen Momente, in denen er seine Maske ablegte. Ich sah, dass jeder Scherz und jedes Lachen der letzten Tage nur eines gewesen war: eine Lüge. Sein Blick war voll unbändiger Sehnsucht, während er den fernen Horizont anstarrte, seine Miene starr vor Schmerz. Irgendwo dort hinten lag der Silberstrom und an seinem westlichen Ufer der Dschungel. Tareks Zuhause. Der Ort, an dem seine Familie auf ihn wartete, sein Volk um ihn bangte, die Angst vor der Zukunft um sich griff. Ein Beben lief durch seinen Körper, dann schlug er mit solcher Wucht gegen die Wand, dass Tashma und ich zusammenzuckten.

»Muss raus!« Tarek ballte beide Hände zu Fäusten. Blut tropfte von aufgeschürften Knöcheln. »Jetzt! Kann nicht warten.«

»Ich weiß. Ich weiß es ja!« Malakat hob in einer Geste der Hilflosigkeit ihre Arme und ließ sie wieder fallen. »Aber du musst geduldig sein. Wir alle müssen geduldig sein. Nichts wünsche ich mir mehr, als dieser Burg zu entkommen, aber eine Flucht ist unmöglich. Noch jedenfalls.«

»Nein!« Tarek schüttelte den Kopf. Zorn glomm in seinen Augen auf, durch das dunkle Braun huschten goldene Funken. Ein Gefühl von Panik prickelte in meinem Nacken. Er war stark. So viel stärker als ich. »Muss raus!«, beharrte er. »Muss zurück! Jetzt!«

Wie ein eingesperrtes Tier begann er, im Kreis herumzulaufen. Sein Atem ging schnell und schwer, seine Augen verloren jede Menschlichkeit und glühten wie goldener Bernstein im Schein einer Flamme. Zum ersten Mal spürte ich sie mit aller Deutlichkeit: die Macht, vor der Yleria und Antares sich fürchteten. Das ungezähmte Feuer, das nur darauf wartete, sein tödliches Werk zu verrichten.

Was würde als Nächstes geschehen? Würde er uns angreifen? Sich aus dem Fenster stürzen? Die Drachen rufen, damit sie die Burg mit Feuer, Klauen und Zähnen zerstörten?

Mogoa hatte recht. Antares hatte den Tod in seine Burg geholt.

Ich presste mich gegen die Wand und drückte Tashma an meine Brust. Doch Tarek schien mich nicht einmal wahrzunehmen. Abrupt blieb er mitten im Raum stehen, griff sich an den Hals und stöhnte schmerzerfüllt. Das Eisen des Reifs leuchtete in weißblauem Gleißen, sein Pulsieren war nicht mehr träge, sondern pochte wie ein rasender Herzschlag. Etwas zischte. Verbrannte Haut. Schweißtropfen liefen über Tareks Stirn, dann sackte er mit einem unterdrückten Schrei in die Knie und zerrte mit verzweifelter Kraft nach dem lodernden Eisen.

War es mein Wille, der den Reif brennen ließ?

Trug ich die Schuld daran?

Was hatte Yleria mir nur aufgebürdet?

Instinktiv sprang ich vom Sims, kniete mich neben Tarek und wollte nach ihm greifen, doch ich vermochte es nicht. Meine Hände verharrten mitten in der Luft. Ich sah, wie sich die Muskeln unter dem dünnen Stoff seines Kaftans anspannten.

Wir waren so weit gekommen! Wir waren unserem Ziel so nahe, auch wenn ich nicht wusste, wie wir es am Ende erreichen würden. Es durfte nicht vorbei sein! Nicht nach all den Hürden, die wir bereits überwunden hatten.

Wenn es mein Wille war, der das Eisen in Feuer verwandelte, wie konnte ich dann …

»Weg da!« Eine dunkle Gestalt kam unvermittelt über uns. Yleria! Sie stieß mich beiseite, umschloss das Gesicht des Aman-Kaja mit beiden Händen und zwang ihn, sie anzusehen. Keuchend begegnete er ihrem Blick, halb wahnsinnig vor Schmerz und Mordlust. Das Glühen des Halsreifs wurde schwächer, sein Gleißen verwandelte sich in einen mattblauen Schimmer und verschwand schließlich ganz.

Da schlossen sich die Augen der Hexe, während ihre Lippen lautlose Worte formten. Was immer in Tarek erwacht war, Yleria erstickte es im Keim, zog ihn auf die Füße und warf mir ein erleichtertes Lächeln zu.

»Es ist vorbei, meine Königin. Ihr müsst keine Angst mehr haben.«

Hilflos suchte ich Tareks Blick, doch seine Augen waren leer wie die eines Toten. Er zitterte nicht mehr, seine Arme hingen schlaff herab und das Feuer seiner Iriden war einer stumpfen Schwärze gewichen.

»Was ist gerade geschehen?«, flüsterte ich. »Antwortet mir, Hexe!«

»Ich habe Euch gerettet.« Yleria streichelte die Schulter des Aman-Kaja, als wollte sie ihn besänftigen. »Ich habe uns alle gerettet. Ihr lasst Euch allzu leicht täuschen, meine Königin.«

»Täuschen?«

»Die gefährlichsten Geschöpfe verbergen ihre tödliche Natur unter einem schönen Äußeren. Sie locken uns an, wiegen uns in Sicherheit und erzählen uns Lügen. Bis sie entscheiden, dass ihre Zeit gekommen ist.«

Ich glaubte, mich verhört zu haben. »Was sagt Ihr da? Haltet Ihr mich für einfältig?«

»O nein, meine Königin.« Die Hexe gab sich redlich Mühe, unterwürfig auszusehen. »Wir alle müssen vorsichtiger sein. Ich habe einen Fehler begangen, der mir kein zweites Mal passieren wird. Es tut mir leid, wenn er Euch Angst eingejagt hat. Ihr müsst lernen, die Macht des Halsreifs einzusetzen.«

Ich presste die Lippen aufeinander und versuchte, das Feuer meiner Wut zu kühlen. »Was ist gerade geschehen?«, wiederholte ich meine Frage. »Antwortet mir endlich!«

Doch Yleria ignorierte mich. Sie vollführte noch eine dieser lächerlichen Verbeugungen, schob Tarek aus dem Zimmer und schloss die Tür hinter sich.

Kapitel 48

Der Flammenkristall

Gemma

Wie nur sollten wir zu unserem Ziel gelangen?

Ganz gleich, in welche Richtung meine Gedanken liefen, jeder Weg endete mit Antares' Tod. Die Hexe herrschte über die Macht des Halsreifs, was uns nicht viel nützte, denn der König wiederum herrschte über die Hexe. Wahrscheinlich war das unauffällige Schmuckstück, das Yleria um den Hals trug, auf dieselbe Weise verflucht wie Tareks Fessel. Auch wenn mein Gatteselbst über keinerlei magische Kräfte verfügte, schien er die Quelle allen Übels zu sein. Nur – bei Nershas siebter Hölle – wie sollten wir uns von ihm befreien? Von Tag zu Tag gewann ich mehr den Eindruck, dass Yleria ebenso ratlos war wie wir und uns in mehrfacher Hinsicht an der Nase herumführte. Und selbst wenn unser praktisch nicht vorhandener Plan irgendwann auf irgendeine Weise funktionierte, was sollte ich dann tun? Nach Hause zurückkehren?

Ja, natürlich. Mein Vater würde mich, sobald er sich von dem ersten Schrecken erholt hatte, schnellstmöglich an den nächstbesten Fürsten verschachern. Einen Käfig gegen den anderen tauschen? Auf keinen Fall. Schon gar nicht, nachdem mein Vater mich so bereitwillig an Antares verkauft und meine Mutter mitleidlos zugesehen hatte.

Es gab also nur einen Weg: Ich musste gemeinsam mit Malakat, Mogoa und Kafir ein neues Leben beginnen. Aber auch dieser Gedanke endete in einer Sackgasse. Dem Gesetz nach waren meine Amme, das

Mädchen und der Waldkrieger nichts weiter als Sklaven, was bedeutete, dass ich sie zuerst freikaufen musste. Doch wovon? Wenn Antares das Zeitliche segnete, stand mir als Witwe lediglich ein kleiner Betrag zu, der dazu diente, die Zeit bis zur Wiederverheiratung zu überbrücken. Als Frau des Südreiches durfte ich nicht einmal frei darüber verfügen. Man würde mir einen Vormund zur Seite stellen, der dafür zu sorgen hatte, dass ich schnellstmöglich einen neuen Gatten fand – und der entschied, was mit meinem mickrigen Vermögen geschah.

Demzufolge gab es nur die Flucht.

Nördlich der Auen existierten noch ein paar halbwegs unberührte Sumpfwälder, in denen eine Handvoll Überlebende der eroberten Stämme hausten. Geplagt von Mückenschwärmen, Fieber und giftigem Getier, bestritten sie mehr schlecht als recht ihren Überlebenskampf. Als etwas anderes konnte man ihre Existenz nicht bezeichnen.

Wie sollten wir dort Fuß fassen?

Nein, auch diese Möglichkeit schied aus. Vermutlich würden keine zwei Tage vergehen, bis uns eine Natter biss oder ein Fieber uns dahinraffte. Abgesehen davon hatten die Bewohner der Sümpfe genug mit ihrem eigenen Überleben zu tun. Die Wahrscheinlichkeit, dass sie uns freundlich aufnehmen und ihre karge Nahrung mit uns teilen würden, war äußerst gering. Viel eher würden sie uns mit Pfeilen spicken. Insbesondere mich, schließlich gehörte ich dem Volk an, das ihre Heimat und ihre Leben zerstört hatte.

Ob Tarek uns wohl mitnehmen könnte?

Der Gedanke war ebenso faszinierend, wie er dumm war. Er vertraute uns nicht und wir konnten ihm nicht vertrauen. Das, was heute Abend geschehen war, hatte es mir einmal mehr bestätigt. Hinter seiner Ruhe und Sanftmütigkeit lauerte eine Dunkelheit, die tiefer war, als ich es mir eingestehen wollte. Er war mehr als der junge Mann, der überaus geschickt unsere Sprache lernte, mit Malakat scherzte und aus seinem bitteren Schicksal das Beste machte. Seine Maske saß perfekt, aber manchmal konnte ich einen Blick dahinter erhaschen.

Was er verbarg? Ich wusste es nicht.

Es war diese Dunkelheit, die ihn in etwas verwandelte, das Antares nicht unähnlich war. Beide waren unberechenbar. Beide waren stark und mächtig genug, um mir ihren Willen aufzuzwingen. Tareks Stärke mochte in Ketten liegen und gebändigt sein, doch was würde er tun, wenn er freikam? Welcher Mann versteckte sich hinter der Maske?

Wohl kaum einer, der Freundschaft mit seinen Feinden schloss und uns kurzerhand mit in seine Heimat nahm.

All meine Pläne waren nichts weiter als kindische Luftschlösser. Ich warf mich in die Kissen und weinte, bis mir der Kopf schwirrte und ich meiner Wut das Feld überließ. Hastig kroch Tashma unter das Bett, als ich fluchend auf die Decke einprügelte, sämtliche Kissen durch den Raum schleuderte und mit einem wüsten Fluch, der selbst in der dreckigsten Taverne erst weit nach Mitternacht benutzt worden wäre, ein Glas aus dem Fenster warf.

Als schließlich auch meine Wut verebbt war, riss eine gewaltige Sehnsucht mein Herz entzwei. Ich stolperte zum Fenster, starrte in die blaue Nacht hinaus und verzehrte mich nach etwas, für das ich keinen Namen hatte. Es musste etwas Großes sein. Etwas Allumfassendes, das mächtig genug war, um mich im Inneren entzweizureißen.

Mit einem eingeschüchterten Zwitschern gesellte sich Tashma zu mir, strich ein paarmal um meine Beine und begann plötzlich, lauthals zu würgen. Wie schon heute Morgen flammte ein orange-gelbes Licht in ihrer Brust auf, drückte sich ihre Kehle hinauf und drohte, als Stichflamme aus dem Maul hervorzuschießen.

»Oh, verdammt, auch das noch.«

Hastig trug ich Tashma zum Kamin hinüber und setzte sie, um ganz sicherzugehen, in die kalte Asche. Wieder hustete und röchelte sie erbärmlich. Ihr Leib zuckte unter heftigen Krämpfen, der Schweif peitschte in Agonie hin und her.

»Was hast du denn, meine Kleine? He, was ist los mit dir?«

Bestürzt ging ich in die Knie und wollte nach ihr greifen, doch sie entzog sich meinem Griff und presste sich an die hintere Wand des Kamins. Der Husten wurde heftiger, verzweifelt flatterte Tashma mit den Schwingen und wirbelte Wolken aus grauer Asche auf.

»Nein, nein, nein!« Panik übermannte mich. Was immer hier geschah, es war nicht gut. Überhaupt nicht gut. »Komm her, Kleine. Komm schon. Ich will dir nur helfen.«

Wieder versuchte ich, nach dem Basilisken zu greifen. Diesmal schlug er meine Hand mit seiner Pranke zurück, riss den Schnabel auf und würgte derart heftig, dass es klang, als würde er die Überreste seiner Lunge ausspucken. Tatsächlich plumpste etwas aus Tashma heraus: Ein unförmiger Ball, der qualmend in der Asche liegen blieb und in einem warmen goldenen Licht pulsierte.

»Was bei allen Eisdämonen …?«

Einen Moment lang starrte Tashma genauso entgeistert auf das Ding, wie ich es tat. Dann schien ihr plötzlich eine Erkenntnis zu kommen. Sie stieß den Ball mit dem Schnabel an, schubste ihn in meine Richtung und setzte sich auf die Hinterbacken. Wie ein Hund, der auf einen Befehl wartet.

»Dir geht es wieder gut?«

Tashma keckerte und legte den Kopf schief. Was immer sie geplagt hatte, war offenbar vorbei.

»Was zum Teufel ist das?«

Als Antwort auf meine Frage stupste sie den Ball noch einmal an, sodass er durch die Asche kullerte und vor meinen Füßen liegen blieb. Allmählich erlosch das goldene Glimmen und ließ erkennen, dass das Ding ganz und gar aus safrangelbem Kristall bestand.

»Bist du dir sicher, dass ich es anfassen kann? Ich werde mir nicht die Hand verbrennen und auch nicht in Flammen aufgehen?«

Ungeduldig stampfte der Basilisk mit seinen Vorderpranken.

»Schon gut, schon gut. Wenn du dir ganz sicher bist …«

Vorsichtig tippte ich das Ding mit dem Zeigefinger an. Es fühlte sich warm an, beinahe lebendig. Das sanfte Schimmern des Kristalls strahlte etwas so Freundliches und Einladendes aus, dass ich kurzerhand nach ihm griff und ihn in meine Handfläche legte. Wohltuende Wärme sickerte in meine Hand. Für einen Kristall war das Gebilde überraschend leicht. Genaugenommen wog es fast nichts.

»Was ist das, Tashma? Was in aller Welt hast du da ausgespuckt?«

Der Basilisk sah sehr zufrieden aus. Mit seligem Gurren legte er sich flach in die Asche, klappte seine Flügel an den Körper und musterte mich aus goldenen Augen.

Eine Weile drehte ich den Kristall zwischen meinen Fingern hin und her, dann stand ich auf, ging zum Sekretär hinüber und hielt ihn in den Schein der Kerzen. Er funkelte und glitzerte wie ein kostbares Juwel.

»Tashma, das ist ja wunderschön.« Fasziniert beobachtete ich das Spiel des Lichts auf unzähligen winzigen Facetten. »Das muss ich unbedingt Malakat zeigen. Vielleicht weiß sie, was …«

Ein leises Knistern ertönte. Das Leuchten des Kristalls erstarb, feine Risse zogen sich durch seine Oberfläche. Und dann, innerhalb eines Blinzelns, zerfiel er zu einem Haufen weißer Asche.

Fassungslos starrte ich auf meine Handfläche. Er war fort. Einfach so. Fort und zu Staub zerfallen. Die Überreste des Kristalls glitzerten auf meiner Haut, flirrten wie Diamantstaub in der Luft umher und schienen eine Art Wirbel zu bilden. Meine Hand wurde kalt. Nein, nicht nur kalt. Sie fühlte sich an, als hätte ich sie in frisch gefallenen Schnee gepresst.

Irgendwo in der Ferne brauste ein Sturm. Wellen schlugen mit dumpfem Donnern gegen die Klippen der Grauen Küste. Es roch nach Gischt und Tang, nach Wind und Weite.

»Tashma! Was ist …»

Die Beine gaben unter mir nach. Mein Körper wurde leicht wie ein Windhauch, verblasste und löste sich auf. Ein Gedanke streifte noch meine Wahrnehmung. Doch er war zu undeutlich, um nach ihm zu greifen.

Tarek

O'bat gab einfach keine Ruhe. Nicht einmal dann, als ich mir in einer unmissverständlichen Geste beide Ohren zuhielt. Stattdessen plapperte er weiter auf mich ein.

»Worüber habt ihr diesmal gesprochen? Sag schon! Was hast du gelernt? Ist dir dieser haarige Büffelarsch über den Weg gelaufen? Hast du etwas in Erfahrung bringen können? He, Tarek! Hörst du mir überhaupt zu? Was ist mit dem Mädchen? Du denkst hoffentlich nicht daran, ihr auch nur ein einziges Wort zu glauben, oder? Oder, Tarek? Hallo? Kannst du noch sprechen oder haben sie dir die Zunge herausgeschnitten? He, bei Zumas abgehenden Darmwinden, wie wäre es, wenn du mir mal …«

»Sei still», fauchte ich ihn an. »Sei verdammt noch mal endlich still! Mir platzt gleich der Schädel!«

»Ach?«, schnaubte O'bat. »War der Unterricht mit den beiden Sklaven und der Königsdirne so anstrengend?«

Ich ließ beide Arme sinken und atmete tief durch. Nein, ich würde O'bat nicht umbringen. Ich würde ihm nicht die Zunge herausreißen und sie ihm nicht in jenes Körperteil stecken, über das er am liebsten herzog, wenn er Zuma beleidigte. Die Fingerspitzen meiner rechten Hand streiften über kalten Steinboden. Ich konzentrierte mich darauf. Ließ meine Nägel leicht darüber kratzen und lauschte auf das Geräusch.

»Lass mich einfach schlafen, in Ordnung?«, würgte ich halbwegs beherrscht hervor. »Bitte.«

»Schlafen?«, knurrte O'bat. »Schon wieder? Du schläfst ja nur noch. Was ist los mit dir? Lernst du ihre Sprache oder lassen sie dich stundenlang um die Burg rennen und Steine schleppen? Du bist blass wie ein toter Lurch.«

»Ich weiß es nicht«, nuschelte ich benommen. »Wahrscheinlich ist es der Halsreif.«

»Unsinn«, blökte O'bat. »Ich trage auch einen und bin das blühende Leben. Sofern man das unter diesen Umständen überhaupt so sagen kann. Was ist los mit dir? Du bist der Auserwählte des Drachen, bei Zumas ungeputztem Arsch! Du solltest die ganze Burg in Schutt und Asche legen, stattdessen verblasst du wie ein Geist und kannst kaum aufrecht stehen, wenn diese verdammte Hexe dich zurückbringt. Lässt sie dich ausbluten? Musst du die ganze Nacht lang ihr Bett wärmen? Was passiert da oben wirklich?«

»O'bat, ich …« Die Worte entglitten mir. Er hatte recht. Irgendetwas kroch mir durch Fleisch und Gebein, lähmte meine Gedanken und trübte die Bilder meiner Erinnerung. An manchen Tagen klafften gewaltige Löcher in meinem Gedächtnis, an anderen fehlten mir nur Bruchstücke. Seit ich hier eingesperrt war, dümpelte ich irgendwo zwischen Schlafen und Wachen dahin. Genaugenommen konnte ich mich nicht einmal mehr daran erinnern, wann ich das letzte Mal wirklich klar im Kopf gewesen war. Ein Wunder, dass ich es überhaupt fertigbrachte, mir die stacheligen Worte der Knochenmenschen zu merken.

»Ich weiß es nicht«, sprach ich schließlich die Wahrheit aus. »Ich weiß gar nichts, O'bat. Das einzige, was ich weiß, ist …«

»Ja?«, hakte mein Freund nach.

»Ich kann mich nie daran erinnern, wie ich hierherkomme. Die Hexe beschließt, mich zurückzubringen, und dann … ist da nichts mehr. Auf einmal bin ich hier. Als wäre ich nie fort gewesen.«

»Dann stellt sie irgendetwas mit dir an.« O'bat beäugte mich argwöhnisch. »Du solltest versuchen, dagegen anzukämpfen.«

»Wie denn?«, knurrte ich. »Wie soll ich gegen etwas ankämpfen, an das ich mich nicht einmal erinnere?«

O'bat schob ratlos die Unterlippe vor. »Woher soll ich das wissen? Du bist hier der Auserwählte. Der Held. Der König und der Gott.«

»Ach, hör auf damit.«

»Was denn?« Sein kalter Blick musterte mich abfällig. »Es ist doch so. Dumm nur, dass es uns überhaupt nichts nützt.«

O'bat winkte ab, zog die Knie an seine Brust und schlang beide Arme darum. Auch ihm hatten sie inzwischen die Ketten erspart, lediglich der blau schimmernde Reif und die Gitterstäbe der Zelle führten uns noch vor Augen, was wir waren: Gefangene.

Zu gerne wäre ich wütend gewesen. Zu gerne hätte ich O'bat gezeigt, was ich von ihm hielt. Aber mein Kopf war ein Tümpel aus schlammigem Wasser und die Worte darin wie flinke Fische. Es gelang mir nicht, sie zu greifen. Stattdessen fühlte sich mein Schädel an, als würde ein Jaguar ihn zwischen seinen Kiefern zermalmen.

»Tarek«, seufzte O'bat nach einer Weile und klang ansatzweise reumütig. »Hör zu, es tut mir leid. Aber seit Tagen gibst du dich mit diesen Maden ab und bist keinen Schritt weitergekommen. Der Drache schläft tief und fest, du wirst von Stunde zu Stunde schwächer und ich bin drauf und dran, meine letzte Hoffnung in den Wind zu schlagen. Sag mir, Bruder, werden wir diesen Kerker jemals verlassen? Werden wir jemals in den Dschungel zurückkehren und unsere Familie wiedersehen?«

»Ja«, murmelte ich. »Das werden wir.«

»Ach? Was macht dich da so sicher? Sag es mir, denn ich kann keinen Ausweg mehr erkennen.«

Ein unbestimmtes Gefühl schloss sich wie eine Faust um mein Herz. Ich dachte an Malakat und Gemma und konnte nicht leugnen, dass ich gerne in der Nähe der Frauen war. Es mochte eine Lüge sein. Nichts weiter als der süße Duft einer Raubschlinge, die ein friedliches Plätzchen vorgaukelt, um das Fleisch all jener zu fressen, die darauf hereinfielen. Doch ja, ich genoss die Stunden mit den beiden. Malakats ruhige Art und Gemmas Anblick ließen mich für eine Weile vergessen, wo ich war. Das weiche Ding in meiner Brust sehnte sich sogar danach, ihnen zu vertrauen. Vielleicht war es ein Zauber, den die Frauen über mich legten. Ein sanftes, schleichend wirkendes Gift in ihren Stimmen und in ihren Gesten. Falls es so war, funktionierte es ausgesprochen gut. Unaufhörlich ertappte ich mich dabei, wie ich Gemma anstarrte. Wann immer dieses seltsame Mädchen in Gedanken versunken war und aus dem Fenster blickte, musste ich es ansehen. Stundenlang konnte dieses Geschöpf dasitzen, seinen Flammenzehrer streicheln und vor sich hin träumen. Manchmal bemerkte ich, dass sie mich ihrerseits musterte. Verstohlen und unschuldig, aber so offensichtlich neugierig, dass ich trotz meiner Lage in mich hineinlächelte.

In den letzten Tagen war das Aroma ihrer Magie stärker geworden. Seltsamerweise roch es nicht nach Gemma selbst, sondern nach der alten Hexe. Jener heimtückischen Dämonin, die innerhalb eines Tages zu einer jungen Frau erblüht war und immer stärker wurde, je tiefer mir die Schwäche in die Knochen kroch. Solange ich den Reif dieser Zauberin trug, gab es keinen Ausweg aus unserer Lage. Aber wie sollte ich eine magische Fessel sprengen, wenn das einzige Geschöpf, das mir helfen konnte, nicht mit mir sprach?

»Tarek?«, murrte O'bat. »Schläfst du schon wieder?««

»Nein.«

»Dann verrate mir deine Pläne.«

Ich blinzelte an die Decke und versuchte, nach Worten zu fischen. Diesmal wurde ich sogar fündig. »Wenn du einen Menschen siehst, der einen Flammenzehrer zum Freund gewonnen hat, würdest du ihm vertrauen?«

»Hä? Was meinst du? Das ist keine Antwort auf meine Frage, würde ich sagen.«

»Würdest du ihm vertrauen?«, wiederholte ich.

Er rollte mit den Augen. »Nun ja, ich denke schon. Ein Flammenzehrer wird von reinen Seelen angezogen. Allein Unschuld zähmt sein Feuer und kühlt sein Herz.«

»Dann sollte ich Gemma also vertrauen?«

O'bat riss die Augen auf. »Was? Warum? Besitzt sie etwa ein solches Tier?«

»Ja, das tut sie. Ich habe nach Anzeichen von Zwang gesucht, aber der Flammenzehrer scheint sie tatsächlich als seine Gefährtin angenommen zu haben.«

»Du denkst …« O'bat schüttelte heftig den Kopf. Verfilzte Haarsträhnen flogen ihm um die Ohren. »Nein! Du vertraust ihr nicht. Sie ist die verdorbene Herrin dieser stinkenden Burg und macht gemeinsame Sache mit Antares und der Hexe. Wahrscheinlich hat sie die Seele des Flammenzehrers herausgerissen und bewahrt sie einem Glasgefäß auf. Und neben diesem Gefäß steht schon ein zweites bereit, in das sie bald deine Seele stopfen wird. Oder dein Herz.«

Er griff nach dem leeren Suppenkrug und donnerte ihn auf den Boden. Tonsplitter schlitterten in alle Richtungen davon. Anschließend beleidigte er ein ganzes Dutzend von Zumas Körperteilen und versuchte zum ungezählten Mal, sich den Reif vom Hals zu reißen. Wie ein wildes Tier geiferte und knurrte er, bis ihm der Schweiß über das Gesicht lief, nur um am Ende wutentbrannt aufzuspringen und mit solcher Gewalt gegen die Gitterstäbe zu treten, dass einer der Wächter mit seiner Lanze nach ihm stieß.

»Komm doch!«, brüllte O'bat. »Komm her, damit ich dir die Leber herausreißen kann, du hirnloser Stinkaffe!«

Der Wächter grinste, säuselte etwas Demütigendes und zog die eiserne Spitze seiner Waffe über das Gitter. Ein markerschütterndes Scheppern zerriss mir den Schädel. Ich drehte mich zur Wand, hielt mir die Ohren zu und wartete, dass es endlich still wurde. Doch O'bat und sein Gegner gaben nicht so schnell auf. Während der eine brüllte und fluchte und gegen das Gitter drosch, schlug der andere mit seiner Lanze zu, ließ Metall auf Metall knallen, bis es sich anfühlte, als würde mir das Hirn aus den Ohren laufen.

Erst nach einer gefühlten Ewigkeit ließen die beiden voneinander ab. O'bat verkroch sich schimpfend in einer Ecke seiner Zelle, der

Wächter schnappte sich einen Krug und setzte sich wieder auf seinen Stuhl.

Diese Anfälle ohnmächtiger Raserei waren mir nur allzu vertraut und ebenso gut wusste ich, dass sie nichts einbrachten. Unzählige Male hatte ich versucht, die Steine unseres Gefängnisses zu zerschlagen, den Reif zu zerstören, die Wächter hereinzulegen und das Gitter aus seiner Verankerung zu reißen. Vergeblich. Genauso oft hatte ich mir eingeredet, dass ich nur ausreichend zornig sein müsste, um den Drachen zu befreien.

Inzwischen wusste ich es besser.

Wie erstarrt lag ich da, tat einen Atemzug nach dem anderen und spürte, wie sich der Halsreif kalt und sanft um meine Kehle schmiegte. Heute fühlte er sich anders an. Nicht mehr wie eine Fessel, sondern vielmehr so, als würde eine Berührung über meine Haut streichen. Lag es an Gemma? Kühlte sie das Feuer der sonst so gnadenlos brennenden Fessel? Nun besaß also auch das Mädchen Macht über meinen Willen. Eine weitere Frau, deren Magie mich an diesen Ort band.

Seltsam, dass mich dieser Gedanke nicht wütender machte. O'bat hatte recht. Irgendetwas stimmte mit mir nicht. Anstatt uns Wege zur Flucht zu eröffnen, wickelte ich das Netz nur noch fester um meinen Leib. Versank tiefer und tiefer im Sumpf, aus dem ich mich hätte freikämpfen müssen.

»Was gedenkst du als Nächstes zu tun?«, hörte ich O'bat brummen. »Bitte verrate es mir, o großer Auserwählter.«

Seine Stimme troff nur so vor Spott. Im Dschungel hätte ich ihm gezeigt, was ich von seiner Respektlosigkeit hielt. Doch hier, an diesem abscheulichen Ort, lächelte ich nur müde.

»Wir haben eine Sache mit Malakat, Kafir und Gemma gemeinsam.«

Ich hörte ein geringschätziges Schnaufen. »Und die wäre?«

»Sie wollen fliehen. Genauso wie wir.«

»Woher willst du das wissen?«

»Sie haben es mir gesagt. Und ich sehe, wie sie aus dem Fenster starren. Als würden sie darauf hoffen, dass allein ihr Wille sie in die Freiheit trägt. Zurück zu dem Ort, von dem sie stammen.«

O'bat grunzte und sagte eine Weile nichts. »Ich wusste es«, murrte er irgendwann. »Du vertraust ihnen.«

»Nein. Das tue ich nicht. Sie wollen etwas von mir und benutzen mich auf irgendeine Weise. Doch Antares' Pläne sind nicht die ihren. Yleria verfolgt ihre eigenen Ziele, genauso wie die beiden Frauen.«

»Tatsächlich?«

»O'bat, ich habe Augen im Kopf. Ich lerne nicht nur ihre Sprache, ich beobachte sie. Ich ziehe Schlüsse aus dem, was ich sehe. Antares mag blind sein, ich bin es nicht.«

Wieder stieß er dieses abwertende Schnaufen aus, für das ich ihm nur zu gerne einen Tritt verpasst hätte. »Du willst dich also mit den Hexen verbünden? Habe ich das richtig verstanden?«

»Nein. Sie wollen mich benutzen und ich benutze sie.«

»Und wie?«

»Bei Zumas hohlen Zähnen, das weiß ich nicht. Malakat, Gemma und Yleria kennen diese verdammte Burg. Sie kennen Antares' Gewohnheiten, und sie wollen dasselbe wie wir. Diesem Ort entkommen. Alles andere ist mir vorerst egal. Und sobald ich den Weg kenne, der uns hier rausbringt, erfährst du es als Erster.«

»Hm«, brummte O'bat, wälzte sich noch ein paarmal hin und her und gab schließlich Ruhe. Es währte nicht lange, bis seine tiefen Atemzüge in rasselndes Schnarchen übergingen. Erschöpft bis in die Knochen, drehte ich mich auf den Rücken und versuchte zu schlafen, doch in mir rumorte eine Unruhe, die mich nicht loslassen wollte.

Am Nachmittag, als das Sonnenlicht goldene Lanzen aus Licht durch die Kerkerfenster stach, kam ein Diener und brachte uns zwei Wasserkrüge. Dazu stellte er eine Schale mit Brot, getrocknetem Fleisch und Käse auf den Boden. O'bat schlief so fest, dass ihn nicht einmal der Geruch des Essens weckte. Ich aß meine Ration und trank den Krug leer, dann fuhr ich damit fort, Löcher in die Decke zu starren. Eine halbe Ewigkeit lang studierte ich die Mauerfugen und wartete darauf, dass irgendetwas geschah. Falls der Drache noch in mir war, hatte er sich in den entferntesten Winkel meines Körpers verzogen. Ich spürte nicht einmal mehr seine Anwesenheit. Diese dunkle, unauslotbare Tiefe aus Alter und Geheimnis, die sonst mein treuer Begleiter gewesen war und mir zumindest einen Hauch von Hoffnung eingeflößt hatte.

»Es tut mir leid.«

Eine zarte Stimme durchdrang die Stille. Zunächst glaubte ich, geträumt zu haben, aber als sich eine Hand federleicht auf meine Schulter legte und das Rascheln von Federn erklang, wusste ich, wer neben mir stand.

Abrupt fuhr ich hoch.

»Skyla!« Zu spät erinnerte ich mich daran, dass es besser war, leise zu sprechen. Doch O'bat bemerkte ebenso wenig wie die Wächter, die eindeutig zu tief in ihre Krüge geschaut hatten und mit glasigen Blicken auf bunt bemalte Karten linsten. Inzwischen war das Schnarchen meines Freundes zu einem lautstarken Sägen herangewachsen, das die Wände wackeln ließ. Das Drachenmädchen warf ihm einen halb faszinierten, halb angewiderten Blick zu.

»Wo, bei Zumas blinden Augen, warst du die ganze Zeit?«

Skyla hockte sich auf die Kante meiner Pritsche und setzte eine betrübte Miene auf. Sie war blass und farblos wie ein Nebelstreif, dunkel schimmerten die Gitterstäbe durch ihren Körper hindurch. Selbst die einst leuchtend gelben Paradiesvogelfedern ihres Kleides hatten ihre Farbe eingebüßt und wirkten, als wären sie mit einer Schicht aus Asche bedeckt.

»Ich habe geschlafen«, flüsterte sie. »Du ahnst nicht, wie müde ich bin. Die Dunkelheit um mich herum ist unwiderstehlich. Ich habe ihr zu lange widerstanden. Viel Zeit bleibt mir nicht mehr, Tarek.«

»Wie meinst du das?«

»Ich muss gehen.« Sie streckte ihre Hand aus und ließ eine Strähne meines Haares durch ihre Finger gleiten. »Bald schon. Kennst du die Art von Sehnsucht, die wie ein erstickendes Gewicht auf dir lastet? Die alles andere verblassen lässt und dein Herz zerreißt? Die an dir zieht und zerrt, bis du keine Kraft mehr hast, ihr zu widerstehen?«

»Sieh dich doch mal um«, antwortete ich nur.

»Natürlich.« Skyla schluchzte auf. Verschämt wischte sie sich eine Träne von der Wange, schüttelte den Kopf und ließ meine Haarsträhne los. »Es gibt nur einen Weg hinaus. Nur einen einzigen. Und ich wünschte … oh, ich wünschte mir so sehr, dass er anders aussehen würde.«

Das Drachenmädchen zuckte zusammen, als ich es bei den Schultern packte … und mitten durch seinen Körper hindurch griff.

Lediglich ein kühles, prickelndes Gefühl verriet mir, dass ich soeben etwas berührt hatte.

»Ich verblasse.« Sie lächelte verträumt. »Die Wächter von Xibalba warten schon auf mich. Meine Zeit ist gekommen.«

»Nein!« Wieder versuchte ich, nach ihr zu greifen, doch ihre Gestalt war so körperlos wie Nebel. »Du kannst jetzt nicht gehen. Wie kommen wir hier raus, Skyla? Bitte sag es mir! Ich muss zurück! Ich muss zurück nach Itznamná. Zurück in den Dschungel!«

Müde waldgrüne Augen sahen mich an. Jung und unvorstellbar alt. Übervoll mit Erinnerungen, die ihre Seele zu sprengen drohten. Oder es bereits getan hatten. »Du musst durch das Feuer gehen, Tarek. Allein die Flammen werden den Drachen befreien.«

»Feuer? Flammen? Was meinst du damit?«

»Du wirst es sehen, wenn die Zeit gekommen ist.«

»Wann wird das sein?« Da ich sie nicht packen konnte, blieb mir nichts weiter übrig, als die Hände zu ringen. »Skyla, bitte! Wir müssen hier raus!«

»Es dauert nicht mehr lange.« Kühl strich eine Geisterhand über mein Gesicht. »Du darfst die Hoffnung nicht aufgeben. Der Drache ist bei dir. In jedem Atemzug, in jedem Herzschlag. Er hat dich nicht vergessen.«

»Warum hilft er uns dann nicht?«

Skyla beugte sich vor. Ihre kalten Nebellippen streiften meine Stirn. »Weil er wartet.«

»Wartet? Worauf denn, verdammt noch mal?«

»Ich sehe nicht alles«, antwortete sie. »Ich kenne seine Beweggründe nicht. Doch ich weiß, dass er unter deiner Haut schläft. Tausend Jahre lang diente ich ihm als Gefäß. Tausend Jahre haben nicht gereicht, um ihn gänzlich zu verstehen.«

»Willst du mir sagen, dass er uns absichtlich in diesem Kerker verrotten lässt? Dass er uns helfen könnte, es aber nicht will?«

»Er hat seine Gründe«, antwortete Skyla ausweichend, stand auf und trat zurück. »Du darfst ihn nicht hassen, Tarek. Wir Menschen sind mit der Erde verhaftet, doch der Blick des Drachen reicht bis weit über die Wolken. Vertraue ihm und bleibe stark. Der Weg in die Flammen wird kein leichter sein, aber am Ende …«, durch

Skylas Blick wehte eine abgrundtiefe Traurigkeit, »… am Ende wird alles gut.«

Sie lächelte noch einmal, dann verschmolz ihre Gestalt mit dem Nichts und ließ einen leichten erdigen Geruch nach Dschungel zurück. Vielleicht glaubte Skyla, ich würde Trost darin finden. Doch das Gegenteil war der Fall.

Kapitel 49

Gemmas Schlaf

Etwas war anders. Yleria wirkte fahrig und abwesend, ihr Blick war dunkel vor Sorge. Hatte sie mich sonst mit einem Lächeln begrüßt, das einer von Zumas Dämoninnen zur Ehre gereicht hätte, führte sie mich diesmal schweigend aus dem Kerker. Die Hexe fürchtete sich vor irgendetwas. Nein, sie verging vor Angst. Ich roch das bittere Aroma mühsam unterdrückter Panik, ein schaler Gestank, der mir Übelkeit bereitete. Ungeduldig schob sie mich voran, fluchte vor sich hin und schritt, als wir die Tür zu Malakats Gemach erreicht hatten, einfach daran vorbei.

Augenblick, was sollte das?

Was war geschehen und wohin brachte sie mich?

Ein ganzer Schwarm aus Gedanken begann in meinem Kopf zu wirbeln. Hatten Yleria und Antares beschlossen, dass ich die Mühe nicht wert war? Hatten sie ihren Plan mit voller Absicht fallen gelassen oder war er durch irgendeinen Vorfall zerstört worden?

Kalte Furcht packte mich im Nacken. Wenn sie beschlossen hatten, mich aus dem Weg zu räumen, konnte ich nichts dagegen tun. Ich musste es hinnehmen, weil der Drache schwieg. Weil er nicht willens war, uns zu helfen. Und kein Aman-Kaja, abgesehen von O'bat und Khalik, würde erfahren, was geschehen war. Für mein Volk waren wir Verschwundene. Weniger als Geister. Drei Geschichten, die mitten in ihrem Lauf aufgehört hatten und für immer ohne Ende bleiben würden.

Mit einem gemurmelten Befehl zwang mich die Hexe, stehen zu bleiben. Rechts von mir öffnete sich ein Gewölbe, das von einer Kuppel aus buntem Glas überspannt war. Direkt unter dieser Kuppel bäumte sich die Statue eines Nachtspringers auf. Es war ein meisterhaftes Kunstwerk. Jedes einzelne Haar war herausgearbeitet worden, selbst in den kristallenen Augen war der Funke des Lebens eingefangen worden. In einer Geste ungebändigter Wildheit schlug der Nachtspringer mit seinen gespaltenen Hufen nach einem unsichtbaren Feind, während aus dem weit aufgerissenen Maul in Stein erstarrte Schreie zu dringen schienen.

Ein grausamer Gedanke kam mir in den Sinn. War dieses Wesen wirklich leblos? Oder hatte Yleria es zu einem Dasein als Statue verflucht? Würde auch ich so ausharren müssen, wenn die Hexe es so wollte? Ein Gefangener in meinem eigenen Körper? Noch immer bei Verstand, aber für alle Ewigkeit in einem Käfig aus Marmor erstarrt?

Yleria brabbelte etwas, als wollte sie meine Gedanken verspotten. Dann öffnete sie eine Tür zu meiner Linken und schob mich hindurch. Das Gemach dahinter ähnelte dem Zimmer, in dem wir üblicherweise unseren Unterricht abhielten, doch war dieses hier um einiges prachtvoller. Eine bleiche Gestalt lag auf einem von hellblauer Seide überspannten Bett.

Wie angewurzelt blieb ich stehen.

Denn es war Gemma.

Sie trug ein langes Gewand, dessen blasses Jadegrün ihre farblose Haut noch betonte, und schien tief und fest zu schlafen. Doch etwas an ihrem Anblick war falsch. Wie sie da inmitten der blauen und silbernen Kissen lag, wirkte sie mehr tot als lebendig. Neben ihr ruhte der Flammenzehrer, blinzelte aus goldenen Augen zu mir auf und hatte seinen Kopf auf ihrem Oberschenkel abgelegt. Der Blick und die Haltung des Tieres machten unmissverständlich klar, dass es seine Herrin zu beschützen gedachte. Notfalls unter Einsatz seines Lebens.

»Was ist hier los?«, fragte ich Malakat. »Geht es Gemma nicht gut?«

Die alte Frau saß in einem Sessel neben dem Bett, schüttelte den Kopf und rieb sich die geröteten Augen.

»Ich verstehe nicht.« Vorsichtig ließ ich mich auf die Bettkante nieder. Hatte das Mädchen zuvor schon zart und verletzlich gewirkt, war sie nun ein Gefäß aus hauchdünnem Glas, das unter der kleinsten Berührung zu zerbrechen drohte. »Es riecht weder nach Krankheit noch nach Tod. Was ist passiert?«

Malakat hob müde die Schultern. »Wir wissen es nicht. Sie lag auf dem Boden, als ich nach ihr sehen wollte. Und jetzt befindet sie sich in einer Art Schlaf. Niemand kann sie wecken. Egal, was wir tun.«

Ein tiefer Schlaf, aus dem niemand sie erwecken konnte? Irgendetwas tauchte in meiner Erinnerung auf, ohne dass ich es zu greifen bekam. Ich nahm Gemmas linke Hand in meine und versuchte, etwas Auffälliges zu spüren. Ihre Haut war warm und weich, ihr Herzschlag regelmäßig. Es schien ihr gut zu gehen und doch wollte ihr Bewusstsein nicht zurückkehren. Sanft strich ich über ihre kindlich kleinen Finger, umkreiste die Knöchel mit meinem Daumen und verfolgte den Rhythmus, mit dem sich ihr Brustkorb hob und senkte. Dieses Mädchen schlief, aber es war kein gewöhnlicher Schlaf. Er war zu tief. So tief, dass Gemma in seiner Dunkelheit verloren gegangen war.

Yleria trat neben mich und sagte etwas zu Malakat. Sie mochte eine Heuchlerin und eine Lügnerin sein, doch die Sorge in ihren Augen war echt. Ihre Hände vermochten es kaum, auch nur einen Moment lang still zu halten. Was immer diese Frau plante – Gemma war für sie überaus wichtig.

»Sie will wissen«, sprach die alte Frau, »ob du einen Rat weißt.«

Ich ließ mir Zeit mit der Antwort und betrachtete das Mädchen. Blassblaue Adern schimmerten unter seiner spinnwebenzarten Haut, der geflochtene Zopf ruhte auf seiner Brust und glänzte, als wäre er aus Mondschein gesponnen. Gemmas Schönheit tat weh. Es fiel mir schwer zu denken. Und noch schwerer, das zu fühlen, was ich hätte fühlen sollen.

Sie ist ein Feind, begehrte eine schwache Stimme in mir auf. *Ein Knochenmensch, der mit gespaltener Zunge spricht und dich in die Irre führen will.*

Aber wie sie dort lag, so schön und verwundbar, war mein Herz übervoll mit Zuneigung und Sorge. Ich wollte sie an mich ziehen, sanfte Worte in ihr Ohr flüstern und sie vor aller Dunkelheit bewahren, auch wenn ein Teil von mir darauf beharrte, dass dieses Mädchen mit eben dieser Dunkelheit im Bunde stand.

Da fiel mir ein sonderbarer Geruch auf, der als kaum wahrnehmbarer Hauch in der Luft hing. Schwefel und Asche. Und plötzlich erinnerte ich mich daran, was mir an Gemmas Zustand so bekannt vorkam. Aus einem Instinkt heraus nahm ich auch ihre rechte Hand in Augenschein – und tatsächlich! Weißer Staub glitzerte auf ihrer Haut und benetzte ihre Fingerspitzen.

»Hast du etwas herausgefunden?« Malakat blieb nicht verborgen, dass mir eine Erkenntnis gekommen war. »Was ist los, Tarek?«

Ich schnupperte an Gemmas Hand und nahm hinter dem Aroma nach Asche und Schwefel einen weiteren Geruch wahr. Rubinharz. Die bevorzugte Nahrung der Flammenzehrer, wenn sie sich nicht gerade an Flammen gütlich taten.

Kaum löste sich das eine Rätsel auf, tauchte ein neues auf. Denn Gemma roch nicht mehr nach Hexe und nicht mehr nach Magie. Ihr Duft war nur noch der einer jungen Frau, so unschuldig und rein, wie es nur möglich war. Doch wenn etwas magisch war, dann war es das bis ans Ende seines Lebens. Eine Hexe verlor ihre Macht nicht. Sie mochte an manchen Tagen stärker und an anderen schwächer sein, aber niemals verschwand ihr Zauber gänzlich.

Vorsichtig legte ich Gemmas Hand zurück auf die Decke und wandte mich dem Flammenzehrer zu. Er begegnete meinem Blick, als hätte er nur darauf gewartet, dass ich die Wahrheit erkannte. Da war kein Schatten über seinen Augen. Kein Bann und kein Fluch, keine Ketten und kein Schmerz. Er liebte dieses Mädchen, wie nur seinesgleichen es vermochte. So innig und selbstlos, dass er die Hälfte seiner Lebenskraft geopfert hatte, um ihm zu helfen.

»Du weißt etwas, nicht wahr?« Malakat rang verzweifelt ihre Hände. »Bitte sag doch etwas, Tarek. Sprich mit mir! Sag mir, was du weißt!«

»Es war der Flammenzehrer.«

Die alte Frau blinzelte verständnislos. »Was?«

»Siehst du diese Asche?« Noch einmal hob ich Gemmas Hand hoch und drehte sie ein wenig, sodass der Staub auf ihren Fingern im letzten Abendsonnenschein funkelte.

Malakat und Yleria tauschten ratlose Blicke aus. Die Hexe stellte eine ungeduldige Frage, auf die die alte Frau ebenso barsch antwortete. Dann wandte sie sich wieder an mich.

»Du sagst also, dass der Flammenzehrer die Schuld an ihrem Zustand trägt?«

»Ja, aber nur, weil er ihr helfen wollte. Gemma geht es gut. Habt ihr noch nie von den Flammenkristallen gehört?«

Malakat schüttelte den Kopf und übersetzte meine Worte für Yleria, die ebenso verneinte und ein Geräusch unendlicher Erleichterung von sich gab. Zum ersten Mal empfand ich einen Hauch von Sympathie für die Hexe, denn das Schicksal des Mädchens schien ihr wichtig zu sein.

»Wir haben beide noch nie etwas davon gehört«, sagte die alte Frau. »Dann geht es Gemma wirklich gut? Meine Seeschwalbe wird nicht sterben?«

»Nein.« Mir entkam ein Lächeln. Dieses Mädchen mit einer Schwalbe zu vergleichen, war überaus passend. »Sie ist bald wieder wohlauf.«

»Oh, den Göttern sei Dank.« Malakat sackte mit einem tiefen Seufzen in sich zusammen. »Du ahnst nicht, wie glücklich du mich gerade gemacht hast.«

»Aber ohne den Flammenzehrer wäre sie wahrscheinlich gestorben«, fügte ich hinzu. »Nur eine schwere Krankheit oder der drohende Tod bringt ihn dazu, einen Kristall herauszuwürgen.«

Malakats Lächeln gefror. »Ich verstehe nicht. Gemma war nicht krank.«

»Offenbar doch. Das Tier hat sie als Seelengefährtin angenommen. Wenn ein Flammenzehrer so etwas tut, liebt er das Geschöpf an seiner Seite mehr als sich selbst. Und wenn sein Gefährte oder seine Gefährtin dem Tode nahe ist, erschafft er aus seinem Atem und aus seinem Blut einen Flammenkristall. Er kann ihn nur ein einziges Mal verschenken, denn in solch einem Kristall liegt die Kraft eines halben Lebens. Es wäre sein Tod, wenn er versuchen würde, einen zweiten zu erschaffen. Der Kristall besitzt die Fähigkeit, selbst die furchtbarsten Krankheiten und sogar den Tod zu heilen. Wenn der Flammenzehrer Gemma einen Kristall geschenkt hat, muss er um ihr Leben gefürchtet haben.«

Malakat starrte mich mit offenem Mund an. »Aber es ging ihr gut. Sie hatte nicht einmal Fieber.«

»Es gibt viele Arten zu sterben. Ist dir nichts aufgefallen? Gar nichts?«

Die Alte schüttelte den Kopf. Sie übersetzte meine Worte für Yleria, die bereits ungeduldig mit den Füßen scharrte, dann wandte sie ihren

Blick Gemma zu. Eine solch tiefe Liebe lag in ihren Augen, dass mein Misstrauen gänzlich in sich zusammenfiel. Niemand konnte solch ein Gefühl vortäuschen. Ihre Zuneigung zu dem Mädchen war ebenso echt wie die des Flammenzehrers.

»Tashma hat ihr also das Leben gerettet?«, flüsterte Malakat. »Sie hat ihren Atem und ihr Blut für sie gegeben?«

»Ja.« Ich strich noch einmal über Gemmas Finger und legte ihre Hand wieder auf der Decke ab. Unerwartet heftig brannte sich die Hitze ihrer Haut in mich hinein, kroch meinen Arm hinauf und beschleunigte den Schlag meines Herzens. »So etwas geschieht selten. So selten, dass ich es nur aus Geschichten kenne. Meistens halten sich Flammenzehrer von Menschen fern und erwählen einen Aponi zu ihrem Gefährten. Manchmal auch einen Takahr oder einen Manqu.«

»Warum suchen sie sich nicht unter ihresgleichen einen Partner?«

»Das weiß niemand. Sie tun eben, was sie tun.«

»Aponi«, wiederholte Malakat. »So bezeichnet ihr die Purpurdrachen, nicht wahr? Ein Manqu ist ein Kupferdrache, aber was ist ein Takahr?«

»Ein schwarzer Hirsch mit blau gestreiftem Fell und großem Geweih.«

»Ah, also ein Königshirsch. Und wie nennt ihr den großen Fluss?«

»Großer Fluss«, erwiderte ich.

»Nun ja, das ist naheliegend.« Malakat grinste. »Die Knochenmenschen nennen ihn Silberstrom.«

»Ein schöner Name in einer hässlichen Sprache. Bringe mir mehr Worte bei. Ich will mit ihnen sprechen.«

»Natürlich.« Sie lehnte sich im Sessel zurück und seufzte. Ich spürte förmlich, wie die Last unerträglicher Sorgen von ihr abfiel und sie endlich wieder frei atmen ließ. »Nur noch eine Frage. Wie lange wird es dauern, bis Gemma aufwacht?«

»Ein paar Tage. Manchmal dauert es nur so lange, wie die Smaragdsonne braucht, um den Himmel zu überqueren. Es kommt auf die Schwere des Leidens an.«

»Gut.« Die alte Frau nickte und warf mir einen verschwörerischen Blick zu. »Da wir gerade nichts Besseres zu haben, als zu warten, können wir auch mit unserem Unterricht fortfahren.«

Kapitel 50
Rachedurst

Irgendwann im Laufe der Nacht verschwand Yleria und kehrte erst nach mehreren Stunden zurück. Kaum trat die Hexe durch die Tür, nahm Tashma eine angespannte Haltung an, stellte ihre Kopffedern auf und stampfte mit den Vorderklauen, als empfände sie nicht übel Lust, dieselben in Ylerias Fleisch zu graben.

Das Hexenweib versuchte sich an einem Lächeln, aber hinter seiner freundlichen Miene verbarg sich eine Finsternis, die so tief war wie der Schlund des Zuma-Vulkans. Ylerias Sorge um Gemma mochte ihr einen Anflug von Menschlichkeit verliehen haben, doch ich zweifelte nicht daran, dass ihre Beweggründe noch immer selbstsüchtiger Natur waren.

Diesmal stand ich auf, bevor sie mich dazu zwingen konnte. Wie ein gewöhnlicher Gast ging ich hinaus auf den Gang und wartete darauf, dass sie zu mir kam. Einen Moment lang wirkte Yleria irritiert, dann nickte sie mir zu, als gäbe es ein stummes Einvernehmen zwischen uns. Ohne einen Zauber einzusetzen, führte sie mich nach links in einen mit Teppichen ausgelegten Gang, den wir noch nie zuvor betreten hatten. Vor der dritten Tür zu meiner Rechten blieb sie stehen, fischte einen Schlüssel aus ihrer Rocktasche und schloss auf.

Ich fand mich in einem kleinen, aber prächtig eingerichteten Gemach wieder. Niemand war anwesend. Auf einem runden Tisch befand sich eine Schale mit Früchten, daneben ein Weidenkorb mit Brot, das so frisch war, dass es noch dampfte.

Yleria vollführte eine einladende Geste und wandte sich zum Gehen. Offenbar ohne die Absicht, mich mitzunehmen.

Verblüfft stand ich mitten im Raum und wartete darauf, dass sie mich zum Gehen aufforderte. Stattdessen wandte sich die Hexe in der Tür noch einmal um, amüsierte sich über meine ratlose Miene und sagte etwas in der harten Sprache der Knochenmenschen. Dann wiederholte sie ihre Geste, die den gesamten Raum umfasste.

Das gehört dir, wollte sie mir anscheinend vermitteln. *Nur zu. Mach es dir gemütlich.*

Als ich mich noch immer nicht rührte, stieß sie ein melodisches Lachen aus. Ihr Blick glitt über mich, das glimmende Grün ihrer Iriden schien die Kraft aus meinen Gliedern und die Wärme aus meinem Blut zu saugen. Doch ehe ich das Gefühl zu greifen bekam, wandte Yleria mir den Rücken zu und schloss die Tür hinter sich.

Ich war allein.

Nun, nicht ganz allein. Schwere Schritte klapperten über den Gang, begleitet von dunklen Stimmen. Den Geräuschen nach zu urteilen, nahmen vier Männer vor der Tür Aufstellung und klopften mit ihren Lanzen zweimal auf den Boden. Nahezu gleichzeitig heizte sich der Halsreif auf und brannte seine Magie tief in mein Fleisch, um mir zu zeigen, dass ich nach wie vor ein Gefangener und jeder Eindruck von Freiheit eine Illusion war.

Was bezweckten Yleria und Antares mit dieser Geste? Erwarteten sie irgendetwas von mir? Heckten sie etwas aus oder war es tatsächlich pure Freundlichkeit? Wohl kaum. Also was, bei Zumas blinden Augen, sollte dieser Unsinn?

Für den Moment fiel mir nichts Besseres ein, als zum Fenster zu gehen und in die Nacht hinauszublicken. Inzwischen bedeckte der Königsmond nahezu den halben Himmel. Vor seinen leuchtenden Farben huschten die Schatten von Nachtschwalben und Fledermäusen umher, während weit in der Ferne, verschluckt von einem Schleier aus Dunst, der Große Fluss lag.

In Nächten wie diesen war der Dschungel mit blauem Licht und wildem Leben erfüllt. Die Blüten der Schlingpflanzen öffneten sich dem Mondlicht, lockten Nachtfalter an und verströmten ihre betäubenden Düfte. Feuerfliegen stiegen zu Tausenden aus Tümpeln und Bächen auf, überall fanden Geschöpfe zueinander, um den Kreis des Lebens zu schließen.

Ich hätte jetzt dort sein sollen. Im Mondschein auf einem moosigen Ast. Über mir der Himmel, um mich herum die Stimmen des Waldes.

Wie jämmerlich nahm sich dagegen der Garten unter mir aus. Einsam fristete ein mächtiger Balsambaum sein Dasein zwischen Mauern und gepflasterten Wegen. Einer seiner Äste, behangen mit fedrigen Flechten, reichte nahe genug an mein Fenster, um ihn mit einem Sprung zu erreichen. Man gab mir also nicht nur ein eigenes Gemach, sondern auch einen Fluchtweg?

Argwöhnisch sah ich mich um. Nein, ein Entkommen war nach wie vor unmöglich. Zumindest solange der Drache an seiner Entscheidung festhielt. Auf der Burgmauer, die sich wie eine Felswand aus Sandstein um den gesamten Berg zog, patrouillierten unzählige Wachen. Jeder Mann trug nicht nur einen Feuerstock über der Schulter, sondern auch ein Schwert. Dazu waren ihre Gürtel mit Dolchen und Morgensternen bestückt. Hunderte von Fackeln tauchten die Nacht in ein weiches, flackerndes Licht. Alle zehn Schritte standen schwere Kanonen bereit, zusätzlich hatte man Geräte aufgebaut, die entfernt an Bögen erinnerten. Sie waren fest mit einem Gestell verankert und mit Pfeilen beladen, die so dick wie mein Unterarm waren.

Der Grund, weshalb man die Burgmauer mit solch mächtigen Waffen gespickt hatte, lag auf der Hand. Antares fürchtete sich vor den Drachen, von denen er glaubte, dass sie meinem Willen gehorchten.

Nun, das hatten sie.

Vor langer Zeit.

Niemand hielt mich auf, als ich auf den Fenstersims stieg. Niemand rief mir einen Befehl zu, als ich die kühle Nachtluft in meine Brust sog und sprang. Aber nichts war so, wie es sein sollte.

Meine Muskeln waren weich und meine Gelenke von der langen erzwungenen Ruhe steif wie die eines Greises. Ich erwischte den Ast, taumelte wie ein ungeschicktes Kind und breitete die Arme aus, um mein Gleichgewicht wiederzufinden. Moos drückte sich gegen meine nackten Fußsohlen. Schartige Rinde knackte unter meinen zupackenden Händen. Ich trank die nach Bäumen duftende Nachtluft, als hätte ich tagelang nicht geatmet, presste meine Stirn gegen den borkigen Stamm und stellte mir vor, weit weg zu sein. Tief im Dschungel, wo mich das Singen der Grillen, Frösche und Vögel umgab. Wo die Jagdrufe der Mondkatzen über Berge und Täler hallten, die Nässe von den Blättern tropfte und jeder Flecken Erde und jeder Baum vor Leben nur so wimmelte.

Ich stellte mir vor, auf smaragdgrünen Schwingen in den Himmel zu fliehen, wo es nur mich und die Sterne und die drei Monde gab. Für den König der Drachen wäre es ein Leichtes, die Mauer mit einem einzigen Flügelschlag zu überwinden, die Kugeln und Pfeile an seinen Schuppen abprallen zu lassen und dem Horizont entgegenzustreben.

Stattdessen schlief dieses verdammte Vieh in seinem Herzen aus Smaragd und tat so, als existierte es nicht.

Ich vollführte einen zweiten Sprung, der ebenso unsicher war wie der erste. Beim dritten Mal erinnerte sich mein Körper an seine einstige Geschmeidigkeit, beim vierten zitterten meine Muskeln vor Anstrengung und Freude. Der Baum war groß genug, um eine Zeit lang von Ast zu Ast zu springen, und hoch genug, um in seinem Wipfel ein wunderbares, kribbelndes Schwindelgefühl zu empfinden. Nachdem ich den Hunger meiner Muskeln halbwegs gestillt hatte, setzte ich mich auf den höchsten Ast, der mein Gewicht noch tragen konnte, und ließ meinen Blick über die nächtliche Burganlage schweifen.

Überall brannten Fackeln und glommen Kerzen in den Fenstern, darüber spannte sich ein prächtiger Nachthimmel. Dieser Ort hätte schön sein können, wäre er nicht auf Leid und Grausamkeit gebaut worden. Und gäbe es nicht das ausgedörrte, geschändete Land, das Antares' Burg umringte und einem gehäuteten Körper glich. Lediglich ein schmaler Kranz aus Dschungel umgab die Burg, weniger als ein Schatten der einstigen Schönheit, die den Flammen, Sägen und Beilen zum Opfer gefallen war.

Weshalb vernichteten die Knochenmenschen den Wald und versuchten anschließend, ihn auf einem kleinen Fleckchen Erde wiederauferstehen zu lassen, umringt von Mauern? Warum hassten sie den Dschungel so sehr, dass sie ihn in Staub und Asche verwandeln mussten? Und warum ergötzten sie sich an Blumen, die sie mit ihren eigenen Händen gepflanzt hatten, und machten gleichzeitig das, was ihnen die Schöpfung zu Füßen legte, dem Erdboden gleich?

Bei Zumas gespaltener Zunge, worüber machte ich mir Gedanken? Viel wichtiger war es, die Bedeutung hinter Skylas Worten herauszufinden.

Es gibt nur einen Weg hinaus.

Du musst durch das Feuer gehen.

Aber welches Feuer? Meinte sie wortwörtliche Flammen oder hatte sie damit etwas ganz anderes umschrieben?

»Skyla?«, flüsterte ich ohne große Hoffnung. »Bist du hier?«

Alles blieb still. Natürlich. Wann war das Drachenmädchen jemals aufgetaucht, wenn ich es darum gebeten hatte? Würde ich sie überhaupt wiedersehen oder war ihre irdische Existenz endgültig erloschen?

Ich ließ mich vom Ast gleiten, hielt mich mit einer Hand fest und baumelte eine Zeit lang über der Tiefe, nur um das schmerzende Ziehen in meinen Muskeln zu spüren. So harrte ich aus, bis mein Arm unerträglich brannte, erst dann ließ ich mich fallen und landete mit der alten Mühelosigkeit auf einem tiefer gelegenen Ast. Neben dem großen Balsambaum stand eine Harzzeder, flankiert von mehreren Nussbäumen, die voller Früchte hingen. Offenbar fanden Knochenmenschen keinen Gefallen daran, denn die Äste der Bäume bogen sich förmlich unter ihrer Last. Kurzentschlossen erklomm ich einen davon, pflückte mir ein üppiges Nachtmahl von den Zweigen und grübelte über die kryptischen Andeutungen des Drachenmädchens nach. Wahrlich, an ihr war eine gute Priesterin verloren gegangen.

»Skyla?«, versuchte ich mein Glück ein zweites Mal. »Bitte, zeig dich endlich. Du musst mir helfen.«

Doch auch diesmal ignorierte sie mich. Entweder weil sie zu schwach war – oder weil sie längst durch die Tore von Xibalba geschritten war.

Ich seufzte, aß den Rest meiner gepflückten Nüsse und füllte anschließend beide Seitentaschen meines Kaftans, um O'bat später eine Freude zu machen. Falls man mich überhaupt zu ihm ließ. Vermutlich ging er inzwischen davon aus, dass man mich in den Burggraben geworfen und an die Raubfische verfüttert hatte.

Hilf uns endlich, bat ich den Drachen zum ungezählten Mal. *Bring uns hier raus. Wozu hast du mich gerufen, wenn du uns im Stich lässt?*

Nichts geschah. Das Herz in meiner Brust pochte mit stoischer Gleichgültigkeit. Magisch, kraftvoll und unsterblich, doch vollkommen nutzlos. Also ließen mich alle beide im Regen stehen. Skyla und der Drache. Ich atmete tief durch, ballte meine Hände zu Fäusten und wollte auf irgendetwas eindreschen, als sich plötzlich etwas anderes in den Vordergrund drängte.

Gemmas Gesicht.

Blass wie das Licht der Sterne, wunderschön und zart. Ein Flammenzehrer hatte sein halbes Leben für sie geopfert und den seltensten aller Kristalle erschaffen. War das nicht der letzte Beweis für ihre Unschuld? Seit jeher hatte Antares sich genommen, was er wollte. Gemmas Wille scherte ihn vermutlich so viel wie der Dreck unter seinen Stiefeln. Ich dachte an seine hünenhafte Gestalt, an seine kalten Augen und diese riesigen, vernarbten Pranken, die nur eines gut konnten: töten und Schmerz zufügen.

Meine Gedanken bewegten sich weiter, malten sich aus, was diese Kreatur Gemma angetan haben musste. Wie er ihren zierlichen Körper unter sich zermalmte und jede Gegenwehr im Keim erstickte.

Die Bisse auf ihren Schultern.

Die Angst in ihren Augen.

All die Blutergüsse und Prellungen.

Ihr eigener Ehemann musste sie geschändet und gequält haben. Er hatte sich an ihrem Leid ergötzt, so wie er auch in O'bats und meinem Schmerz gebadet hatte. Allzu deutlich erinnerte ich mich an seine Blicke, während er sich einmal quer durch seine Folterinstrumente gearbeitet hatte. Hatte er auch Gemma in ihrer Hochzeitsnacht so angesehen? Gierig und krank bis in den Grund seiner Seele hinein?

Meine Finger packten so fest zu, dass das Holz zersplitterte. Ich würde Antares töten. Mit meinen eigenen Händen. Nicht schnell und gnädig, sondern so wie er es gerne tat.

Langsam und genüsslich.

FORTSETZUNG FOLGT …

Britta Strauss

Indigo und Jade

ISBN: 978-3-931989-93-4, kartoniert, EUR 14,90

Als die heimatlose Jade nach einem misslungenen Diebstahl von den Häschern der grausamen Königin Scylla gefangengenommen und misshandelt wird, glaubt sie, ihr Dasein sei zu Ende. Halbtot in den von gefährlichen Kreaturen bevölkerten Wäldern ausgesetzt, schließt sie mit ihrem Leben ab. Doch Indigo, ein mysteriöser Vagabund, scheint nur auf sie gewartet zu haben. Er rettet Jade das Leben und zwingt sie dazu, an seiner Seite auf eine lange Reise zu gehen. Eine Reise voller tödlicher Gefahren, deren Sinn und Ziel sie nicht kennt. Tausend Geheimnisse umgeben Indigo, unzählige Feinde verfolgen seine Spur. Jeder Tag und jede Nacht machen Jades Reisegefährten nur noch rätselhafter, doch sie ist entschlossen, die Wahrheit über ihn herauszufinden.

Laura Labas

Der verwunsche Gott – Von Göttern und Hexen

ISBN: 978-3-95991-334-8, Klappenbroschur, EUR 14,90

Morgan Vespasian verdient sich ihren Unterhalt als Schmugglerin. Seit sie vom Alphawolf der Schmuggler entführt wurde, ist sie dazu verdammt, ihre Lebensschuld abzuarbeiten. Während eines Auftrags wird sie verraten und gerät zwischen die Fronten eines vergessenen Prinzen und eines verfluchten Gottes, die auf der Suche nach einem verwunschenen Schloss sind. Morgan muss sich schon bald für eine Seite entscheiden und bestimmt mit ihrer Wahl das Schicksal des gesamten Königreiches.

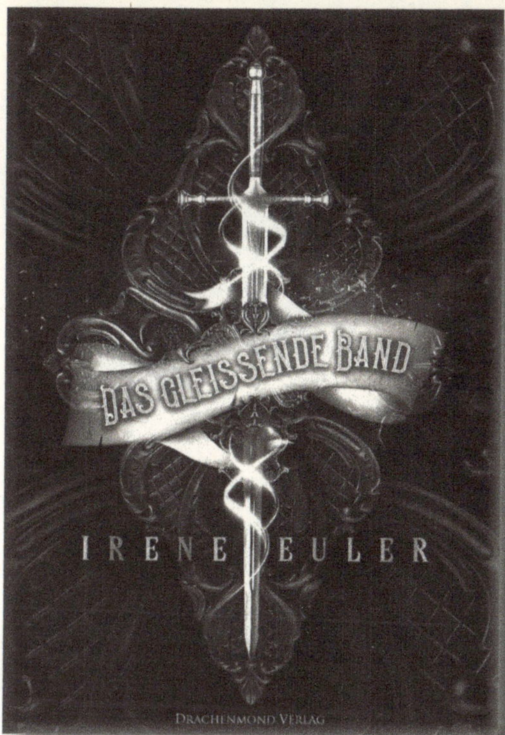

Irene Euler

Das gleißende Band

ISBN: 978-3-95991-377-5, Klappenbroschur, EUR 16,90

Ein Wintersturm bringt Leovel in eine teuflische Klemme: Aus purem Zufall zieht sie die Thronerbin ihrer Erzfeinde aus dem Schnee und rettet ihr damit das Leben. Nun besteht ein gleißendes Band zwischen Leovel und dem Mädchen – stirbt eine von ihnen, reißt sie die andere mit in den Tod.

Der Zauber wird sich erst lösen, wenn Leovel herausfindet, wer das Mädchen töten will.

Als feindliche Schwertkämpferin ist Leovel im fremden Hofstaat Verdächtige, Gejagte und Jägerin zugleich. Umschlossen von einer Mauer aus Misstrauen muss sie sich mit einem verbrecherischen Magier einlassen, um einen ersten Hinweis auf die Verschwörer zu erlangen

DRACHENMOND VERLAG